VENIN

Du même auteur au Fleuve Noir

Sacrifice, 2009

Dans la même collection

Au cœur du mal	Chelsea Cain
L'étreinte du mal	Chelsea Cain
La Lune de papier	Andrea Camilleri
Un été ardent	Andrea Camilleri
Les ailes du sphinx	Andrea Camilleri
Le paradoxe de Vasalis	Raphaël Cardetti
Le sculpteur d'âmes	Raphaël Cardetti
Liste mortelle	Lee Child
Temps mort	Harlan Coben
Mauvaise Base	Harlan Coben
Peur noire	Harlan Coben
Aide-moi	Nicci French
Charlie n'est pas rentrée	Nicci French
La Croix des Assassins	Eric Giacometti et Jacques Ravenne
Apocalypse	Eric Giacometti et Jacques Ravenne
Les Morsures de l'ombre	Karine Giébel
Chiens de sang	Karine Giébel
Jusqu'à ce que la mort nous unisse	Karine Giébel
L'Exil des anges	Gilles Legardinier
Retrouve-moi	Carol O'Connell
L'Ordre du Dragon	James Rollins
La Bible de Darwin	James Rollins
La Malédiction de Marco Polo	James Rollins
Les voitures vides	Didier Sénécal
Les petites filles et les petits garçons	Didier Sénécal
Mortelle collection	Didier Sénécal
Le Magicien	Jean-Marc Souvira
La Chrysalide	Heather Terrell
Le dernier voyage de l'empereur	Heather Terrell

SHARON BOLTON

VENIN

Traduit de l'anglais (Grande-Bretagne)
par Marianne Bertrand

Fleuve Noir

Titre original :
Awakening

ISBN 978-2-265-08568-8

À ma mère, qui ne ressemble en rien à celle de Clara,
si ce n'est qu'on l'aime tout autant ;
à mon père, qui a transmis ses rêves à ses filles,
et leur a donné le courage de les poursuivre ;
à Vincent, enfin, notre roc.

Regarde où tu mets les pieds, car dans les fleurs, le serpent rôde.

Proverbe

PROLOGUE

L'heure la plus sombre que j'aie jamais connue a débuté jeudi dernier, juste avant le lever du soleil.

Je me souviens avoir pensé que la matinée s'annonçait belle, en sortant de chez moi ; douce et sans un souffle d'air, débordante de promesses murmurées, comme seule peut l'être l'aube d'un début d'été. Il faisait encore frais mais un chatoiement à l'horizon présageait une chaleur cuisante. Les oiseaux chantaient comme si chacune de leurs notes devait être la dernière, et même les insectes s'étaient réveillés tôt. Profitant de la générosité de ce petit matin, les hirondelles plongeaient en piqué tout autour de moi, suffisamment près pour me faire cligner des yeux.

Alors que j'approchais de l'allée menant chez Matt, le parfum de la camomille sauvage s'est élevé en tournoyant depuis le bord du sentier. Sa senteur préférée. Je suis restée là un moment, à contempler le chemin de gravier qui disparaissait derrière les buissons de laurier, à taper des pieds pour raviver l'odeur, et à me dire que la camomille sentait la pomme mûre et le premier soupçon d'un feu de bois par une brise d'automne. Et je n'ai pu m'empêcher de me demander ce que ça ferait de remonter l'allée, de m'introduire dans la maison et de réveiller son propriétaire en frottant de la camomille sur son oreiller.

J'ai poursuivi ma route.

Parvenue en haut de Carters Lane, j'ai vu que la porte du cottage de Violet était entrouverte ; ce qui n'aurait pas dû être le cas, pas à cette heure-ci. Je me suis approchée et me suis figée sur le seuil, observant la peinture écaillée, et au-delà, l'entrée plongée dans l'obscurité. Ce devait être une lève-tôt, comme la plupart des personnes âgées ; mais à la vue de cette porte entrebâillée, quelque chose s'est noué en moi.

Le seuil était humide. Quelqu'un s'était tenu là, avec des chaussures mouillées, quelques minutes plus tôt. Cela ne signifiait pas nécessairement grand-chose ; il pouvait facilement s'agir d'une coïncidence, mais aucune des explications réconfortantes auxquelles je pouvais faire appel ne semblait réussir à apaiser mon sentiment d'inquiétude croissant. J'ai poussé la porte. Elle s'est ouverte de quinze centimètres de plus avant de rencontrer un obstacle.

— Violet ?

Pas de réponse. La maison silencieuse attendait de voir quelle serait ma réaction. J'ai continué à pousser la porte. Elle a cédé sur quelques centimètres de plus, révélant une traînée humide sur le sol. Je me suis glissée derrière pour prendre pied dans l'entrée.

Le sac qui s'y trouvait était en toile de jute, avec un système de corde coulissante retenant l'ouverture bien serrée. On aurait dit l'un de ces sacs de sable fournis par l'Agence de protection de l'environnement en cas d'inondations imminentes. Celui-ci ne semblait pourtant pas contenir de sable. Il n'était pas suffisamment lourd, pour commencer. Pas plus qu'il n'avait la forme compacte, régulière d'un sac de sable, surtout mouillé. Et celui-ci n'était pas humide, mais trempé.

— Violet, ai-je hélé de nouveau.

Si Violet pouvait m'entendre, elle n'en laissait rien paraître.

La porte située à l'autre bout de l'entrée était ouverte, et la pièce au-delà, vide, je le voyais bien. Quant au chien de Violet, Bennie, aucune trace de lui.

Et c'est là que je suis passée de l'anxiété à la peur. Parce qu'un chien, même âgé et loin d'être en forme, ne laisse normalement pas entrer quelqu'un chez lui sans réagir d'une manière ou d'une autre. Violet pouvait être encore en train de dormir ; elle aurait pu ne pas m'entendre. Mais mon arrivée aurait forcément alerté Bennie.

Même si c'était la dernière chose au monde que j'avais envie de faire, j'ai rebroussé chemin et me suis accroupie à côté du sac. Humide, compact, mais certainement pas rempli de sable. J'ai sorti le petit canif que je conserve dans ma poche, coupé le cordon et laissé le sac s'ouvrir. Puis je me suis emparée des coins du bas pour renverser le contenu mouillé, inerte, sur le linoléum usé de l'entrée de Violet.

Bennie, l'air encore plus petit qu'il ne l'avait été de son vivant, gisait à mes pieds. Je n'avais pas besoin de le toucher pour savoir qu'il était mort, mais je me suis quand même baissée pour caresser son pelage rêche. Les quelques plaies superficielles sur sa gueule et son cou indiquaient qu'il s'était blessé, en se débattant pour se libérer du sac qui coulait dans l'étang ou la rivière où on l'avait jeté. Un sac qui ne contenait pas que le chien. J'ai bougé les doigts et quelque chose d'autre en est tombé. Terriblement meurtri, le corps salement mutilé, déchiqueté par endroits, le serpent s'est convulsé une dernière fois avant de retomber immobile.

Un moment, j'ai cru que j'allais vomir. Je me suis effondrée par terre, sur le sol froid, consciente que je devais aller chercher Violet, mais incapable d'en trouver le courage. Et une idée vraiment étrange m'est venue à l'esprit.

Parce que j'avais l'impression qu'il manquait quelque chose. Des cours d'histoire datant de l'école me revenaient en mémoire, durant lesquels nous avions étudié l'histoire de la Rome antique, pendus aux lèvres du professeur qui nous racontait des scènes de justice, de torture et d'exécutions romaines. Un mode de mise à mort en particulier avait frappé notre imagination : le prisonnier condamné – qui, c'est ce que je me dis aujourd'hui, devait avoir commis le pire des crimes qu'on puisse imaginer – était enfermé dans un sac avec un chien, un serpent et autre chose ; s'agissait-il d'un grand singe – ou d'un animal de ferme quelconque ? Puis jeté dans le Tibre. Tout le monde dans la classe avait ri, ou presque. Ça s'était passé il y a si longtemps, après tout, et cet assortiment d'animaux avait un je-ne-sais-quoi de comique. Même moi, je m'en rendais compte. Mais je ne m'étais jamais réellement figuré auparavant ce que ça devait faire d'être enfermé dans un sac avec un animal – n'importe quel animal – puis jeté dans l'eau. On devait se débattre – frénétiquement, hystériquement – il devait y avoir des crocs et des griffes partout, et l'eau qui s'engouffrait dans vos poumons. La douleur surpassait sûrement...

Il fallait que je trouve Violet.

J'ai traversé l'entrée, puis le salon. Une porte, tout au fond, conduisait à l'escalier. J'ai trouvé un interrupteur et allumé d'une chiquenaude. Ce n'était pas une longue volée de marches, mais son ascension m'a semblé interminable.

Deux portes à l'étage. Sur la gauche, une petite chambre : des lits jumeaux, une commode, une cheminée et une fenêtre donnant sur les bois. J'ai respiré un grand coup et pris à droite.

PREMIÈRE PARTIE

1

Six jours plus tôt

Comment tout cela a-t-il commencé ? Eh bien, je suppose que c'est le jour où j'ai sauvé un nouveau-né d'un serpent venimeux, appris la mort de ma mère et croisé mon premier fantôme. En y resongeant, je pourrais même préciser l'heure. Quelques minutes avant 6 heures du matin, un vendredi, ma vie tranquille, disciplinée, a volé en éclats.

Six heures moins sept. J'avais couru de toutes mes forces. Haletante, en nage, j'ai trouvé ma clé et ouvert la porte de derrière. À l'instant où je l'ai fait, mes jeunes protégés se sont mis à pousser des cris stridents.

Tout en me frottant la nuque avec une serviette, j'ai traversé la cuisine, soulevé le couvercle de la couveuse et regardé à l'intérieur. Ils étaient trois, chacun guère plus gros que le poing, de petites boules de plumes ébouriffées, voraces, grognons. Des bébés chouettes hulottes : âgés de deux semaines et devenus orphelins quelques jours seulement après leur naissance, quand leur mère avait heurté un gros camion. Un observateur local avait vu la mère morte et localisé le nid. Il avait apporté les poussins au centre d'accueil pour la faune sauvage où j'exerce en tant que vétérinaire en titre. Ils étaient à deux doigts de mourir, avaient froid, et ils étaient affamés.

Ils n'avaient jamais cessé d'avoir faim depuis. J'ai pris un plateau dans le réfrigérateur, trouvé une paire de pinces et apporté une minuscule souris morte dans la couveuse. Elle n'a pas duré longtemps. Les poussins étaient en pleine forme, mais, de façon inquiétante, s'habituaient bien trop à moi. Élever des oiseaux sauvages n'est pas simple. À défaut d'une intervention humaine quelconque, les poussins orphelins sont condamnés à mourir ; en même temps, ils ne doivent pas devenir dépendants des humains. D'ici deux ou trois semaines, j'espérais les présenter à quelques parents ailés d'adoption qui pourraient leur enseigner ce qu'ils avaient besoin de savoir pour pouvoir chasser et se nourrir eux-mêmes. Jusque-là, je devais rester prudente. L'heure était sans doute venue de les installer maintenant dans une couveuse fermée et de commencer à me servir d'un gant en forme de chouette hulotte pour leur distribuer leurs repas.

Six heures moins trois. Je montais à l'étage pour aller prendre une douche quand le téléphone a sonné : certainement un chevreuil renversé sur la nationale 35 – un de plus.

— Miss Benning ? Vous êtes Miss Benning, la vétérinaire ?

Voix de jeune femme. De jeune femme bouleversée.

— Elle-même, ai-je répondu, me demandant quand je pourrais enfin prendre ma douche.

— Ici Lynsey Huston. J'habite sur la même route que vous, un peu plus loin. Au numéro 2. Il y a un serpent dans le berceau de mon bébé. Je ne sais pas quoi faire ! Je ne sais absolument pas quoi faire !

Sa voix s'élevait à chaque mot : elle semblait sur le point de craquer.

— Vous êtes sûre ?

Question débile, je sais, mais pour être honnête, un serpent dans un berceau, ça n'est pas très courant.

— Évidemment que je suis sûre. Je l'ai sous les yeux, là, comme je vous parle. Qu'est-ce que je fais, putain, qu'est-ce que je fais ?

Elle faisait trop de bruit.

— Calmez-vous et ne faites aucun geste brusque.

De mon côté, je me dépêchais, quittais la maison à la hâte, attrapant les clés de ma voiture au passage, ouvrant le coffre avec la télécommande – il a émis un petit bip –, plongeant la main à l'intérieur.

— Vous croyez qu'il l'a mordue ? ai-je demandé.

M'étonnant moi-même, je me suis souvenue que le bébé était une fille. J'avais repéré des ballons roses devant la maison quelques semaines plus tôt.

— Je n'en sais rien. Elle a l'air profondément endormie. Oh mon Dieu, et si elle ne dormait pas ?

— Elle est d'une couleur normale ? Vous pouvez la voir respirer ?

J'ai pris deux ou trois trucs à l'arrière de la voiture et me suis mise en route. J'apercevais la maison des Huston, un charmant cottage blanchi à la chaux, au bout du chemin. La famille venait d'arriver au village, n'habitait là que depuis quelques semaines, mais je croyais pouvoir me remémorer la mère, mon âge à peu près, plutôt grande, avec des cheveux blonds aux épaules. Nous ne nous étions jamais parlé auparavant.

— Je crois, oui. Oui, elle est rose. Vous pouvez venir ? Je vous en prie, dites-moi que vous pouvez venir.

— Je suis presque arrivée. Ce qui compte, c'est de ne pas effrayer le serpent. Ne faites rien qui puisse l'alarmer.

J'ai poussé le portail et remonté l'allée en courant, jusqu'à la porte d'entrée. Elle était fermée. J'ai couru à l'arrière. Le téléphone que j'avais à la main était trop éloigné de sa base et s'est mis à me biper dans l'oreille. Je l'ai éteint en franchissant la porte de derrière.

Je me trouvais dans une cuisine moderne, aux couleurs vives. Pour une maison abritant un nourrisson, elle semblait étonnamment nette et propre. J'ai posé le téléphone sur la table et traversé l'entrée en direction de la voix que j'entendais baragouiner à l'étage. En m'approchant de l'escalier, j'ai remarqué des taches d'humidité et des traces de boue sur le carrelage, par ailleurs immaculé. Un bruit familier a retenu mon attention. Jetant un coup d'œil sur ma droite, j'ai aperçu une couveuse remplie de poussins nouveau-nés dans un petit local technique. La famille élevait des poulets.

— Je suis là, ai-je lancé d'une voix douce.

Parvenue en haut des marches, j'ai vu un visage apeuré, blanc, se pencher pour me regarder de derrière une porte tout au bout du couloir. La femme m'a fait signe d'approcher, et je me suis avancée vers elle. Reculant d'un pas, elle m'a invitée à entrer dans la pièce.

J'étais dans une petite chambre rose et crème, nichée sous les combles. Des poutres porteuses en bois sombre tranchaient sur le plâtre des murs. Du tissu rose, imprimé de fées et de champignons vénéneux, garnissait la petite fenêtre profondément encastrée. Où qu'ils se posent ou presque, mes yeux rencontraient des peluches, en majorité roses. Le long du pan de mur le plus long se trouvait le berceau, un vrai berceau de petite princesse tout droit sorti d'un conte de fée : tout de dentelle crème et de volants roses. J'ai fait quelques pas, nourrissant toujours l'espoir qui m'avait saisie quand j'avais répondu au téléphone, que le serpent ne serait qu'un jouet, une farce faite à la mère par un enfant plus âgé.

Le bébé, minuscule et parfait, haletait doucement dans sa grenouillère blanche brodée de lapins roses. Elle avait la bouche légèrement entrouverte, je pouvais distinguer le fin duvet au-dessus de sa lèvre supérieure, de longs cils noirs et de légères traces de croûtes de lait sur ses joues. Elle avait les poings fermés, les bras abandonnés au-dessus de sa tête dans la position classique du nouveau-né. Cette petite semblait aller très bien.

Si ce n'est qu'elle partageait son lit avec un serpent venimeux prêt à mordre au premier mouvement.

2

Étonnamment, étant donné le grabuge qu'avait fait la mère, le serpent semblait dormir, lui aussi. Il était allongé, mi-lové, mi-étendu, sur la poitrine du bébé, goûtant la tiédeur du corps du nouveau-né, élevant doucement sa propre température pour la mettre au diapason de la sienne. Il mesurait environ trente-cinq centimètres de long et, j'imagine, à peu près neuf centimètres de circonférence à son point le plus large. Pas un jeune serpent.

À mon arrivée, la mère s'était calmée, mais paraissait toujours sur le point de perdre son sang-froid d'une seconde à l'autre.

— Je me suis dit que c'était sans doute une couleuvre, a-t-elle chuchoté d'une voix théâtrale, mais je n'étais pas sûre. Elles peuvent être gris foncé, non ?

J'enfilais mes gants, faits de cuir renforcé et remontant au-dessus des coudes ; ils me protègent les bras des morsures de plus grands mammifères, blaireaux, renards et autres. Je ne m'en étais jamais servie pour prendre un serpent auparavant.

— Ce n'est pas une couleuvre. Je vais vous demander de rester où vous êtes et de garder votre calme. Ne faites aucun mouvement brusque, aucun bruit soudain.

— Oh merde, ce n'est pas une vipère, quand même ? Cet homme, là, la semaine dernière dans la grand-rue, c'est une vipère qui l'a mordu. Il paraît qu'il est très malade.

Je me suis encore rapprochée. Je n'avais pas entendu dire que quelqu'un ait été mordu, mais ne me sentais pas particulièrement concernée par les nouvelles.

— Il s'en sortira. Une vipère, ça ne...

Je me suis interrompue. Je m'apprêtais à préciser qu'une morsure de vipère ne tuerait pas un adulte, ce qui aurait singulièrement manqué de tact étant donné les circonstances. La dernière personne décédée d'une morsure de vipère en Grande-Bretagne était un enfant de cinq ans. Un nouveau-né mordu par une vipère adulte ne survivrait peut-être même pas jusqu'à l'hôpital.

— Silence, maintenant, s'il vous plaît.

— Qu'est-ce que je dois faire ? Appeler une ambulance ?

Elle était incapable de se taire. Il fallait que je lui fasse quitter la pièce.

— Oui, mais téléphonez d'en bas, et vite. Expliquez-leur la situation, et dites que votre bébé aura peut-être besoin d'assistance immédiatement. Qu'ils se tiennent prêts à réanimer un jeune nourrisson.

À contrecœur, elle est sortie de la chambre, et j'ai avancé de quelques pas. Mes jambes avaient du mal à m'obéir, et à l'intérieur de leurs gros gants, mes mains tremblaient. Je n'avais pas eu peur d'un animal depuis longtemps, me semblait-il. Je m'étais déjà trouvée dans des cages avec des tigres, j'avais limé des ongles de pieds d'éléphants. J'avais administré des sédatifs à des blaireaux rendus fous de douleur, et aidé une bufflonne à mettre bas. J'avais connu l'excitation, l'euphorie, bien des fois ; j'avais déjà eu plusieurs crises de nerfs, mais rarement ressenti la peur.

Pourtant, j'avais très peur pour l'innocente petite à quelques pas de moi, plongée dans ses rêves de bébé, de lait et de câlins. Parce que le prédateur sur sa poitrine, qui pompait sa chaleur comme un parasite, détenait un pouvoir létal phénoménal. Le venin de serpent est une substance complexe, conçue pour immobiliser, tuer et faciliter ensuite la digestion de la proie. Si cette minuscule créature devait se faire mordre, les anticoagulants du venin de la vipère feraient effet en quelques minutes et la plaie continuerait de saigner. Elle endurerait une douleur atroce ; ce seul choc pourrait la tuer. Au bout d'un moment, des enzymes protéolytiques se mettraient à dissoudre ses organes et elle souffrirait d'hémorragie interne. Pour finir, sa chair commencerait à gonfler, sa peau deviendrait bleue, violette, et même noire.

Et tout ça avec une seule morsure. Une seule charge assénée à la vitesse de la lumière, et c'en serait fini de sa brève existence. Même si cette enfant devait survivre, elle resterait sévèrement marquée.

Enfin... pas tant que j'avais mon mot à dire.

J'ai pris une profonde inspiration pour me calmer. Le serpent dormait toujours, mais le bébé – oh non ! oh non ! – se réveillait. Elle a murmuré, s'est étirée, trémoussée. Si elle ressemblait de près ou de loin à ce qu'avaient été mes nièces bébés, à l'instant même où elle ouvrirait un œil elle réaliserait qu'elle était affamée. Elle ouvrirait la bouche et appellerait sa mère en vagissant. Donnerait des coups de pieds et lancerait ses bras en tous sens. La vipère paniquerait. Elle se défendrait. Le temps manquait. Même alors, je n'ai pas pu bouger.

Je n'avais jamais touché de serpent britannique sauvage. Je n'étais même pas sûre d'avoir vu une vipère auparavant, mais on ne pouvait se méprendre sur ce que j'avais sous les yeux. Les couleuvres sont de longs serpents minces à la tête ovale. Ce serpent était plus court, plus ramassé, avec le zigzag caractéristique sur sa peau d'un gris sombre, et le V de vipère sur son front.

Le bébé a gémi ; le reptile s'est réveillé.

Il s'est dressé pour regarder alentour, dardant sa langue, sentant une menace sans savoir vraiment d'où elle venait. Soudain, un bruit s'est élevé dehors. Lynsey était de retour. J'ai tendu la main vers le serpent. Il a fait volte-face, et m'a attaquée tandis que nous nous emparions l'un de l'autre.

Alors que la vipère plantait fermement ses crocs dans le cuir de mon gant, je m'en suis saisie tout près de la tête de l'autre main, l'ai soulevée et éloignée du berceau. Lynsey a poussé un cri inarticulé et couru – plus vite que la vipère n'avait frappé, selon moi – jusqu'au berceau de son bébé. Elle a cueilli l'enfant et s'est mise à roucouler des petits riens tendres alors que j'ouvrais d'un coup de pied le couvercle du conteneur pour animaux que j'avais pris dans ma voiture, et j'ai lâché le serpent dedans. Il a fallu insister un peu pour le convaincre de lâcher mon gant, mais une légère pression derrière la tête a fait l'affaire. J'ai fermé la boîte, l'ai verrouillée, puis j'ai ôté mes gants. Mon poignet droit était marqué de deux petites indentations là où la vipère m'avait attrapée, mais la peau n'était pas écorchée. Je me suis tournée vers Lynsey et sa fille. Le visage de la mère était baigné de larmes.

— Il faut qu'on la déshabille, ai-je dit. Je suis sûre qu'elle va bien, mais il vaut mieux vérifier.

Je les ai pilotées toutes deux vers la table à langer et, comme Lynsey semblait incapable de fonctionner, lui ai gentiment enlevé le bébé des mains pour l'allonger. J'ai ôté la grenouillère, le maillot de corps et la couche : la douceur de sa peau nacrée était à peine croyable.

Furieuse qu'on lui refuse son content habituel de câlins et de lait, le bébé donnait des pieds et des mains en tous sens, et son visage a pris une teinte aubergine tandis qu'elle réclamait son petit-déjeuner à grands cris. J'ai saisi ses poignets et lui ai étiré les bras ; même chose ensuite, avec les jambes. Je l'ai retournée pour inspecter son dos, ses fesses potelées, sa nuque. Impeccables.

Je l'ai hissée dans mes bras et l'ai rendue à sa mère à contrecœur – étonnant, je n'ai jamais vraiment aimé les bébés. Lynsey s'en est saisie comme si elle constituait une part manquante de son propre corps, pour ouvrir ensuite son chemisier en tirant dessus d'un geste sec.

Quelques minutes plus tard – Lynsey semblait incapable de parler, et je n'avais rien à dire –, j'ai entendu des pas en bas, et une voix masculine. Rassemblant mes forces (rencontrer des inconnus pour la première fois est toujours une épreuve), j'ai attrapé la boîte du serpent et suis descendue à la rencontre de l'équipe d'ambulanciers. Évitant soigneusement de croiser le regard de quiconque, j'ai expliqué ce qui s'était passé, récupéré mon téléphone et crié au revoir à Linsey et son bébé.

Ce n'est que sur le chemin du retour que je me suis rendu compte que je n'avais pas demandé comment s'appelait le bébé, et que je n'en aurais désormais sans doute plus jamais l'occasion. Pearl, ai-je décidé de la baptiser, en raison de sa peau d'un rose nacré.

Les bébés chouettes, insatiables, se sont remis à crier sitôt que j'ai ouvert la porte d'entrée. Ils faisaient sans doute moins de bruit que mon téléphone fixe et le portable réunis, mais de peu. J'ai baissé les yeux sur le combiné de la maison que j'avais toujours en main. Boulot. Puis sur le portable posé sur la table de la cuisine. Boulot. Kif-kif.

— Clara, on a des blaireaux.

C'était Harriet, mon assistante, également réceptionniste.

— Salement amochés. Ils sont en route. Tu peux être là dans combien de temps ?

— *Des* blaireaux ? Combien ?

— Trois. Tout juste vivants. Trouvés ce matin dans un entrepôt du côté de Lyme. Ils sont été gravement mutilés.

J'ai poussé un soupir et regardé l'heure. Il était 7 h 20, et j'avais déjà affronté un serpent venimeux et parlé à trois personnes de plus que d'habitude en une matinée. Maintenant je devais me coltiner un cas particulièrement moche de combat clandestin.

Trois kilomètres plus loin sur la nationale 35, j'ai quitté la route. Il y a là une zone de bruyères, l'habitat naturel d'une vipère. Je m'y suis aventurée sur quelques centaines de mètres, avant de laisser le serpent sortir de la boîte. Trois secondes plus tard, il avait disparu.

3

L'un des blaireaux était une blairelle gravide qui a mis bas quinze minutes après son arrivée au centre. Quelques secondes plus tard, elle était morte. Ses trois minuscules petits, guère plus gros que des souris, ont été prestement emmenés en soins intensifs.

Le plus gravement blessé des deux adultes restants était un jeune mâle. Il avait de sérieuses lacérations sur l'abdomen, des marques de morsures partout sur l'extrémité des pattes avant, autour des griffes, la moitié de son museau avait disparu et l'état d'une de ses pattes avant ne me disait rien qui vaille.

— Salauds, a lâché Craig, l'infirmier en chef, à côté de moi.

Je n'avais rien à redire à ça.

Les combats de blaireaux ont été interdits en Grande-Bretagne en 1835 mais sont encore pratiqués aujourd'hui. C'est l'un des sports de combat – de mise à mort, plutôt – les plus cruels et les plus illégaux de notre pays. Pour une raison totalement obscure, il a même connu une sorte de renaissance dans le Sud-Ouest ces derniers temps. Les règles d'engagement sont relativement simples : prenez un blaireau adulte, en bonne santé, délibérément blessé à l'avance de façon à le ralentir, et lâchez-le dans un espace réduit avec plusieurs chiens. Puis pariez sur la longévité de la bête.

Il fut un temps où les combats avaient lieu dans les « donjons » ou « forteresses », les terriers des blaireaux (on parlait alors de « déterrages »), mais ces derniers temps, les animaux étaient plus souvent chassés de leurs donjons par des terriers – les chiens – et transportés en secret dans des fosses creusées tout spécialement. La chose se passe souvent en pleine campagne, surtout si l'on trouve à s'abriter dans quelque ancien bâtiment de ferme, mais on a rapporté des cas de combats proches des villes, sur des sites industriels ou dans des entrepôts abandonnés.

En cas de victoire du blaireau, ce dernier se fait matraquer à mort. Trouver trois survivants était extrêmement rare, et j'en déduisais donc que le combat avait été interrompu et les auteurs obligés de s'enfuir.

Notre blaireau se trouvait déjà dans une cage solide, au grillage serré, aussi n'aurais-je pas à m'inquiéter de le manipuler. Les blaireaux sont extrêmement forts, totalement imprévisibles et fréquemment agressifs. Ils possèdent aussi des mâchoires d'une force exceptionnelle. Leurs morsures sont à éviter à tout prix. Dans l'heure à venir, j'allais tenter de stabiliser son état, soigner ses blessures les plus graves et le bourrer d'analgésiques. Après, la suite ne dépendrait plus que de lui.

Craig a abaissé le couvercle de la cage jusqu'à ce que le blaireau se retrouve immobilisé, me permettant de lui injecter un mélange de médétomidine, de kétamine et de butorphanol dans l'un des muscles de sa patte arrière. C'est un cocktail d'anesthésiques et d'antidouleurs assez efficace, mais il faudrait compléter l'anesthésie par inhalation durant l'intervention. Cette responsabilité reviendrait à Craig. Quand j'ai jugé la chose sans risque, j'ai ouvert la cage et Craig et moi-même l'avons porté sur la table d'opération.

Il avait perdu beaucoup de sang. Il m'a fallu une minute ou deux pour trouver une veine, mais après ça, je l'ai rapidement mis sous perfusion. Je lui ai fait une injection de méthylprednisolone pour gérer le choc et une autre d'amoxicilline pour aider à combattre les éventuelles infections.

— Un espoir d'attraper la bande ? ai-je demandé, tout en commençant à nettoyer les plaies autour de son museau, soulagée de constater que les muscles n'avaient pas été trop atteints. La peau pendait en partie. J'essaierai de la rattacher.

— Pas vraiment, a répondu Craig, la voix étouffée par le masque qu'il portait. (La tuberculose bovine est assez répandue dans le Sud-Ouest. Les blaireaux ne sont pas tous atteints mais, quand on les soigne, on est tenus de faire comme si.) La police a un numéro de plaque minéralogique et fait des recherches jusqu'à Exeter, mais leurs véhicules sont presque toujours volés, non ?

J'ai hoché la tête. Ces bandes étaient organisées. Elles gagnaient un max de fric avec leurs réunions illégales. Elles savaient comment se protéger.

Les lacérations de l'abdomen n'étaient pas aussi graves que je l'avais d'abord craint, mais en fin de printemps, les myiases sur plaies ouvertes peuvent poser problème. J'ai rincé avec du désinfectant et de l'insecticide. Une fois les plaies nettoyées, je pourrais les suturer en vitesse.

— La police a trouvé un chien mort sur le site, a ajouté Craig. Un staffie. Le chien d'un pauvre gosse.

J'avais déjà entendu ce tremblement dans la voix de Craig auparavant. Il supportait de se retrouver face à des animaux très amoindris, affreusement blessés, mais avait du mal avec la cruauté délibérée.

« Comment fais-tu, Clara ? Comment peux-tu rester aussi calme ? » m'avait-il demandé une fois, le visage inondé de larmes alors que nous venions d'anesthésier un jeune faon dont les yeux avaient été arrachés par une bande d'adolescents. Il me trouvait froide, comme le reste de l'équipe. Mais comment leur expliquer que la cruauté humaine ne m'étonnait jamais ? J'y avais été confrontée depuis aussi longtemps que je m'en souvienne.

La porte s'est ouverte et Harriet a paru. À voir l'expression qu'elle arborait, j'ai cru qu'elle allait m'annoncer la mort de l'autre blaireau.

— Clara, un appel pour vous, a-t-elle dit, hésitant sur le seuil de la porte.

J'ai secoué la tête et levé des mains gantées, couvertes de sang et de poils.

— J'en ai encore pour une heure, ai-je répondu en retournant à mon patient.

— Clara, c'est votre père. Vous devez le prendre, vraiment.

Je l'ai regardée de nouveau, ai pris conscience de ce que signifiaient ses yeux embués et son air effrayé. Pas un blaireau, donc. Ce n'était pas le blaireau qui était mort.

J'ai décroché mon masque d'un côté et ôté un gant. Pressant l'écouteur contre mon oreille, j'ai écouté ce que mon père avait à dire, puis lui ai promis de le rappeler. Il parlait encore quand j'ai appuyé sur le minuscule bouton qui lui a coupé la parole. J'ai rendu le téléphone à Harriet.

— Je suis quasi certaine que l'humérus avant droit est cassé. S'il passe la nuit, j'y jetterai un œil demain matin. Une broche centromédullaire pourrait faire l'affaire.

Harriet était toujours dans la pièce, feignant de nettoyer le téléphone avec du désinfectant. Du coin de l'œil, je l'ai surprise en train d'adresser un regard appuyé à Craig.

— Tout va bien ? m'a-t-il demandé.

J'ai lentement hoché la tête et continué mes points de suture. Je m'obligeais à me concentrer, consciente que Harriet articulait des mots à l'adresse de Craig et qu'il se donnait un mal de chien pour lire sur ses lèvres. Il ne regardait plus la tête du blaireau. Il en faut beaucoup pour l'interrompre en pleine opération. J'ai levé le nez un instant.

— Je crois qu'il se réveille.

Craig a baissé les yeux, de nouveau appliqué à sa tâche.

— Clara, vous devriez y aller. Rejoindre les vôtres, a tenté Harriet.

— Quand j'aurai fini, ai-je répondu, sans lever les yeux. Vous pouvez faire le nécessaire pour que des prélèvements sanguins soient envoyés à la DEFRA ? Et comment vont les petits ?

Elle a haussé les épaules, jeté un dernier regard à Craig et quitté la pièce.

Je suis passée devant le chenil pour aller chercher l'autre blaireau. Les trois blaireautins orphelins étaient blottis les uns contre les autres dans la couveuse. Ils avaient bu un peu de lait – une version spéciale de lait en poudre pour nouveau-né que nous utilisons pour les petits mammifères – et se portaient aussi bien qu'on pouvait l'espérer. Couchés ensemble, pelotonnés pour se tenir chaud, haletant et miaulant. Minuscules, effrayés, privés de mère.

Un peu comme moi.

4

Le Petit Ordre de Saint-François, où j'ai travaillé pendant presque cinq ans, a été fondé par des moines catholiques à la fin du XIXe siècle pour soigner les animaux sauvages malades ou blessés. De nos jours, c'est une organisation caritative qui le fait subsister : nous recevons des dons du monde entier, des centaines de gens deviennent nos « amis » en échange d'une souscription annuelle, et l'espace réservé aux visiteurs attire des milliers de personnes chaque année. Nous soignons n'importe quel animal sauvage britannique – mammifère, reptile, oiseau, amphibien – même tout bébé, même très blessé. Ce n'est que lorsqu'un animal est trop atteint pour le soigner sans prolonger cruellement ses souffrances que nous l'achevons. Certains nous accusent de sentimentalisme ridicule, de gaspiller la bonne volonté charitable qui pourrait être employée à des causes plus importantes. Personnellement, j'estime que les gens doivent avoir le droit de choisir eux-mêmes la cause qu'ils souhaitent soutenir et que toutes les vies, même minuscules, mystérieuses, brèves, ont une valeur et une raison d'être.

Le troisième blaireau n'était pas tant blessé que ça. Il ne m'a guère fallu plus de quarante minutes pour lui prodiguer tous les soins possibles, après quoi je l'ai renvoyé se reposer, et fait mettre en observation. Quand nous avons eu fini, Harriet m'attendait de nouveau ; et je me suis préparée à essuyer le feu de son inquiétude maternelle. Elle allait m'obliger à prendre une pause, me servir un café chaud sucré, me forcer à parler et, avec un peu de chance, me faire craquer et pleurer sur son épaule. Harriet me connaissait depuis cinq ans. On aurait pu l'imaginer plus avisée après tout ce temps.

Je me suis dirigée vers le chenil, et Harriet a dû m'emboîter le pas, trottant presque pour ne pas se laisser distancer.

— Clara, on vous attend à la réception. L'un des médecins de l'hôpital du comté. Ça fait presque une heure qu'il est là. Je lui ai dit que vous étiez occupée et que... eh bien... que le moment était mal choisi, mais il a dit que c'était important. Une histoire de serpent.

Je me suis arrêtée net dans le couloir et Harriet m'est rentrée dedans. On avait dû emmener le bébé que j'avais sauvé ce matin à l'hôpital du Dorset County pour l'y placer en observation. Si le médecin était si pressé de me parler, s'il était bel et bien là, la vipère avait dû la mordre, après tout. Comment cela avait-il pu m'échapper ? Revenant sur mes pas, j'atteignais la réception quelques secondes plus tard. Un jeune homme en jean et pull s'est levé d'un bond à ma vue. Un grand sac à dos était posé à côté de son siège. Il s'est avancé à pas décidés, main tendue pour serrer la mienne. Nous ne nous étions jamais rencontrés auparavant, mais il ne semblait pas douter que je sois la femme qu'il cherchait. Quelqu'un lui avait dit de quoi j'avais l'air.

— Miss Benning ? Merci de me recevoir. Harry Richards. Je suis médecin consultant au service de réanimation de l'hôpital. J'apprécierais beaucoup que vous acceptiez de me donner votre avis sur un cas.

— C'est au sujet du bébé ? (Je n'arrivais pas à me souvenir du nom de la famille.) Le bébé qu'on a admis ce matin ?

— Non. Il avait l'air perplexe. Quel bébé ? Je suis venu au sujet de John Allington.

— Ah !

Je ne connaissais pas de John Allington. Derrière nous, Harriet faisait mine de trier des papiers.

— Je suis sincèrement désolé de vous l'apprendre, a poursuivi le docteur Richards, mais je crains que Mr. Allington ne se soit éteint ce matin.

— Oh, je vois.

Toujours rien.

— Je suis désolé. J'espère que ce n'était pas un de vos amis proches.

— Non, ai-je dit, me demandant combien de temps le malentendu allait durer.

Comme il n'était pas venu me parler du bébé, je ne me sentais plus concernée.

— Sally Johnson a suggéré que je vous contacte. Elle a dit que vous vous y connaissiez pas mal en serpents.

Ça suffisait comme ça.

— Je suis navrée, mais je crois qu'il y a eu un malentendu. Je ne connais pas ces gens et je dois vraiment y…

— Vous êtes Clara Benning, vétérinaire en chef ?

Il avait l'air fâché ; eh bien, on était deux.

— Oui. Et la matinée est très chargée…

— Sally Johnson est l'une des infirmières à domicile attachée à l'hôpital. Elle m'a expliqué qu'elle et vous habitiez dans le même village. Le village dans lequel vivait Mr. Allington. Elle a dit qu'elle était votre voisine immédiate.

Aïe ! Au temps pour moi. Évidemment que ma voisine était infirmière à domicile ; je la croisais souvent dans son uniforme. Je crois même que j'avais su qu'elle s'appelait Sally. À mon arrivée, elle était passée à quelques reprises, refusant de se laisser snober par les accueils de plus en plus froids que je lui réservais. Pour finir, j'avais simplement cessé d'ouvrir la porte.

Derrière le docteur Richards, Harriet avait arrêté de faire semblant de travailler. Une porte s'est ouverte derrière nous, une femme et un bambin sont entrés. Le petit garçon portait une boîte à chaussures.

— Zoiseau, a-t-il expliqué, s'avançant vers le comptoir.

Un nouveau blessé.

— Écoutez, ai-je déclaré au docteur Richards. J'ai eu une matinée affreuse. Je dois faire la tournée des enclos extérieurs, maintenant. Pourquoi ne pas m'accompagner ? Nous pourrons parler en chemin.

Richard a hoché la tête, s'est retourné pour prendre son sac, puis a franchi les portes du hall d'entrée sur mes talons. Nous étions alors dans la boutique de cadeaux.

— Vous êtes au courant de ce qui est arrivé à Mr. Allington ? a-t-il demandé tandis que nous adressions un signe de tête à Holly derrière son comptoir et sortions dehors.

Je n'ai pas répondu tout de suite. Puis j'ai fait le rapprochement. Lynsey avait mentionné qu'un habitant de la grand-rue s'était fait mordre par une vipère. Ce devait être John Allington. Et il était mort ?

— Il a été mordu, c'est ça ? Par une vipère.

— Il y a cinq jours. J'ai vraiment besoin de parler à quelqu'un qui s'y connaisse en morsures de serpents, et sur leurs effets.

Nous nous trouvions dans la partie de l'hôpital où nous gardons les hérissons, les lapins sauvages et les canards, dans des enclos à clôture basse. Cet endroit plaît aux enfants, et nous avons dépassé deux ou trois bambins accompagnés de leurs parents, qui plongeaient le regard dans des clapiers minuscules.

— Vous en avez certainement discuté avec le centre antipoisons ?

Le Centre National d'Information sur les Poisons de Grande-Bretagne devrait être le premier réflexe d'un médecin confronté à un cas d'envenimation. Il possède un certain nombre de succursales régionales et est bien placé pour conseiller par téléphone, ainsi que sur le site Internet Tox-Base.

— Bien sûr. Je les ai contactés sitôt qu'il a été admis et ils m'ont guidé pas à pas dans son traitement. Mais personne là-bas n'est un pro en matière de morsures de serpents. Les conseils qu'ils peuvent me donner sont très généraux. Cette spécialisation n'est pas requise en Grande-Bretagne, tout simplement.

— Je comprends.

Il avait raison. Le dernier décès pour cause de morsure de serpent enregistré en Grande-Bretagne, celui de l'enfant de cinq ans, s'était produit trente ans plus tôt. Depuis lors, on avait admis à l'hôpital vraisemblablement moins d'une vingtaine de patients par an.

— Alors, vous pouvez m'aider ? a demandé le docteur Richards.

— Eh bien... ai-je répondu, pour gagner du temps.

Je n'étais pas sûre de le pouvoir. Je n'étais même pas sûre de le vouloir.

— En deuxième année de fac, j'ai suivi un cours facultatif sur les animaux exotiques et sauvages, ai-je repris finalement. J'ai fait mon stage d'été dans les zoos de Chester et de Bristol et, j'ignore pourquoi, passé pas mal de temps avec les reptiles.

Je me suis interrompue pour échanger quelques mots avec la responsable de nos petits animaux. Tous nos patients se portaient bien, m'a-t-elle appris, puis, traversant un petit pont, le docteur et moi-même sommes arrivés au lac.

— À la fin de ma dernière année, j'ai été assistante vétérinaire à Chester pendant quelques mois, après quoi je suis partie un an en Australie pour collaborer à un projet de recherches sur les reptiles, ai-je ajouté, quand j'ai compris que le docteur Richards attendait que je poursuive. Je fais aussi parfois du volontariat au centre de réinsertion des reptiles à Bristol. Mais ces cinq dernières années, j'ai travaillé ici. On ne voit pas beaucoup de serpents, j'en ai peur.

Nous nous sommes arrêtés pour regarder le gibier d'eau sur le lac. Ce dernier était plus peuplé que d'habitude, mais à cette époque de l'année nous recevons souvent la visite de spécimens en pleine santé qui viennent faire une courte halte. Le docteur Richards observait une poule d'eau en train de s'ébattre dans les roseaux.

— La vérité, Clara, c'est que personne à l'hôpital ne sait que je suis ici.

Je n'ai rien dit. La poule d'eau est sortie de l'eau et a secoué ses plumes.

— Je suis sûr que vous savez qu'il est extrêmement rare, même pour quelqu'un de l'âge de Mr. Allington, de mourir d'une morsure de vipère, a continué le docteur Richards. Dès son admission, on a envoyé des prélèvements sanguins au laboratoire de biochimie. On détenait le serpent qui l'avait censément mordu mais, quand bien même, on devait savoir exactement ce à quoi on avait affaire. On a reçu les résultats il y a deux jours.

— Et ?

— Il y avait du venin de vipère dans son sang, aucun doute à ce sujet.

— Et vous dites qu'on a trouvé le serpent, ai-je rétorqué, commençant à me demander où tout cela allait nous mener. Et que c'est bien une vipère ?

Richards a plongé la main dans son sac à dos et en a ressorti un sachet scellé transparent. À l'intérieur, se trouvait un petit serpent qui, d'après mes estimations, devait être mort depuis plusieurs jours.

— Il gisait dans le jardin, non loin de Mr. Allington, quand son jardinier l'a trouvé. Il avait réussi à le tuer avant de perdre conscience.

J'ai pris le sachet des mains du médecin et l'ai levé pour mieux en discerner le contenu.

— Il était inconscient quand on vous l'a amené ?

— Oui, mais en raison d'un trauma crânien. On pense qu'il a trébuché et s'est cogné la tête, peut-être quand il a commencé à se sentir mal. Et pour couronner le tout, il est tombé dans son étang, assez profond au dire de tous. Par chance, sa tête est restée hors de l'eau. Encore que vu le résultat…

— Oui, certes, ai-je marmonné, lui rendant son sachet et me demandant si je commençais à partager le malaise du docteur Richards vis-à-vis de la mort de son patient. Et alors, il a repris conscience ?

— Oui. Mais ça n'a pas changé grand-chose. Il ne pouvait pas vraiment se rappeler quoi que ce soit, et il était à peine lucide à la fin. Il a souffert de vomissements violents, de manque de souffle, a perdu le contrôle de ses membres et avait une forte fièvre.

— Le venin de vipère est plus puissant au printemps. Quand elles sortent d'hibernation. Avait-il d'autres problèmes sous-jacents ? Un problème de cœur ? Une maladie respiratoire ?

— Aucun. Il avait soixante-neuf ans, mais il était en parfaite santé pour un homme de son âge.

— Il arrive que les gens allergiques aux piqûres de guêpes ou d'abeilles réagissent mal au venin de vipère. Est-ce que ça aurait pu être le cas ?

— C'est ce qu'a suggéré le centre antipoisons. Mais aucun de ses symptômes n'indiquait de réaction allergique. Juste une envenimation sévère.

— Puis-je savoir quel traitement il a reçu ? ai-je demandé. Malgré moi, le cas avait fini par m'intriguer.

— À son arrivée, on a nettoyé la morsure et on lui a fait une injection antitétanique. Ensuite, j'ai appelé le centre antipoisons. Ils m'ont dit de le surveiller de près, de contrôler son pouls, sa tension et sa respiration tous les quarts d'heure. On n'était pas vraiment inquiets à ce stade.

— Mais son état s'est dégradé ?

— Rapidement. On a commencé à voir de nombreuses boursouflures, pas seulement autour de la morsure. Comme il souffrait terriblement, je lui ai donné des analgésiques et aussi des antiémétiques pour tenter de contrôler ses vomissements. On lui a administré une solution colloïdale, des antihistaminiques et de l'adrénaline.

— Et pas d'antivenin ?

— Le centre antipoisons nous en a fait parvenir quelques-uns par coursier. Du sérum antivenimeux de vipère européenne. Ça a eu l'air de faire effet au début, mais le jour suivant, sa tension a chuté et on a commencé à constater des arythmies cardiaques. Le troisième jour, il avait des attaques. Au quatrième, il souffrait de pancréatite aiguë et d'insuffisance rénale. Il a passé ses dix dernières heures dans le coma.

J'ai accordé au docteur Richards la minute de silence que la situation semblait requérir.

— C'est terrible, vraiment. Je suis désolée, ai-je conclu au bout d'un moment. Mais qu'attendez-vous de moi ?

Dans le laboratoire, je me suis assise à mon bureau, contemplant les papiers que Harry Richards m'avait laissés. Une analyse chimique du sang d'un défunt. Toutes les deux secondes, je relevais brièvement les yeux pour vérifier les informations sur l'écran d'ordinateur qui me faisait face. Étalés sur mon bureau, plusieurs de mes anciens manuels de fac. J'ai de nouveau consulté les résultats du bilan sanguin. Ils ne m'apprendraient rien que je ne sache déjà. J'ai décroché mon téléphone.

— Ici Clara Benning, ai-je dit, quand j'ai eu Harry Richards en ligne. Le serpent est, de façon sûre et certaine, une vipère péliade, *Vipera berus*. En d'autres termes, une vipère britannique commune. Et je ne vois aucune raison de contester les analyses réalisées par votre laboratoire. Le venin est également celui d'une vipère.

— Très bien, dans ce cas.

Il s'est tu un moment, réalisant, comme je m'en étais doutée, que j'avais quelque chose à ajouter.

— Autre chose ?

— On n'a retrouvé qu'un serpent ? Est-il possible qu'il y en ait eu plusieurs ?

Silence appuyé.

— On ne m'a encore jamais suggéré cette éventualité. J'imagine que ç'aurait pu être possible, mais...

Il s'est interrompu.

— Quand vous l'avez examiné, combien de marques de morsures avez-vous relevées ?

Il a marqué un nouveau temps d'arrêt, je l'entendais remuer des papiers.

— Une seule. Deux indentations là où les crochets ont piqué la peau. Je suis en train de regarder les photos. Je peux vous les montrer. Pourquoi ? Qu'avez-vous trouvé ?

— Rien de sûr, encore. Je peux garder les résultats et le serpent deux ou trois jours ? J'aimerais consulter quelqu'un d'autre.

— Qu'est-ce que je dis au médecin légiste, alors ?

— Que les examens sont toujours en cours. Je vous recontacterai lundi.

Le docteur Richard et moi-même nous sommes souhaité une bonne matinée et j'ai commencé à me lever. J'avais beaucoup à faire. Puis je me suis rassise pour réfléchir. Deux incidents impliquant des serpents venimeux. Dans la même semaine. Et mieux, dans le même village. J'ai poussé un soupir et redécroché mon téléphone.

— Roger, ai-je lancé une fois la communication établie, que faites-vous demain matin ?

5

— Encore un serpent !

J'ai sursauté. Harriet s'était glissée sans bruit derrière moi et regardait par-dessus mon épaule. Elle s'est approchée plus près.

— Pas sûre qu'on puisse grand-chose pour celui-là.

Puis elle s'est penchée vers moi, a posé une main sur mon épaule. Je me suis retenue de me crisper ; elle ne me voulait pas de mal.

— Clara, vous êtes sûre que vous allez bien ? a-t-elle demandé. Je sais qu'on a de quoi faire, mais on peut s'en sortir si vous voulez y aller.

Je me suis retournée. Elle était toute proche, son visage à moins de quinze centimètres du mien, mais Harriet avait l'habitude de me voir. Elle n'a pas bronché.

— Que voulez-vous dire par « encore un serpent » ? Combien de serpents avons-nous ?

— Aucun en résidence. C'est juste qu'on en a croisé un paquet ces temps-ci, a-t-elle répondu.

— Je n'en ai vu aucun.

— Normal, vous ne risquiez pas. Ils étaient soit morts soit en parfaite santé, simplement empêtrés dans des filets. Une fois détachés, on les a relâchés. Vous les trouverez tous dans l'ordinateur.

J'ai poussé ma chaise de façon à la faire rouler de côté le long du bureau. Tout animal arrivant à l'hôpital est consigné dans notre registre d'admissions. J'ai parcouru la liste du regard. Nous étions le troisième vendredi de mai. Au début de la semaine, quelqu'un avait trouvé une couleuvre retenue dans le filet couvrant son étang. Harriet et l'un des autres infirmiers avaient coupé les mailles en Nylon, vérifié l'état du serpent, l'avaient déclaré parfaitement indemne, et l'avaient relâché. J'ai vérifié qui l'avait apporté. Un homme de mon village.

La semaine précédente, un propriétaire de chien avait apporté une vipère qu'avait attrapée et férocement attaquée son animal durant sa promenade. Elle était morte à son arrivée. Je me suis demandé comment allait le chien. N'importe quel serpent acculé se bat. Le propriétaire du chien habitait mon village.

Le troisième incident ne s'était pas soldé par une livraison d'animal au centre. Quelqu'un avait appelé affolé pour dire qu'ils avaient une vipère dans leur cuisine. Craig était allé voir et avait découvert que le serpent était une coronelle lisse, ressemblant à la vipère, mais parfaitement inoffensive. Il l'avait gentiment incitée à sortir. Mon village.

Cela ne signifiait pas nécessairement grand-chose. Nous avions eu un été long et chaud l'année précédente ; il était parfaitement possible qu'il soit né un plus grand nombre de serpents que d'habitude. Et jusqu'ici, le printemps avait été anormalement chaud. Tous les serpents en hibernation devaient être réveillés et en activité. Il n'y avait sans doute pas lieu de s'inquiéter. Tôt ou tard, la nature aurait recouvré son équilibre.

C'est ce que je me suis répété – à plusieurs reprises – en rentrant chez moi.

J'avais prévu de sortir tôt, mais la journée avait été extrêmement chargée. Nous n'avions pas plutôt stabilisé l'état des blaireaux qu'on nous avait amené un jeune muntjac[1], gravement blessé par une voiture lancée à toute allure. Le temps que je le recouse, trois jeunes renards orphelins réclamaient

1. Cerf primitif de petite taille vivant dans les campagnes anglaises *(N.d.T.)*.

mon attention. Malgré tous mes efforts, il était près de 7 heures au moment où je me suis engagée dans mon allée.

Des gens dans le jardin devant chez moi.

Le chemin, court, étroit, vire à droite, de sorte que la maison du bout, la mienne, est cachée tout au fond : on la devine à peine avant d'être pratiquement dessus. J'allais m'arrêter quand je les ai vus – l'un sur le pas de ma porte, deux autres en train de traîner dans le jardin et le quatrième penché par-dessus le mur en train de parler à ma voisine, Sally, l'infirmière à domicile.

J'ai garé la voiture mais n'ai pas bougé, avec le mince espoir qu'ils avaient juste envie de jeter un œil à ma propriété et qu'ils s'esquiveraient à l'instant où j'arriverais. Il me suffisait juste de prendre mon temps.

Quand j'ai levé les yeux, tous attendaient que je descende de mon véhicule, se demandant pourquoi je restais là. Refoulant la tentation de faire le tour de la maison en courant, j'ai ramassé mes sacs, suis sortie de la voiture et me suis avancée vers le groupe, m'obligeant à les regarder plutôt que de garder les yeux rivés au sol. Le plus âgé des quatre – c'étaient tous des hommes – s'est avancé vers moi main tendue. Il était grand avec d'épais cheveux blancs. Il devait avoir la cinquantaine bien tassée.

— Miss Benning ? Désolé de vous envahir, mais nous espérions que vous rentreriez à temps. Je suis Phillip Hopwood, des Ormes, en haut de la grand-rue. Vous connaissez Daniel, j'en suis sûr.

Je ne le connaissais ni d'Ève ni d'Adam, mais le dénommé Daniel a pris ma main dans les siennes.

— Je ne peux pas vous dire à quel point je suis reconnaissant, a-t-il dit.

Il était grand, avec des cheveux bruns, plutôt pas mal, la trentaine.

— Lynsey était dans tous ses états aujourd'hui. Je ne sais pas ce que nous aurions fait sans vous.

— L'idée seule fait trembler, a renchéri l'homme numéro trois, qui se tenait désormais légèrement derrière moi, me donnant à penser – ridicule, je sais, ils étaient parfaitement amicaux – qu'on me cernait délibérément comme autrefois dans la cour d'école. Je me suis légèrement détournée. Il était jeune quoique très largement dégarni. Une épaisse barbe de plusieurs jours sur le menton.

— A-t-on la moindre idée de la façon dont cette chose a pu se retrouver dans la chambre ? a-t-il continué.

Daniel a secoué la tête et s'est passé une main dans les cheveux.

— Dieu seul le sait. Les fenêtres étaient ouvertes mais... on se demandait s'il avait pu être attiré par les poulets. Les serpents mangent les oisillons, non ?

— Comment va-t-elle ? lui ai-je demandé, m'étonnant moi-même.

Je n'avais pas prévu de parler à moins que la chose ne devienne inévitable.

— Oh bien, elle se porte à merveille. C'est Lynsey qui est anéantie. Elle sursaute pour un rien, un vrai criquet. Refuse de quitter Sophia des yeux.

— On ne peut pas le lui reprocher, a dit l'homme qui avait parlé à Sally. Linda serait dans le même état. Elle ne supporte pas ces bestioles.

— Enfin bref, a repris le grand homme aux cheveux blancs. Il se fait tard. Peut-être pourrions-nous expliquer à Miss Benning...

— Bien sûr. Vas-y, Phillip.

— Miss Benning – Clara, c'est ça ? – les gens s'inquiètent. On a tous appris pour John Allington... une tragédie... et, pour l'incident de ce matin... Enfin, Dieu merci vous étiez là.

— Il n'y a pas de quoi, vraiment. (Ils semblaient attendre une réponse de ma part.) Je ne connaissais pas John Allington mais je suis sincèrement désolée...

J'ai senti ma main se resserrer sur le sac que je portais. Le serpent qui avait tué John Allington était plus proche qu'ils ne s'en doutaient.

— Oui, oui... Ce qu'il y a, Clara, c'est que j'ai parlé à la police, au commissariat du coin, mais ils disent que ce n'est pas de leur ressort. Donc, on se retrouve tous ce soir pour voir ce qu'on peut faire. Plusieurs avis valent mieux qu'un, tout ça…

— On vous serait vraiment reconnaissants si vous acceptiez de vous joindre à nous, a précisé Daniel. Dans dix minutes. Chez Clive Ventry. Le vieux manoir.

J'ai ouvert la bouche pour expliquer qu'on déplorait un mort dans la famille, que j'avais des coups de fil à donner, que je ne tenais pas particulièrement à passer la soirée, le jour même où j'avais perdu ma mère, à parler à tout un tas d'étrangers et franchement, pour l'amour du ciel, que pensaient-ils pouvoir faire contre un soudain accroissement de la population de serpents… Et je me suis aperçue que je ne trouvais pas les mots.

— Je vais vous accompagner, a proposé l'infirmière Sally, comme si je n'étais pas capable de trouver toute seule mon chemin jusqu'au manoir.

— Merci, mais je dois passer quelques coups de fil. Je viendrai dès que possible.

Je me suis faufilée entre eux et j'ai déverrouillé la porte. Ils me regardaient encore, comme s'ils voulaient encore me parler, quand j'ai refermé le battant sur eux.

Je n'avais pas pris conscience que mon répondeur comportait autant de voyants lumineux et qu'ils pouvaient vaciller de manière aussi impérieuse. Sept ou huit d'entre eux clignotaient. J'ai pressé le bouton « Play » d'une chiquenaude et me suis rendue dans la cuisine, me demandant si j'avais le temps de boire un thé, et de me préparer quelque chose à grignoter sur le pouce.

« Bonjour Clarey, c'est papa. Appelle quand tu peux. »

J'ai ouvert le réfrigérateur et trouvé de l'eau minérale. Je ne me suis pas donné la peine de prendre un verre et me suis contentée de boire comme si je venais de passer un mois dans le désert.

« Clara, c'est Vanessa. J'ai tenté de te joindre au bureau, mais ils ont parlé d'une urgence ou je ne sais pas quoi.

J'espère que tu seras là bientôt, de toute façon. Appelle-moi quand tu rentres. »

J'ai regardé ce que je pouvais bien avoir à manger dans le réfrigérateur : salade, fruits, poulet froid, cottage cheese. Ce dont j'avais envie, c'était de poisson-frites, aussi gras que possible ; ou d'un cheeseburger ; ou d'une pizza industrielle, dégoulinante de mozzarella et de poivrons de mauvaise qualité. Était-ce donc ainsi que se manifestait mon chagrin ? Dans un besoin irrépressible et sans précédent de malbouffe ?

« Vanessa, à nouveau. Je n'arrive pas à te joindre sur ton portable non plus, apparemment. Ce serait vraiment bien si tu appelais, Clara. »

« Oh, Miss Benning, ici Lynsey Huston, du bout du chemin. Je voulais juste vous dire que Sophia va bien. On nous a laissées sortir il y a une demi-heure, environ, et on vient d'arriver à la maison. Merci mille fois pour tout ce que vous… »

Lynsey a parlé jusqu'à ce que le répondeur lui coupe la parole.

« C'est encore papa. J'essaierai plus tard. J'espère que tu vas bien. »

« Clara, ça te ressemble bien, tiens. As-tu seulement idée de tout ce qu'il y a à faire ici ? Et à quoi ça sert d'avoir un portable si tu ne réponds jamais ? Si, pour une fois dans ta vie, tu pouvais te résoudre à penser à quelqu'un d'autre que toi-même, pourrais-tu m'appeler ? Si c'est pas trop te demander ? »

Vingt minutes plus tard, j'étais repartie, déjà en retard pour la réunion. Je n'ai toutefois pas pu me résoudre à courir, tandis que je remontais Bourne Lane.

En comptant la mienne, il y a sept maisons sur la petite route, construites à diverses époques au cours des deux derniers siècles. En contrebas, du côté gauche, court un étroit ruisseau, bordé de pierres, l'un des nombreux bras de la rivière Liffin. Elle prend sa source plus haut dans les Downs, puis coule sur un terrain crayeux pendant quelques kilomètres avant de se scinder en plusieurs courants plus petits, dont nombre serpentent à travers le village pour rejoindre ensuite la rivière Yerty, un kilomètre plus bas.

Ces petits cours d'eau sont l'un des traits caractéristiques du village : ils longent les rues, entrent et ressortent de l'étang du village, traversent les routes, disparaissent sous les maisons, pour mieux resurgir sous forme de source dans quelque jardin. La plupart des plus grandes propriétés abritent des courants, des pièces d'eau, des cascades – même un lac et une plage de galets dans un cas. La nature aquatique du village pourrait certainement expliquer en grande partie le développement d'une population de couleuvres. Les vipères, évidemment, c'était tout autre chose. Leur habitat naturel est la lande et ses bruyères.

Atteignant le haut du chemin, j'ai tourné pour redescendre vers le cœur du village. Je n'avais toujours pas appelé papa. Je n'avais aucune idée des mots que j'emploierais. Pas plus que je n'avais contacté Vanessa. Je savais trop bien ce que je finirais sans doute par lui dire.

J'ai descendu la colline, écoutant le ruisseau qui bouillonnait tranquillement sur les cailloux et j'ai remarqué qu'une nouvelle maison comportait le panneau « Vendu » ; c'était le quatrième que je voyais en quelques semaines. Et pourtant, nul ne semblait jamais y emménager ensuite. Les panneaux « Vendu » disparaissaient, mais les maisons restaient vides.

Cela fait quatre ans que j'habite ici, dans ce village tranquille, presque oublié à la lisière du Devon et du Dorset ; notre code postal est celui du Dorset, mais la topographie est celle, typique, du Devon. À environ trente minutes à l'intérieur des terres en partant de Lyme Regis, on quitte la départementale pour descendre une colline le long d'une route à une voie qui ne mène qu'à ce village.

Nul ne passe jamais par ici. L'endroit serait idéal pour des familles ; si ce n'est que le risque d'être coupé du monde en hiver dissuade pas mal de couples avec de jeunes enfants. Situés un peu trop loin des grandes villes pour constituer une zone de résidence, on n'attire pas les jeunes actifs. Les anciens se plaignent de l'humidité et se rapprochent des commodités dont ils semblent férus. Les jeunes s'en vont aussitôt qu'ils le peuvent, et reviennent rarement. Et ce lent mais constant exode est encouragé. Toutes les deux ou trois semaines, je reçois un courrier envoyé par une société immobilière locale cherchant à acheter ma maison. J'imagine que mes voisins les reçoivent, eux aussi. Les miennes vont directement à la poubelle.

Parce que j'aime vivre ici. J'aime la tranquillité ; les vieilles et belles maisons ; le fait de voir si rarement mes voisins. J'aime la végétation qui revêt toute chose, adoucit les lignes et assourdit les sons. Je pense que nous devons avoir le sol le plus fertile d'Angleterre. Nos vieux arbres atteignent des hauteurs considérables ; même les plus jeunes, plus petits, forment désormais de denses canopées vertes sur la plupart des chemins. Les jardins prospèrent, débordant de couleurs, tandis que les plantes parasites surgissent de sous les murs et des gouttières non entretenues, parfois même du mortier entre les briques.

J'avais atteint la place du village. En cet endroit, trois routes convergent sur un espace comprenant le petit étang du village, un pont de pierre au-dessus de la rivière, un carré d'herbe parsemé de pâquerettes et le monument aux morts.

Comme je traversais le pont, tout juste assez large pour permettre le passage d'une petite voiture, un soudain bruit d'éclaboussures m'a fait sursauter. Songeant aussitôt à des loutres, je suis descendue au bord de l'eau pour regarder sous le pont. Le Petit Ordre collaborait à un projet de réintroduction des loutres dans cette partie du comté, et nous étions toujours à l'affût de signes de succès.

L'hiver avait été long et froid, et le niveau des rivières était dans l'ensemble plus haut que la normale. J'avais peut-être entendu des débris frottant contre le côté du pont. Je me suis accroupie et j'ai patienté, histoire d'en avoir le cœur net. Au haut du cintre, la lumière atteignait la maçonnerie et je fixais du regard des zones d'ombre denses. J'ai attendu, l'œil sur la ligne de flottaison, espérant apercevoir l'éloquent miroitement d'yeux brillants minuscules.

Quelque chose a toussé, d'une toux profonde, gutturale.

Me relevant d'un bond, j'ai failli tomber. J'ai regardé autour de moi, mais il n'y avait personne en vue. En tout cas, le bruit venait de sous le pont. Refusant d'approcher trop près cette fois-ci, je me suis accroupie de nouveau. Il aurait pu s'agir d'un renard, peut-être même d'un chien domestique. Sauf que ça m'avait semblé nettement humain. Rien sous le pont, si ce n'est des ombres ; et après un coup d'œil à ma montre, j'ai su que j'avais désormais vingt minutes de retard.

Dans quoi m'étais-je encore embarquée ? Je l'imaginais d'ici. Un ou deux types sensés s'efforçant sans succès de calmer les esprits. Ils auraient peut-être persuadé un agent du commissariat le plus proche de se joindre à eux, et celui-ci devait être en train d'expliquer devant une audience de plus en plus agitée pour quelle raison la police du Dorset ne pouvait mettre de personnel supplémentaire à leur disposition pour patrouiller à la recherche de serpents.

Chacun aurait une histoire de serpent et insisterait pour la raconter. Et moi, Dieu me garde, je venais d'être désignée expert local en la matière. Ils voudraient savoir pourquoi il y avait autant de serpents dans le coin, pourquoi John Allington était mort, ce que comptaient faire les autorités à ce sujet (quelles qu'elles soient), comment assurer la sécurité de leurs enfants. Chacun mettrait son grain de sel et aucun d'eux ne serait prêt à entendre raison. Bref, je n'avais pas de réponses à leur apporter et n'allais pas perdre mon temps. Je suis remontée sur le pont, dans l'intention de rentrer chez moi, prendre mon courage à deux mains, et appeler papa.

— Clara ! Vous voilà : je venais justement vous chercher. (L'infirmière Sally était sur la place, hors d'haleine.) Ils vous attendent pour commencer.

Résignée à l'inévitable, j'ai traversé la place sur les traces de Sally et continué à sa suite dans Church Lane, l'une des trois routes menant à la place. Nous l'avons redescendue sur quelques mètres avant de tourner à droite dans un petit cul-de-sac bordé d'ifs, que je n'empruntais jamais parce qu'il ne conduisait qu'à un grand manoir de style Tudor tout au fond. Sally et moi sommes passées sous un porche, puis avons traversé une cour pavée. La maison nous cernait de toute part, avec l'aile principale juste en face. Sally a poussé la lourde porte et m'a fait entrer.

Nous nous trouvions dans un grand vestibule, aux luisantes boiseries sombres. Une tribune de musiciens courait le long d'un mur, et un escalier à la rampe travaillée en descendait. Du coin de l'œil, j'ai cru apercevoir une haute silhouette vêtue de noir disparaître derrière une porte à l'étage.

Quelques marches plus haut se tenaient Phillip Hopwood et, à côté de lui, un homme grand, à forte carrure. Ce devait être le propriétaire des lieux et notre célébrité locale : Clive Ventry, devenu millionnaire à la force du poignet, et grand navigateur devant l'Éternel. Ventry avait détourné la tête comme si lui aussi avait observé la silhouette sur la galerie. Et pourtant, j'étais sûre d'avoir entendu dire qu'il vivait seul. Avait-il du personnel ? Il s'est retourné et j'ai constaté qu'il avait la quarantaine bien avancée, peut-être cinquante ans à peine, avec d'épais cheveux noirs, des yeux à la paupière lourde, un nez légèrement busqué.

Il devait bien y avoir trente personnes dans l'entrée, des hommes pour la plupart. Tous étaient debout, parlant bruyamment, mais ils se sont interrompus en entendant la porte se refermer et ont pivoté dans ma direction. Trente personnes qui me dévisageaient : une situation que je me suis efforcée d'éviter depuis toujours.

Phillip m'a saluée de la main depuis son poste d'observation dans l'escalier et fait signe d'avancer. La dernière chose que je voulais était qu'on m'expose à la vue de tous, mais Sally m'a poussée par-derrière et les gens, autour des marches, se sont écartés pour nous ouvrir le chemin. Phillip s'est penché vers moi, m'a pris la main et m'a tirée à lui jusqu'à ce que je parvienne à la marche sous la sienne. Je n'irais pas plus loin.

— Miss Benning, a-t-il annoncé, quand il a compris ma détermination. Merci d'être venue.

Ensuite, il y a eu du mouvement et des bruits de chaises qu'on traînait de dessous la table tandis que les gens prenaient place. D'autres se sont rassemblés derrière eux, prenant appui sur les dossiers des chaises, tandis que d'autres encore s'adossaient aux murs lambrissés. Clive Ventry m'a adressé un signe de tête sans rien dire. Puis il a de nouveau jeté un coup d'œil en direction de la tribune.

Autour de l'angle le plus éloigné d'une vaste table de réfectoire siégeait un groupe de cinq anciens. Malgré la douceur de la soirée, les trois femmes étaient emmitouflées dans des manteaux d'hiver. L'une d'entre elles portait un bonnet de laine rouge et serrait un petit terrier sur ses genoux. Les deux hommes avaient l'air maussades, comme retenus ici contre leur gré. L'un d'eux gardait le regard fixé nerveusement sur le plateau de la table. L'autre, légèrement mieux vêtu, lançait des coups d'œil dans la pièce.

— Comme je disais... (Un homme trapu, aux cheveux blond roux, était resté debout en bout de table, face aux marches.) C'est courant aux États-Unis. Il faut juste qu'on s'organise.

Derrière moi, Phillip a laissé échapper un soupir sonore.

L'homme aux cheveux blond roux a sorti les mains de ses poches et, quand son regard s'est fixé sur moi, sa bouche a adopté une moue méprisante.

— Au Kansas, au Nouveau-Mexique, au Texas, en Oklahoma, en Alabama, en Géorgie... (Il cochait les États sur ses doigts tout en les récitant. J'ai deviné ce qui allait suivre. Je savais ce pour quoi, entre autres choses, ces États-là étaient renommés.) Et dans plusieurs autres États, poursuivait-il, ils ont un grave problème de serpents à sonnette.

Du coin de l'œil, j'ai vu les deux anciens échanger un bref regard de connivence, et cru que la femme au bonnet rouge avait peut-être resserré son étreinte sur son chien. Dans le reste de la salle, les yeux étaient fixés sur l'orateur. Et les siens sur moi.

— Les gens qui travaillent aux champs, les jeunes enfants qui jouent, a-t-il repris, ils se font mordre tout le temps. Souvent, ils n'arrivent pas l'hôpital à temps, ou alors il ne reste pas suffisamment d'antidote et ils meurent. Ou alors ils perdent un bras ou une jambe. Des millions de dollars de bétail se perdent chaque année à cause des morsures de serpents à sonnette. Les reptiles s'installent dans les maisons, font leurs nids dans les caves, dans les greniers ; rampent dans les maisons la nuit en quête de nourriture. Exactement comme ici.

Je me suis sentie pousser un profond soupir et n'ai rien fait pour le cacher. Ce qu'il racontait était au cinquième vrai, peut-être, et aux quatre cinquièmes complètement absurde. Il arrivait que les gens se fassent accidentellement mordre aux États-Unis, mais la plupart atteignaient l'hôpital avant que les effets graves n'aient eu le temps de s'installer. La majorité des morsures de serpents à sonnette, en revanche, étaient dues à la stupidité ou à la témérité des humains impliqués. Pour autant, le traitement marchait généralement. Je n'avais jamais pris connaissance de preuves documentées que les serpents colonisent l'habitat humain. Les serpents à sonnette, comme la plupart des reptiles, évitent autant qu'ils le peuvent tout contact avec les hommes.

— Du coup, au printemps, a continué l'homme chez qui je semblais susciter une fascination farouchement déterminée, ils organisent des rafles de serpents à sonnette. Ils rassemblent les reptiles et les euthanasient, sans cruauté. C'est un abattage légitime, autorisé par les autorités des États, et qui permet de contrôler la population. Ça procure aussi le venin nécessaire à la fabrication des antidotes.

Il commençait à m'énerver sérieusement. Et pas seulement à cause de son regard insistant. Il n'y a rien d'un tant soit peu dépourvu de cruauté dans une rafle en masse de serpents à sonnettes. Les reptiles sont chassés de leurs antres à l'essence ou grâce à d'autres produits chimiques, puis entassés dans des containers dépourvus d'hygiène et transportés, sans eau ou sans nourriture, jusqu'aux lieux d'abattage. La plupart ne survivent pas au transport. Les autres servent aux têtes brûlées pour accomplir leurs exploits – d'où bien des morsures qui ne se produiraient jamais si on laissait ces serpents tranquilles. À l'issue de tout ça, les survivants sont décapités ou matraqués à mort. C'est un spectacle cruel, stupide, et qui cause d'énormes dégâts à l'environnement chaque année.

— Vous proposez donc d'organiser une rafle ici, Mr. Keech ? a demandé Clive Ventry, prenant la parole pour la première fois.

Il avait un accent que je n'ai pu tout à fait identifier. Puis je me suis souvenue qu'il était sud-africain.

— Dès ce soir, a rétorqué Keech. On les chope, et on les tue !...

Mon regard a balayé le hall : attention pleine et entière, hochements de têtes, une lueur inconvenante dans quelques yeux. Elle n'est jamais loin sous la surface, n'est-ce pas, cette propension que l'on a à maltraiter plus faible que soi ? Avec une bonne raison d'exercer sa cruauté, combien de fois sautons-nous sur l'occasion ?

— Qu'en pensez-vous, Clara ? s'est enquis Phillip, me faisant sursauter.

Je me suis forcée à regarder Keech droit dans les yeux. J'en avais plus qu'assez de cette façon qu'il avait de me dévisager avec son air ébahi.

— Je serais bien inquiète, ai-je répondu, si je pensais que vous aviez la moindre chance d'en attraper un.

Ses yeux se sont rétrécis. Il devait bien être à trois mètres de moi, mais j'ai eu comme l'impression qu'il se penchait vers moi. En tout état de cause, son regard s'est fait plus aigu.

— Oh, je les aurai, a-t-il soutenu.

On aurait dit une menace.

— Les serpents à sonnette sont de gros serpents, ai-je repris, espérant qu'ils n'entendaient pas trembler ma voix autant que moi. Ils vivent dans des trous et des terriers facilement repérables.

À ce stade, mon cœur tambourinait si fort que ceux qui étaient proches de moi devaient voir battre mon pouls dans mon cou. La confrontation est une chose que j'évite à tout prix.

— Ils sont relativement faciles à trouver et à attraper. Encore qu'extrêmement dangereux. Nos serpents sont bien plus petits. Ils se terrent, leurs cachettes ne sont pas faciles à repérer. La plupart des habitants de ce pays n'ont jamais vu un serpent d'ici.

Un murmure a parcouru le hall d'entrée. J'ai cru entendre quelqu'un demander dans quel village je vivais.

— Et surtout…

Je m'obligeais, tout en parlant, à garder les yeux rivés sur Keech, même si la dérision que je pouvais lire dans les siens pendant qu'il parcourait mon visage me donnait envie de courir me mettre à l'abri. C'était le genre d'homme à ne trouver aucun intérêt aux femmes dépourvues d'attraits.

— Il n'existe pas de loi fédérale ou internationale pour protéger les serpents à sonnette. En Amérique, malheureusement, les gens ont le droit de faire ce qu'ils veulent. Ce n'est pas le cas ici. La loi interdit de tuer ou de blesser un serpent sauvage britannique. Ce que vous suggérez est illégal.

— Allez dire ça à la famille de John Allington ! s'est exclamé quelqu'un.

— Elle a parfaitement raison, a lancé une voix sur le seuil.

Le silence s'est abattu, et toutes les têtes se sont tournées vers le nouveau venu. C'était un homme mince légèrement plus grand que la moyenne. Il portait les cheveux très courts, qu'il avait bruns, et des lunettes oblongues, cerclées de noir. Il devait avoir dans la trentaine bien entamée, selon moi, peut-être un peu plus. Ses traits agréables, réguliers ne semblaient pas pour autant spécialement beaux. Je ne remarquais absolument rien chez lui d'inhabituel ni de remarquable ; si ce n'est que son apparition avait apaisé l'ambiance de cette réunion, du moins en apparence, envoyant le courant de violence latent courir plus profondément sous la surface.

— Je vous remettrai une copie de la loi sur la Protection de la Faune et du milieu rural, Allan, a continué l'homme à la porte.

Il dégageait un air d'autorité et je me suis demandé s'il était de l'Agence pour l'Environnement ou peut-être de la DEFRA, le Department for Environment, Food and Rural Affairs, autrement dit le ministère de l'Environnement, de l'Alimentation et des Affaires rurales. Auquel cas, je descendrais de mon piédestal avec plaisir pour le laisser prendre la suite. Il semblait être un homme que les gens écoutaient ; je n'étais qu'une bête de foire à leurs yeux.

— C'est fort bien, tout ça, Matt, a contré Allan Keech, se détournant de moi pour la première fois depuis mon entrée dans la pièce. Mais on a un problème. Ma fiancée a peur d'aller dans le jardin.

Le nouveau venu, Matt, a jeté un bref regard à Allan avant de le reporter sur moi, sans flancher. Il a planté ses yeux droit dans les miens, fermement.

— Il semble que nous soyons légèrement envahis, Miss Benning. Auriez-vous une explication à nous soumettre ?

— Probablement juste un tour bizarre que nous joue la nature, ai-je répondu, me demandant si j'avais raison de minimiser la situation.

Le nombre d'incidents liés à des serpents ces derniers jours m'avait intriguée, moi aussi, mais je tenais surtout à éviter de nourrir la panique que je sentais grandir autour de moi.

— Le printemps a été chaud. Il doit y avoir de la nourriture en abondance dans le coin.

— Qu'est-ce qui mange les vipères ? m'a demandé Matt, aussitôt.

Dans l'entrée, tout le monde gardait le silence, nous écoutant, Matt et moi. Je voyais les regards passer de l'un à l'autre.

— Les oiseaux de proie, les plus gros. Les chouettes, surtout. Et aussi de plus gros mammifères, comme les renards ou les blaireaux.

— Donc, si on augmentait la population des chouettes, le problème serait réglé ?

— Ce serait chouette d'en voir plus, ai-je dit, regrettant que personne ne se joigne à moi. Mais elles tendent à gérer elles-mêmes leur programme de reproduction.

À l'autre bout, quelqu'un a ri.

— En fait, ai-je continué, sentant que l'atmosphère se détendait légèrement, un surplus de nourriture devrait encourager l'accroissement de la population de chouettes.

Leurs petits qui risqueraient de mourir de faim trouveront assez à manger et resteront dans le coin. Même chose pour les renardeaux. Tôt ou tard, le problème devrait se résoudre de lui-même.

— Mais pour le moment, est intervenu un homme avec quelques kilos en trop sous son manteau de tweed, des serpents venimeux entrent chez nous. Que sommes-nous censés faire en attendant que les jeunes chouettes et les renardeaux deviennent adultes ?

— Est-on bien sûr que John Allington soit mort d'une morsure de vipère ? a demandé Matt, ignorant l'interruption. On m'a dit que quelqu'un avait pris contact avec vous, à l'hôpital.

L'idée m'a traversée qu'il pouvait être médecin.

— Eh bien, je crois que des examens sont toujours en cours, mais oui, il semble qu'on a confirmé qu'il s'agissait d'une vipère.

Laquelle se trouvait, en ce moment même, chez moi, dans mon réfrigérateur.

— Mais d'après ce que je comprends, il aurait pu avoir des problèmes de santé qui l'auraient rendu plus sensible au venin ?

J'ai acquiescé.

— Les seules personnes normalement vulnérables face au venin de vipère sont les tout jeunes enfants et les gens sujets au choc anaphylactique.

— Bien, a commenté Matt, avec l'air de celui qui est déterminé à clore un dossier. Je suggère donc à tout le monde de se calmer. On attend les résultats du médecin légiste, mais on ne tire aucune conclusion avant de savoir exactement de quoi il est mort. (Plusieurs personnes ont tenté d'intervenir. Il a élevé la voix.) Entre-temps, redoublons de prudence. On ne laisse plus les fenêtres du rez-de-chaussée ouvertes. On ne promène plus son chien dans les herbes hautes et, si des enfants jouent dans les jardins, on leur fait porter des bottes et des jeans épais. Autre chose, Miss Benning ?

J'ai secoué la tête. C'était manifestement un notable : son air d'autorité, son aisance à parler en public et l'estime dans laquelle on le tenait le confirmaient.

— Sur ce, j'ai eu une longue journée, et je pense que nous devrions laisser Clive passer à table. Bonsoir, tout le monde.

Il a quitté la salle et je me suis retrouvée tremblant presque de soulagement. Quel effet cela pouvait-il bien faire, me suis-je demandé, d'avoir ce genre d'assurance, la capacité de calmer les gens simplement grâce à une intonation et quelques mots bien choisis ? Phillip Hopwood a descendu les marches pour venir me rejoindre. Il s'était manifestement détendu. Au pied de l'escalier, Sally souriait. Les gens s'en allaient. Allan Keech avait rejoint un groupe de jeunes gens dans un coin. Ils discutaient avec animation. L'idée d'une rafle de serpents avait-elle été écartée comme je l'avais espéré ?

— Vous venez prendre un verre, Clara ? a proposé Sally.

J'ai secoué la tête.

— Non, je vous remercie. J'ai du travail à terminer.

— Je vais rentrer avec vous, a-t-elle dit, ignorant délibérément, ou ne voyant pas, ma tête basse et mes épaules voûtées, ou cette façon dont je me suis toujours, depuis l'enfance, débarrassée d'une attention inopportune. Quittant le hall d'entrée, nous avons rebroussé chemin le long de l'allée bordée d'ifs.

— Je voulais vous parler, m'a expliqué Sally, qui ne se laisserait pas refroidir par le moindre refus de communication de ma part. C'est que je joue dans un groupe, voyez-vous. Entre amis, à cinq : basse, guitare rythmique, batterie, saxophone et voix. Ça fait environ cinq ans qu'on joue ensemble.

— Ah bon ? ai-je commenté en m'interrogeant sur ce qui avait bien pu pousser Sally à me confier sa vie en détail.

— Mais notre chanteuse nous quitte dans quelques semaines. Elle part dans le Nord et je me demandais si...

J'ai continué à marcher.

— En fait, je sais que vous chantez.

Je me suis arrêtée et tournée pour la regarder.

— Je ne chante pas.

— Je vous entends. (Elle souriait.) Tout le temps. Par la fenêtre.

— Ce doit être de la musique enregistrée. Je me demandais si mon cottage était inscrit au patrimoine et si on m'autoriserait à mettre du double vitrage.

— Clara, je peux faire la différence entre de la musique enregistrée et quelqu'un qui chante a capella en direct. Vous avez une voix magnifique.

Par-dessus l'épaule de Sally, je regardais Allan et ses amis sortir de la maison de gardien traversée d'une voûte qui menait à la cour du manoir. Sally avait le dos tourné à la maison. Aussi ne les a-t-elle pas vus nous repérer et s'immobiliser avant de se rapprocher étroitement les uns des autres, pour écouter intensément ce qu'Allan avait à dire, tout en gardant les yeux fixés sur nous… enfin, surtout sur moi. Je me suis efforcée de les ignorer et de me concentrer sur Sally. Elle était un peu plus âgée que moi, peut-être abordait-elle la trentaine, avec des cheveux courts teintés d'un roux vif. Elle avait le teint olivâtre et des yeux noisette. De quoi parlait-elle, déjà ? Quelque chose au sujet de ma musique trop forte.

— Je suis désolée, je n'avais pas idée que je vous dérangeais.

Je me suis demandé qui d'autre pouvait m'entendre ; qui d'autre m'avait écoutée quand je me croyais rigoureusement seule.

— Ne dites pas de bêtises. Que diriez-vous de faire un essai, pour le groupe ?

Ce que j'en pensais ? Que je préférerais me couper le bras. Mais Sally était sympa. Elle m'adressait un compliment. Derrière elle, le groupe d'hommes s'est remis en mouvement. Je voulais être loin avant qu'ils n'arrivent à notre hauteur.

— Je n'y tiens pas… vraiment. Merci, mais…

— Vous y réfléchirez ? Je pourrais juste vous présenter aux autres. Rien ne presse.

— D'accord, ai-je répondu, parce que cela semblait le meilleur moyen de mettre fin à cette conversation ridicule et de m'en aller. Je crois que je vais aller courir un peu, maintenant. Bonsoir.

Je me suis détournée d'elle et me suis lancée dans une course folle, m'éloignant de la maison, consciente qu'elle allait me trouver mal élevée alors que j'étais tout simplement incapable d'en supporter davantage. Trop de gens, trop de paroles, bien trop d'attention portée sur moi. J'avais eu ma dose de contact humain. Je me dérobais, dans les sous-bois, loin du bruit et des vibrations, recherchant la solitude et la sécurité.

Je ne portais ni tenue ni véritables chaussures de sport, mais peu importait. Prenant de la vitesse, j'ai traversé la place en trombe et pris Carters Lane avant d'emprunter une ruelle qui menait au point le plus bas du village accessible en voiture. Les habitants l'appelaient la « rue d'en bas ». Avait-elle jamais eu de véritable nom ? Je ne le savais pas. La rue d'en bas ne conduisait qu'à une maison vide.

J'ai continué, passant devant la vieille maison, sans la regarder, le long de la sente étroite bordée de noisetiers, qui traversait les bois de hêtres et conduisait hors du village. J'ai pris à travers les bois et par les terres cultivées en contrebas. J'ai atteint la rivière Yerty et poursuivi à la même allure. Avant que le ciel ne commence nettement à s'assombrir, je suis revenue sur mes pas pour me diriger vers la maison.

J'étais alors fatiguée. J'étais déjà allée faire mon jogging ce matin avant mon aventure avec la vipère et j'avais à peine mangé de toute la journée. Ma poitrine était serrée, des gouttes de sueur perlaient sur mes tempes et mes bras, mes jambes commençaient à trembler. J'aurais dû ralentir et finir le reste du trajet en marchant. Si je l'avais fait, peut-être les choses auraient-elles tourné différemment.

Le printemps avait été chaud et humide, apportant presque le double du niveau de pluviométrie moyen pour cette époque de l'année, et l'étroit raidillon qui me ramenait au village ne s'était pas vraiment asséché. Des flaques de boue noire et épaisse se succédaient sur les quelques centaines de mètres à venir. De part et d'autre, la haie se densifiait et s'élevait, à mesure que les aubépines, les sycomores et les jeunes chênes se mêlaient aux coudriers. Les plus grands spécimens se rejoignaient au-dessus de ma tête, formant une voûte vert pâle et bloquant le peu de lumière du jour qui restait. Raison pour laquelle je n'ai pas vu le silex tranchant parmi les plus petites pierres éparses. Mon pied a heurté le sol, la pierre a bougé, ma cheville s'est tordue et je suis violemment tombée par terre.

Pendant une seconde, je n'ai pu penser qu'à la douleur, qui se répandait en me brûlant la cheville et le pied. Puis je me suis relevée tant bien que mal et j'ai fait encore quelques pas en boitant. J'étais à la grille de la propriété des Witcher. Je m'y suis appuyée, attendant que s'estompe l'élancement dans mon pied et reprenant mon souffle.

La maison des Witcher était vieille. Trois cents ans auparavant, peut-être plus tôt encore, on avait édifié quatre maisons d'ouvriers identiques, avec deux pièces à l'étage, et deux autres au rez-de-chaussée, pour loger les ouvriers agricoles du domaine Ashlyne. Au cours des siècles, on avait abattu les cloisons, et les quatre cottages ne formaient désormais plus qu'une demeure, d'une taille considérable. Elle était vide depuis plusieurs mois déjà.

Le parc, autrefois magnifique, était resté à l'abandon depuis l'été précédent, mais la nature étant formidablement tenace, le jardin renaissait doucement, même livré à lui-même. D'entre les pommiers, le doux parfum entêtant des minuscules muguets s'élevait jusqu'à moi. J'ai fermé les yeux, m'efforçant d'oublier la cheville qui me lançait. Au bout de quelques secondes, je respirais de nouveau normalement et la souffrance n'était plus qu'une douleur lancinante. Sans doute une foulure, rien de plus. J'ai rouvert les yeux. Et vu Walter Witcher me regarder d'une fenêtre du premier.

Strictement impossible.

Et pourtant il était bien là, derrière la vitre, la troisième en partant de la gauche. Walter : silhouette menue, fins cheveux gris clairsemés, yeux pâles, bajoues flasques, pendantes, et les restes d'une barbe blanche de quelques jours. Et vous savez quoi ? J'ai senti mon bras plier au coude, et ma main s'apprêter à faire un signe.

Parce que Walter, pour une raison que je n'avais jamais réellement réussi à élucider, était devenu le seul habitant du village avec lequel je me sois jamais sentie à peu près à l'aise. Peut-être devinais-je que lui aussi évitait ses semblables autant que possible. Sans doute ne recherchait-il pas plus les bavardages oiseux que moi-même, mais il était toujours poli. Je courais à des heures très matinales et fort tardives pour minimiser le risque de croiser des humains, et pourtant, cela ne m'ennuyait jamais de tomber sur Walter.

L'homme avait été si gentil, si doux. Une fois, il avait apporté un lapin blessé au centre. L'animal s'était pris dans un grillage de son jardin. J'avais soigné le lapin, et nous l'avions relâché ensemble près de la rivière deux semaines plus tard.

Walter m'avait toujours regardée droit dans les yeux.

En rentrant chez moi, le soir où nous avions rendu sa liberté au lapin, j'avais trouvé une douzaine de dahlias roses sur le pas de ma porte. Il y avait un mot, mais je savais parfaitement bien dans quel jardin poussaient des dahlias roses. Je me trouvais à côté maintenant, j'aurais pu voir les jeunes pousses si j'avais été capable de baisser ma tête, mais je n'y arrivais pas, évidemment. Je ne parvenais pas à quitter des yeux le visage à la fenêtre : celui d'un homme décédé huit mois auparavant.

Un cri derrière moi m'a fait sursauter et me retourner. Reportant mon regard sur la fenêtre, je l'ai trouvée vide. Le visage… Walter… avait disparu.

J'ai inspecté les autres fenêtres. Rien. Un gros et lourd cadenas retenait une chaîne autour de la grille. Cette dernière était haute d'environ un mètre quatre-vingts, surmontée de piques. Il était sans doute possible de l'escalader, mais difficilement et certainement pas pour un homme de près de quatre-vingts ans. La haie, de part et d'autre, était haute et dense.

Vue de là où je me trouvais, la porte d'entrée semblait plutôt solide. Les fenêtres du bas étaient toutes condamnées.

Rien n'indiquait que quelqu'un ait pu entrer dans la maison. Walter, moins que quiconque.

Nouveau cri. Une voix de femme, hélant son chien. Je connaissais le couple de vue. Une veuve d'environ cinquante-cinq ans et un lurcher fougueux répondant au nom de Touffue. J'ai été tentée de me glisser dans la haie opposée, d'attendre dans le champ qu'ils soient passés mais je savais que Touffue ne se laisserait pas duper. Elle me flairerait comme un chien truffier, on me découvrirait en train de rôder dans les buissons et ma réputation de fille bizarre ferait un immense bond en avant.

Un dernier regard à la fenêtre du haut – vide – et je me suis remise en route sur le chemin. Touffue et sa maîtresse ont surgi et la chienne s'est élancée dans ma direction. Trop bien élevée pour sauter sans qu'on l'y encourage, elle a levé les yeux vers moi. Je me suis penchée, ai pris sa tête entre mes mains pour lui gratter les oreilles. Suffisamment encouragée, elle s'est levée sur ses pattes arrière, me confiant ses deux pattes avant. Dans cette position, elle était presque aussi grande que moi.

— Touffue, laisse-la tranquille !

— Tout va bien, ai-je marmonné, regardant sa bonne gueule poilue, songeant avec douceur que les chiens étaient dénués de jugement, qu'il serait bon de vivre dans un monde peuplé exclusivement d'animaux.

— Touffue, descends. Viens ici.

On a attrapé le collier de Touffue pour la tirer d'un coup sec à l'écart.

— Bonsoir, Clara. Belle soirée même si... Vous allez bien ?

J'ai hoché la tête et me suis forcée à regarder la femme. Ses yeux étaient verts, ses cheveux blonds parsemés de mèches grises. Je n'étais pas sûre de l'avoir jamais réellement observée jusqu'ici. Mon regard est retombé.

— Ça va. Pris une gamelle. Ça va aller.

J'ai grommelé un bonsoir à la boue à mes pieds et poursuivi ma route. Je n'avais pas vu Walter. Impossible. Je ne pouvais avoir vu Walter. C'était un tour que la lumière de cette soirée déjà avancée avait joué à mes yeux, que mon cerveau, choqué par la douleur soudaine, avait mal interprété.

J'ai débouché dans Carters Lane. Quatre cents mètres encore et j'étais sur la place du village. Les pâquerettes, qui commençaient tout juste à refermer leurs pétales, jonchaient le sol comme autant d'étoiles déchues.

Il me restait encore cinq cents pénibles mètres de dénivelé à parcourir. J'ai serré les dents, me remémorant le matin où j'avais appris la mort de Walter.

Sa femme, Edeline, m'attendait, avait refusé de s'en tenir à mon courtois mais bref hochement de tête et avait posé le pied sur le sentier, me faisant signe comme on hélerait une voiture de passage. Mon cœur s'était serré. Edeline semblait toujours prendre un malin plaisir à me dévisager, immanquablement fascinée par mon aspect, comme les petits garçons par les animaux morts. Je l'évitais chaque fois que je pouvais.

— Walter nous a quittés, avait-elle annoncé de sa voix traînante, et l'espace d'une seconde, j'ai cru qu'elle voulait dire qu'il venait juste de la quitter sans crier gare après cinquante ans de mariage. Dieu sait que je ne l'en aurais pas blâmé.

— Il s'a éteint au beau milieu d'la nuit, avait-elle continué. J'étais pô là. Y z'ont pas voulu m'emm'ner.

Je savais déjà qu'on avait admis Walter à l'hôpital deux ou trois semaines plus tôt, pour une pneumonie, provoquée par l'humidité ambiante et les médiocres installations sanitaires du vieux cottage. Je lui avais dit, en toute sincérité, que j'étais vraiment désolée.

Alors que je parlais, j'avais vu le regard d'Edeline s'égarer du côté gauche de mon visage. J'étais habituée à cette réaction de la part des gens, mais la plupart s'efforçaient au moins d'être polis, de déguiser leur intention. Edeline n'y était jamais arrivée. Je lui avais demandé si je pouvais faire quoi que ce soit, l'emmener quelque part, mais elle avait répondu que des gens de l'hôpital venaient dans la matinée et qu'ils avaient promis de s'occuper de tout.

Le matin suivant, puis pendant des semaines, elle m'attendait à la grille du jardin, et je m'étais résignée à l'écouter patiemment m'informer de la volonté de Walter de léguer son corps à la science, me raconter le service funèbre à l'hôpital qui n'avait rassemblé que les proches, me parler de ses projets d'ériger une plaque à sa mémoire dans le cimetière de l'église du village.

Je n'avais jamais beaucoup apprécié Edeline, et je l'aimais de moins en moins au fil des jours, mais chaque matin après la mort de Walter, je me suis obligée à m'arrêter quelques minutes, à prendre un air intéressé et à l'entendre, me disant qu'elle était seule, qu'elle l'avait sans doute été depuis longtemps. Pour autant que je sache, elle n'avait jamais quitté la maison. Edeline faisait son deuil, elle avait peur et – il avait fallu que ça tombe sur moi ! – j'étais bien capable de supporter ça un petit moment chaque jour.

En fait, il se trouve que je n'ai pas eu à le supporter longtemps. Trois mois plus tard, précisément, Edeline a suivi son mari dans l'autre monde. Elle n'avait pas fait don de son corps à la science. Je doute qu'Edeline ait jamais donné quoi que ce soit dans sa vie et ce n'est pas morte qu'elle allait commencer.

Arrivée au coin de Bourne Lane, j'ai senti soudain un parfum de rose dans l'air ; une senteur riche, musquée, d'une variété très ancienne. Le buisson dégringolait du mur d'enceinte de la propriété située à l'angle, et ses fleurs d'un rose sombre cascadaient presque jusqu'au sol. Je me suis penchée plus près. C'était l'odeur de ma mère. Elle avait l'habitude de fabriquer son propre parfum, tapissant des pots de pierre de pétales de rose frais jusqu'à ce que les huiles essentielles s'en soient extraites. L'odeur l'avait suivie partout dans la maison, imprégnant les vêtements, flottant dans la poussière striée de rayons de soleil, guettant ses filles. Maman ! Maman est passée par là. Il n'y a pas longtemps. Suivez la piste, trouvez-la.

J'ai poussé un soupir sonore, cherchant soudain péniblement mon souffle, prise d'un besoin de hurler, presque irrésistible, comme un petit enfant effrayé. Et la vérité s'est imposée, tel un coup sur la tête, qui m'atteignait enfin.

Ma mère était morte.

Un moment, j'ai cru que j'étouffais. Que je ne respirerais plus jamais normalement. Que ma vie allait s'arrêter, là, sur-le-champ, au coin de ma rue. Une petite fille terrifiée, seule, réclamant sa mère à grands cris.

Puis la douleur s'est estompée et j'ai pu respirer de nouveau. J'étais toujours vivante, toujours là, toujours capable de bouger, de parler, de vivre. Mais elle, plus.

J'ai dévalé le chemin en trébuchant, déverrouillé la porte et couru jusqu'au téléphone. J'ai soulevé le combiné et composé un numéro.

— Papa, ai-je commencé d'une voix saccadée, en entendant la voix familière à l'autre bout, c'est moi.

J'ai parlé à mon père un très long moment mais ne me souviens de rien de ce qui s'est dit. Après que nous nous sommes mutuellement souhaité bonne nuit, je me suis assise à la fenêtre ouverte dans ma chambre plongée dans le noir, sans réfléchir vraiment. J'étais assise, simplement.

Jusqu'à ce que des hurlements s'élèvent.

6

Pendant ce qui m'a semblé des siècles mais n'a pu durer que quelques secondes, je n'ai pas pu bouger. La menace était d'une ampleur que je n'arrivais même pas à évaluer. Aussi suis-je restée là, laissant mon corps prendre les choses en main, se dresser de toute sa hauteur, passer à de rapides respirations superficielles, se mettre sur le qui-vive.

Ma seconde réaction – je l'avoue – a été de me cacher. De fermer les fenêtres, verrouiller ma porte, éteindre les lumières et m'accroupir. Mais c'étaient des enfants qui criaient. Je me suis levée et j'ai sorti ma tête à la fenêtre, tâchant de comprendre d'où ça venait. L'arrière de ma maison donne surtout sur des champs et des bois.

Je suis donc descendue en courant, grimaçant à cause de ma cheville endolorie, ai enfilé des bottes et ouvert la porte d'entrée. Des lumières s'allumaient aux fenêtres situées aux étages, mais les hurlements ne provenaient d'aucune des maisons de mes voisins immédiats. Je me suis lancée à l'assaut du chemin.

Alors que j'arrivais en haut, Daniel Huston a surgi sur le seuil de son cottage, enfilant un sweat-shirt.

— C'est chez les Poulson, a-t-il déclaré en me voyant. La longère.

J'ai tourné, puis l'ai suivi sur quelques mètres, en descendant la colline, lorsque la porte de la maison qui faisait l'angle s'est ouverte et que la famille s'est quasiment déversée dans la rue. La mère portait sur un bras un petit enfant qui n'avait pas plus de deux ans et sanglotait. De l'autre, elle traînait un garçon d'environ sept ans qui poussait des cris hystériques. Un homme nettement plus âgé semblait tout juste capable de marcher. Il s'appuyait sur un plus jeune qui trébuchait à son côté et se tenait le bras. Tous les cinq avaient l'air sérieusement choqués. Les yeux de la mère se sont rivés sur les miens.

— Il y en a partout ! a-t-elle hurlé. Dans toute la maison. Nick a été mordu.

Le jeune homme a tangué. Daniel a lâché un juron étouffé et s'est précipité. Se glissant entre les deux hommes, il a passé ses bras sous leurs aisselles.

— Venez, allons chez moi. On pourra appeler une ambulance de là-bas.

D'autres personnes arrivaient, dont Sally la voisine. Elle m'a lancé un regard bref, effrayé, avant d'aller rejoindre Daniel, pour l'aider à évacuer les Poulson.

— Qu'est-ce qui se passe, bon sang ? s'est enquis un homme d'âge moyen, barbu qui, me suis-je dit, habitait peut-être bien ma rue.

— Nick a été mordu, a répondu un autre, que je me rappelais avoir vu à la réunion, un ami d'Allan Keech. Je ne sais pas au juste ce qui est arrivé à Ernest. S'est cogné la tête, à ce qu'il paraît.

— J'appelle la police ? a demandé l'homme qui l'accompagnait. Passe-moi ton portable, Steve.

— Je pense que je devrais aller chercher Allan, a hasardé Steve.

Il restait planté là, à me regarder. Tous me regardaient.

La porte d'entrée des Poulson était toujours ouverte. Il y avait de la lumière à l'intérieur. J'ai franchi l'étroite passerelle qui menait à leur porte et me suis arrêtée sur le seuil. C'était une longère traditionnelle du Dorset, grande et tout en longueur, comme le suggère son nom. Une vaste entrée se déployait devant moi et s'étirait sur toute la largeur de la maison. Des taches humides jonchaient le parquet ainsi que des traces d'herbes éparpillées çà et là. Elles m'ont perturbée, sans que je sache au juste pourquoi.

J'ai fait un pas à l'intérieur et repoussé la porte derrière moi, sans la fermer.

Les murs étaient jaunes, un grand miroir pendait à celui qui faisait face à la porte. J'ai aperçu mon reflet et me suis promptement détournée. Derrière la porte d'entrée entrebâillée, j'entendais les faibles chuchotements des hommes qui ne pouvaient trouver le courage de me rejoindre.

Je n'étais pas seule dans la longère du Dorset. Partout dans la pièce, les bêtes me fixaient de leurs pupilles rondes et noires, tandis que leurs corps fins oscillaient de-ci, de-là, à l'affût de mes moindres gestes, dardant sans répit leurs langues minuscules, humant l'air, me reniflant. Ennemi ou repas ? Elles hésitaient.

Avançant avec prudence, j'ai marché jusqu'à la porte de la cuisine ouverte. Une seconde, j'y suis restée, observant un long corps gracile glisser sans bruit le long de la cannelure d'un placard, dégouliner comme de l'eau autour de ses arrondis. Un autre pendait de l'abat-jour accroché au plafond. J'ai regardé tout autour, comptant, repérant les positions, puis suis revenue sur mes pas dans l'entrée, et de là dans le salon. Une queue noire et fine a disparu derrière un canapé. Une chose soigneusement enroulée dormait, indifférente au monde, sur un fauteuil. Une autre progressait lentement le long du cordon du rideau.

J'en avais assez vu. J'ai regagné l'entrée et ouvert la porte un peu plus. Quatre paires d'yeux humains se sont plantées dans les miens, et j'ai aperçu un autre homme qui montait la colline au pas de course. Un homme que j'ai cru reconnaître.

— Ce sont des couleuvres. Il y en a beaucoup et je peux comprendre pourquoi ils ont tous eu peur, mais elles sont parfaitement inoffensives.

Ils ont échangé des regards, toujours méfiants, hésitant à me faire confiance.

— Nick a été mordu, a déclaré Daniel qui avait resurgi. Il souffre beaucoup. On a appelé une ambulance.

— Elles mordent quand elles sont menacées, ai-je expliqué. Ce que font la plupart des serpents. Mais elles ne sont pas venimeuses. Nick aura peut-être mal pendant quelques jours mais il s'en sortira.

— Mais comment diable sont-elles entrées ? a interrogé Steve. Mandy a dit qu'il y en avait des centaines.

— En tout cas, au moins une douzaine, ai-je concédé. Et je ne sais pas comment. Je vais les ras… sembler, maintenant.

Je sentais la tension baisser dans le groupe.

— Que pouvons-nous faire ? a demandé l'un d'eux.

— Apportez-moi un récipient pour les y mettre. Des seaux avec des couvercles, ce serait l'idéal. Des taies d'oreiller feront l'affaire. C'est ouvert, chez moi. Si quelqu'un peut y courir, vous trouverez les clés de la voiture à côté de la porte d'entrée et des boîtes de transport en plastique dans le coffre.

Je me suis tournée vers Steve, le contraignant à me regarder droit dans les yeux.

— À partir de maintenant, personne n'entre ici à moins que ce soit pour m'apporter ce dont j'ai besoin, et personne ne doit toucher le moindre serpent.

Il m'a rendu mon regard, et j'ai senti qu'il n'était toujours pas décidé.

J'ai fait demi-tour pour retourner dans la maison. J'avais repéré un seau dans la cuisine. Plus tôt je commencerais, plus tôt j'aurais fini.

*

Cinq minutes plus tard, la cuisine embaumait l'odeur âcre de la couleuvre contrariée. Elles émettent une substance nauséabonde depuis leur arrière-train quand elles sont menacées. C'est inoffensif mais extrêmement désagréable. Pour leur taille, elles opposaient une résistance assez farouche, et, par deux fois, j'ai failli me faire mordre. Je n'entendais pas m'en laisser conter, et j'en avais déjà mis quatre dans le seau. D'après ce que je pouvais voir, c'étaient toutes de jeunes spécimens vigoureux, peut-être nées plus tôt ce printemps-ci, ou bien âgées d'un an, tout juste.

J'ai entendu des voix, des pas, puis la porte d'entrée s'ouvrir.

— Je surveille la porte. Désolé les gars, je ne supporte pas les serpents.

— Froussssssard !

Qui que soit celui qui se moquait, il appuyait les *ssss* pour suggérer des sifflements. Ces gens faisaient trop de bruit. Des hommes. Que la peur peut vite rendre fanfarons ! De l'ex-groupe apeuré, on était passé à la bande de mecs prêts pour l'aventure.

— Elle est là.

Je leur ai fait face. Quatre hommes : mon voisin barbu ; Steve, le copain de Keech ; Daniel Huston et un nouveau venu – Matt, le brun, celui qui avait parlé de façon mesurée à la réunion. Plusieurs portaient des seaux, Daniel avait les boîtes trouvées dans ma voiture, et Steve une pile de taies d'oreiller sur le bras. Je dois le reconnaître, ils avaient suivi toutes mes instructions à la lettre et sans perdre de temps.

— Nom d'un chien, mais qu'est-ce que c'est que cette odeur ?

— L'odeur de la couleuvre contrariée, a répondu Matt.

Ses yeux ont croisé les miens. Derrière les verres, ils étaient d'un gris doux.

— Ça va aller, maintenant. Merci, ai-je marmonné en me retournant pour poursuivre ma tâche.

Au bout de quelques instants, je me suis rendu compte que personne ne bougeait.

— Je travaillerai mieux dans une maison silencieuse, ai-je insisté, me retournant pour leur faire face une nouvelle fois. Vous devriez me laisser faire, maintenant.

— Ça va, on va vous aider, a proposé l'homme à la barbe.

Mais n'allait-on pas me ficher la paix ? On était au beau milieu de la nuit, entourés de serpents ; et je ne pouvais même pas obtenir des gens qu'ils me laissent tranquille. J'ai secoué la tête.

— Je ne peux pas vous laisser vous en mêler. Si l'un de vous se fait blesser, je pourrais être tenue pour responsable.

— Non, c'est faux, a dit Matt.

Malgré moi, j'ai fixé ses yeux gris et froids.

— Il n'existe aucun accord contractuel entre vous et nous, a-t-il poursuivi. Et vous ne nous devez aucune responsabilité morale. Nous sommes ici de notre propre volonté. Nous avons écouté vos conseils et refusé de les suivre. Les Poulson sont nos amis et nous voulons aider.

Silence. Ah ça, c'était un juriste, pas de doute ! Une seconde, j'ai été tentée de les laisser se débrouiller entre eux. Mais le message derrière ces lunettes oblongues était clair. Je n'aurais pas le dernier mot. Je pouvais me ridiculiser en faisant une sortie théâtrale. Ou continuer ce que j'avais commencé.

— Quelqu'un a déjà manipulé des serpents auparavant ? ai-je demandé.

Quatre têtes ont fait non.

— OK, la chose importante à garder à l'esprit, c'est qu'ils ne peuvent pas vous faire de mal. Alors efforcez-vous de ne pas leur en faire. Distrayez-les d'une main, et attrapez-les de l'autre. Ne tardez pas trop, vous ne réussiriez qu'à les stresser. Prenez-les fermement mais doucement et mettez-les dans un seau. Pas plus de quatre à la fois, environ. Quand les seaux seront pleins, portez-les à l'extérieur. Ce type, dehors, les surveillera ? (Plusieurs acquiescements, des accords marmonnés.) Et il ne doit laisser entrer personne d'autre, ai-je ajouté, redoutant l'arrivée d'Allan Keech et de sa bande, tous remontés à bloc et prêts pour une petite partie de chasse à la couleuvre.

— OK, a conclu Daniel, finissons-en.

— Je m'occupe de l'étage, ai-je déclaré.

J'ai emporté quelques taies d'oreiller et traversé l'entrée. En gravissant l'escalier en spirale, j'ai senti quelqu'un sur mes talons, mais ce n'est qu'une boucle plus loin que j'ai vu que c'était Matt.

— Ne bougez pas, a-t-il dit en plongeant la main à travers la cage d'escalier, derrière ma jambe droite. Je te tiens…

Avec un sourire, il a soulevé un petit serpent d'un gris sombre, avec d'élégantes taches blanches, d'un genre que je n'avais pas encore repéré. J'ai tendu une taie ouverte dans sa direction et il l'a lâché dedans.

— Vous savez comment ils vont, tous ? ai-je demandé à mon grand étonnement tandis que nous atteignions le sommet des marches.

Je n'avais nulle envie de papoter, juste d'en finir et de rentrer chez moi.

— En voilà un autre.

Il a passé le bras au-dessus de mon épaule. Il avait pris sa douche il y a moins d'une demi-heure. Je pouvais sentir le shampoing, et ses cheveux, dans sa nuque, étaient toujours humides. Je me suis demandé ce qu'il avait bien pu faire à 3 heures du matin pour avoir besoin d'une douche. Il a plongé en avant et m'a poussée, me forçant à reculer.

— Désolé, a-t-il marmonné en se redressant. (Il l'avait raté.) Glissants, ces petits couillons, non ? Mandy et les gosses sont bouleversés, mais à part ça, ils se portent bien. C'est sans doute Ernest qui va le moins bien. Il a pris un sale coup sur la tête. Nick est terriblement embarrassé d'avoir fait autant de foin pour une couleuvre.

Je me suis arrêtée au sommet des marches, inspectant les lieux. Nous nous trouvions dans un long couloir étroit qui courait tout le long de la maison. J'ai compté cinq portes, ouvertes pour la plupart. Ce qui me tracassait, néanmoins, c'était la charpente de la maison, et plus spécialement, le fait que le dernier étage donnât sur les combles. Les vieilles poutres et le Placoplâtre mal ajusté étaient criblés de petits trous et de fentes. Les serpents pouvaient vagabonder librement à cet étage et les attraper ne serait pas facile.

— Au fait, je m'appelle Matt Hoare, je ne pense pas que nous nous soyons déjà rencontrés. Je vous tendrais volontiers la main, mais j'ai un serpent dedans. Oh merde, je crois que je l'ai tué !

J'ai baissé les yeux. Matt Hoare avait capturé un serpent monstre, comparativement aux autres. Près d'un mètre cinquante de long, épais au milieu. Il pendait inerte dans sa main, la bouche grande ouverte, laissant dépasser une langue bleu-gris.

— Je l'ai à peine touché, s'est-il récrié, l'air horrifié.

J'ai tendu la taie d'oreiller.

— Tout va bien. Les couleuvres feignent souvent d'être mortes quand elles sont menacées.

Il a baissé les yeux, incrédule, sur le serpent qu'il avait en main.

— Vous voulez dire que ce truc fait le mort ?

J'ai hoché la tête et secoué légèrement la taie d'oreiller. Matt a compris l'allusion et descendu le serpent toujours flasque dans la poche de coton blanc. Une fois relâché, il s'est remis à bouger.

— Ah ça, je n'en...

Matt a secoué la tête puis relevé les yeux sur moi.

— Clara, c'est ça ? a-t-il dit. On est voisins, par le fond du jardin. Je vous entends chanter parfois. Comment on fait, on commence par la grande chambre et on revient sur nos pas ?

Il est parti vers la gauche et j'ai suivi, me demandant comment il savait où se trouvait la chambre principale et pour l'amour du ciel... pour qui ces gens me prenaient-ils, le ménestrel du village ? Inscrite au patrimoine ou pas, j'allais mettre du double vitrage à la maison.

— Et si, mon petit savonneux, je t'attrape.

Il a fait un bond vers le lit, attrapé la créature enroulée qui dormait dessus et l'a brandie devant moi.

— Allez, Clara, pour l'instant je gagne par trois à zéro.

— J'en ai pris quatre en bas. Vous êtes sûr de n'avoir jamais fait ça auparavant ?

Je n'avais jamais relevé auparavant chez un non initié l'aisance avec laquelle Matt attrapait et manipulait les serpents. Les serpents sont des créatures plutôt intimidantes si vous n'y êtes pas habitué.

— Jamais, mais mon père bossait dans le trafic fluvial. Je travaillais avec lui pendant les vacances. Quand on a tenu en main des anguilles adultes, les couleuvres, c'est du gâteau à côté.

J'ai décidé de le croire sur parole et me suis appliquée à atteindre mon quota. Cinq serpents plus tard, nous avions mis à sac les placards et renversé les tiroirs, grimpé sur des penderies et refait le lit. J'avais l'impression de violer l'intimité de cette famille mais à tout prendre, ils nous en remercieraient sûrement. Enfin, nous avons déclaré la chambre parentale et la salle de bains attenante libérées de leurs occupants. Nous avons refermé la porte et sommes passés à la pièce suivante.

— OK, il semblerait que j'aie fait mes preuves maintenant, a déclaré Matt. J'ai le droit de poser une question. Comment autant de serpents – on en a combien là... huit, rien qu'à l'étage et en une seule pièce ? – comment autant de serpents ont-ils pu entrer dans la maison ?

C'était une bonne question.

— Je n'en sais rien, ai-je avoué. Les couleuvres se regroupent en effet pour se reproduire. Et c'est à peu près à cette époque de l'année. Elles sortent d'hibernation et...

Je me suis interrompue. Je n'étais vraiment pas à l'aise à l'idée d'évoquer les choses de la vie, même reptilienne, avec un étranger.

— ... s'envoient en l'air ? a suggéré Matt.

Je contemplais le parquet mais sentais, rien qu'à sa voix, qu'il souriait.

— Peut-être qu'elles se dirigeaient vers l'un des cours d'eau et qu'elles se sont perdues, tout simplement, ai-je dit, en m'obligeant à croiser son regard un instant. L'une d'elles sera entrée par une porte ouverte et le reste aura suivi, tout bêtement.

Il s'est arrêté sur le seuil suivant.

— Déjà entendu parler d'un cas survenu ailleurs ?

J'ai secoué la tête.

— Jamais.

Il m'a considérée un moment, comme sur le point de poser une autre question, puis s'est engouffré dans la pièce. Je lui ai emboîté le pas. Nous étions dans une chambre de petit garçon haute en couleur, remplie de jouets et de posters de *Marvel Comics,* un vrai bazar. Plusieurs tiroirs étaient ouverts et les vêtements en débordaient. Il nous faudrait piétiner des pièces de Lego et le contenu d'une boîte de déguisement.

Deux jeunes serpents, sans doute âgés de sept ou huit mois au plus, étaient entrelacés sur l'appui de la fenêtre, et je me suis dirigée vers eux. Même si j'ai étudié les reptiles à la fac, et même envisagé d'en faire ma spécialisation, les lézards, plus que les serpents, m'avaient tout particulièrement plu. Ces deux-là, cependant, étaient vraiment mignons. Ils mesuraient environ quarante-cinq centimètres de long chacun, fins comme des crayons. Ils avaient la couleur des jeunes feuilles de hêtres, avec des yeux noirs et brillants et de minuscules langues en mouvement.

— Oh oh, un gros, là, a lancé Matt derrière moi. Prête pour la taie d'oreiller, mon amie ?

Je ne saurai jamais ce qui m'a poussée à me retourner à cet instant précis entre tous. J'avais déjà décidé que Matt n'avait nul besoin d'être surveillé du coin de l'œil. Toujours est-il que j'ai fait volte-face. Juste à temps pour voir le serpent qu'il s'apprêtait à attraper. Je me suis étranglée : rien n'est sorti. J'ai fait une nouvelle tentative, me forçant à extraire un son de ma gorge qui me semblait horriblement serrée.

— Ne le touchez pas !

Interloqué, mais loin d'être alarmé, Matt a pivoté vers moi.

— Qu'est-ce... qui ne va pas ?

Le serpent s'est dressé, a inspecté paresseusement les alentours avant de se focaliser sur l'homme qui se tenait devant lui. Nous l'avons tous deux observé pendant que je m'efforçais de me rappeler ce que j'avais appris des années auparavant sur les motifs des écailles et les formes des têtes. Il y avait des taches orange caractéristiques le long du dos du serpent. Mais la couleur pouvait être trompeuse : on ne devait jamais s'en remettre totalement à ce seul aspect.

— Reculez, ai-je ordonné. Un grand pas. Très lent.

Matt a obtempéré. Le serpent a oscillé de droite à gauche, s'est dressé plus haut et l'a regardé.

— Encore un autre. Lentement, toujours.

Il a reculé d'un autre pas.

— C'est quoi, ce truc ? Qu'est-ce...

— Ne parlez pas. (Ma propre voix voulait à peine fonctionner.) Continuez de reculer.

Le serpent a ondulé vers l'arrière et s'est figé. La position d'attaque classique. Je retenais mon souffle. J'étais à deux pas de la porte, Matt un peu plus loin dans la pièce. Il a fait un nouveau pas en arrière, et j'ai posé une main sur son épaule, l'amenant à moi d'un geste brusque. Je nous ai entraînés à reculons dans le couloir avant de le repousser derrière moi. Je n'avais pas quitté le serpent des yeux une seule fois.

Pas plus que lui. En nous voyant battre en retraite, il s'était détendu, mais restait vigilant. J'ai estimé qu'il devait faire un peu plus d'un mètre de long. Un serpent peut frapper à une vitesse imperceptible à l'œil humain mais seulement à hauteur de la moitié de sa longueur. Nous étions en sécurité pour l'instant. Toutefois, s'il commençait à se déplacer, il nous faudrait gagner l'autre côté de la porte en quelques secondes. Matt était juste dans mon dos. Je sentais son souffle dans ma nuque.

— Ce n'est donc pas une couleuvre, si je comprends bien.

7

Le serpent et moi ne nous quittions pas des yeux, et je commençais à me demander s'il n'y avait pas du vrai dans ces légendes qui attribuaient à l'espèce le pouvoir d'hypnotiser.

— Non, ai-je répondu, ce n'est pas une couleuvre.

— C'est quoi, alors ? Ça ne ressemble pas à une vipère.

— Sortez les autres d'ici. Ne les laissez plus toucher à quoi que ce soit. Si vous pouviez fermer les portes et les fenêtres, ce serait bien, mais n'approchez plus aucun serpent. L'homme qui a été mordu – assurez-vous qu'on l'emmène à l'hôpital sur-le-champ. Il faut qu'il reste en observation constante. Puis apportez-moi une boîte vide. Et une arme quelconque – marteau, hache – un truc du genre. Faites aussi vite que possible.

— Mais que...

— Obéissez !

Il était parti. Je l'ai entendu traverser le couloir – ses pieds résonnaient sur le plancher de bois nu –, dévaler l'escalier en courant, crier à l'adresse des trois autres hommes. Je les ai entendus poser des questions, et même se disputer, après quoi ils sont tous sortis. La porte d'entrée s'est refermée en claquant et la maison est retombée dans le silence.

Toute cette agitation soudaine avait perturbé le serpent. Il se déplaçait, cherchant à se réfugier dans l'armoire ouverte. S'il y entrait, je pourrais l'y enfermer, attendre de l'aide et un équipement adéquat. Oh, je vous en prie, faites qu'il y entre !

Il ne s'est pas introduit à l'intérieur de l'armoire, préférant partir en glissant à l'assaut de la porte : les sculptures dans le vieux chêne lui simplifiaient la tâche. Parvenu au sommet, son corps a miroité puis disparu au-dessus du cadre.

OK, il fallait que je garde mon calme. Le reptile en haut de l'armoire devait être capturé ou, à défaut, tué. Et je devais m'acquitter de cette tâche tout en sachant qu'il pouvait s'en trouver d'autres dans la pièce, ou ailleurs dans la maison. Je me sentais nauséeuse, en comprenant à quel danger j'avais exposé ces hommes. Jamais je n'aurais dû les autoriser à rester dans la maison.

Bien, réfléchis. Pouvais-je vraiment faire ça toute seule ? Et combien de temps les secours mettraient-ils à arriver ? Le zoo le plus proche était à des kilomètres et on était au beau milieu de la nuit.

J'ai entendu des pas légers gravir l'escalier et ressenti un immense soulagement. Ce qui n'était pas la chose la moins troublante qui m'arrivait cette nuit-là. Moi, qui n'avais jamais fait confiance à un homme de toute ma vie adulte, qui avais tellement l'habitude d'assumer, j'étais en train de faiblir devant le premier signe de réel danger.

Matt a traversé le palier sans bruit, et j'ai pris le risque de quitter l'armoire des yeux une seconde pour le regarder. Il avait à la main la boîte, une grosse hache, et une expression ahurie sur le visage. Vision qui aurait pu m'alarmer. Sauf que, étant donné le choix qui s'offrait à moi, entre un fou furieux armé d'une hache et ce qui se trouvait au sommet de l'armoire, j'aurais risqué la hache en temps normal.

— Revenez ici tout de suite, a-t-il chuchoté, en me faisant signe de le rejoindre sur le pas de la porte.

J'ai secoué la tête.

— Pas de discussion, a-t-il insisté si doucement que je l'entendais à peine.

Malgré moi, je me suis retournée vers lui.

— C'est quoi, ce machin ? a-t-il demandé, parlant d'instinct toujours à voix basse.

— Je n'en suis pas sûre. (Je ne l'étais pas, en effet. Pas à cent pour cent.) Il est plutôt petit dans le genre mais... (Il n'a rien dit. S'est contenté de me regarder.) Je pense que c'est un taïpan.

— Un quoi ?

Il avait l'air déçu ; comme s'il s'attendait à ce que j'annonce un cobra, un crotale, un serpent à sonnette – l'un des serpents dangereux les plus connus.

— Un taïpan. Un serpent australien.

— Méchant ?

J'ai hoché la tête.

— Le plus dangereux au monde.

Il m'a attrapée par le bras et tirée hors de la pièce, sur le palier.

— Bien, on sort d'ici. La police arrive. C'est à eux de s'en occuper.

J'ai résisté. Je peux être assez forte quand il le faut.

— Hors de question. Si vous arrivez à faire venir un herpétologiste qui ait l'expérience des serpents venimeux dans la demi-heure, alors allez-y. Croyez-moi, je n'ai aucune envie de retourner dans cette pièce. Mais demander à de jeunes policiers qui n'ont jamais manipulé de serpent de leur vie d'essayer d'attraper celui-ci, autant envoyer plusieurs d'entre eux à la mort.

Il a grimacé pour m'exprimer son incrédulité. Il pensait que j'exagérais, que j'étais surexcitée, comme n'importe quelle autre femme confrontée à un serpent dangereux. Il fallait que je me fasse comprendre.

— Les taïpans peuvent se montrer très agressifs. Ils sont rapides et forts. Chacun d'eux a suffisamment de venin pour tuer un bataillon entier de policiers. Les gens meurent dans les heures qui suivent la morsure, et je doute que l'hôpital du comté du Dorset ait l'antivenin adéquat dans ses armoires.

— Dans ce cas, on ferme la maison et on attend les experts. On fait venir votre herp… comment les appelez-vous ?

— Des herpétologistes. Mais regardez cette maison. Elle doit avoir quatre cents ans. Il y a des fentes et des trous partout. Le serpent s'échappera. Et croyez-moi, mieux vaut ne pas laisser un de ces trucs en liberté dans le village.

Je voyais bien qu'il y réfléchissait. Je suis restée sans bouger, à le regarder, fâchée qu'il soit intervenu et qu'il ait pris les choses en main, pour la seule raison qu'il était un homme et de surcroît (désormais, j'en étais sûre) un homme de loi. En même temps, une part de moi-même espérait qu'il tiendrait bon et m'interdirait de retourner dans la chambre. C'est fou comme la perspective d'une mort rapide et douloureuse nous permet de prendre conscience du peu qu'on possède dans la vie.

— Très bien, c'est quoi le plan ? Je ne dis pas que je vais accepter. Juste que je veux bien l'entendre.

— Il faut qu'on l'attrape sans plus attendre. On sera peut-être obligés de le tuer, mais j'ai dans l'idée que l'attraper pourrait être légèrement moins dangereux.

— Et on procède comment, au juste ?

— Il est au sommet de l'armoire. Si vous voulez bien m'aider, la première étape consiste à l'en faire tomber. Ensuite, on se sert de la hache comme d'une pince à reptile. Si vous faites mine de l'attaquer avec le manche, il devrait le mordre. À ce moment-là, je pourrai le prendre derrière la tête et ce sera sans danger. On pourra le laisser tomber dans la boîte.

— Doux Jésus !

Matt a inspecté les lieux du regard, remarquant les fentes de ventilation sous les fenêtres, les trous dans les poutres, une lucarne ouverte dans le toit.

— Vous avez raison, il peut s'échapper. Vous êtes sûre d'en être capable ?

À l'heure de passer à l'action, j'étais loin d'être sûre. J'ai néanmoins acquiescé.

— Allons-y.

Je me suis replacée face à la porte. La première chose à faire était de vérifier que le serpent se trouvait toujours là où nous l'avions laissé.

— Attendez.

J'ai fait demi-tour. Secouant les épaules, Matt ôtait son blouson de cuir. Il me l'a tendu.

— Mettez-ça, a-t-il ordonné.

Je portais un pull de coton fin. Il ne me protégerait nullement d'une morsure de taïpan. Néanmoins, j'ai secoué la tête.

— C'est vous qu'il visera. Il vous le faut.

— J'emprunterai quelque chose à Nick. Allez, mettez-ça, et les gants, et ne bougez pas.

J'ai glissé mes bras dans les manches de la veste de Matt et l'ai fait passer sur mes épaules. Ce n'était pas un grand homme, mais le vêtement paraissait énorme sur moi. Il était épais, taillé dans un cuir résistant... ça aiderait. Il était encore chaud, aussi. Alors ne me demandez pas pourquoi, mais j'ai commencé à frissonner au moment où je l'ai enfilé. Les gants que j'ai trouvés au fond des poches ne serviraient à rien, et je les ai laissés tomber au pied du mur. Trop tard pour courir chercher les miens chez moi. Debout sur le seuil, je guettais un mouvement tout en me demandant si je faisais le bon choix, s'il pouvait y avoir une alternative. Attendre l'aide d'un expert semblait la seule solution véritablement sensée, mais il existait un réel danger que le taïpan s'échappe. Et la police arriverait la première. Il se pouvait qu'ils ne m'écoutent pas, qu'ils essaient de se saisir du serpent eux-mêmes. Moi au moins, je savais parfaitement à quoi j'avais affaire. Derrière moi, Matt revenait, vêtu d'un manteau vert matelassé. Son bras droit paraissait énorme, et plusieurs centimètres de serviette dépassaient du revers de la manche. Sans hésiter, il est entré dans la pièce pour regarder tout autour de lui. Puis il a tiré la couette du lit et l'a lancée dans le couloir.

— Vérifiez, a-t-il dit.

Je me suis exécutée. Rien là-dedans.

Après que je lui ai adressé un signe de dénégation, il est monté sur le lit pour inspecter le sommet de l'armoire. J'ai franchi le seuil en balayant la chambre du regard, de gauche à droite, de haut en bas, à l'affût du moindre indice de déplacement.

— Il est toujours là. Lové, mais il me surveille.

— Il faut qu'il soit au sol, ai-je dit, consciente que ce ne serait pas si facile. Je ne peux pas l'attraper là-haut.

— Je vais le faire tomber dans le coin. Vous êtes prête ?

Je me suis glissée à côté de lui. Un espace de quarante-cinq centimètres séparait le côté de l'armoire du mur. Miraculeusement – étant donné l'état du reste de la pièce – exempt du foutoir d'un jeune garçon. Si Matt parvenait à y pousser le serpent, nous aurions une bonne chance. D'un autre côté, un serpent cerné est le plus dangereux de tous.

— Je suis prête, ai-je déclaré, tout aussi convaincue que je ne le serais jamais pour ce qui allait arriver.

Tenant la lame à deux mains, Matt a balayé le dessus de l'armoire avec le manche de la hache. Le serpent s'est dressé en poussant un cri défensif. Surpris, Matt a reculé et chancelé sur le matelas mou. Il a de nouveau tenté de frapper l'animal à toute volée, et réussi à le déloger, à l'instant où lui-même tombait à la renverse. Le serpent a dégringolé par-dessus le bord de la penderie, s'est tourné sur lui-même à mi-course pour retomber sur le lit où Matt gisait à moitié vautré.

— Dégagez ! ai-je hurlé.

Matt a roulé sur le côté du lit pour sauter sur ses pieds. Le serpent s'est jeté sur lui. Matt a reculé en titubant et s'est retrouvé contre la fenêtre. Il a laissé tomber la hache.

Je me suis penchée, mes mains ont trouvé un objet que j'ai lancé à la gueule du serpent. C'était un masque de Dark Vador. Il a heurté le reptile d'un coup sec derrière sa tête. Le taïpan a oscillé et s'est retourné. Confronté à deux menaces, provenant de deux directions opposées de la pièce, il ne savait plus trop quoi faire. Puis il s'est décidé. Pour moi.

J'ai lancé autre chose – un album de foot – et alors qu'il atterrissait inutilement en tas, tout froissé, je me suis rendu compte que j'avais commis une terrible erreur qui allait me coûter la vie d'une seconde à l'autre. J'étais consciente que Matt approchait, penché en avant, mais ne pouvais rien regarder d'autre que les écailles brillantes, vert-de-gris, et les yeux ambrés de la créature qui fonçait sur moi. Elle s'est dressée. J'ai pris mon souffle pour crier.

Là-dessus, Matt lui a cogné le côté de la tête avec le manche de la hache. Le taïpan a fait volte-face pour l'attaquer, plantant ses crocs dans le bois. Je me suis jetée en avant et, sans m'arrêter pour réfléchir – sinon jamais je n'aurais été capable de le faire –, l'ai attrapé des deux mains autour du cou. Le serpent a relâché sa pression sur le manche et s'est débattu pour se libérer, mais je le tenais serré. Matt a lâché sa hache et tendu le bras pour s'emparer de la boîte. Il a fait sauter le couvercle, saisi la queue du taïpan et poussé la partie inférieure du reptile dans la boîte. J'y ai enfoncé la tête, la maintenant en place, et Matt s'est préparé à laisser retomber le couvercle. Le serpent a cessé de bouger.

Matt et moi nous sommes dévisagés.

— Où sont ces foutus gants ? a-t-il exigé de savoir.

Les gants qu'il m'avait remis plus tôt étaient trop grands pour moi. Ils auraient pu me protéger mais m'auraient privée de toute dextérité.

— C'est là que ça devient marrant, ai-je dit. Une fois que je l'aurais libéré, il attaquera sans doute. Et il sera plus rapide que moi.

— Raison pour laquelle, je vous le redemande, où sont passés ces putains de gants ?

Entre mes mains, le corps du serpent tremblait.

— Ils étaient trop grands, ai-je avoué. Je n'aurais rien pu faire avec.

— Super.

— Je crois que je tiens un taïpan par la queue.

Il m'a fusillée du regard.

— Franchement, ce n'est pas drôle.

— Donnez-moi ce tee-shirt, ai-je ordonné, tout en songeant : *De l'humour ? Depuis quand je fais de l'humour ?*

Regardant autour de lui, Matt a trouvé le bout de cotonnade chiffonnée que je lui indiquais. Il me l'a tendu et j'ai pris le risque de lâcher le serpent d'une main. Je pouvais encore le maintenir, tout juste, mais sans doute pas pour longtemps. J'ai récupéré le tee-shirt, en ai fait une boule que j'ai pressée sur la tête de l'animal pour le clouer au fond de sa cage.

J'ai levé les yeux vers Matt. Nul besoin de parler. Il savait exactement ce que je m'apprêtais à faire et ce que lui-même devait faire. Plus prestement que jamais, j'ai retiré ma main gauche. Matt a rabattu le couvercle, que j'ai verrouillé. Le taïpan était à l'abri, avec un tee-shirt Spiderman pour compagnie.

D'un même élan, Matt et moi nous sommes écroulés par terre et sommes restés assis à nous regarder par-dessus le couvercle de la boîte. Apparemment, aucun de nous deux n'avait la force de bouger.

— Et maintenant ? a-t-il finalement demandé.

— On cherche les autres.

Il a fermé les yeux et s'est laissé aller, de tout son long, sur le tapis. Et j'ai eu une réaction que je n'aurais jamais imaginé avoir en pareille circonstance. J'ai ri.

Il n'y avait pas d'autres taïpans dans la maison des Poulson. Cinq minutes après avoir capturé le serpent, quatre policiers sont arrivés, qui semblaient tous fort bien connaître Matt Hoare. Après quoi, nous avons repris nos recherches. Nous avons trouvé encore quelques couleuvres et une vipère – morte. C'est un jeune agent qui l'a découverte dans la chambre du grand-père et m'a fait venir. J'avais déjà donné des instructions strictes pour que personne d'autre que moi n'aille toucher le moindre serpent, et la police avait accepté bien volontiers.

La vipère gisait au pied d'un lit. On lui avait écrasé la tête. C'est le seul serpent blessé que nous ayons déniché cette nuit-là.

— C'est un membre de la famille qui a dû faire ça, ai-je dit, imaginant difficilement un serpent mort se glisser dans une maison. C'est peut-être celle qui a mordu le père.

— C'est pourtant la chambre du vieux docteur Amblin, a rétorqué le jeune agent, qui ne regardait plus la vipère mais le côté de mon visage.

Je me suis détournée et, sans plus nous adresser la parole, nous avons fouillé le reste de la pièce.

Une chambre d'homme âgé, sans le moindre doute. Mobilier sobre, de bois sombre, brosses à habit et peignes sur la commode, nécessaire de rasage dans la minuscule salle de bains attenante. Sur l'oreiller, une trace ressemblait à une tache de sang. Et quelque chose formait une petite bosse sous les couvertures. Hérissée par le regard insistant de l'agent, je me suis avancée. Arrivée suffisamment près pour la toucher, j'ai hésité un instant. La protubérance bougeait-elle ? Je ne le pensais pas, mais…

— Laissez-moi prendre l'autre côté, a proposé le policier, en faisant le tour.

Au même moment, avec un peu d'hésitation de part et d'autre, nous nous sommes saisis du drap.

— Un, deux, trois, a compté l'agent, et nous avons tiré l'étoffe brusquement.

Le jeune homme a ri. Moi pas.

— Il n'a plus vraiment l'âge, pour une peluche, vous ne pensez pas ? a-t-il lancé.

— C'est sans doute au petit garçon, ai-je répondu, étudiant le petit singe que nous avions découvert.

— Je crois que nous en avons fini pour ici.

Je suis sortie sur les pas du policier, tout en me faisant la réflexion suivante : pourquoi, de toutes les peluches que j'avais vues dans cette maison, fallait-il que ce soit un petit singe marron qui soit caché dans le lit du grand-père ? Un serpent et un singe. Voyons voir, pourquoi cela me dérangeait-il ?

8

Encore une heure, quelques couleuvres de plus, et nous étions quasi certains que la maison était libérée des intrus. J'ai dit au brigadier en charge qu'il fallait absolument qu'on l'inspecte une nouvelle fois avant que la famille soit autorisée à regagner les lieux. Moi, j'étais heureuse de pouvoir la quitter pour le reste de la nuit.

Ensuite, je me suis retrouvée en train de rouler dans la campagne à bord d'une voiture remplie de serpents.

Une fois la maison libérée des reptiles, je n'avais qu'une envie : rentrer chez moi et laisser la police s'en occuper. La journée précédente avait été plutôt riche en événements et je n'étais pas encore couchée. Ne parlons pas de dormir. Toutefois, le brigadier avait fait remarquer que les serpents devaient être emmenés quelque part, qu'il serait trop cruel de les relâcher dans le village. Où seraient-ils mieux qu'au centre de soins pour animaux sauvages du pays ? J'ai argumenté un moment, quoique sans conviction. Je comprenais son point de vue. J'étais allée chercher ma voiture, après quoi l'agent qui avait trouvé la vipère m'avait aidée à charger les trente-neuf serpents, tous soigneusement enfermés dans des seaux, des taies d'oreillers et des grandes boîtes Tupperware.

Je n'avais pas vu le taïpan, ni l'homme qui m'avait prêté main-forte pour l'attraper, depuis un moment. J'étais partie du principe que l'un était rentré chez lui, et l'autre sous bonne garde policière. Il était 4 h 30 du matin et le jour naissait. C'est alors que Matt a surgi, marchant dans l'allée, parlant doucement au brigadier et portant la boîte du taïpan. Ils m'ont vue et sont venus vers moi.

— Alors, a demandé Matt, que fait-on du démon des antipodes ?

Sans nécessité pressante et immédiate, j'avais du mal à le regarder. Je me suis appliquée à coincer les divers conteneurs de reptiles dans le coffre de ma voiture.

— J'emmène les autres serpents au Petit Ordre. C'est le centre pour animaux sauvages où je travaille. Je vérifierai de nouveau qu'il s'agit bien de couleuvres et, si elles sont en bonne santé, on peut toutes les relâcher.

J'ai jeté un œil sur la boîte du taïpan ; plus facile à regarder que Matt.

— Je ne suis pas qualifiée pour m'occuper de celui-là, j'en ai peur, ai-je continué, à l'adresse du brigadier cette fois. (Curieusement, il m'était également plus facile de le regarder, lui.) Vous feriez sans doute mieux d'obtenir confirmation qu'il s'agit bien d'un taïpan. Si c'est le cas, peut-être pourrez-vous savoir d'où il vient. Et trouver l'endroit où le ramener. Il doit appartenir à un zoo. Celui de Londres, avec de fortes chances. Ou à un collectionneur.

— Un collectionneur ? a raillé Matt, Vous voulez rire ? Des gens prennent ces machins comme animaux domestiques ?

J'ai contourné ma voiture jusqu'à la portière et parlé pardessus mon épaule, au brigadier, toujours.

— En Australie, oui. Même si je n'irais jamais le recommander. Je n'ai pas entendu dire qu'il y en ait en Grande-Bretagne, mais c'est possible.

— Nous espérions que vous le prendriez avec vous, mademoiselle, a lancé le brigadier, qui a enfin réussi à en placer une. Jusqu'à ce qu'on puisse lui trouver un foyer plus sûr.

J'ai secoué la tête.

— L'hôpital n'est pas équipé pour s'occuper de serpents venimeux. Je ne peux pas exiger de mon équipe qu'elle prenne ce risque.

Avant même d'avoir fini de parler, je me suis rendu compte que je connaissais un endroit tout indiqué pour s'occuper de reptiles dangereux, avec des gens capables d'identifier le serpent et de lui trouver le meilleur refuge possible. Et que j'avais prévu de m'y rendre plus tard dans la journée, de toute façon. Les deux hommes m'ont dévisagée une seconde, après quoi Matt a hoché la tête.

— OK, a-t-il dit, je le garde. Avec quoi est-ce que je le nourris ?

— Mettez-le dans le coffre, ai-je soupiré. Je connais des gens qui peuvent le prendre, je vais le leur amener.

J'ai ouvert la portière côté conducteur et surpris le brigadier en train de se détourner pour dissimuler un sourire. Matt a contourné la voiture jusqu'au siège passager et grimpé à bord, avec la boîte du taïpan sur les genoux.

— Vous faites quoi, là ? ai-je demandé.

— Je viens avec vous.

Non ! Assez ! J'avais envie d'être seule.

— Et pourquoi donc ?

— Il est bientôt 5 heures du matin et vous avez l'air épuisée. Je ne vais pas vous abandonner toute seule avec un dangereux serpent.

— C'est absolument sans risque. Il est enfermé dans une boîte.

J'ai cherché le brigadier des yeux, en quête de soutien. Il avait déjà tourné les talons.

— Vous semblez un peu fébrile, a constaté Matt. Vous voulez que je conduise ?

J'ai démarré le moteur, tout en songeant : *Par Dieu, les anges et tout le saint-frusquin, que dois-je faire ?* Je m'occupais d'animaux sauvages. Je vivais au bout de la rue la plus calme du village le plus reculé que j'aie pu trouver. J'avais pour principe de ne pas connaître le nom de mes voisins. Je faisais mes courses par correspondance. Que devais-je faire au juste pour qu'on me laisse tranquille ?

— Par ailleurs, a-t-il ajouté, vous portez toujours ma veste.

J'ai résolu de ne pas dire un mot de plus durant le trajet de près de dix kilomètres jusqu'au Petit Ordre. Quand il s'agit de garder le silence, de refroidir totalement autrui, je suis passée maître, croyez-moi. Je peux m'isoler dans un coin de ma tête, tellement retranchée du monde que je n'entends même plus les voix qui s'adressent à moi. S'il le faut, je disparais, tout simplement.

Nous avons remonté la côte étroite et escarpée qui mène hors du village. Tout en lacets, la route force la concentration, même en plein jour. Des hêtres, des chênes et des sycomores se rejoignaient au-dessus de nos têtes, formant un tunnel de feuillage dense. Des branches éparses raclaient les flancs de la voiture et les chauves-souris, désorientées par les phares, voltigeaient tout près avant de s'éloigner comme des flèches.

— Le serpent le plus dangereux au monde, hein ? a repris Matt, d'une voix bien plus nette qu'elle n'aurait dû l'être, vu que j'avais décidé d'oublier sa présence. Comment se fait-il que je n'en aie jamais entendu parler ? (Je me suis obligée à me focaliser sur la route.) Je connais les pythons, les boas, les vipères, les serpents à sonnette, bien sûr. Mais pas les taïpans. S'ils sont si dangereux que ça, comment se fait-il que personne n'ait la moindre idée de leur existence ?

C'était impossible. L'homme ne se laisserait pas ignorer.

— On ne les a découverts que très récemment. Vers le milieu du XXe siècle. Même de nos jours, on n'en voit pas souvent. Et c'est tant mieux, croyez-moi.

— Mais pourquoi sont-ils si dangereux ? Les mambas. Les mambas noirs, ça, je connais. Ils sont dangereux ?

J'ai poussé un soupir.

— En matière de serpents venimeux, il y a les trois principaux : le mamba noir d'Afrique, le cobra dans la majeure partie de l'Asie, et le taïpan. Les herpétologistes sont capables de débattre pendant des heures pour savoir lequel est le plus mortel, et franchement, on peut plaider en faveur de chacun. Tous sont énormes, forts et rapides.

— Celui-là n'est pas gros.

— Parce que c'est un jeune. Les taïpans peuvent mesurer plus de trois mètres.

— Merde alors !… Donc vous disiez… grands, forts et rapides. Quoi d'autre ?

Cinq heures du matin, ou presque, et je faisais un cours sur les reptiles à un homme que je venais de rencontrer. Qu'était-il advenu de ma vie paisible ? Mais il me fixait du regard, attendant que je poursuive.

— Les trois espèces sont réputées pour leur agressivité quand on les attaque, ai-je dit. Elles font ce qu'on appelle des frappes répétées. Elles mordent, relâchent, remordent. Chacune a un venin complexe et hautement toxique. Sans traitement, la victime meurt – dans d'atroces souffrances – en quelques heures. Et, selon les critères reptiliens, les trois espèces sont assez intelligentes. Vu leurs capacités létales, on ne se sent pas franchement à l'aise en leur compagnie.

— Si j'avais un cerveau, je serais dangereux ?

— Exactement.

— Alors, lequel a votre préférence ?

— Le taïpan. (Je n'ai même pas eu le temps d'y réfléchir.) Et de loin.

— Vous en avez déjà vu ?

J'ai hoché la tête.

— J'ai travaillé en Australie un temps. J'étudiais les lézards, mais j'ai croisé deux ou trois serpents. J'ai rencontré des gens qui avaient survécu à des morsures de taïpans. Mais j'ai surtout entendu parler de ceux qui y avaient succombé.

Matt est devenu silencieux. La conversation aurait facilement pu s'arrêter là.

— Il y a deux sortes de taïpans, me suis-je surprise à ajouter. Celui qui vit le long des côtes, et celui qui vit à l'intérieur des terres. Une seule morsure du taïpan des côtes est suffisamment toxique pour tuer vingt-sept personnes.

— Doux Jésus… Et c'est un de ceux-là que nous avons ?

— Non. Je pense qu'il s'agit d'un taïpan du désert. Je crois me souvenir qu'ils portent des marques orange. Notre ami là-dedans a une vague rayure orange sur son dos.

— Une chance, hein ? Alors, combien de personnes peut tuer le taïpan du désert d'une seule morsure ?

— Soixante-deux.

Je l'ai regardé en coin une fraction de seconde. Le visage de Matt était de marbre.

— Je peux le poser sur la banquette arrière ? a-t-il finalement demandé.

Je n'ai pas pu m'en empêcher, je me suis remise à rire. Au bout d'une seconde, il s'est joint à moi.

— Est-ce que la police a dit ce qu'elle comptait faire ? ai-je lancé quand nos rires se sont apaisés et que le silence est devenu pesant.

Matt m'a jeté un coup d'œil.

— Ils feront des recherches sur le taïpan demain matin, a-t-il dit au bout de quelques instants. Pour voir si une disparition a été signalée.

— Et les couleuvres ?

Il a haussé les épaules.

— Ben, ils peuvent difficilement les coffrer et les accuser de violation de domicile. Ils ont déjà cherché des empreintes mais, avec une famille nombreuse et plein de visiteurs qui vont et viennent, il sera peut-être difficile de repérer quoi que ce soit. Il n'y avait pas de signe visible d'effraction.

J'avais déjà décidé que j'avais fait largement assez de conversation en une nuit. Dans le cas contraire, je l'aurais prié de me dire comment il en savait autant sur les agissements de la police. Nous n'étions plus loin de mon lieu de travail et j'ai poursuivi ma route. Je gardais les yeux braqués devant moi mais pouvais sentir qu'il m'observait. Il était à ma gauche. J'aurais dû le laisser conduire, après tout.

— Qu'en pensez-vous ? a-t-il demandé. Un nouveau mystère de la nature ?

J'ai réfléchi un instant. Un serpent qui entre dans une maison, c'était inhabituel mais loin d'être incroyable. Plusieurs douzaines, y compris un serpent qui ne venait pas d'ici, c'était tout autre chose.

— Difficile de voir comment autant de serpents pourraient s'introduire dans une maison sans y être aidés.

— Exactement, a convenu Matt. Je me demande si les vandales du coin pourraient être les responsables. Peut-être qu'ils se sont lassés de sectionner les câbles téléphoniques et de briser les fenêtres.

J'ai hoché la tête, mais me remémorais les taches humides et les traces de boue que j'avais repérées sur le sol de la longère. J'avais vu la même chose chez les Huston en sauvant la petite Sophia de la vipère. Par ailleurs, la capture et la manipulation de plusieurs douzaines de serpents, dont deux ou trois venimeux, impliquaient une adresse considérable. Pas ce à quoi on peut s'attendre de la part du vandale graffiteur moyen. Devais-je dire quelque chose ? J'étais déjà plus impliquée que je ne le voulais.

— Et cette réunion chez Clive Ventry pourrait leur en avoir donné l'idée, ai-je préféré répondre. D'un seul coup, tout le monde a peur des serpents.

— En tout cas, si ce n'était pas le cas jusqu'ici, maintenant c'est chose faite, a reconnu Matt.

Le silence est retombé. Nous avions rejoint la départementale, déserte à cette heure matinale. À l'est, le noir du ciel nocturne se dissipait, virant au gris ; les vastes landes désertes du Devon naissaient devant nous. Une sonnerie soudaine m'a fait sursauter.

— Ça doit être pour moi, a dit Matt, sans esquisser le moindre geste pour trouver et prendre son téléphone.

La sonnerie a continué de retentir.

— Je l'attraperais bien moi-même, mais je ne suis pas sûre de vous connaître assez bien, a-t-il ajouté. Poche intérieure, côté gauche.

Évidemment, je portais sa veste. Il s'est penché pour maintenir le volant. Je pouvais sentir l'odeur de sa peau, de ses cheveux, du café qu'il avait bu dans l'heure écoulée.

Me recroquevillant, j'ai fouillé dans sa veste jusqu'à trouver le téléphone et le lui ai tendu. Il s'est radossé à son siège et j'ai repris le volant, immensément soulagée que, pour quelques minutes, son attention se porte sur autre chose. L'interlocuteur nourrissait l'essentiel de la conversation et Matt répondait par quelques monosyllabes. Au bout de cinq minutes, il a raccroché.

— C'était l'hôpital du comté, a-t-il déclaré tandis qu'il rangeait le téléphone dans la poche de sa chemise. Nick va bien. Les contours de la morsure sont douloureux, mais ne présentent aucun gonflement suspect, sa respiration et sa température sont normales. Il ne montre aucun des symptômes de John Allington. Ils vont le surveiller étroitement, mais personne ne semble excessivement inquiet.

— Et les autres ? ai-je demandé, songeant à la vipère morte que j'avais vue dans la chambre du grand-père.

— Le vieux docteur Amblin est légèrement commotionné. Apparemment, il se serait cogné la tête dans la mêlée. Mandy et les petits vont bien. On les garde tous là-bas mais aucun d'eux n'a été mordu.

— Eh bien, c'est un soulagement.

— Absolument. Mais il existe de l'antivenin contre la plupart des morsures aujourd'hui, non ?

— Le sérum antivenimeux contre la vipère européenne est assez répandu. Et on garde du Vipera Tab au centre. Peut-être que je devrais en rapporter à la maison.

— Et pour le petit copain, là ?

Matt indiquait la boîte sur ses genoux.

— Il existe un antivenin pour les morsures de taïpans, mais on ne trouve ces serpents que dans des coins vraiment reculés d'Australie. Du coup, l'antivenin n'existe que là-bas. Il faudrait le localiser, le faire expédier dans une grande ville, puis à Londres, d'où il nous parviendrait en express. Ce serait trop long.

Il est resté silencieux un moment. Puis :

— Donc, si l'un de nous deux s'était fait mordre ce soir, il y serait probablement resté ?

Je n'ai rien répondu, mais il avait raison.

9

À l'aube, les couleuvres étaient à l'abri au centre d'accueil pour la faune sauvage. D'ici lundi matin, si elles avaient l'air suffisamment en forme, on les relâcherait dans la nature. J'avais promis de le faire à plusieurs kilomètres du village. Avant que nous repartions, j'ai pris une petite boîte de Vipera Tab dans le réfrigérateur. Je le conserverais à la maison quelques semaines. Juste au cas où.

Le démon des antipodes, comme Matt semblait résolu à l'appeler, restait avec moi. J'ai déposé Matt chez lui, lui ai rendu sa veste et l'ai remercié pour son aide. J'ai pris une douche en vitesse chez moi, examiné le bleu sur ma cheville blessée, avalé un petit-déjeuner, regrimpé dans ma voiture et repris la route.

Le Aeolus Trust, à la périphérie de Bristol, est un centre de réinsertion pour reptiles. Géré par des volontaires, c'est une institution caritative qui reçoit d'anciens animaux de compagnie, tels que serpents, lézards et tortues marines qui ont été blessés, abandonnés, ou sont simplement devenus trop gros pour que leurs propriétaires puissent s'en occuper. Elle leur procure des soins si nécessaire, puis leur trouve un habitat convenable, autant que faire se peut.

J'avais entendu parler du travail et de l'équipe de l'Aeolus – des héros méconnus du monde vétérinaire – durant mon premier trimestre à l'école vétérinaire et depuis lors, je leur avais apporté mon aide aussi souvent que je le pouvais. Aide qu'ils étaient toujours heureux de recevoir : il n'y en avait apparemment jamais assez pour faire face à tout ce qu'on leur collait sur les bras. Cruauté délibérée ou simple négligence par ignorance, les reptiles reçoivent toujours plus que leur part, semble-t-il.

Une année, je faisais partie de l'équipe de nuit dans la période d'activité intense qui précède Noël. Un dragon barbu, un lézard prisé d'origine australienne, nous avait été amené avec les brûlures parmi les plus graves qu'il m'ait été donné de voir. Ses propriétaires, bien intentionnés mais totalement ignorants des besoins de leur nouvel animal domestique, l'avaient mis dans le placard du ballon d'eau chaude pour lui tenir chaud. La créature s'était coincée entre le calorifuge et le ballon. Le temps que les propriétaires le retrouvent, son corps était si sévèrement brûlé qu'il avait collé à la cuve.

C'était le pire cas que j'aie rencontré, mais loin d'être le seul. En travaillant pour Aeolus durant des années, j'avais été témoin de terribles souffrances qui auraient aisément pu être évitées en lisant un livre ou deux, en s'informant sur quelques sites Internet, en parlant au responsable de l'animalerie locale.

La réception me semblait plus animée que d'habitude pour un samedi et je me suis demandé si on leur avait déjà parlé de notre dernière recrue. Peu de fans de reptiles rateraient une chance de voir le serpent du désert le plus venimeux au monde.

La porte du bureau de Roger Tennant s'est ouverte avant que j'aie pu l'atteindre, et il s'est avancé vers moi d'un pas décidé. Je connaissais Roger de longue date ; il enseignait durant l'année où j'ai étudié à Édimbourg et son enthousiasme avait contribué à me faire choisir l'étude des reptiles. Il m'a embrassée sur les deux joues, comme il le fait toujours. Cela part d'un bon sentiment, mais j'aimerais qu'il s'abstienne : je n'aime vraiment pas qu'on me touche le visage. Au lieu de me conduire dans son bureau, il m'a poussée devant lui le long du couloir jusqu'à une salle d'examen.

C'était une pièce dans laquelle j'étais entrée bien des fois auparavant : deux tables d'examen au centre et une vaste paillasse en inox le long des murs. Des armoires à hauteur d'homme couraient d'un bout à l'autre de la pièce. Les surfaces étaient immaculées, les instruments rutilants, des cages attendaient leurs nouveaux résidents. C'était une salle d'examen vétérinaire parfaitement ordinaire, encore que plutôt grande, semblable à celle dans laquelle je travaillais chaque jour de la semaine. N'était, évidemment, le grand homme débraillé allongé (de tout son long et apparemment endormi) sur la plus grande des deux tables d'examen.

— Debout, Sean, elle est arrivée, a dit Roger.

Avec une courtoisie vieux jeu, ce dernier m'avait délestée de la boîte du taïpan, même si celle-ci était loin d'être lourde. Sans s'étonner du fait de trouver un clochard endormi dans sa salle d'examen, Roger a porté la boîte jusqu'à la table libre et l'a posée. Je voyais bien que ses doigts brûlaient de l'ouvrir, mais il a jeté un coup d'œil à son visiteur inconscient. Sous mes yeux, ceux de l'homme se sont ouverts. Il a cligné deux fois, brièvement inspecté les alentours et s'est assis.

Je ne fixe jamais les gens du regard, jamais. Je sais trop bien à quel point c'est gênant de se faire dévisager par des curieux, bouche bée. Mais à l'instant où cet homme a ouvert les yeux, j'ai su exactement de qui il s'agissait ; et son apparence était encore plus impressionnante en vrai.

Âgé de trente-cinq à quarante ans, il était de type caucasien si je m'en référais à son visage, à la forme de sa tête, et à ses yeux – d'un vert noisette vif. Mais il était si bronzé qu'il aurait pu passer pour un natif d'Afrique du Nord. Il avait des cheveux longs et noirs, qui retombaient en dreadlocks en dessous des épaules. Il était grand, peut-être un mètre quatre-vingt-cinq ou quatre-vingt-huit, et très mince. Il portait un jean sale et déchiré, une chemise bleu délavé à carreaux, une veste de cuir arborant une douzaine de cicatrices de guerre et des bottes qui semblaient avoir servi pour un trek de cinquante kilomètres à travers la jungle ; ce qui, comme je l'apprendrais très vite, était le cas.

— Clara, voici Sean North, a dit Roger. Peut-être avez-vous…

Entendu parler de lui ? Évidemment. Qui dans le monde reptile ne l'avait fait ? Et voilà, bien sûr, la vraie raison de cette foule à l'accueil. Sean North était sans doute l'herpétologiste le plus réputé au monde. Il était anglais, conservateur honoraire des reptiles dans deux ou trois de nos plus grands zoos mais revenait rarement au pays. Il parcourait la planète, généralement en compagnie d'une équipe de télévision, sur les traces des reptiles les plus rares et – en règle générale – les plus dangereux, pour les étudier et les filmer. Il était spécialisé dans les serpents venimeux, mais j'avais vu des reportages fascinants sur lui en compagnie d'observateurs, de crocodiles et de caméléons. Ses films étaient stupéfiants. Son aptitude à dénicher les créatures les plus farouches était légendaire, et son courage pour manipuler des spécimens dangereux tout simplement frappant. Il semblait ne ressentir aucune peur, risquant sa vie maintes et maintes fois, dans les environnements les plus hostiles au monde. C'était un génie. Et aussi, comme l'avait qualifié un jour l'un de mes collègues, un frappadingue.

Il me tendait la main. Incapable de trouver quoi que ce soit à dire, je l'ai prise. Elle était sèche – trop de soleil, couverte de petites cicatrices, morsures et coups de griffes ou d'ongles.

— Désolé, a-t-il lancé, étouffant un bâillement. Long vol.

— Sean est arrivé ce matin, a précisé Roger. Je savais qu'il devait revenir aujourd'hui d'Indonésie, je lui ai donc laissé un message sur son portable et il est venu directement. Je ne pouvais imaginer plus compétent.

Ni moi non plus. J'aurais juste aimé ne pas trouver sa présence physique aussi intimidante.

Parfaitement réveillé, North soulevait à présent la boîte du taïpan, la soupesant, la balançant gentiment et écoutant les sons provenant de l'intérieur. Puis il l'a reposée sur la table et a déverrouillé les loquets. Roger, qui se tenait tout près, a reculé d'un pas. Jetant un œil alentour, j'ai vu plusieurs visages qui nous observaient depuis la fenêtre donnant sur le couloir. North a soulevé le couvercle en laissant un espace d'environ quatre centimètres. Je retenais mon souffle. Et s'il s'agissait d'un spécimen complètement inoffensif ? De quelle imbécile aurais-je l'air si l'on avait traîné Sean North – Sean North, pour l'amour du ciel ! – épuisé par le *jet-lag*, depuis Bristol pour regarder un animal domestique inoffensif qui s'était échappé ?

— C'est un bébé, a commenté North avec un sourire ravi. Une pince, Rog ?

Roger lui a passé une pince à serpent et, témoignant d'un parfait dédain pour la capacité à bondir du taïpan, North a soulevé le couvercle entièrement et plongé l'instrument dans la boîte. Il l'en a ressorti, le serpent soigneusement saisi par le cou.

— Ouaouh… a sifflé Roger. Il est superbe, non ?

En plein jour et dans des mains sûres autres que les miennes, le reptile était magnifique. Il brillait d'une couleur trop sombre pour être argentée, trop claire pour être vert-de-gris, et la ligne semblable à du cuivre martelé luisait sur toute sa longueur. Ses yeux ressemblaient à de la topaze liquide, sa pupille ronde et noire tellement plus attirante que la fente elliptique de certaines espèces. North tirait sur sa queue, l'étirait. À sa demande, Roger est allé chercher un mètre.

— Nez-cloaque 102 centimètres, a-t-il déclaré. Longueur totale 117 centimètres. Et, je dirais, définitivement, un élapidé. Regardez les écailles sur la tête.

Les élapidés sont une famille de serpents venimeux qu'on trouve dans les régions tropicales et subtropicales, dont l'océan Indien et le Pacifique. Ils ont de longs corps fins, des écailles lisses et une tête en forme de cercueil couverte d'écailles plus grosses, en forme de bouclier. Tous ont des crochets creux, fixes, et des glandes venimeuses à l'arrière de la mâchoire supérieure. Je commençais à remercier ma bonne étoile que Roger, au moins, partage mon opinion et définisse le serpent comme un élapidé. Quoi que cela puisse être par la suite, un élapidé n'avait rien à faire dans la chambre d'un enfant du Dorset.

— C'est bien un taïpan, a dit North. (Il m'a jeté un très bref coup d'œil avant de revenir au serpent.) Bien vu.

— J'ai travaillé en Australie un temps, ai-je répondu, immensément soulagée d'avoir recouvré l'usage de la parole. J'en ai déjà vu.

— Il n'est pas australien, a rétorqué North. Il est de Papouasie.

— Il y a des taïpans en Papouasie-Nouvelle-Guinée ? s'est étonné Roger.

Je l'ignorais, moi aussi.

North a hoché la tête.

— Ouais, des sous-espèces. C'est là qu'ils posent le plus de problèmes, d'ailleurs. Il est rare de croiser un taïpan en Australie, alors que dans le sud de la Papouasie, ils causent environ vingt-cinq morts par an. (Il s'est tourné vers moi.) Une idée d'où il sort ?

J'ai secoué la tête. Juste avant que je le dépose ce matin, Matt avait reçu un autre appel, de la police cette fois.

— La police vérifie tous ceux qui détiennent un certificat de capacité de détention de reptiles dans le coin, mais personne n'a signalé d'animal manquant.

— Peu de chances qu'ils le fassent, a commenté Roger. Il ne peut y avoir beaucoup de taïpans légalement conservés dans ce pays. Je vois mal les autorités locales accorder les autorisations. Est-ce que les zoos britanniques hébergent des taïpans, Sean ?

— Celui de Londres en possède quatre depuis plusieurs années maintenant ; mais n'en expose qu'un, a expliqué North. Je ne suis pas sûr pour les autres. Bristol, peut-être. Je ne pense pas qu'il y en ait à Chester. Je peux vérifier rapidement, mais s'il s'en était échappé un, je pense qu'on serait déjà au courant.

— Vous avez dit que c'était un bébé, ai-je dit à North. Une idée de son âge, exactement ?

North a levé le serpent, l'a inspecté soigneusement, fait mesurer sa circonférence par Roger.

— Ils grandissent vite durant la première année. Il pourrait avoir quatre mois, peut-être cinq. Sans doute importé sous forme d'œuf, puis couvé quelque part, au chaud.

North confirmait mon hypothèse. Il existe un trafic croissant de serpents venimeux lequel, bien évidemment, a été largement encouragé par le durcissement des restrictions relatives à leur commerce dans toute l'Europe. On introduit régulièrement de nombreux reptiles dangereux en Grande-Bretagne, pour les revendre au marché noir. Mais transporter un taïpan vivant depuis l'Australie – ou la Papouasie-Nouvelle-Guinée – serait incroyablement risqué. Faire entrer des œufs clandestinement, d'un autre côté, était bien plus facile.

— OK, on te laisse tranquille, a déclaré North, en s'adressant au serpent.

Il l'a porté jusqu'à la paillasse, où l'attendait une boîte aux parois transparentes, a laissé tomber le bout de la queue dedans, abaissé la pince, relâché le serpent et verrouillé le couvercle. Me remémorant mes tentatives maladroites de la veille, avec le tee-shirt Spiderman, j'ai été forcée d'admirer l'aisance avec laquelle il manipulait la créature. North s'est tourné pour me faire face.

— Vous l'avez attrapé vous-même la nuit dernière ?

Je me suis sentie rougir, mon regard est tombé sur la boîte du serpent, même s'il n'y avait pas grand-chose à y voir. Le taïpan s'était lové sur lui-même, comme las de toute cette agitation.

— Ben, il fallait bien faire quelque chose, ai-je répondu du bout des lèvres. Celui qui m'a aidée s'est montré assez adroit, ai-je ajouté, tenant à me montrer juste envers Matt. Je n'aurais jamais réussi sans lui.

— Et comment, au juste, vous y êtes-vous pris ?

Je lui ai servi une version condensée de la capture du serpent, passant sur ma terreur, le tâtonnement, le fait que nous l'avions échappé belle.

— Le genre de trucs que tu aurais pu faire au même âge, a dit Roger.

— Qu'est-ce qui vous tracasse ? a demandé North, qui n'avait cessé de m'étudier.

J'étais un peu déçue que cet homme que j'admirais tellement puisse s'attarder sur une difformité faciale. Je ne sais pourquoi, j'aurais attendu de quelqu'un comme lui qu'il soit au-dessus de tout ça.

— Je peux vous poser une autre question ? ai-je hasardé.

Il a acquiescé.

J'ai expliqué en quelles circonstances le taïpan avait été capturé, parlé de la vipère que j'avais vue dans le berceau de la petite Sophia et de mon voisin, John Allington, mort la veille d'une morsure de vipère.

— Ça fait beaucoup de serpents pour le Dorset, a commenté North d'une voix traînante.

J'ai extirpé du sac que j'avais laissé près de la porte les papiers que Richard Harry m'avait confiés la veille, ainsi que le sachet de plastique transparent que j'ai levé devant North.

— C'est bien une vipère, n'est-ce pas ? ai-je demandé, en levant le sachet.

North l'a regardé et a froncé le nez.

— Mouais, a-t-il répondu. Me suis fait mordre par l'une de ces saletés quand j'avais quatorze ans. À la foire du comté. Ça fait un mal de chien.

— Ne dis rien, je parie que tu n'es même pas allé à l'hôpital, a rétorqué Roger.

— Qui se serait occupé des trois autres que j'avais avec moi ? a dit North, qui me regardait de nouveau.

J'ai tendu les papiers, qu'il m'a pris des mains.

— C'est un rapport d'hématologie, ai-je commencé, tandis qu'il se tournait et se penchait sur la paillasse, mieux éclairée. Le sang est celui de John Allington, l'homme dont je vous ai parlé qui s'est fait mordre par une vipère. (North n'a pas levé les yeux.) Celle-ci, ai-je précisé, en indiquant le serpent dans son sachet. Il m'a semblé que le prélèvement sanguin du rapport contenait bel et bien du venin de vipère, tout comme le conclut l'hématologue, mais ce qu'ils ne mentionnent pas, c'est que la concentration est bien trop élevée. Je me suis souvenue d'une étude sur les morsures de vipère menée en Suède voici quelques années, et j'ai consulté Internet. La plus forte concentration de venin relevée est de 64 µg/L. Et chez un très jeune enfant, avec une masse corporelle bien inférieure à celle que pouvait avoir mon voisin.

— Alors qu'ici, on en a plus de 200 µg/L, a répliqué North.

— Exactement. Je ne vois pas comment une seule vipère pourrait injecter autant de venin.

J'ai laissé la question en suspens. North s'est levé, laissant Roger prendre connaissance du document. Ce dernier l'a examiné quelques secondes, puis a marmonné dans sa barbe qu'il partait chercher des bouquins, et a quitté la pièce.

Seule avec Sean North, mon premier réflexe a été de fuir. Café ! Je pouvais lui proposer un café.

— On peut trouver du café quelque part ? a-t-il demandé. J'ai besoin d'une bonne dose de caféine.

— Oui, bien sûr. Je m'en occupe, ai-je répondu.

Parvenue à la porte, je me suis arrêtée. Je ne lui avais pas demandé comment il le prenait. Mais il était juste derrière moi. Il a tendu le bras, tiré la porte et m'a laissée passer devant lui le long du couloir, jusqu'à la cuisine du personnel. Mon odorat est très développé, comme souvent celui des gens qui travaillent en extérieur, et dans l'espace confiné de la cuisine, je pouvais le sentir. Mais ce n'était pas l'odeur à laquelle je me serais attendue chez un homme dont les vêtements ne semblaient pas avoir été lavés depuis des semaines. Sean North embaumait les plantes tropicales couvertes de pluie, l'écorce et la peau d'animal tiède. Je me suis employée à remplir la bouilloire, à trouver du lait dans le réfrigérateur. Il ne serait pas nécessaire de parler.

— D'après ce que m'a dit Roger, vous vous y connaissez plus en lézards d'Australie ou de Nouvelle-Zélande que n'importe qui, mais vous vous occupez de hérissons et de lapins, a-t-il lancé.

Un hochement de tête, voilà quelle aurait été la réponse la plus simple, celle que j'aurais servie en temps normal, mais je n'aimais pas la légère trace de dérision dans sa voix.

— Et de blaireaux, de renards, de divers types de cervidés, de presque toutes les espèces d'oiseaux britanniques et, de plus en plus, ces derniers temps, de serpents, ai-je rétorqué.

S'il s'est rendu compte qu'il m'avait vexée, il n'en a eu cure.

— Ça reste un choix étrange pour une spécialiste des reptiles. Vous ne seriez pas plus heureuse dans un grand zoo ?

Qu'est-ce qu'ils ont, pour certains ? Qu'est-ce qui leur donne le sentiment, en voyant une parfaite étrangère, qu'ils ont le droit de mettre leur nez dans sa vie privée ? Certes, on m'avait déjà posé la question et, d'habitude, j'explique en vitesse qu'il y a très peu de postes de vétérinaires disponibles dans les zoos. Sean North, évidemment, repérerait aussitôt ce gros mensonge. Raison pour laquelle, peut-être, j'ai choisi cet instant pour dire la vérité. Je me suis retournée, l'ai regardé bien dans les yeux.

— Je l'ai fait, un temps. Je travaillais à Chester. C'est juste que je me suis lassée d'avoir l'impression d'être moi-même une bête curieuse.

J'ai pris mon café et suis sortie, laissant la porte se refermer toute seule derrière moi, sans vraiment me soucier de savoir si elle lui avait claqué au nez.

Super, ai-je pensé, tout en longeant le couloir. *Pour couronner le tout, je viens sans doute d'offenser la personne la plus influente de ma profession.* Était-il vraiment si étonnant que je préfère m'occuper de hérissons et de lapins ? Eux, au moins, n'avaient pas de maîtres impertinents, pétris de bons sentiments, de visiteurs qui venaient par milliers vous dévisager d'un air ahuri. Travailler avec des animaux sauvages était le meilleur moyen de m'assurer, en temps normal, que je ne croise personne. Il suffisait de voir ma réaction quand ça arrivait.

De retour dans la salle d'examen, Roger avait étalé ses manuels partout sur la table. Son regard allait et venait des documents aux livres, tout comme je l'avais fait la veille. J'espérais qu'il parviendrait à une conclusion plus significative. Quelques secondes plus tard, j'ai pressenti que j'allais être déçue.

— C'est du venin de vipère, j'en suis certain, a-t-il déclaré. Il n'a aucune des caractéristiques qu'on attendrait chez un élapidé. C'est la première chose que j'ai vérifiée, au cas où il se serait agi d'une morsure de taïpan, mais ce n'est pas le cas. Il se distingue aussi nettement de celui des colubridés. Et il ne pourrait en aucun cas être celui d'un hydrophiidé.

Roger procédait exactement de la même façon que moi : par élimination. La grande majorité des serpents venimeux appartient à la superfamille des cénophidiens, qui se divise en cinq familles : les acrochordidés, des serpents non venimeux ; les colubridés, une espèce globalement non venimeuse mais comprenant quelques serpents à crochets sillonnés ; et les atractaspididés, un petit groupe difficile à classer, dont je ne savais pas grand-chose. Les deux familles comprenant les serpents venimeux les plus dangereux étaient les élapidés, incluant les mambas, les cobras, les serpents de mer et, bien sûr, les taïpans ; et les vipéridés, dont les vipères, les crotales et les serpents à sonnette.

— Écoute, Sean… a commencé Roger. (North était juché sur la paillasse en Inox, avalant son café noir comme s'il n'était pas du tout brûlant. Il n'a pas fait un geste.) Je suis pratiquement certain que ce n'est pas celui d'un crotale, il a quelques caractéristiques communes avec le venin du serpent à sonnette mais…

— Laisse tomber, Rog, a dit North. L'hématologiste a vu juste. C'est celui d'une vipère berus. J'ai vu des tas de rapports comme celui-ci.

La vipère berus ou vipère péliade, différents noms pour la même bête : *Vipera Berus*. Sauf que…

— La vipère ne produit pas de venin à des concentrations telles que celle relevée dans ce prélèvement, ai-je rappelé, oubliant que je lui en voulais.

— Non, en effet. Ravi que vous m'adressiez à nouveau la parole, en passant.

Roger nous a jeté un coup d'œil, à l'un puis à l'autre, avant de revenir à North.

— Donc, nous avons affaire…

— Soit à une grosse vipère mutante avec un venin d'une puissance comparable à celle d'environ dix serpents ordinaires, ce qui, franchement, n'est guère probable, soit à des morsures multiples de plus d'un serpent, a dit North.

— J'y ai pensé, suis-je intervenue. J'ai pris soin de le demander. Il n'y avait qu'une morsure.

— On a déjà vu des vipères ne mordre que d'un crochet. Ils ont pu passer à côté des autres morsures. Ou les prendre pour de gros bleus.

Je n'y avais pas songé, mais il avait raison. Les crochets d'une vipère sont situés à l'avant de sa bouche sur un os maxillaire court capable de pivoter d'avant en arrière. Au repos, les crochets se replient contre le palais dans une enveloppe membraneuse. Les crochets droit et gauche peuvent bouger ensemble ou séparément. J'ai ressenti une bouffée d'excitation. Ce devait être l'explication. Évidemment, restait l'éventualité guère attrayante qu'une douzaine de vipères soient allées faire un tour dans le jardin de John Allington et qu'elles l'aient, simultanément, attaqué. Ça, ce serait une merveille vraiment flippante de la nature.

À ce moment-là, mon téléphone s'est mis à sonner. Je me suis excusée pour prendre l'appel dans le couloir. Ce que j'ai entendu n'a rien fait pour me remonter le moral. Je me suis défendue deux minutes, fournissant l'excuse désormais usée que je ne m'y connaissais pas assez pour apporter mon aide, qu'il y avait des gens infiniment plus qualifiés que moi. Avant de céder et d'accepter de me mettre en route immédiatement. J'ai raccroché et suis allée rejoindre les deux hommes.

— Roger, il vient de se passer quelque chose, il faut que j'y aille. (Les deux hommes se tournaient vers moi.) Et le taïpan ? Je peux vous le laisser ?

— Bien sûr, a répondu Roger, en fronçant les sourcils. Je ne sais pas au juste comment nous allons faire pour lui trouver un lieu d'hébergement, mais on peut certainement le garder dans l'immédiat.

— Je le prends, a dit North.

Nos regards se sont tournés vers lui.

— J'ai un voyage prévu en Papouasie-Nouvelle-Guinée à l'automne, a-t-il poursuivi. S'il est en bonne santé et que je réussis à lui faire franchir les douanes, je le ramène chez lui. Entre-temps, il sera sans doute plus en sécurité avec moi qu'avec n'importe qui d'autre.

— Eh bien... certainement, mais tu es sûr ? s'est enquis Roger, d'une voix soucieuse. C'est beaucoup demander.

— Pas de souci, l'ami, a répliqué North, tout en me regardant. Du nouveau ?

Je n'avais vraiment pas l'intention de raconter quoi que ce soit. Ce n'était pas leur problème, ni même le mien. Pourtant...

— C'était l'hôpital du comté du Dorset. L'homme qui a été mordu hier soir, par ce que je croyais être une couleuvre...

— Oui, que s'est-il passé ? a demandé Roger.

North fronçait les sourcils, lui aussi.

— Son état s'est brutalement aggravé.

10

Je roulais plus vite que la prudence ne l'aurait réellement permis, surtout étant donné mon manque de sommeil, mais il n'y avait nulle trace de la Land Rover de Sean North à l'horizon. Il avait insisté pour aller voir Nick Poulson à l'hôpital avec moi – ça ne lui faisait pas faire un trop gros détour, avait-il soutenu, il vivait à Lyme Regis –, mais il s'était éloigné à une allure que je n'avais pas osé soutenir.

J'ai ralenti en approchant de la sortie, me demandant ce qui m'attendait, dans quel état je trouverais Nick Poulson. En théorie, les couleuvres possèdent bien des glandes à venin. Mais elles ne sont pas pourvues du mécanisme requis pour injecter le venin dans leurs victimes. Je ne pensais vraiment pas possible qu'on puisse imputer l'état de Nick à une morsure de couleuvre. Pas plus que Roger ou Sean North. Nous en avons conclu qu'il avait un problème d'une autre nature.

À moins, en fin de compte, qu'il n'ait pas été attaqué par une couleuvre.

À mon arrivée dans le parking de l'hôpital, la Land Rover de North était stationnée près de l'entrée, sur un emplacement réservé aux handicapés. Je me suis garée, en toute légalité, et suis sortie de la voiture, espérant qu'il serait parti sans m'attendre, qu'il aurait peut-être même déjà résolu le problème, et qu'il me suffirait de m'esquiver tranquillement. Mue par l'espoir plus que par conviction, j'ai plongé mon regard par la vitre du véhicule la plus sale que j'aie jamais vue. North dormait profondément. À bout de bras, et tout en braquant mes yeux dans la direction opposée, j'ai toqué au carreau. Une seconde plus tard, j'ai entendu la portière s'ouvrir.

— Qu'est-ce qui vous a retardée ? a-t-il demandé tout en déployant son corps hors du siège.

— Ça fait presque une heure que je suis là, ai-je rétorqué sèchement. À attendre que vous vous réveilliez.

Je l'ai précédé dans l'hôpital, me suis arrêtée à la réception pour savoir où se trouvait Nick Poulson puis ai appelé l'ascenseur. Tandis que les portes se refermaient, North s'est adossé contre la cloison du fond, les yeux clos. Je me suis demandé s'il allait se rendormir ; dans ce cas, je le laisserais peut-être là où il était.

Les portes se sont rouvertes, ses yeux aussi. Nous avons parcouru le couloir sur toute sa longueur et, au poste des infirmières, sommes tombés sur Harry Richards, le chef de service qui venait de me demander mon avis pour la deuxième fois. On aurait dit qu'il avait moins dormi encore que moi ces derniers jours, mais il avait l'air sincèrement ravi de me voir, et absolument enchanté d'être présenté à Sean North. Il nous a expliqué que Nick Poulson semblait se porter bien au début, mais que son état s'était dégradé au cours de la nuit. Des analyses de sang étaient en cours, mais on n'attendait pas les résultats avant une heure au moins. Après ce qui était arrivé à John Allington, le docteur Richards s'inquiétait sérieusement pour son nouveau patient.

Nick Poulson était allongé dans son lit. Sa peau était moite, son teint vif et ses yeux un peu trop brillants. Sa respiration était rapide et superficielle et il n'avait manifestement pas l'air en forme.

— Comment va, l'ami ? a demandé North.

Nick l'a dévisagé, tandis que le docteur Richards faisait les présentations. Puis Nick m'a regardée.

— J'ai entendu dire que vous aviez trouvé un serpent venimeux chez moi, la nuit dernière, a-t-il dit. En provenance d'Australie, c'est ça ?

— Papouasie-Nouvelle-Guinée, ai-je marmonné.

— Le truc qui m'a mordu n'était pas une couleuvre, j'en suis sûr. C'était noir, long d'environ un mètre vingt…

Les gens s'imaginent toujours que les couleuvres sont vertes, et effectivement, beaucoup d'entre elles le sont. Mais elles peuvent aussi être de diverses teintes de brun, de gris et de noir. Un serpent noir d'un mètre vingt de long aurait fort bien pu être une vipère. D'un autre côté…

— Quels sont les autres symptômes ?

Le docteur Richards n'a pas eu besoin de consulter le dossier de Nick.

— Maux de tête, nausées et vomissements, diarrhée, crampes d'estomac et fièvre, a-t-il récité. Il avait l'air de se porter bien durant les quatre ou cinq premières heures, mais son état n'a pas cessé d'empirer depuis les premières heures du matin.

— Je peux voir la plaie ? a demandé North.

Le docteur Richards a pris le bras de Nick et détaché le ruban adhésif qui tenait le pansement en place. Il a ôté la gaze. La morsure était enflée et enflammée. Elle brillait d'un rouge vif, et j'ai cru voir du pus autour. Ça ne me disait rien qui vaille. J'ai levé les yeux un instant, croisé le regard du médecin. Il n'avait pas l'air bien non plus.

— Est-ce que ça a saigné depuis votre arrivée ? a demandé North.

Nick a regardé Richards.

— Non, a répondu le toubib.

— Montrez-moi vos gencives, a ordonné North à Nick.

Après un nouveau coup d'œil entre le patient et le médecin, Nick a ouvert la bouche. North s'est penché en avant, a marmotté d'un ton grave : « Excusez-moi », et s'est saisi de la lèvre supérieure de Nick. Il l'a soulevée de façon à dégager les gencives, a inspecté toute la partie supérieure de la bouche, puis procédé de même avec le bas.

— Du mal à respirer ?

Nick a secoué la tête.

— Avez-vous uriné depuis votre admission ?

Nick a hoché la tête, se demandant manifestement quel genre de fou on lui avait lâché au train.

— De quelle couleur était l'urine ?

— Oh, pour l'amour du ciel !

— C'est important, mon ami. Était-elle normale ? Jaune paille, jaune, quelque chose ? Ou brun-rouge ?

— Normale, a répondu Nick entre ses dents, tandis que son regard allait et venait du docteur à moi, comme si l'un ou l'autre avions la moindre explication à proposer.

— Vous pouvez bouger vos bras et vos jambes ? Si vous le deviez, seriez-vous en état de marcher ?

Pour toute réponse, Nick Poulson a repoussé ses couvertures, balancé ses jambes sur le côté du lit et s'est levé. Il n'était pas franchement vaillant, mais il a traversé la pièce puis s'est tourné pour nous faire face.

— Félicitations, mon ami ! Vous n'avez pas été mordu par un taïpan, a déclaré North, l'air content de lui.

— Comment pouvez-vous en être aussi sûr ? a demandé le docteur Richards.

— … Diable, pouvez-vous le savoir ? a questionné Nick en même temps.

— Le venin de taïpan est particulièrement dangereux, parce qu'il contient à la fois une neurotoxine et un anticoagulant. (North croisait les bras et s'adossait au mur.) La neurotoxine se fixe sur les synapses neuro-musculaires et les empêche de fonctionner. La plupart des victimes qui ne reçoivent pas l'antivenin souffrent de paralysie respiratoire dans les quatre à six heures suivant la morsure. L'anticoagulant provoque un saignement ininterrompu de la morsure et des gencives. L'hémorragie interne pose un problème, surtout dans le cerveau. Vous auriez souffert de convulsions, seriez sans doute plongé dans le coma. En plus, le poison ronge les tissus musculaires. Votre urine serait devenue brun-rouge à mesure que vos muscles se seraient décomposés et seraient passés dans vos reins.

North a repris son souffle, nous laissant une chance de l'interrompre. Nul ne l'a fait. Au bout d'une fraction de seconde, il a poursuivi.

— Ce que je veux dire, mon ami, d'une façon parfaitement détournée, c'est que je sais que vous n'avez pas été mordu par un taïpan, parce que vous êtes encore en vie.

Nick Poulson a pâli sous nos yeux. Il a regagné son lit pour s'y effondrer. Personne n'a parlé pendant longtemps, m'a-t-il semblé. Puis North s'est tourné vers moi.

— Et pendant que j'y suis, ma jolie, la prochaine fois que vous tombez sur une de ces bestioles, ne la ramassez pas.

Je n'ai rien répondu. Mais j'étais loin de le contester. Mon regard est tombé sur le lit de Nick Poulson et j'ai pris conscience que j'avais failli m'y retrouver. Ou sur un chariot à la morgue.

— Mais alors, qu'est-ce que j'ai ? s'est enquis Nick.

North s'est détaché du mur et a fait un pas vers le lit. Il s'est penché une nouvelle fois pour examiner la plaie de Nick.

— Je dirais que vous vous êtes infecté. La plupart des couleuvres sont porteuses de la salmonelle. Quelques jours d'antibiotiques devraient vous tirer de là.

Je ne m'étais pas rendu compte que je retenais mon souffle.

— Eh bien, j'espère bien que vous avez raison, a commenté le docteur Richards, qui avait l'air aussi reconnaissant que je l'étais moi-même. On va recevoir les analyses d'un instant à l'autre, maintenant. Les infections, on sait gérer.

Nous avons laissé Nick Poulson – pas tout à fait aussi soulagé qu'on aurait pu s'y attendre pour quelqu'un qui vient d'apprendre qu'il ne va pas mourir dans la minute – et, sur l'invitation de docteur Richards, sommes montés dans son bureau à l'étage du dessus. Tout en prenant un café, que North et moi-même avons bu comme si nous mourions de soif, j'ai expliqué les conclusions auxquelles nous étions tous parvenus à l'Aeolus : si le venin dans le sang de John Allington était définitivement celui d'une vipère péliade, sa concentration était trop élevée pour ne provenir que d'un seul serpent. Le docteur Richards a sorti plusieurs photos de la plaie de John Allington, prises peu de temps après son admission, deux jours plus tard, et *post mortem*. Sean North a alors exposé sa théorie au sujet d'autres morsures, moins visibles.

— Il aurait pu ne pas y avoir d'autres marques évidentes de crochets allant par paires, peut-être juste une série de plus petites égratignures, et rien qu'une piqûre. On a alors un œdème local, peut-être une décoloration.

Richards a secoué la tête.

— Rien que j'aie remarqué. Mais, pour être honnête, je n'ai pas pensé à l'hypothèse de morsures multiples. J'étais trop occupé à soigner celle que j'avais sous les yeux.

North fixait l'une des photos.

— Venez voir ça, Clara.

Au lieu de me tendre la photo, il m'a fait signe d'approcher, de sorte que j'ai dû m'incliner sur le dossier de sa chaise.

— Quelque chose vous frappe ?

Je me suis penchée pour m'emparer de la photo. Il l'a relâchée, et je suis allée à la fenêtre. La pièce était bien éclairée, c'est juste que je ne me sentais pas à l'aise trop proche de lui. J'avais décidé que Sean North avait quelque chose de légèrement reptilien. Une façon de regarder fixement, comme s'il vous jaugeait, avant de... avant de quoi ?... bondir, sauter sur sa proie... Et à quoi, me suis-je demandé (alors que j'aurais dû examiner la photo), m'attendais-je de sa part ? Consciente qu'il me dévisageait de nouveau, je me suis efforcée de me concentrer.

La photo montrait le cou d'un homme, en gros plan. Elle avait dû être prise immédiatement après l'admission de Allington, parce que l'œdème autour de la morsure était minime. Je distinguais les pores de sa peau, une barbe de quelques jours sur son menton et les cheveux gris et rêches dans sa nuque. On voyait nettement deux piqûres rouges avec un peu de sang autour, juste au-dessus de sa clavicule.

— Qu'en pensez-vous ? Je n'ai pu me défendre du sentiment que North me testait.

J'ai été tentée de répondre que non, rien ne me frappait, et de lui rendre la photo, mais...

— Vous avez mesuré la distance entre les deux piqûres ? Je m'adressais à Harry Richards, ignorant délibérément North.

Richards a fouillé dans ses notes pendant quelques secondes, puis levé les yeux.

— Dix-huit millimètres. Pourquoi, que...

Il n'y avait rien à ajouter si ce n'est regarder North. Ses sourcils étaient levés, comme ceux d'un prof de sciences. Et pourquoi diable tenais-je autant à l'impressionner ? C'était lamentable.

— Ça me paraît un peu petit, ai-je hasardé, alors qu'en réalité je ne connaissais pas précisément l'anatomie de la vipère.

C'est juste que cette marque de morsure ne me semblait pas assez large pour un serpent qui peut être plutôt costaud.

— La théorie du gros serpent ne tient pas trop la route, a concédé North.

— Je ne comp... a commencé le docteur Richards.

North s'est tourné vers lui.

— J'imagine qu'il va y avoir une autopsie ?

Le médecin a acquiescé.

— Très certainement.

— Demandez à l'anatomopathologiste d'examiner soigneusement cette plaie et de la comparer avec ce qu'on sait des autres morsures de vipères. Il faudrait aussi qu'il cherche d'autres traces de piqûres sur le reste du corps. Son sang doit être anal...

— Voulez-vous y jeter un œil ? a demandé Richards.

— Moi ? a rétorqué North. (Il a secoué la tête.) Pas franchement qualifié, l'ami.

J'ai eu un moment de satisfaction en comprenant que le grand macho ne tenait pas particulièrement à voir un vrai cadavre. Avant de réaliser que si North refusait, je serais la prochaine sur la liste.

— Cette histoire me dérange, a déclaré Richards. Pour être honnête, mes collègues ne partagent pas particulièrement mon point de vue. Le fait que le serpent ait été identifié comme étant une vipère et que l'analyse du venin l'ait confirmé leur suffit. Mais John Allingon était mon patient, et je dois pouvoir transmettre autant d'informations que possible au médecin légiste. Pour le moment, je ne suis pas satisfait.

Il a attendu un moment que l'un de nous deux réponde.

— Et quelque chose vous tracasse, vous aussi, a-t-il ajouté, quand nous nous sommes tous deux abstenus. Le coup sur la tête de mon patient ne me dit rien qui vaille, pas plus que le fait que Mr. Allington ait réussi à tuer le serpent sans pouvoir pour autant téléphoner pour demander de l'aide. Cette famille qu'on nous a amenée hier soir ou ce bébé qui était ici hier ne me plaisent pas particulièrement. D'après ce que je comprends, cette petite fille se serait fait mordre elle aussi, si vous n'aviez pas été là, Miss Benning.

— Je vais aller voir, ai-je lancé. (Puis je me suis tournée vers North.) Encore que, franchement, mon expérience en matière de morsure de serpents soit insignifiante.

Une seconde, North m'a jeté un regard noir, après quoi j'ai vu se dessiner un sourire infiniment ténu sous les crevasses qui lui sillonnaient les joues.

— OK, OK. (Il secouait la tête.) Seigneur, je commence à regretter de n'être pas resté dans la jungle.

11

Je n'avais encore jamais vu de cadavre, et la seule chose à laquelle je pouvais penser, tandis que l'ascenseur nous descendait vers la morgue, était que ma mère était morte le même matin que John Allington. Maman était conservée au froid quelque part. Son corps devait être exactement dans le même état que celui que je m'apprêtais à examiner. Et je n'arrivais pas à m'ôter de la tête l'idée saugrenue qu'à l'ouverture de la fermeture Éclair du sac mortuaire, je trouverais le visage de maman me fixant de ses yeux grands ouverts.

Durant toute la descente, je me répétais la phrase qui, après tout, pourrait me tirer de là : « Je suis désolée mais ma mère est décédée cette semaine. Je ne suis vraiment pas d'humeur pour ça, là, maintenant. » Ils comprendraient, bien sûr, mais je devrais alors subir toute la batterie de questions : Quand ? Comment ? Pourquoi ? Et ils auraient une nouvelle raison de me prendre en pitié.

Les mots ne sont pas sortis et, plus vite que je ne m'y étais attendue, nous nous sommes retrouvés à la porte de la morgue. Richards nous a ensuite emmenés au-delà de la petite salle d'attente réservée aux parents du défunt, dans une autre pièce. Une grande paroi vitrée occupait pratiquement tout un mur. Au travers, nous apercevions la salle d'autopsie brillamment éclairée. Je suis restée plantée là à me dire : *Et si je m'évanouis, et si je vomis ? Il va me trouver tellement débile.*

— Besoin d'une veste ? a demandé doucement North dans mon oreille.

J'ai secoué la tête et me suis éloignée de lui avant qu'il puisse me voir frissonner de nouveau. Il ne faisait pas si froid pourtant.

Harry Richards s'est excusé et nous a laissés. Au bout d'une seconde, nous l'avons vu entrer dans la salle d'autopsie et s'adresser à l'un des membres de l'équipe de la morgue. Le laborantin nous a jeté un coup d'œil, debout derrière notre fenêtre. Il a traversé la pièce en direction d'un téléphone, parlé dedans quelques secondes et hoché la tête en direction du docteur Richards. Il a disparu à l'instant même où North se tournait vers moi.

— Clara, ça ne sera peut-être pas très joli joli, a-t-il dit. Vous n'êtes pas tenue d'y assister. Pourquoi ne pas nous attendre dehors ?

Une suggestion tout à fait raisonnable. Je n'étais ni médecin ni herpétologiste et, si j'avais été une femme sensée, j'aurais sans doute acquiescé aussitôt.

— Vous êtes un peu vert, Mr. North, ai-je répondu. Peut-être devriez-vous vous abstenir sur ce coup-là.

North a haussé les épaules et s'est retourné vers la fenêtre, alors que deux laborantins franchissaient la large porte à doubles battants en poussant un chariot. Ils se sont arrêtés, à moins de soixante centimètres de la vitre, ont tiré la fermeture Éclair du sac mortuaire noir et soulevé le cadavre qui gisait à l'intérieur. Et, quand bien même je m'étais préparée au pire, je n'ai pas pu retenir le petit cri qui s'est échappé de mes lèvres.

Les cinq derniers jours de John Allington n'avaient pas été faciles, et j'espérais vraiment qu'on lui avait administré de puissants analgésiques et qu'il ne s'était pas vraiment aperçu de ce qui était arrivé à son corps.

Parce que celui-ci avait cessé de vivre quelque temps avant que son cœur n'arrête de battre.

La dernière fois que j'avais lu quelque chose sur le sujet, on trouvait vingt enzymes répertoriés dans le venin du serpent, chacun ayant une fonction particulière. Certains sont destinés à paralyser la proie ; d'autres à décomposer les tissus et faciliter le processus digestif du serpent. Le venin de chaque espèce contient généralement entre dix et douze de ces toxines : son propre et unique cocktail létal. La vipère est un serpent de la sous-famille des *Viperinae*, et son venin est hémotoxique (il empoisonne le sang), nécrosant (il provoque la mort des tissus), et anticoagulant.

Toutes avaient eu le temps de se mettre à l'ouvrage sur John Allington. La zone autour de la morsure, juste au-dessus de la clavicule, ne présentait qu'un léger œdème, mais ses deux bras, comme sa jambe gauche, avaient gonflé horriblement. L'une des complications entraînées par la morsure de serpent est le syndrome de loge d'effort, quand l'œdème se forme sur un muscle, ce qui fait gonfler le membre. Une aponévrotomie, procédure chirurgicale consistant à sectionner les membranes fibreuses qui entourent la zone musculaire pour soulager la pression, avait été effectuée sur le bras droit d'Allington. Deux entailles profondes, de chaque côté du membre, couraient depuis l'épaule jusqu'au coude. Il était mort avant que l'épanchement ne se soit résorbé, et la plaie était toujours béante, le muscle surgissant d'une chair marbrée, violette.

Je me suis approchée de la vitre, curieuse de voir l'homme qui avait été mon voisin durant plusieurs années. Il allait sur ses soixante-dix ans, avec des cheveux gris et clairsemés sur le sommet du crâne, dégarni sur les tempes. Il mesurait un mètre quatre-vingts, peut-être quatre-vingt-cinq, et avait dû être bien bâti, jeune homme.

Il aurait pu s'agir d'un parfait étranger. Rien chez lui ne me rappelait quoi que ce soit. Vingt-quatre heures après sa mort, la peau de son visage avait viré au jaune citron, ce qui lui donnait l'apparence d'un personnage de cire. Sa bouche était grande ouverte comme s'il essayait encore de trouver un dernier souffle. Et les cornées de ses yeux mi-clos étaient éteintes et crayeuses.

La main de Sean North s'est abattue sur mon épaule. Je me suis retournée. Il regardait un grand écran dans un coin de la pièce. Harry Richards, portant une petite caméra portable, faisait le tour de la table, et les images qu'il filmait étaient relayées sur l'écran dans notre salle. La technologie permettait à North et moi-même, ainsi qu'au docteur Richards, d'inspecter les parties indemnes de la chair d'Allington, à la recherche d'autres marques de morsures.

La nécrose – heureusement pour Allington de son vivant, et pour nous qui devions examiner son corps – était restée circonscrite à son bras droit. Ailleurs, la chair, bien que considérablement gonflée, ne comportait aucune autre marque. Il y avait plusieurs hématomes, mais on ne voyait aucun signe de lacération de la peau. Des petites morsures auraient pu cicatriser, évidemment, durant les quelques jours qu'il avait passés à l'hôpital. Mais dans ce cas, elles ne se seraient pas envenimées. Pour que cela arrive, un crochet devait faire un trou profond dans le tissu. Si John Allington avait subi d'autres morsures sérieuses, elles seraient toujours visibles.

Mais on n'en décelait aucune. Au bout de quelques minutes, on a retourné le corps, et le docteur Richards a repris sa lente déambulation autour du chariot. Au bout de vingt minutes, nous étions aussi sûrs qu'il est possible de l'être que John Allington n'avait subi aucune autre attaque.

— On n'avance pas d'un pouce, a conclu Harry Richards, sans faire le moindre effort pour dissimuler sa déception.

— Oh, je ne dirais pas ça, a répondu North. Pouvez-vous revenir sur la lésion au cou, s'il vous plaît ? Clara, venez voir une seconde.

Tout en me demandant quand, au juste, j'avais donné le droit à North de me traiter comme son assistante, je l'ai autorisé à me mener plus près de l'écran. La caméra que tenait Harry Richards était pointée sur la plaie de la morsure dans le cou de John Allington. North s'est reculé pour me permettre de m'approcher encore.

— Décrivez-moi ce que vous voyez.

J'ai regardé. Il y avait deux marques en forme de piqûres, chacune d'environ quatre millimètres de diamètre, distantes d'à peine vingt millimètres, juste au-dessus de la clavicule.

— Je suis désolée, mais…

— Est-ce qu'on peut zoomer avec cet appareil ? a lancé North.

Une ou deux secondes plus tard, la taille de l'image a doublé.

— Pensez à la façon de mordre des vipères, m'a soufflé North. Dites-moi ce que vous savez.

J'y ai réfléchi. Certains serpents, les cobras par exemple, ont des crochets relativement longs, en position fixe. Ceux des vipères le sont bien plus encore. Ils sont fixés sur un pivot, et projetés en avant en cas de besoin. Au repos, ils se replient vers l'arrière, épousant la forme du palais.

— Elles ont de longs crochets, ai-je dit. On peut s'attendre à des blessures profondes.

— Ce qui est le cas ici, manifestement. Continuez…

— C'est un serpent qui mord et lâche, ai-je poursuivi. Elles mordent un bon coup, en utilisant leur maxillaire inférieure pour plonger les crochets profondément dans la proie, ensuite elles la relâchent.

— Combien de dents ont-elles sur la mâchoire inférieure ?

— Deux rangées, normalement.

— Donc si cette mâchoire inférieure constitue un élément essentiel du mécanisme de la morsure, on pourrait s'attendre à voir des marques de ces dents inférieures ?

J'ai levé les yeux vers lui, oubliant que j'étais fâchée, puis suis revenue à la plaie.

— Oui, ai-je admis. Oui, on devrait.

Harry Richards tenait la caméra immobile mais lançait de fréquents coups d'œil dans notre direction. Même les deux assistants de la morgue semblaient nous prêter attention désormais.

— Il n'y a rien là, a dit Richards. Pas de marques de dents sous les trous, rien.

North a fait mine de ne l'avoir pas entendu.

— Et pour ce qui est des dents supérieures ?

— Les vipères en ont moins que la plupart des autres serpents, ai-je répondu, m'efforçant de me remémorer les lectures que j'avais faites quand je m'occupais de serpents. Elles ont un espace pour permettre aux crochets de se replier.

— Un diastème, a précisé North.

— Mais des dents quand même. Deux rangées, je crois.

— Vous voyez une trace de dents ?

J'ai secoué la tête.

À ce stade, je me tenais sur la pointe des pieds pour me rapprocher encore de l'écran. North a posé sa main sur mon épaule pour me stabiliser.

— Regardez ces lésions. Réfléchissez : de quelle façon les crochets entrent-ils dans leur proie ?...

J'ai observé. Que cherchait-il à me faire voir au juste ?

— Réfléchissez : comment ressortent-ils de leur cible ?

Évidemment ! La peau aurait dû être déchirée légèrement, quand les crochets sont ressortis. Elle aurait dû être fendue, les lésions n'auraient pas dû être régulières, ce qui nous aurait permis de déduire sous quel angle le serpent avait frappé.

— Vous voyez quelque chose ?

J'ai regardé North, consulté l'écran de nouveau, suis revenue à North. Il me souriait. Malgré moi, je lui ai rendu son sourire.

— Non. Elles sont parfaites.

— OK, prenez votre temps, les gars, a coupé Richards. Quelqu'un voudrait bien me dire ce qui se passe ?

North a reculé d'un pas tout en laissant sa main sur mon épaule. Étrangement, cela ne m'importunait plus.

— Votre patient ici présent est mort empoisonné par du venin de vipère.

— Oui, a fait Richards impatiemment. Ça, nous le savions...

— Ce qui est intéressant. Vu qu'il n'a pas été mordu par un serpent.

12

— Vous dites qu'on a injecté du venin de vipère à John Allington ?

Nous nous éloignions de la morgue. Richards avait l'air incrédule. En toute honnêteté, je ne pouvais guère lui en vouloir.

— Une telle chose est-elle seulement concevable ?

— C'est d'une simplicité enfantine si la victime est inconsciente, lui a répondu North. John Allington a pris un coup sur la tête si j'ai bien compris ?

— Il est tombé, a précisé Richards.

— Vous en êtes sûr ?

Pas de réponse.

— N'importe qui, s'y connaissant en serpents, pourrait prélever le venin d'une vipère, a poursuivi North. Trayez-en plusieurs – six environ, ça devrait suffire – et vous obtiendriez le genre de concentration qu'a relevé Clara dans le sang d'Allington.

— Et on peut l'injecter chez quelqu'un ? s'est enquis Richards. Avec quoi ? Une seringue hypodermique ? C'est possible ?

North a haussé les épaules.

— Je ne l'ai jamais fait moi-même, mais je ne vois pas pourquoi ce ne serait pas possible. Dans le cas de notre ami, je dirais qu'on l'a injecté assez profondément. C'était très peu gonflé autour de la morsure elle-même – c'est le premier indice qui m'a rendu méfiant – et j'imagine que son agresseur s'est servi d'un outil pointu, fin, genre un petit tournevis, et a fait ces deux trous pour maquiller les traces de piqûre.

Richards s'était arrêté. Il a regardé North.

— Un coup sur la tête, vous dites ?

North a froncé les sourcils.

— Eh bien… mettons un trauma crânien. Cause inconnue.

— Qu'est-ce qu'il y a ? ai-je demandé.

— Le beau-père de Nick Poulson nous a été envoyé hier, lui aussi. Toute la famille, en fait, mais la mère et les enfants ont été autorisés à sortir en début de matinée.

North et moi patientions.

— Le vieux souffrait d'une légère commotion, a précisé Richards après un moment. Il s'était cogné la tête sur quelque chose.

— Il y avait du sang sur son oreiller, ai-je dit. Et la police a trouvé une vipère morte dans sa chambre.

Nous sommes restés sur place, au beau milieu du couloir, alors que des membres de l'équipe médicale et des visiteurs se frayaient un chemin autour de nous. Apparemment, aucun de nous ne savait quoi dire. Ernest Amblin s'apprêtait-il à endurer la même agonie que celle de John Allington ? Pour finir, c'est moi qui ai rompu le silence.

— Je crois qu'il faut que vous parliez à la police.

Richards a hoché la tête.

— Une seconde, a coupé North. Il ne faudrait pas que la moitié sud de l'Angleterre commence à psychoter pour des histoires de serpents. Pourquoi ne pas voir si ce type accepterait de nous parler avant de céder à la panique ? Il ne s'est pas fait mordre par la vipère, si ?

— Non, mais…

— Qu'en pensez-vous ? Acceptera-t-il de recevoir de la visite ?

Non seulement Ernest Amblin voulait bien nous recevoir, mais il était même impatient de le faire. Nous n'avons patienté que quelques secondes au bureau des infirmières,

North et moi, avant que Harry Richards nous fasse signe d'avancer. Tandis que nous traversions la petite salle menant à son lit près de la fenêtre, le vieil homme s'est redressé péniblement, et j'ai su alors que je l'avais vu la veille chez Clive Ventry. C'était l'un des cinq anciens assis en bout de table.

— Ce serpent que vous avez trouvé, a-t-il dit, alors que nous étions encore à quelques mètres, le venimeux, vous avez réussi à l'identifier ?

Il me regardait droit dans les yeux, ne s'adressait qu'à moi.

J'ai échangé un coup d'œil furtif avec North tandis que le docteur Richards faisait un pas en avant et redressait la tête de lit pour soutenir le docteur Amblin. North m'a invitée à continuer d'un signe de tête tandis que Richards tentait, en vain, de persuader Amblin de s'adosser.

— Nous pensons qu'il s'agit d'un taïpan. (Je m'étais tournée vers le docteur Amblin.) On les trouve dans l'hémisphère Sud, en Australie et en Papouasie-Nouvelle-Guinée. Mais nous sommes quasiment certains que ce n'est pas ça qui a mordu votre gendre…

— Oui, oui, a coupé Amblin. Mais vous en êtes sûrs ? Qu'il provient de l'hémisphère Sud ? Il n'aurait pas pu venir d'autre part ?

— Genre ?… s'est enquis North.

— Afrique, a rétorqué sèchement Amblin. Ou… (Ses yeux ne cessaient de sauter de North à moi, ignorant complètement le médecin.) Ou Amérique du Nord ? Ce serait possible ? Aurait-il pu provenir d'Amérique du Nord ?

Ne sachant trop quoi répondre, j'ai levé les yeux vers North de nouveau.

— Non. (North ne quittait pas Amblin du regard.) On n'a jamais trouvé de taïpans ailleurs qu'en Australasie. Et le seul élapidé d'Amérique du Nord est le serpent corail. Un spécimen très particulier, avec des rayures de couleurs vives. Ce n'est pas l'un de ceux-là.

Amblin a semblé se ratatiner dans son lit.

— Merci, a-t-il marmonné, et son regard est tombé sur le drap replié sur sa taille.

Ce n'est qu'alors que j'ai eu le loisir de l'observer attentivement. C'était un homme bien conservé, dans les soixante-dix ans et quelque. Une chevelure épaisse, d'un gris acier, des yeux bruns derrière de grosses lunettes. Un épais pansement couvrait la plaie sur sa tempe gauche.

— Docteur Amblin, nous avons trouvé une vipère dans votre chambre hier soir, ai-je dit. Est-ce vous qui l'avez tuée ?

Il m'a considérée une fraction de seconde, puis a baissé les yeux de nouveau. Il a commencé par secouer la tête, puis a fait la grimace.

— Non, a-t-il répondu, tandis que sa main se levait pour toucher sa blessure. Je n'ai pas vu de vipère. (Il a relevé les yeux.) Si j'avais été mordu, je le saurais nécessairement ?

— Oh oui... a répondu North.

Apparemment rassuré, Amblin s'est calmé.

— Je ne suis pas sûr que le paracétamol que vous m'avez donné fasse vraiment l'affaire, docteur Richards. Vous pourriez me trouver quelque chose d'un peu plus fort ? J'aimerais vraiment pouvoir dormir.

— Je vais voir ce que je peux faire, a répondu Richards en contournant le lit pour se mettre face à son patient. Pouvez-vous nous dire comment vous vous êtes blessé à la tête ?

Amblin a fermé les yeux avant de les ouvrir à nouveau, sans les fixer sur quoi que ce soit en particulier.

— Je crains que non, a-t-il finalement décrété. Je ne crois pas que j'étais vraiment réveillé. J'étais en train de rêver. Des mauvais rêves. Un personnage du pas... Là-dessus, j'ai entendu Nick crier aux enfants de se réveiller. Je ne me souviens pas de grand-chose de plus jusqu'à ce qu'on se soit retrouvés dehors.

Le docteur Richards a déclaré que son patient devait se reposer. North et moi avons reçu le message cinq sur cinq et nous sommes préparés à partir. Le médecin nous a escortés jusqu'à la porte du service mais ne nous a pas dit à quoi il pensait, se contentant de nous remercier avant de s'éloigner rapidement.

— Il y avait du sang sur l'oreiller d'Amblin. (Nous attendions l'ascenseur.) Pourquoi à cet endroit-là s'il s'est cogné la tête dans l'escalier ?

— Il s'est coupé en se rasant ? a suggéré North. À moins qu'il ne se souvienne de plus de choses qu'il ne l'affirme. Je ne suis pas sûr que cet ascenseur fonctionne.

Nous sommes repartis, à la recherche d'un escalier.

— Et si lui n'a pas tué la vipère, qui l'a fait ? ai-je commenté comme nous attaquions les marches.

North n'a pas répondu. Parvenus en bas, nous avons pris la direction de la sortie. À la réception des urgences, je me suis arrêtée.

— Ça n'a aucun sens, ai-je lâché, obligeant North à s'arrêter, lui aussi. Pourquoi se donner la peine de traire des vipères et d'injecter leur venin quand on a un taïpan sous le coude ? La mort est quasi certaine avec une morsure de taïpan.

Le service des urgences était en effervescence. Les gens commençaient à nous remarquer. À me dévisager.

— Mais bien plus difficile à faire passer pour une mort naturelle qu'une morsure de vipère sur un vieux monsieur, a contré North. Quelles étaient les chances que Richards se doute de quelque chose, qu'il vous contacte et qu'ensuite vous me croisiez ce matin ? Je dirais que quelqu'un a manqué de chance, vraiment. Bonjour ! Comment allez-vous ?

À ma grande détresse, une petite foule s'agglutinait autour de nous. Mais personne ne s'intéressait à moi. C'était Sean North qui retenait leur attention. J'avais oublié qu'il passait régulièrement à la télévision, sur des chaînes nationales. Et qu'il était du genre qu'on n'oublie pas de sitôt.

Lentement, s'arrêtant pour serrer des mains et signer sur des bouts de papier, North a réussi à gagner la sortie de l'hôpital, moi sur ses talons. Nous avons laissé ses fans derrière les portes.

— Pourquoi vouloir tuer deux vieux messieurs ? ai-je demandé, plus pour moi-même que pour North, tandis que nous traversions le parking.

North m'a souri, du haut de son mètre quatre-vingt-cinq, voire plus.

— C'est une question pour la police. Je suis un spécialiste des reptiles, pas un détective. Clara, ravi de vous avoir rencontrée. Je file.

13

Les cloches de l'église sonnaient 11 h 15 quand je suis arrivée. Il n'était pas facile de se garer, même pour un dimanche, mais j'ai fini par trouver une place puis ai repris la grand-rue animée en sens inverse, en direction de ce que l'opinion générale considère comme l'une des plus belles églises romanes du pays. Son immense tour rectangulaire s'élançait au-dessus de ma tête, cachant le soleil de cette fin de matinée quand j'ai franchi la grille et remonté l'allée. Au niveau du porche sud, j'ai rangé la cage des jeunes chouettes sous un banc de bois. Commc jc scrais en vadrouille presque toute la journée, je n'avais pas eu d'autre choix que de les emmener.

Même au travers des épaisses portes en bois d'if, je pouvais entendre la voix de l'archidiacre. Je savais d'expérience quel boucan faisaient ces vieilles portes quand on les ouvrait, et de quelle façon toutes les têtes de l'assemblée se tournaient pour dévisager l'intrus ; mais j'avais appris un truc au fil des ans. J'ai poussé la porte devant moi sans forcer, jusqu'à sentir une résistance, et soulevé alors le loquet aussi haut que possible. Puis j'ai ramené le battant vers moi de trois centimètres et rabaissé le loquet. Exerçant une légère pression, j'ai ouvert la porte d'un geste franc, et elle n'a émis aucun bruit. Seul George, le vieux bedeau, m'a vue entrer et me glisser sur un banc vide tout au fond. Ainsi que l'archidiacre, évidemment, à qui rien n'échappe ou si peu, même quand il dirige les prières.

Le service touchait à sa fin. George a accouru avec des livres de chants et de prières et je lui ai adressé un sourire timide. Il m'a pressé la main, et ses yeux se sont remplis de larmes. Je me suis empressée de détourner les miens. Le pasteur annonçait l'hymne final, et l'assemblée, avec une seconde ou deux de retard sur le chœur, s'est levée.

Ces dernières décennies, les assemblées de l'Église anglicane ont été rapidement désertées. Ce n'était pas le cas dans ma ville natale. En temps normal, l'église était pleine pour la messe hebdomadaire du dimanche, et aujourd'hui ne faisait pas exception. Les voix des vingt membres du chœur se sont soudain élevées, et l'assemblée s'y est jointe avec divers degrés de talent mais un enthousiasme homogène. Tout le monde sauf moi. Normalement, j'aime chanter en chœur, sentir ma voix s'échapper de mon corps comme une vague de son ardente. Ce matin, pourtant, je n'avais pas le cœur à ça.

La messe s'est achevée, et le pasteur nous a tous invités à aller en paix et servir le Seigneur ; l'assemblée a répondu selon les rites consacrés et commencé à s'égailler. Il a fallu un certain temps, comme toujours. Chacun voulait sa poignée de main et ses deux minutes d'attention de la part du pasteur et, surtout, de l'archidiacre. Avec les années, je l'avais vu passer maître dans l'art de saluer individuellement ses fidèles : un brin de causette, mais parfaitement personnalisée, avant de prendre congé gentiment, avec chaleur. Tout le monde se sentait toujours bien accueilli.

J'étais assise, à moitié cachée derrière une immense colonne de pierre, le regard baissé. Enfin, les derniers traînards ont traversé la nef, et je me suis levée. Sous le porche, j'ai pris mon tour dans la queue jusqu'à ce que les deux membres du clergé aient fini de saluer leurs dernières ouailles. Le pasteur m'a vue, m'a tapoté brièvement l'épaule avant de s'éloigner à la hâte. J'ai tendu la main vers l'archidiacre. Il a attendu une seconde ou deux avant de la prendre, et j'ai eu le temps de remarquer qu'il avait un peu maigri depuis la dernière fois que je l'avais vu, que ses cheveux semblaient un peu négligés et qu'il en avait nettement moins. Son front était parsemé de plaques sèches ; ses yeux, aurait-on dit, s'étaient très légèrement décolorés. Mais quand il a pris ma main, elle semblait toujours aussi douce, chaude et forte qu'auparavant. J'ai vu quel besoin il avait de moi et me suis réjouie d'être rentrée.

— Bonjour, papa, ai-je lâché.

C'est tout ce que j'ai réussi à dire.

Bras dessus, bras dessous, nous avons remonté la grand-rue, jusqu'à la maison qui avait été mon foyer presque toute ma vie. Nous étions arrivés ici presque trente ans plus tôt. La famille Benning : papa, quarante-trois ans, l'étoile montante la plus brillante de l'Église, le plus jeune ecclésiastique jamais nommé archidiacre ; son épouse, Marion, de près de vingt ans sa cadette, déjà déçue par la vie rurale, cléricale ; Vanessa, la fille aînée, une enfant précoce de cinq ans ; et moi, un bébé de neuf mois. Nous nous attendions à passer là une dizaine d'années au maximum, avant que papa soit promu évêque et que nous n'allions de l'avant, toujours plus loin, toujours plus haut. Cela ne s'était pas produit. Pour commencer, il avait fallu s'occuper de moi. Le temps que dix années se soient écoulées, maman livrait une bataille perdue d'avance contre l'alcoolisme et la dépression et n'était plus depuis longtemps considérée comme digne de faire une épouse d'évêque.

— Vanessa et sa clique sont là, a dit papa, comme nous franchissions le portail. Je crois qu'un déjeuner est prévu.

C'était un avertissement gentil, mais inutile. J'avais vu Vanessa, son mari Adrian et leurs deux filles à l'église et m'étais ratatinée un peu plus à ma place quand ils étaient sortis.

— Mais comment est-ce que le taille-paon est entré dans la chambre du petit garçon ? a demandé Jessica, âgée de dix ans.

— Très bonne question, ai-je répondu, en repoussant des haricots verts sur le bord de mon assiette.

Je n'arrivais jamais à avaler grand-chose des repas préparés par Vanessa. Je n'avais pourtant rien à reprocher à sa cuisine, c'était juste que… enfin… quelque chose dans mon estomac semblait se contracter dès que je me retrouvais en présence de ma grande sœur.

— La seule idée qui me vienne, c'est qu'il a échappé à quelqu'un qui, au départ, n'aurait pas dû l'avoir.

— Ou que son propriétaire l'a relâché dans la nature quand il s'est rendu compte que ça représentait trop de boulot, a coupé Adrian, mon beau-frère.

— Eh bien, c'est possible, également, ai-je concédé. Et ce ne serait certainement pas la première fois.

À Aeolus, on nous avait souvent appelés pour récupérer des serpents exotiques dans des espaces verts, en rase campagne, parfois même dans des jardins privés. Des serpents tout mignons bébés et qui avaient tendance à devenir très grands et très forts.

— Mais toutes ces couleuvres ? a repris Jessica.

J'ai cessé de tenter d'ingurgiter quoi que soit de plus et rassemblé mon couteau et ma fourchette dans mon assiette. Du coin de l'œil, j'ai vu Vanessa me jeter un regard noir. Et entendu Papa pousser un léger soupir discret. Je commençais à regretter d'avoir parlé de cette histoire de serpents ; mais la conversation à table avait été laborieuse, encore plus qu'à l'accoutumée.

— En principe, les couleuvres se regroupent en masse, ai-je expliqué, sans vouloir entrer dans le détail des autres théories, plus sinistres. Je ne l'ai jamais vu moi-même, mais je connais des gens qui en ont été témoins. Elles se rassemblent par douzaines. Il est possible que le taïpan se soit juste retrouvé parmi elles et qu'il ait apprécié leur compagnie. C'est un très jeune serpent. À moins qu'il n'ait vu en elles un repas.

— Qu'est-ce qui serait arrivé au bébé si la vipère l'avait mordu ? a demandé la petite Abigaïl, huit ans.

— Abigaïl, ce n'est pas le moment, a lancé sa mère d'une voix sévère, et pour une fois, j'ai volontiers partagé son avis.

— Tu penses que vous avez un mauvais farceur dans le village ? s'est enquis Adrian. Vous avez déjà eu des petits problèmes de vandalisme, non ? Ça pourrait être l'idée que quelqu'un se fait d'une bonne blague.

— Un homme est mort. (Ma voix était plus abrupte que je ne l'eusse voulu.) Ça n'a rien de très drôle.

— Exactement, a renchéri Vanessa, tandis qu'Adrian tendait le bras pour remplir le verre de papa et se resservir. (Ma sœur et moi ne buvions jamais.) Et je crois que nous devons parler au sujet de vendredi. Andrew a confirmé, papa ?

Andrew Tremain était l'évêque de Winchester, le supérieur hiérarchique de papa et un ami de longue date de la famille. On avait dû lui demander, en toute logique, de diriger les obsèques de maman. Mon père a répondu qu'Andrew serait ravi de célébrer la messe d'enterrement, et Vanessa s'est mise à nous exposer ses plans pour les funérailles. J'ai regardé papa acquiescer de la tête à ses suggestions concernant les fleurs, les chants et les lectures et je me suis autorisée à décrocher. Cela ne faisait aucune différence pour moi que les fleurs de maman soient des roses, des lis, des boutons d'or ou des marguerites. Maman n'était plus. Et avec elle, aurait-on dit, s'était enfuie ma dernière chance d'accepter ce qu'elle avait laissé faire. J'avais attendu tant d'années le bon moment pour me confronter avec ma mère et lui dire à quel point elle avait détruit ma vie. Désormais, je n'aurais plus jamais l'occasion de l'entendre dire qu'elle était désolée. Pas plus que je ne pourrais lui révéler à quel point elle avait été le centre, le pivot absolu de mon existence.

— ... réchauffement climatique, a conclu mon beau-frère, qui n'avait sans doute guère plus prêté attention à Vanessa que moi. Responsable de bien des choses. On a eu quoi ? Le mois d'avril le plus chaud depuis qu'on enregistre les températures, avec un mois de mai bien parti pour faire de même. Et aujourd'hui, la population explose. Ces trucs grouillent absolument partout.

— Mais de quoi tu parles ? ai-je demandé.

— De serpents, a-t-il répondu, en me regardant et en plissant les yeux. Je croyais que c'était de ça qu'on parlait.

— Tante Clara ?

— Oui, ma grande asperge ?

J'avais survécu au repas. Ma plus jeune nièce et moi étions assises à l'ombre des pommiers au pied du jardin clos de papa, en train de faire déjeuner les jeunes chouettes. De temps à autre, une brise légère agitait les arbres et une pluie de fleurs tardives s'abattait autour de nous comme une tempête de neige odorante. Au travers du grand portail de fer forgé, nous pouvions voir un vol de cygnes descendre la rivière.

— Je fais quarante-cinq centimètres de tour de taille, a lancé ma nièce d'un ton indigné.

Elle s'est penchée en avant, soulevant maladroitement une souris morte avec une paire de pinces. Abigail ne ratait pas une occasion de clamer son intention de devenir vétérinaire comme tante Clara – je la soupçonne d'avoir su à quel point cela contrariait sa mère – mais elle avait un peu de mal avec la chaîne alimentaire.

— Désolée... ma petite saucisse, ai-je corrigé, observant la brise soulever les boucles autour de son visage.

Les cheveux d'Abigail étaient d'un châtain chaud et brillant, comme les miens, et elle les portait longs. Tout comme moi.

— Je peux te demander quelque chose ?

— Ouais.

— Maman dit que je ne devrais pas.

Je l'ai fait attendre quelques secondes.

— Eh bien... ça dépend, en fait, à quel point tu fais confiance à ton propre jugement, et comment il se situe par rapport à la confiance que tu places dans la sagesse de ta mère, ai-je fini par dire.

— Alors, je peux ?

J'étais penchée sur la cage. Elle ne pouvait me voir sourire.

— Oui, tu peux. Je ne le répéterai pas.

— J'ai vu les nouvelles sur les greffes de visage. Et je me demandais si tu pourrais t'en faire faire une.

Les bébés chouettes se calmaient un peu. J'en ai attrapé un, et l'ai posé doucement sur la main ouverte d'Abigail. Dans à peine plus d'une semaine, on les présenterait à leurs parents adoptifs et tout contact humain cesserait. Je me suis dit que quelques secondes dans la main d'une petite fille ne pouvaient pas faire de mal.

— Ça m'est égal que tu sois comme ça, s'est empressée d'ajouter Abigail, dont le cerveau de huit ans envisageait déjà la possibilité que le jugement de maman ait été, après tout, plus censé. Je me disais juste que ça pourrait être plus agréable pour toi…

Sa voix s'est perdue.

— Eh bien… sans doute, ai-je admis, lentement, parce que je ne m'attendais vraiment pas à celle-là. Mais ça ne peut pas encore marcher sur moi, j'en ai peur.

— Pourquoi pas ?

— Eh bien, j'ai vaguement étudié la question. (Les heures à consulter tous les articles sur Internet ou dans la presse écrite que j'avais pu trouver pouvaient-elles passer pour « vaguement » ?) En fait, toute greffe comporte le risque que le corps rejette le greffon et qu'on soit obligé de l'enlever, tu sais ça ?

— Euh… oui.

— Alors, on ne fait des greffes que lorsqu'on les considère comme absolument indispensables.

— Mais l'homme aux infos avait été…

— Oui, en effet. (Je lui ai repris le bébé pour le remettre en douccur dans la cage.) Mais son visage était très abîmé. Bien plus que le mien. Il ne pouvait ni manger ni parler. Et ça restait une opération très risquée. Il devra prendre des stéroïdes à haute dose, ainsi que des immunosuppresseurs pour le restant de ses jours afin d'éviter que son nouveau visage ne soit rejeté. Ces médicaments entraînent un risque important de cancer et d'insuffisance rénale, et d'ailleurs, ils ne sont pas toujours efficaces. Son corps peut en permanence rejeter le greffon.

— Qu'est-ce qui lui arriverait alors ?

Je préférais ne pas y penser. Le nouveau visage noircirait, avant de tomber comme lors d'une mue, tout simplement.

— Les médecins seraient obligés de l'enlever, à nouveau. Le patient se retrouverait dans un état pire qu'avant.

Abigail m'a serré fort la main.

— Il ne faut pas que tu le fasses, a-t-elle conclu.

— Non. Il ne vaut mieux pas.

Je me suis levée, ai pris la cage, et regagné la maison en compagnie d'Abigail.

14

Je me suis redressée d'un bond. Les couvertures et les draps sont tombés tandis que je m'agenouillais sur le lit, n'osant bouger, fixant les ombres où se trouvait lové un énorme serpent extrêmement dangereux. Tremblante, j'ai tendu la main vers la lampe de chevet et l'ai allumée. Rien. J'avais rêvé.

OK, on respire. Si les reptiles commençaient à me rendre aussi nerveuse, moi aussi, comment diable le reste du village ferait-il pour tenir le coup ? Me sentant vaguement idiote, j'ai regardé le réveil. Bientôt 3 heures du matin, ce qui signifiait que l'alarme n'allait pas tarder à se déclencher. C'était l'heure de les nourrir.

Je me suis levée, toujours fatiguée. J'étais rentrée tard la veille au soir. Papa m'avait demandé de rester passer la nuit, mais j'avais vaguement prétendu que j'avais des patients en très mauvaise santé au centre. Le verre posé sur la table de chevet avait besoin d'être rempli, aussi l'ai-je pris. En franchissant la porte, j'ai tendu machinalement la main vers ma robe de chambre, puis changé d'avis. L'air était moite, la nuit exceptionnellement douce pour la saison. Rêvant du jour où ce ne serait plus à moi de nourrir les jeunes chouettes, j'ai traversé le vaste palier qui me sert également de bureau.

Quelqu'un était venu. Des objets avaient été déplacés.

Mon clavier se trouve toujours à un empan du bord de mon bureau, mais cette nuit il n'en était guère plus éloigné que de trois centimètres. Et il n'était pas droit. On avait également touché à ma pile de papiers. Elle était légèrement décalée sur la gauche par rapport à d'habitude.

J'ai traversé le palier, ouvert la porte de la chambre d'amis et allumé. Rien n'avait bougé, à première vue. Peut-être, avec tout ce qui s'était passé, m'étais-je montrée moins ordonnée que d'ordinaire. J'ai attaqué l'escalier. Les oisillons faisaient un vrai foin quand j'ai poussé la porte qui ouvrait sur ma petite cuisine. La nuit était claire et une douce lueur se répandait depuis la fenêtre, se réfléchissant sur les murs blanchis à la chaux.

Aussi n'ai-je pu me méprendre sur la sombre silhouette qui se tenait près de la table de la cuisine en train de regarder mes bébés chouettes. Celle d'un vieux monsieur. Le verre m'est tombé des mains et s'est fracassé sur le carrelage. L'intrus n'a pas semblé remarquer ma présence, comme s'il n'avait pas entendu le verre se briser. Il a juste tendu la main vers la cage. Figée sur place, je l'ai regardé attraper l'un des oiseaux. Il a levé l'oisillon à hauteur de son visage, comme pour le renifler et, une seconde, j'ai cru qu'il allait le manger.

Jusque-là, j'avais été plus choquée qu'effrayée. Mais la réalité commençait à s'imposer. Un homme s'était introduit dans ma maison au beau milieu de la nuit. Comme on était fin mai, peu de chance qu'il s'agisse du père Noël.

J'ai commencé à reculer. L'intrus a reposé la chouette et s'est penché sur la cage. Je l'entendais marmotter et grommeler dans sa barbe mais ne distinguais aucun des mots. Je n'étais même pas sûre qu'il parlait anglais. Sous-estimant la distance parcourue, je me suis violemment heurtée à la fenêtre de ma salle à manger, pourvue de rideaux. Un fin rai de lumière s'est répandu dans la pièce, jusque sur la table de la cuisine. L'homme l'a repéré, a levé les yeux. Le clair de lune tombait sur son visage et il n'était plus une silhouette indistincte. Je le voyais presque nettement. Et ma peur s'est muée en franche terreur. C'était un mort qui se tenait devant moi.

Et il venait droit sur moi. Foulant le parquet, à quelques mètres seulement. J'ai tourné les talons et me suis enfuie avant même d'avoir décidé vers où courir. Inutile de me diriger vers la porte d'entrée – elle serait fermée, jamais je ne l'ouvrirais à temps et son odeur m'avait déjà rattrapée, m'enveloppait, prête à se saisir de moi. Bondissant vers l'escalier, j'ai gravi quatre marches, avant que mes jambes ne se dérobent sous moi. Je suis tombée brutalement, en me faisant un mal de chien. Et quelque chose de froid et d'humide s'était emparé de ma cheville gauche. On me tirait vers le bas. Désespérément, j'ai tendu la main et me suis agrippée à la balustrade. Puis j'ai donné un violent coup de pied de ma jambe libre. J'ai senti mon pied toucher un tissu mouillé. J'ai respiré un grand coup. J'allais crier – la seule chose à faire, vraiment : hurler à m'en déchirer les poumons.

J'ai réussi, allez savoir comment, à me retourner. Il était au-dessus de moi. Guère plus qu'une ombre noire, puante, dans l'escalier, qui me regardait. Mais pas mon visage. Ma chute et la lutte avaient fait remonter ma chemise de nuit, mi-longue, au-dessus de mes hanches. Ses yeux étaient braqués sur mes jambes nues. Dont il tenait toujours l'une. Et avec son autre main, il s'est penché en avant.

Et là, quelque chose qui n'offrait pas du tout la sensation d'une main humaine mais plutôt d'une substance faite de vase et d'os décomposé s'est mis à me caresser la cuisse, en remontant, tandis que son regard remontait, lui aussi...

Un son terrifiant a déchiré la nuit. Des hurlements stridents, primitifs, perçants. Ma propre voix. J'ai crié sans pouvoir m'arrêter. Et puis autre chose, peut-être. Une autre voix ? Plus éloignée ? Après ça, tout a replongé dans le noir. Le silence. J'avais cessé de brailler. J'ai trouvé le courage de donner un nouveau coup de pied. Rien. J'ai ouvert les yeux. J'étais seule dans l'escalier. Osant à peine bouger, j'ai jeté des coups d'œil paniqués à droite, à gauche. Derrière moi. Où était-il passé ?

Il s'était tenu juste au-dessus de moi, en train de me tripoter, de me dévorer du regard. Son odeur flottait toujours dans les airs ; intense, écœurante. Mais il avait disparu.

J'ai cligné des paupières pour chasser les larmes. Et me suis retrouvée assise, à regarder autour de moi. Il n'était absolument plus nulle part. Même l'odeur s'estompait. Mon attention s'est reportée un instant sur la tache humide au bas de ma cheville, là où il m'avait tenue, mais sous mes yeux, l'humidité s'est évaporée dans l'air tiède de la nuit. Plus une trace.

Me répétant que je ne croyais pas aux fantômes, que je n'y avais jamais cru, que ce ne pouvait en être un... je me suis obligée à me lever pour traverser en titubant la salle à manger. Sachant que je n'avais peut-être que quelques secondes avant qu'il ne m'agresse de nouveau, j'ai saisi le téléphone. J'osais à peine baisser les yeux dessus mais j'ai quand même réussi à composer le 999 et à demander la police.

Tandis que j'attendais qu'on me mette en ligne, c'est tout juste si j'arrivais à tenir en place. Où était-il ? Il n'avait pas pu se volatiliser comme ça dans les airs. Les gens ne font pas ça. Impossible qu'il ait pu me dépasser dans l'escalier, la porte d'entrée était fermée à double tour, je le voyais d'ici, et j'aurais certainement entendu claquer celle de derrière s'il était ressorti par là. Il se trouvait toujours dans la maison.

Incapable d'empêcher ma voix de trembler, j'ai expliqué mon cas à l'agent qui a pris l'appel. Je me suis sentie légèrement – quoique pas totalement – rassurée par sa promesse que quelqu'un serait là d'ici vingt minutes. Il peut se passer beaucoup de choses en vingt minutes.

Je ne pouvais pas rester là où j'étais, agrippée au téléphone. J'ai pris le risque de traverser la moitié de la salle à manger.

Qu'est-ce qui n'allait pas avec les bébés chouettes ? Ils n'avaient encore jamais fait un tel raffut. Les avait-il blessés ? Je suis entrée dans la cuisine, juste à bonne distance pour pouvoir jeter un coup d'œil dans la cage.

Les oisillons n'avaient pas faim – ils étaient terrifiés. Une couleuvre, de près de quatre-vingt-dix centimètres de long, se trouvait dans la cage avec eux. Sous mon nez – j'avais du mal à en croire mes yeux – elle s'est dressée avant de bondir, saisissant un petit à la gorge. Je n'ai pas réfléchi. J'ai attrapé le serpent, le serrant fort par le cou, et il a lâché prise. Je l'ai tiré hors de la cage, ignorant ses coups de queue forcenés et, d'une main, ai déverrouillé et ouvert la porte de derrière.

Je ne suis jamais brutale, irréfléchie, ni cruelle avec les animaux. Mais j'avais eu ma dose : j'étais plus qu'épuisée, plus malheureuse que jamais, et terrorisée. Pire que tout, pour la première fois depuis fort longtemps, je me sentais complètement dépassée. C'est la raison pour laquelle, sans doute, j'ai choisi cet instant pour commettre un acte absolument sans précédent : j'ai déchargé ma rage sur l'animal. J'ai lancé le serpent violemment, aussi loin que je l'ai pu. Il a tournoyé dans les airs, pour atterrir dans des buissons tout au fond du jardin. J'ai ressenti une pointe de culpabilité avant qu'un bruit soudain, dans mon dos, ne me fasse sursauter et pivoter. Une silhouette sombre venait vers moi.

J'ai reculé d'un pas, mon pied s'est tordu et je suis tombée, reculant tant bien que mal tandis que la silhouette approchait. La nuit s'était obscurcie, et l'arrière de ma maison est toujours plus sombre que du côté rue. Les arbres autour du jardin sont hauts et denses. La silhouette noire se trouvait au-dessus de moi, et c'est tout ce que je pouvais voir. J'ai ouvert la bouche, mais je n'avais plus la force de crier. Seul un gémissement pathétique s'est échappé de mes lèvres.

— Clara, c'est moi. Matt Hoare. Que se passe-t-il, bon sang ?

Et la forme noire est devenue quelqu'un que je connaissais. Je ne distinguais au vrai que ses yeux, dans lesquels se reflétait la lumière en provenance de la maison, mais les contours de son corps m'étaient familiers. Tout comme son odeur. Shampoing et savon. Café frais. Je crois avoir de nouveau gémi. Il s'est accroupi, a tendu sa main que j'ai réussi à prendre, et m'a relevée.

— Je vous ai entendue crier. J'ai bondi au-dessus de la haie et cru entendre quelqu'un courir vers l'avant de votre maison. Je me suis dit que c'était vous, sans doute, mais il n'y avait personne dans l'allée. Qu'est-il arrivé, bon Dieu ?

Un bruit s'est élevé derrière moi. Probablement rien de plus qu'un oiseau de nuit se posant dans un buisson, mais j'ai bondi comme un chat échaudé et me suis éloignée de lui en courant.

— Clara !

Il fallait que je me ressaisisse. Cependant, je n'étais pas vraiment là, dans ce jardin plongé dans le noir, en compagnie de Matt. La tête me tournait, je m'éloignais, dans un coin sombre de ma mémoire...

— Allez, on respire. Rentrons.

On a passé un bras autour de ma taille. On me ramenait gentiment chez moi. Et quelque chose, entre le froid sous mes pieds et la chaleur du bras de Matt, m'a rendu à moi-même. Mon agresseur était parti. Le bruit qu'avait entendu Matt dans l'allée, c'était lui qui s'enfuyait en courant.

— Ça va, ai-je réussi à dire, tandis que nous franchissions le seuil de ma cuisine, tout éclairée. Quelqu'un est entré chez moi. Un cambrioleur. Il m'a touchée. Je...

Je n'ai pas pu continuer. Soudain, je me suis sentie pleinement consciente du spectacle que j'offrais. Matt m'a dévisagée une seconde, son regard a quitté mon visage pour descendre plus bas. Il a rougi, s'est détourné de moi et a quitté la pièce. Restée seule, j'ai senti la panique reprendre le dessus, mais il était de retour quelques secondes plus tard, apportant un épais manteau matelassé qui reste toujours accroché sur la porte d'entrée.

— Mettez ça, a-t-il dit, avant de se détourner pendant que je m'exécutais.

Aussi vite que possible malgré mes doigts tremblants, j'ai enfilé le manteau et noué un à un les huit boutons. Il m'arrivait sous les genoux, me couvrant presque entièrement. Ça ne me semblait pas suffisant, loin de là.

— Vous avez appelé la police ? a demandé Matt, par-dessus son épaule.

Malgré le manteau, il ne pouvait toujours pas se résoudre à me regarder. J'ai hoché la tête, même s'il ne pouvait me voir.

— Ils m'ont dit vingt minutes.

Il s'est dirigé vers la bouilloire pour la remplir, a pressé l'interrupteur, puis jeté un coup d'œil derrière lui.

— Vous devriez vous asseoir.

J'étais toujours plantée là, comme une gourde, au beau milieu de la cuisine. Je me suis obligée à faire demi-tour, à marcher jusqu'à la table, à tirer une chaise. Je me suis assise, resserrant le manteau autour de moi et regrettant qu'il ne descende pas jusqu'au sol. Puis j'ai levé brièvement les yeux et l'ai surpris qui fixait mes pieds, la seule partie de mon corps qui restait visible. Nos regards se sont croisés. J'ai eu envie de me couler sous la table.

— Prête à me raconter ce qui s'est passé ?

M'efforçant de me concentrer, j'ai expliqué que je m'étais levée pour aller nourrir les bébés chouettes, que j'avais vu l'intrus, tenté de m'échapper, m'étais fait rattraper. La lumière de la cuisine se reflétait dans les verres des lunettes de Matt, et je ne distinguais pas bien ses yeux. Je n'avais aucune idée de ce qu'il pensait mais, quand je suis arrivée au moment où le cambrioleur m'avait empoignée, ses épaules se sont clairement crispées.

— Vous avez pu voir son visage ?

J'ai secoué la tête.

— Pas vraiment, il faisait nuit et je paniquais.

— Sa tête vous disait quelque chose ?

Mon regard est tombé sur la table. Pouvais-je vraiment avouer que je venais de tomber nez à nez avec un mort ? Que le cadavre d'une personne que je connaissais s'était saisi de moi ? J'ai secoué la tête.

La bouilloire sifflait. Matt s'est détourné à nouveau et s'est mis à ouvrir les placards, attrapant des sachets de thé, versant l'eau. Puis des cuillerées de sucre dans les mugs. Il ne m'a pas demandé comment je le prenais. Je le bois nature, bien sûr, mais ça n'avait guère d'importance. Je n'arrivais plus à le regarder, même de dos. J'ai fixé la table.

Je venais de me faire agresser, sous mon propre toit, par un homme qui ne pouvait exister. Et pourtant, ce que je ressentais cette nuit-là, en attendant Matt – qui mettait un temps excessivement long, même pour un homme, à préparer du thé – n'avait rien à voir avec le choc relatif aux événements qui s'étaient produits quelques minutes plus tôt, ou la peur de ce qui pouvait bien me guetter au tournant. C'était de l'embarras. Et – oui, pas d'autre mot pour ça, vraiment – je ressentais un profond sentiment de honte.

J'ai un secret, en fait. Et je ne m'attendais pas que quelqu'un le découvre un jour. J'investis des sommes faramineuses en lingerie et liquettes de nuit. Soie, satin, mousseline, dentelle – j'adore la sensation de ces matières contre ma peau, leur douceur quand elles passent sur ma tête et redescendent en dansant le long de mon corps.

Je dépense très peu pour les autres vêtements. Après tout, à quoi bon ? Mais quand il s'agit de dessous, je suis la cliente la plus difficile, la plus tatillonne qui soit. Je reçois tout par correspondance, évidemment. Je ne pourrais jamais acheter ce genre de choses dans une boutique, voir les expressions amusées, compatissantes sur la figure des vendeuses. Et je dépense plus que de raison, amassant mes trésors dans des tiroirs tapissés de papier parfumé.

Désormais, en l'espace de quelques minutes, deux hommes avaient percé mon secret. Matt Hoare avait vu la soie verte, fine comme les ailes d'une libellule, qui collait – et soulignait – chaque centimètre carré de ma personne. Tout comme l'homme dont la main m'avait fait une impression de mousse humide recouvrant les os d'un cadavre. Voilà pourquoi je restais assise, le nez rivé sur la table, sur les carreaux du sol au pied de ma chaise, me demandant comment je pourrais jamais relever la tête et regarder à nouveau Matt dans les yeux.

Il y avait des taches humides par terre. Des petites flaques autour de la table. Matt ou moi avions pu les y laisser : la pelouse dehors était couverte de rosée. Mais avions-nous également rapporté le délicat brin d'herbe qui s'était enroulé autour du pied de la table ? C'est une plante qui pousse surtout dans les rivières.

J'ai entendu qu'on tirait une chaise sur le sol et senti Matt prendre place à table en face de moi.

— Comment va le démon des…

— Il est entre les meilleures mains qui soient, ai-je coupé, sans le regarder.

Des mains étranges, bardées de cicatrices et tout à fait imprévisibles, mais aussi sûres qu'on pouvait l'espérer, étant donné les circonstances.

— Est-il exact que si on tue un cobra royal, son compagnon vous prend en chasse et vous tue ? a demandé Matt.

J'ai levé les yeux.

— Hein ?

— Buvez, vous grelottez. Un truc que j'ai lu. Quand on tue un cobra royal, on doit rester sur ses gardes parce que son compagnon cherchera à se venger. (J'ai saisi ma chope, pris une trop grosse gorgée et me suis brûlé la langue.) Alors, c'est vrai ?

La douleur me faisait monter les larmes aux yeux.

— Bien sûr que non.

— Dommage, je trouvais ça romantique.

Et il est resté là, à me fixer. J'ai à nouveau baissé la tête, mais pouvais sentir son regard. Puis j'ai perçu un bruit étouffé, un son grave, et me suis redressée brusquement.

— Qu'est-ce que c'était ?

Matt avait l'air perplexe.

— Quoi ?

— J'ai entendu quelque chose.

Je me suis levée et j'ai traversé la pièce. J'ai un tout petit cellier, guère plus grand qu'un placard, derrière la cuisine. Il n'est même pas assez grand pour que j'y tienne debout, mais il est pratique pour entreposer des provisions. J'ai tendu le bras vers la porte et prêté l'oreille. Nouveau bruit : grave, guttural, à mi-chemin entre le grognement et le grommellement. Je me suis tournée vers Matt, horrifiée, et, voyant mon expression, il s'est levé. J'ai parcouru la salle à manger au pas de charge, jusqu'à la porte d'entrée. Elle était toujours fermée à clé, le verrou de sécurité enclenché. J'avais ouvert la porte de derrière moi-même quelques minutes plus tôt.

L'intrus n'avait eu aucun moyen de sortir. Il était toujours dans la maison.

J'ai foncé dans la cuisine au moment même où Matt s'éloignait de la table. Sa chaise raclait le sol en faisant beaucoup de bruit mais j'ai quand même perçu un troisième mouvement. Il y avait bien quelqu'un dans la cave. En temps normal, je n'en verrouille jamais la porte – à quoi bon ? – une targette était néanmoins installée en haut du battant. J'ai tendu le bras et l'ai fait glisser.

Matt était à côté de moi. Je me suis penchée tout contre la porte. Puis je me suis redressée d'un coup.

— Il est là-dedans, ai-je chuchoté. Il est dans le cellier. Je le sens.

Matt a imité mes mouvements et reniflé bruyamment.

— Je ne sens rien. (Il secouait la tête.) Vous êtes sûre ?

— Parfaitement. Il pue, c'est atroce. Ça sentait dans toute la maison tout à l'heure. Il sent le vieux clochard.

— Vraiment ? J'ai deviné qu'il ne me prenait pas trop au sérieux.

— Les clochards dégagent une odeur fétide de sueur et d'urine, ai-je expliqué à voix basse. En s'approchant suffisamment, on peut sentir l'alcool – une odeur assez infecte normalement – et ils vomissent souvent dans leur sommeil. Ils farfouillent dans les poubelles à la recherche de nourriture, et cette puanteur leur reste. Et très souvent, ils souillent leurs vêtements. Ça sent la merde.

— Comment vous y connaissez-vous si bien en Eau de Vagabond ?

— Nombre de nos patients nous sont amenés par des gars qui vivent à la dure, ai-je répondu, tout en m'éloignant de la porte à reculons. Je crois qu'on ferait mieux de sortir.

Matt m'a regardée un moment. Puis il s'est penché vers la porte et a reniflé ostensiblement.

— Je ne sens toujours rien.

Sa totale absence d'inquiétude me donnait envie de l'engueuler.

— Vous vous douchez le soir, ai-je repris. Vous vous lavez les cheveux presque toutes les nuits. Vous buvez du café plutôt que du thé mais vous avez pris un verre de vin rouge ce soir. Vous avez caressé votre chien dans l'heure écoulée et je pense que vous venez de ramasser sa crotte.

— Vous voulez dire que je pue la merde de chien ?

— J'aimerais que vous vous éloigniez de cette porte. Il est là-dedans et ce verrou n'est pas solide.

Matt a jeté un coup d'œil à la targette avant de reporter son regard sur moi.

— S'il est toujours là-dedans, qui ai-je pris en chasse dans l'allée ?

Je n'avais pas de réponse à cette question. Et tandis que j'y réfléchissais, Matt levait la main vers le verrou.

— Non ! (Soudain, je me suis retrouvée juste à côté de lui, levant la mienne pour interrompre son geste.) Non. N'y pensez même pas. Laissez ça à la police.

— Clara, il y a une chose...

À ce moment-là, on a entendu toquer à la porte de derrière et une large silhouette est apparue à l'extérieur. Matt est allé ouvrir avant que j'aie le temps de le faire. Il a été salué d'un « Oh, bonsoir, monsieur » d'une sonorité saisissante, puis a introduit chez moi trois policiers comme s'il habitait ici lui-même.

Les agents ont poliment écouté mon histoire, mais quand je leur ai dit que j'étais convaincue que le cambrioleur était dans le cellier, ils ont changé d'attitude, plus tendus, plus vigilants. L'un d'entre eux, le plus âgé des trois, a regardé Matt.

— Et Miss Benning vous a appelé, monsieur ?

— Non. Je l'ai entendue crier. J'ai également entendu bouger devant sa maison. J'ai cogné à la porte de derrière mais elle était fermée. J'ai couru à l'avant mais, avant que j'atteigne la porte, j'ai cru percevoir des pas. J'ai remonté la moitié de l'allée et j'ai entendu traîner des pieds. Je n'ai rien vu, en fait.

— Il y a beaucoup de blaireaux en ce moment.

— C'est vrai. J'en ai croisé un dans mon jardin l'autre soir, a concédé Matt.

— Peu m'importe ce que vous avez pris en chasse dans l'allée, ai-je coupé sèchement. L'homme qui m'a agressée n'aurait pas pu sortir de la maison. Les deux portes étaient verrouillées jusqu'à ce que j'ouvre celle de derrière. (J'ai indiqué le cellier.) Il est là-dedans.

Matt m'a regardée une seconde avant de pousser un soupir.

— Très bien, bon, maintenant que les renforts sont arrivés, je ferais mieux de jeter un œil. Vous me couvrez, brigadier ?

Là-dessus, il s'est levé, a levé la targette et s'est saisi de la poignée. *Vous me couvrez, brigadier !* J'ai attrapé son bras avant qu'il ne puisse tirer la porte à lui.

— Vous faites quoi, là ? Vous vous comportez comme un figurant minable dans un western spaghetti. Il y a trois policiers derrière vous. Dégagez et laissez-les s'en occuper.

— Clara…

Par-dessus l'épaule de Matt, j'ai vu les deux agents échanger un coup d'œil. Le brigadier n'a pas pu retenir une grimace. Matt a ôté ma main de son bras.

— Clara, je suis touché, mais…

— Qu'est-ce que je dois faire pour que vous preniez cette affaire au sérieux ? Il y a un homme dans le cellier qui m'a agressée. Peut-être avez-vous du mal à imaginer que quelqu'un ait pu en avoir envie, mais je vous jure qu'il l'a fait, et que si vous ouvrez cette porte, vous risquez de vous faire salement amocher.

Je sentais des larmes piquer le fond de mes yeux. Je n'avais pas les idées claires. Tout ce que je savais, c'est que je ne voulais pas que Matt entre dans ce cellier.

— En fait, mademoiselle… a commencé le brigadier.

J'ignore comment ça s'est fait, mais cette fois-ci je tenais les deux mains de Matt fermement serrées dans les miennes.

— Les héros débiles ne me font vraiment aucun effet, alors si vous n'êtes pas capable de vous montrer raisonnable, rentrez chez vous, et laissez faire les professionnels.

L'un des agents a pouffé derrière nous.

— Clara, la ferme, a dit tranquillement Matt.

Une pensée m'a soudain traversée. Les trois agents de police avaient l'air de s'amuser franchement. Matt a levé ses mains, toujours emprisonnées dans les miennes. J'ai reculé d'un pas, avec l'horrible impression que je venais de me ridiculiser comme jamais. Libre de ses mouvements, Matt a fouillé dans l'une des poches arrière de son jean. Il en a extirpé un petit portefeuille de cuir noir.

Oh non !

Il l'a ouvert d'une main, révélant une carte professionnelle. Il ne m'a fallu que quelques secondes pour la lire, vérifier que la petite photo d'identité montrait bel et bien l'homme qui me faisait face.

— Police du Dorset ? ai-je dit, comme si la mention portée sur le badge n'était pas parfaitement claire.

Clara, pauvre dinde !

— Ouais.

— Directeur adjoint ?

Mais évidemment qu'il est de la police !... Comment aurait-il pu les connaître tous, sinon ? Pourquoi le traiteraient-ils tous avec autant de déférence ? Je ne m'étais jamais sentie aussi bête de toute ma vie. J'aurais pu me botter le train moi-même. Non, cela n'aurait pas suffi, loin de là. Il aurait fallu que je m'écrase le pied d'un grand coup avec l'autre, là, sur-le-champ.

— Je plaide coupable, a-t-il répondu. Bien, je pourrais laisser trois de mes hommes enquêter sur l'intrus dans le cellier pendant que je reste planté là à vous tenir les mains, mais je ne crois pas que j'aurais jamais le dernier mot. Agent Atkins, auriez-vous la gentillesse de tenir compagnie à Miss Benning, s'il vous plaît ?

L'agent Atkins s'est approché à grands pas tandis que Matt ouvrait la porte du cellier, se penchait à l'intérieur et allumait la lumière. Aboyant une menace, il a entrepris de descendre les marches. Le brigadier et l'autre agent lui ont emboîté le pas. Atkins et moi-même sommes restés là où nous étions, écoutant les bruits que faisaient les trois hommes en se déplaçant au sous-sol. Au bout de quelques minutes,

Matt a reparu sur le seuil, pris pied dans la cuisine, et m'a fait signe de le suivre. Dans la pièce d'à côté, il m'a fait face. Une expression que je ne lui avais encore jamais vue était affichée sur son visage.

— Clara, a-t-il dit, il n'y a rien dans votre cave.

15

— On a regardé partout. Il n'y a aucun endroit où se cacher.

Je l'ai dévisagé, interdite. J'en étais sûre. Je l'avais entendu se déplacer.

— Il a dû sortir par une autre issue. Sans doute par une fenêtre. C'est peut-être bien lui que j'ai vu courir dans l'allée.

J'ai secoué la tête.

— Il était dans le cellier.

Alors même que je le disais, j'ai réalisé à quel point je devais avoir l'air entêtée.

— Vous voulez bien que les agents inspectent les lieux ? Qu'ils vérifient s'il y a une fenêtre ouverte ? Ou n'importe quel autre signe d'effraction ?

J'ai hoché la tête, et les trois policiers se sont mis à fouiller la maison. J'ai patienté quelques minutes, puis n'y tenant plus, j'ai traversé la cuisine et ouvert la porte de la cave.

— Une minute !

Matt était sur mes talons. Je suis descendue et suis restée plantée là, à inspecter les alentours, comme s'il y avait une chance que je voie quelque chose qui aurait échappé à deux agents accompagnés de leur directeur adjoint.

Les murs en pierre étaient humides par endroits – à cause du ruisseau qui coulait tout près –, secs et effrités à d'autres. Il y avait des piles de boîtes en plastique, un vieux placard encastré dans lequel je rangeais des outils, et des étagères remplies de matériel vétérinaire. On y trouvait également un congélateur, vertical. Aucun endroit où se cacher. Aucune issue. Si ce n'est...

Dans le plafond bas du cellier était encastrée une ancienne trappe. Avant l'installation du chauffage central, elle devait servir à recevoir le charbon déversé depuis l'allée au-dessus. Elle était fixée par des charnières d'un côté, avec des targettes sur deux autres côtés, et un cadenas sur le dernier. Au-dessus, au niveau de la rue, était posé un bac à fleurs extrêmement lourd. Je me suis avancée et j'ai attrapé fermement le vieux métal de l'un des verrous.

— On a essayé... a commencé Matt.

J'ai tiré fort, mais la targette était rouillée et ne bougeait pas d'un pouce. Matt a traversé la pièce, se baissant pour éviter le plafond, et, m'écartant, il a tiré d'un coup sec à plusieurs reprises. Puis il a essayé l'autre verrou, le cadenas, enfin. La trappe ne bougeait pas d'un poil.

— C'est peut-être un rat que vous avez entendu. Un rat d'eau, très certainement. Il y en a pas mal dans le village.

— J'imagine, ai-je admis, même si je savais qu'un rat n'aurait jamais pu émettre les sons que j'avais entendus.

— Allez, venez.

Nous sommes remontés.

La police est restée encore dix minutes, n'a trouvé aucun signe d'effraction puis, après avoir promis d'envoyer un spécialiste des empreintes digitales le lendemain, est repartie. Ils s'étaient montrés polis, ce que j'attribuais exclusivement à la présence de Matt. J'étais bien certaine, cependant, qu'ils ne me croyaient pas. Matt pouvait juste confirmer qu'il avait entendu mes cris, ainsi que des bruits de frottement qui auraient pu, ou non, correspondre à des bruits de pas précipités. À part ma déclaration, rien ne prouvait le passage du moindre intrus. Même le serpent avait disparu.

J'ai souhaité bonne nuit à Matt, puis verrouillé toutes les portes, vérifié une nouvelle fois les fenêtres et nourri les bébés chouettes. L'oiseau blessé n'était pas en trop mauvais état. Je l'ai badigeonné d'antiseptique, et laissé se rendormir.

Je suis remontée à l'étage, ai déniché un vieux pyjama de flanelle bien épaisse et suis retournée au lit.

Le sommeil a mis longtemps à m'emporter. Et quand il est venu, il était agité, rempli de rêves, d'états de demi-conscience où je frissonnais. À l'approche de l'aube, j'ai fait le cauchemar habituel que je redoute le plus.

Je suis dans un hall rempli de miroirs. Où que je me tourne, je vois mon reflet. À mesure que le rêve progresse, mon reflet se déforme. Ce n'est plus seulement mon visage qui est défiguré, mais tout le reste de mon corps. Cette nuit-là, le cauchemar a été plus pénible encore que d'habitude. Chaque miroir était drapé de soie verte. Alors que je courais dans le hall, cherchant désespérément une issue, quelque chose ôtait brutalement la soie recouvrant les glaces juste à l'instant où j'arrivais devant. Les miroirs se sont mis à tomber. Un à un, quand je les touchais, ils se renversaient et se brisaient en mille morceaux autour de moi. Et là, le hall rempli de miroirs a brusquement disparu et je me suis retrouvée dans ma cuisine. Des mètres et des mètres de soie verte enroulée barraient toute issue et ce qui se trouvait piégé dans mon cellier cognait durement à la porte.

Le pêne tremblait dans son boîtier, et le bois autour commençait à se fendre. Il fallait que je sorte de la maison. Sauf que je ne pouvais pas bouger. J'étais à terre et, comme cela n'arrive que dans les rêves, tentais vainement de ramper vers la porte de derrière.

Je me suis réveillée en sursaut, trempée de sueur, pour m'apercevoir que je n'avais pas rêvé les coups à la porte. Quelqu'un martelait celle de ma cuisine. Je suis sortie du lit en vitesse, ôtant mon pyjama et enfilant un survêtement. J'étais quasi certaine que mon visiteur matinal était Matt Hoare, espérant me surprendre une fois de plus dans une tenue complètement hilarante pour avoir une autre histoire à raconter aux copains au pub. *Pauv' fille,* commenteraient-ils le nez plongé dans leurs pintes de bières ; *comme s'il y avait une chance que quelqu'un puisse vouloir... À moins d'être aveugle...*

J'ai jeté un œil par la fenêtre, mais Matt était caché par l'auvent du porche et je ne pouvais pas le voir. Je suis descendue, fermement résolue à ne même pas le laisser entrer.

— Hé, vous ! Pour l'amour du ciel, taisez-vous ! ai-je lancé sèchement aux bébés chouettes.

J'ai tourné la clé et entrouvert la porte de quelques centimètres, pour tomber sur Sally la voisine.

— Repas à domicile ! a-t-elle pépié.

Je n'ai rien répondu. Mais j'ai bien vu le plateau qu'elle portait. Et senti l'odeur qui s'en élevait.

— Je voulais m'assurer que vous alliez bien. Et oui, je meurs d'envie de savoir ce qui s'est passé la nuit dernière.

Je n'ai toujours pas ouvert la bouche.

— On ne peut pas avoir deux voitures de police garées devant chez soi à 3 heures du matin sans que la moitié du village soit au courant, a-t-elle poursuivi. C'est juste que je suis la seule assez culottée pour venir vous trouver. Et mes sandwiches au bacon sont absolument succulents.

C'était ça, l'odeur. Du bacon. Et du café.

— J'allais sortir faire mon jogging, ai-je prétexté, par habitude.

— Vous avez trois heures de retard.

Je me suis tournée vers la pendule de la cuisine. Il était presque 9 heures.

— Et, pour être franche, vous n'avez pas une tête à courir la campagne, là, tout de suite.

Elle n'avait pas tort ; aussi ai-je reculé. Je ne lui ai pas proposé d'entrer, mais elle a pris ça pour une invitation et m'a emboîté le pas.

— Je ferais mieux d'aller m'habiller, ai-je dit. Il faut que j'aille travailler.

— Vous avez besoin de lever un peu le pied. Allez, venez vous asseoir et manger quelque chose.

Je me suis rendu compte que Sally était sans doute passée maître dans l'art de gérer les patients difficiles et que je n'aurais sans doute pas le dernier mot. Par ailleurs, je mourais de faim. Serait-ce si grave d'arriver en retard au boulot pour une fois dans ma vie ?

Sally a rempli deux mugs de café et poussé vers moi un petit pain blanc fariné rempli des meilleurs morceaux du cochon. Cela faisait des années que je n'avais pas mangé de pain blanc et je prends rarement de cette viande. J'avais oublié à quel point le sandwich au bacon pouvait être sublime.

— Merci, ai-je lâché, soudain gênée, quand j'ai repris mon souffle.

— Pas de quoi. Alors, racontez-moi. Était-il question de tortillards visqueux cette fois-ci ? Et le délicieux Matt, s'est-il montré courageux et à la hauteur ?

— Un seul tortillard visqueux. (J'avais décidé qu'il était exclu ne serait-ce que d'*aborder* la deuxième question.) Et les serpents ne sont pas visqueux. Ceux qui ont des écailles lisses sont doux comme de la soie.

Allons bon, pourquoi avais-je dit ça ? La soie : voilà bien la dernière chose que je tenais à évoquer.

— Je vous crois sur parole. Mais on est rentré chez vous ? Il y avait quelqu'un dans la maison ? Et qu'est-ce qu'ils ont ces oiseaux à la fin ?

Je lui ai servi une version condensée des événements de la nuit. Elle a poussé un second sandwich dans ma direction – je n'ai pas protesté – puis s'est levée pour nourrir les oisillons à ma place.

— Donc, a-t-elle repris, au bout d'une ou deux minutes, quelqu'un s'introduit chez les gens et laisse des serpents derrière lui. Pourquoi faire une chose pareille ?

— On ne sait pas si c'est bien ça, ai-je répondu, tout en lui donnant raison, bien évidemment.

— Oh, arrêtez ! Entend-on souvent dire que des serpents se sont introduits dans une maison ? Non, pratiquement jamais. Et là, tout d'un coup, on en trouve plus que des souris. Sans parler des espèces plutôt exotiques qui rappliquent.

Je l'ai regardée proposer des rongeurs morts aux oiseaux impatients.

— Le village compte un élément indésirable en ce moment, a commenté Sally, l'air songeuse. On me balance des œufs pourris sur ma porte depuis deux ou trois semaines. Les Rushton et les Poulson se plaignent que des enfants cognent à leur porte avant de s'enfuir en courant. Remarquez, entrer chez les gens, c'est encore autre chose.

J'avais moi aussi remarqué des fenêtres brisées dans le village. On avait renversé ma poubelle pleine dans mon allée deux ou trois fois, mais j'avais décidé de ne pas m'en soucier. Sally avait raison, cependant. Une intrusion, c'était tout autre chose. Et celui qui m'avait attrapée cette nuit n'était pas un adolescent.

Pendant ce temps, Sally donnait à manger aux petits. Elle se débrouillait plutôt pas mal, pour quelqu'un qui n'avait pas dû nourrir des oiseaux orphelins bien souvent. Je me suis demandé s'il lui arrivait souvent de nourrir les voisins orphelins.

— Les policiers ne me croient pas, ai-je lâché enfin. Ils pensent que j'ai tout inventé.

Elle m'a lancé un coup d'œil étrange.

— Pourquoi feriez-vous une chose pareille ?

— Pourquoi les gens inventent-ils des crimes ? Pour attirer l'attention sur eux, je suppose.

— Pour quelqu'un qui passe l'essentiel de sa vie à se soustraire aux regards, ce serait un peu déplacé, vous ne trouvez pas ? Tenez, mon petit.

Stupéfaite qu'elle m'ait si bien percée à jour, je n'ai rien trouvé à lui répondre. Après la becquée, elle est venue me rejoindre à table. Une fois assise, elle a repris son mug de café, le tenant entre ses mains.

— Matt vous a crue, lui ?

J'y ai réfléchi une seconde.

— Franchement, je n'en sais rien.

— J'ai vu Harry Richards hier, a-t-elle dit, me surprenant un instant.

J'avais oublié qu'elle connaissait le docteur Richards, que c'était elle qui lui avait parlé de mes prétendues compétences en matière de reptiles.

— Il m'a parlé – sous le seau du secret, évidemment –, de votre visite de samedi. De vous, et de l'autre type, là, l'amateur de serpents. Je l'ai vu à la télévision, en passant. Drôle de type.

— Oui, en effet.

— Donc si vous avez raison, tous les deux, si John a été assassiné, alors celui qui est entré chez vous la nuit dernière pourrait être…

Elle s'est tue, peut-être pour obtenir un effet plus théâtral. Je n'ai rien dit. Mais je me suis mise à frissonner sans m'en rendre compte, ni pouvoir m'arrêter.

— Je suis désolée, je ne voulais pas vous faire peur.

— Je n'ai pas peur, ai-je menti. C'est Sean North qui a émis l'hypothèse du venin injecté, pas moi.

J'ai continué, alors qu'il était clair qu'elle ne me croyait pas.

— Je ne peux pas contester ses arguments, mais l'idée que quelqu'un puisse se servir d'un serpent comme arme du crime me semble assez tirée par les cheveux. Et même si quelqu'un a bel et bien tué John Allington, pourquoi s'en prendre au petit Houston, ou aux Poulson ?

Sally ne souriait plus.

— Je n'en sais rien. Mais pour vouloir éliminer un nouveau-né, sans parler de deux jeunes enfants, il faut être sacrément perturbé, non ?

J'y ai réfléchi. Entrer chez des gens par effraction et laisser des serpents dangereux derrière soi était l'œuvre d'un esprit dérangé, il n'y avait pas à tortiller là-dessus. Mais ce qui me dérangeait plus encore, c'était que les gens se tournent vers moi pour trouver des réponses. J'étais vétérinaire, spécialisée dans la faune. Quoi qu'il puisse se passer, ce n'était aucunement de mon ressort.

— Eh bien, la police va enquêter, ai-je dit. Et trouvera des explications.

— Je n'en suis pas si sûre, a répliqué Sally, en se levant pour rincer les mugs.

— Pardon ?

Elle m'a regardée par-dessus son épaule.

— Harry Richards était assez énervé quand je lui ai parlé. Autrement, je parie qu'il ne m'en aurait pas dit autant. Il a parlé à la police de ce que vous et Sean North aviez suggéré. Mais les flics n'ont pas l'air de prendre la chose vraiment au sérieux. Sean North est un personnage assez peu conformiste, aux dires de tous et d'après moi, ils ne le pensent pas franchement fiable. Ils ont déjà eu des démêlés avec lui par le passé, apparemment... des serpents qui s'étaient échappés de chez lui, ce genre de truc.

La nourriture que je venais d'ingurgiter commençait à me peser méchamment sur l'estomac.

— Et après ce qui s'est passé la nuit dernière, ils ne vont plus me prendre franchement au sérieux non plus.

— Il faudra attendre les conclusions du médecin légiste, évidemment. Mais d'après ce qui se dit en coulisse, il a trouvé votre théorie au sujet de la concentration du venin hautement subjective. Il a fait quelques recherches de son côté. Apparemment, les morts inattendues consécutives à une envenimation ne sont pas si rares que ça. Et John Allington avait près de soixante-dix ans, après tout.

— Je vois, ai-je commenté, me demandant pourquoi les sandwichs au bacon commençaient à me nouer les entrailles. Jamais je n'avais voulu être mêlée à tout ça.

— Sally, puis-je vous poser une question ?

— Allez-y.

— Vous vous rappelez les Witcher ? Edeline et Walter ?

— Bien sûr, a-t-elle répondu, fronçant les sourcils devant ce soudain changement de sujet mais jouant le jeu. J'ai tenté de leur rendre visite à plusieurs reprises. Les conditions dans lesquelles ils semblaient vivre ne me disaient rien qui vaille. Mais je n'ai jamais réussi à entrer chez eux.

— Je me souviens de la messe d'enterrement d'Edeline, en novembre dernier, mais pas de celle de Walter. Je me demandais si vous saviez si elle avait eu lieu ailleurs. À l'hôpital, peut-être ?

— Il est mort l'automne dernier, n'est-ce pas ?

J'ai acquiescé.

— Je ne sais plus quand, en septembre, je crois.

— Là, tout de suite, ça ne me... il n'y avait pas une histoire de corps légué à la science ?

— Si. Mais j'aurais pensé qu'il y aurait une cérémonie quelconque, pas vous ?

Sally s'est adossée à sa chaise.

— Clara, où voulez-vous en venir ? a-t-elle demandé, comme j'aurais dû m'y attendre.

Franchement, je ne souhaitais pas en arriver là. Mais Sally n'était pas prête à lâcher l'affaire.

— La nuit dernière, ai-je commencé songeant que ma réputation de fille bizarre allait largement s'amplifier, la police m'a demandé si j'avais reconnu l'homme dans la maison.

— Et c'était le cas ?

— J'ai dit que non. J'ai prétendu qu'il faisait noir, qu'il avait disparu en une fraction de seconde et que je ne l'avais pas bien vu.

Sally n'était pas stupide.

— Mais ce n'était pas tout à fait vrai ?

J'ai secoué la tête. Ça n'avait pas été vrai du tout : j'avais reconnu l'intrus aussitôt.

— Je pense qu'il s'agissait de Walter, ai-je avoué d'une petite voix, m'attendant à ce que Sally s'excuse et s'en aille, suggérant, tout en prenant la porte, que je ferais peut-être bien de prendre rapidement un rendez-vous chez le généraliste du coin, juste pour bavarder. Elle n'a rien dit. Et ce n'était pas de la surprise qu'on lisait sur son visage. Pas plus qu'elle n'avait l'air de s'en faire pour ma santé mentale. En fait, elle semblait toute disposée à me croire.

— Pourquoi est-ce que ça ne vous étonne pas ? l'ai-je interrogée. Curieusement, le fait qu'on me prenne au sérieux ne me réconfortait pas plus.

Elle s'est comme ébrouée.

— Oh, ça me surprend, m'a-t-elle assurée. Mais pas… plus que ça.

— Vous l'avez vu, vous aussi ?

— Non, non. C'est juste que des rumeurs circulent, au cabinet.

— Quel genre de rumeurs ?

— Des bêtises de gosses. Il y a toute une bande qui traîne dans le bas du village, près de la vieille église et de la maison des Witcher. Nous les soupçonnons d'être responsables de la plupart des problèmes que nous rencontrons, nous les avons donc à l'œil. Un ou deux de ces gamins sont rentrés chez eux avec des histoires étranges. Vous savez ce que c'est quand les maisons restent vides pendant longtemps. On finit par dire qu'elles sont hantées et…

— Ils ont vu Walter ?

Sally a paru mal à l'aise.

— Son fantôme. Voilà ce qu'ils ont dit.

Le soleil avait dû se cacher derrière un nuage à ce moment-là, parce que la lumière a semblé faiblir très légèrement dans ma cuisine.

— Ce n'était pas un fantôme qui m'a attaquée la nuit dernière, ai-je affirmé.

Qui cherchais-je à convaincre ?

Il m'avait touchée. Avec une main qui m'avait paru cadavérique.

— Il a laissé des empreintes de pas derrière lui, me suis-je empressée d'ajouter. En plus d'un serpent.

— Mais si c'était Walter, alors là !…

— Exactement.

— Vous avez fait changer vos serrures quand vous avez emménagé ?

J'ai secoué la tête. Certes j'avais été bête. N'importe qui pouvait avoir les clés de chez moi.

— Ce serait peut-être une bonne idée.

J'ai hoché la tête. Soudain, cela me semblait une très bonne idée en effet.

16

J'ai rétrogradé en seconde, mais comme le sol était marécageux, les roues de la Land Rover ont commencé à patiner. M'était avis que nous n'irions pas beaucoup plus loin. Quoi qu'il en soit, la rivière ne se trouvait plus qu'à quelques centaines de mètres. Nous pouvions nous y rendre à pied. J'ai reculé sur quelques mètres et coupé le moteur.

Nous étions un lundi, en milieu de matinée, et trois dans la voiture : Craig, mon infirmier en chef, Simon, un étudiant de vingt ans qui effectuait un stage, et moi-même. Nous avions reçu un appel ce matin-là du bureau local de l'Agence de l'Environnement. On avait signalé un jeune cygne tuberculé pris au piège dans la rivière juste en aval du village.

Sortant de la voiture, nous avons enfilé des bottes de pêcheur, qui remontaient jusqu'à la poitrine. La tâche qui nous attendait ne disait rien à aucun d'entre nous. Les cygnes tuberculés, ou muets, sont de grands oiseaux qui – avec des jeunes sous leur garde (hautement probable à cette époque de l'année) – peuvent se montrer agressifs. Capturer un cygne blessé n'est jamais facile.

J'avais pris mon sac, une pince à cygne et une grande cage. Craig et Simon portaient un canot pneumatique à eux deux, spécialement conçu pour les cours d'eau peu profonds, à courant rapide. Il était léger à transporter, ce dont nous avions régulièrement l'occasion de nous féliciter.

Nous avons atteint le bord de la rivière, celle qu'alimentaient tous les ruisseaux du village. Par bonheur, le promeneur qui avait repéré le cygne avait été en mesure de le localiser sur une carte à grande échelle et nous espérions bien le trouver rapidement. Nous nous sommes déployés, Simon remontant le courant, tandis que Craig partait dans la direction opposée. Je suis restée là où j'étais, observant l'autre rive qui remontait tout d'abord doucement, puis de façon plus pentue. Devant moi, les arbres et les buissons formaient une couverture dense et, au travers, presque au sommet de la berge, à quatre cents mètres à vol d'oiseau tout au plus, j'apercevais le toit de chaume de ce qui devait être, à coup sûr, la maison des Witcher. Je ne l'avais jamais vue sous cet angle auparavant.

— Il est là, a lancé Simon.

Craig et moi avons soulevé le dinghy et l'avons porté sur une vingtaine de mètres jusqu'à l'endroit où se trouvait Simon. On distinguait à peine l'oiseau pris au piège sur l'autre rive, au milieu des orties, du cerfeuil sauvage et de la petite angélique.

— Il est sur une île, expliquait Simon, indiquant la rivière un peu plus haut. Regardez, la rivière fait un embranchement, là, juste au-dessus. Il doit y avoir un tout petit bras mort qui court derrière.

Simon a stabilisé le dinghy pendant que Craig et moi montions à bord. Puis il nous a rejoints, et les deux hommes (manifestement galants, du moins jusqu'à ce que le travail dangereux commence) ont pagayé jusqu'à la rive opposée. À dix bons mètres en amont du volatile, nous sommes descendus.

Le cygne mâle peut peser jusqu'à dix kilos, avec une envergure de deux mètres à deux mètres cinquante. Il se défend avec agressivité et acharnement quand il croit son nid menacé. À notre approche, il a levé ses deux ailes et les plumes sur son dos se sont ébouriffées. Il a plongé le cou dans l'eau comme s'il se préparait à charger. C'est une procédure d'intimidation, très efficace pour faire peur à un rival ou à des prédateurs. Quand nous n'avons plus été qu'à deux ou trois mètres, j'ai jeté un coup d'œil à Craig.

— T'en penses quoi ? ai-je demandé. À la pince ou à la main ?

La plupart du temps, on préconise d'attraper les cygnes à la main. La pince permet de saisir le cygne par le cou, sachant qu'après ses ailes battent furieusement et qu'on a du mal à le tenir fermement.

Craig observait l'animal.

— Il ne va pas se laisser faire comme ça, a-t-il dit au bout d'une seconde. Pas alors qu'il vit seul au fin fond de nulle part.

Je ne lui donnais pas tort. Un cygne qui vit sur une rivière animée, et qui reçoit fréquemment des visites et de la nourriture, peut se montrer relativement pacifiste et facile à attraper sans pince. Celui-ci ne voyait sans doute pas plus d'un être humain par mois.

— Je vais d'abord tenter le coup à la main.

Derrière moi, j'ai senti Craig et Simon échanger un regard.

— Prêts ? ai-je lancé à Craig d'une voix sévère.

Je suis entrée dans l'eau et me suis approchée du cygne. À proximité de l'animal, je lui ai jeté une poignée de morceaux de pain que je gardais dans ma poche. Incapable de résister, sans doute affamé, le cygne a plongé la tête et s'est mis à manger. Je l'ai laissé terminer puis lui en ai relancé, tout en m'approchant. Sur la rive, Craig se rapprochait, lui aussi. Quand j'ai été suffisamment proche, j'ai fait un pas en avant, attrapé le cygne par le cou de ma main droite et cueilli l'oiseau, plaquant ses deux ailes contre mon corps. Il s'est débattu brièvement, tournant sa tête vers moi, mais je le tenais fermement. Au bout de quelques secondes, il s'est calmé.

— Joli !.... a dit Craig entre ses dents, qui s'est alors glissé dans l'eau à côté de moi.

L'animal a recommencé à se débattre, toujours paniqué, mais maintenu de la sorte, il était relativement handicapé. Ce qu'il ne faut pas faire, évidemment, c'est relâcher la tête pour ne pas risquer de se retrouver avec un œil en moins. Simon venait vers nous, et s'est accroupi sur la rive.

— Du fil de pêche, a-t-il déclaré, enroulé plusieurs fois autour de la patte, et pris dans des racines. La patte saigne. Peut-être cassée, mais c'est difficile à dire. Oh... on dirait qu'il y a un hameçon qui dépasse.

Il a serré ses pinces coupantes autour de la ligne et libéré le cygne.

De retour sur la rive, Simon a tendu une cage dans laquelle nous avons déposé le volatile. Nous allions le ramener à l'hôpital, faire une prise de sang pour l'analyser et vérifier qu'il ne souffrait pas de saturnisme, soigner ses blessures et le relâcher ensuite, ici, très précisément, dans un jour ou deux.

Comme il n'y avait pas assez de place pour nous trois et le cygne dans le dinghy, Simon et Craig sont repartis à la rame, avec la cage. Je voulais voir si Simon ne s'était pas trompé, si je me trouvais bien sur une île. J'ai fait quelques mètres, contourné quelques buissons et quelques petits coudriers, et découvert qu'il avait raison. Le bras que j'avais sous les yeux ne mesurait guère plus de deux mètres de large. Des saules se rejoignaient au milieu du courant, créant un tunnel d'eau sombre se mouvant lentement. Des algues et de la mousse s'accumulaient entre les racines des arbres. Je pouvais distinguer les trous des rats sur l'autre rive, avant que la berge ne recommence à grimper en pente raide vers le village.

Derrière moi, j'entendais Simon et Craig plaisanter en regagnant la rive de départ. J'ai commencé à redescendre le bras mort, curieuse de me faire une idée de la longueur de l'île.

J'ai parcouru environ vingt-cinq mètres. Les broussailles sur la berge opposée étaient plus denses et plus hautes. Je distinguais à peine la colline au-delà. J'avançais prudemment, soucieuse de ne pas trébucher, à l'affût de traces d'habitation de loutre. Ce coin tranquille était idéal pour en repérer.

Quelque chose clochait dans le courant du bras mort.

Jusqu'au point où je me trouvais, il descendait lentement, retenu par des décennies de limon accumulé, de racines d'arbres envahissantes, de végétation en décomposition.

Mais l'eau que je regardais coulait rapidement. Et presque comme si elle venait d'une autre direction. À moins de trois mètres de moi, sur la rive opposée, des branches de saules balayaient l'eau. Il était impossible de voir au-delà. Mais, sous les feuilles qui retombaient en cascade, l'eau courait en direction du sud-est, alors que le bras mort s'écoulait, lui, vers l'est. J'ai fait un pas en avant, avec l'intention de tester la profondeur du lit de la rivière, pour voir si je pouvais la traverser à pied.

Une masse de plumes blanches, sifflant, battant des ailes, s'est jetée sur moi depuis la rive en contrebas. J'avais trouvé le nid du cygne. Et sa compagne furieuse. J'ai reculé maladroitement tandis que j'entendais Simon crier mon nom, et suis revenue là où il m'attendait pour traverser à la rame.

Vers la fin de la matinée, j'étais en train de changer le pansement d'un jeune lièvre dont la patte était gravement lacérée quand Harriet a surgi à la fenêtre de la salle de soins, tenant le combiné du téléphone et gesticulant frénétiquement, façon Harriet, pour me signifier qu'il fallait impérativement que je prenne l'appel, sans faute, absolument, et au fait, avait-elle mentionné que c'était urgent ?

Après avoir secoué la tête et indiqué le patient sur la table d'opération, je l'ai observée, perplexe, quitter la fenêtre pour mieux réapparaître à la porte, traverser la pièce jusqu'au tableau sur le mur opposé, s'armer d'un feutre et, sans reposer le téléphone, écrire SEAN NORTH en lettres majuscules, suivies de plusieurs points d'exclamation. Harriet n'est pas très douée en technologie et n'a jamais réussi à se servir de la touche « silence » sur l'appareil. N'importe lequel d'entre nous pourrait le lui apprendre en une minute, mais nous aimons assez ses vieilles méthodes. Habituellement, je me sers de l'excuse de la salle d'op pour ne pas avoir à parler à quiconque, mais ce jour-là, je me suis surprise à tendre la main vers le téléphone.

— J'interromps une intervention chirurgicale décisive pour la survie d'un hérisson ? a demandé North de son accent traînant pas tout à fait britannique.

— Un levraut de quatre semaines, ai-je répondu avec hargne. Que puis-je pour vous ?

Du coin de l'œil, j'ai vu Harriet me tourner autour.

— J'ai pensé que vous aimeriez être tenue au courant des derniers développements. J'ai parlé à tous les herpétologistes de tous les grands zoos. J'ai également envoyé des e-mails à tous les principaux vendeurs et collectionneurs. Aucun n'avoue avoir perdu de taïpan.

— Pourquoi est-ce que cela ne m'étonne pas ?

— Enfin bref, si ça intéresse quelqu'un, je pense que la police devrait surveiller les routes et les ferries débarquant sur la côte nord-est. Peut-être les yachts privés. Les aéroports sont tous assez bien équipés pour repérer les transports illégaux, alors je serais bien surpris qu'il soit arrivé par avion. À mon avis, on l'a amené par voie terrestre, en passant par l'Asie et la Russie, puis en Grande-Bretagne *via* l'Europe de l'Est. Peut-être même la Scandinavie.

— Vous l'avez dit à la police ?

— Je ne suis pas précisément dans les petits papiers du poste du coin. Chaque fois qu'il y a un serpent en liberté dans le district du West Dorset, c'est pour ma pomme. J'ai pensé vous laisser faire.

— Merci, ai-je répondu, me demandant pourquoi j'étais d'humeur aussi bougonne.

Il ne cherchait guère qu'à aider. Sauf que… n'aurait-il pas pu trouver à le dire à quelqu'un d'autre ?

— Au fait, le taïpan est une femelle. Et aussi ronchon qu'elles peuvent l'être.

Harriet se tenait toujours juste à côté.

— Je vous repasse Harriet, ai-je conclu. Je crois qu'elle aimerait bien avoir votre autographe.

Je lui ai rendu le téléphone et me suis remise à l'œuvre.

17

Il a plu tout le reste de la journée, et le soir venu, l'air était chargé de parfums de terre mouillée. Les martinets s'élançaient autour de la voiture tandis que j'approchais de Bourne Lane. Comme le virage est serré, je ralentis toujours avant. Bien m'en a pris, parce qu'une femme a surgi, agenouillée en plein milieu de la route.

Elle m'a nécessairement entendue arriver, mais n'a pas levé les yeux. Elle était âgée et intensément concentrée sur quelque chose sur la chaussée devant elle. J'ai pilé et coupé le moteur. La femme marmonnait des paroles à un petit chien qui gisait, haletant et souffrant manifestement, sur la route auprès d'elle. J'ai sauté hors de la voiture. En me voyant approcher, elle a tendu le bras vers moi.

— Oh, regardez mon chien, s'est-elle lamentée, d'une voix éraillée, caractéristique des très vieilles personnes. (Elle devait avoir dans les quatre-vingts ans). Regardez mon pauvre petit Bennie. Il ne peut plus se lever.

Je me suis accroupie à côté d'elle. Le pauvre petit Bennie était bien vieux lui aussi, un border terrier, à poils durs. Il semblait extrêmement mal en point : ses yeux étaient ternes, perdus dans le vague, sa peau cireuse et sa respiration bien trop superficielle.

— Il est blessé ? Il a été heurté par une voiture ?

— Non, a répondu la femme. Il s'est juste écroulé. Il s'est arrêté de marcher et il est tombé. Je ne peux pas le soulever.

Les borders sont des chiens minuscules, mais la femme paraissait très frêle.

— Ramenons-le chez vous, ai-je proposé, en me relevant. Je pourrais mieux l'examiner là-bas. Pouvez-vous vous redresser ?

Tout en parlant, je me suis penchée pour prendre délicatement la femme sous les bras. En dépit de la douceur de la soirée, elle portait un épais pardessus et un bonnet de laine rouge. Je l'avais déjà croisée quelque part auparavant. Je me rappelais ce bonnet rouge, mais pas l'endroit où je l'avais vu.

Elle a poussé un discret gémissement, pourtant je ne la pensais pas blessée : simplement vieille, raide et endolorie. Je l'ai raccompagnée jusqu'à la voiture, ce qui n'a pas été facile parce qu'elle ne voulait vraiment pas s'éloigner une seconde de son chien. J'ai néanmoins réussi à la mettre à l'abri à l'intérieur. Puis je suis retournée vers le chien. Sa laisse était toujours attachée à son collier. Je l'ai ramassée et enroulée doucement contre sa mâchoire pour en faire une muselière de fortune.

— Qu'est-ce que vous faites ? Faites attention, a lancé la femme qui se penchait imprudemment par la portière de la voiture.

— Je ne lui ferai aucun mal, je suis vétérinaire, lui ai-je répondu d'une voix forte. Il faut que je puisse le soulever sans risque, afin de le ramener à la maison.

J'ai passé une main sous l'épaule de Bennie et glissé l'autre sous son bassin. Il s'est tortillé et a tenté de me mordre, mais la laisse le retenait fermement. Il ne pesait rien et je l'ai porté jusqu'à la voiture pour l'installer sur les genoux de la femme. Elle s'est remise à lui murmurer des petits mots doux, et c'est tout juste si j'ai réussi à obtenir son attention, son nom – Violet Buckler – et son adresse. Nous avons parcouru les quelques centaines de mètres qui nous séparaient de son cottage de Carters Lane.

Bennie dans les bras, je suis entrée chez Violet à sa suite. Et là, j'ai fait un bond en arrière dans le temps. Nous nous trouvions dans un long couloir étroit, avec au sol du linoléum usé jusqu'à la trame et au mur un papier velours taché par l'humidité. Nous sommes passées devant une porte close, puis Violet en a ouvert une autre à l'autre bout de l'entrée. Je l'ai suivie dans une pièce d'un autre âge qui servait de cuisine et de salle de séjour. Contre le mur du fond, d'un côté de la porte de derrière, un timbre d'office avec, au-dessous, un rideau taché, à motifs floraux. De l'autre côté de la porte, une cuisinière électrique qui devait être plus âgée que moi. L'une des plaques avait disparu, laissant un trou béant, dans lequel les débris accumulés au fil du temps avaient noirci. Un vaisselier en Formica exposait une collection de vaisselle dépareillée, pour l'essentiel ébréchée et rayée. La pièce était également meublée de deux fauteuils dans lesquels je n'aurais pas volontiers posé mon postérieur, d'une table repliée repoussée contre un mur, et d'un panier en plastique tout mâché pour le chien.

M'agenouillant, j'ai posé Bennie sur un tapis élimé devant une cheminée électrique. Marmonnant qu'il fallait qu'il reste au chaud, je l'ai allumé puis je me suis retournée vers Violet. Elle n'était guère en meilleur état que son chien, d'après ce que je pouvais en voir. Elle tremblait visiblement, et je me suis demandé si elle n'allait pas faire une commotion. Le chien, je pouvais gérer ; les voisins âgés en détresse, plus difficilement.

— Mrs Buckler, vous devriez vous asseoir, ai-je suggéré, en me relevant d'un bond. Je vais vous préparer un thé, mais je ferais sans doute mieux de commencer par Bennie. Ça peut aller, pour le moment ?

Elle ne m'a pas répondu, n'a pas eu l'air de remarquer que je déboutonnais son manteau, que je l'installais dans l'un des fauteuils. Le faux feu électrique n'était pas puissant, et il faisait franchement froid dans la pièce. Je n'ai pas essayé de lui ôter son manteau ou son bonnet. Où avais-je vu ce bonnet, déjà ?

— Vous croyez que je devrais appeler un vétérinaire ? a-t-elle demandé, sans quitter son chien des yeux un instant. J'ai vu une fois un véto à Honiton, juste après la mort de Jim, mais c'était tellement cher.

— Je suis vétérinaire, ai-je répété, en m'agenouillant de nouveau pour ouvrir mon sac. (Je l'ai regardée, avec un sourire forcé.) Je ne fais pas payer mes voisins.

— Une vétérinaire, dites-vous, a repris Violet. C'est difficile d'aller consulter les vétérinaires en ville. Ils ont supprimé le car.

— Ça vous dirait que je l'examine ?

Ses yeux se sont embués.

— Vous feriez ça, mon petit ? a-t-elle balbutié.

Je me suis détournée et concentrée sur mon patient. Il gisait, haletant, devant le feu. Je n'aimais pas ce regard éteint, ni la moiteur de sa peau. Il m'a fallu quelques secondes pour trouver son pouls. Très faible. J'ai pris dans ma main chacune de ses pattes. Toutes froides.

— Quel âge a-t-il, Violet ?

— Oh, je ne me souviens pas bien. Quatre ans, cinq peut-être.

J'ai dissimulé un sourire. Bennie avait douze ans, bien sonnés. J'ai tendu le bras et l'ai caressé, passant mes mains sur son dos et son ventre, le long de chaque patte. Son abdomen était ballonné malgré sa maigreur.

Bennie s'est remis à tousser.

— Ça fait combien de temps qu'il tousse ?

Violet m'a dévisagée, perplexe, comme si j'étais une maîtresse d'école qui venait de poser une question difficile et plutôt vache.

— Il a toussé la semaine dernière, a-t-elle fini par avouer. Je lui ai donné un peu de mon sirop pour la toux.

J'ai sorti mon stéthoscope et écouté le cœur de Bennie quelques secondes. On entendait un souffle parfaitement distinct.

— Il a de l'appétit ?

— Oh, il adore manger, hein mon Bennie ?... Il a toujours eu bon appétit.

J'ai reporté mon regard sur le chien devant moi. À part ce ventre gonflé, il n'avait que la peau sur les os. Je pourrais aussi bien faire moi-même les réponses, pour ce qu'elles valaient. De plus, j'étais quasi certaine de savoir ce qui n'allait pas chez lui. Et qu'il vaudrait mieux aborder la question de l'euthanasie. Mais je ne pensais pas pouvoir le faire. Ce n'était pas mon domaine, après tout. Je venais de passer dix minutes en compagnie de Violet, et savais déjà que ce chien était tout pour elle. Ça n'avait tellement rien à voir avec le fait de soigner un renard malade.

— Que ferais-je sans mon Bennie ? a murmuré Violet, comme si elle avait lu dans mes pensées.

Quoi, en effet ? Mais je ne pouvais m'empêcher de penser qu'elle le saurait bientôt. Bennie, j'en étais presque sûre, souffrait d'insuffisance cardiaque chronique. Un tel problème, s'il est découvert à temps, peut se soigner avec des médicaments. Mais Bennie était tout simplement trop vieux, et malade depuis trop longtemps.

— Violet, il faut qu'il se repose pour l'instant. Demain, je peux lui faire une piqûre contenant du furosémide. C'est un diurétique.

Regard interdit de Violet.

— Ça le purgera d'une bonne quantité de liquide retenu dans son corps, ce qui soulagera son cœur, ai-je ajouté. Il y a une chance que son état s'améliore. Sinon…

Je ne savais pas au juste ce qu'elle comprenait de la situation, et songeais malgré moi que le pire danger pour Bennie serait que, le lendemain matin, Violet ait oublié son attaque et l'emmène en promenade.

Je me suis relevée avec effort. Un coup d'œil à ma montre m'a appris que j'avais toujours le temps d'aller faire le jogging que j'avais raté le matin.

Et pourtant, comment pouvais-je laisser Violet, rongée d'inquiétude et tremblante sous son manteau et son bonnet ? J'ai proposé de faire du thé, et elle a accepté avec un tel empressement que j'ai su qu'il n'était plus question de m'en aller.

La cuisine de Violet était pourvue d'un office attenant mais dont les poussiéreuses étagères en bois étaient rigoureusement vides. J'ai déniché un paquet de sachets de thé, un autre de sucre en poudre et une brique de lait qui n'avait pas l'air de dater d'hier. Elle semblait se nourrir exclusivement –

avec frugalité – de conserves. Je me suis demandé quand elle avalait des aliments frais – si tant est que cela lui arrivait – et où elle se les procurerait, de toute façon. Il n'y avait qu'un magasin au village, qui faisait également office de bureau de poste. On y trouvait du pain, du lait, des œufs et du beurre, mais pour le reste, c'était des sachets déshydratés, des paquets ou des boîtes. Violet, privée de voiture et de transport en commun, n'avait aucun moyen de quitter le village. J'en ai déduit qu'elle ne devait pas avoir de famille, puisqu'elle était dépendante de l'affection de son chien et de la pitié occasionnelle des étrangers.

En lui tendant son mug, je me suis rappelée où je l'avais vue. Trois jours plus tôt, dans l'assemblée de la réunion de village. Elle était assise en compagnie de quatre autres anciens, tout aussi âgés qu'elle-même. Dont l'un, je le savais maintenant, avait été Ernest Amblin. Ils n'avaient rien dit, mais écouté attentivement.

— Violet, je peux vous poser une question ?

Elle s'est penchée en avant, l'air soudain plus vif.

— J'ai essayé de me rappeler quand était mort Walter Witcher. Celui qui vivait dans la maison en bas du village, là où les quatre cottages sont réunis.

Quelque chose s'est altéré dans l'expression de Violet. Son regard s'est détourné de moi, pour se fixer au sol.

— Les quatre cottages, a-t-elle presque sifflé. On se demandait pourquoi ils s'embêtaient à abattre les cloisons. Ce n'est pas comme si on n'était pas tous au courant de ce qui s'y passait.

— Pardon ?

— C'étaient des vilains garçons, tous autant qu'ils étaient. Des mauvais gars, y manquaient pas de culot. Tous sauf Walter.

Elle m'a regardée de nouveau, de ses yeux bleus larmoyants.

— On a tous été très tristes pour Walter, poursuivait-elle. Il faisait pousser des dahlias, des fleurs magnifiques, de toutes les couleurs qu'on puisse imaginer. Un jour, je les ai admirées pendant qu'il travaillait dans son jardin et le lendemain matin, j'en ai trouvé un énorme tas sur le pas de ma porte. Un brave homme.

— Oui, en effet. Violet, est-ce que vous vous rappelez quand il est mort ?

— Walter est mort ?

Son visage s'est chiffonné, bouleversé.

C'était sans espoir. Violet pouvait à peine se souvenir de ce qui s'était passé une heure auparavant. J'ai hoché la tête.

— Il y a quelques mois. Je ne me souviens d'aucune cérémonie. Je me demandais si...

— Harry est mort. Harry s'est soûlé un soir. Il n'arrêtait pas de boire. Il rentrait chez lui le long de la voie ferrée... peu de temps après son retour... et il s'est fait renverser par un train.

Qui diable était Harry ? Le mari de Violet ? N'avait-elle pourtant pas dit qu'il s'appelait Jim ?

— Je me rappelle l'enterrement d'Edeline, ai-je insisté. En novembre dernier, n'est-ce pas ?

Me remémorer la fin d'Edeline suscitait toujours en moi une bouffée de culpabilité. Elle était morte seule chez elle, d'une défaillance cardiaque provoquée par une pneumonie chronique. Elle était décédée depuis quatre jours lorsque le facteur a alerté les services sociaux. Et l'on raconte que les petits villages sont des endroits où l'on se soucie encore d'autrui ! J'ai balayé les lieux du regard, trouvé peu d'indices montrant que quiconque se souciât de Violet. Était-elle condamnée à partir dans les mêmes conditions qu'Edeline ?

— Edeline.

Violet secouait la tête, et j'ai attendu qu'elle continue. Il était clair à sa moue qu'elle ne pensait pas grand bien d'Edeline.

— Culottée, celle-là, avec ses robes moulantes et ses fesses qu'elle montrait à tout le monde. (Violet s'est penchée en avant, comme si quelqu'un, autour de nous, aurait pu nous entendre.) À l'époque, c'était Ronnie Gates le receveur des postes, il avait l'habitude de distribuer tôt le courrier pour se débarrasser de sa tournée. Il disait qu'on ne savait jamais de quel cottage elle allait surgir le matin. Même Archie, et lui à l'église.

Archie ? Harry ? Violet déraillait. Et parler du passé la mettait dans tous ses états. J'ai tenté de l'interrompre, mais elle était lâchée.

— Se montrer à l'église et pérorer en chaire, ça ne suffit pas à faire de vous une bonne personne, a-t-elle déclaré. C'était – comment dit-on, déjà ? – un prédicateur laïque. Il donnait la messe quand on était sans curé. Jusqu'à ce qu'il s'en aille, lui aussi. Parti aux États-Unis, qu'y z'ont dit. En 1958, que c'était, l'année où Jim et moi, on s'est mariés. On a dû aller à l'autre paroisse, avec l'église détruite et tout le tremblement.

La conversation m'échappait complètement. Mais l'allusion à l'église a retenu mon attention.

— Il y a eu un sacré incendie, non ? En tout cas, c'est ce que je me suis toujours imaginé, ai-je dit.

Je passais à côté en courant, parfois. On pouvait toujours voir les poutres calcinées.

— C'est cette année-là que c'est arrivé ? En 1958 ?

Violet secouait la tête.

— Pas la peine de me poser des questions sur cette nuit-là, mon petit. Je n'ai jamais vraiment su ce qui s'était passé. Ceux qui s'y trouvaient n'en parlaient jamais. Même pas Ruby, et c'était ma meilleure amie.

Elle s'est interrompue pour bâiller. Je me suis levée.

— Violet, je vais vous laisser...

— Et ils ont dit que tous les serpents étaient morts. Qu'ils n'avaient pas réussi à passer l'hiver. Trop froid.

J'avais sûrement mal entendu. Les serpents m'obsédaient, voilà tout.

— Quand on a su pour John et le bébé, on s'est dit : « Oh non ! Encore ? »

J'ai fait un pas en avant, attendu, puis me suis rassise.

— Violet, qu'avez-vous dit ? ai-je demandé aussi doucement que je le pouvais. Sur les serpents ?

Violet m'a regardée, mais sans parvenir à fixer mon visage, semblait-il. Après quoi, elle a poussé un gros soupir et fermé les yeux.

— Violet, ai-je répété, me penchant sur elle, lui touchant gentiment le bras.

Elle a soupiré de nouveau, sans ouvrir les yeux. Je la voyais respirer, légèrement mais régulièrement, et me suis rendu compte qu'elle s'était assoupie. Je me suis levée et éloignée en silence. J'étais précisément en train d'ouvrir la porte qui donnait sur le couloir quand sa voix m'a fait sursauter.

— Qu'est-ce qui est arrivé à votre visage, mon petit ?

J'ai fait demi-tour. Violet avait de nouveau les yeux ouverts, et me dévisageait.

— Un accident, ai-je répondu au bout d'un moment. Il y a longtemps. Quand j'étais encore tout bébé.

Elle a soupiré et secoué la tête.

— Et pourtant vous êtes si jolie.

Je lui ai rendu son regard. Personne ne m'avait jamais trouvée jolie auparavant. C'était une blague, hein ? Sauf que Violet ne riait pas. Moi non plus. Personne ne rigolait.

— C'est ce qu'il y a à l'intérieur qui compte, a-t-elle déclaré tandis que ses paupières se refermaient lentement.

J'ai longé le couloir et suis sortie, laissant la porte se refermer derrière moi.

— C'est ce que je me dis tout le temps, ai-je murmuré, debout sur le seuil de chez elle.

18

J'ai toujours aimé les églises, surtout les plus anciennes. J'aime l'agencement hasardeux des vieilles pierres tombales, éparpillées comme des cailloux dans l'herbe. J'aime lire les hommages qui y sont gravés, penser à ces vies bien remplies, à ces personnes décédées à quatre-vingts, quatre-vingt-dix ans passés, laissant derrière eux des enfants, des petits-enfants, parfois même des arrière-petits-enfants ; regrettés de tous et évoqués avec tendresse.

Bien sûr, je sais qu'un cimetière contient aussi sa part d'histoires tristes, qu'il y aura toujours ceux qui ont été emportés avant l'heure par un accident ou par la maladie. D'une manière générale, pourtant, je suis réconfortée par les signes d'amour semés ici en désordre : les urnes avec des tiges de fleurs séchées, les jouets en plastique défraîchis, les décorations de Noël qui surgissent au milieu de l'hiver.

Vu la profession de mon père, j'ai passé pas de mal de temps à visiter des églises durant mon enfance, et je préférais toujours rester dehors, levant les yeux vers les ifs et les sureaux qui les entouraient, goûtant la présence des fleurs qui poussaient à profusion : les violettes et les primevères au début du printemps, suivies des campanules et des digitales à mesure que l'air se réchauffait. Et surtout les minuscules, les timides myosotis – « Ne m'oublie pas » dans notre langue –, qui poussent si fréquemment et si opportunément dans les cimetières, semblables aux douces âmes de nos chers disparus, toujours présents dans nos cœurs. Je crois que le myosotis est ma fleur préférée, parmi toutes les fleurs anglaises. Maman et Vanessa, plus intéressées par les vitraux et le bois sculpté à l'intérieur, secouaient toujours la tête en m'appelant *Contrary Clara*[1], celle qui ne fait jamais rien comme tout le monde, comme dans la chanson de mon enfance. Mais pour une fois, il ne s'agissait pas d'un choix délibéré pour me singulariser : j'aime réellement les cimetières.

Alors pourquoi pas celui-ci ?

Je dois bien passer plusieurs fois par semaine en courant devant la vieille église de Saint Birinus, pourtant je n'avais jamais poussé la grille ni dépassé la haute enceinte de pierre jusqu'ici. Ce jour-là, ayant tout juste franchi le portail, balayant les lieux du regard, je crois avoir compris pourquoi. Même à distance, l'église en ruine et les terrains alentour à l'abandon depuis longtemps n'avaient rien pour plaire ; de près, l'endroit suscitait en moi un franc malaise.

En m'avançant, les restes de la charpente du bâtiment médiéval – des arches de pierre se désagrégeant et des poutres noircies – s'élançaient tout autour de moi à l'assaut du ciel. Je distinguais des mouvements ténus parmi les anciens chevrons, qui m'indiquaient que l'édifice abritait une colonie de chauves-souris, et que celle-ci s'éveillait pour la soirée.

Une avenue d'anciens tilleuls bordait l'allée, avec leurs feuilles sombres et poisseuses, leurs troncs noués par l'âge et gravés d'obscénités par des générations d'adolescents. À un moment donné, l'église avait été dotée de deux énormes portes en bois. L'une manquait, l'autre battait libérée de son chambranle. Par vent fort, elle devait osciller et grincer, et je me suis félicitée d'être venue la visiter par une soirée tranquille.

Un haut mur en pierre noircie, assailli de lierre et de lichen, courait sur le périmètre du cimetière et, sur sa longueur, poussaient de vieux ifs. Juste à l'extérieur du mur, on avait planté des arbres plus grands : surtout des hêtres, et

1. Allusion à une comptine pour enfants : « *Mary, Mary, quite contrary, How does your garden grow ?…* » *(N.d.T.)*

quelques noyers. Ils rendaient le cimetière plus sombre qu'il ne l'aurait été autrement – même si tard dans la soirée – et masquaient toutes les vues sur les collines environnantes. C'était comme se retrouver dans un cocon de bois et de feuilles, coupé du monde extérieur.

Des corbeaux nichaient dans la plupart des grands arbres : ils auraient dû être en train de s'installer pour la nuit, mais mon arrivée les avait perturbés. Ils tournaient autour de l'église, poussant les cris rauques si caractéristiques de leur espèce. Me demandant un bref instant si je ne ferais pas mieux de revenir en plein jour, mais convaincue que je n'en trouverais jamais le temps, je me suis mise en quête des pierres tombales les plus récentes.

Les funérailles d'Edeline Witcher avaient été célébrées dans un village voisin, mais son corps avait été rapatrié ici pour l'inhumation. Je n'avais pas assisté à cette partie de la cérémonie – on m'attendait à l'hôpital – et je n'avais jamais vu sa tombe. Pour quelle raison au juste éprouvais-je un besoin si pressant de la voir ce soir-là ? Je l'ignore. Peut-être m'imaginais-je que me trouver physiquement près d'elle m'aiderait à me remémorer précisément ce qu'elle avait dit de la mort de son mari. Peut-être espérais-je découvrir où Walter se trouvait, après tout.

Au bout de quelques minutes, les corbeaux se sont calmés et le silence s'est abattu tandis que je parcourais le cimetière à la recherche des membres de la famille Witcher. Par deux fois, sur des pierres gravées au début du XIXe siècle, j'ai trouvé mention de personnes qui devaient être, selon moi, des ancêtres de Walter, mais il m'a fallu presque vingt minutes (j'allais renoncer, on n'y voyait presque plus) avant de dénicher une petite plaque commémorative en bois comportant le nom d'Edeline et ses dates de naissance et de mort. Il n'y avait rien d'autre – nul message d'amour de ses proches, aucun hommage à son tempérament. Si je n'avais pas aimé Edeline, il me semblait néanmoins terriblement triste que son trépas soit passé quasi inaperçu.

Il n'y avait pas trace d'une tombe au nom de Walter. J'allais regagner la grille quand j'ai repéré le nom Witcher une nouvelle fois sur une petite stèle située à trois mètres de la plaque d'Edeline. « Harry Witcher », y lisait-on, « 1930-1982 ». 1930. Harry avait été de la génération de Walter : un frère plus jeune, un cousin peut-être. Et Violet avait parlé d'un Harry, non ? Harry, mort écrasé par un train. Elle avait nommé quelqu'un d'autre aussi… Alfred ? Arthur ?

J'ai rebroussé chemin vers l'arrière du cimetière, scrutant les pierres tombales sur mon passage. Dans le coin le plus éloigné du parc, j'ai trouvé un dernier petit lot à inspecter : un groupe de stèles, minuscules et insignifiantes en elles-mêmes, mais séparées du reste du cimetière par un cercle de buissons de sureau tout en longueur. Je me suis frayée un passage au travers et j'ai commencé à lire.

Les quatre pierres signalaient toutes les tombes de jeunes gens décédés en 1958. Deux d'entre eux la même nuit, le 15 juin ; le troisième deux jours plus tard, le 17 juin, et le dernier le 18 juin.

Mon intérêt piqué au vif, je me suis souvenue de ce qu'avait raconté Violet au sujet de 1958. Archie. C'était ça, le nom ! Elle avait dit quelque chose à propos d'un dénommé Archie célébrant les offices à l'église, jusqu'en 1958. Je m'étais imaginé qu'elle se mélangeait les pinceaux et n'avais guère prêté attention. Jusqu'à ce qu'elle parle de serpents. Qu'avait-elle dit, déjà ? Qu'ils étaient tous morts durant l'hiver ?

Un moment, je me suis demandé si quelqu'un avait importé des taïpans en Angleterre en 1958. Mais on venait tout juste de les découvrir en Australie, à cette époque-là. Cela ne semblait pas plausible. Et même si ç'avait été fait, était-il seulement envisageable que certains aient survécu ? Qu'il y ait une colonie naturalisée de taïpans vivant et se reproduisant dans le Dorset ?

— Les serpents tropicaux ne peuvent pas vivre dans un climat froid, ai-je murmuré pour moi-même, me demandant si j'en étais réellement aussi certaine que je le prétendais.

Je me suis penchée pour regarder de nouveau les quatre stèles. « Révérend Joel Morgan Fain », lisait-on sur la première, « Emporté par le feu le 15 juin 1958 ». « Il viendra à nous comme la pluie, Comme la dernière pluie de la saison qui arrose la terre. » J'ai lancé un regard à l'église dévastée, puis me suis tournée vers la seconde pierre. « Larry Hodges, 17 avril 1919-15 juin 1958 ». « Voici les miracles qui accompagneront ceux qui auront cru. » Larry avait-il péri dans l'incendie, lui aussi ? La troisième stèle marquait l'endroit où reposait Peter Morfet, décédé le 17 juin à l'âge de trente-deux ans, et la quatrième était posée sur la tombe de Raymond Gillard, mort le jour suivant.

Les corbeaux se sont remis à croasser, me faisant sursauter. J'ai réalisé à quel point j'étais à cran depuis que je me trouvais dans le parc de l'église. Nonobstant mon aventure de la veille, je n'ai jamais cru aux fantômes ou à n'importe quelle sorte d'entité surnaturelle malveillante, mais je défie quiconque de se sentir parfaitement à l'aise dans un cimetière à la tombée de la nuit. En outre, j'étais gagnée par cette impression... vous savez de quoi je parle ? celle qui vous donne envie de jeter un coup d'œil par-dessus votre épaule. On sait qu'il n'y a rien, évidemment, mais quand même : un regard, vite fait.

J'ai fait demi-tour. Une silhouette vêtue de noir se trouvait debout à moins de dix mètres.

— Bonsoir, Clara, a-t-elle dit, en avançant d'un pas.

19

— Bonsoir, Révérend Stancey, ai-je répondu. Vous vous promenez bien tard.

— Et vous de même, a-t-il dit, de sa petite voix âgée à l'image de sa personne, tout en contournant les buissons de sureau d'un pas léger pour venir me rejoindre.

Le Révérend Percival Stancey est le pasteur du village, et, étant donné mon ascendance, l'une des rares personnes du coin à laquelle je ne puisse m'abstenir d'adresser la parole. Il n'y a vraiment pas moyen d'éviter l'Église quand on est fille d'archidiacre.

Bien entendu, les enfants d'ecclésiastiques ne manquent jamais de se rebeller à un moment ou un autre de leur adolescence. Comme on pouvait s'y attendre, Vanessa, à quinze ans, s'était écartée du droit chemin, refusant d'approcher une église de près ou de loin, sauf pour la messe de Noël, où rappliquaient la plupart de ses amies après des réveillons tardifs. À l'université, cependant, elle s'était enrôlée dans un groupe que d'aucuns qualifiaient d'« Escouade de Dieu ». Quinze ans plus tard, elle est présidente du Conseil paroissial de l'Église, catéchiste le dimanche et édite la revue de la paroisse. Je crois que papa lui-même se sent parfois embarrassé par son fol engouement.

J'avais moi-même déserté les rangs de façon moins spectaculaire. Je n'avais jamais refusé d'aller à la messe et m'y rendais encore, tous les quinze jours environ. Mais j'avais fini par admettre que je ne partagerais jamais la foi inébranlable de mon père. Non que je ne croie pas : les rituels d'un service me procurent toujours un profond sentiment de paix. Je n'ai toutefois pas cette croyance aveugle, inconditionnelle, rivée au fond du cœur.

Mais les vieilles habitudes sont difficiles à perdre. Aussi avais-je été me présenter au Révérend Percival Stancey peu de temps après mon arrivée au village. Je recevais la communion de ses mains une fois par mois et résistais, aussi poliment que possible, aux pressions qu'il exerçait vainement sur moi pour que je chante dans le chœur.

— Puis-je vous aider, ma chère ? a-t-il demandé, en prenant pied dans le petit cercle formé par les quatre pierres tombales et le mur d'enceinte du cimetière.

— Étiez-vous ici en 1958, mon père ?

— Juste ciel, moi ?... Ma chère, vous me donnez quel âge ? a-t-il gloussé.

Soixante-dix ans bien tassés, voilà la vraie réponse, encore que je ne puisse la dire. Dans tous les cas de figure, je savais que les chances qu'il n'ait été affecté qu'à une seule paroisse en plus de cinquante ans étaient assez minces.

Le Révérend Stancey lisait les stèles lui-même, avec grand intérêt, semblait-il.

— Je suis arrivé en 1970. Je n'ai jamais eu l'occasion de célébrer des offices dans cette église.

— Savez-vous quand l'incendie a eu lieu ?

Il a levé les yeux par-dessus mon épaule vers l'église, désormais complètement noire dans un ciel violet.

— Quelque temps avant mon arrivée. Il a été question de lever des fonds pour la rebâtir, mais personne au village ne semblait s'y intéresser. Au bout d'un moment, le temps a fait son œuvre.

Il a tendu sa main, m'a touché le bras.

— Il commence à faire froid, ma chère. Je vous raccompagne à votre voiture ?

L'idée que je puisse avoir besoin de l'escorte d'un vieil homme frêle était amusante, mais attendrissante. Je l'ai remercié et j'ai accepté. Nous nous sommes dirigés vers la grille. Des créatures volaient autour de nous tandis que nous avancions. À plusieurs reprises, j'ai vu le Révérend tressaillir.

— Mon père, je pensais à Walter. Walter Witcher. J'ai essayé de me souvenir quand il est mort. Pouvez-vous m'aider ?

Il a trébuché, et j'ai allongé le bras pour le retenir.

— Hum, voyons… Merci, ma chère.

Il a recouvré son équilibre, et nous sommes repartis.

— Il n'y a pas eu d'obsèques, n'est-ce pas ? J'ai proposé de m'en occuper, bien sûr, mais Edeline m'a dit qu'il y aurait une cérémonie très simple à l'hôpital et que ce serait l'aumônier qui la célébrerait.

— Oui, c'est ce que j'ai entendu dire, moi aussi. Mais je n'arrive pas à me rappeler quand c'était.

— Attendez que je réfléchisse… septembre, non ? Si, septembre, c'est bien ça, vers le milieu du mois, parce qu'en rentrant de ma visite à Edeline, Mrs Roberts voulait m'emmener voir l'église. Ils venaient de finir de la décorer pour la fête de la moisson. Alors, ce devait être vers la mi-septembre.

C'est bien ce que j'avais pensé. Alors pourquoi n'y avait-il aucune trace de sa mort ?

— Vous lui avez rendu visite à l'hôpital ?

— Je ne savais pas qu'on l'y avait admis, mon amie, a-t-il déploré. Les Witcher n'allaient pas à la messe, ni l'un ni l'autre, durant les années que j'ai passées ici. Je devais m'en remettre à autrui pour avoir de leurs nouvelles.

— Bien sûr, je comprends.

Là-dessus, quelque chose m'est revenu à l'esprit.

— J'ai trouvé la tombe de Harry Witcher. Vous l'avez connu ?

— Harry, oui, pauvre Harry ! Une terrible histoire.

— C'était un parent ?

— Vous voilà très intéressée par les Witcher, mon amie. Ah, voici votre voiture. Et la mienne.

J'ai souhaité une bonne soirée au Révérend Stancey et promis de lui rendre visite à l'église très bientôt. Chacun a regagné sa voiture et nous avons démarré. J'ai remonté à sa suite la colline qui conduisait hors du village et, alors que j'empruntais Bourne Lane, il a continué, tourné au coin, et disparu de ma vue.

Je me suis garée dans mon allée et j'ai jeté un regard vers la maison de Sally. Elle était plongée dans le noir, et sa voiture n'était pas là. Sur le chemin du retour, je m'étais arrêtée dans une quincaillerie pour acheter quatre robustes verrous. Avant d'aller me coucher, ils devaient être fixés, en haut et en bas de chacune de mes portes. Même si quelqu'un avait une clé de ma maison, il n'entrerait plus chez moi durant mon sommeil. Évidemment, si j'étais sortie, c'était un autre problème. Il fallait vraiment que je fasse changer les serrures.

J'avais faim et j'étais fatiguée. J'ai nourri les bébés chouettes et les ai regardés s'installer pour la nuit. Mon réfrigérateur était rempli de crudités, mais je n'avais pas le courage de laver et couper tout ça. Je me suis servi un bol de céréales et me suis assise à table, observant les poussins qui se contorsionnaient et se blottissaient les uns contre les autres. J'ai quand même réussi à avaler la moitié du bol.

Mue par une impulsion soudaine, j'ai décroché mon téléphone. J'ai trouvé le numéro dans l'annuaire et patienté jusqu'à ce qu'une voix de femme familière me réponde.

— Bonsoir, ici Clara Benning, j'habite plus bas dans la rue. J'espère que je ne…

— Clara, bonsoir ! Comment allez-vous ? J'allais justement coucher Sophia. Vous vouliez venir la voir ?

— Merci. J'ai… je peux juste vous poser une question ? Ça concerne le matin où vous avez trouvé la vipère ?

— Bien sûr.

La voix de Lynsey Huston, si vive et amicale une seconde plus tôt, s'était assombrie, comme plus prudente. Mais j'imagine qu'une mère a du mal à se voir rappeler les circonstances dans lesquelles son enfant a failli mourir.

— Quand je suis entrée chez vous ce matin-là, j'ai vu des traces de pas dans l'entrée.

— Ah bon ?

Je la sentais tendue.

— Et je me… je ne veux pas vous alarmer, je suis sûre que ce n'est rien, mais…

Je me suis interrompue, regrettant déjà d'avoir appelé.

— Je les ai vues, moi aussi, a chuchoté Lynsey. Je me suis juste dit que c'étaient les vôtres. Ou celles des ambulanciers.

— Écoutez, ce n'est rien. Je n'aurais pas dû en parler.

— Daniel est descendu tôt ce matin-là. Il a dit que quelque chose l'avait réveillé.

— Est-ce qu'il a remarqué quoi que ce soit ?

— Je ne me souviens pas qu'il soit revenu se coucher, je m'étais rendormie. Mais je suis sûre qu'il m'aurait prévenue s'il y avait eu une raison de s'inquiéter.

— Bien évidemment. C'est idiot de ma part. Je suis désolée. Je vais vous laisser mettre Sophia au lit.

— On serait ravis de vous avoir à dîner un de ces quatre. Peut-être qu'on pourrait réunir quelques voisins. Que diriez-vous…

— Oh, j'ai un double appel ! C'est peut-être une urgence. Merci. Bonne nuit !

J'ai reposé le combiné et me suis remise à faire les cent pas dans la maison. J'ai allumé la télévision et passé dix minutes à zapper d'une chaîne à l'autre. J'ai pris un livre, mais l'ai reposé quand je me suis aperçue que je n'avais pas tourné une seule page en quinze minutes. Un bref instant, j'ai songé à aller me coucher. L'horloge indiquait 21 h 30. Parviendrais-je à dormir ? Deux de ces trois dernières nuits avaient été assez riches en événements, mais malgré cela, je n'étais pas sûre de trouver le sommeil. J'ai enfilé des chaussures de sport et une polaire par-dessus mon pull.

Il faisait assez sombre désormais. La lune s'était levée, mais n'était pleine qu'au quart, à peine plus, et le ciel était assez nuageux. J'ai descendu la colline au pas de course, traversé la place et dévalé Bottom Lane.

Je ne sais pas vraiment ce que j'avais en tête. Je ne m'étais certainement pas dit : *Va chez les Witcher et…* parce que je n'aurais pas su quoi ajouter. Tout ce que je savais, c'est que quelque chose dans l'ordre naturel de la vie d'un village anglais s'était complètement déglingué. Les gens ne meurent pas de morsures de serpents dans les paisibles villages d'Angleterre. Ils ne trouvaient pas de serpents tropicaux venimeux au réveil dans leurs maisons. Et ne revenaient certainement pas d'entre les morts.

Parvenue au bas de Bottom Lane, je me suis arrêtée. Si le proverbe « Charbonnier est maître chez lui » définit les Anglais, il convenait bien à Walter en particulier. J'étais passée devant en courant bien des fois sans jamais vraiment remarquer que l'endroit était impénétrable. Un long muret de pierre entourait le jardin. Au-dessus, Walter avait fixé un grillage, puis planté une haie épaisse et épineuse. Il avait choisi des plantes réputées pour leur forte croissance et la prolifération de leurs épines. La haie faisait plus de deux mètres cinquante de haut. Armée d'un bon sécateur, il serait peut-être possible de s'y frayer un passage, mais cela prendrait du temps. Le grillage en lui-même mesurait plus d'un mètre cinquante de haut, avec des pointes au sommet. L'escalader était peut-être faisable, mais pas pour un homme de quatre-vingts ans passés. Si Walter était toujours de ce monde et qu'il habitait cette maison, il ne passait pas par la porte. J'ai résolu de longer la haie autour de l'enceinte de la propriété, pour voir s'il existait une entrée à l'arrière.

Je n'avais pas emporté de lampe de poche parce que je ne pensais pas en avoir besoin. Je vois assez bien dans le noir. Mes collègues et moi-même sommes régulièrement appelés pour secourir des animaux la nuit et sommes devenus assez doués pour nous déplacer, rapidement mais en silence, dans la campagne plongée dans l'obscurité. Une fois, nous étions passés derrière des pêcheurs, à quelques mètres d'eux, sans qu'ils soupçonnent le moins du monde notre présence. Une autre fois, nous avions observé des blaireaux qui jouaient, assez près pour nous mêler à leurs jeux. Nous avions même vu des chevreuils en train d'allaiter leurs petits sans les troubler.

Le truc consiste à se concentrer à mort : à être totalement dans l'instant présent, réceptif, conscient de tout ce qui arrive autour de soi : du battement d'ailes qui s'approche de vous par-dessus votre épaule gauche ; de la minuscule forme qui s'enfuit à vos pieds ; de l'odeur d'un renard. Essayez, un jour. Videz votre esprit et laissez vos sens faire leur travail. C'est merveilleusement excitant et, en même temps, assez apaisant, de devenir une créature de la nuit.

J'ai raté mon coup ce soir-là parce que mon esprit n'était pas complètement lucide. Je ne me focalisais pas sur mon environnement immédiatement, je pensais à d'autres choses, et surveillais la haie des Witcher, à l'affût de la moindre trace de passage. Autrement, je suis sûre que j'aurais perçu plus tôt les faibles bruits qui venaient du champ, de l'autre côté de l'allée. J'aurais eu le sentiment d'un danger, d'une menace imminente, d'être suivie. J'ai, cependant, entendu le doux bruissement qui m'a appris que quelque chose – un gros mammifère, sans doute – se déplaçait dans l'herbe haute de l'autre côté de la haie. Je me suis arrêtée. Silence complet.

Je me suis remise à marcher, consciente d'être en train de m'éloigner du village, de toute aide possible, si ce n'était pas une biche, un renard ou un blaireau que j'avais repéré. J'ai parcouru encore dix mètres.

Nouveau bruit. Un petit caillou qui percute un plus gros. Une présence, aucun doute là-dessus. Quelque chose avait descendu la pente en même temps que moi. Un animal ? Privilégier la curiosité à la peur ? Quoi qu'il en soit, il ne s'agissait d'aucun de ceux dont je m'occupais habituellement. Je suis restée debout à écouter et j'ai compris que, à quelques dizaines de centimètres, derrière une étroite haie de noisetiers et de sureaux, un être vivant faisait exactement la même chose que moi : s'immobiliser pour écouter. Je n'entendais rien, mais le moindre poil de mon corps se hérissait, comme au garde-à-vous, et je n'aurais pas été surprise de voir ma cage thoracique palpiter si j'avais baissé les yeux, tant mon cœur semblait battre fort, avec acharnement.

J'ai reculé de deux pas, m'attendant presque à voir quelque chose me bondir dessus depuis la haie. Encore un pas, et j'ai trébuché. J'ai rebroussé chemin, et me suis remise à marcher à grandes enjambées, jetant des coups d'œil par-dessus mon épaule toutes les trois secondes. J'ai cru discerner un autre mouvement dans le champ, mais je ne me souciais plus vraiment de faire du bruit à présent. Il m'était impossible d'être certaine. Je me trouvais toujours à bonne distance du centre du village et tout à fait hors de portée de voix si je devais appeler au secours.

Je me suis mise à courir. Une silhouette sombre s'est profilée sur le sentier devant moi. Puis une autre. Je me suis arrêtée. J'ai entendu un bruit derrière moi et fait volte-face. Quelqu'un se glissait à travers la haie, pour gagner le sentier. Un quatrième l'a suivi, puis un cinquième. Cinq contre un. Ça se présentait mal.

20

Aucun endroit où m'enfuir. J'ai continué d'avancer d'un pas résolu, consciente que le mouvement derrière moi se rapprochait, mais aussi qu'il me restait quelques secondes avant d'être rattrapée.

— Excusez-moi ! ai-je dit d'une voix forte, soulagée d'entendre que j'avais l'air fâchée.

Les deux silhouettes devant moi n'ont pas bougé. Je ne m'étais pas réellement attendue à ce qu'elles le fassent ; mais je m'étais déjà retrouvée en pareille situation. J'ai plongé ma main droite au fond de ma poche, trouvé ce que j'y savais caché, l'ai pris entre mes doigts. Je me suis arrêtée, à deux mètres d'eux, et légèrement détournée de façon à pouvoir voir s'avancer les trois autres.

Le pire dans ces cas-là, c'est de montrer sa peur. Qu'ils voient que je les craignais, et j'étais perdue. Ils étaient jeunes, tant mieux ; et certainement d'ici puisqu'ils semblaient à peine en âge de conduire, et qu'il n'y avait pas d'autre village d'où l'on puisse venir à pied. Ça, c'était également une bonne chose. Il leur faudrait répondre de leurs actes. Il devait s'agir de la bande de voyous mentionnée par Sally, ceux qui traînaient autour de la propriété des Witcher. Sans doute ceux responsables des vandalismes à la petite semaine dont nous avions été victimes.

— Hou, la vilaine ! a lancé une voix derrière moi. Celle d'une fille.

J'ai fait un pas en avant, me suis rapprochée d'eux, et j'ai planté mon regard droit dans les yeux de celui que j'ai pris pour le chef de la bande. Il était grand, plus d'un mètre quatre-vingts, avec des cheveux roux clair, et une peau marquée par l'acné. Il ne pouvait avoir plus de dix-sept ans, mais devait être costaud. S'il ne s'est pas dérobé, on lisait néanmoins dans son regard quelque chose d'incertain qui m'a donné de l'espoir. Le garçon à côté de lui, les cheveux cachés sous une capuche, observait son ami. La cohésion du groupe reposait pas mal sur l'esbroufe. Il fallait juste que je trouve le point faible et que j'appuie dessus.

— Ça te donne pas envie de gerber, Nathe ? a lancé un des garçons dans mon dos.

Nathe et ses potes à capuche ont ricané. Nathe s'est avancé d'un pas. Je sentais son odeur de sueur, de tabac froid, et quelque chose de sauvage. Il a toisé mon corps de haut en bas.

— Fais voir tes nichons, a-t-il aboyé, tout en me dévisageant, avide de lire de la panique dans mon regard.

— Va te faire foutre, lui ai-je craché à la figure, puisant dans la réserve d'insanités que je garde pour ce genre d'occasions.

Il s'est jeté sur moi. J'ai fait un bond en arrière et brandi ma main droite au-dessus de ma tête. Il s'est arrêté pour lever les yeux, manifestement déstabilisé par ce que je pouvais bien tenir dans ma main.

C'était un trousseau de clés bien lourd. Celles de chez moi, de ma voiture, de l'hôpital : un sacré paquet. J'avais passé mes doigts dans l'anneau du porte-clés, et plusieurs des plus grosses formaient un angle droit avec mon poing serré. J'avais le coup-de-poing américain le plus commode que l'on puisse rêver.

— Je ne sais pas au juste ce que vous avez en tête, pauvres cloches, mais osez seulement lever la main sur moi et l'un de vous va perdre la vue.

J'ai fusillé les deux groupes du regard, successivement, les défiant d'approcher.

La fille a administré un coup de coude à son voisin, pour l'inciter à y aller.

— Je suis parfaitement sérieuse, ai-je continué. J'ai reçu une formation médicale. Je sais exactement où planter ça dans le globe oculaire pour qu'il sorte tout net de son orbite.

Aucun d'eux n'a bougé, mais les yeux de Nathe lançaient des éclairs. Ils ne me croyaient pas.

— Vous avez beau être à cinq contre moi, et vous finirez peut-être par m'avoir, mais l'un de vous ne verra pas le soleil se lever demain matin. L'un de vous cinq. Qui veut tenter sa chance ?

— Je crois que ce que la dame veut dire, c'est : lequel d'entre vous croit en sa bonne étoile ?

D'un même élan, nous avons fait volte-face pour regarder le nouveau venu en haut de l'allée. Matt Hoare était adossé au portail de Walter.

— Alors, qui ? a-t-il répété.

— Merde, a marmonné une voix derrière moi.

On a entendu comme une échauffourée, et la fille s'est élancée vers la haie.

— Stop, Kimberley ! a ordonné sèchement Matt.

Elle s'est figée sur place. Matt a descendu l'allée à notre rencontre, les deux garçons ont fait un pas de côté pour le laisser passer. Ils l'observaient d'un air renfrogné mais n'osaient esquisser un geste.

— Jason Short, Kenny Brown, Nathan Keech, Robbie Keech et Kimberley Aplin. Toute la joyeuse bande.

Il m'a jeté un coup d'œil, adressé un léger signe de tête avant de leur faire face. Ils s'étaient resserrés sur eux-mêmes, poussant le rouquin Nathan en avant.

— Alors voilà ce que nous allons faire, mes amis, a repris Matt. Vous allez tous rentrer chez vous pendant que je rédige un rapport complet sur la petite aventure de ce soir, et que Miss Benning décide si elle compte ou non porter plainte. (Il s'est tourné vers moi.) Je pense que vous le devriez, soit dit en passant. Puis, il s'est retourné vers les autres :

— Pendant qu'elle réfléchit, j'apporterai mon rapport au commissariat. En conclusion, même si Miss Benning décide que vous ne valez pas la peine de perdre son temps avec vous, il se pourrait bien que quelqu'un décide qu'il y a là un incident méritant qu'on se penche dessus. À tout le moins, cela figurera dans vos casiers, aussi ne saurais-je trop vous recommander de vous tenir à carreau pendant un certain temps. Maintenant, dégagez d'ici avant que je la lâche sur vous.

Ils ont fait demi-tour et entrepris de remonter le sentier.

— Plus vite que ça, a crié Matt, tapant du pied dans leurs dos.

Ils ont pressé le pas et tourné au coin en courant. La fille et l'un des plus gros garçons derrière les trois autres. Matt est redescendu vers moi. Il a pivoté sur lui-même, et, pardessus son épaule, j'ai cru voir une sixième silhouette sortir de la haie et suivre les gosses. Un homme, plus grand et plus âgé que le reste de la bande. Allan Keech, ai-je pensé aussitôt, mais il avait disparu trop vite pour que je puisse m'en assurer. Matt, qui revenait vers moi, ne l'avait pas vu. La lune était passée derrière un nuage et il n'était plus qu'une silhouette et un regard. Je n'avais pas fait un geste. En étais-je seulement capable ?

— « Allez vous faire foutre » ? Quel langage pour une fille d'archidiacre !

Je l'ai frappé. Je n'ai pas pu m'en empêcher. Pas avec ma main armée, Dieu merci, mais avec mon poing gauche, d'un coup sec, maladroit contre sa mâchoire inférieure, trop faible pour provoquer le moindre dégât, mais certainement pas agréable. Il n'a pas sourcillé.

— Je suis désolée, sincèrement, ai-je dit d'une voix hachée. J'ai pressé ma main contre mon visage parce que j'étais sûre que j'allais me mettre à pleurer, et que je ne voulais vraiment, mais alors vraiment pas pleurer devant Matt Hoare.

Il a fait un pas en avant, a posé ses mains sur mes épaules et m'a attirée contre lui. Et j'ai failli céder. J'ai failli le laisser me tirer à lui, dans ses bras et... quoi ? Il s'imaginait quoi, au juste ? Je ne l'ai jamais su parce que, juste à temps, j'ai repris mes esprits et reculé. Il a lâché prise.

— Ça va ? a-t-il demandé.

J'ai hoché la tête.

— Une foutue bande de branleurs, a-t-il commenté. Nathan Keech vient de passer les deux dernières années à entrer et sortir d'institutions pour jeunes délinquants, et son frère semble bien parti pour emprunter la même voie. Kimberley Aplin a été renvoyée de deux écoles pour violences et usage de stupéfiants. Kenny Brown et Jason Short ont déjà été condamnés pour vol à l'étalage. Je suis sûr que ce sont les responsables de tous les ennuis qu'on a connus récemment, mais je n'arrive pas à le prouver. Je leur ai demandé des douzaines de fois de ne pas traîner dans le coin.

— Ce ne sont que des gosses attirés par les fantômes, ai-je marmonné tout bas, sans escompter qu'il m'entende.

Je me suis demandé s'il allait proposer de me raccompagner chez moi. Je ne pouvais pas décemment l'en prier, mais j'avais vraiment, vraiment envie qu'il le fasse. Depuis quand étais-je devenue une telle mauviette ?

— C'est ce que vous faisiez vous-même ?

J'ai levé les yeux.

— J'ai déjeuné avec Sally aujourd'hui, a-t-il continué. Elle m'a parlé de la ressemblance de votre intrus avec Walter. Vous ne pensez pas que vous auriez pu me le dire hier soir ?

Sally avait déjeuné avec Matt. Pourquoi cette idée me mettait-elle tellement mal à l'aise ? Et que lui avait-elle dit d'autre ? Et lui-même ?

— Vous ne me croyez pas.

Ce devait être une question, mais c'est sorti comme une accusation.

— Je ne mets pas votre parole en doute. Mais Walter était un type profondément bien. J'ai du mal à l'imaginer simulant sa propre mort, se coupant du monde, pour s'introduire ensuite chez les gens la nuit par effraction.

— Non, en effet, ai-je convenu.

Matt regardait la maison, à travers la grille.

— Il faut absolument qu'on découvre ce qui se passe dans cette maison. Je vais envoyer un e-mail à tous les offices notariaux des environs dès demain matin, pour trouver qui s'occupe de la succession. Mais si Walter et Edeline n'ont pas rédigé de testament et qu'ils n'avaient pas de proches parents, ça pourrait prendre des années.

— Il vaudrait mieux que je rentre.

J'ai fait un pas dans la montée. J'espérais qu'il me suivrait, mais doutais qu'il le fasse. Puis je me suis arrêtée et j'ai fait volte-face. Matt n'avait pas bougé. Il m'observait, simplement.

— Est-ce que Walter avait des frères ?

Il a souri.

— Je me demandais quand vous y songeriez. En fait, oui. Et même trois. Walter était l'aîné.

— Il y avait un dénommé Harry. Je viens de voir sa tombe au cimetière de l'église.

Il a acquiescé.

— Et Archie. Il est parti voici des années. Pour devenir pasteur quelque part aux États-Unis

— Et le troisième ?

— Ce devait être Saul. La brebis galeuse de la famille, au dire de tous.

— Qu'est devenu Saul ? Je n'étais plus fatiguée du tout.

— Il a quitté le village, lui aussi. Chassé, à ce qu'on raconte. Pour quelle raison exactement, je n'ai jamais réussi à le savoir.

— Il aurait pu revenir, après avoir entendu parler de la mort de Walter et d'Edeline pour vivre dans leur maison. Il en aurait même le droit.

Complètement excitée maintenant, j'ai parlé à Matt du visage que j'avais vu à la fenêtre plusieurs jours auparavant, de la ressemblance frappante de l'intrus de la nuit précédente avec Walter. Quand j'ai eu fini, Matt a continué de me regarder pendant quelques secondes, avant de se tourner vers la maison.

— Cette maison est construite sur l'arête d'un petit escarpement crayeux, vous le saviez ? a-t-il demandé, scrutant les lieux à travers les barreaux de la grille. À l'arrière de la maison, il y a un à-pic d'environ six mètres.

— Je l'ignorais.

Je n'avais jamais vu l'arrière de la maison des Witcher. Le sentier que je remontais en courant depuis la rivière était flanqué de part et d'autre de bois denses. La maison des Witcher est quasiment invisible avant d'être dessus.

— Donc, on ne peut y accéder par l'arrière ?

— Non, à moins d'être alpiniste. Cette haie fait tout le tour, jusqu'au vide, des deux côtés. Je l'ai longée plusieurs fois depuis que les idiots du village ont commencé à raconter leurs histoires de fantômes. On ne passe pas, sauf par ce portail.

— J'ai bel et bien vu quelqu'un, ai-je dit, hérissée par son commentaire sur les idiots de village, me demandant si ces derniers étaient censés m'inclure.

— Vous voulez vérifier par vous-même ?

— Hein ?

— Il n'y a qu'un moyen d'être sûrs que le vieux Saul Witcher n'est pas terré là-dedans en train de préparer du vilain.

— Vous venez de dire qu'on ne passait pas.

Matt m'a adressé un sourire triomphant et a pris un petit trousseau de clés dans la poche de sa veste. Il les a triées jusqu'à en sélectionner une fine argentée, à tête rectangulaire. Il l'a insérée dans le cadenas. Elle a tourné, et ce dernier s'est ouvert d'un bond.

— Maintenant, si.

21

J'en doutais fort, mais plus intriguée que je n'aurais été prête à l'admettre, j'ai suivi Matt le long de l'allée, qui devait faire dans les quarante-cinq mètres de long. Il s'est arrêté à mi-chemin et je l'ai rattrapé.

— J'ai grandi dans ce village, a-t-il dit. Je venais tailler un brin de causette à Walter quand j'étais gosse. J'avais oublié à quel point ce jardin était beau.

Pour ma part, je n'y étais jamais entrée, et je n'avais admiré ce jardin que depuis la grille, mais il avait raison. C'était un jardin anglais de cottage typique, avec des plantes de toutes les couleurs et de toutes les espèces, retombant en cascade les unes sur les autres, se disputant un espace plutôt vaste. Les premières roses fleurissaient partout, montant à l'assaut des haies, couvrant des treillis, s'accrochant même aux arbres, comme des parasites.

Dans un coin, quelqu'un avait bâti une grotte en pierre du pays. Des lanternes et des petites statues étaient nichées dans des coins et recoins et, au centre, une petite fontaine s'élevait avant de s'écouler en dessinant des méandres sur le terrain en pente. Le courant s'enroulait autour des ifs anciens et des immenses vieux buissons de genévrier fièrement dressés autour des pelouses.

Les anciennes dalles de l'allée étaient recouvertes de minuscules plantes rampantes que nous écrasions sous nos pas. J'ai cru déceler le doux parfum citronné du thym. Matt s'est accroupi pour passer sa main sur une plante, à côté de l'allée, et l'a ensuite rapprochée de son nez, inspirant profondément. Puis il a repassé sa main dessus avant de me la tendre.

— Je faisais ça quand j'étais petit, m'a-t-il confié. Chaque fois que je venais ici. La meilleure odeur au monde.

J'ai posé mon visage contre sa main et inspiré. Un parfum doux et léger, terriblement familier.

— Camomille, ai-je deviné au bout d'une seconde. La peau de Matt sentait aussi l'agrume – il avait épluché une orange plus tôt dans la soirée –, mais ça, je ne l'ai pas dit.

Plus près de la maison se trouvait un petit verger. Les vents avaient chassé presque toutes les fleurs tardives des arbres et elles reposaient à terre, comme des confettis après un mariage.

— C'est vous qui avez placé cette chaîne sur la grille ? ai-je demandé. C'est pour ça que vous avez la clé ?

— Disons juste que je connais l'homme qui l'a fait. Walter était jardinier, vous savez. Il a travaillé pour l'antenne locale du Conservatoire des Jardins et Paysages pratiquement toute sa vie.

Poussant nos pas plus loin, nous sommes arrivés au pied de la maison. Toutes les fenêtres du rez-de-chaussée avaient été condamnées avec des planches. Deux des quatre portes en façade avaient été maçonnées. Les deux autres avaient l'air suffisamment solides. J'ai été tentée de répéter : « On ne passe pas », mais je ne savais pas trop comment Matt réagirait. Il examinait la maison, les vieux murs en pierre dont l'enduit à la chaux s'effritait, la vieille glycine aux grappes de fleurs pendantes qui courait à l'étage, le toit de chaume qui avait grand besoin d'être refait. On aurait dit un alpiniste prêt à escalader une paroi.

— J'ai lu une histoire l'autre jour, a dit Matt, sur un couple qui traversait le bush en voiture, en Tanzanie, quand ils ont roulé sur un mamba noir. Son compagnon les a pris en chasse, a dépassé la voiture et tué le conducteur comme le passager.

Pour en avoir une longue expérience, je sais quand on se paie ma tête. Mais je n'ai jamais connu qu'une manière de le gérer. Je l'ai ignoré et me suis détournée. Sur le flanc gauche du cottage, Walter avait fait pousser des légumes. Le lopin avait un air d'abandon, mais il avait dû avoir le temps de faire quelques semis avant d'aller à l'hôpital, parce qu'il restait encore de jeunes plants bien alignés.

— Alors, c'est vrai ? Est-ce qu'un mamba noir peut doubler une voiture ?

— Non.

Je ne l'ai pas regardé.

— Et un cheval de course ? J'ai trouvé une autre histoire sur un autre qui a pris en chasse un homme à cheval et les a tués, lui et sa monture.

— Non.

— Vous êtes sûre ? Il y a tellement d'histoires sur les mambas qui foncent à des allures incroyables. Sans parler de leur caractère hautement rancunier.

J'ai poussé un soupir.

— Ce sont des serpents rapides. Probablement parmi les plus rapides du monde. Mais aucun serpent, pas même un mamba, ne peut rattraper un humain – un adulte – à la course, encore moins sur un cheval.

Je me suis retournée.

— Qu'est-ce qu'on fait là ?

— On entre.

— C'est condamné. On ne peut pas… Hé !

Matt venait de sortir un couteau suisse de sa poche et se servait de l'un des outils pour ôter les clous qui retenaient la planche contre la fenêtre la plus proche du côté extérieur gauche du cottage. Elle a cédé en quelques secondes. Un pan de vitre cassée, aux bords déchiquetés, se trouvait derrière. Passant la manche de sa veste par-dessus sa main, Matt s'est mis à faire tomber les morceaux brisés à l'intérieur. Ils se sont fracassés sur le sol, provoquant un boucan d'enfer dans le calme de la nuit.

Sous mon regard incrédule, il a plongé la main dans sa poche et en a ressorti une paire de gants, semblables aux gants chirurgicaux que je porte quand j'opère, mais en plus épais. Il les a enfilés et, dans la maison, j'ai entendu bouger.

J'en étais sûre. J'ai levé les yeux, vu les fenêtres plongées dans le noir à l'étage, me suis demandé ce qui pouvait se trouver derrière. J'ai lancé un regard à Matt, mais il n'avait pas l'air d'avoir entendu quoi que ce soit.

— Écoutez, je ne crois vraiment pas que ce soit une bonne idée. Je commence tôt demain et...

— Vous ne pouvez plus partir maintenant.

Il m'a fait face.

— Ah non ?

— J'ai peur des fantômes.

Là-dessus, il a posé ses deux mains gantées sur l'appui de la fenêtre et s'est hissé dessus. Il s'est accroupi une seconde sur le rebord avant de sauter à l'intérieur. Il a inspecté les lieux puis s'est retourné vers moi.

— Vous venez ou vous comptez faire le guet ?

J'ai attrapé sa main, comme si je pouvais par ma seule force l'empêcher de faire une bêtise.

— Ce n'est vraiment pas une bonne idée. Même vous ne pouvez pas violer une propriété privée sans un mandat ou... ou je ne sais quoi.

Il a poussé un soupir.

— En fait, il se trouve que je peux. La loi concernant l'instruction donne le droit à un fonctionnaire de police de pénétrer dans une propriété privée sans mandat s'il estime qu'il existe un danger imminent menaçant la santé ou les jours d'une personne, a-t-il expliqué, comme s'il lisait sur une fiche. Selon moi, si Walter, ou Saul Witcher, ou n'importe quel vieux monsieur vit dans cette maison, peut-être avec tout un tas de serpents venimeux, il est en danger. Les forces de police sont sérieusement débordées en ce moment, et je suis venu ici ce soir pour jeter un œil par moi-même avant d'y engager mes hommes. C'est juste pas de bol si je suis tombé sur vous et les idiots du village en pleines sympathiques présentations.

Pendant un bref instant, Matt et moi nous sommes dévisagés. Puis il a repris la parole, et j'ai eu comme l'impression qu'il atteignait les limites de sa patience.

— Soit vous venez avec moi, si vous me promettez de faire exactement ce que je vous demande, soit vous restez dehors, à condition de me promettre de rester exactement là où vous êtes. J'aimerais vraiment éviter d'avoir à vous escorter jusque chez vous, pour revenir ici ensuite, parce qu'après avoir fait tout ce boucan pour entrer, et informé celui qui pourrait bien avoir élu domicile ici de notre présence, je préfèrerais en finir. Sur ce, vous décidez ?...

J'avais déjà pris ma décision. S'il devait se trouver des serpents venimeux dans la maison des Witcher, Matt Hoare aurait besoin de moi. J'ai repéré un vieux pot de fleur, l'ai posé sous la fenêtre, attrapé la main qu'il me tendait et, une seconde plus tard, me retrouvais à l'intérieur.

Les anciens cottages d'ouvriers agricoles comptent d'ordinaire deux pièces au rez-de-chaussée et deux à l'étage. Quatre cottages avaient été rassemblés dans le cas présent, ce qui signifiait que nous avions seize pièces à explorer. Une perspective guère engageante, vu l'état de celle dans laquelle nous étions entrés.

Les murs en pierre étaient nus et humides. Des plaques de plâtre du plafond étaient tombées par terre. Une ampoule solitaire pendillait au bout d'un fil électrique. Nous sommes restés sans bouger en silence et je me suis rendu compte que je tendais l'oreille. À l'affût de quoi, au juste ? Un bruit quelconque pourrait signifier que Matt et moi n'étions pas seuls. Une lumière a vacillé, révélant des cendres éparpillées partout dans la pièce. Je me suis tournée vers Matt. Il tenait une petite lampe de poche au rayon lumineux étonnamment puissant.

— Je n'ai emporté qu'une paire de gants, a-t-il dit. Ne touchez à rien.

Son comportement désinvolte des minutes précédentes avait totalement disparu. J'aurais aussi bien pu me trouver dans la maison en compagnie d'un autre homme. Un policier, en l'occurrence directeur adjoint.

Le sol était couvert de linoléum. Quand j'ai posé le pied sur l'unique tapis, ce dernier a fait un bruit de succion sous mes semelles. Il y avait un fauteuil avec armature en bois contre un mur, et de la moisissure sur les coussins.

Matt a avancé, et j'ai franchi la porte à sa suite pour arriver dans une cuisine.

— Je n'arrive pas à croire que des gens vivaient là-dedans, a-t-il marmonné.

La pièce était pourvue d'un évier en pierre et d'une cheminée contenant un vieux fourneau minuscule, parfaitement démodé. De la paille s'échappait par la porte ouverte du four, et j'ai deviné qu'un rongeur y avait installé son nid.

Tout sentait le moisi. L'humidité devait s'être répandue partout, qui pourrissait le mobilier, jusqu'aux rideaux en loques qui pendaient tout juste aux fenêtres, et aux tapis étalés comme des flaques au sol. J'ai aussi cru discerner une odeur de chair en décomposition.

Les fenêtres de la cuisine étaient absolument minuscules. Plongeant le regard au travers des vitres sales, je pouvais tout juste deviner où le terrain plongeait dans le vide, à moins de trois mètres à l'arrière de la maison. Il n'y avait pas de porte de ce côté-là.

Une voûte fermée par une tenture conduisait au second cottage en enfilade. Frissonnant au contact du tissu visqueux sur mon visage, j'ai suivi Matt dans une salle de bains extrêmement rudimentaire, équipée d'une baignoire, d'un lavabo et de toilettes en acier émaillé. Consciente que l'odeur provenant du lavabo n'allait pas tarder à me faire vomir, je l'ai devancé dans la pièce suivante : un atelier. Un vieux plan de travail en Formica courait le long de deux murs, et sous la fenêtre se trouvait un aquarium carré, fendu et sale, du genre de ceux dans lesquels on peut conserver des poissons, des tortues, des souris ou des gerbilles. Ou des serpents. Une porte étroite, fermée, menait vers ce qui devait être, selon moi, un autre escalier. Quelques outils rouillés traînaient çà et là, mais je contemplais la mue desséchée d'un minuscule serpent, enroulée dans un coin, à l'endroit où le plan de travail rencontrait le mur. Matt m'a vue la fixer du regard.

— C'est inquiétant ? a-t-il demandé.

J'ai secoué la tête.

— M'a tout l'air d'ici, celui-là. Et mort depuis longtemps. Que vouliez-vous dire par brebis galeuse en parlant de Saul Witcher ? Et qu'on l'avait chassé ?

Matt s'était aventuré dans le troisième cottage. Je l'ai suivi dans une pièce plus petite, remarquable uniquement par son aspect sordide. Je voyais des parpaings là où s'était autrefois trouvée la porte d'entrée. Et le mur en brique à la place de celle donnant sur la cuisine.

— Pourquoi condamner une porte de cuisine ? Je parlais, plus pour moi-même que pour Matt, tout en m'approchant.

À l'autre bout de la pièce, Matt a balayé de sa lampe le cadre de la porte. Les briques semblaient vieilles, se désagréger par endroits et irrégulières, avec un mortier noirci par les ans.

— Peut-être que cette partie du cottage est dangereuse. Trop proche de la falaise, même pour un Witcher.

Je n'ai rien répondu. J'ai tendu le bras, me préparant à sentir sous mes doigts le froid rugueux d'un vieux mur. En fait non. Les briques paraissaient... presque tièdes.

— Encore que personnellement, je dirais que l'édifice tout entier devrait se voir apposer un panneau de démolition.

Là-dessus, Matt est parti, dans le quatrième et dernier cottage.

Je voulais le faire revenir, pour voir s'il m'accordait que les briques étaient anormalement chaudes. J'ai eu le temps de remarquer que le troisième cottage ne comportait pas d'escalier. Peut-être se trouvait-il dans la cuisine condamnée.

D'après ce que je voyais du quatrième cottage, c'était la réplique exacte du premier : une petite salle de séjour miséreuse, une cuisine tout aussi pauvrement équipée et meublée. Cependant, je n'ai guère eu le temps d'observer les lieux, parce que Matt avait ouvert la porte donnant sur un autre escalier et qu'il montait, emportant la lumière avec lui.

L'escalier était étroit et raide. En haut, une porte fermée nous privait de toute réelle clarté. J'ai grimpé deux marches de bois nu. Matt était juste devant moi, braquant la lampe à ses pieds. Il a lancé un regard en arrière par-dessus son épaule, et j'ai lu l'ombre d'une inquiétude sur son visage, une seconde avant qu'un gros boum ne résonne juste derrière moi et que nous ne soyons plongés dans l'obscurité.

22

Je n'ai pas crié. Même chancelante et sous le choc, je savais que je devais écouter. Une fraction de seconde avant que la porte ne claque, j'avais entendu un bruit dans la pièce du bas. Quelque chose s'était déplacé. La porte ne s'était pas refermée d'elle-même. Une seule question vraiment pressante désormais : le truc que j'avais entendu – de quel côté de la porte était-il ?...

— Ne bougez pas.

La voix de Matt me semblait forte dans l'espace confiné, et trop calme : il n'avait donc rien entendu.

— Pas un geste, a-t-il insisté. J'ai laissé tomber cette foutue lampe et cet escalier ne m'inspire aucune confiance.

Je suis restée debout dans le noir absolu, tâchant de débarrasser mon esprit de l'idée horrible que celui qui avait claqué la porte se trouvait dans l'escalier avec nous. Qu'à n'importe quel moment, il tendrait le bras et que je sentirais une forte main moite m'attraper. Et je ne pouvais m'empêcher de me remémorer la dernière fois où une main s'était saisie de moi, quelques heures plus tôt à peine. Je savais que c'était impossible, évidemment – Matt se trouvait face à la porte quand elle s'était refermée, il aurait vu celui qui...

Je me suis obligée à garder le silence sans bouger pendant que Matt tâtonnait à la recherche de la lampe de poche. Il m'a touché une cheville, mais je me suis mordu la lèvre et me suis mise à compter dans ma tête. À cinquante, je crierais. Je pouvais tenir le coup jusque-là.

Sur ce, un petit rai de lumière a surgi au ras des marches et s'est mis à balayer furtivement les lieux. Ayant obtenu l'assurance qu'aucun trou ne béait immédiatement sous nos pieds et – plus important – que nous étions seuls dans l'escalier, nous avons repris notre ascension.

— Restez sur les bords, m'a-t-il ordonné. Un pied de chaque côté. Et quelques marches plus bas que moi. C'est un courant d'air qui a dû refermer cette foutue porte.

La soirée, me suis-je souvenue, avait été exceptionnellement calme, mais le moment semblait mal choisi pour le mentionner. Poussant un soupir de soulagement, j'ai regardé Matt atteindre la porte au sommet des marches et tourner la poignée. La cage d'escalier s'est légèrement éclairée, et je l'ai rejoint. Ce n'est qu'alors que j'ai osé regarder la porte en bois pourri qui s'était refermée en claquant derrière moi.

Nous avons rapidement passé deux chambres en revue, chichement meublées et crasseuses. Matt a ouvert la porte d'une penderie, dont nous avons inspecté le contenu. Des robes, en tissu à fleurs et informes, y étaient pendues. Derrière la seconde porte nous avons vu trois complets d'homme. Plusieurs paires de chaussures étaient soigneusement rangées côte à côte au pied de l'armoire.

La deuxième pièce contenait deux matelas tout tachés à même le sol, mais aucun autre meuble. Les planchers bruts étaient nus. Par endroits, ils étaient si pourris qu'ils laissaient entrevoir le plâtre du plafond de la pièce du dessous. Au mur, à l'aplomb des deux matelas, était accrochée une photo noir et blanc dans un cadre en plastique noir. Je m'en suis approchée, avançant avec précaution.

La photo était en fait une coupure de presse encadrée. La date inscrite dans l'angle supérieur droit indiquait le 17 juin 1956, et l'image représentait un groupe d'hommes, resplendissants dans leurs tenues de cricket, debout devant une maison de style Tudor. À l'extrémité du rang du fond, légèrement en retrait des hommes, se tenaient trois femmes.

J'ai regardé l'homme au centre, portant une modeste coupe d'étain. Il était jeune, avec un visage agréable, ouvert. Des traits plutôt pleins : grands yeux, nez fort, lèvres charnues sur une grande bouche. Ses cheveux, d'un châtain moyen, ai-je estimé, étaient coupés court à la mode de l'époque.

— C'est Walter, a déclaré Matt, en me faisant sursauter. Je n'avais pas pris conscience qu'il se tenait si près. Il était encore capitaine de l'équipe de cricket quand j'étais gamin.

Sous l'image, étaient inscrits les noms des joueurs. J'ai parcouru la liste du doigt, associant des noms aux visages. Tous les frères Witcher avaient joué au cricket. Archie, émigré de longue date aux États-Unis, avait été le plus grand et le plus beau, les cheveux plus sombres que ses frères, avec un nez fin, légèrement aquilin, des yeux sombres et bridés. Sa tête me disait vaguement quelque chose, mais je n'arrivais pas à trouver qui il me rappelait : un présentateur télé, peut-être. J'ai essayé de me l'imaginer en habit de culte, sans succès. Il ne ressemblait à aucun des pasteurs de ma connaissance.

Harry, l'alcoolique qui avait subi une mort violente, avait un air de famille avec Walter, mais en plus petit, grassouillet, et plutôt blond. Saul, la brebis galeuse, ressemblait pas mal au frère aîné : même taille, mêmes traits. Il était tout à fait possible que l'homme ayant pénétré chez moi la nuit précédente ait été Saul. Tout comme Saul pouvait se trouver dans la maison des Witcher en ce moment même. Je n'ai pu m'empêcher de balayer la pièce du regard.

— Ça, c'est le manoir, a précisé Matt, étudiant la photo. Il y a un champ à l'arrière que le précédent propriétaire a nivelé et transformé en terrain de cricket. Clive Ventry a évoqué l'idée de le restaurer. S'il reste suffisamment longtemps dans le pays.

Le terrain de cricket du manoir ne m'intéressait pas le moins du monde.

— Forte ressemblance dans cette famille, ai-je commenté, passant mon doigt de Saul à Walter. Vous le connaissiez ? Saul Witcher, je veux dire.

Matt a secoué la tête.

— Il est parti avant ma naissance.

— Il pourrait être encore vivant. Et vivre dans cette maison.

— Rien ne l'indique, jusqu'ici.

Je ne pouvais pas exactement lui donner tort. Et pourtant, quelque chose me donnait le sentiment que l'endroit n'était pas complètement désert.

— Pourquoi l'a-t-on chassé ? ai-je redemandé.

— Personne ne le sait vraiment, a répondu Matt. Ou, en tout cas, si quelqu'un le sait, personne n'accepte d'en parler. Vous avez mis le doigt sur le mystère du village, Clara. Il m'a intrigué moi-même voici quelques années et j'ai cherché dans les vieilles archives du commissariat. Quoi qu'il ait pu arriver, c'était autour de 1958, quand l'église a brûlé. Saul n'avait jamais cessé d'avoir des ennuis avec la justice toute sa vie d'adulte, mais les infractions se sont arrêtées complètement durant l'été 1958. Pour le poste du coin, il s'est tenu tranquille cette année-là. Harry et Archie Witcher sont partis au même moment, eux aussi – même si Harry est revenu, une dizaine d'années plus tard.

1958. Donc l'église avait bien brûlé cette année-là. Qu'avait dit Violet ? Qu'elle n'avait jamais réellement su ce qui s'était passé cette nuit-là ? Matt parlait toujours.

— Il y a eu un truc bizarre pendant l'incendie. Tout est consigné par écrit, si on sait où chercher. Les pompiers n'ont été prévenus qu'au petit matin, une fois que le feu avait presque achevé de se consumer. La police n'a pas été prévenue du tout, même s'ils sont intervenus après évidemment. Il y avait des téléphones au village à l'époque, bien sûr, mais même quand les gens se sont fait piéger et sont morts dans l'incendie, personne n'a téléphoné pour demander de l'aide.

— Deux hommes ont péri. (Je me souvenais des tombes que j'avais trouvées plus tôt.) Au moins deux. L'un d'eux était le pasteur.

Matt hochait la tête. Je ne lui apprenais rien.

— Le capitaine a coulé avec son vaisseau. Et deux autres encore quelques jours plus tard.

— C'est Saul qui a mis le feu ? C'est pour ça qu'on l'a chassé ?

— Pas si l'on en croit les rapports. À l'époque, la police a interviewé plusieurs villageois qui avaient assisté à l'office du soir ce jour-là. Aucun d'eux n'a vu quoi que ce soit. Ils ont tous imaginé qu'on avait dû laisser un cierge allumé, que le révérend ou l'autre type qui est mort avait remarqué les flammes et tenté de les éteindre mais avait succombé à la fumée.

— Tous se sont imaginé la même chose ?

— Ouais. Six ou sept histoires identiques. Personne n'a rien vu, mais chacun avait une idée assez claire de ce qui avait dû se passer.

— Et la police s'en est contentée ?

Il a haussé les épaules.

— Rien dans les archives n'indique le contraire.

— Mais certaines de ces personnes doivent être encore en vie. Quelqu'un sait forcément ce qui s'est passé. J'ai parlé à Violet Buckler tout à l'heure. Elle a mentionné l'incendie de l'église. Encore que, maintenant que j'y pense, elle a dit qu'elle ne s'y trouvait pas au moment des faits.

— L'affaire se corse ! Vous devriez rejoindre les forces de la police, Clara. Enquêter vous rend plutôt loquace.

Impossible de trouver une réplique sur-le-champ. Matt s'est apparemment désintéressé de la photo et a traversé la pièce. Il a ouvert une porte de bois peinte et disparu. Ne voulant pas le suivre comme un petit chiot, je me suis approchée de la fenêtre arrière. La vitre était légèrement fêlée et je sentais l'air nocturne, parfumé et merveilleux contrairement à l'odeur fétide de la maison.

Dehors, les nuages ont dû bouger exactement à ce moment-là, parce que le paysage s'est soudain illuminé en contrebas. Je distinguais l'étroite parcelle de sol rocheux à l'arrière du cottage, partiellement couvert d'un enchevêtrement d'ajoncs et de buissons de sureau, et ensuite la pente raide sur environ six mètres avant de descendre plus doucement sur quatre cents mètres environ. Je me suis demandé quel effet ça pouvait bien faire de vivre si près du rebord d'une falaise. Une falaise de craie, qui plus est – pas la plus stable des roches.

Puis, du bas, est monté un son, étrangement familier dans le contexte. Et voilà qu'il retentissait de nouveau, venant de derrière la haie qui bordait le jardin, sans doute juste sous l'escarpement. Un cri semblable à celui d'une mouette, « Ga-oh, ga-oh ». Celui d'un cygne.

Les gens s'imaginent parfois que les cygnes tuberculés, ou muets, sont ainsi nommés parce qu'ils font relativement peu de bruit comparés aux autres cygnes. Les cygnes muets sifflent pour se défendre, émettent un grognement genre « heeor », et poussent aussi le cri « ga-oh ». Je les avais entendus maintes fois au fil des ans et j'aurais parié qu'un gros cygne adulte passait non loin. Et pourtant, nous nous trouvions à plus de quatre cents mètres de la rivière.

Je ne voyais aucune raison susceptible d'expliquer la présence d'un de ces volatiles si loin de l'eau en période de nidification. Comme il ne semblait pas en détresse, je me suis éloignée de la fenêtre.

J'allais me détourner, quand j'ai repéré des empreintes de doigts. Quelqu'un avait posé ses mains sur le rebord étroit, quasiment pourri, sous la vitre et plusieurs traces se détachaient nettement dans la poussière. Et de quelque part, non loin, j'ai perçu un soupir à peine audible.

J'ai fait volte-face, incapable de résister à la conviction que quelqu'un m'observait. Je n'entendais même plus Matt, et l'idée m'est venue, horrible, qu'on m'avait laissée seule dans la maison. Refusant de céder à la panique, rechignant même à appeler Matt, j'ai franchi la porte et me suis retrouvée dans un couloir sombre.

Ce à quoi je ne m'étais pas réellement attendue. Huit petites chambres, voilà ce que je pensais trouver à l'étage de la maison, chacune donnant dans la suivante. J'en avais déjà visité deux, et me situais désormais au-dessus du troisième cottage : celui qui, au rez-de-chaussée, avait une cuisine condamnée. J'avais le choix. Tourner à gauche et me diriger vers l'avant de la maison. Deux portes donnaient sur le couloir de ce côté-là. Ou continuer tout droit. Les planchers se sont mis à grincer, des pas venaient vers moi. J'ai reculé, ne sachant trop quoi faire, mais Matt a surgi tout au bout du couloir.

— Quatre autres chambres, a-t-il dit. Pas grand-chose dedans et aucune empreinte dans la poussière.

Je lui ai parlé de celles que j'avais repérées à la fenêtre et il a acquiescé.

— Oui, je les ai vues, moi aussi. Je peux les faire vérifier demain matin.

— Elles ont l'air assez récentes, ai-je poursuivi. Si Saul avait été la brebis galeuse que vous semblez penser, il aurait un casier judiciaire. Ses empreintes digitales figureraient dans les fichiers de la police, non ?

Matt a lentement hoché la tête.

— Même si quelqu'un est venu ici récemment, ça ne signifie pas nécessairement que c'était Saul. Ç'auraient pu être des gosses du coin, ou un vagabond.

— Comment sont-ils entrés ?

— Les fenêtres ne sont pas condamnées à l'étage. Ce qui rend plus plausible l'idée que ce sont des gosses plutôt qu'un vieux frère Witcher. Vous ne touchez à rien, n'est-ce pas ?

J'ai secoué la tête et il s'est faufilé à côté de moi.

— On a presque terminé. Je veux juste vérifier ces deux dernières pièces. Ce cottage – le numéro trois, c'est ça ? – est bizarrement distribué.

Il venait d'atteindre la première des deux portes ouvertes. Il a jeté un coup d'œil à l'intérieur et s'est figé sur place. Je l'ai rejoint. Il n'y avait pas de fenêtres dans la pièce minuscule. Nous avons dû nous en remettre au fin rayon lumineux de la lampe de poche de Matt pour examiner l'unique meuble au milieu. Un vieux coffre en bois sombre, avec des lanières en cuir. Il était grand, mesurait plus d'un mètre vingt de long, et au moins quarante-cinq centimètres de large. Il avait l'air robuste et avait été décoré de motifs très élaborés. Des roses et des feuilles de lierre gravées étaient disséminées dessus.

— On le joue à pile ou face, a lancé Matt.

— Hein ?

— L’un de nous doit l’ouvrir. Je vote pour vous.

— Je ne touche à rien. Vous avez été très clair là-dessus.

Il a amorcé son sourire habituel et s’est avancé vers le coffre. Je me suis surprise à souhaiter qu’il soit verrouillé. Matt s’est accroupi. Il a fait sauter les loqueteaux, l’un après l’autre. Il m’a regardée par-dessus le couvercle et m’a adressé une grimace de peur simulée. J’ai levé les yeux au ciel, mais j’étais en fait assez tendue. Matt a soulevé le couvercle de trois centimètres et jeté un œil à l’intérieur. Une expression de dégoût absolu s’est peinte sur ses traits tandis qu’il reculait d’un bond, lâchait le couvercle, trébuchait avant de recouvrer l’équilibre et se détournait, pris de haut-le-cœur.

J’ai fait un pas vers lui, la main sur ma bouche pour réprimer un gémissement. Il s’est retourné, l’œil vif, les mains levées en un geste de reddition. Il allait parfaitement bien.

— C’était une blague. Il essayait d’avoir l’air attendrissant.

— Vous êtes malade !

— Désolé.

— Vous n’avez pas l’air désolé.

J’étais piquée au vif par l’humiliation. Pourquoi, mais pourquoi laissais-je cet homme se moquer de moi ?

— Et alors, il y a quoi, là-dedans ?

— Des vieilles couvertures. Ça pue comme c’est pas permis.

J’avais ma dose. Je rentrais chez moi. Quitte à faire le trajet toute seule. Je lui ai lancé le regard le plus noir possible et me suis détournée. Il m’a rattrapée avant que j’atteigne le bout du couloir.

— J’aimerais vraiment m’en aller, maintenant, ai-je déclaré.

— Je sais, je suis désolé. On a presque fini.

Là-dessus, il m’a pris la main, et ramenée le long du couloir jusque dans la dernière pièce qu’il nous restait à examiner. Elle était longue et étroite, avec des placards intégrés tout le long d’un mur.

À cet instant, l’atmosphère a changé. J’ai senti un courant d’air soudain et perçu une nouvelle odeur. Une odeur fraîche, mais qui n'en restait pas moins légèrement écœurante. Une odeur de plat cuisiné bon marché, genre haricots blancs ou ragoût en boîte. J'ai attendu un moment, reniflant l'air comme un chien de meute, mais elle avait disparu.

Matt essayait d'ouvrir les unes après les autres les portes des placards. Sans aucun succès. Toutes étaient fermées à clé, ou bien le bois s'était gonflé au fil des ans.

— OK, on a fini. Je ne crois pas que quiconque soit venu ici depuis un bon bout de temps, mais je demanderai à des agents de venir inspecter les lieux dans les prochains jours. Ils peuvent vérifier ces empreintes digitales. Il y en aura peut-être plus en plein jour.

Je crois avoir amorcé un soupir de soulagement, mais j'ai à peine eu le temps d'ouvrir la bouche qu'un grand fracas a retenti en bas, suivi d'un faible gémissement. Qu'il soit humain ou animal, je n'aurais su dire. Nos yeux se sont croisés une fraction de seconde, puis Matt s'est remis en marche, à travers la pièce. Arrivé à la porte, il a lancé un regard en arrière sans s'arrêter.

— Attendez ici, a-t-il ordonné.

J'entendais ses pas irréguliers ou trébuchant, qui se hâtaient le long du couloir.

Attendre ? Seule, dans le noir ? Dans cette maison ? Très peu pour moi, merci… J'ai traversé la pièce à grandes enjambées et me suis retrouvée dans le couloir. Sans la lampe de poche de Matt, il faisait nuit noire. Bras tendus, ignorant l'humidité visqueuse des murs, j'ai rebroussé chemin, tâchant de me rappeler où se situaient les portes. J'ai réussi à regagner les chambres et j'ai entendu Matt dans l'escalier principal. Quand il a sauté les dernières marches, je le talonnais de près. J'ai atteint le rez-de-chaussée juste à temps pour le voir disparaître dans le deuxième cottage.

Quand j'y suis arrivée, Matt se tenait debout à côté du plan de travail en train de regarder par la fenêtre. La cage de verre que nous avions vue plus tôt gisait en miettes sur le sol dallé. La planche qui avait barré la fenêtre se balançait, et il n'y avait plus de verre dans le cadre. La pièce était ouverte sur la nuit.

— Il faut que j'aille jeter un coup d'œil dehors, a dit Matt.

Il a tendu le bras vers le plan de travail, prêt à se hisser, juste au moment où je percevais un bruit derrière moi, tout proche, et faisais volte-face pour voir une chose énorme fondre sur moi.

23

Elle m'a foncé droit dans le visage, avec ses yeux noirs et brillants. J'ai reculé en titubant, senti l'air brassé autour de moi, suivi d'une douleur vive. L'instant d'après, la forme avait disparu et je m'agrippais à Matt, le visage blotti contre son blouson. Je pouvais sentir une odeur de cuir et le parfum chaud, légèrement herbacé de sa peau ; je percevais aussi la chaleur qu'irradiait son corps.

— Nom de Dieu ! s'est-il écrié. C'était quoi ce truc, bordel ?

J'avais envie de rire et de pleurer en même temps. Je savais exactement de quoi il s'agissait, l'avais su alors même qu'elle se précipitait sur moi. Mais mon corps tremblait encore sous le choc.

— Ce putain de truc devait bien faire un mètre de large. Putain de saloperie de machin !

Quelqu'un devait reprendre le contrôle de la situation. Je me suis tortillée tout en faisant un petit pas en arrière. Matt a reçu le message et m'a relâchée.

— Curieuse façon de parler devant la fille d'un archidiacre.

Il n'a rien répondu. Je n'étais pas sûre qu'il soit capable de proférer autre chose que des insanités.

— C'était une chouette hulotte, ai-je poursuivi. La chouette la plus commune qu'on puisse trouver en Angleterre. Normalement, elles nichent dans les arbres, mais…

Je n'ai pas fini, car ce n'était ni l'endroit ni l'heure pour une leçon d'ornithologie. À ce stade, j'avais à peu près recouvré mes esprits et trouvais assez réjouissante l'expression honteuse qu'affichait Matt. Non loin de nous, le cygne muet a poussé de nouveau son cri.

— J'imagine qu'il aurait pu y en avoir une autre, a-t-il hasardé au bout d'un moment. Le bruit qu'on a entendu aurait pu venir de la première. Elle nous aura entendus là-haut, aura paniqué et renversé la cage en verre.

Et ôté les clous retenant la planche à la fenêtre, ai-je songé, sans le dire. Il avait peut-être raison. On était en période de nidification et il était tout à fait possible que deux chouettes habitent dans la propriété. Et la planche de bois pouvait avoir pourri autour des clous. Il n'était pas impossible que la première chouette ait percuté la planche et l'ait délogée.

La vérité, c'est que j'avais eu plus que ma dose de ces mésaventures sinistres. J'avais besoin d'une explication rationnelle et adhérais volontiers à l'hypothèse des deux chouettes. Par ailleurs, je venais de me retrouver plaquée contre le corps d'un homme. Mon raisonnement n'était pas à proprement parler clair comme le jour.

— Dites-moi une chose, a demandé Matt, qui avait l'air de s'être quelque peu ressaisi. Vous vous êtes jetée dans mes bras ou est-ce l'inverse qui s'est produit ?

Il était temps de passer à la suite. J'allais quitter la pièce, quand j'ai aperçu quelque chose dans la cheminée. Je m'en suis approchée.

— Allez venez, Clara, je crois qu'on en a assez fait. Allons-nous-en.

Je me suis penchée. Ignorant l'interdit de Matt, j'ai tendu le bras et ramassé la forme chiffonnée, translucide, que j'aurais pu prendre pour un mouchoir en papier si je n'y avais regardé de plus près. C'était sec, craquant et doux, délicat et beau à sa façon, couvert de marques régulières, familières. Je me suis levée et l'ai brandie, tâchant d'en évaluer la longueur. Un mètre cinquante, un mètre quatre-vingts peut-être.

— Oh merde... a murmuré Matt.

J'avais à la main une peau de serpent. Une peau de serpent ne pouvant pas s'étirer comme la nôtre, tous les deux ou trois mois, l'animal mue. Le reptile arrête de manger, devient léthargique, et ses yeux commencent à présenter des opacités blanchâtres. Et il se tortille hors de sa peau, l'abandonnant derrière lui comme on laisse derrière soi des vêtements sales par terre dans une chambre.

— Est-ce que les couleuvres peuvent atteindre cette taille ? a demandé Matt.

Je ne me suis pas donné la peine de répondre. Il était clair à sa voix qu'il connaissait déjà la réponse.

— Elle n'était pas là tout à l'heure, ai-je dit.

— Elle devait y être, c'est juste qu'on ne l'a pas vue.

— Je l'aurais remarquée.

Il n'a pas insisté.

— C'est celle d'un taïpan ?

— Je ne peux pas l'affirmer. C'est possible, mais je ne connais pas assez bien la forme de leurs écailles. En outre...

Il a poussé un gros soupir.

— En outre, quoi ?...

— Ça m'a l'air plus grand.

Nous étions dehors. Oh, quel soulagement procurait l'air frais, chargé d'odeurs suaves ! Se servant d'une pierre en guise de marteau, Matt avait refixé les deux planches à leurs fenêtres respectives. Une fois refermé le cadenas du portail, la maison des Witcher s'est retrouvée à l'abri des effractions.

J'ai consulté ma montre tandis que nous marchions en direction de la place du village, stupéfaite de constater qu'il était près de minuit. Nous étions restés dans la maison plus longtemps que je ne l'eusse cru. J'avais toujours à la main la peau de serpent. J'avais demandé à Matt si je pouvais la conserver un jour ou deux, pour la faire examiner par un expert, et il avait accepté à contrecœur, à la condition expresse que je ne la quitte pas des yeux.

Nous sommes passés devant l'étroite allée qui conduisait chez Matt – je me suis rendu compte que je n'avais aucune idée de ce à quoi elle pouvait ressembler, et sommes parvenus au bout de Bourne Lane. Le parfum des roses anciennes m'a atteinte de plein fouet, me renvoyant à d'autres temps, aux souvenirs heureux de maman, à des jours qui ne reviendraient jamais plus. Prise d'un besoin irrépressible de me retrouver seule, je me suis arrêtée et tournée vers Matt.

— Ça va aller maintenant, merci. Je vous en prie, ne...

— Vous saignez.

Il a mis sa main sur ma tempe droite. Je suis sûre que c'était la douleur – un picotement infime – qui m'a fait sursauter à ce moment-là. Puis il l'a ôtée et l'a regardée. Je pouvais voir une vague trace sur ses doigts, mon sang, provenant de là où la chouette m'avait attaquée. Une nouvelle cicatrice. Et du côté intact de mon visage. Comme je l'ai dit, j'étais fatiguée. Normalement, il aurait fallu bien plus qu'une égratignure pour provoquer les larmes qui ont commencé à rouler sur mes joues. Elles devaient briller sous le clair de lune parce que j'ai vu, à la façon qu'a eue Matt de plisser les yeux, qu'il les avait remarquées.

— Je suis désolé pour votre mère, a-t-il dit d'une voix douce.

J'ai retenu mon souffle et me suis mordu la lèvre inférieure. Les larmes, c'était une chose. Me mettre à sangloter devant quelqu'un que je connaissais à peine, tout autre chose. Il fallait que je m'éloigne, que je regagne mon intimité. Au lieu de quoi, je suis simplement restée plantée là.

— Comment se fait-il que vous en sachiez autant sur mon compte ?

— Le village est petit, Clara. Nous nous faisons un devoir d'en savoir autant que possible les uns sur les autres.

Et moi qui pensais être venue ici pour m'isoler.

— Moi pas, ai-je rétorqué, d'un ton maussade.

— Oh que si !

Il a posé une main sur mon épaule en me reconduisant gentiment le long de l'allée.

J'ai avancé en silence, sans plus protester, en me demandant néanmoins ce que penserait le premier voisin venu s'il devait jeter un regard par la fenêtre et nous trouver dehors ensemble à une heure pareille, avec Matt qui avait quasiment passé un bras autour de mes épaules.

Arrivés au bout de mon allée, il a continué d'avancer. Nous avons progressé laborieusement dans le gravier, j'ai fouillé dans ma poche à la recherche de mes clés, tout en pensant : *Maintenant, il va s'en aller, quand même !* J'ai inséré la clé dans la porte et j'ai pivoté vers lui, ne sachant trop quoi ajouter.

— Eh bien, merci.

Voilà tout ce que j'ai trouvé, tout en songeant aussitôt que ça ne pouvait convenir.

De quoi le remerciais-je exactement ? De m'avoir fichu une trouille bleue ? De m'être fait attaquer par une chouette prise de panique ?

— Il faut que nous jetions un œil à cette coupure, a-t-il déclaré, m'invitant à le précéder à l'intérieur. À moins que vous ne préfériez que je réveille Sally.

— Non, non, ça va aller. Je me fais griffer ou couper comme ça tout le temps.

Comme il ne faisait pas mine de partir, je lui ai tourné le dos et j'ai traversé la cuisine, le sachant sur mes talons. Allant droit à l'évier – le mieux étant d'en finir –, j'ai fait couler l'eau chaude jusqu'à ce qu'elle soit bouillante et pris un liquide antiseptique dans un placard. Il me l'a ôté des mains, a rempli un bol d'eau chaude et m'a fait asseoir à table. Il a rapproché une chaise et s'est installé en face de moi.

— J'ai une formation de secouriste. (Il repliait une serviette en papier, l'humidifiant et versant du Dettol dessus.) J'ai suivi des tonnes de formations. On doit pouvoir soigner les suspects après leur avoir tapé dessus. Ça va peut-être piquer, au fait.

— Aïe !

— Comme ça, vous savez ce que ressentent les blaireaux. Vous en avez recousu d'autres aujourd'hui ?

— Non, aujourd'hui j'ai sauvé un cygne.

Savait-il tout de moi, y compris mon travail quotidien à l'hôpital ?

— Ne bougez pas, a-t-il recommandé, posant une main chaude sur mon cou pour s'assurer que je n'en ferais rien. Ça peut vous casser un bras, un cygne, vous savez.

— Ne soyez pas ridicule, bien sûr que non.

— C'est bien connu. Un coup porté par l'aile d'un grand cygne peut briser un bras humain.

J'ai poussé un soupir. Si je récupérais un billet de dix livres chaque fois que...

— À supposer qu'une personne âgée, frêle, souffrant d'ostéoporose sévère se tienne debout juste devant un cygne en tendant son bras à l'horizontale, et qu'un grand cygne s'apprête à plonger, de très très haut, et qu'il heurte le bras à toute vitesse, il est envisageable qu'un bras se brise. Dans la plupart des autres cas, vous pourriez tout aussi bien soutenir qu'un rouge-gorge peut vous rompre le cou si, en théorie, il vous tombait dessus du haut d'une haie, vous faisait sursauter et donc dévaler quelques marches en arrière et... Bref, vous avez pigé.

— Absolument.

Matt me regardait en fronçant les sourcils, mais avec une expression plutôt amusée.

— Et merci, c'est bon à savoir, je ne serai pas aussi nerveux la prochaine fois que je me retrouverai en face d'un cygne. Vous avez froid ?

— Non, c'est l'eau qui me coule dans le cou.

Il y en avait, en effet, mais ce n'est pas la raison pour laquelle je frissonnais. Je n'étais tout simplement pas habituée à être touchée de la sorte : par personne, et encore moins par un homme.

Matt s'est levé, a trouvé une serviette et, au lieu de me la tendre, s'est rassis et l'a passée autour de mon cou, l'enfonçant dans l'encolure de mon pull. Ce geste l'a rapproché plus que de raison, engendrant une proximité pénible : une intrusion dans mon espace intime, farouchement défendu en temps normal. Ignorant mon malaise, il a continué à badigeonner la plaie, même si j'étais tout à fait convaincue qu'elle devait être parfaitement nette à ce stade.

— Est-il vrai que la plupart des gens qui manipulent des serpents dans les Appalaches meurent de morsure ?

— Oh, pour l'amour du ciel ! Qu'est-ce que vous avez fait, acheté un livre ? *101 histoires hautement improbables au sujet des serpents* ?

Il a suspendu son geste, a baissé les yeux sur le bol : il essayait de garder son sérieux, sans tout à fait y parvenir.

— Il s'intitule *Serpents : Faits réels et imaginaires*, a-t-il avoué, relevant les yeux vers moi. Je l'ai emprunté à la bibliothèque.

Je n'ai rien trouvé à répondre. Il avait pris un livre à la bibliothèque. Dans le seul but de me faire marcher ?

— J'ai également consulté *Serpents venimeux du monde*, *Reptiles communs de Grande-Bretagne*, et *L'Art d'élever des serpents*. Je commence à devenir un vrai spécialiste des reptiles.

Soudaine pointe de déception. Son emprunt à la bibliothèque n'avait rien à voir avec moi : il se contentait de se renseigner sur le problème de serpents du village. Alors que je restais assise, me sentant idiote, le regard fixé sur la table, il s'est levé.

— Je ferais mieux d'y aller, a-t-il déclaré, en se dirigeant vers la porte. À qui comptez-vous parler de la peau de serpent qu'on a trouvée ce soir ?

— Oh, un dénommé Sean North. Il n'habite pas loin. Il est…

— Je sais qui c'est.

J'ai patienté. Quelque chose dans le visage de Matt s'était durci.

— C'est lui qui a le taïpan ?

— Oui. (Je ressentais un léger fourmillement dans les nerfs, du genre qu'on a à l'école quand on se fait convoquer dans le bureau du principal.) Ça pose un problème ?

Il a paru y réfléchir.

— Sans doute pas, a-t-il répondu au bout d'un moment. Ça fait longtemps que vous le connaissez ?

Il me regardait avec légèrement plus d'insistance qu'il ne semblait nécessaire.

J'ai secoué la tête.

— J'ai fait sa connaissance samedi. Mais je peux difficilement trouver plus compétent.

Matt restait sur le seuil, une main sur la poignée de la porte. C'était ridicule, vraiment je n'étais plus moi-même, mais je me suis aperçue que je ne voulais pas qu'il s'en aille.

— Merci pour votre compagnie dans la maison fantôme, a-t-il conclu. Vous me tenez au courant dès que possible pour la peau de serpent, promis ?

Là-dessus, il est parti.

24

Le réveil a sonné à l'heure habituelle, me tirant d'un sommeil sans rêves, pour me plonger dans une brume de tristesse sans précédent. Je suis restée allongée, une chose que je ne fais jamais normalement une fois réveillée, écoutant d'une oreille distraite les oiseaux et ressentant un inexplicable sentiment de perte. Il allait bien au-delà du manque que je pouvais avoir de ma mère. Je suis restée là quinze, vingt minutes peut-être, me demandant si je pourrais jamais sortir de mon lit ce jour-là.

Mais j'ai fini par le faire – les bonnes vieilles habitudes – et suis descendue, consciente que quelque chose avait changé, clochait même, mais incapable de mettre le doigt dessus. Puis j'ai su. La maison était bien trop calme.

La cage des poussins de chouettes hulottes se trouvait sur le plan de travail comme à l'accoutumée. Le couvercle était posé à côté, et non au-dessus comme il aurait dû l'être. Je n'entendais aucun son en émanant. Depuis dix jours, j'avais été réveillée par les cris des juvéniles réclamant avidement leur petit déjeuner. Ce matin, ils gardaient le silence. J'ai jeté un œil à la porte de derrière. Les verrous que j'avais installés la veille au soir étaient toujours soigneusement tirés. Je suis allée voir la porte de devant : fermée à clé et verrouillée. Revenant à la cuisine, et ne souhaitant pas réellement voir ce qu'il y avait dans la cage, je m'en suis approchée pas à pas jusqu'à pouvoir lancer un regard par-dessus bord.

C'est presque avec soulagement que je l'ai trouvée vide. J'ai reculé, fouillant la cuisine du regard en quête d'endroits où les oisillons auraient pu s'être perchés comme s'ils avaient pu, bien avant l'heure, apprendre à voler. Rien. J'ai inspecté la maison en vitesse. Les portes et les fenêtres étaient toutes fermées à clé.

Qui diable pouvait bien voler des bébés chouettes ? Et comment avait-il réussi son coup ? Les poussins étaient dans leur cage quand j'étais allée me coucher et s'y trouvaient encore à 3 heures du matin lorsque je m'étais levée pour les nourrir. Toutes les portes et les fenêtres de ma maison étaient fermées. Et pourtant, quelqu'un avait réussi à entrer – une nouvelle fois. Je ne croyais absolument pas aux fantômes. Mais à un moment donné, cette nuit, mes bébés chouettes avaient disparu.

Bien évidemment, j'ai signalé leur disparition à la police, mais l'agent qui a pris mon appel, est resté poli, sans pour autant manifester une attention particulière à l'incident. L'idée d'enquêter sur une nouvelle « effraction qui n'a jamais eu lieu » ne l'enthousiasmait certainement pas.

Je n'avais pas appelé Matt. Je n'avais pas besoin d'être experte en psychologie humaine pour ignorer que l'état dépressif dans lequel je m'étais réveillée avait un rapport avec lui. Passer du temps avec Matt Hoare, même dans les circonstances étranges qui semblaient entourer toutes nos rencontres, ne me faisait aucun bien.

De nouvelles arrivées en cascade à l'hôpital m'ont occupée jusqu'à 7 heures du soir, et même après. Quand j'ai pu m'en aller, je me suis rendue directement chez Violet au volant de ma voiture. J'avais téléphoné plus tôt, en route pour le travail, pour prendre de ses nouvelles, ainsi que de Bennie. Elle ne se souvenait pas de m'avoir vue la veille, mais s'était montrée assez aimable, surtout quand j'en avais rajouté une couche sur Bennie. Je lui avais apporté du pain frais, en lui disant que j'en avais acheté trop pour moi, lui avais préparé du thé et des toasts et avais allumé le feu.

Je lui avais rappelé de ne pas sortir Bennie et, n'étant pas sûre qu'elle s'en souviendrait, avait punaisé une note de rappel sur sa porte d'entrée. Promettant de revenir le soir avec des médicaments, je l'avais abandonnée à sa triste et froide journée.

À présent, j'étais de retour. J'avais un médicament qui soignerait l'insuffisance cardiaque. Ainsi que des aliments pour chiens âgés excessivement chers, et des compléments alimentaires. J'avais sûrement gaspillé mon argent : j'avais juste besoin de faire quelque chose pour ce pauvre petit chien et sa maîtresse.

J'ai toqué à la porte et ai eu la surprise, plutôt agréable d'ailleurs, de la voir ouverte par Sally, infirmière à domicile, ma voisine, et pourvoyeuse des meilleurs sandwichs au bacon du Sud-Ouest de l'Angleterre.

— Bonjour, entrez, a-t-elle dit, me précédant le long de l'étroit couloir. Violet me parlait de vous. Vous êtes dans ses petits papiers. Elle a quelque chose à vous dire.

— Elle se souvient de moi ?

— Oh, sa mémoire va et vient. Encore qu'on ne puisse jamais savoir exactement à quoi s'attendre.

À ma vue, Violet a tenté de se lever, mais l'effort était trop grand. Je lui ai fait signe de ne pas se donner cette peine et me suis accroupie pour regarder Bennie, allongé sur le tapis, haletant.

— Comment va-t-il aujourd'hui, Violet ?

— Mieux, je crois, un peu mieux.

Son diagnostic présentait plus d'optimisme que d'exactitude. Bennie était toujours très malade. Il ne m'a pas fallu longtemps pour lui faire sa piqûre. J'ai ramassé sa gamelle, dans l'intention de la porter à l'évier et de la laver avant de le nourrir.

— Vous vous trompiez, mon amie, a lancé Violet, en tendant une main vers moi quand je suis revenue. Walter n'est pas mort. Je m'en suis souvenue ce matin, quand vous êtes partie. Il est juste allé à l'hôpital pour quelques bilans. Il sera bientôt de retour. Il me l'a dit lui-même.

J'ai posé le repas de Bennie par terre et permis à Violet de prendre ma main ; j'ai même caressé les siennes malgré moi. Elle avait la peau douce comme celle d'un bébé, mais moins ferme et décharnée.

— Violet, je suis désolée mais...

Je me suis interrompue pour consulter Sally. Nous étions certainement plus sur son terrain que sur le mien. Mon truc, c'était les animaux en péril.

Sally a jeté un regard rapide à Violet, mais ne semblait pas savoir quoi dire.

— Eh bien, en fait... a-t-elle commencé, avant de se taire.

Violet s'est tournée vers elle.

— Vous devez bien être au courant, mon amie. Vous devez le voir, à l'hôpital.

— Walter n'est plus à l'hôpital, Violet, a répondu Sally.

Elle m'observait.

— Malheureusement, nous ne savons pas au juste où il se trouve.

J'ai levé un sourcil interrogateur dans sa direction, puis lorgné en direction de Violet, ignorant, tout comme Sally, ce que nous pouvions vraiment dire devant elle.

— J'ai été mariée, vous savez, mesdames, a lâché sèchement Violet. Vous ne me choquerez pas.

Sally a réprimé un sourire et s'est apparemment décidée.

— J'ai tâté le terrain aujourd'hui, a-t-elle commencé, en nous jetant des regards successifs. Walter a bel et bien été admis le 29 août de l'année dernière. Je pourrais même vous dire dans quel service et comment on l'a soigné, même si je ne devrais sans doute pas. Et il s'est remis lentement mais sûrement jusqu'au 6 septembre.

— Qu'est-ce qui s'est passé ensuite ? ai-je demandé.

Assise entre nous deux, Violet avait l'air tout aussi intéressée que moi. Ses yeux me semblaient d'un bleu plus lumineux que dans mon souvenir.

— Personne ne peut me le dire. Le système informatique de l'hôpital est tombé en panne la semaine dernière, et s'est arrêté pendant une heure. On a perdu une grosse partie de nos données, y compris toutes les archives gériatriques depuis début septembre jusqu'à la fin du mois. Bien sûr, l'hôpital fait des sauvegardes, mais elles ne sont pas stockées sur place et on me répond que leur récupération ne présente aucun caractère d'urgence. Il pourrait se passer des semaines avant qu'on sache.

— Personne ne se souvient de lui ? ai-je demandé. Aucun membre du personnel ?

— Personne sur qui je suis tombée. Il y a eu pas mal d'employés temporaires ces six derniers mois : les infirmières qui se sont occupées de lui sont reparties ailleurs depuis. Mais je n'ai pas vraiment eu le temps de mener mon enquête.

— Et les archives chirurgicales ? ai-je insisté. Le généraliste n'est pas prévenu quand un patient meurt à l'hôpital ?

— Celle-là, je les ai vérifiées. J'ai regardé de juillet jusqu'à la fin de l'année. J'ai trouvé une trace de la mort d'Edeline, le 17 novembre, mais c'est tout. Il n'est nulle part fait mention de Walter. Jusqu'à ce qu'on ait accès aux archives sauvegardées de l'hôpital, je pense qu'on doit partir du principe que Violet pourrait avoir raison. Peut-être que Walter n'est pas mort.

Personne n'a posé la question, mais elle est restée en suspens, bien présente. *S'il n'est pas mort, où diable était-il ?*

— C'est Edeline qui m'a appris son décès, ai-je repris, pas encore prête à l'admettre. Elle a dit la même chose au pasteur. À plein de gens. Pourquoi l'aurait-elle fait si ce n'était pas vrai ?

— Edeline mentait comme elle respirait, a coupé Violet, d'une voix différente, plus jeune que d'habitude. Sur un ton nettement moins agréable, aussi.

Sally et moi avons échangé des regards furtifs.

— Walter avait des frères. Je refusais d'imaginer que Walter ait pu violer mon domicile – à deux reprises. Je me suis tournée vers Violet.

— C'est d'eux que vous me parliez hier soir, n'est-ce pas ? Je n'avais pas compris. Il y avait Harry, Archie et Saul.

— Et Ulfred, a complété Violet, dont le corps minuscule a semblé parcouru d'un frisson. C'était le plus bizarre de tous. Je n'ai jamais aimé me retrouver trop près d'Ulfred.

Sally et moi nous sommes fait face d'un même élan, avant de revenir à Violet.

— Qui était Ulfred ? ai-je demandé.

Violet nous a dévisagées tour à tour.

— Le plus jeune, a-t-elle rétorqué, en se tapotant la tempe. Pas tout à fait net là-dedans, vous comprenez. Il vivait avec Walter et Edeline, dans la partie habitée de la maison. Edeline s'occupait de lui, soi-disant. Il ne pouvait pas parler. Ne faisait que pousser des gémissements affreux. Oh, et les serpents ! Ne me demandez pas pourquoi ni comment, mais Ulfred tenait toujours un serpent à la main.

25

Violet a de nouveau frissonné.

— Je ne supporte pas ces bestioles, mes amies. Ces horribles trucs visqueux.

Je tenais à peine en place sur ma chaise, et un nouveau regard en coin à Sally m'a indiqué qu'elle ressentait la même chose.

— Cinq frères Witcher, ai-je répété doucement.

— Qui vivaient tous dans une petite maison de guingois, a ajouté Sally.

— Et vous dites qu'il était… dérangé ?

J'étais assise, les yeux rivés sur Violet, l'adjurant de ne pas retomber dans ses absences. Elle soutenait mon regard, et j'ai cru voir une lueur dans ses prunelles. Elle savait quelque chose. Quoi que cela puisse être, Violet hésitait à en parler.

— J'ai vu une photo hier soir, ai-je avancé, pour l'inciter à poursuivre. Découpée dans un journal. C'était une équipe de cricket. J'ai vu Walter, Harry, Saul et Archie, mais je ne me rappelle pas…

Violet se levait péniblement. Elle a tangué, et Sally s'est précipitée pour l'aider. Une fois hors de son fauteuil, elle s'est dirigée vers son vaisselier à pas lents, où elle a ouvert le second des quatre tiroirs. Elle en a sorti ce qui ressemblait à un vieil album, qu'elle s'est mise à feuilleter. Quand elle a trouvé ce qu'elle cherchait, elle est revenue vers nous, soutenue par Sally. Une fois les deux femmes rassises, Violet nous a tendu l'album ouvert que Sally et moi avons calé entre nous.

— C'était celle-ci ? m'a demandé Violet.
— Oui.
J'avais sous les yeux exactement la même coupure de presse que celle que j'avais vue dans la maison des Witcher la nuit précédente. J'ai relu attentivement la liste des noms, et repéré Jim Buckler, le mari de Violet, même s'ils n'étaient pas mariés au moment où la photo avait été prise. Le grand garçon dégingandé dans le rang du fond avait l'air très jeune. Et je me suis dit qu'il aurait pu avoir les cheveux roux clair avec des taches de rousseur, encore qu'il soit difficile d'en être sûre. Sally, pendant ce temps, faisait exactement comme moi la veille : elle associait les noms des frères Witcher aux visages.
— Aucun signe d'Ulfred, a-t-elle marmotté. Archie était pas mal, hein ? Il me rappelle quelqu'un, d'ailleurs. Je ne vois pas… il avait une famille ?
— Je crois qu'il a émigré. Qui étaient ces femmes ? ai-je demandé, en regardant Violet.
— Mon amie Ruby et moi. Et Edeline. Même si Edeline n'en fichait pas une au salon de thé. Elle ne venait que pour papoter avec les garçons.
En observant les trois femmes, on voyait très bien qui était qui. Jeune femme, Violet avait été petite et mince, et d'une beauté discrète. Son amie Ruby était plus grande et costaud, mais Edeline éclipsait sans peine les deux autres. Les dépassant de dix bons centimètres, elle portait un pantalon étroit et court qu'on appelait « corsaire » à l'époque, je crois. Elle avait la silhouette de rêve d'une star de cinéma des années 1950, et son chemisier ajusté et décolleté laissait peu à deviner.
— C'est Ruby, l'amie qui se trouvait à l'église la nuit où elle a brûlé ? ai-je demandé, émettant l'hypothèse au hasard.
Violet était de nouveau agitée.
— Je n'en ai jamais su grand-chose. Mon père n'aimait pas que j'aille à cette église, depuis l'arrivée du nouveau pasteur. Mais j'ai entendu des trucs, de la bouche de Ruby. Et de Jim. Il y est allé un temps. Jusqu'à…
— … l'incendie ? ai-je suggéré.

Violet a acquiescé.

— Quel incendie ? a demandé Sally, à ma grande irritation.

— Je n'y étais pas, a lancé Violet, toujours dans le même état de nervosité.

— Je sais, je sais, vous me l'avez dit. Alors comme ça, vous connaissiez Ulfred ? Il était dérangé à quel point ?

Violet a gardé le silence une minute, puis deux... J'allais renoncer, quand elle a inspecté la pièce, comme si quelqu'un avait pu entrer subrepticement. J'ai lutté contre la tentation de l'imiter. Et là...

— On racontait qu'il était possédé, a-t-elle chuchoté.

Sally a laissé échapper un petit rire et s'est adossée à sa chaise. Pour ma part, j'ai senti quelque chose de froid dans ma nuque.

— Par des démons ? ai-je demandé.

Violet a hoché la tête.

— Enfin, Clara, allons... a protesté Sally.

J'ai levé une main.

— L'Église catholique compte environ deux cents exorcistes en activité, me suis-je empressée de glisser. Même les anglicans ont des gens formés pour ce genre de trucs.

J'ai regardé Violet.

— Je ne crois pas aux démons, ai-je reconnu en toute honnêteté. Et je suis sûre que vous non plus, ai-je ajouté, parce que je n'aimais pas voir Violet aussi effrayée. Mais je sais que d'autres y croient. Il y a cinquante ans, les gens étaient bien plus superstitieux. N'est-ce pas ?

Ignorant Sally, Violet s'est penchée vers moi.

— Ils prétendaient que c'était le diable qui le rendait comme ça.

— Incapable de parler, vous voulez dire ?

— Oh non, pas que ça. Il y avait des fois où... où il devenait fou, quoi. On l'entendait crier, hurler. Mais jamais avec des mots. Juste ces bruits horribles. Et il jetait, cassait des choses. Il devenait complètement dingue.

— Et qui s'occupait de lui quand il était comme ça ? a demandé Sally, l'air toujours méfiant.

— Walter, les autres frères.

Violet a brièvement baissé les yeux sur ses genoux, puis les a relevés, sans tout à fait croiser les miens.

— On allait chez eux, quand ça arrivait. Même du fond du jardin, on pouvait l'entendre.

Son regard s'est animé.

— Je sais qu'on n'aurait pas dû, mais on était jeunes. On ne réfléchissait pas trop.

— Je comprends, ai-je rétorqué.

— Et après, on croisait Walter, ou l'un des frères, qui semblait s'être battu. Des yeux au beurre noir, des bleus. Et il n'y avait pas que la violence. Il faisait d'autres trucs. Des trucs pas bien.

Sally a haussé les épaules, de manière presque imperceptible. Violet, désormais, paraissait franchement mal à l'aise. J'ai jugé qu'il n'était pas nécessaire d'insister : j'avais une idée assez nette de ce que ces « trucs pas bien » signifiaient.

— Et que faisaient-ils pour lui ? Allaient-ils chercher de l'aide ?

Je n'ignorais pas que l'assistance pour les gens qu'on croyait sincèrement possédés ne prenait généralement qu'une forme.

— Je n'ai jamais vraiment su. J'ai juste entendu des rumeurs circuler.

— Je vois. Quel genre de rumeurs ?

— Les gens disaient qu'ils l'attachaient et le laissaient mourir de faim. Pendant des jours, des semaines des fois.

— Mais non !... s'est écriée Sally, qui avait l'air d'en avoir assez entendu comme ça.

Je lui ai lancé un regard réprobateur, puis me suis retournée vers Violet.

— Je peux comprendre qu'on l'ait attaché, ai-je assuré, surtout s'il était violent. Mais pourquoi l'affamer ? À quoi cela pouvait-il bien servir ?

— Ça les aidait à prier, qu'ils disaient. Ils allaient tous chez eux, ou des fois, ils l'emmenaient à l'église... le révérend, et plusieurs autres. Aucun d'eux ne mangeait non plus, et ils priaient avec lui, pendant des heures, pour essayer de chasser le démon. Mais ça n'avait jamais l'air de marcher parce que, des jours plus tard, on voyait Ulfred, toujours pareil, mais avec ses poignets couverts de bleus et de sang, se promener en boitant.

— Allons, c'est n'importe quoi ! Ridicule !

Sally avait atteint les limites de sa patience.

— Il n'était pas possédé, il était malade. Il aurait dû être envoyé à l'hôpital.

— Je sais, mon amie. Je ne trouvais pas ça bien. Mais le révérend, et tous ces hommes, tellement plus vieux que moi… ils semblaient si sûrs d'eux. Que pouvait faire quelqu'un comme moi ?

— Et Walter le tolérait ? a demandé Sally.

— Je ne sais pas. On a raconté qu'il s'était disputé avec le révérend. Mais ses frères et sa femme étaient dans le camp du révérend. Comme beaucoup d'autres gens du village. Qu'est-ce qu'il pouvait faire ?

— Ce révérend mériterait qu'on l'abatte.

— Il est mort dans l'incendie. Il y a sa tombe au cimetière. Violet, c'est très important.

Je me suis penchée vers elle.

— Est-ce que vous vous rappelez où se trouve Ulfred maintenant ?

Violet a soupiré et secoué la tête.

— Il est mort, mon petit. Il y a longtemps. Noyé, je crois qu'ils ont dit. Dans la rivière. Je n'ai pas pu m'empêcher d'être soulagée quand je l'ai appris. Soulagée pour nous, mais surtout pour lui. Pauvre homme.

Je me suis sentie me dégonfler comme un ballon. Un suspect principal venait de pointer la tête – pour se faire éliminer aussitôt. Soudain consciente de l'heure, j'ai jeté un coup d'œil à ma montre. Même en conduisant comme une dingue, je serais en retard. Je me suis excusée auprès de Violet, et j'ai promis de passer les voir, elle et Bennie, le lendemain. Sally m'a raccompagnée à la porte.

— Matt m'a dit, pour votre mère, Clara. Je suis vraiment désolée. J'espère que ce n'était pas une mort soudaine.

— Merci, ai-je répondu entre mes dents. Elle était malade depuis longtemps.

Super. Juste quand je commençais à me détendre en présence de Sally, voilà qu'elle avait maintenant un prétexte pour croire me connaître. Elle avait commencé par s'inviter chez moi, me demander comment j'allais, me proposer un dîner, attendant que je lui fasse des confidences. J'avais déjà croisé tellement de Sally auparavant. Comme par hasard, elle a ajouté :

— Pourquoi ne pas venir manger un petit frichti ce soir ?

— C'est très gentil, ai-je marmonné, la main sur le bouton de la porte, mais je vais rentrer tard.

J'ai ouvert et suis sortie à grands pas. Je suis montée dans ma voiture sans me retourner. En m'éloignant, j'ai ressenti un peu de regret à l'idée de m'être montrée si mal élevée. Sally ne l'avait vraiment pas mérité. Mais ça valait sans doute mieux, à long terme.

En outre, j'avais rendez-vous avec un homme au sujet d'un serpent.

26

Au tournant, la route entamait sa descente vers Lyme Regis. Il était bientôt 9 heures du soir et le soleil était bas sur l'horizon. J'ai traversé la ville, presque jusqu'à la mer, et freiné pour vérifier mon itinéraire. J'ai dû m'arrêter trop rapidement parce que j'ai failli me faire rentrer dedans par une petite voiture grise. Je me suis retournée pour m'excuser d'un geste, mais le conducteur a fait rugir son moteur et m'a dépassée à toute allure, pour repartir dans la descente. Surveillant la route plus soigneusement, j'ai redémarré et pris à droite. Au bout de la chaussée, j'ai dû sortir de voiture, soulever une vieille barrière en bois et rouler le long d'une allée privée qui n'était guère qu'un chemin de terre. Je me trouvais désormais dans l'enceinte du Lyme Undercliff, une réserve nationale qui abrite des orchidées rares, des insectes qu'on ne trouve nulle part ailleurs sur les îles Britanniques, ainsi que l'herpétologiste de renommée internationale et vedette de la télévision, Sean North.

Parvenue au bout de la piste, j'ai reconnu la vieille Land Rover cabossée et cradingue et me suis garée à côté. Je suis descendue de la voiture, ai glissé le mince et léger paquet sous mon bras et me suis avancée vers le cottage de plain-pied, à armature en bois, niché parmi les frênes. Peint en bleu, on aurait dit une cabane de plage. J'avais vu la maison bien des fois auparavant, et m'étais même demandé qui pouvait bien vivre dans un endroit pareil, sans jamais soupçonner la vérité.

Sentant mes nerfs tressauter comme des criquets dans mon ventre, je me suis approchée de la porte. Il n'a pas été nécessaire de toquer.

« C », pouvait-on lire sur le mot punaisé dans le bois, « vs êtes en retard. » Suivi de plusieurs points d'exclamation. « Parti voir nid », précisait-il encore. « Si vs vs décidez à venir, restez dans le coin. Reviens. S. »

Une seconde, j'ai envisagé de laisser le paquet devant sa porte et de le rappeler le lendemain matin. Une semaine plus tôt, c'est sans doute exactement ce que j'aurais fait – malgré ma promesse de ne pas le quitter des yeux. Mais je n'étais pas pressée de rentrer chez moi, dans un village grouillant de serpents et de mystères.

Aussi suis-je revenue sur le chemin côtier et me suis mise à suivre son tracé sinueux, m'enfonçant dans le parc, m'attendant à ce qu'une brise marine fasse bruire les cimes des arbres. Alors, de minuscules ronds de lumière se mettraient à danser dans le sous-bois comme autant de pièces semées au hasard par une main de géant.

Formé de glissements de terrain, si courants sur cette partie de la côte, le célèbre Lyme Undercliff n'a cessé d'évoluer au fil des siècles. Et ne cessera jamais de le faire.

L'éboulement le plus marquant de ces dernières années, largement responsable de l'état actuel de l'Undercliff remonte à Noël 1839. En deux jours, environ huit hectares de terrain, dont des champs de blé et de navets et comprenant huit millions de tonnes de roches, se sont brutalement décrochés des falaises pour glisser vers la mer, ouvrant un abîme de quarante mètres de profondeur et de près d'un kilomètre et demi de long. Depuis lors, ses flancs à pic ont été érodés plus encore par les intempéries et par d'autres glissements à petite échelle. Envahis par la végétation, c'est aujourd'hui presque une jungle.

Au fil des ans, géologues, botanistes et paléontologues ont trouvé là leurs propres sources de fascination, et moi les miens. Je suis intriguée que des siècles de dévastation puissent engendrer un lieu d'une telle sérénité ; et que cette beauté puisse recéler autant de dangers. « Ne mésestimez jamais l'Undercliff », répétait mon père, chaque fois que nous sommes allés nous y promener. « On a beau n'être qu'à un kilomètre et quelque de la ville, écartez-vous du sentier, et une petite embûche – une crevasse ou une faille cachée pourrait faire l'affaire – peut vous mener à la catastrophe. Il se passera peut-être des jours avant qu'on vous retrouve. »

Parvenue à un banc de bois, je m'y suis assise. Le soleil était sur le point de disparaître, et sans discrétion. De grands rais de lumière s'étiraient sur l'océan, transformant l'écume dansante en une masse blanc argenté.

Je suis restée assise à contempler la mer, tout en me demandant ce que je pourrais bien faire une fois qu'on m'aurait confirmé, d'une manière ou d'une autre, l'origine de la peau qui se trouvait dans l'enveloppe kraft sous mon bras gauche. Rien, évidemment, voilà la seule réponse sensée. J'étais vétérinaire, spécialiste de la faune sauvage. Je soignais des lièvres et des hérissons. Et pourtant…

Le vieil homme que j'avais vu à deux reprises ressemblait fortement à Walter Witcher. Et il avait eu quatre frères. J'étais sûre que, quoi qu'il puisse arriver au village, cela avait un rapport avec eux et leur maison. Pouvais-je les retrouver ? Deux sur cinq étaient décédés : Harry était au cimetière, Ulfred s'était noyé voici bien longtemps. Restaient Walter, Archie et Saul.

Archie avait émigré en Amérique. Il serait quasi impossible de le retrouver, même s'il était encore en vie. Mais Saul avait été chassé du village. Il fallait qu'il ait fait quelque chose de vraiment moche. Et les mauvais souvenirs, en règle générale, ne s'oublient pas comme ça.

Je pouvais examiner la presse de l'époque. Les crimes étaient rapportés, normalement, même il y a cinquante ans. Je découvrirais peut-être une trace de ce que Saul avait fait et de l'endroit où il était parti. Il me suffisait de commencer mes recherches à partir du moment où l'église avait brûlé.

Et pour Walter ? À supposer qu'il ne soit pas mort (et non plus terré dans sa vieille maison), il fallait bien qu'il vive quelque part. Pouvais-je mettre la main sur la liste des maisons de retraites de la région, pour voir s'il se trouvait dans l'une d'elles ? Si Walter était guéri en sortant de l'hôpital mais n'en avait pas moins été incapable de retourner chez lui, il aurait logiquement fini dans un hospice ou une maison de repos. Je pouvais faire tout ça par téléphone.

Parcourir quelques journaux, passer quelques coups de fil. C'était dans mes cordes, non ?

Le jour tombait sur l'Undercliff. Des nuages, absents durant la majeure partie de l'après-midi, s'amoncelaient désormais à l'ouest, absorbant ce qu'il restait de lumière, créant une palette de couleurs à couper le souffle, si elle n'avait été si banale en cet endroit du monde. Les gens se plaignent de nos ciels maussades, mais, sans nos nuages, nous ne pourrions jamais admirer nos couchers de soleil. Tout a un prix.

Derrière moi, une brindille a craqué. Un instant, je n'ai entendu que la brise agitant les jeunes feuilles, puis le bruit faible mais caractéristique de l'herbe haute qu'on foule.

Le soleil était encore plus bas : dans quelques minutes, il se lèverait sur d'autres rivages. Sa lumière était plus riche, et la voie dorée, miroitante qu'il laisse dans son sillage est venue jusqu'à moi au travers des vagues, comme une invitation vers un monde meilleur. Pour l'instant, néanmoins, je restais coincée dans celui-là.

— Désolée d'être en retard, ai-je lancé à l'adresse du point sur l'horizon où commençait – ou bien s'achevait, je ne savais jamais vraiment – la passe lumineuse.

L'homme derrière moi s'est mis à rire.

— Et moi qui m'imaginais pouvoir me glisser dans le crépuscule montant comme une ombre.

— Ça fait deux minutes que je vous entends approcher, ai-je répliqué, sans me retourner. Il y a plein de bois mort par ici. Je vous conseille de l'éviter si vous voulez vous déplacer sans bruit.

Il n'a rien répondu. *Bien vu, Clara,* me suis-je dit. *Cet homme est connu dans le monde entier pour son aptitude à dénicher des créatures rares, et te voilà en train de lui expliquer comment se déplacer sans bruit dans la forêt. Au fait, as-tu oublié que tu es venue ici pour lui demander de l'aide ?*

— Vous vivez dans un endroit magnifique. J'espérais ainsi l'apaiser.

— Je suis tombé amoureux de l'Undercliff quand j'étais petit garçon. J'y passais la quasi-totalité de mon temps. C'est ici que j'ai attrapé mon premier serpent.

— Une vipère ?

Il n'avait pas fallu longtemps pour revenir aux serpents venimeux.

— Un orvet. J'ai mis deux semaines à piger que mon nouvel animal fétiche n'était pas du tout un serpent.

Il a fait le tour du banc et, toujours sans lever les yeux, je me suis glissée sur la gauche pour lui permettre de s'asseoir à ma droite. Mon bon côté.

— Merci de... ai-je commencé.

— Ravi de... a-t-il prononcé en même temps.

J'ai levé les yeux, aperçu un éclair noisette lumineux, et baissé le regard aussitôt.

— Ça vous dirait de venir boire un verre à la maison ? a-t-il suggéré, au bout d'une minute.

Grands dieux, non ! Je sentais mes mains trembler à la seule idée de me retrouver seule avec cet homme. Chez lui.

— Je dois y aller, ai-je balbutié, consciente de ma froideur, peut-être même de ma grossièreté, mais incapable de faire autrement. Je vous aurais bien envoyé ça par la poste, mais j'ai promis à quelqu'un de ne pas le quitter des yeux.

Voilà que je disais n'importe quoi. Et Sean North ne me venait pas en aide, loin de là. Du coin de l'œil, je ne distinguais que ses bottes, son jean et quelques centimètres de sa chemise. Nettement plus propre que la dernière fois, mais à part ça, pratiquement la même tenue que celle qu'il portait le jour où nous avions fait connaissance. Ses yeux ne me quittaient pas. Je le sentais. Je me comportais comme une andouille. J'ai pris le risque de lui présenter mon profil de trois quarts et croisé son regard.

— Bonjour, a-t-il dit.

J'ai rougi, et ce n'est qu'avec effort que j'ai réussi à ne pas détourner les yeux. Voilà que je me conduisais comme une ado qu'on viendrait de présenter à sa rock star préférée. J'ai pris l'enveloppe coincée sous mon bras et la lui ai tendue. Il l'a saisie, l'a ouverte et a fouillé dedans.

— Où l'avez-vous trouvée ?

Il sortait la peau et la levait dans le jour déclinant.

— Dans une vieille maison du village. Elle fait cent vingt-cinq centimètres de long. Je l'ai mesurée trois fois, pour être absolument certaine. Je me demandais si...

— Non.

— Non, quoi ? Ce n'est pas une peau de taïpan ?

— Pas du nôtre. Notre amie – je l'ai appelée Clara, au fait, j'espère que ça ne vous pose pas de problème – mesure cent dix-sept centimètres. Souvenez-vous, vous étiez là quand Roger l'a mesurée. Donc, à moins qu'elle n'ait rétréci – ce que je n'ai jamais vu jusqu'ici –, ce n'est pas l'une de ses mues.

Le soleil était tombé sous l'horizon, ne laissant qu'une flaque dorée à la surface de l'océan. Il diminuait à vue d'œil, tout comme mon mince espoir que nous n'ayons pas un autre tueur lâché dans la nature. Sean, j'en suis quasiment sûre, continuait de me scruter.

— J'apprécierais vraiment si vous pouviez me dire que cette peau provient d'une autre espèce, ai-je lâché finalement. Quelque chose d'inoffensif. Et si possible, vieux de plusieurs années.

— Cette mue est assez récente. Et, si vous l'avez trouvée dans une vieille maison, elle est probablement très récente. Si elle avait traîné quelque temps, elle aurait sans doute été mangée.

Il avait raison. Je me suis sentie vide, comme si, à eux seuls, les mots avaient le pouvoir de m'épuiser.

— Je ne peux pas vous certifier, comme ça et dans cette lumière, s'il s'agit de celle d'un taïpan. J'aurais besoin de l'examiner convenablement, de prendre mon temps. Tout ce que je peux dire pour l'instant, c'est que ça se pourrait. Si vous ne pouvez pas la laisser, pourquoi ne pas revenir quand vous aurez plus de temps.

— Non, évidemment que je peux vous la laisser. Je vous serais très reconnaissante si vous pouviez l'examiner.

Nous sommes restés assis une seconde, à regarder la lumière dorée sur l'horizon frémir et disparaître. Les couchers de soleil arrivent toujours à m'émouvoir, mais il y avait quelque chose dans celui-là qui me semblait d'une tristesse insupportable.

— Quelle est l'espérance de vie d'un taïpan sous ce climat ? Pendant combien de temps représenterait-il un danger ?

Sean a paru réfléchir.

— Normalement, pas longtemps du tout, a-t-il fini par répondre. J'imagine qu'un serpent tropical qui se serait échappé s'endormirait au bout de vingt-quatre heures, sans jamais se réveiller, point barre. Et même avant qu'il tourne de l'œil, il n'aurait sans doute pas l'énergie de chasser. Il aurait trop froid.

— Donc, même s'il y en a un autre qui se balade dans le village, on n'a pas à s'en faire ?

— Eh bien… j'aimerais pouvoir dire que oui.

— Mais…

— Ce printemps a été bien plus chaud que d'habitude. Un serpent pourrait rester éveillé quelques jours. Et même un serpent endormi, qui a froid, se défend, le cas échéant. Il reste dangereux.

Nous avons gardé le silence un moment, pendant que je m'efforçais de ne pas imaginer de petites jambes potelées en train de courir dans les broussailles, un tout petit pied se poser sur un serpent endormi – mais parfaitement mortel.

Là-dessus, une main chaude s'est posée sur mon épaule, la jointure d'un petit doigt m'a frôlé la peau dans la nuque : Sean m'indiquait un cap face à moi, à environ un kilomètre et demi, à l'est.

— Vous voyez cette formation rocheuse là-haut, celle qui a un peu la forme d'un champignon ?

J'ai hoché la tête, consciente de ce que son corps se penchait vers le mien, de son odeur familière de grand air.

— C'est l'emplacement du fameux volcan Lyme.

J'ai tourné la tête vers lui pour le regarder vraiment. Il a souri.

— Quoi ? Vous n'avez jamais entendu parler du volcan Lyme ?

— Oh, si. C'est juste que je le rangeais avec le lutin des Cornouailles et le Leprechaun irlandais.

— Erreur. Le volcan Lyme existe bel et bien. Je vais vous raconter son histoire.

Il s'est adossé au banc, à mon grand soulagement, jusqu'à ce que je prenne conscience que son bras reposait le long de la première latte de bois du dossier et qu'il se trouvait à moins de deux centimètres de mes épaules.

— Quand j'avais quatorze ans, je fouinais dans les sous-bois lorsque j'ai vu ce qui ressemblait à de la fumée sortir de sous un buisson. J'ai d'abord pensé que quelqu'un s'était débarrassé d'un mégot de cigarette. Je suis allé faire mon enquête, pour m'apercevoir que la fumée ne sortait pas du tout du buisson, mais d'une fente entre les rochers – d'environ quinze centimètres de large et trop profonde pour que je puisse en voir le fond.

— De la fumée sortant des rochers ? ai-je repris, intéressée malgré moi. Comment est-ce possible ?

— Combustion spontanée de schiste bitumineux souterrain.

— Pardon ?

— Le Dorset est riche en réserves de pétrole souterraines. Comme le Hampshire. En fait, une grande partie du sud de l'Angleterre. Rien à voir avec la mer du Nord, mais des niveaux significatifs quand même.

— Vraiment ? Je croyais que le pétrole requérait des conditions géographiques particulières.

— Pas vraiment. Juste un sédiment riche en éléments organiques, comme le schiste. S'il est enterré suffisamment profond, l'environnement agit comme une Cocotte-Minute, et le transforme en pétrole. Tout cela prend des millions d'années, bien sûr.

— Oh, parfaitement.

Nous étions à des années-lumière du sujet que j'étais venue aborder mais j'aimais bien l'écouter parler quand même.

Une pensée m'a traversé l'esprit : serais-je en train de bavarder ?

— Ensuite, tout dépend de la constitution des roches, continuait Sean. Le pétrole migre de sa roche d'origine jusqu'à ce qu'il en trouve une autre, genre calcaire ou grès, susceptible de le recueillir dans une poche souterraine. On obtient alors une nappe de pétrole.

— Comment savez-vous autant de choses sur le sujet ?

— J'ai participé à deux ou trois commissions qui étudiaient l'impact du forage sur l'environnement. Les gens se mettent toujours dans tous leurs états si on suggère de forer du pétrole dans leur arrière-cour. L'impact est en général assez faible, mais les gens imaginent des champs de pétrole comme au Texas. Plusieurs projets de forage ont été interrompus dans les environs sous la pression locale.

— Mais on a toujours des champs de pétrole ? Ici, dans le Dorset ?

— Et ouais ! Wytch Farm est tout près. Le plus grand site *onshore* de l'Europe de l'Ouest. On a aussi prospecté à West Chaldon.

— Et cette histoire de combustion spontanée ?

— Désolé, la géologie est un peu ma marotte. Eh bien, l'argile de la région contient pas mal de pyrite. Après un mouvement rocheux – ce qui arrive tout le temps sur cette côte – la pyrite peut se retrouver en contact avec l'air. Elle commence à s'oxyder et chauffe, ce qui déclenche une combustion spontanée. Si l'on a aussi un combustible, comme dans les nappes de pétrole par exemple, ça peut provoquer un incendie assez conséquent.

— Les falaises de craie de Douvres, les falaises de feu de Lyme, ai-je commenté.

— Enfin bref, vers le début du XXe siècle, une combustion s'est produite, rebaptisée par la suite le volcan de Lyme. Ça a brûlé pendant des jours. Je vis dans la peur permanente qu'il en survienne une autre, juste sous ma maison. Mes polices d'assurance sont exorbitantes. Mais ça peut être utile pour faire un brin de causette.

Je me suis figée. Il ne s'était sûrement pas rendu compte de ce qu'il venait de dire.

— Et qu'est-il arrivé à votre volcan ? ai-je réussi à demander.

— Le temps que je revienne avec mon père, mes deux frères et trois voisins, il n'y en avait plus trace. Ils m'ont charrié sans pitié. Du coup, j'ai passé les soirées suivantes à la bibliothèque du quartier jusqu'à être en mesure de prouver que sur ses falaises, les roches brûlent bel et bien.

J'ai réalisé que je souriais. C'était une belle image. Des falaises en feu. Un volcan sur la côte du Dorset. Ce qui s'est produit ensuite a effacé mon sourire.

— Vous avez amené un copain avec vous ? a demandé Sean, baissant la voix au point qu'elle se réduisait à un murmure.

— Hein ?

Instinctivement, j'avais répondu tout bas.

— Quelqu'un nous écoute depuis cinq minutes, a dit Sean, sans hausser le ton. Il est à un peu moins de vingt mètres. À 8 heures. Ne vous retournez pas.

J'ai réussi à m'abstenir, mais n'ai pu empêcher mes yeux de glisser sur le côté. À 8 heures ? Cela signifiait derrière, légèrement sur ma gauche, n'est-ce pas ?

— Et cela, mon amie, était le célèbre coucher de soleil sur Lyme, a conclu Sean, d'une voix normale. C'est quelque chose, hein ?

— Magnifique, ai-je balbutié.

La nuit tombait vite, et je me sentais terriblement vulnérable à ce que Sean croyait avoir décelé derrière nous. Je n'avais rien entendu. Mais je n'avais pas vraiment prêté l'oreille. À pareille distance du village, je m'étais crue en sécurité. Quelqu'un m'avait-il suivie jusqu'ici ? Ce n'était pas possible, si ?

Sean se levait.

— Bien, je crois qu'il est temps que je vous serve un verre et que je vous montre ma collection personnelle, a-t-il annoncé, de cette même voix anormalement élevée.

En d'autres circonstances, son invitation m'aurait fait prendre mes jambes à mon cou. Mais Sean ne me regardait même pas. Il balayait du regard les frênes qui poussaient en abondance à l'endroit qu'il avait indiqué tout à l'heure. Sans parler, nous avons regagné le sentier et, en l'atteignant, j'ai perçu un mouvement net parmi les arbrisseaux abondants. Quelque chose – une silhouette noire, aurait-on dit – qui s'éloignait.

— Restez ici, a-t-il ordonné entre ses dents, avant de s'éloigner, courant à lentes foulées, en direction de l'endroit où lui aussi avait dû percevoir du mouvement. Doucement, l'ami, a-t-il lancé en approchant du fourré. Il y a un précipice caché par là, pas loin. Restez où vous êtes.

Il a filé entre les arbres, s'est soustrait à ma vue, me laissant seule sur le sentier de l'Undercliff. La température avait brusquement chuté et le vent se levait. Je n'avais pas emporté de veste. J'ai attendu que Sean réapparaisse. Que ferais-je s'il ne revenait pas ? Mais, deux ou trois minutes plus tard, il était de retour, marchant d'un pas rapide à travers bois.

— Désolé, a-t-il marmonné. Fausse alarme.

— Il n'y avait personne ?

— Un botaniste amateur. Un vieil Américain. Qui cherchait des orchis. Je crois que je lui ai fichu un peu la frousse.

— Vous m'avez fichu une belle frousse.

— Désolé, désolé. C'est juste que, quand je travaille, c'est-à-dire la plupart du temps, je dois m'en remettre entièrement à mes instincts. Il arrive parfois qu'ils me lâchent.

Il avait l'air tellement embarrassé que je n'ai pu m'empêcher d'avoir pitié de lui.

— On dirait que vous passez trop de temps dans la jungle.

— Peut-être bien. Bon, vous le prendrez, ce verre ?

J'ai décliné, moins abruptement, je crois, la seconde invitation ; mais en rentrant chez moi au volant de ma voiture, je me suis rendu compte que je me sentais moins anxieuse que je ne l'avais été depuis des jours. Quelque chose dans l'Undercliff, ou peut-être chez l'homme qui y vivait, m'avait calmée. J'étais vraiment profondément fatiguée et sûre de dormir, au moins pour ce soir. Les mauvaises surprises avaient sûrement cessé pour un temps.

Les routes étaient tranquilles, et il ne m'a pas fallu longtemps pour atteindre la sortie en direction du village. Alors que je ralentissais et mettais mon clignotant en marche, j'ai entraperçu un véhicule dans mon rétroviseur. Une petite voiture gris argenté. J'ai tourné et entamé la descente qui menait chez moi. Et une autre voiture m'a suivie. Je ne la voyais pas, même si j'ai ralenti à plusieurs reprises, mais je pouvais distinguer ses phares qui éclairaient la route derrière moi tandis que je poursuivais mon chemin le long de la colline. Après avoir emprunté Bourne Lane, j'ai freiné, éteint mes phares et suis restée assise, à attendre. J'ai attendu cinq, dix minutes peut-être, mais la voiture ne s'est pas montrée. Elle n'avait pas pu emprunter d'autres routes mais ne m'avait pas dépassée. Pour finir, j'ai laissé tomber et redémarré. Je ne pouvais pourtant pas m'empêcher de me demander si les instincts de Sean avaient été plus fiables qu'il ne le pensait.

Et quand je suis descendue de voiture, ma porte d'entrée avait une tout autre allure qu'à l'accoutumée. Le corps d'une vipère morte était punaisé au-dessus de ma boîte aux lettres, et quelqu'un avait laissé un message à la peinture blanche dont je ne pouvais, d'un point de vue strictement intellectuel, précisément nier l'acuité.

« Mocheté », disait-il.

27

C’est ainsi qu’au lieu de prendre une bonne douche bien chaude et de me fourrer directement au lit, j’ai dû aller chercher mon bidon de white spirit et nettoyer la porte d’entrée. Celui qui m’avait rendu visite ce soir n’était pas reparti depuis longtemps : la peinture était encore humide.

Un clou de charpentier retenait le serpent dans le bois. Il était mort, et j’espérais vivement qu’il avait succombé avant d’être transpercé par les huit centimètres d’acier. La vipère, comme le clou, sont partis dans la poubelle extérieure. Je ne signalerais pas cet incident à la police. Même s’ils ne m’avaient pas encore classée parmi les personnes cherchant à attirer l’attention et qui vous font perdre votre temps, avais-je réellement envie de raconter à un jeune agent ce que quelqu’un avait jugé utile d’écrire sur ma porte d’entrée ?

Comme beaucoup de femmes, la colère me fait pleurer. Et j’étais furieuse en frottant le chêne peint en bleu de ma porte cette nuit-là. Je m’étais crue en sécurité ici. À l’abri des regards indiscrets ou d’une curiosité non dissimulée, d’une gentillesse trop empressée et d’amitiés condescendantes. Mais les événements de ces derniers jours m’avaient fait prendre conscience que je n’étais pas en sécurité du tout. Peu importait, vraiment, que je m’efforce de passer inaperçue, que je dissimule de mon mieux mon visage à la face du monde, certains pensaient toujours pouvoir me juger sur mon apparence.

— Drôle d’heure pour faire son nettoyage de printemps.

J'aurais difficilement pu avoir l'air plus coupable si l'on m'avait surprise, moi, en plein acte de vandalisme. J'ai sursauté et fait volte-face, avant de jeter un coup d'œil à la porte. Elle était couverte de traînées de peinture blanche, mais les mots avaient été effacés.

— Je n'aurais pas imaginé qu'un homme de votre grade travaille la nuit.

C'était la première chose qui me fût venue à l'esprit, et qui semblât bien plus agressive que je n'en avais l'intention. Mais Matt contemplait ma porte, s'apprêtant à me demander pourquoi j'en ôtais de la peinture blanche à 11 h 15 du soir. Je n'y tenais pas trop.

— Pardon ?

Il n'était pas seul. À ses pieds, se tenait assis un jeune cocker, avec une gueule adorable, et une fourrure d'un profond noir brillant. Matt a fait un pas en avant, tendu un doigt et touché la traînée blanche dont je n'avais pas tout à fait réussi à me débarrasser. Encore deux minutes, et elle aurait disparu.

— Insomnie ? Je ne vous vois jamais qu'au petit matin.

— J'ai pris un verre avec Clive Ventry. Et Molly apprécie le clair de lune. Je traversais le haut de l'allée quand je vous ai vue frotter furieusement. Que s'est-il passé ici ?

— Rien.

J'ai effacé la dernière trace et ramassé le bidon de white spirit. Abandonnant Matt et Molly sur le seuil, je suis entrée. Fonçant dans la cuisine, j'ai rincé le chiffon et me suis lavé les mains. J'ai senti quelque chose me pousser gentiment le mollet et baissé les yeux pour trouver Molly en train de frotter son nez contre ma jambe. Ce qui signifiait que son maître m'avait également emboîté le pas sous mon toit. Je me suis retournée.

— On ne voit pas ma maison du haut de l'allée, ai-je fait remarquer.

— Les chouettes sont revenues ?

— Comment êtes-vous au courant ?

— J'ai demandé qu'on me tienne informé de toute nouvelle information concernant le village. Alors ?...

J'ai traversé la pièce en direction de la cage toujours posée sur le plan de travail et fait mine de regarder à l'intérieur.

— Nan. Toujours portées disparues.

Il a dirigé ses pas vers la porte de derrière, de façon à examiner les verrous que j'y avais fixés.

— Vous les aviez tirés la nuit dernière ?

— Non, ils sont uniquement là à titre décoratif, ai-je répliqué sèchement.

— Vous engueuliez les poussins aussi ? C'est pour ça qu'ils sont partis ?

— Rien ne vous oblige à me surveiller. Ça va très bien, et je suis sûre que vous avez bien plus important à faire.

Matt a lentement secoué la tête.

— L'humain, ce n'est pas votre truc, hein ?

J'ai baissé les yeux sur la cage vide. Il avait parfaitement raison, évidemment, mais je ne supporte pas d'avoir affaire à des gens qui croient me connaître. C'est tout juste si j'arrive – quand c'est nécessaire – à entretenir des rapports humains sur le plan professionnel ; mais à l'instant où la conversation prend un tour privé, quelque chose en moi se ferme.

Il n'était pas loin de minuit, pourtant Matt ne faisait pas mine de partir et Molly s'était installée sur le tapis de la cuisine. J'aurais pu faire mille allusions, même sans la brutalité qui me vient bien trop facilement. Au lieu de quoi, je me suis surprise à traverser la pièce jusqu'au plan de travail pour remplir la bouilloire.

Matt s'est installé sur l'une des chaises de la cuisine.

— Noir avec deux sucres, s'il vous plaît, a-t-il dit.

— Comment va Clive ?

Je voulais seulement meubler le silence. Je ne m'intéressais pas vraiment à Clive Ventry.

— Tendu.

— Il développe une phobie des serpents comme nous tous ?

— Oh, je crois qu'il faudrait bien plus que quelques serpents pour effrayer Clive. Il m'a dit que des proches parents séjournent chez lui, et j'ai eu l'impression qu'ils n'étaient pas trop les bienvenus. J'imagine que lorsqu'on a beaucoup d'argent, on doit s'attendre à faire l'objet de pas mal d'attentions inopportunes.

En tendant le bras vers le pot de café, je me suis remémorée la réunion de village chez Clive Ventry, et le grand homme que seuls Clive et moi avions apparemment remarqué sur la galerie à l'étage.

— C'est du décaféiné ? a fait Matt, sur un ton qu'on pourrait employer lorsqu'on suspecte quelqu'un de corser sa boisson.

— Oui, désolée. Vous avez de la paperasserie en retard ? C'est pour ça que vous êtes debout si tard ?

— Seigneur, non, je suis un vrai fonctionnaire. Je passe la plupart de mes soirées à travailler sur mon roman.

Je crois l'avoir presque regardé à deux reprises.

— Votre quoi ?

Ses yeux gris me dévisageaient en pétillant, et je ne me pensais pas capable de soutenir son regard plus d'une seconde. Je lui ai tourné le dos et me suis plutôt concentrée sur la bouilloire.

— Un roman historique et sentimental, a répondu Matt. Sur fond de guerre des Boers. Deux jeunes filles du Shropshire s'enrôlent comme infirmières.

— Vous me faites marcher, ai-je marmotté par-dessus mon épaule.

— Vous voulez le lire ?

L'eau avait bouilli. J'en ai rempli deux mugs avant de lever vers lui des yeux timides.

— Vous êtes vraiment un drôle de type.

Il a ri, et continué de me fixer.

— Comme le sont toujours les meilleurs. Et ça vous va bien de dire ça.

Cela a été douloureux, le choc soudain de la réalité. J'avais oublié, m'étais presque autorisée à croire que je n'étais pas… J'ai détourné les yeux, ai senti mes mâchoires se serrer, mes lèvres se pincer.

— Oh, pas la peine de me faire la gueule, a répliqué Matt. Il ne s'agit pas de votre visage.

J'avais tellement envie de faire comme s'il n'existait pas, voire de le rayer totalement de mon écran radar, comme je l'ai fait tant de fois par le passé quand les gens n'ont pas respecté les limites. Je n'y arrivais pas. Je me suis même surprise à lui rendre son regard.

— Quoi, alors ?

— Eh bien, voilà ce que je trouve bizarre : que penser de la femme la plus courageuse que j'aie jamais rencontrée, qui devient cramoisie et part en courant à la seconde où quelqu'un lui adresse la parole ? Qui a le corps d'une athlète olympique mais porte des vêtements que ma tante Mildred ne mettrait pour rien au monde ? Alors, on le boit ce café, ou on ne fait que se rincer les pores dans la vapeur ?

Je lui ai tendu une tasse. Il a fait un pas vers moi pour s'en saisir, mais ne s'est pas éloigné. J'ai posé mes yeux sur le troisième bouton de sa chemise.

— Ça fait quatre ans que vous vivez ici, et je parie que vous ne connaissez pas le nom de plus d'une demi-douzaine de vos voisins. N'importe lequel d'entre eux serait heureux d'être votre ami, mais vous préférez les hérissons. Et pourtant, aujourd'hui vous avez dépensé près de cinquante livres en médicaments et nourriture pour un chien qui ne passera vraisemblablement pas le mois.

Il s'est appuyé sur le plan de travail, toujours bien trop proche pour mon confort. Comment savait-il toutes ces choses sur moi ? Sally, encore une fois ?

— Vous devriez donner une chance à ceux de votre espèce, vous savez.

Toujours ce bouton.

— Maintenant, vous êtes fâchée contre moi.

— Non.

Honnêtement, je n'en revenais pas. C'était la première fois, d'aussi loin que je me souvienne, que quelqu'un – un homme, surtout – voyait au-delà de mon visage. Et à un moment donné durant ces dernières secondes, j'avais relevé la tête.

— Et vous avez les yeux de la couleur des feuilles de hêtre en octobre. Pourtant personne n'a jamais le droit de les voir.

Le visage, à nouveau. Pourquoi revenait-on toujours à ma figure ? Je me concentrais toujours sur le bouton de sa chemise.

— Il est tard, a-t-il dit.

Il a trouvé du papier, un crayon et griffonné quelque chose à la hâte.

— Mes numéros de téléphone. Domicile, portable et ligne directe au bureau. S'il arrive quoi que ce soit, vous m'appelez aussitôt. Pas la police locale, moi. D'accord ?

J'ai hoché la tête, même si je savais que je n'en ferais jamais rien.

Parfois – rarement ces dernières années (j'ai appris à être très stricte envers moi-même) – je m'assois devant un miroir ; je garde la lumière tamisée, et je tourne ma tête selon un certain angle pour que le côté gravement mutilé de mon visage se devine à peine.

Et j'imagine à quoi ma vie aurait pu ressembler si les événements de ce jour-là – survenu il y a presque trente ans – s'étaient déroulés un tout petit peu différemment. Si maman avait bu un petit moins, si Vanessa avait crié une minute plus tôt, si papa avait été dans son bureau au lieu de flâner dans le jardin. On m'aurait peut-être trouvée – et sauvée – avant que cela ne se produise.

Je regarde le bon côté de ma figure : la peau mate et lisse, l'œil brun en amande, le tout petit nez et la pommette haute ; et je pense à ce qui aurait pu être.

Je me figure les amis que j'aurais pu avoir, si je n'avais pas autant craint les gens et leur réserve inépuisable de cruauté. Je ne me ratatinerais pas dès l'instant où les étrangers me voient vraiment pour la première fois, ou ne feindrais pas de n'avoir pas remarqué leur tentative (plus ou moins réussie) de dissimuler leurs frissons. Peut-être ne saurais-je pas quel effet ça fait d'être montrée du doigt, de susciter des chuchotements.

J'aurais peut-être même eu des fiancés, lu la lueur de désir dans le regard d'un homme, aurais souffert mille morts en attendant un coup de fil, eu l'estomac noué avant un important premier rendez-vous. Je ne serais pas toujours, à bientôt trente ans…

Tant de personnes ont essayé de m'encourager avec des espoirs de vie normale. *Tous les hommes ne sont pas obsédés par l'apparence*, Clara, soutenaient-elles. Tu rencontreras quelqu'un qui reconnaîtra la beauté que tu as en toi. Comme si être gravement défigurée faisait nécessairement de vous une personne meilleure. Comme si ce qui est en soi devait compenser, par défaut, ce qui s'est détraqué en surface.

Ces gens bien intentionnés ont tort. Je ne suis pas belle à l'intérieur. Comment pourrais-je l'être quand les autres me fuient, quand les ivrognes font des blagues grossières à mes dépens et que les ados me suivent dans la rue, en me sifflant et me raillant ? Comment puis-je seulement être considérée comme normale alors que j'ai peur d'acheter des vêtements dans une boutique où personne ne me sert de bon cœur ? Comment une belle âme pourrait-elle résister une vie entière à ce traitement ? Aussi ne suis-je pas belle, ni dehors, ni dedans. Une amertume de la taille d'un rocher pèse sur mes épaules, comme me le rappelle fréquemment ma sœur, et à juste titre. Je suis terriblement timide, constamment à bout de nerfs et totalement égocentrique.

Je suis restée longtemps assise devant mon miroir cette nuit-là, des heures après que Matt s'était endormi, sûrement. Je suis restée là et me suis imaginé mon visage encore intact et parfait, et Matt me voyant – non comme l'amusante curiosité que j'étais manifestement pour lui – mais comme quelqu'un qu'il pourrait simplement…

28

Mon jour de congé officiel est le mercredi. Bien évidemment, c'était la première fois en quatre ans que je prenais ma journée, aussi ai-je dû essuyer le feu des questions de l'équipe étonnée et inquiète, avant d'être autorisée à reposer le téléphone et de passer à ce que j'avais prévu de faire.

Ma priorité était de retrouver Walter. Après mon jogging du petit matin (à l'heure prévue et sans incidents, pour une fois), suivi d'une visite à Violet et Bennie, je me suis installée devant le téléphone, avec un thé, et plusieurs versions des annuaires téléphoniques de la région. J'ai regardé aux rubriques maisons de retraite, maisons de repos médicalisées, foyers d'hébergement, hospices et hôpitaux gériatriques. Bientôt, ma liste se montait à près de vingt possibilités.

Deux heures plus tard, j'avais contacté presque toutes les nouvelles résidences potentielles de Walter dans un rayon de cent trente kilomètres autour du village. Au cours d'une conversation avec un responsable d'une maison de retraite privée juste à côté de Axminster, j'avais connu un bref moment d'excitation quand l'infirmière en chef m'avait confirmé la présence d'un patient nommé Witcher. Cinq minutes plus tard, j'apprenais que le patient en question était une femme et que son nom était en fait Whittaker.

À 11 heures du matin, j'ai senti que si je restais assise à mon bureau ne serait-ce qu'une minute de plus, je deviendrais complètement dingue. Il restait encore trois endroits que je n'avais pas encore réussi à contacter directement mais auxquels j'avais laissé des messages. Avec un peu de chance, ils me répondraient bientôt. J'ai pris ma voiture pour me rendre à la bibliothèque régionale.

À mon arrivée, on m'a fait descendre au sous-sol, montré des étagères remplies de vieux exemplaires de journaux, et laissée me débrouiller. Pendant près d'une heure, j'ai lu péniblement à la lumière d'un néon faiblissant. J'ai trouvé l'article relatant l'incendie de 1958 assez rapidement. Il rapportait que la brigade des pompiers du comté avait été appelée à 3 heures du matin le 16 juin 1958, pour découvrir que le feu sévissait depuis plusieurs heures et que les villageois avaient tenté de le combattre eux-mêmes avant d'appeler à l'aide. Une fois les flammes éteintes, peu avant l'aube, on avait découvert deux corps gravement brûlés. Ils avaient été identifiés par la suite comme étant ceux du Révérend Fain et de Larry Hodges. Le Révérend Fain était célibataire, Larry Hodges laissait derrière lui une femme et deux enfants adolescents.

Aux dires de plusieurs villageois, il fallait attribuer l'origine de l'incendie à un cierge, resté allumé après l'office du soir.

L'article s'achevait sur une brève nécrologie du Révérend Fain. Né en Alabama, Joel Morgan Fain avait été le plus jeune fils d'une famille d'agriculteurs aisés. À la fin de son adolescence, il avait rejoint l'Église pentecôtiste et, après avoir fait des études de lettres classiques à l'université, avait été ordonné pasteur. Malgré son jeune âge, disait l'article, il avait été l'une des figures marquantes dans l'émergence du mouvement de l'Église de la Dernière Pluie durant les années qui avaient suivi la Seconde Guerre mondiale. Fain était arrivé en Angleterre en 1957 pour répandre la parole de la Nouvelle Église de Dieu et servait en tant que pasteur à Saint Birinus depuis à peine plus de huit mois quand il avait perdu la vie. La notice nécrologique avait été rédigée par le plus proche ami du Révérend Fain, également pasteur adjoint, Archibald Witcher. Je me suis adossée un moment, tâchant de me remémorer ce que l'on m'avait enseigné sur l'Église pentecôtiste.

La Pentecôte est une importante fête chrétienne qui a lieu fin mai, et célèbre la descente de l'Esprit-Saint sur les disciples de Jésus. L'Église pentecôtiste, en revanche… N'avait-elle pas émergé aux États-Unis au début du XXe siècle, sous la forme d'un mouvement séparatiste de l'Église protestante officielle ? Si, c'était bien ça. Depuis, de nouvelles obédiences avaient vu le jour, certaines plutôt orthodoxes et respectables ; d'autres moins. Pour autant que je me souvienne, ce que ces divers mouvements avaient en commun, c'était l'accent mis sur l'expérience personnelle de l'Esprit-Saint et une interprétation très littérale de la Bible.

Jusqu'ici, ma visite à la bibliothèque ne m'avait rien appris que je ne sache déjà.

Dans le numéro de la semaine suivante du *West Dorset Chronicle*, j'ai trouvé quatre lignes : « Raymond Henry Gillard, trente ans, s'est éteint mercredi, quelques heures après la mort de son proche ami et voisin de village Peter Morfet, trente-deux ans. Les deux hommes sont décédés, chez eux, d'une défaillance cardiaque. Aucun commentaire de la part des familles. »

Deux hommes, tout juste trentenaires, meurent tous deux d'insuffisance cardiaque à quelques jours d'intervalle ?

Après ça, je suis remontée plus loin dans les vieux journaux poussiéreux, recherchant une éventuelle allusion à la famille Witcher, et à Saul ou Ulfred en particulier. Le *Chronicle* paraissait une fois par semaine, avec huit pages par numéro. Quand bien même, ça m'a paru interminable, et je n'étais pas sûre de ne pas avoir raté quelque chose.

Remontant jusqu'en 1950, je suis tombée sur plusieurs histoires de noyades, mais toutes en mer ou dans l'estuaire, et aucune mention d'Ulfred. À 13 h 30, j'ai fait une courte pause, suis remontée à la surface de la planète pour y trouver de l'air frais et de quoi me sustenter puis, vingt minutes plus tard, me suis remise au travail.

Harry, l'avant-dernier de la fratrie Witcher, était né en 1930. À supposer qu'Ulfred soit né en 1931, il aurait atteint le milieu de son adolescence vers 1944. J'ai pris la boîte contenant les parutions de 1944, avec l'intention d'avancer dans le temps, et dès le deuxième journal, ai déniché l'histoire que j'ignorais chercher.

En juillet de cette année-là, une jeune femme de Londres, membre de la Land Army, qui vivait et travaillait dans une ferme voisine, avait été violée par cinq jeunes gens de mon village. Quatre d'entre eux avaient été jugés et reconnus coupables par la Cour d'assises d'Exeter, et condamnés à des peines de prison allant de dix à quinze ans. Le plus jeune de la bande, Saul Witcher, avait échappé à l'emprisonnement grâce à ses quinze ans, même si plusieurs membres plus âgés de la bande le désignaient comme meneur. Le jury avait choisi de croire Saul quand ce dernier avait soutenu ne pas avoir participé au viol.

À 4 heures, la bibliothécaire est venue m'annoncer la fermeture imminente de l'établissement. Quelque chose dans ma façon d'être, avachie sur le bureau, les yeux rouges et découragée, a dû exciter sa compassion.

— Vous cherchez quelque chose en particulier ? a-t-elle demandé, jetant un œil à sa montre.

Tout en rassemblant mes affaires, j'ai expliqué brièvement ce qui m'avait amenée à la bibliothèque.

— Eh bien, vous savez, a-t-elle dit, en m'indiquant l'escalier, nombre de villages, dans le temps, avaient leurs propres bulletins paroissiaux. Où avez-vous dit que vous viviez, déjà ?

J'ai nommé mon village et l'ai vue froncer les sourcils. Elle a consulté sa montre une nouvelle fois, puis s'est détournée des marches.

— Juste une minute.

Elle a traversé la pièce en direction d'une grande armoire de classement.

Elle a ouvert un tiroir et fouillé dedans.

— Ah voilà. (Elle s'est redressée et a remonté ses lunettes sur son nez.) La *Gazette Saint Birinus*. Parution mensuelle de 1895 à 1972. On ne l'a pas ici, je le regrette, on n'a tout simplement pas la place, mais une certaine Ruby Mottram conserve tous les numéros. Elle en a longtemps été l'éditrice. Je suis sûre qu'elle se ferait un plaisir de vous laisser les consulter.

La dernière chose que j'avais envie de faire était d'éplucher encore d'autres vieux journaux poussiéreux. La dame était toutefois obligeante, et j'ai pris l'adresse qu'elle a notée pour moi à la hâte.

De retour dans ma voiture, pour rentrer chez moi, j'ai jeté un regard sur le petit bout de papier que la bibliothécaire avait tenu à me remettre. L'adresse était celle d'une résidence pour personnes âgées, à moins de cinq kilomètres de là. Même ce détail n'aurait pas suffi à me tenter. Mais je me rappelais autre chose, qu'avait dit Violet.

Ceux qui y étaient n'en parlaient pas. Même pas Ruby, et c'était ma meilleure amie.

Une fille nommée Ruby s'était trouvée dans l'église le soir où celle-ci avait été réduite en cendres. La Ruby mentionnée sur mon bout de papier vivait dans une maison de retraite, il pouvait aisément s'agir de l'amie de Violet. Archie, Saul et Harry Witcher avaient tous quitté le village peu après l'incendie. Quatre jeunes gens étaient morts, cette nuit-là ou peu après. J'ai donc décidé d'aller rendre visite à cette femme.

L'établissement résidentiel du Hêtre Pourpre sentait l'urine, la lavande de synthèse et, pour une raison qui m'échappait, la sciure de bois. Il avait été spécialement construit pour les personnes âgées, durant les années 1970, et, à l'instant où j'ai franchi son seuil, peu avant 4 h 30 cet après-midi-là, j'ai su que je préférerais me trancher la gorge plutôt que de finir dans un endroit pareil.

À mesure que nous progressions le long du couloir, le parfum de la lavande faisait place à une forte odeur d'eau de Javel. Mais de la poussière s'accumulait dans les coins, là où le sol carrelé rencontrait les plinthes, et chaque interrupteur était auréolé de crasse.

Nous sommes passés devant un salon. Plusieurs femmes, ainsi qu'un homme, étaient assis dans des fauteuils d'aspect inconfortable répartis tout autour de la pièce. Aucun d'eux ne parlait, ne lisait, ne regardait la télévision ou n'écoutait la radio. Une ou deux avaient les yeux clos, les autres se contentaient de fixer un point à leurs pieds devant eux. Et je me suis demandé ce qu'ils voyaient, si tant est qu'ils voyaient quoi que ce soit. Je pouvais physiquement ressentir leurs corps en train de décliner, alors même qu'ils étaient assis, et que leurs cœurs battaient toujours, que leurs poumons continuaient de pomper.

— Ils ont leur thé dans vingt minutes, a dit la femme en uniforme d'infirmière qui m'avait accueillie à la réception. On préfère que tous les visiteurs s'en aillent à ce moment-là. C'est plus facile pour les installer.

Elle s'est arrêtée devant une porte peinte en bleu pâle, de la couleur des œufs de merle d'Amérique. Le bas du battant comportait des éraflures, tandis que des taches de gras autour de la poignée confirmaient l'opinion que je m'étais déjà faite sur les standards d'hygiène au Hêtre Pourpre. L'infirmière a poussé la porte.

— Une visiteuse pour vous, Ruby, a-t-elle lancé d'une voix forte, m'invitant à entrer.

J'ai éprouvé une pointe de pitié pour Ruby, qui n'avait pas été prévenue de ma visite, qui aurait fort bien pu dormir, et à laquelle on n'avait même pas demandé si elle souhaitait ou non me recevoir.

Aurait-elle eu le choix, ai-je compris en m'avançant, qu'elle aurait presque certainement décliné l'invitation.

Parce que, à ma vue, Ruby a ouvert de grands yeux, comme un animal sauvage surpris en train de traverser une route la nuit. Puis elle a jeté des regards furtifs sur son lit défait à sa gauche, puis vers la droite – sur un mur d'étagères remplies de livres –, et de là sur le tapis marron, à motifs floraux, avant de revenir à mon visage. Elle a frissonné – vu son corps tout frêle, on aurait presque dit qu'elle convulsait – et s'est ratatinée dans son siège. Ses doigts courts, décharnés, ont agrippé les bras du fauteuil en bois, tandis qu'elle levait les yeux vers moi avec une expression de dégoût.

T'inquiète, Ruby, j'ai l'habitude.

Elle était assise devant l'une des portes-fenêtres. La vue sur le petit jardin n'avait rien de transcendant – une pelouse semée de mauvaises herbes, quelques buissons rabougris – mais au-delà, elle pouvait voir la mer. À l'horizon, les voiles blanches d'un voilier évoluaient lentement d'est en ouest.

Inspectant la pièce, j'ai trouvé un petit repose-pieds brodé et l'ai rapproché – pas trop près, tout de même – du fauteuil de Ruby. Laissant retomber mes cheveux sur le côté gauche de mon visage et me tordant légèrement sur mon siège pour lui offrir mon profil de trois quarts, je me suis présentée, lui ai dit que j'habitais son ancien village, que je connaissais sa vieille amie Violet et que j'aurais aimé consulter les bulletins paroissiaux.

Elle n'a rien répondu, mais j'ai su qu'elle avait compris parce qu'elle a décoché un regard aux étagères derrière moi. J'avais déjà remarqué, sur l'un des rayons, plusieurs cartons, soigneusement entreposés, étiquetés et datés.

— Miss Mottram, j'essaie d'en apprendre un peu plus sur une famille qui vivait au village, les Witcher. Ça vous ennuie si je consulte quelques-uns de vos vieux numéros ?

Les yeux de Ruby ne s'étaient posés sur aucun objet plus d'une seconde depuis que j'étais entrée dans la pièce. Mais ils s'égaraient, furtifs, sur la petite table basse qui se trouvait à sa droite. Sa main a jailli pour s'emparer d'une télécommande. Elle a appuyé sur un bouton : une télévision située dans un angle de la pièce s'est animée.

— Ruby ?

Pour toute réponse, elle a pressé un autre bouton, augmentant le volume. Elle allait tout simplement faire comme si je n'étais pas là.

M'adjurant de ne pas me laisser affecter – elle était vieille, n'avait sans doute plus réellement de contacts humains et pouvait souffrir de n'importe laquelle des nombreuses maladies dégénératives des personnes âgées – je me suis approchée des étagères. Si elle me demandait de m'arrêter ou de m'en aller, je le ferais, mais en attendant…

J'ai promené mon regard sur l'étagère. La sixième boîte contenait les numéros allant de 1950 à 1960. Je me suis retournée vers Ruby.

— Ruby, ça vous ennuie si ?…

J'ai indiqué la boîte. Elle m'a ignorée. J'ai rapidement trouvé le numéro de juillet 1958 et l'ai feuilleté. Il n'y avait rien au sujet de l'incendie de l'église, même si le bulletin avait dû être imprimé une semaine ou deux seulement après qu'il se fut produit.

Pas plus qu'il n'y avait quoi que ce soit au sujet des Witcher. J'ai vérifié les numéros d'août et de septembre. J'ai trouvé, en octobre, mention du mariage de Violet Neasden avec Jim Buckler dans l'église voisine de Saint Nicholas, la paroisse que je fréquentais moi-même, mais rien sur l'incendie de Saint Birinus, ni sur les frères Witcher.

Un coup d'œil à ma montre m'a appris qu'il me restait dix minutes avant l'heure du thé. J'ai plongé la main dans le carton au hasard, sorti un exemplaire et l'ai parcouru en vitesse. Rien. J'ai retenté le coup plusieurs fois. En fait, le mieux était que je les emporte, que je les étudie chez moi en prenant mon temps. Je doutais néanmoins que Ruby me donne son accord. Dès que je levais les yeux, elle semblait absorbée par la télévision. J'aurais pourtant parié qu'elle m'épiait chaque fois que je baissais le nez.

J'allais laisser tomber, quand j'ai trouvé quelque chose. En septembre 1957, une équipe dirigée par Saul Witcher avait gagné la compétition annuelle du village de tir à la corde à travers la rivière Liffin. Sa nouvelle épouse, Alice, présentait le trophée. Saul avait été marié, à Alice.

Plus que cinq minutes. J'ai remis en place les bulletins et le carton. À ce stade, j'en voulais pas mal à Ruby. En dépit de son grand âge ou de son éventuelle maladie dégénérative, son comportement n'était vraiment pas sympa. Est-ce vraiment si difficile de regarder mon visage ? Essaye de le faire devant un miroir. J'ai retraversé la pièce, me suis agenouillée à côté la télévision et j'ai débranché la prise. Enfin, j'ai obtenu son attention.

— Bonjour, ai-je dit.

Elle a rapidement détourné le regard, de nouveau, et j'ai ressenti une seconde de culpabilité à l'idée que je brutalisais peut-être une vieille dame vulnérable.

— Ruby, vous vous souvenez de Saul Witcher ? (Je faisais un effort pour ne pas élever la voix.) Marié à Alice ? Vous souvenez-vous pourquoi il a quitté le village ? Où il est allé ?

Les yeux de Ruby étaient rivés sur ses genoux. Ses doigts tenaient toujours la télécommande bien serrée, la tournant et la retournant sans cesse.

— Et Ulfred ? Le frère de Saul ?

Pas de réponse. C'était sans espoir. Je me suis levée et me suis dirigée vers la porte.

— Ulfred s'est noyé, a lâché une petite voix derrière moi, si bas que je la distinguais à peine. Ils l'ont noyé.

J'ai fait demi-tour, ai pris un moment pour vérifier qu'elle avait bien dit ce que j'avais cru entendre.

— Qu'avez-vous dit ? Qui l'a noyé ? Ruby ?

J'ai retraversé la pièce d'un pas décidé et me suis agenouillée à côté du fauteuil de Ruby. Elle refusait de me regarder. Tandis que je l'observais, ne sachant trop quoi faire maintenant, elle s'est mise à se balancer d'avant en arrière dans son siège. Nous avons toutes les deux sursauté quand une sonnerie a retenti dans le bâtiment.

— L'heure du thé, a déclaré Ruby pour elle-même, en commençant à pousser sur les deux bras du fauteuil.

J'ai proposé mon aide, mais elle a feint de ne pas voir ma main tendue et s'est levée à grand-peine. Me tournant le dos, elle s'est lentement avancée vers la porte.

— Je transmettrai vos salutations à Violet, ai-je marmonné.

Avant de songer à une chose.

— Ruby ! (Je parlais assez fort, ne sachant trop comment elle entendait. Elle a fait comme si je n'étais pas là. J'ai toutefois cru discerner une pause passagère.) Ruby, est-ce que vous saviez que les serpents étaient revenus ?

Pas de réponse, et pendant une seconde j'ai pensé qu'elle allait se contenter de franchir la porte. Puis j'ai entendu un bruit, comme de l'eau qu'on verserait d'une certaine hauteur, et une odeur âcre s'est répandue dans la pièce. Baissant les yeux, j'ai vu une tache sombre d'humidité sur le tapis entre les pieds de Ruby.

29

Quelques heures plus tard, j'étais de retour dans le cimetière.

Si Ulfred était enterré ici, je ne l'avais pas encore trouvé. J'avais commencé par le secteur le plus ancien et progressé en direction du groupe derrière les buissons de sureau. J'avançais en ligne droite, traversant le cimetière dans un sens puis dans l'autre, vérifiant les noms sur chaque pierre. J'ai repéré deux ou trois Witcher – des deux sexes – mais ils étaient morts il y a trop longtemps pour présenter un lien de parenté directe avec Walter et ses frères.

Le vent n'avait cessé de forcir presque toute la journée, et les arbres qui bordaient le terrain se balançaient fortement. Leurs branches sombres, avec leurs feuillages denses de printemps, bloquaient la lumière de la lune, créant des ombres étranges et constamment changeantes au sol, comme autant de créatures minuscules qui s'enfuiraient entre les tombes. Je devais prendre sur moi pour ne pas frissonner, pour me dire que ce n'était que l'effleurement des herbes hautes que je sentais autour de mes chevilles.

Après une demi-heure de recherche, j'ai dû allumer une lampe de poche afin de lire les noms gravés sur les pierres tombales. Au bout d'une heure, j'avais acquis la quasi-certitude qu'Ulfred ne reposait pas en paix dans cette parcelle de terre sacrée.

L'idée ne me disait rien qui vaille, mais je savais qu'il fallait que je vérifie dans l'enceinte de l'église s'il n'existait pas une plaque commémorative quelconque. Si le corps d'Ulfred n'avait jamais été retrouvé, alors une pierre gravée à son nom dans l'église serait peut-être la seule trace formelle restante.

J'ai rebroussé chemin parmi les stèles et suis parvenue à la porte principale de l'église. L'unique battant claquait furieusement. Je suis entrée.

Venais-je vraiment d'entrer dans la maison de Dieu ? Debout à l'arrière de la nef, entourée de murs sombres qui s'élançaient autour de moi je regardais les nuages défiler dans le ciel là où des pans de toiture s'étaient écroulés. Je doutais qu'on eût jamais pu s'y sentir en paix. À présent, tant d'années après que le culte avait cessé, l'endroit semblait hanté de mauvais souvenirs et de noirs secrets.

De l'extérieur, je n'aurais jamais cru que l'église était si grande. Les arches de pierre s'écartaient, supportant tout juste les poutres noircies, dévorées par le feu. Devant moi, alignés dans la nef comme les restes d'une armée oubliée depuis longtemps, les bancs d'église étaient noirs comme du charbon, et tombaient en ruine.

Dans l'enceinte de l'église, il n'y avait rien pour me protéger de l'odeur infecte de la colonie de chauves-souris, et le mélange de chairs et de fèces en putréfaction me soulevait le cœur. Le vent a hurlé, les chauves-souris ont poussé des cris, et les feuilles sèches ont crépité.

Je n'avais pas voulu m'attarder sur ce que m'avait raconté Violet, mais à l'endroit même où les événements s'étaient en grande partie déroulés, il était impossible de ne pas revenir dessus. Regardant devant moi, là où la rambarde du chœur séparait l'autel du reste de l'église, j'avais l'impression qu'Ulfred était encore là : ligoté, affaibli par la faim, perplexe et terrifié. Je pouvais presque voir l'assemblée resserrée autour de lui, priant pour la délivrance de son esprit, le pasteur marmonnant les incantations d'exorcisme séculaires.

Pauvre Ulfred.

Les plaques commémoratives sont normalement fixées aux murs. Je me suis approchée d'un côté, braquant prudemment ma lampe. À une époque, l'église avait été dotée de vitraux. La chaleur des flammes avait fait fondre le verre, créant des traînées de couleurs – toujours vives tant d'années après – qui dégoulinaient en travers des rebords de fenêtres taillées dans la pierre puis sur les murs humides et couverts de lichen. Sous la lune, la couleur qui ressortait le plus nettement était le rouge. Les restes de la coulée cramoisis ruisselaient sur les pierres et le sol dallé. J'étais dans un tel état de tension que la vieille église m'a semblée inondée de sang.

J'ai quitté la nef et gravi les marches du chœur. D'ici, à l'avant, il était facile d'imaginer à quoi l'édifice avait dû ressembler. De part et d'autre, trois rangs de stalles étaient encore intacts. De la musique s'en était élevée autrefois, mais à présent ils restaient là, menaçants et vides, avec leurs sculptures noircies par les ans. Le lutrin gisait renversé devant le siège de l'orgue imposant qui, lui, était resté beau.

Ma mère en avait régulièrement joué à l'église, jusqu'à ce que son état de « santé » ne permette plus de compter sur elle. Elle avait particulièrement aimé jouer lors des mariages, et je me suis souvenue d'être assise à côté d'elle, soigneusement cachée de la congrégation, à tourner pour elle les pages et lancer des regards dérobés aux magnifiques (à mes yeux d'enfant, du moins) robes des parentes et des amies de la mariée.

De ma place privilégiée sous les tuyaux d'orgue, j'avais pu assister à ce qui avait été refusé à presque tous les autres membres de l'assistance : les moments intimes de l'échange des consentements. Je guettais, tout juste capable de me contenir, le premier scintillement de larmes dans les yeux de la mariée, le tremblement dans la voix de son futur époux, leur soulagement quand les anneaux étaient enfin passés au-dessus de leurs jointures et que le plus difficile était fait. J'ai bientôt su ces mots par cœur, me suis même surprise à les articuler en même temps que la mariée. Je pense même que si la mariée avait oublié ce qu'elle était censée répéter, l'assemblée aurait peut-être eu la surprise d'entendre une petite voix lui souffler son texte en coulisses.

Mais il y avait un moment de la cérémonie que je ne pouvais jamais regarder, un point qui me faisait invariablement détourner la tête, vérifier où j'en étais sur la partition, parfois même quémander une pression de la main de ma mère pour me réconforter : le moment où on levait le voile du visage de la mariée.

Mon talent n'avait rien de comparable à celui de ma mère, mais je pouvais jouer quelques pièces très simples sur un orgue d'église et, debout là dans la nuit, perdue dans mes souvenirs, j'ai ressenti le besoin pressant et ridicule de ramasser le tabouret, de le redresser, de m'asseoir et de presser les touches. Quel son émettrait l'instrument, après tout ce temps ? L'entendrait-on du village, les gens accourraient-ils pour voir qui était le responsable ?

C'était idiot, mais quelque chose me poussait en avant, soulevait mon pied gauche pour appuyer sur la pédale, et mon majeur droit pour le poser fermement sur l'une des touches.

L'orgue a répondu aussitôt, poussant comme un cri de douleur. Tandis que la note discordante résonnait dans les ruines, une vague de chauves-souris est montée en flèche, noyant la fin de la note dans leurs cris suraigus. Les petites bêtes avaient bien du mal à voler dans les violents courants d'air. Elles étaient ballottées, poussant des grincements stridents, autour des avant-toits délabrés, tels des détritus dans une tornade. Dehors, des corbeaux se sont remis à tournoyer. Je me suis aperçue que je tremblais. Ça n'avait pas été une bonne idée. Cette époque était révolue.

Je suis passée sous les fenêtres à l'avant de l'église : trois grandes arches de pierre, tournées vers l'est, la plus grande s'élevant quelque six mètres au-dessus de ma tête. Des morceaux de verre brisé gisaient comme autant de joyaux bruts sur le sol carrelé.

Des chandeliers, ternes et noirs, se dressaient sur l'autel. Contre le mur sud pendait une grande tapisserie. L'espace d'une seconde, j'ai tenté de discerner la scène qu'elle dépeignait mais elle était trop décolorée par la moisissure et l'humidité. Il ne me restait plus rien à faire maintenant si ce n'est revenir sur mes pas en longeant le mur sud, à la recherche de mots gravés dans la pierre, sentant le découragement s'insinuer en moi comme s'infiltrait le froid de l'église.

Qu'avais-je découvert après tant d'heures passées à jouer au détective ?

Walter était toujours porté disparu. J'en avais appris un peu plus sur Saul Witcher mais n'avais pas réellement progressé pour ce qui était de le localiser. Pas plus que je n'avais trouvé de traces d'Ulfred, hormis le témoignage de deux de ses contemporaines – Violet et Ruby – selon lesquelles il se serait noyé. Ruby, certes, était allée plus loin. « Ils l'ont noyé », avait-elle dit. Si elle avait raison... eh bien, cela faisait un sacré sac de nœuds à dénouer.

Je me tenais sur le seuil de l'église, sur le point d'atteindre le porche, quand j'ai perçu un mouvement, disparu en une fraction de seconde. J'étais certaine d'avoir discerné une grande silhouette sombre derrière l'autel. J'ai fait volte-face, le cœur cognant sourdement dans ma poitrine, et senti mon pied glisser sous moi. En essayant de recouvrer l'équilibre, j'ai lâché ma lampe.

Elle est tombée lourdement et bruyamment sur le sol de pierre, et une nuée de corbeaux, comme les plombs d'un fusil de chasse, se sont éparpillés dans le ciel. J'ai vu des débris tomber du ciel, les ai entendus s'entrechoquer sur les pavés et plonger dans l'eau avec force éclaboussures.

À l'avant de l'église, les ombres étaient toutes immobiles. J'ai ramassé ma lampe et me suis retournée pour partir. Mes nerfs étaient à vif et je n'avais qu'une envie : m'en aller d'ici. J'ai franchi le seuil, me suis glissée sous le porche.

Plonger dans l'eau ?

Et, une fois de plus, j'ai fait demi-tour, m'obligeant à remonter l'allée centrale, surveillant les ombres de près. J'approchais de la rambarde de communion. Je distinguais ce qui ressemblait à une grande trappe en bois, encastrée dans le sol juste au pied des marches du chœur. Je l'avais ratée tout à l'heure : les souvenirs de ma mère et de sa musique d'église avaient constitué un puissant leurre. La trappe avait autrefois eu deux battants. L'un manquait et l'on pouvait voir à la place les dalles de pierre qui donnaient sur des ténèbres ondoyantes, miroitantes. Je me suis avancée dans l'odeur nauséabonde d'eau stagnante qui flottait comme une fine brume. Autour de l'eau, la mousse ondoyait comme une créature aux lents mouvements s'échappant à la dérobée. J'ai ramassé une pierre par terre et l'ai lâchée.

Plouf !

Toutes les créatures de l'église retenaient leur souffle. La pièce d'eau semblait profonde, de forme rectangulaire, d'environ trois mètres de long sur deux de large. Les ondulations provoquées par la pierre se sont bientôt calmées, mais l'eau continuait de bouger. Ç'aurait pu être une brise, soufflant doucement à sa surface brillante et huileuse. Ou des êtres minuscules respirant dans ses profondeurs. Je n'étais pas près de vérifier. Il y avait quelque chose dans ce trou d'eau, dans la façon qu'il avait de refléter les arches de pierre, de légèrement hypnotique. Je ne pouvais m'empêcher d'avoir l'impression que si je restais un peu plus longtemps à le fixer, je finirais peut-être par y tomber.

Avec effort, j'ai levé les yeux et j'ai vu la tapisserie sur le mur sud de l'église remuer, osciller doucement, comme si elle avait été dérangée par un léger souffle de vent. Avais-je vu quelqu'un, quelques instants auparavant ? Pendant une fraction de seconde, j'aurais parié que la sombre silhouette d'un grand homme se découpait devant les hautes fenêtres cintrées. Mais rien ne bougeait à l'avant de l'église. Et la tapisserie s'était à nouveau immobilisée. Il était temps de partir, non ?

J'ai contourné le bassin et gravi les trois marches du chœur. Il n'avait rien à voir, rien à entendre à part le vent dehors et les minuscules créatures continuant de pirouetter au-dessus de moi. Je me suis encore avancée, inspectant à ma droite comme à ma gauche, redoutant que quelque chose me saute dessus de derrière les stalles. Un rapide coup d'œil derrière l'autel – rien – et puis j'ai atteint la tapisserie.

Elle dissimulait une porte. De conception robuste, en fer et en bois, profondément encastrée dans un contour creusé dans la pierre. Elle devait mener à la sacristie, peut-être même au clocher, et je me suis demandé pourquoi je n'avais pas pensé à la chercher avant.

La sacristie est la pièce, dans une église, où l'on range les vêtements sacerdotaux et le matériel de culte. Elle sert souvent lors des conseils municipaux et nombre de pasteurs l'utilisent comme bureau. J'ai tendu la main vers la poignée ronde en fer, consciente d'être sur le point de faire quelque chose de sans doute très bête. Je l'ai saisie fermement et j'ai tourné. Elle a bougé dans ma main.

Avais-je réellement vu quelqu'un près de l'autel ? Auquel cas, où était-il maintenant ?

La poignée a décrit un quart de tour vers la droite avant de s'arrêter. Si la porte n'était pas verrouillée, il ne me restait plus qu'à pousser et elle s'ouvrirait sur la pièce.

Était-ce mon vieil intrus de l'autre nuit que j'avais vu ? Même si l'idée accélérait encore les battements de mon cœur, je ne le pensais vraiment pas. L'impression que j'avais eue durant cette fraction de seconde était celle de quelqu'un de plus grand. J'ai levé la tête et humé l'air. Je commençais à m'habituer à la puanteur de la colonie de chauves-souris. Y avait-il autre chose ? L'odeur du clochard entré chez moi à la dérobée, l'autre soir ? Non. Pas ça. Autre chose néanmoins. Tout juste discernable. Peut-être… du tabac de pipe ?

J'ai poussé la porte et rencontré une solide résistance. J'ai réessayé. Même chose. La porte était fermée à clé. Il n'y avait nulle trace d'un trou de serrure, ce qui signifiait qu'elle devait être verrouillée de l'intérieur. La frustration ayant raison de mes nerfs, j'ai eu envie de savoir ce qu'il y avait derrière cette porte. Les sacristies comportent souvent une porte donnant sur l'extérieur, offrant une entrée plus aisée pour le pasteur, lui évitant d'avoir toujours à ouvrir les grandes et lourdes portes en façade.

Je suis sortie de l'église, parcourant l'allée d'un pas rapide et franchissant la porte principale. Puis, éteignant ma lampe de poche, j'ai contourné l'édifice par le flanc sud. Rasant les murs, sachant que s'il y avait quelqu'un dans le coin, il m'avait forcément déjà repérée, j'avançais lentement.

Le contour des murs d'une église est rarement droit. Ce qui jouait en ma faveur cette nuit-là, parce qu'il y avait plusieurs coins et recoins où patienter, prêter l'oreille, avant d'être certaine de pouvoir me remettre en mouvement sans risque. Il ne m'a sans doute fallu que cinq minutes pour parcourir le chemin depuis la porte principale de l'église jusqu'à celle, plus petite, de la sacristie, vers l'avant du mur sud, là où je savais devoir la trouver, mais cela m'a paru bien plus long.

Cette porte était pourvue d'un loquet.

Pas question d'entrer. J'allais juste essayer la poignée, la tourner et ouvrir si je pouvais puis reculer prudemment – pour voir s'il en sortait quelque chose. Je me suis saisie du loquet et j'ai pressé la clenche avec mon pouce. Elle n'a pas bougé. Encore une porte verrouillée. Me penchant, j'ai pris le risque de braquer ma lampe dans le grand trou de la serrure. Il était complètement exempt des dépôts auxquels on aurait pu s'attendre dans une serrure qui n'aurait pas servi depuis quinze ans. J'ai reculé, inspectant les alentours de la porte, me demandant si j'avais vraiment le courage de faire ce qui venait de me traverser l'esprit.

À une époque, les églises étaient rarement fermées à clé en Angleterre, le principe du sanctuaire étant fermement respecté. L'Église croyait que ses paroisses devaient rester ouvertes à toute heure pour ceux qui avaient besoin de se recueillir. Et pourtant au fil des ans, les vols et le vandalisme ont rendu pareille notion impossible dans pratiquement toutes les églises, excepté les plus rurales. Même les petites chapelles de village avaient rencontré des problèmes, et on était parfois parvenu à un étrange compromis. Les églises étaient fermées à clé, mais on laissait la clé quelque part, où les personnes mises dans le secret – les paroissiens assidus – pourraient la trouver. Cinquante ans auparavant, qu'avaient fait de leur clé ceux de Saint Birinus ?

L'embrasure de la porte était cintrée, et un linteau de pierre décoratif y avait été apposé, à environ deux mètres du sol. Au sommet du linteau voûté lorgnait le visage démoniaque d'une gargouille sculptée, aux yeux de pierre globuleux. Elle était trop haute pour que je puisse l'atteindre, mais un étroit rebord courait le long de l'église à environ trente centimètres du sol, et du lierre, non taillé depuis des années, grimpait à l'assaut des vieux murs. J'ai pris pied sur la saillie, me suis retenue aux branches pour conserver mon équilibre, et de l'autre, ai tâtonné au-dessus du linteau. Des feuilles mortes, quelques pierres détachées, rien d'autre. Ne restait que la gargouille.

Laquelle, à strictement parler, n'avait rien d'une gargouille, ai-je compris, une fois que je me suis retrouvée pratiquement nez à nez avec elle. Les gargouilles (pour hideuses qu'elles puissent être) sont des éléments d'architecture qui font office de dégorgeoirs. L'eau de pluie tombe sur le toit, est recueillie dans des gouttières qui courent tout autour, et s'en échappe par le trou béant dans la bouche de la gargouille. Cette sculpture avait une bouche grande ouverte derrière sa langue saillant de façon obscène, mais n'était pas reliée à un tuyau d'écoulement. En réalité, c'était une chimère, une décoration de pierre.

Et sa gueule était remplie à ras bord de cinquante ans de résidus naturels accumulés. J'en ai ressorti une poignée de feuilles en décomposition, plusieurs autres de boue, les restes d'un nid d'oiseau ; malgré ça, il en restait encore. Après avoir cherché dans le tas deux minutes, ma main a complètement disparu dans la gueule du monstre. Quelque chose a couru sur mes doigts, et je n'ai pu retenir un frisson. Il n'y avait rien là-dedans. J'allais laisser tomber, quand mon petit doigt a rencontré un métal froid. Je l'ai saisi et j'ai ressorti ma main.

Sautant à terre, j'ai braqué ma lampe de poche sur ma trouvaille. Une grosse clé en cuivre – tachée par les ans, couverte de boue mais, comme j'ai pu le constater après l'avoir frottée contre mon jean, parfaitement exempte de rouille. Certaine qu'elle entrerait dans la serrure, qu'elle ouvrirait la porte, je l'ai portée à hauteur de l'orifice... et j'ai suspendu mon geste.

Un homme était mort. Un tout petit bébé avait été mis en danger. On affolait et terrifiait la population avec des serpents. Et un homme qui dégageait la pire odeur humaine et se déplaçait dans le village comme une ombre, en était responsable. Nous n'avions trouvé aucune trace tangible de sa présence dans la maison des Witcher, mais il devait bien se cacher quelque part. Avais-je découvert où ? Et si oui, que faire maintenant ? Pouvais-je réellement attendre de la police qu'elle inspecte un ancien clocher parce que j'avais vu une ombre ? Peu probable. Pouvais-je me résoudre à appeler Matt ? Je connaissais déjà la réponse à la question. Quelqu'un d'autre à qui me confier ? Je connaissais déjà la réponse à celle-là aussi. J'ai tourné la clé et poussé la porte.

30

Tout était plongé dans le noir absolu. Mais le faisceau lumineux de ma lampe a détaillé, un à un, tous les éléments usuels d'une sacristie : bureau du pasteur, registre des mariages, placards, étagères, penderie pour les vêtements sacerdotaux et même un petit évier avec une bouilloire rouillée posée sur l'égouttoir. Rien auquel je n'aurais pu m'attendre. J'ai glissé la clé dans ma poche et refermé la porte derrière moi. Sur ma gauche se dessinait un autre passage voûté, qui menait à un escalier en colimaçon. Si cette église était bien l'édifice roman que je croyais, elle avait dû être bâtie vers le XIe siècle ou le XIIe siècle. La tour d'origine était sans doute plus petit, avec un seul étage au-dessus du corps principal du bâtiment. Par la suite, vers le XVe siècle, quand la pratique de sonner les cloches s'est répandue, les tours ont été surélevées, pour abriter une salle des cloches. Il y avait encore deux pièces au-dessus de celle dans laquelle je me trouvais.

L'escalier était étroit, d'à peine plus de quarante-cinq centimètres de large, et très raide. Par endroits, les marches en pierre tendre étaient usées par le temps, et j'ai espéré n'avoir pas à les redescendre en courant. Je suis montée lentement, marchant sur les restes de nids de choucas, frôlant des toiles d'araignée et tendant l'oreille tout du long, jusqu'au premier étage de la tour : la fameuse salle des cloches.

La pièce était vide, exception faite des huit cordes des cloches qui pendaient du plafond et qu'on avait rassemblées en un point central comme une toile d'araignée géante. Il y avait des clochettes sur des étagères tout autour de la pièce, et des partitions de musique décolorées dans des casiers de rangement en bois. Levant les yeux, j'ai vu les petits trous dans le plancher brut du plafond, par lesquels passaient les cordes.

J'ai continué.

Huit grandes et puissantes cloches en bronze pendaient, immobiles, dans la dernière, la plus haute des salles de la tour, muettes depuis des décennies. Chacune d'entre elles était couverte d'une fine poussière de craie blanche que charrient les vents forts dans ces contrées. Mais c'est tout juste si je leur ai accordé un regard. Dès l'instant où j'ai posé le pied sur la dernière marche et me suis retrouvée sur le seuil voûté de la salle, mes yeux se sont rivés sur le seul espace qui n'était pas occupé par les cloches.

Refusant d'approcher, j'ai balayé les contours du lourd fauteuil de bois de mon faisceau lumineux. De conception sommaire, il avait été grossièrement assemblé avec des gros clous en fer, mais semblait solide. Les bras étaient larges et épais, les pieds robustes. Quatre entraves de cuir avec d'épaisses boucles d'acier avaient été clouées sur les bras et les pieds.

Elle disait qu'ils l'attachaient et le laissaient mourir de faim. Pendant des jours, des semaines, des fois.

Jusqu'à cet instant, j'avais rejeté l'idée, ridicule, que des objets inanimés puissent être possédés d'une quelconque malveillance mais, tandis que je regardais cette chaise, d'épouvantables images se sont succédé dans ma tête : un prisonnier ligoté, hurlant sa rage jusqu'aux cieux ; un jeune homme, affamé et mourant, effondré de désespoir tandis que du sang suintait des plaies à ses poignets et à ses chevilles ; et de vieux os, dépouillés de leur chair décomposée depuis longtemps, toujours retenus dans les lanières de cuir. Je crois, pendant ces quelques secondes, avoir eu plus peur que jamais.

Des fois, ils l'emmenaient à l'église, et ils priaient avec lui pour essayer de chasser le démon. Des jours plus tard, on voyait Ulfred, toujours pareil, mais couvert de bleus et de sang.

— C'était il y a longtemps, Clara, ai-je murmuré pour moi-même.

Il m'était pénible de continuer à regarder cette chaise. Plus difficile encore de m'en détourner. Aussi suis-je restée plantée là où j'étais, à promener ma lampe lentement tout autour de la salle des cloches, sur le plancher nu sous mes pieds, le long des murs, vers le plafond tapissé de toiles d'araignées. Il me semble avoir poussé un gémissement à ce moment-là, et le bruit étouffé a résonné sous les vieilles cloches. D'autres chimères, quatre en tout, aux quatre coins de la pièce, là où les murs rencontraient le plafond incliné. Un monstre hideux, de près de soixante centimètres de haut, avec le torse d'un singe et les griffes et la queue d'un chat, me fixait depuis la cloison opposée. J'avais l'impression de voir briller une lueur d'intelligence presque humaine dans ses yeux. Il semblait prêt à bondir. Sur ma gauche était assis un lion ailé, sur le point de s'élancer ; à ma droite, une bête à cornes, broyant du noir, le menton posé d'un air maussade sur des bras quasi humains. Derrière moi, trop proche, se tenait une créature, épaules voûtées. Je ne pouvais la distinguer correctement, mais, d'instinct, je me suis avancée, pour m'en éloigner. Les quatre statues semblaient vivantes, avides.

Avait-on vraiment abandonné Ulfred ici ? J'ai tenté d'imaginer ce que l'on pouvait ressentir, en voyant le soir tomber, les ombres s'allonger, tout en sachant que ces hideuses effigies de pierre seraient vos seuls compagnons durant la longue nuit à venir. Et je me suis interrogée sur le temps qui s'était écoulé avant que ces sculptures ne semblent s'animer, lui parler. Combien de temps avait pu s'écouler avant qu'Ulfred, déjà dérangé, ne perde complètement le sens des réalités ?

Le faisceau de ma lampe a balayé quelque chose et j'ai fait un nouveau pas en avant. Reposant contre une plinthe, presque dans l'angle de la pièce, se trouvaient deux pièces de bois fixées ensemble à angle droit. L'un des symboles les plus simples, les plus identifiables au monde : le crucifix.

La croix du Christ avait veillé au-dessus de mon berceau depuis que j'étais tout bébé. Pour moi, elle représentait tout ce qui était bon et sécurisant dans ma vie. À la voir là, dans cette salle, avec ce fauteuil redoutable… elle m'inspirait du dégoût.

Je ne pouvais plus rester là. En quittant la pièce, j'ai vu que le fauteuil était presque exempt de la fine poussière de craie qui recouvrait le reste de la salle. Comme si quelqu'un, il n'y a pas si longtemps, s'y était assis. Et, baissant les yeux, j'ai constaté que la poussière au sol avait été tassée, par d'autres pas que les miens.

De retour dans l'escalier, j'ai entamé ma descente mais, mue par une impulsion soudaine, j'ai remonté les cinq dernières marches et poussé la minuscule porte, non verrouillée, qui donnait sur le parapet de la tour. Le vent m'a heurtée de plein fouet, repoussant la porte, tentant de me renvoyer à l'intérieur, mais j'ai tenu bon et me suis retrouvée à dix-huit mètres au-dessus du village.

Des nuages noirs défilaient à toute allure dans le ciel et, loin au-dessous de moi, leurs ombres cavalaient pour ne pas se laisser distancer. À des kilomètres de là, je pouvais voir les lueurs orange des réverbères, et les phares des voitures zigzaguant au milieu. Le village était plongé dans le noir, à part les rares lanternes sous les porches ou une douce lueur derrière des rideaux tirés. Tout était calme, rien ne bougeait – n'était le fin rayon lumineux qui se promenait lentement dans un champ proche de la place du village.

J'ai refermé la tour, remis la clé là où je l'avais trouvée. En quittant le porche de l'église et en prenant pied dans l'allée, je me suis vite arrêtée. Trois silhouettes – que j'ai aussitôt identifiées comme appartenant à la bande de Keech – se tenaient à l'autre bout, me barrant le passage. Ils ne m'avaient pas vue, mais ce n'était qu'une question de secondes. J'ai fait marche arrière, traversé le cimetière en courant et escaladé tant bien que mal le mur en pierre pour me retrouver dans le champ qui s'étendait de l'autre côté. J'étais tout près du manoir de Clive Ventry, presque certainement sur ses terres, mais je pensais pouvoir contourner son jardin par l'arrière, couper à travers champ, plus bas, et regagner la place du village par une autre direction. D'ici là, la bande aurait bougé. À moins que je n'arrive à me glisser à côté d'eux.

Descendant la colline, j'ai pu progresser rapidement, et me suis bientôt retrouvée dans le champ en contrebas du manoir. Je l'ai traversé en rasant la haie. En atteignant l'autre côté, je me faufilerais dans Carters Lane et prendrais le chemin de ma maison.

J'avais parcouru près d'une cinquantaine de mètres quand j'ai à nouveau perçu des voix. Étais-je repérée ? M'avaient-ils suivie jusqu'ici ? Je me suis immobilisée et lentement coulée à terre. La haie qui longeait le champ, perpendiculaire à celle derrière laquelle je me cachais, a brui et bougé. Un oiseau, surpris au nid, s'est envolé sans protester. Une haute silhouette s'est frayé un chemin à travers la haie : puis une autre, plus courte et trapue.

Ils étaient trop loin de moi pour que je parvienne à les identifier avec certitude. Il aurait aisément pu s'agir de deux des frères Keech. Étant donné que je venais de croiser trois autres membres de la bande, la chose était probable.

Ils se sont éloignés dans la descente, longeant la haie. Je les ai laissés prendre un bon temps d'avance puis leur ai emboîté le pas, sachant que les chances qu'ils me voient étaient faibles. Je portais des vêtements sombres, comme je le fais toujours lors de mes sorties d'étude en pleine nuit : je partais très souvent à la recherche d'animaux dans un paysage nocturne.

Les frères Keech, si c'était bien eux, avaient environ cinquante mètres d'avance sur moi, quand j'ai vu l'un d'eux se tourner vers l'autre et lui parler. Je ne distinguais pas leur échange, mais il y avait quelque chose dans leur façon de bouger, de gesticuler les bras, pour le plus grand, qui m'a donné à penser qu'ils se querellaient. Ensuite, le plus grand s'est penché et a saisi l'autre par l'épaule, et le plus petit des deux s'est comme ratatiné. Je n'étais plus certaine d'avoir affaire aux frères Keech. Aucun d'eux n'avait vraiment la gestuelle des jeunes.

Puis ils se sont accroupis dans le champ, et j'ai fait de même. Ils levaient les yeux vers le haut de la colline, en direction du manoir, désormais à quatre cents mètres de là. Le vent soufflait toujours fort, avec régularité vers le sud-ouest, et autour de moi, les arbres frissonnaient en échangeant des chuchotis. L'herbe haute dans le champ s'est inclinée vers moi, ondulant telle l'eau vive.

Comment décrire au mieux ce qui est arrivé ensuite ? C'était comme si je me trouvais au milieu d'une rivière large et rapide. L'eau se ruait vers moi, refluant et tourbillonnant parfois mais, pour l'essentiel, s'écoulant inexorablement vers l'avant dans la même direction. C'est ce que j'ai ressenti cette nuit-là, au milieu d'un champ d'herbes couchées par le vent. Puis j'ai remarqué un courant dans cette rivière, à bonne distance mais qui ne cessait de se rapprocher. Ne faisant guère plus de deux mètres de large, il conservait néanmoins une formidable puissance, parce qu'il se déplaçait perpendiculairement au courant principal.

J'ai observé ce courant d'… eau ? d'herbe ?… venir vers moi, et j'ai su que, à cinquante mètres de là, les deux hommes l'observaient, eux aussi.

Il ne pouvait s'agir que d'un courant dévié de son lit. Sauf qu'il ne s'agissait pas d'eau, aucun doute là-dessus. Je me suis rendu compte que je tremblais. Je croyais avoir vu tout ce que les paysages nocturnes d'Angleterre avaient à offrir, mais ceci était totalement inédit. Et, comme n'importe quel animal de la planète, l'inconnu me perturbe.

Qu'est-ce que c'était ? Une part de moi voulait s'enfuir, l'autre moitié était fascinée. J'ai pris le risque de ramper vers l'avant sur moins d'un mètre. Le courant, à moins qu'il ne change de direction, allait passer juste à côté de moi, mais atteindre les deux hommes de plein fouet. Ils regardaient avidement, accroupis, prêts à réagir, d'une manière ou d'une autre, sans paraître effrayés. Plus que neuf mètres… huit, progressant à l'allure d'un adulte qui marche… cinq mètres.

Des serpents… par douzaines… par centaines peut-être. Ils ondulaient dans les longues herbes comme les rubans flottant d'une banderole d'enfant. Leurs corps luisaient, lisses et humides, miroitant sous la lumière de la lune. Ils traversaient le terrain vers un but collectif, un objectif commun, poussés par un instinct que je ne pourrais jamais ne serait-ce qu'appréhender.

C'était une marée de couleuvres. Des jeunes serpents, de la grosseur d'un crayon, se déplaçaient parmi des adultes de plus d'un mètre cinquante de long. J'ai vu des serpents noirs, des serpents clairs, je pouvais même distinguer les marques sur leur dos. Ils se dirigeaient sans doute vers la rivière. J'avais entendu parler de ce genre de phénomène, et j'avais même rencontré un vieil homme qui soutenait avoir assisté à une semblable migration collective, mais je ne pense pas y avoir vraiment cru jusqu'alors.

C'était magnifique ! Extraordinaire ! Tout à fait merveilleux. Je me sentais tellement privilégiée et pourtant, en même temps, j'ai éprouvé une pointe de tristesse qui m'est tombée dessus sans prévenir. Pourquoi n'y avait-il personne pour admirer le spectacle avec moi ?

En fait, il y avait quelqu'un. Je partageais cette expérience avec deux hommes qui étaient, peut-être, les frères Keech. Quels qu'ils soient, je doutais fort que leur but fût d'admirer les merveilles de la nature.

La marée est passée devant moi, et je l'ai regardée poursuivre sa descente en direction des deux silhouettes noires à l'affût. Quand les meneurs sont arrivés à leur hauteur, la plus grande des deux a poussé un cri et les deux se sont levées. La vague de reptiles a giclé de toutes parts comme de l'eau d'un tuyau. Des serpents jaillissaient dans toutes les directions, mais les deux hommes les attendaient de pied ferme. Ils portaient des sacs. Ils les maintenaient au sol et leur imprimaient un grand geste vers l'avant.

Ils avaient déjà fait ça. Ils étaient rapides et efficaces. Ils avançaient vite et en silence, cueillant les pauvres bêtes perplexes jusqu'à ce que les sacs regorgent d'une vie grouillante et frétillante.

Je brûlais de les arrêter, mais n'ai pas osé bouger. J'étais trop près. Et que pouvais-je faire, de toute façon ? Les raisonner ? Je ne pouvais même pas m'en aller avant eux. Si j'esquissais le moindre geste, ils me verraient.

Un serpent, fuyant l'agitation, est venu vers moi. Je suis restée parfaitement immobile. Les serpents n'entendent pas. Ils sentent les vibrations, en partie dans l'air, essentiellement dans le sol. Ils peuvent voir, mais n'ont pas une bonne vision. Ils ont, en revanche, un odorat puissant qui passe par la langue. Alors que le serpent s'approchait de moi, il a ralenti, dardé sa langue comme autant d'éclairs minuscules, sentant un autre ennemi.

Il s'est arrêté et dressé devant moi, en position défensive. Malgré moi, j'avais envie de tendre le bras pour le caresser sur toute sa longueur, douce, forte, afin de le rassurer. C'était idiot de ma part – un reptile apprivoisé supporte qu'on le touche, mais penser que cette créature sauvage puisse avoir besoin de réconfort… C'était plutôt moi qui en avais besoin. Je n'ai pas bougé, et le serpent s'est reposé, a goûté l'air une fois encore, avant de s'éloigner en glissant sous la haie.

Enfin, tous les reptiles ont été capturés, à moins qu'ils ne se soient enfuis. Les deux hommes ont repris la direction de la haie. Ils se sont faufilés au travers et ont disparu, mais j'étais quasi certaine qu'ils avaient pris vers le bas – en direction de la maison des Witcher.

Il fallait que je rentre prévenir la police. Les deux hommes – j'étais loin d'être convaincue désormais qu'il ait pu s'agir des fils Keech – avaient commis un délit. Il est illégal de capturer un serpent sauvage britannique, et ils avaient dû en enfourner des paquets. Je n'avais aucune idée de ce qu'ils manigançaient, mais j'étais prête à parier que les serpents n'aimeraient pas ça. J'ai commencé à remonter la colline moi aussi, guettant les voix de l'autre côté de la haie. À mi-pente, à peu près, j'ai surpris un oiseau, et sursauté quand il a fusé dans les airs devant moi. Je suis arrivée en haut du champ et me suis accroupie dans la haie. Passant la tête, j'ai inspecté la route, vers le haut et vers le bas.

Déserte. Mes deux amis avaient disparu avec leur prise. Je me suis glissée à travers la haie, redressée et j'ai gravi la fin du sentier en vitesse. Alors que je tournais au coin, j'ai entendu un faible bruit de pas avant que mes cheveux soient brutalement tirés en arrière et que des bras se referment sur moi.

31

Allan Keech me maintenait fermement par la taille et autour de la gorge ; son frère Nathan venait droit sur moi. Pas le temps de réfléchir. J'ai lancé une jambe en l'air et l'ai atteint entre les jambes. Il a reculé en titubant, et j'ai senti la pression d'Allan se relâcher. J'ai ramené un coude en arrière, rencontré les muscles du ventre, souples, qu'il n'avait pas eu le temps de bander, et ensuite donné un grand coup de pied dans son tibia. Il a poussé un grognement de porc en me relâchant.

J'ai foncé droit devant moi, à toute vitesse. J'avais eu de la chance, ils ne s'étaient pas attendus à ce que je me batte, mais ils étaient vraiment fâchés, à présent. Je ne pouvais pas les laisser me rattraper. J'ai pris le virage dans Carter's Lane à la corde et continué de monter. Bientôt, je serais sur la place du village, à proximité des maisons, de l'aide.

J'entendais des pas rapides derrière moi. Nathan était jeune et grand. Il devait être physiquement en forme compte tenu de son âge. Allan était plus lourdement bâti, avec peut-être quinze ans de plus que son frère. Il était plus fort mais plus lent. C'était Nathan qu'il me fallait distancer.

Je remonte cette ruelle au pas de course chaque jour, et le temps d'arriver au bout, j'ai su que j'avais gagné quelques secondes. Pas de temps à perdre, cependant. Il me restait à traverser la place et tourner dans la rue principale qui menait à la sortie du village, la remonter sur près de cinq cents mètres et prendre à gauche dans Bourne Lane. C'était la dernière ligne droite.

Que je n'étais pas destinée à atteindre dans l'immédiat : deux autres silhouettes, un garçon et une fille de la bande de Nathan, étaient assises sur un banc à l'endroit où la grand-rue aboutit sur la place. Une troisième silhouette rôdait dans la ruelle qui menait à l'église et au manoir. Allan et Nathan regagnaient rapidement du terrain.

Les autres n'avaient pas l'air de m'avoir remarquée. Le vent étouffait le bruit des pas. J'ai traversé la place en petite foulée et atteint le pont. J'ai dévalé en courant trois marches jusqu'au bord de la rivière, plongé sous l'arche de pierre... et pris conscience de mon erreur.

J'avais cédé à la panique. Si j'avais réfléchi correctement, je serais restée au beau milieu de la place et j'aurais hurlé à la mort si l'un d'entre eux s'était approché. Quelqu'un m'aurait sûrement entendue : les maisons n'étaient pas trop éloignées. Dans tous les cas de figure, auraient-ils réellement osé tenter quoi que ce soit, en plein milieu de leur propre village ? J'aurais dû faire face, les mettre au pied du mur.

Au lieu de quoi, j'avais fait de moi leur proie. Ils allaient me prendre en chasse maintenant. Toute issue au départ de la place étant bloquée, ils ne tarderaient pas à deviner où j'étais passée. Ils viendraient ici, me prendraient au piège sous le pont. Je ne pouvais pas les laisser faire.

Bon, réfléchis maintenant, réfléchis ! Une seule solution : rester cachée pendant une minute ou deux, reprendre mon souffle, attendre le bon moment pour piquer un sprint. Mais en m'enfonçant dans la pénombre du pont, j'ai découvert quelque chose. Dans l'une des arches – sur la rive opposée à celle où je me trouvais – s'ouvrait un étroit tunnel. Circulaire, avec une paroi en briques, d'environ un mètre vingt de diamètre, il déversait l'un des nombreux minuscules cours d'eau traversant le village. Certes, il était également noir, baignant dans la vase et parcouru d'un courant rapide, mais il s'étirait devant moi, vers l'endroit où il rencontrerait le fossé qui emportait le courant le long de la grand-rue. Le tunnel mesurait quinze, peut-être vingt mètres de long. En l'empruntant, je pourrais ressortir tout près de l'endroit où Kimberley et son ami étaient assis. Ils ne s'attendraient pas à me voir surgir de terre. Le tunnel, pour peu attirant qu'il soit, pourrait peut-être bien me donner un avantage. Et j'avais une lampe de poche.

J'ai l'habitude de patauger dans les courants et les rivières. Je supporte bien l'assaut de l'eau froide se ruant contre mes membres, et les herbes folles qui s'entortillent autour de moi. Mais, généralement, je porte une tenue nettement plus appropriée. En trois foulées, mon pantalon était trempé jusqu'à mi-cuisse et me collait à la peau. J'ai traversé la rivière, prenant garde aux pierres branlantes et aux soudaines dénivellations.

À l'entrée du tunnel, j'ai braqué le faisceau de ma lampe, veillant à ce que le rayon lumineux ne soit pas visible depuis le pont. Je serais obligée de me plier en deux pour passer ; et si je glissais, je serais en très mauvaise posture. Ce n'était pas une bonne idée.

Des pas au-dessus de moi. Quelqu'un marchait sur le pont.

— Où elle est passée, putain ? Vous foutiez quoi, vous autres ?

— Elle est pas passée devant nous, la salope, impossible.

Bonne ou mauvaise, c'était la seule idée que j'avais trouvée. J'ai avancé, me suis accroupie, frissonnant quand l'eau m'est soudain arrivée aux hanches. Des mauvaises herbes pendaient du haut, m'effleurant le visage tandis que je progressais lentement. Un rebord étroit courait de part et d'autre du tunnel et je m'y retenais des deux mains. C'était humide, spongieux, assez répugnant, mais ça m'aidait à trouver mon équilibre. J'ai écrasé quelque chose qui a émis un bruit de succion sous mon pied, et j'ai failli pousser un gémissement.

Des pas résonnaient sous le pont. J'ai vivement éteint ma torche et me suis plaquée contre les briques humides. Regardant derrière moi, j'ai vu une ombre passer et repasser devant l'entrée du tunnel. Une fois qu'ils m'auraient repérée, l'un d'entre eux pourrait atteindre l'autre bout du tunnel en quelques secondes. Ils se déplaceraient bien plus vite sur la terre ferme que moi dans l'eau. Mais où avais-je eu la tête ?

J'ai perçu un faible grattement sur ma gauche et fait volte-face. De tout petits yeux m'ont dévisagée avant que des pattes minuscules prennent la fuite. Je pouvais m'accommoder de la présence d'un rat. Ce que je n'étais pas sûre de pouvoir gérer, c'était la silhouette sombre accroupie qui se tenait à l'entrée du tunnel. Je n'ai pas bougé. Je crois même avoir cessé de respirer. Sa tête décrivait un cercle comme s'il scrutait les profondeurs. Il ne m'avait pas vue. Un rayon de lumière a soudain surgi, braqué directement dans mes yeux.

La silhouette derrière la torche a ri doucement. C'était Nathan. Inutile de traîner dans le coin.

J'ai foncé droit devant moi, sachant que je disposais de quelques secondes. En fait, je ne les avais pas. Une autre silhouette bloquait la sortie. Reculant en titubant, j'ai brusquement étendu mes deux bras pour me retenir à la paroi du tunnel. Ma main droite l'a touchée, l'autre pas. Mon bras gauche errait dans le vide. J'ai rallumé ma torche.

Les briques s'étaient effondrées à cet endroit-là, pour révéler un autre conduit, plus petit que celui dans lequel je me trouvais, mais également rempli d'un cours d'eau, à mi-hauteur. Ce nouveau tunnel était un passage beaucoup plus rudimentaire taillé à même la roche. Le faisceau lumineux cessait avant la fin du tunnel, ce qui ne me donnait aucune idée de sa longueur.

Bien. Que pouvaient-ils me faire de pire ? Avaient-ils vraiment l'intention de me tuer ou de me blesser gravement – au sein même du village où nous vivions tous, à quelques centaines de mètres à peine des habitations ? Rationnellement, je ne pouvais pas le croire. C'était ridicule de me cacher comme je le faisais, rôdant furtivement dans le noir tel un rat d'égout.

L'humiliation : voilà sûrement ce que j'avais à redouter de pire une fois qu'ils m'auraient attrapée. Et je pouvais gérer. Dieu sait, quand il s'agissait de survivre à l'humiliation, que j'aurais eu de quoi écrire un livre. Ce serait bientôt terminé, et ils me relâcheraient. Ils ne pouvaient rien m'infliger que je n'aie déjà connu.

— Ohé ! Clara, a lancé une voix aiguë de fausset, s'attardant sur la dernière syllabe qui a résonné dans le tunnel.

À l'autre bout, un autre l'a imité :

— Claraaaa ! Claraaaa !

Un garçon a poussé un hurlement, imitant un chien. Puis il s'est mis à haleter. Quelqu'un d'autre a repris la mélopée, lente et insistante, semblable à un battement de tambour. Sous mes yeux, une silhouette s'est engagée dans le tunnel. À l'autre bout, l'issue désormais barrée, son complice a fait de même. Ils n'attendaient pas que je me rende : ils venaient me chercher. Ce qu'ils avaient prévu se déroulerait ici, sous terre. Soudain, il m'est apparu que le pire que je puisse craindre n'était pas l'humiliation. Mue seulement par le besoin instinctif de rester cachée, je me suis penchée encore plus bas et j'ai pris le second tunnel.

J'ai entendu, non sans une petite dose de satisfaction, les marmonnements de stupéfaction que je laissais dans mon sillage. La bande connaissait peut-être l'existence du fossé, mais ils n'étaient pas au courant de l'existence de ce conduit. Il fallait que je m'y aventure plus loin, que je disparaisse de leur vue avant qu'ils n'atteignent l'embranchement. Gardant une main au-dessus de ma tête pour me protéger du plafond très inégal, j'ai maintenu l'autre, armée de la lampe torche, devant moi. Puis j'ai foncé dans le noir, aussi vite que possible, vu que j'étais pliée en deux et pataugeais dans l'eau.

J'ai eu le temps de remarquer, malgré la panique qui me gagnait, que la fissure dans laquelle je me précipitais n'était absolument pas naturelle. Alors que le faisceau lumineux éclairait les parois, j'ai vu des marques de coups de pioche et des éraflures là où la roche avait été taillée. Ma main n'arrêtait pas d'effleurer le plafond, et une poudre fine et friable se répandait autour de moi. J'étais dans l'une des anciennes mines de craie. Où je me rendais exactement, en revanche, c'était une autre histoire. Jusqu'où faudrait-il que je coure, au juste, avant qu'ils laissent tomber ? Combien de temps encore devrais-je rôder sous terre avant d'oser ramper de nouveau à l'air libre ?

J'entendais des voix derrière moi, anormalement sonores dans l'espace confiné. Je me suis tournée, redoutant de voir le rayon lumineux d'une torche lancée à mes trousses, et me suis précipitée tout droit dans un mur de roche crayeuse. J'ai lâché ma lampe, qui s'est éteinte. J'étais arrivée dans un cul-de-sac, j'avais perdu ma lampe et la bande me rattraperait d'une seconde à l'autre. La situation pouvait difficilement empirer. Sauf que… à moins d'un mètre de moi… je décelais presque un souffle d'air tiède, léger contre mon visage… Quelqu'un respirait.

32

Je suis restée figée sur place, tendant l'oreille plus que je ne l'avais jamais fait de ma vie.

Profonde, laborieuse – plus rapide que la normale, mais trop lente pour être celle d'un animal – la respiration venait de quelque part sur ma droite. Tout comme l'odeur de lait caillé et de sueur rance. Une odeur parfaitement humaine. Il devait y avoir un autre tunnel, peut-être une petite galerie, que j'avais ratée dans ma panique.

Qui redoutais-je le plus ? Nathan et sa bande ou la créature tout juste humaine qui avait agrippé ma chair la dernière fois qu'il m'avait été donné de sentir une puanteur pareille ? Question pas trop difficile. J'ai commencé à reculer petit à petit, et l'odeur m'a suivie. J'ai entendu des chuchotis, et même pouffer de rire, et compris que Nathan et les siens n'étaient plus très loin. Puis quelqu'un a crié, et le hurlement rauque a retenti anormalement fort, dans l'espace réduit.

— Hé les gars ! Arrêtez de faire les cons. Il nous attend.

C'était la voix d'Allan. Quelqu'un a tenté de protester mais s'est vu couper la parole.

— Laissez-la tranquille. Si elle se perd là-dedans, c'est ses oignons, après tout.

Ronchonnements, quelques rires étouffés, suivis du bruit des jambes foulant l'eau. Soudain, ils étaient redevenus des gosses. Fougueux, un peu méchants, mais ne cherchant qu'à s'amuser à mes dépens. Ce qu'il y avait derrière moi, tout proche, c'était tout autre chose. La bande quittait le tunnel.

Et je les talonnais de près. Peu m'importait s'ils m'entendaient. C'est tout juste si je parvenais à me retenir de hurler : *Ne me laissez pas ! Il y a quelque chose là-dedans.*

J'ai continué à foncer droit devant moi, ne m'arrêtant qu'une seconde quand j'ai pris le dernier virage et vu la pâle lueur au bout de l'étroit tunnel. J'ai regardé les derniers gosses regagner le fossé et disparaître. Puis je m'y suis engagée à mon tour, inspectant rapidement les lieux pour m'assurer qu'ils étaient bien partis, mais nettement plus préoccupée par ce qui s'était peut-être lancé à mes trousses, me disant que cette fois-ci, c'était bon : si je me tirais de ce pétrin en un seul morceau, je ne me mêlerais plus du tout des trucs bizarres qui se passaient dans le village. Peu importe ce dont il s'agissait, cela pouvait se jouer sans moi. J'avais eu ma dose.

Plus que trois mètres avant de déboucher sur le fossé. Un dernier coup d'œil en arrière pour vérifier si quoi que ce soit avait émergé du tunnel. Deux mètres, un. Je me suis frayée un chemin au travers des tiges épaisses et des feuilles d'un grand nénuphar et me suis retrouvée à la surface.

Oh, quel soulagement de pouvoir se redresser… J'ai levé les yeux pour admirer les étoiles, qui jouaient à cache-cache avec moi derrière les nuages qui défilaient devant elles ; les arbres, qui ployaient et se balançaient ; les vieilles maisons, grinçant dans le vent, et pourtant robustes et familières. J'étais seule sur la place du village.

Cinq minutes plus tard, j'étais devant chez moi, fixant du regard le grand bac à fleurs posé sur la trappe du cellier. Il avait été déplacé.

De dix centimètres seulement vers la droite, mais il n'y avait pas à s'y méprendre. La trace laissée à son emplacement habituel était parfaitement nette, même à la lumière de la lune. Quelqu'un avait fait glisser le bac sur la trappe puis, peut-être pressé de s'en aller, ne l'avait pas remis en place correctement.

Pourquoi faire une chose pareille ?

Voilà comment – alors que la seule chose que je désirais était de refermer les écoutilles et de prendre un très long bain – je me suis retrouvée en train de pousser de toutes mes forces sur un lourd bac à fleurs en bois. Il m'a fallu quelques minutes, mais j'ai fini par réussir à le dégager de la trappe. Quel intérêt pouvait-on avoir à le faire ? La trappe à charbon était cadenassée et verrouillée par en dessous. À tout hasard, j'ai saisi l'anneau de fer qui devait autrefois servir à soulever la trappe et tiré un coup sec.

J'ai failli tomber à la renverse, entraînant la porte avec moi. Le battant était venu tout entier, et mon cellier était à l'air libre. J'ai rapidement vérifié. Les verrous et cadenas tenaient bon – mais le cadre en bois dans lequel était encastrée la porte s'était, en pourrissant, descellé de la maçonnerie. D'en bas, quand le bac à fleurs maintenait le tout en place, tout avait semblé normal. D'ici, c'était gros comme la cicatrice au milieu de ma figure qu'accéder à ma cave – et à ma maison – avait été un jeu d'enfant.

— Au moins, je sais, ai-je murmuré pour moi-même, avant de comprendre la signification du bac déplacé. Quelqu'un était entré chez moi une fois de plus. Soudain frigorifiée, j'ai remis en place la trappe et le bac et pénétré dans la maison... par la porte principale.

J'ai verrouillé celle du cellier, poussé la table de la cuisine contre et cherché des objets lourds à poser dessus : le micro-ondes et une cocotte en fonte. Puis je me suis sentie bête. Ensuite, j'ai inspecté toute la maison, au cas où quelqu'un me guetterait quelque part, vérifiant maintes et maintes fois que toutes les fenêtres et les portes étaient bien fermées. Je n'ai pas osé prendre de douche : l'idée ne pas pouvoir entendre quelqu'un qui s'approcherait à pas de loup m'était tout simplement insupportable. J'ai fait couler un bain et, après m'être débarrassée de l'odeur de la rivière, j'ai emporté mon portable dans ma chambre et même un couteau aiguisé pris dans un tiroir de la cuisine. Les deux sont passés sous mon oreiller. Pourtant, je n'ai pas pu trouver le sommeil. J'ai une nouvelle fois fouillé la maison.

Alors que je parcourais les pièces du bas, plongées dans le noir, j'ai cru entendre du mouvement à l'extérieur, quelqu'un se faufilant dans les buissons plantés tout contre le mur à l'arrière de la propriété, mais personne n'a frappé à la porte, nul n'a toqué au carreau, ni ne m'a appelée.

De retour à l'étage, j'ai somnolé, pour mieux me réveiller lorsqu'une branche est venue racler la fenêtre. Je suis restée allongée, regardant l'ombre des feuilles projetée par les rayons de lune sur les murs, et su que le sommeil m'avait définitivement fuie pour la nuit. Parce que, lorsque le soleil se lèverait, ce serait sur le jour où je devrais faire mes adieux à ma mère.

C'est maman qui m'a appris à chanter. Elle a compris alors que j'étais encore toute jeune qu'elle ne ferait jamais de moi une musicienne, mais elle se délectait de ma voix prometteuse. Nous chantions des heures d'affilée, rien que nous deux, dans le salon de musique. Papa avait tout juste assez de voix pour diriger son assemblée, Vanessa n'avait aucune oreille et avait été bannie de la pièce dès l'âge de six ans pour s'être montrée trop violente avec les instruments à percussion. Parfois, quand maman et moi chantions ensemble, c'était comme s'il n'y avait plus que nous deux au monde, et ça m'allait bien comme ça.

À mesure que les leçons s'accumulaient, que ma voix gagnait en force et en justesse, maman nourrissait le grand désir de me voir chanter en public : en petit comité, à l'école, ou à l'église, peut-être. Elle voulait que je me tienne debout face aux gens pour leur donner une raison de me regarder qui soit à son crédit, et non qui lui fasse honte. Je crois qu'elle y aurait trouvé une preuve de ma guérison et de sa rédemption. Je ne l'ai jamais fait.

Et cette nuit-là, regardant les ombres danser dans la pièce comme les fantômes des occasions manquées, j'ai compris pourquoi. Si j'avais satisfait son plus grand souhait, j'aurais perdu le pouvoir que j'avais sur elle.

Oh, c'est sans pitié que j'avais profité, toutes ces années, de l'influence que je savais détenir sur elle. J'ai compris d'instinct, alors que j'étais encore toute petite, que maman ferait n'importe quoi pour m'épargner toute autre souffrance. Et je prenais un plaisir pervers à la torturer. C'est à cause d'elle que je suis devenue vétérinaire. J'avais toujours été attirée par les animaux, mais j'ai senti très jeune la peur qu'elle en avait. Notre opposition constante quand nous croisions un chien en est devenue presque comique, maman tâchant de m'éloigner et moi, me débattant pour m'en rapprocher. J'ai arrêté quand Vanessa, méchante petite fille de dix ans, jalouse de l'attention prodiguée à l'enfant abîmée, m'a raconté dans le détail pourquoi j'avais cette tête.

Mais à ce moment-là, mes actes de revanche, instinctifs, mesquins, avaient cédé le pas à un intérêt authentique. J'avais appris à aimer le royaume animal pour lui-même : sa variété infinie, surprenante. J'ai passé un été dans un centre équestre voisin et appris le nom de chaque os et chaque muscle du corps chevalin. J'ai fait la connaissance du vétérinaire du pays lequel, quand il a eu vent de mon intérêt, m'a volontiers laissée l'accompagner dans ses tournées. Dans un rare esprit de camaraderie, Vanessa et moi avons monté un hôpital pour animaux sauvages dans la cabane de notre jardin. Nous avons fait de la publicité dans le journal local et, cet été-là, n'avons cessé de soigner une flopée de rongeurs blessés ou d'oisillons abandonnés, auxquels nous avons rendu la santé. Le temps que je sois en âge de faire une demande d'inscription à l'école vétérinaire, j'avais accumulé tellement de connaissances et d'expériences pratiques que j'ai reçu des propositions de toutes les écoles que j'ai sollicitées.

Et tout cela grâce à ma mère, qui dans un moment d'inattention, avait détruit ma vie ; pour mieux passer le reste de la sienne à tenter de la réparer.

Mes yeux se sont refermés. Quand je les ai rouverts, la lumière derrière la fenêtre était argentée et une grive musicienne annonçait à tous ceux qui voulaient bien l'entendre que mon jardin était son territoire et que tous les autres feraient bien de dégager. Il était 4 h 45 ce jeudi matin : l'aube était presque là.

33

J'ai trouvé le corps nu de Violet sur le grand lit au centre de la pièce. Une chemise de nuit d'un rose fané gisait sur le sol usé, au pied du lit. Je ne l'ai pas vraiment regardée, mais me suis figurée, peut-être, qu'on l'avait déchirée. Je suis restée sur le seuil de la porte, incapable de détacher mes yeux de la silhouette immobile sur le lit.

Je ne m'étais pas rendu compte qu'elle était si petite. On aurait presque dit que c'était une enfant qui était allongée là, une enfant dont la peau, veinée de vaisseaux lilas, comme du marbre, s'était étirée à tel point qu'elle retombait autour de ses os tels les plis d'un linceul.

Même d'ici, je voyais que ses derniers moments n'avaient pas été faciles. La chair autour de son sein gauche avait gonflé et commencé à se décolorer, la peau couleur papier mâché se teintant de rouge et de pourpre. L'œdème avait eu le temps de se répandre : le haut de son bras gauche semblait plus large que le droit. Un mince filet de sang permettait de remonter à l'origine de la plaie, juste sous sa clavicule. Un oreiller gisait à côté de sa tête, taché de sang, et du vomi zébrait encore le côté de son visage. Quelqu'un, inquiet à l'idée que le poison injecté dans ses veines n'agisse pas assez vite, avait-il maintenu l'oreiller contre sa figure pour accélérer le processus ?

Ses fins cheveux blancs avaient foncé, trempés par la sueur, et ses yeux couleur de campanule étaient ouverts. Je ne voulais pas penser à ce qu'ils avaient vu en dernier. Je me suis approchée, avec l'impression d'avancer dans le brouillard : le lit semblait si loin. Je connaissais les règles, évidemment : ne rien toucher, appeler la police – mais peu m'importait. J'allais lui fermer les yeux et trouver quelque chose pour la couvrir. Une écume rose cerclait sa bouche : elle avait craché du sang. J'ai tendu la main, me souvenant combien sa peau était douce, tout en me préparant mentalement à la trouver froide. J'ai frôlé ses tempes, senti ses cils qui me picotaient la peau.

Tièdes !

Le brouillard s'était dissipé et j'étais plus alerte que jamais, balayant son corps du regard en quête du moindre indice de vie. Ma main droite a jailli vers son cou pour y trouver le pouls tandis que la gauche inclinait son menton vers le bas, et que je penchais la tête à l'affût d'un souffle, même le plus ténu.

Rien.

J'ai trouvé mon mobile, pressé les trois chiffres du numéro des urgences, et répondu aux questions, nécessaires, je le savais, mais qui m'ont paru interminables. Enfin, avec mes mains serrées, les doigts entrelacés, je me suis mise à presser son thorax, juste au-dessus du sternum… douze, treize, quatorze… À trente, je me suis arrêtée, ai tiré sa tête en arrière, lui ai ouvert la bouche pour inspecter les voies respiratoires. Deux insufflations et je me suis remise à lui presser les côtes. Trente compressions, encore de l'air.

Tiens bon, ai-je pensé, tandis que je passais d'une action mécanique à l'autre. L'erreur que commettent les gens, c'est qu'ils s'arrêtent trop tôt. On peut ranimer des gens après cinq, dix minutes de mort clinique, à condition de continuer à faire circuler le sang, maintenir le corps en vie jusqu'à l'arrivée des secours, jusqu'à ce qu'on puisse choquer son cœur et le ressusciter, obliger les poumons à se rappeler leur fonction. *Alors ne renonce pas ! Reste là, rien que pour les faire chier, tiens bon, putain ! Pour l'amour du ciel, Violet, tiens bon !*

Laisse-moi partir, mon petit.

Non, Violet, non ! Allez, tiens bon juste une minute encore. Ils seront bientôt là.

C'est fini. Arrête maintenant, mon petit. Stop.

Non, Violet, tu ne peux pas mourir. Si tu meurs, ce sera ma faute. Ne meurs pas, Violet, je t'en prie.

Je ne sais pas combien de temps j'ai tenté de ranimer le cœur de Violet, mais je crois sincèrement, même aujourd'hui, que je n'ai pas arrêté trop tôt. Violet n'était pas morte depuis longtemps quand je l'avais découverte, mais elle l'était vraiment. Même si des urgentistes équipés de défibrillateurs déjà amorcés avaient franchi la porte sur mes talons, cela n'aurait servi à rien. Elle ne serait pas revenue. Et à un moment donné, j'ai su qu'il fallait lâcher prise.

Je me suis machinalement avancée vers le placard dans un angle de la pièce, en ai sorti une couverture que j'ai étirée avec douceur au-dessus de la forme immobile. J'entendais du bruit en bas, des pas pesants, et qu'on me hélait à voix basse. Je me suis assise à côté de Violet, en me disant qu'il leur faudrait encore quelques secondes pour nous trouver. Juste assez pour pouvoir se dire convenablement adieu. Nous avions un peu de temps.

J'avais tort. Pour moi, comme pour Violet, c'était terminé.

DEUXIÈME PARTIE

34

— Et c'est tout, Miss Benning ?

— Oui, ai-je répondu dans un souffle, la gorge nouée. C'est tout.

L'inspecteur principal Robert Tasker m'a dévisagée une seconde, sourcils haussés, front plissé. Puis il a posé son front dans sa main et s'est massé les tempes. Il m'a scrutée de ses yeux marron, injectés de sang. Un geste que je l'avais déjà vu faire plusieurs fois. J'ai patienté.

— Quand la police est arrivée, ils vous ont trouvée assise à côté du corps de Mrs Buckler. Ils n'ont rien vu qui suggère que vous ayez tenté de la ranimer.

— Je venais de m'arrêter.

— Juste à ce moment-là ?

Tasker a poussé un long soupir et jeté un œil aux papiers posés sur la table devant lui.

— On a reçu un appel de la voisine de Mrs Buckler, juste après 5 heures du matin, signalant du grabuge.

Il a levé les yeux.

— On a un témoin qui dit vous avoir vue traverser la place, en direction de la maison de Mrs Buckler, à ce moment-là, à peu près. Et pourtant à notre arrivée, vingt minutes plus tard, elle est morte – tout juste morte, notez bien – et vous êtes assise à ses côtés tel l'ange de la mort. Combien de temps avez-vous tenté de la réanimer, exactement ?

Sur le mur derrière Tasker, la pendule indiquait qu'il était bientôt midi. Six heures plus tôt, en état d'arrestation pour présomption de meurtre, on m'avait conduite directement de chez Violet au poste de police. Une fois là, on m'avait lu mes droits et demandé de me soumettre à un examen médical. On m'avait proposé un avocat, que j'avais refusé, puis enfermée dans une cellule. Peu avant 10 h 30, ils étaient venus me chercher pour m'emmener dans une salle où se déroulaient les interrogatoires. Cela faisait bien plus d'une heure que je parlais non-stop, et je n'avais qu'une envie : me rouler en boule et dormir. Au moins en cellule, je serais seule.

— Pour les besoins de l'enregistrement, le suspect refuse de répondre à la question qui lui est posée, a dit l'homme à côté de Tasker, l'inspecteur Stephen Knowles.

Knowles était plus âgé, plus petit et plus rond que Tasker. Il ne lui restait plus beaucoup de cheveux sur le caillou, mais tout plein sur le corps, à en juger par les poils sombres qui s'échappaient du col de sa chemise et de ses poignets.

— Elle était morte, ai-je insisté, péniblement, au bout de quelques secondes. J'ai tenté de la sauver, mais je n'ai pas réussi. Je n'ai aucune idée de l'heure qu'il était quand j'ai commencé ou quand je me suis arrêtée.

Tasker et Knowles ont échangé un regard. J'ai tendu le bras, saisi la carafe d'eau, pour m'apercevoir que j'avais tout juste la force de la soulever. Je l'ai vidée dans mon verre, que j'ai bu d'une traite. Au début de l'interrogatoire, la carafe était pleine ; or j'étais la seule à boire : la seule qui semblait affectée par les conditions oppressantes des lieux. La pièce dans laquelle nous nous trouvions ne comportait ni climatisation ni fenêtres et il y faisait de plus en plus chaud. Les ampoules électriques étaient trop fortes, le mobilier en plastique et l'air ambiant sentait la sueur et le tabac froids. Des panneaux « Interdit de fumer » étaient affichés sur chaque mur, mais les deux agents avaient apporté l'odeur avec eux, imprégnant leurs vêtements comme un convive inopportun.

— On dirait que vous vous êtes fait pas mal d'amis parmi les personnes âgées de votre village, Miss Benning, est-ce exact ? a demandé Tasker.

— Je ne suis pas sûre de m'être vraiment fait des amis au village, jeunes ou vieux.

J'étais parfaitement sincère.

— Et Mrs Buckler ?

— Je venais de faire sa connaissance.

— Que vous dites. Et pourtant, vous avez dépensé pas mal d'argent pour son chien.

J'ai pris un temps de réflexion pour me demander comment il était au courant, pour Bennie. Était-ce par Sally ? Matt ? Aucune de ces deux éventualités n'était guère réjouissante.

— Elle était vieille et fragile. Je ne pouvais pas faire grand-chose pour elle, mais au moins je pouvais aider son chien.

— Vieille et vulnérable, je dirais, reprenait Tasker. À combien estimez-vous sa maison, Miss Benning ?

— Hein ? Pardon ?

La question m'a totalement prise au dépourvu.

— Elle est certes en piteux état pour l'instant mais, rénovée, pourrait atteindre dans les 200 000 livres. Peut-être plus. Qu'en pensez-vous ?

— Je n'en ai pas la moindre idée.

— Oh, allez. Il paraît que vous et les autres résidents recevez régulièrement des courriers d'une société immobilière qui vous fait des propositions.

— Ils ne mentionnent jamais de prix.

— Quand même, ça doit bien valoir quelque chose, non ? Il y a peu de chance qu'une femme de cet âge ait encore un emprunt sur le dos.

Ça me brûlait la langue de lui demander ce que tout cela pouvait bien avoir à voir avec moi, mais je pariais que Tasker se ferait un plaisir de me l'expliquer bien clairement, et dans le détail.

— Mrs Buckler n'avait pas de famille, a continué Knowles. Vous le saviez ?

— Je m'en suis doutée. Je pense que c'est pour ça que son chien comptait autant pour elle.

— Mr. et Mrs Witcher n'avaient pas de famille non plus, si ?

Je me suis rendu compte que je m'étais raidie, comme si je me préparais à recevoir un coup.

— Je ne crois pas, ai-je convenu.

— Vous vous entendiez bien avec eux aussi, n'est-ce pas ?

— J'échangeais parfois trois mots avec Walter quand je passais devant chez lui en faisant mon jogging. J'ai à peine connu Edeline. Ce n'étaient pas mes amis.

— Et pourtant des gens vous ont vue parler avec eux régulièrement. Une certaine Mrs Stringer affirme qu'elle vous voyait presque tous les matins papoter avec Edeline devant sa grille.

Trop injuste. Les conversations que j'avais redoutées, que je m'étais obligée à endurer, ressurgissaient pour me nuire.

— Après la mort de Walter, elle s'est mise à me guetter, ai-je expliqué. Je n'avais pas vraiment le choix.

— C'est toujours un peu le bazar, quand les gens meurent sans avoir fait de testament. Est-ce que Mrs Buckler en avait rédigé un ?

— Comment diable pourrais-je le savoir ? Je la connaissais à peine.

Tasker était adossé à sa chaise.

— Je vais vous exposer mon problème, Miss Benning, a-t-il dit. Dans mon métier, on devient cynique. On entend parler de jeunes gens qui se lient d'amitié avec des vieux sans défense et on se demande pourquoi.

J'ai fermé les yeux et secoué la tête, écœurée par l'ironie de la chose. Moi, entre tous, accusée d'amitié intéressée !

— Et John Allington ? poursuivait Tasker. L'homme qui est mort vendredi dernier d'une morsure de vipère. Vous le connaissiez bien ?

— Je ne l'ai jamais rencontré.

— Vous en êtes sûre ?

— Évidemment que j'en suis sûre.

Je n'avais jamais rencontré John Allington. En tout cas, jusqu'à ce qu'il ait élu domicile à la morgue de l'hôpital. Est-ce que ça comptait quand même comme une rencontre ?

— Ah, mais c'est que Mr. Allington avait de la famille, non ? Il n'était pas seul au monde comme les Witcher. Ou Mrs Buckler.

J'ai tapé mes mains à plat sur la table. Juste assez fort pour les faire tous les deux ciller.

— Mais où diable voulez-vous en venir ? ai-je exigé de savoir, incapable de supporter leurs insinuations maladroites plus longtemps. Walter était gentil, mais c'était un homme timide. Je le connaissais à peine. Edeline, je ne l'aimais pas du tout et l'évitais autant que possible. Violet avait l'air gentille, mais je n'ai fait sa connaissance qu'il y a quelques jours à peine. Qu'est-ce que vous voulez, nom d'un chien ?

J'ai eu l'impression de voir de l'électricité jaillir entre les deux hommes. L'un s'est assis, l'autre penché en avant, leurs regards se sont croisés, brillant d'excitation, quand ils ont réalisé qu'ils y étaient arrivés : après quasiment deux heures d'interrogatoire, ils avaient réussi à me mettre en boule, donc ils avançaient.

— Parlons de la nuit dernière, voulez-vous ? a proposé Knowles. Passages secrets et anciennes galeries de craie... nous vérifierons qu'elles existent, vous savez.

— Vous les trouverez, ai-je rétorqué, soulagée que la conversation progresse à nouveau. On extrait de la craie dans la région depuis l'époque néolithique. La plupart des anciennes exploitations étaient à peine sous la surface. Et très rarement consignées quelque part. À ce jour, nul ne sait où se trouvent la moitié d'entre elles.

— Vous avez sans doute raison sur ce point, a convenu Tasker, étirant ses bras derrière sa tête, comme si nous étions, tous les trois, en train de discuter dans un café. Il y a eu un cas dans les années 1960. Dans le Kent. Le puits d'une ancienne mine s'est ouvert dans la grand-rue comme ça, sans prévenir, un beau jour. Une mère et son enfant sont tombés dedans. On n'a jamais retrouvé les corps.

Knowles avait écouté, l'air maussade.

— Oui, oui, fascinant. Tout ça pour dire : sacrée soirée, Miss Benning.

Je n'ai rien répondu.

— Pour les besoins de l'enregistrement…

Oh, pour l'amour du ciel !

— Où, au juste, se situait la question dans la dernière phrase que vous venez de prononcer, agent Knowles ? J'ai dû la rater.

Knowles souriait d'un air satisfait, à nouveau – comme si contrarier un suspect constituait un grand pas en avant.

— Ce qu'il y a, Miss Benning, c'est que nous avons interrogé les trois frères Keech au sujet de la soirée d'hier. Ainsi que Jason Short, Kenny Brown et Kimberly Aplin. Des témoins très coopératifs. Et ce qu'ils disent m'amène à douter sérieusement de votre histoire.

Je n'ai pas apprécié le « votre histoire », mais me suis contenue.

— Laissez-moi deviner, ils étaient tous gentiment couchés à 9 heures du soir.

— Oh non ! Ils ont volontiers admis qu'ils étaient dehors la nuit dernière. Apparemment, ils sont autorisés à tirer les lapins sur les terres de Clive Ventry.

— Ils attrapaient des couleuvres, ai-je insisté.

— Ah *ça*, ils le nient catégoriquement.

— Ce qui n'a rien d'étonnant, vu que c'est illégal, ai-je rétorqué sèchement, me demandant si j'en étais réellement aussi sûre que j'en avais l'air.

En fin de compte, les deux hommes que j'avais observés dans le champ cette nuit n'avaient pas franchement l'air d'adolescents.

— Le problème, c'est que sans preuve, c'est votre parole contre la leur. Et qu'ils sont six.

— Ils m'ont agressée, menacée et prise en chasse. Je sais bien qu'ils étaient six. C'est ce qui a rendu l'expérience parfaitement terrifiante.

— Oui, oui. Mais, voyez-vous, leur version diffère de la vôtre.

— Ah ça, il faut que je l'entende.

Knowles lisait dans ses notes, à nouveau.

— Les six témoins rapportent que, alors qu'ils remontaient vers le village, vous avez soudain surgi de la haie. Ils ont exprimé leur surprise et vous avez réagi violemment. Vous avez administré un coup de pied dans les parties de Nathan, provoquant chez lui une douleur considérable, un coup de coude à son grand frère dans le ventre, avant de lui donner un autre fort coup de pied dans les tibias. Ensuite, vous vous êtes enfuie.

— Ils m'ont attrapée par les cheveux. Et prise en chasse.

— Ils ont dit qu'ils s'inquiétaient pour vous. Apparemment, vous avez la réputation d'être un peu bizarre. Ils vous ont vue disparaître sous le pont et se sont inquiétés. Ils vous ont cherchée, mais vous aviez disparu. Au bout d'un moment, ils sont rentrés chez eux.

Il nous attend, avaient-ils dit, en quittant le tunnel. Mais de qui pouvait-il s'agir ? Clive Ventry ? Le frère disparu de Walter, Saul Witcher ? Ou quelqu'un d'autre, qui n'avait rien à voir ?

— Ce n'est pas la première fois que vous menaciez ces jeunes, hein, Miss Benning ?

— Quoi ?

Nouveau coup d'œil à ses notes. Il a tourné une page. Puis une autre.

— « J'ai reçu une formation médicale », a-t-il lu. « Je sais exactement où appuyer pour faire sortir un œil de son orbite. »

Il a levé les yeux vers moi.

— Avez-vous dit ça, Miss Benning ? Le 25 mai au soir, lundi dernier ?

– Ils me menaçaient.

— Menaçaient comment, au juste ?

— Ils ne me laissaient pas passer. Ils m'ont menacée verbalement.

— Quel genre de menaces ?

Me tortillant d'embarras, priant pour que mon visage ne me trahisse pas, je leur ai raconté. Tasker a détourné le regard, Knowles a reporté le sien sur moi.

— Ah, ça ils n'en ont pas parlé. Ils ont dit qu'ils vous avaient vue traîner autour de la maison des Witcher et qu'ils étaient curieux. Ils prétendent que vous faites ça souvent. Rôder autour de la maison des Witcher.

Silence.

— Miss Benning ?

— Désolée. La question m'a échappé, là aussi.

— Ne pas coopérer ne vous aidera pas, Miss Benning.

Tasker s'est penché en avant et a posé sa main sur la table. Le geste a semblé calmer la tension générale, et contraint Knowles à faire machine arrière.

— Parlons du chien, voulez-vous ? a suggéré Tasker. Le chien de Mrs Buckler. Bertie, c'était ça ?

— Bennie, ai-je corrigé, fermant les yeux pour chasser la vision soudaine qui s'imposait à moi. Bennie, mort et trempé, tombant du sac en toile de jute.

— Assez malsain comme truc, vous ne trouvez pas ? De mettre un chien dans un sac avec un serpent. De les jeter tous les deux dans la rivière. Qui pourrait faire une chose pareille ?

— Les Romains, ai-je suggéré, à défaut d'autre chose.

Tasker a relevé la tête, m'a regardée de haut, le long de son nez.

— C'était une forme de mise à mort, ai-je expliqué. Les criminels condamnés étaient ligotés dans un sac. Un sac de cuir, je crois. Et on y ajoutait des animaux. Un chien, un serpent et autre chose. Peut-être un singe. Peut-être un jeune coq. Je crois que chacun d'eux représentait quelque chose, mais je n'en suis pas sûre.

Je réfléchissais, mais mes cours d'histoire romaine remontaient à loin.

— Et deux autres choses, ai-je ajouté, comme il m'en revenait davantage. On attachait une peau de loup ou d'ours sur la tête du condamné, et des sandales de bois à ses pieds. Tout était hautement symbolique.

Alors que je parlais, la chambre du docteur Amblin m'est soudain revenue en mémoire. La vipère morte, le singe en peluche.

— Et qu'est-ce qu'ils avaient fait, les pauvres bougres ? a demandé Knowles. Fallait que ce soit drôlement moche.

— Désolée, je n'arrive pas à m'en souvenir.

À ce moment-là, nous avons tous entendu un petit clic net en provenance de l'enregistreur. Nous étions arrivés au bout de notre quatrième bande de trente minutes. Tasker s'est étiré sur sa chaise.

— OK, on fait une pause.

Quinze minutes plus tard, nous étions de retour, les deux policiers revigorés par leur nouvelle ration de tabac et de café. Knowles a allumé l'appareil enregistreur et s'est assis en face de moi. Tasker est resté debout.

— Cette affaire de serpent, a-t-il dit, en s'adossant contre l'un des murs de la salle d'interrogatoire, vraiment, je ne pige pas.

Moi non plus, ai-je songé, attendant qu'il poursuive. Knowles a renchéri.

— Des serpents qui surgissent de partout. Dans la chambre des gens, dans le berceau des bébés. On en a même trouvé un dans votre cave ce matin, Miss Benning. Il se tortillait dans l'une de vos boîtes. Un animal de compagnie ?

— Il n'y a pas de serpent chez moi à ma connaissance.

— Alors comment est-il arrivé là ?

— Quelqu'un s'introduit dans les maisons du village et laisse des serpents derrière lui. Je l'ai vu chez moi. Je pense qu'il pourrait s'agir d'un dénommé Saul Witcher. Je crois qu'il a une dent contre le village et qu'il vit dans la vieille maison de fam…

— C'est ça, a commenté Tasker, mais d'où viennent-ils, tous ces serpents ? La plupart d'entre eux sont des spécimens britanniques sauvages, d'après ce que je comprends. On n'en achète pas ça comme ça dans une boutique.

— Quelqu'un les attrape. Quelqu'un qui connaît bien leurs habitudes, et sans doute tout aussi bien le village. Ce genre de personne sait où et quand les couleuvres se retrouvent pour se reproduire, et connaît les meilleurs endroits pour attraper des vipères.

— Nous avons trouvé une autre vipère dans votre poubelle, a dit Knowles. Morte. Pourquoi l'avez-vous mise là ?

Soyons honnête, la police avait été efficace.

— Elle avait été punaisée sur ma porte d'entrée avant-hier soir, ai-je répondu. J'ai cru à une mauvaise blague. On a des petits problèmes de vandalisme sans gravité. Ça ne me semblait pas digne d'être signalé.

— Avec tout ce qui s'est passé dans votre village, vous n'avez pas pensé qu'un nouvel incident avec un serpent valait le coup d'être signalé ?

Allais-je dire à ces deux hommes pour quelle raison je ne l'avais pas fait ? Préciser ce qu'on avait écrit à la peinture blanche sur ma porte ? Non je n'en ferais rien.

— Ça a un rapport avec la famille Witcher, ai-je tenté de nouveau. L'un des frères, Ulfred, avait une sorte de don avec les serpents, paraît-il. Peut-être que Saul aussi. Je vous conseille vivement d'essayer de le retrouver...

— Et cet autre serpent. Le tropical. Comment vous l'appelez, déjà ?

— C'est un taïpan de Papouasie.

— Oui, vous en avez déjà vu, d'après Hoare, le directeur adjoint. Vous les avez étudiés.

— J'ai eu affaire aux espèces australiennes il y a quelques années, mais à ce que je comprends, les serpents de Papouasie sont assez proches.

— Donc vous savez les manipuler ?

J'ai secoué la tête.

— On ne manipule pas un taïpan. Pas si l'on a un tant soit peu de raison.

Autant parler dans le vide.

— Mon problème, Miss Benning, c'est que la seule personne, à notre connaissance, susceptible de trouver des serpents, de les soigner et de les manipuler sans danger, c'est vous.

Un silence s'est abattu. Les deux hommes me dévisageaient. J'ai fixé mon regard sur un point du mur, juste derrière la tête de Tasker. Et j'ai su que les choses allaient très nettement se gâter.

— Que vous est-il arrivé au visage, Miss Benning ? a demandé tranquillement Tasker.

Enfin, nous y étions ! J'ai pris une profonde inspiration.

— Un accident. Il y a longtemps.

C'était la réponse que je servais depuis toujours et qui avait fait ses preuves. Normalement, ça suffisait. Aujourd'hui, ce ne serait pas le cas.

— Quel genre d'accident ?

— Je ne m'en souviens pas. (Je m'efforçais de rester calme.) J'étais bébé.

Une minute de silence, pendant qu'ils rassemblaient tous deux leurs pensées. Tasker a repris le premier.

— En grandissant, quand vous avez compris que vous étiez différente, vous avez dû demander ce qui l'avait provoqué. Une brûlure ? Un accident de voiture ? Qu'est-ce que c'était ?

— Mes parents n'en parlaient jamais. Et je n'ai jamais posé de questions.

Ces deux déclarations étaient rigoureusement exactes. Je n'avais pas eu à le faire. Vanessa me l'avait dit, avant même qu'il me vienne à l'idée que ce puisse être de la faute de quelqu'un. Bien avant que je ne réalise que ma physionomie pouvait avoir un impact aussi dévastateur sur ma vie, avant que je ne prenne conscience que je n'étais pas comme les autres, Vanessa m'avait tout raconté.

— Vous n'avez jamais cherché à savoir ? s'est enquis Tasker, en se penchant en avant, les yeux fixés sur le côté gauche de mon visage. Pour deux vieux croûtons comme Knowles et moi, l'apparence n'a pas vraiment d'importance. Mais pour une jeune fille ? À voir mes filles, on croirait que la seule chose qui compte pour les jeunes femmes, c'est la beauté. Donc si une fille n'est pas seulement quelconque, mais aussi – je vais maintenant devoir dire les choses comme elles sont – sérieusement défigurée, eh bien, je peux comprendre que cela soit terrible pour une jeune femme.

— On pourrait vraiment se payer votre tête, a ajouté Knowles.

J'ai senti ma main remonter discrètement sur le côté gauche de mon cou. C'était un geste inconscient, que je faisais depuis des années. J'allais attraper mes cheveux et les ramener en avant. Je me suis obligée à reposer la main. *Tiens bon, ça ne peut plus durer bien longtemps.*

— Je me demande pourquoi vous n'avez pas recouru à la chirurgie esthétique, a demandé Tasker. Ils font des miracles aujourd'hui.

— Pour les besoins de l'enregistrement, le suspect ne répond pas, a commenté Knowles.

— Vous avez fait de la chirurgie esthétique ? a insisté Tasker.

— Je me suis fait opérer plusieurs fois. (Je ne pouvais me dérober à une question directe.) La première, quand j'avais un an, la dernière à l'âge de seize ans. Les médecins ne pensent pas qu'une autre intervention puisse m'être profitable.

Je contemplais mes mains. Le sang semblait s'en être complètement retiré. On les aurait crues de cire.

— Donc… (La voix de Tasker a surgi de quelque part au-dessus de ma tête.) Donc il n'y a aucune amélioration à attendre ?

Mes doigts se sont contractés, crispés. Il fallait que je me ressaisisse.

— À moins que la science ne fasse une découverte significative, les médecins estiment que les bénéfices potentiels d'une intervention ne l'emporteraient pas sur les risques encourus.

Je récitais, presque mot pour mot, ce que le dernier spécialiste m'avait dit. Je suppose que c'était une façon compliquée de répondre : non, on n'obtiendra pas mieux.

— Vous avez vu quelqu'un ? Un conseiller ? Un psychiatre ? Quelqu'un pour vous aider à l'accepter ?

Tasker avait baissé la voix, il se penchait vers moi, s'efforçant d'avoir l'air compatissant. Mais quand je lui ai lancé un regard furtif, ses yeux l'ont trahi. Il s'amusait bien trop.

— Ma mère m'a emmenée voir des gens quand j'étais plus jeune, ai-je admis. J'ai oublié les détails.

Je ne m'en souvenais que trop bien. Deux psychiatres, cinq conseillers d'éducation et un thérapeute comportementaliste. Ce n'est qu'après avoir quitté le foyer parental que j'ai pu échapper au déluge incessant de professionnels sollicités par culpabilité. Est-ce que ça m'avait aidée ? Honnêtement, je n'en étais pas sûre. Je n'avais aucun moyen de savoir dans quel état se trouverait ma tête aujourd'hui sans ce recours massif à la thérapie.

— Je me rappelle avoir lu quelque part que les gens vraiment laids – excusez-moi, Miss Benning, je ne cherche pas à être brutal – commencent à se sentir invisibles au bout d'un moment, a dit Tasker. Une fois que les gens ont cessé de les dévisager comme ils le font au début, ils ne les regardent plus du tout.

Tasker s'est tu un instant pour jeter un coup d'œil à Knowles. Comme s'il avait reçu un signal, Knowles a pris la suite.

— Les gens nous disent que vous ne vous socialisez pas beaucoup, Miss Benning. On dirait que vous n'avez pas d'amis de votre âge, que vous ne sortez pas, ne recevez pas. Pas de fiancé, évidemment.

Et ils ont continué sur leur lancée. Quand l'un s'arrêtait pour reprendre son souffle, l'autre ajoutait son grain de sel. À chaque nouvelle injure balancée en pleine figure, ils s'excusaient : « Désolé d'être aussi franc, Miss Benning, mais vous devez comprendre que nous ne faisons que notre travail. » Une personne dotée d'une moitié de cervelle aurait pu s'imaginer qu'ils essayaient de se montrer compatissants, compréhensifs, au lieu de me rouer de coups aussi violemment et avec autant d'acharnement que des flics vraiment pourris passant un suspect à tabac. Grâce à des années d'expérience dans ce domaine, je ne crois pas avoir laissé paraître quoi que ce soit dans mon expression. Dans le cas contraire, je pense qu'ils auraient pu mettre un terme à leurs agissements plus tôt, ayant déjà atteint le point où ils voulaient en venir depuis le début.

— Et donc, si j'avais essuyé ce genre de traitement toute ma vie, je serais peut-être tenté de prendre ma revanche.

— Pour équilibrer la balance, un petit peu.

— Pourquoi n'auriez-vous pas un peu de chance, pour une fois ?

— Ce n'est pas vraiment illégal, de se faire léguer de l'argent dans un testament. Ce n'est pas à proprement parler illégal de demander à quelqu'un de vous laisser son argent, tant qu'il n'y a pas de contrainte en jeu... Vous voyez ce que je veux dire ?

Ils se sont interrompus. À présent, ils me laissaient la parole. Je n'étais pas sûre que ma voix fonctionnerait encore.

— Je... Je n'ai jamais demandé d'argent à Violet... ai-je commencé.

Qui étaient les autres ? J'avais oublié. Ah oui !

— Ni à Walter ni à Edeline.

J'ai poursuivi.

— On n'a jamais parlé d'argent, il ne m'est jamais venu à l'idée qu'ils puissent même en avoir. L'argent ne m'intéresse pas du tout.

— Avez-vous forcé Mrs Buckler à rédiger un testament en votre faveur ?

— Non.

— Le lui avez-vous suggéré ? En récompense pour avoir pris soin de son chien, peut-être ?

— Non.

— Avez-vous fait la même chose avec les Witcher ? Existe-t-il un testament dans la maison quelque part ? Est-ce cela que vous avez essayé de trouver, chaque fois que vous y êtes retournée ?

— Je ne suis allée dans cette maison qu'une fois. En compagnie de Mr Hoare. Nous étions à la recherche de Saul Witcher, pas de documents.

— Je crois que vous recherchiez un testament. Testament que vous avez persuadé Mr. et Mrs Witcher d'établir. Et quand vous ne l'avez pas trouvé, je crois que vous avez fait une nouvelle tentative – avec Mrs Buckler. Je pense qu'elle a changé d'avis, que vous vous êtes querellées, toutes les deux. Je devine que vous avez tué son chien pour l'intimider. Et qu'ensuite vous avez essayé de lui forcer la main. Je pense qu'elle s'est débattue et que vous l'avez tuée.

Je n'avais absolument rien à dire. Ce n'était pas réel. Ils ne croyaient pas vraiment, sincèrement, que...

Tasker a lentement ouvert le dossier qui reposait sur le bureau devant lui. Il y a pris une unique feuille de papier qui avait été glissée dans une pochette en plastique transparente. Il y a jeté un coup d'œil, puis l'a retournée à l'endroit pour me la montrer. Le papier était de bonne qualité, d'une couleur crème tirant sur le jaune, et je l'ai aussitôt reconnu. Je l'achète dans le Somerset, directement à l'usine. Pour autant que je sache, on ne le trouve pas ailleurs et j'en possède deux rames dans mon bureau.

Il s'agissait d'un document sommaire, qui ne m'a pris que cinq secondes à lire, des dernières volontés rédigées dans un langage quasi légal, peut-être par quelqu'un qui aurait eu une vague idée du fonctionnement de la loi. Il n'avait aucune valeur juridique... ces cinq secondes à peine m'ont suffi pour le comprendre. Il n'était pas certifié, avec seulement la signature écrite d'une main tremblante, griffonnée en pattes de mouche de Violet Buckler, qui me léguait tout ce qu'elle possédait au monde.

35

J'étais dehors. Pendant quelques minutes, je me suis efforcée de rester sans bouger à respirer l'air frais et iodé.

On n'avait pas retenu de charges contre moi. Quelques minutes après avoir présenté le faux testament, l'interrogatoire avait été interrompu, et l'inspecteur principal Tasker, à ma grande stupéfaction, avait annoncé que je serais remise en liberté sous caution policière. Trente minutes plus tard, je ressortais par la grande porte et me retrouvais dans le parking du commissariat.

Ignorant totalement où j'allais, j'ai marché en direction de l'entrée du parking. J'ai entendu démarrer un moteur et l'instant d'après, une voiture roulait à ma hauteur.

— Montez, a dit une voix que je connaissais.

L'homme aux cheveux bruns, aux yeux gris, portant des lunettes, installé dans le fauteuil conducteur était vêtu comme je ne l'avais jamais vu auparavant, d'un pantalon et d'une cravate noirs et d'une chemise blanche avec des épaulettes caractéristiques. Il s'est penché pour ouvrir la portière côté passager.

— Je vais vous ramener chez vous.

J'ai secoué la tête. Que ressentais-je à ce moment-là ? Je n'aurais su le dire. De la honte ? De la colère ? Un peu des deux et pourtant, tout autre chose, encore. Quelque chose qui me faisait l'effet d'une dernière goutte d'espoir disparaissant lentement.

Matt a soupiré, l'air las, et m'a semblé plus vieux que précédemment.

— Clara, je ne veux pas avoir l'air dur, mais dans moins de trois heures, c'est l'enterrement de votre mère. Il faut que vous rentriez chez vous. Maintenant, montez.

Il avait raison. J'ai grimpé sur le siège passager de la voiture de Matt et fermé la portière. Il a démarré et pris le chemin de la maison.

— Pourquoi m'ont-ils relâchée ? ai-je demandé, comme nous nous arrêtions à un feu rouge à la sortie de la ville. Pourquoi n'ont-ils retenu aucune charge contre moi ?

Nous avons redémarré.

— Tasker n'a pas assez de preuves pour vous accuser. (Matt avait le regard fixé sur la route devant lui.) Il tirait sur la corde ce matin. Il essayait de déterminer exactement ce que vous saviez. C'est une procédure standard.

— Ils m'ont dit que je devais revenir dans huit semaines.

Matt avait-il écouté Tasker et Knowles m'interviewer, avait-il entendu tout ce qu'ils m'avaient dit ?

— C'est une formalité. Ils vous boucleront sans hésiter s'il arrive quoi que ce soit d'autre.

— Je n'ai pas tué Violet.

Je me suis tue. J'avais l'air d'implorer. *Je vous en prie, ne me laissez pas tomber aussi bas.* Les yeux de Matt n'avaient pas quitté la route, même si nous ne roulions pas particulièrement vite. Jusqu'à présent, chaque fois que je m'étais retrouvée avec lui, j'avais trouvé difficile de le regarder droit dans les yeux. Désormais, on aurait dit que c'était lui qui ne pouvait se résoudre à le faire.

— Vous croyez que j'ai tué Violet ? C'est vous qui m'avez fait arrêter ?

Avant que les mots n'aient franchi mes lèvres, j'ai su que je ne serais jamais prête pour la réponse.

— Non, a-t-il lâché enfin. Mais je ne peux pas ignorer l'argument de l'inspecteur Tasker. Vous avez la réputation de vivre en recluse et pourtant, on vous a vue parler avec des personnes d'un certain âge au village. Violet, Edeline, Walter. Des gens morts, depuis.

— Peut-être que Walter n'est pas mort, ai-je hasardé, consciente de me raccrocher à n'importe quoi.

— Dans ce cas, nous le trouverons. J'ai lancé des recherches.

— J'ai contacté une vingtaine de maisons de retraite et d'établissements...

Matt a levé un doigt du volant.

— Nous savons comment rechercher les personnes disparues. En second lieu, vous vous y connaissez bien en serpents. Vous avez la compétence requise pour les attraper et les manipuler. La plupart des gens ne sauraient même pas par où commencer. Le fait que vous ayez eu, comme par hasard, une vipère vivante dans votre cave, une autre morte dans votre poubelle, et du Vipera Tab dans votre réfrigérateur n'arrangent pas les choses. Ouais, je sais qu'il est d'usage d'en avoir dans les hôpitaux pour animaux sauvages, on a vérifié.

— Rien de tout ça ne suffit, ai-je répliqué, m'entendant élever la voix malgré moi.

Je m'étais contenue si bien pendant que Tasker et Knowles me persécutaient. Maintenant, je perdais pied.

— Même moi, je sais ça. Je m'y connais en serpents et on m'a vue parler avec deux vieilles dames.

— Il a aussi un testament, apparemment rédigé de la main de Violet, et qui fait de vous son héritière.

— Ce document est un minable faux, c'est évident. N'importe qui aurait pu voler ce papier chez moi. Tout ça, c'est à cause de ma gueule ! Tasker pense que je suis psychotique parce que je suis défigurée. Il pense que mon but est de me venger de la race humaine tout entière.

— Calmez-vous.

— Non. Il s'est déjà fait son opinion. Il n'ira pas plus loin. Pourquoi est-ce qu'il ne recherche pas Saul Witcher ? Ou Ulfred ?

— Saul Witcher est mort.

— Quoi ? Comment le savez-vous ?

— On a vérifié. J'ai fait faire des recherches le matin où vous et moi sommes allés faire un tour dans la maison. Il est mort en 1976, à la prison de Kingston. Il avait été condamné sept ans auparavant pour l'assassinat de sa femme.

— Alice.

Matt a haussé les sourcils et m'a jeté un regard en coin.

— Elle s'appelait Alice, ai-je expliqué, prête à raconter à Matt l'histoire que j'avais trouvée, avant de me rendre compte que je n'en avais pas le courage. (Saul était mort. J'avais été si sûre de moi.) Et Ulfred, alors ? ai-je demandé sans trop d'espoir. L'avez-vous...

— Jamais existé.

— Mais si. Violet se souvenait de lui. Ruby Mottram aussi.

— On a vérifié les registres paroissiaux et le General Register Office. Aucun Ulfred Witcher n'est né dans la paroisse, ou alentour, pendant trois décennies. Violet et cette Ruby ont dû perdre les pédales.

— Vous parlerez à Ruby ?

— Il y a un dossier rouge à vos pieds. Vous pouvez l'attraper ?

J'ai tendu le bras et pris le dossier par terre.

— Ouvrez-le.

J'ai obtempéré et me suis retrouvée face à un grand portrait.

— Vous reconnaissez cet homme ?

J'ai baissé les yeux sur la photo en couleurs d'un homme de soixante ans bien tassés, peut-être même soixante-dix et quelque. Ses cheveux épais étaient blancs, coupés court sur la nuque mais retombant sur le front. Ses yeux bleus étaient bridés, avec des paupières lourdes. Une bouche généreuse. Il avait été beau. Il l'était encore.

— Est-ce l'homme qui s'est introduit chez vous lundi matin ?

Je savais bien que non, mais j'ai pris mon temps. J'ai détaillé le visage une nouvelle fois, étudié les informations imprimées dans l'angle. Hauteur approximative : un mètre quatre-vingt-huit.

— Non, ai-je lâché à contrecœur.

L'image ne ressemblait nullement à l'homme que j'avais vu chez moi, ou au visage aperçu à la fenêtre de la maison des Witcher.

— Pourquoi... ?

— C'est Archie Witcher, a expliqué Matt. Nous l'avons retrouvé. Enfin, presque. Il a vécu en Caroline du Sud pendant trente ans, où il dirigeait une Église. Nous nous sommes procuré cette photo sur le site Internet de l'Église.

— Vous l'avez *presque* retrouvé ?

— On n'a pas tout à fait réussi à le coincer pour l'instant. En revanche, la presse a couvert un scandale survenu dans son Église. Apparemment, la diète prolongée constitue une part importante du culte dans cette congrégation particulière. Il encourage les gens à jeûner pendant des semaines d'affilée. Toujours est-il qu'une jeune femme est morte, et que, d'après les rumeurs, on la maintenait ligotée. Ses parents sont en garde à vue, et il y a un mandat d'arrêt contre Archie. On ne sait pas au juste où il est. Il est tout à fait possible qu'il soit rentré chez lui. Vous êtes sûre que ce n'est pas cet homme que vous avez vu ?

J'ai étudié la photo une nouvelle fois, mais la réponse restait la même.

— Non. L'homme que j'ai vu était loin de mesurer un mètre quatre-vingts. Et il ressemblait à Walter.

— Bon, enfin bref, nous sommes en pourparlers avec la police de l'État, là-bas, et en train de vérifier avec l'Immigration. Si Archie Witcher est rentré chez lui, nous le trouverons. Mais je ne suis pas sûr que la piste Witcher nous mène quelque part.

Il avait raison.

— Allan Keech et sa bande, ai-je suggéré alors. Ils étaient dehors la nuit dernière. C'est peut-être eux que j'ai surpris en train d'attraper les serpents. Pourquoi feraient-ils ça si…

— Pourquoi ne m'avez-vous pas téléphoné ? Je vous avais dit que s'il arrivait quoi que ce soit, vous deviez m'appeler. Se faire courser dans des rivières souterraines et des mines de craie abandonnées, c'était insignifiant pour vous ?

— Il était tard.

Et vous parler me fait mal, un peu plus à chaque fois.

— On a déjà établi que j'étais un animal de nuit.

Matt a esquissé un demi-sourire. J'ai tenté d'y répondre, sans réel succès.

Nous étions de retour au village, empruntions Bourne Lane. Nous avons roulé en silence, et Matt s'est arrêté devant chez moi.

— Merci, ai-je marmonné, tout en tendant le bras pour ouvrir la portière.

J'ai senti une main me toucher le bras. Matt n'a rien dit, aussi me suis-je tournée vers lui.

— Je vais vous donner un conseil, a-t-il déclaré. À titre strictement personnel.

J'ai patienté.

— Tout d'abord, vous devriez rester quelques jours en famille. Prenez quelques jours de congé et assurez-vous que nous sachions où vous trouver, mais autrement, éloignez-vous du village. Laissez-nous le temps de démêler cette affaire.

— Très bien.

Cela semblait plutôt raisonnable, et même sensé.

— Deuxièmement, et cela est très important, ne vous approchez pas de Sean North.

C'était tellement inattendu qu'il m'a fallu quelques secondes pour comprendre ce qu'il me disait.

— Sean North était en voyage depuis six mois. Il n'est rentré que samedi dernier. Comment pourrait-il…

— Non, c'est faux.

— Mais si, il est venu directement de l'aéroport pour me rencontrer et identifier le taïpan.

— North avait franchi l'immigration à Heathrow depuis une semaine mercredi dernier. Il n'a pas quitté le sol britannique depuis. Et il n'arrivait pas d'Indonésie, il avait embarqué sur un vol en provenance de Singapour.

— Et alors, quel est le…

— Singapour n'était qu'une escale. Il venait en fait de Port Moresby.

Matt a guetté chez moi une réaction, mais le nom ne me disait rien.

— La capitale de la Papouasie-Nouvelle-Guinée, a-t-il conclu.

36

Le jour se réchauffait. Dehors, le ciel sans nuages était du bleu pur de porcelaine d'un début d'été. Les météorologistes évoquaient des orages plus tard dans la journée, mais rien ne les annonçait encore. Même la brise était retombée, et le soleil semblait plus haut que d'habitude, à cette période de l'année. Ç'a été un soulagement d'entrer dans la fraîcheur de notre vieille église, parfumée à l'encens.

« Nous accueillons la dépouille de notre sœur Marion, a déclaré Andrew, évêque de Winchester, depuis les marches du chœur, en plaçant notre foi en Dieu, qui donne toute vie, et qui a ressuscité notre Seigneur Jésus-Christ d'entre les morts. »

La nef était remplie à craquer – ce n'est pas tous les jours qu'on enterre l'épouse d'un archidiacre – et les têtes se sont tournées tandis que l'élégant cercueil, couvert de fleurs, s'avançait lentement dans l'allée. Il s'est arrêté au pied des marches du chœur, et nous avons gagné nos places. Ce n'est qu'alors que j'ai réalisé que près de deux cents paires d'yeux avaient dû me regarder suivre le cercueil de ma mère dans l'allée.

« Mais non, le Christ est ressuscité d'entre les morts, récitait l'évêque, prémices de ceux qui se sont endormis. Car, la mort étant venue par un homme, c'est par un homme aussi que vient la résurrection des morts [1]. »

1. 1Corinthiens 15, 20-21.

Le service a été long, certainement beau et émouvant, mais je ne l'ai pas bien suivi. Je contemplais les carreaux anciens au sol, certains ocre rouge profond, d'autres d'un brun plus soutenu. Toutes les six ou sept dalles, on avait gravé un motif simple mais typique : un cercle, d'où s'échappaient quatre pointes en forme d'épées, équidistantes les unes des autres.

Quatre points divergents, convergeant vers un centre commun. Quatre personnes reliées à mon univers avaient récemment perdu la vie ou failli mourir. John Allington ; Violet Buckler ; la petite Sophia Huston ; et un résident de la longère du Dorset. Deux d'entre eux étaient âgés, et avaient vécu dans le village toute leur vie ; mais Sophia était un bébé, sa famille nouvellement arrivée dans la région. Chez les Poulson, le taïpan avait été trouvé dans une chambre d'enfant. S'il existait un lien, une correspondance dans la réalité, du cercle situé au centre, c'est bien simple : il m'échappait. Les victimes, le mode d'agression, semblaient relever du hasard le plus complet.

Et plus j'y pensais, plus tout me semblait sans queue ni tête. La mort de John Allington avait été délibérée et calculée. Si l'hypothèse de Sean était juste, on lui avait flanqué un grand coup sur la tête, injecté du venin de vipère avant de le laisser se noyer. Dans le cas de la petite Sophia, on avait simplement déposé la vipère dans son berceau : elle aurait pu mourir, ou non. Plutôt arbitraire. Une vipère morte avait été retrouvée chez les Poulson, et le vieux docteur Amblin avait lui aussi souffert d'un trauma crânien. Avait-on prévu de l'éliminer de la même façon que John Allington ? L'assommer pour l'immobiliser, avant de lui injecter une dose létale de venin de vipère ? Le tueur avait-il été dérangé en pleine action, obligé de fuir ? Et pourtant, c'est dans la chambre d'un enfant qu'on avait retrouvé le taïpan. Ce qui aurait pu s'achever tragiquement mais Dieu merci, n'était pas arrivé. Arbitraire. Aléatoire.

Cependant, avec Violet, le tueur avait bien calculé son coup. J'étais presque certaine qu'elle avait été mordue par un serpent : la plaie et l'œdème sur son corps en témoignaient. Ce que j'avais vu sur son cadavre cadrait mieux avec ce que je savais de l'envenimation par une vipère plutôt qu'avec ce que Sean avait dit de la toxicité du taïpan. Avait-on également injecté à Violet du venin concentré ? L'autopsie nous l'apprendrait certainement. D'un autre côté, Violet, plus âgée et plus frêle que John Allington, n'aurait peut-être pas eu besoin d'une telle dose. Et puis, il y avait ces taches de sang et de vomi sur l'oreiller à côté de sa tête, oreiller qui avait sans doute étouffé toute dernière trace de vie éventuelle. La mort de Violet n'avait pour moi rien d'arbitraire. Son tueur avait fait en sorte de parvenir à ses fins.

Pourtant, si on considérait toutes ces agressions ensemble, tout cela semblait tellement... décousu, chaotique, sans aucun schéma perceptible : l'œuvre d'un esprit confus, dérangé.

Si j'avais voulu tuer quatre personnes, Matt Hoare, j'aurais été bien plus organisée que ça, putain !

Le silence était total. Et, durant une fraction de seconde, je me suis demandé si j'avais crié à haute voix. Mais nul ne me prêtait attention, et au bout d'un moment, l'orgue a retenti. L'assemblée s'est levée pour chanter. L'hymne avait été choisi par Vanessa : l'un des préférés de maman. Je ne pouvais pas chanter avec eux. Ni détacher mes yeux du carrelage.

Quatre manches d'épée. Quatre suspects. Un : Allan Keech, avec l'aide et la complicité de la bande de son frère. Ils avaient menti à mon sujet, on les avait vus traîner autour de la maison des Witcher. Ils formaient une dangereuse équipe et je ne doutais guère de leur responsabilité concernant la vipère morte sur ma porte d'entrée. Mais les croyais-je vraiment capables de meurtres ?

Deux : le vieux, que j'avais été la seule à voir pour de bon. Il s'était introduit chez moi et avait laissé un serpent derrière lui. Il n'était pas déraisonnable d'imaginer qu'il avait fait de même chez les autres. Je m'étais figuré que c'était l'un des frères Witcher, en raison de son âge, de la ressemblance physique, et du fait qu'on l'avait aperçu dans la maison des Witcher. Il ne pouvait s'agir de Saul ou de Harry – ces deux-là étaient incontestablement morts. Il ne ressemblait aucunement à Archie. Ulfred n'avait jamais existé. Ne restait que Walter.

Trois : Sean North était devenu le principal suspect selon Matt. Ce dernier ne tenait pas particulièrement à ce que je sois le tueur, à mon grand soulagement. Mais il se trompait sur Sean. Je le savais au fond de moi. Quoi que Sean ait pu fabriquer en Papouasie-Nouvelle-Guinée, il n'infligerait pas aux serpents les maltraitances que ces derniers avaient subies dans mon village. Les humains lui étaient peut-être indifférents à un degré ou un autre, mais Sean North ne se montrerait jamais cruel envers un animal.

Et le quatrième suspect ? Eh bien, il devait s'agir de moi. À en croire Tasker et Knowles, j'étais l'ennemi public numéro un. Ils me prenaient pour une psychotique qui se vengeait du préjudice qu'elle avait subi enfant, pour attirer l'attention, dont elle avait un besoin maladif. J'étais un parasite, avec pour proies les personnes âgées vulnérables troquant du réconfort et de la compagnie contre leurs biens temporels. Et il existait des preuves contre moi : les vipères, tant vivantes que mortes, trouvées chez moi, mon ADN partout sur le corps de Violet ; sans parler du faux testament.

Toute cette affaire ressemblait à un drôle de mélange de calculs et d'improvisations. La capacité à extraire le venin du corps des vipères puis à l'injecter avec des seringues hypodermiques suggérait un certain niveau de sophistication, sans parler de la manipulation du serpent le plus venimeux connu au monde. Et pourtant, les agressions dans la maison des Huston, chez les Poulson, avaient été confiées au hasard. Étais-je à la recherche d'un tueur intelligent ? Ou de son contraire ?

Et ce pauvre Bennie, condamné à se battre avec un serpent venimeux tandis qu'ils se noyaient ensemble. Mais de quoi diable était-il question ? Et pourquoi s'enquiquiner avec des vipères quand on a un ou deux taïpans à sa disposition ? Gardaient-ils les serpents papous pour le bouquet final ?

À ce stade de ma réflexion, je pense que j'étais presque hypnotisée par la forme géométrique à mes pieds. Quatre manches d'épée : quatre suspects, quatre victimes. Le cercle au cœur de cette figure pouvait symboliser la violence qu'ils avaient tous endurée. Mais les manches d'épées, s'étendant aux manches voisins, formaient presque un second cercle, extérieur. Existait-il un lien entre les victimes qui m'échappait et qui désignait le véritable coupable ?

Nous nous sommes relevés. Mon beau-frère et cinq hommes de la paroisse ont pris le cercueil de maman sur leurs épaules et l'ont porté le long de l'allée, vers la sortie, sous le soleil, puis sur quelques mètres dans le cimetière. Une courte et lente promenade. Sa dernière.

« *... car tu es poussière et tu retourneras à la poussière ; dans la certitude de la résurrection à la vie éternelle.* »

Papa a lu les prières pendant qu'on descendait le corps de sa femme en terre. Vanessa a jeté une unique rose blanche épanouie sur le cercueil. Sur un signe de tête de leur mère, Jessica et Abigail l'ont imitée, avec des roses en bouton. C'était le genre de détails qui importaient à Vanessa. Je n'avais rien à offrir, aussi me suis-je accroupie près de la tombe pour plonger mes mains dans le tas de terre meuble.

— Clara, on a ça pour toi.

Vanessa s'agenouillait à côté de moi, souillant la soie noire de sa nouvelle robe. Elle me tendait quelque chose, et je distinguais à peine ce...

— Les filles les ont cueillies ce matin, a-t-elle dit. Ce sont tes préférées, non ? Elles faisaient toujours...

J'ai cligné des yeux puis tendu la main vers le bouquet de fleurs sauvages. Vanessa m'a remise sur pied et, je ne sais plus comment, j'ai réussi à étirer mon bras, à ouvrir la main. Je n'ai pas vu tomber les minuscules fleurs bleu porcelaine.

Autour de moi, les gens se sont mis à suivre mon exemple, se salissant les mains avec la terre à l'odeur douceâtre qui réchaufferait la dernière demeure de ma mère. Incapable de m'arrêter, j'ai sangloté sans retenue sur l'épaule de ma grande sœur, pendant que les gens s'arrêtaient pour prendre un peu de terre et la jeter. Comme si chacun laissait un peu de soi derrière lui, pour réconforter maman dans sa longue nuit solitaire.

Et lorsque le rituel a touché à sa fin, quand les myosotis, ces ne-m'oublie-pas, ont commencé à disparaître, j'ai réalisé que j'avais quelque chose à offrir à maman, après tout. Je pouvais lui pardonner.

37

Les invités étaient tous repartis – même Vanessa et les siens étaient rentrés chez eux – ce qui ne laissait que papa et moi avec un réfrigérateur rempli de restes et une maison pleine de regrets. Après un dîner tardif dont ni lui ni moi n'avions envie, papa s'est éclipsé pour aller écrire des lettres de remerciement. Son bureau qui se trouvait à l'arrière de la maison donnait sur le jardin. De là, il ne verrait pas la voiture de police garée juste en face de la maison. En dépit de ce qu'avait dit Matt, je savais que je restais le principal suspect de Tasker.

Je suis montée dans mon ancienne chambre. Sur le conseil de Matt, j'avais pris une semaine de congé, et me demandais déjà à quoi j'occuperais mon temps. Travailler, courir, dormir. C'est tout ce que je savais faire. J'ai ouvert mon ordinateur portable, trouvé le moteur de recherche Google et tapé les mots *exécutions romaines*. Comme l'avait dit Matt, la piste Witcher ne menait en fin de compte nulle part. Il devait y avoir un autre moyen d'avancer.

De nombreux liens se sont affichés, mais aucun qui me semblât utile. Aussi suis-je retournée à la fonction recherche, tapant *chien*, *serpent*, *singe*. Sans grand espoir, j'ai cliqué sur *Rechercher*.

Je suis tombée sur une locution latine qui m'est aussitôt revenue en mémoire, même s'il s'était passé des années depuis que je l'avais entendue ou lue. *Poena cullei* : supplice de la mise en sac. Je me suis alors souvenue que les animaux en question – serpent, chien, singe et jeune coq – avaient une signification symbolique. Le serpent, en règle générale une vipère, était l'une des bêtes les plus redoutées de la Rome antique, parce que sa naissance coïncidait souvent avec la mort de sa propre mère ; le chien était un animal méprisé à cette époque, et « moins qu'un chien » était l'une des pires insultes qu'un Romain puisse jeter à la face d'un autre ; le jeune coq était soi-disant dépourvu d'amour filial ; tandis que le singe symbolisait l'humain dans sa condition la plus avilie. Méprisé ? Avili ? Responsable de la mort de sa propre mère ? Il y avait là une sorte de logique épouvantable ; parce que la *poena cullei* était la peine infligée aux personnes jugées coupables de parricide : le péché impardonnable consistant à assassiner un parent direct.

Pas la chose la plus réconfortante, le soir même des obsèques de ma mère.

Mais quel rapport pouvait-il bien y avoir avec Violet ? Quelqu'un croyait-il qu'elle avait tué un proche parent ? Et comment cela cadrait-il avec le reste ? John Allington avait été retrouvé dans l'étang de son jardin, une partie du corps hors de l'eau. Il avait peut-être été mordu par un serpent (ou non) puis quasiment noyé. Mais…

Je suis restée assise à me creuser la cervelle pendant longtemps, m'a-t-il semblé, et aucune réponse plausible ne s'offrait à moi. La piste Witcher ne menait peut-être nulle part. Mais la *poena cullei* restait dans les starting-blocks.

Deux victimes avérées, plus deux victimes visées. La petite Sophia, je devais la laisser de côté pour l'instant : je ne voyais pas du tout ce qu'elle venait faire dans tout ça. Je ne pouvais pourtant pas m'empêcher de penser que, tribulations du taïpan mises à part, la véritable cible du tueur cette nuit-là avait été Ernest Amblin, le plus âgé des Poulson.

Je me rappelais les cris qui avaient rompu le silence, la famille qui trébuchait hors de la maison, les enfants qui pleuraient, le père à peine capable de parler, le grand-père en profond état de choc. Quelques heures plus tôt, Ernest Amblin avait été chez Clive Ventry, l'une des cinq personnes d'un âge avancé assises ensemble tout au bout de la salle, l'air méfiant. Non, pas méfiant : inquiet.

La clé de tout ceci résidait-elle chez des personnes âgées, après tout ? Tasker et Knowles s'étaient demandé si je m'en prenais aux anciens, pour gagner insidieusement leur affection. Et s'ils avaient raison sur le fait que c'était des personnes âgées qu'on visait, et seulement tort sur le mobile ?

On avait recensé quatre agressions par des serpents. John Allington, Violet et Ernest Amblin étaient tous âgés. Les carreaux de l'église me sont revenus à l'esprit, les quatre formes évoquant une épée, reliées par un cercle. Quelque chose était arrivé à ces personnes, dans leur jeunesse, qui les rattachait les uns aux autres.

Pas la peine de me poser des questions sur cette nuit-là, mon petit. Je n'ai jamais vraiment su ce qui s'était passé.

Il y a eu quelque chose de pas net dans cet incendie.

On en revenait à l'incendie de 1958, qui avait directement et indirectement tué quatre personnes et poussé trois des frères Witcher à quitter le village. Qu'était-il arrivé cette nuit-là, d'assez tragique pour avoir toujours des répercussions cinquante ans plus tard ? J'ai fouillé dans mon sac à main à la recherche de mon carnet. Quelques jours plus tôt, à la bibliothèque, j'avais résumé les articles de presse couvrant l'incendie et la mort de Joel Morgan Fain et Larry Hodges. J'ai vérifié mes notes, puis je suis descendue, ai traversé la maison, qui semblait trop silencieuse, et frappé doucement à la porte du bureau de papa avant de l'ouvrir. Il s'est à moitié tourné vers moi avec l'ébauche d'un sourire. Il y avait du papier à lettres posé devant lui. Il n'avait, à première vue, pas écrit un mot.

— Coucou.

— Bonsoir, ma chérie. Je suis désolé, je n'aurais pas dû te laisser seule ce soir.

Le chagrin de mon père l'écrasait, comme un énorme poids pesant sur ses épaules. J'éprouvais de la culpabilité à penser ou parler d'autre chose que maman, mais avais-je le choix ? Moi aussi, je portais un poids.

— Je peux te poser une question ? ai-je demandé, m'asseyant à côté de lui. Ça n'a rien à voir avec... la famille, mais ça pourrait être important.

Il a hoché la tête, a même paru s'animer un petit peu, comme s'il acceptait volontiers une distraction. J'ai parlé de l'incendie, des crimes, puis interrogé mon père sur les raisons qui avaient pu amener un prédicateur pentecôtiste américain dans le Dorset rural des années 1950.

— Il se passait tout un tas de choses aux États-Unis au début du XXe siècle, a répondu papa, sans croiser franchement mon regard et avec un léger froncement de sourcils, comme s'il fouillait dans un souvenir profondément enfoui. Des groupes séparatistes, dissidents, des réunions pour le renouvellement de la foi. Nombre d'Églises charismatiques ont surgi à ce moment-là. Le mouvement pentecôtiste remonte certainement à cette époque.

— Mais ça s'est passé cinquante ans plus tard.

Il a levé une main, vieille méthode à laquelle il avait toujours eu recours pour me faire taire.

— Tout s'est tassé au bout d'un moment, a-t-il repris. Certains groupes ont été activement persécutés. Après quoi, dans les années 1945, on a commencé à en voir renaître plusieurs. Nul doute que l'ampleur de la Seconde Guerre mondiale ait eu quelque chose à voir avec cette réémergence. Certains ont pris différentes formes, mais ce qu'ils avaient tous en commun, c'était... disons, un enthousiasme confinant au fanatisme, une interprétation très scrupuleuse et littérale de la Bible et la croyance que Dieu transmettait certains de ses dons surnaturels aux humains. Sais-tu ce que sont les *charismata* ?

— Les manifestations de la grâce de Dieu, c'est ça ? Les dons spirituels.

Papa a acquiescé.

— Ces sectes croyaient toutes en des dons faits par Dieu à l'homme. Certains groupes appelaient ça les signes, mais cela revient au même.

— Et ces dons, ces signes, en quoi consistaient-ils, exactement ?

— Guérir les malades, ce genre de chose. Pour l'essentiel, rien de bien méchant. Et le parler en langues, surtout : celui-là, on le retrouve partout.

— Alors, quand des gens durant un service religieux se lèvent d'un bond et se mettent à déblatérer n'importe quoi, il s'agit d'un *charismata*, d'un des signes ?

Papa a souri.

— On a écrit des tartines au sujet du parler en langues. D'un côté, les gens soutiennent que saint Paul, lorsqu'il évoquait des disciples s'exprimant dans des langues inconnues, suggérait qu'ils seraient capables d'en maîtriser plusieurs et de répandre plus vite la parole du Christ.

— Ça se tient.

Papa a hoché la tête.

— Cette école de pensée croit que les *charismata* n'ont été accordés aux humains que durant une courte période, dans les années qui ont suivi immédiatement la mort du Christ et qu'il est absurde de soutenir qu'elles puissent avoir une quelconque pertinence de nos jours. D'un autre côté, certains croient que les *charismata*, les signes, étaient destinés à rester éternels. Ce que tu qualifies de « n'importe quoi » serait en fait selon eux, le langage des anges.

— Tu sais quoi ? Ce mot « signes », il me rappelle quelque chose.

J'ai tendu le bras et saisi mon carnet. Je l'ai feuilleté jusqu'à la page où j'avais noté les inscriptions trouvées sur les tombes des quatre défunts.

— Écoute ça, sur la tombe de Larry Hodges. « Et voici les signes qui accompagneront ceux qui auront cru[1]. »

— Il s'agit d'un évangile de Marc, si ma mémoire est bonne. Oui, ça donne en effet à penser qu'une secte charismatique opérait dans ton village à l'époque.

— C'était rare ?

— Rare… sans doute. Mais pas incroyable. C'était sur la tombe de qui ?

1. Marc 16, 17-18.

Je me suis penchée en avant. Papa regardait l'inscription que j'avais copiée sur la stèle du Révérend Fain : « Il viendra pour nous comme l'ondée, comme la pluie de printemps qui arrose la terre[1]. »

— Oh, ça me revient maintenant, ai-je ajouté, le journal disait également quelque chose là-dessus, je ne sais plus trop quoi... qu'il était membre de l'Église de la Dernière Pluie. Pourquoi, qu'est-ce que...

Je me suis interrompue. Je n'aimais pas l'expression que je lisais sur le visage de mon père. Sous mes yeux, il a ôté ses lunettes de lecture et s'est adossé à son fauteuil.

— Disons simplement que c'est un nom qui doit éveiller la méfiance, a-t-il enfin déclaré.

Il a repris ses lunettes sur la table et plongé la main dans la poche de son pantalon. Assise sans bouger, j'attendais qu'il poursuive.

— L'Église de la Dernière Pluie est née quelque part au Canada dans les années 1940, ce qui semble concorder. (Il extirpait un mouchoir de sa poche.) Ce Révérend Fain aurait pu être l'un de ses premiers prédicateurs.

— Je n'ai jamais entendu parler de la Dernière Pluie. Qu'est-ce que ça veut dire ?

— La Dernière Pluie renvoie à la dernière pluie de printemps qui porte la moisson à maturité, a expliqué mon père, tout en essuyant le premier verre puis le second. Dans ce contexte, ça renvoie aux derniers jours avant que Dieu provoque la fin du monde. Les gens qui ont fondé ce mouvement croyaient que, durant les derniers jours de la terre de Dieu, on verrait une grande vague de signes, de *charismata*. Et c'est la même croyance qui sous-tend l'œuvre de ce mouvement aujourd'hui.

— Il existe toujours ?

— Tout à fait. Avec le temps, la doctrine d'origine s'est quelque peu modérée. Certains de ses membres les plus sensés ont pris de la distance, en ont rejeté les aspects les plus sujets à controverse et sont allés fonder d'autres ordres.

1. Osée 6, 3.

Il est généralement établi que ces personnes ont eu un impact plutôt positif sur les Églises charismatique et pentecôtiste. L'Église de la Dernière Pluie est parfaitement vivante. Dans l'ensemble, je dirais qu'elle est dirigée par des gens pieux, bien intentionnés, qui nourrissent des convictions fortes et font globalement du bon travail.

— Donc si le Révérend Fain était membre de l'Église de la Dernière Pluie, cela ne poserait pas nécessairement problème ?

Papa a secoué la tête.

— Ce que je viens de te dire concerne l'Église telle qu'elle existe aujourd'hui. Dans les années 1940, début 1950, l'Église en était à ses balbutiements. Une tout autre histoire.

— Je t'écoute.

— Le mouvement attirait des gens très instables. Qui croyaient vraiment – ou voulaient croire – que la fin du monde était imminente. Ses guides se faisaient appeler la Compagnie d'Élie, soi-disant des saints élus par Dieu, envoyés pour conduire les vertueux vers la gloire à la fin des temps. Ils étaient convaincus que les règles normales de l'existence ne s'appliquaient plus.

— Un culte eschatologique ?

Papa a rechaussé ses lunettes.

— Le mot « culte » est un mot que je répugne d'ordinaire à appliquer à aucune Église, mais, dans ce cas précis, je pense que ton Révérend Fain était peut-être bien un homme dangereux. Le mouvement avait la réputation de verser dans des pratiques vraiment douteuses, quasi occultes.

Il s'est levé. Un moment, je me suis demandé s'il en avait assez, s'il avait décidé que nous avions suffisamment parlé pour la soirée d'autre chose que maman, mais il a traversé son bureau et ouvert la porte à deux battants de l'un des placards occupant le mur sud. Les étagères étaient remplies de boîtes d'archives. Deux minutes plus tard, il a extrait une chemise hors du tas et l'a rapportée sur le bureau, tout en l'époussetant d'un souffle.

— Ça fait vingt ans que je ne l'ai pas ouverte. Je donnais un cours sur les Églises charismatiques dans les années

1970. J'ai rassemblé une documentation à la fois bizarre et formidable sur le sujet. Il y avait un type qui ressortait particulièrement du lot. Ah, nous y voilà. Que dis-tu de ça ?

Papa m'a remis un opuscule noir et orange. La couverture, à peu près de la taille d'un livre grand format, représentait un incendie, mal dessiné ; le tout ne comptait que cinquante pages. Il avait été rédigé par un certain Révérend Franklin Hall. J'ai lu le titre sur la couverture, puis reporté mon attention sur papa.

— Formule pour Réveiller les Morts ? me suis-je étonnée.

Papa arborait une ébauche de sourire.

— C'est probablement l'un des exemples les plus extrêmes, mais pas atypique de ce que produisait l'Église au tout début. On a aussi des comptes rendus de guérison par le jeûne, une fascination pour le zodiaque, la lévitation, les manifestations soudaines de feu et de fumée surnaturels. Oh, et d'exorcisme, aussi.

J'ai levé les yeux.

— D'exorcisme ? ai-je repris, me remémorant l'histoire racontée par Violet de ce qui était arrivé à Ulfred qui, d'après Matt, n'avait jamais existé.

— Le Révérend Hall rapporte une série de rencontres à San Diego en 1946. Des milliers de personnes se mettaient à jeûner, parfois même jusqu'à soixante jours, pour certains. Selon Hall, les démons étaient chassés, les fous guéris, les cancers disparaissaient, les infirmes remarchaient et les morts revenaient à la vie.

— Il faut oser.

— Oh, il n'était pas le premier. On attribue généralement l'origine du mouvement à un certain William Branham. Sa biographie explique comment il a rendu la vie à un enfant en Finlande dans les années 1940. Le garçon avait été tué dans un accident de la route. Branham l'a ressuscité d'entre les morts.

« Ressuscité d'entre les morts ». Comment ces mots simples, inoffensifs parvenaient-ils à me donner aussi froid dans le dos ? Si je détenais le pouvoir de ressusciter quelqu'un d'entre les morts, le ferais-je ?

J'ai baissé les yeux sur l'opuscule que m'avait confié papa et me suis remise à le feuilleter.

— Alors, ça marche comment ?

Avais-je réellement envie de le savoir ?

— Oh, il n'y a aucune formule satanique secrète. Celui qui s'imaginerait une grande fête dans une crypte serait assez déçu. D'après mes souvenirs, l'idée centrale était la suivante : quand le Christ parlait de résurrection, il ne signifiait pas une sorte de résurrection spirituelle mais physique.

— Je crois dans la résurrection de la chair, ai-je dit, machinalement.

— Exactement, a convenu papa. On voit bien l'argument. Je le répète précisément à l'église plusieurs fois par semaine. Toujours est-il que le Révérend Hall pousse la chose plus loin en soutenant que, avec suffisamment de foi et après avoir traversé toute une série d'épreuves, on peut provoquer la résurrection ici-bas, sur terre. Qu'on n'a pas besoin d'attendre la deuxième venue du Christ.

— Et il précise comment ?

— Eh bien, il est un peu vague sur les détails mais, si ma mémoire est bonne, la clé semble résider dans la prière : il faut prier suffisamment tout en jeûnant.

— Prier en jeûnant ?

— Durant pas mal de temps, parfois plusieurs semaines, sans rien manger, en priant non-stop. Peux pas dire que ça me tente, pour ma part.

Je me rappelais ce que Matt m'avait dit d'Archie Witcher encourageant des jeûnes excessifs dans son église de Caroline du Sud, ou de la jeune femme qui en était décédée. L'héritage des pratiques les plus extrêmes de l'Église perdurait, semblait-il.

— Tu as l'air fatiguée, chérie.

Sans doute pas autant que lui. Je lui ai souri.

— Une dernière chose, et je te laisse tranquille. (Je poussais mon carnet de façon à le lui mettre directement sous le nez.) Les autres inscriptions, elles veulent dire quelque chose ? Elles font toute référence à cette mystification de la Dernière Pluie ?

Papa y a jeté un regard quelques secondes.

— Passe-moi le grand livre noir, veux-tu ?

Je me suis penchée sur le bureau pour attraper la grande bible reliée en cuir qui se trouvait exactement à la même place sur la table de papa depuis aussi longtemps que mes souvenirs remontaient. Il a entrepris de la feuilleter.

— Ah, voilà, c'est ce que je pensais. C'est de Marc. Les deux versets disent : « Et voici les signes qui accompagneront ceux qui auront cru : en mon nom, ils chasseront les démons, ils parleront en langues nouvelles, ils saisiront des serpents, et s'ils boivent quelque poison mortel, il ne leur fera aucun mal ; ils imposeront les mains aux infirmes, et ceux-ci seront gué...[1] » Quoi ?

Papa s'est interrompu. Il avait vu la tête que je faisais.

— Qu'est-ce qu'il y a, Clara ?

— Et l'autre ? Celle sur la stèle de Peter Morfet ? « Voici que je vous ai donné le pouvoir. » Tu sais d'où ça vient ?

— Je crois que c'est de Luc. (Papa a recommencé à feuilleter sa bible.) Nous y voilà, 10, 19 : « Voici que je vous ai donné le pouvoir de fouler aux pieds serpents, scorpions, et toute la puissance de l'Ennemi, et rien ne pourra vous nuire. » Bon, vas-tu me dire à quoi rime tout ceci, à la fin ?

— Le Révérend Fain manipulait des serpents.

Papa a eu l'air troublé.

— Encore des serpents ?

— Il y avait une vieille dame, Violet, qui parlait de serpents en rapport avec l'église. Je ne voyais pas du tout où elle voulait en venir, mais maintenant c'est évident. Fain avait pu rapporter des serpents venimeux avec lui des États-Unis. Dans les années 1950, les contrôles aux douanes n'étaient sans doute pas aussi stricts qu'aujourd'hui. Quelque chose a mal tourné, et des gens sont morts. Deux hommes sont soit-

1. Marc 16, 17-18.

disant morts d'insuffisance cardiaque. Je parie que c'est pour étouffer l'affaire. Je suis prête à parier qu'ils ont été mordus.

— Nulle part il n'est question d'Église de la Dernière Pluie manipulant des serpents. Ceux qui font ça appartiennent à une tout autre Église.

— Mais dans les deux cas, il s'agit de mouvements séparatistes de l'Église pentecôtiste. Et c'est l'un des signes, non ? Le pouvoir de saisir des serpents. Si ces gens croyaient à une vague de signes, alors pourquoi pas ?

— Clara, ça remonte à cinquante ans. Quel rapport avec...

— Certains ont bonne mémoire. (Je me suis levée.) Merci, Papa, t'es un chef. Je vais aller faire un tour sur le Net, voir ce que je peux dénicher.

Papa a poussé un soupir.

— Le nom officiel des sectes manipulant des serpents est l'Église de Dieu des Signes à Venir, a-t-il déclaré. Clara, es-tu sûre que c'est à ça que tu devrais occuper ton esprit maintenant, là tout de suite ? On a tous besoin d'un temps pour faire son deuil. (Il s'est interrompu une seconde.) As-tu quelque chose à me dire ?

Je brûlais de quitter la pièce, mais le visage de papa paraissait tout soucieux.

— Je crois que je pleure maman depuis longtemps, déjà, ai-je répondu. Et je ne pense pas que ce soit fini. Mais pour le moment, j'ai besoin de penser à autre chose. Et non, je n'ai rien à te dire.

Papa était loin d'être satisfait de ma réponse mais, à part me retenir contre mon gré, il n'y avait pas grand-chose qu'il puisse faire de plus. De retour à l'étage, ma première recherche sur Internet a fait surgir à l'écran des centaines de références à l'Église de Dieu des Signes à Venir. Le mouvement était né, indépendamment, dans deux régions distinctes des États-Unis. Durant la première décennie du XXe siècle, le Révérend George [Went] Hensley, pendant une messe du dimanche dans le Tennessee rural, s'était saisi d'un serpent à sonnette vivant, et la pratique avait fait des adeptes.

Au même moment, en Alabama, un prédicateur du nom de James Miller avait fait à peu près la même chose. Le mouvement s'était répandu dans le sud des États-Unis. George Hensley était décédé en 1955, d'une envenimation par morsure de crotale.

La raillerie de Matt sur les manipulateurs de serpents qui mourraient de morsure m'est revenue à l'esprit. Ainsi que la question anxieuse posée par le docteur Amblin à Sean et moi-même, pour savoir d'où provenait le taïpan. Il nous avait demandé s'il pouvait venir d'Amérique du Nord, avant de se détendre un petit peu quand nous lui avions assuré que non. Peut-être aurais-je dû deviner plus tôt ce qui s'était passé en 1958.

Manipuler des serpents, chasser des démons ? Puis je me suis rappelé autre chose. J'ai attrapé mon carnet et tourné rapidement les pages jusqu'à celle contenant la biographie du Révérend Joel Fain. Il avait étudié les lettres classiques à la fac. Il devait avoir entendu parler de la *poena cullei*. Fain était décédé cinquante plus tôt, mais son influence perdurait, semblait-il.

Il était 9 heures du soir. Je savais que papa irait se coucher dans l'heure et qu'il en passerait plusieurs à lire. Je me suis approchée de la fenêtre. La voiture de police banalisée n'avait pas bougé. Errant dans la pièce, éprouvant le besoin de sortir et pourtant coincée, j'ai pris mon portable et vérifié les messages sur le répondeur de mon domicile. Contrairement à d'habitude, il y en avait plusieurs, tous laissés tôt ce matin. Deux de Vanessa, un de papa et un du centre, espérant que l'enterrement de ma mère s'était bien déroulé et se réjouissant de me revoir bientôt parmi eux, mais pas avant que je me sente prête. Le suivant était de Sally.

« Bonjour Clara, commençait-elle. Je sais que vous êtes débordée en ce moment, mais j'ai pensé que c'était important. Ernest Amblin a pu rentrer chez lui aujourd'hui, et je suis allée lui rendre visite. La conversation a dérivé sur Edeline, et Ernest a raconté qu'elle faisait autrefois le ménage chez la plupart des gens aisés du village, et qu'elle restait toujours plus longtemps qu'elle n'était payée pour le faire.

Apparemment, elle avait grand besoin de compagnie. Mais après, elle ne venait plus travailler pendant des semaines d'affilée, ou disparaissait carrément. Il la soupçonnait de souffrir de sérieux troubles mentaux, mais n'a jamais réussi à la persuader d'aller voir un médecin à ce sujet. Et puis évidemment, à l'époque, on ne savait pas grand-chose sur les maladies mentales. Enfin, bref, peut-être que Walter a tenté d'y remédier lui-même. Peut-être même en la gardant enfermée. Peut-être qu'il y avait un côté chez Walter que la plupart des gens ne voyaient pas. (La voix de Sally marquait une pause pour reprendre son souffle.) Enfin, poursuivait-elle, j'espère que tout se passera bien aujourd'hui. J'ai croisé Matt par hasard, et il a dit que vous seriez absente quelques jours. Dites-moi si je peux faire quoi que ce soit. (Sally semblait sur le point de raccrocher, et puis...) Quand je disais qu'Edeline faisait le ménage chez les gens... D'après la rumeur, elle se vantait d'avoir les clés de la plupart des maisons du village. Alors s'ils n'ont pas changé leurs serrures, et si ces clés sont toujours chez les Witcher, ça expliquerait comment quelqu'un peut entrer et sortir des maisons. »

Sally m'a saluée de nouveau, avant de raccrocher. Deux autres messages encore. Une voix familière et très caractéristique a résonné sur la bande.

« Clara, ici Sean North. Nous sommes jeudi, 8 heures du matin... »

À 8 heures du matin ce jour-là, j'avais déjà été arrêtée. Je me suis demandée quand Sean avait appris, lui aussi, qu'il était suspecté.

« Pouvez-vous m'appeler ? poursuivait-il. Il faut que je vous parle de quelque chose. Ou alors passez. Je serai chez moi toute la journée, ainsi que demain, presque toute la journée. À plus. »

J'ai appuyé sur le bouton pour accéder au dernier message.

« Miss Benning, ici Denise Thompson, de l'hospice du Haras. Désolée de n'avoir pu vous rappeler plus tôt, mais nous avons dû faire face à quelques urgences ici et je crains que votre message ne se soit perdu sous d'autres dossiers. Enfin bref, vous demandiez des nouvelles d'un patient, Walter Witcher. Les horaires de visite sont de 10 heures à midi, puis de 2 à 4. Mais ça fait un moment que Walter ne va pas bien. Je ne veux pas vous alarmer, mais si vous souhaitez le voir, je pense que vous devriez venir au plus vite. »

38

Dans la cuisine, j'ai décroché les clés de la vieille voiture de maman, ainsi que celles du garage, distant de quatre cents mètres, où elle était garée. Trouver une place dans notre rue encombrée avait toujours été difficile : une fois que nous avons eu tous les quatre une voiture, la chose était devenue impossible, d'où le garage supplémentaire. J'ai traversé le jardin à petites foulées, ouvert le portail puis longé la berge étroite qui s'arrête au jardin mitoyen. Parcourant la pelouse de notre voisin, je me suis glissée par une porte dérobée, et retrouvée dans la rue. Je ne distinguais aucun mouvement dans la voiture de police. M'esquivant par une rue transversale, j'ai rejoint le garage.

Exactement une heure plus tard, je me garais. La marée était basse et j'entendais les vagues s'écraser contre les rochers cinquante mètres plus bas. La petite maison semblait plongée dans le noir, mais j'ai cru voir danser une lumière à l'arrière. J'ai fait le tour, et mes pas ont crissé sur l'allée de gravier. Il y avait une table en bois et deux chaises sur la pelouse à l'arrière de la propriété. Sur la table, brûlait une bougie dans un photophore. C'était un petit jardin, avec une longueur de dix-huit mètres de pelouse environ, une haie basse, et après, le rebord de la falaise. Le grand homme assis à table m'a regardée approcher. Quand je me suis retrouvée suffisamment près pour voir la lumière de la lune se refléter dans le noir de ses yeux, il a pris la parole.

— Je ne suis pas sensé vous parler.

Il a levé un petit flacon à ses lèvres, et bu une rasade.

— Ils m'ont dit la même chose, ai-je reconnu.

Il a tendu sa flasque.

— Vous buvez ?

— Vous n'arriviez pas d'Indonésie samedi matin. Mais de Papouasie-Nouvelle-Guinée. La police sait que c'est de là que venait le taïpan.

Sean s'est appuyé sur le dossier de son fauteuil.

— Ils ne le savent que parce que je l'ai identifié. Peu importe d'où je débarquais. On ne peut plus importer de reptile vivant en douce de nos jours.

Si Sean était coupable, il le dissimulait avec talent.

— Alors, vous étiez bel et bien en Papouasie-Nouvelle-Guinée ? ai-je demandé.

— Oui. J'y ai passé dix jours avec mon réalisateur, pour préparer ma prochaine série. Six émissions au total, toutes basées sur les îles.

— Alors pourquoi avoir prétendu être en Indonésie ?

Sean a poussé un soupir.

— Il y a un type aux States, un autre herpétologiste, qui me colle au train depuis des années. Chaque fois qu'il a vent d'un de mes projets, il essaie de me doubler. Évidemment, comme il fait tout au rabais, avec des petits moyens, il peut mobiliser ses troupes plus rapidement. Il fait des émissions de merde, mais, une fois qu'il a couvert un sujet, ça n'a plus grand intérêt pour moi de le faire. D'où le faux voyage en Indonésie. Juste pour brouiller les pistes, au cas où.

— Ah.

— Croyez-moi, Clara, quand on a la tête que j'ai, on ne peut pas dissimuler une paire de ciseaux à ongle aux douanes, encore moins un serpent venimeux. Les hommes à cheveux longs habillés en baroudeurs se font arrêter et fouiller à chaque voyage. C'est devenu notre blague préférée avec l'équipe de tournage : ils prévoient toujours un délai supplémentaire pour me laisser franchir les services de sécurité des aéroports.

Il a porté le flacon à ses lèvres une nouvelle fois, sans me quitter des yeux. La police ne pourrait pas vérifier la véracité de sa déclaration, parler à son réalisateur, prouver l'existence de l'herpétologiste rival. De mon côté, je n'en avais pas besoin. Je savais qu'il disait la vérité.

— Un verre ? a-t-il répété.

J'y ai réfléchi. Une fraction de seconde.

— Oui, merci.

Il s'est levé, m'a invitée à m'asseoir, avant de disparaître dans la maison. Une lumière s'est allumée, et par la porte entrouverte, j'ai pu voir une toute petite cuisine, parfaitement bien rangée. Je me suis tournée vers l'océan tout en écoutant la porte du réfrigérateur s'ouvrir et se refermer. Des goélands volaient vers le nord, s'éloignant de la mer, projetant au passage des ombres noires sur la pelouse.

L'air immobile semblait frais après cette chaude journée. J'ai entendu Sean revenir et s'asseoir. Il m'a tendu un verre et le flacon de liquide ambré. J'ai reposé le verre et bu directement à la bouteille, comme je l'avais vu faire. Le goût marqué et sec, presque dénué de substance, ne m'est parvenu qu'au fond de la gorge, par surprise. Je m'attendais à quelque chose de plus riche, plus fort…

— J'ai du vin au frigo, si vous préférez, a dit Sean.

— Non, ça me va. J'aime bien. Au bout d'une seconde, j'ai ajouté : Mon premier verre.

— De la soirée ?

Sean avait tiré sa chaise sur le côté de façon à se retrouver assis juste en face de moi. J'ai continué à observer le ciel nocturne, même si les goélands avaient disparu.

— De ma vie, ai-je répondu.

Sean s'est tu, mais il me regardait.

— Ma mère buvait. Depuis des années, avant même que je sois née. Elle a renoncé à sa carrière de musicienne pour épouser un pasteur de province de vingt ans plus âgé qu'elle. Puis elle s'est aperçue qu'elle ne supportait pas la vie cléricale.

Sean gardait toujours le silence, mais ses yeux ne quittaient pas mon visage. L'obscurité toujours croissante a dû me permettre de ne plus m'en soucier.

— Elle a vraiment essayé, ai-je ajouté, par désir d'être juste envers maman. Elle s'est fait soigner, multipliant les séjours en clinique. Parfois, elle tenait pendant des mois sans un verre, mais, tôt ou tard, ce besoin irrésistible la reprenait.

La main de Sean s'était posée sur la mienne, et j'ai sursauté à son contact.

— Il commence à faire froid, a-t-il dit, se méprenant sur mon frisson. On devrait rentrer.

— Non, non, ça va. Il faut que je parte dans une minute. J'avais juste une question à vous poser.

À contrecœur, aurait-on dit, il a libéré ma main.

— Allez-y.

J'ai exposé mon hypothèse du prédicateur américain qui avait manipulé des serpents dans mon village à la fin des années 1950 et que quelque chose avait dû mal tourner un soir, entraînant la destruction de l'église et la mort de quatre hommes.

— C'est un peu tiré par les cheveux, je sais, ai-je reconnu, mais je pense que les événements récents ont peut-être à voir avec ce qui s'est passé à l'époque. On dirait que ce sont les anciens, ceux qui devaient vivre dans le coin en 1958, qui sont visés.

— Et si vous réussissez à en savoir plus, cela pourrait désigner le responsable des crimes d'aujourd'hui ?

— J'ai vu une émission que vous avez faite sur la manipulation des serpents. Et je me suis demandé si vous saviez quelque chose d'important.

— Comme ?

— Comme la façon de procéder, pour commencer. Comment ces gens s'y prennent-ils pour manipuler des crotales sans se faire mordre ?

— Ils se font bel et bien mordre. Les décès sont assez courants.

— Oui, mais pas aussi souvent qu'on pourrait s'y attendre. Et cela donne lieu à toutes sortes de conjectures : certains prétendent que les serpents à sonnette n'auraient plus de glandes à venin ; ou bien que leur venin serait prélevé juste avant la manipulation ; ou encore, qu'ils seraient drogués. Vous l'avez envisagé pendant que vous filmiez ?

— Bien sûr. Un jour dans une église, ils nous ont laissés examiner les serpents avant la messe. Dix serpents à sonnette de taille adulte, rigoureusement intacts. Tous parfaitement dangereux. Ils les ont brandis, enroulés autour de leur cou, passés d'un fidèle à l'autre. Je suis sûr que certaines églises trichent, mais pas toutes. Pas celle-là, en tout cas.

— Comment ? Comment font-ils ?

Sean a souri.

— Eh bien, j'ai ma petite idée là-dessus. Vous voulez l'entendre ?

J'avais failli répondre d'un sourire et je me suis retenue.

— Volontiers.

— Vous avez déjà entendu parler des Ophites ?

— Des quoi ?

— Des Ophites. Également connus sous le nom de Sectateurs du Serpent. Une secte gnostique en Afrique du Nord, vers l'an mille de notre ère.

— Gnostique... comme hérétiques des tout débuts en quête d'une meilleure connaissance spirituelle que celle jugée bonne par l'Église établie ?

— Fille de pasteur, hein ? Eh bien, il existait je ne sais combien de sectes de ce genre à l'époque, mais ce qu'elles avaient toutes en commun, c'était l'importance qu'elles attachaient au serpent de l'histoire d'Adam et Ève. Pour elles, l'arbre de la connaissance biblique dans le jardin d'Éden symbolise directement la gnose, autrement dit la connaissance. Et le serpent était le gardien de l'arbre : le gardien de la connaissance, si vous préférez. Pour les sectes, le serpent symbolisait la compréhension et l'illumination.

— Très bien, je crois que je vous suis. C'est en opposition complète avec la version biblique, pour laquelle le serpent représente le mal.

— En effet. Les Ophites considéraient le serpent comme le héros de l'histoire et voyaient Dieu comme le méchant, tentant d'empêcher Adam et Ève d'accéder à la connaissance. (Il s'est adossé à sa chaise, poussant sur ses deux jambes.) Si l'on y réfléchit dans l'absolu, on peut comprendre leur point de vue. D'un côté, on vous offre la compréhension, la sagesse. De l'autre, on vous garde dans l'ignorance comme un enfant. De quel côté se situe le mal, d'après vous ?

— C'est avec mon père qu'il faut en débattre.

— Je m'en réjouis d'avance. Bref, ces sectes vénéraient le serpent, et lui rendaient même un culte. Dans leur esprit, le serpent a enseigné la vérité à Adam et Ève au jardin d'Éden. Et, dans nombre d'écrits, il est rapporté que la manipulation de serpents jouait un rôle dans leurs rituels… les serpents enroulés autour du pain sacramentel, ce genre de trucs.

J'ai ouvert la bouche pour l'interrompre. C'était intéressant, mais je ne voyais pas où Sean voulait en venir.

— Une autre raison pour laquelle les Ophites n'avaient pas la faveur de l'orthodoxie, a continué Sean, sans me laisser parler, c'étaient leurs pratiques plutôt licencieuses. Il n'est pas difficile de voir la signification symbolique du serpent dans ce genre d'activité. Vous voulez rentrer ? Il fait vraiment froid.

Une fois de plus, Sean a tenté de se mettre sur pied, mais j'ai levé une main pour l'en empêcher.

— Quel rapport ? Les sectes modernes qui manipulent des serpents ne les vénèrent pas pour autant. Pour elles, ils incarnent le mal qu'elles peuvent surmonter si leur foi est suffisamment grande.

— Oui, et c'est là qu'elles se fourvoient complètement. Mais même si leurs motivations sont confuses, quand elles manipulent des serpents, elles puisent dans quelque chose de primitif.

— Quoi ?

— La tradition consistant à manipuler des serpents dans un contexte religieux remonte à des milliers d'années. Bien avant que George Hensley ne prenne un crotale dans ses mains, les Hopi, en Amérique du Nord, célébraient des rituels impliquant le même exercice pour garantir les moissons. On rapporte des manipulations de serpents dans plusieurs régions d'Afrique et d'Asie. Et Olympias, la mère d'Alexandre le Grand, avait la réputation de manipuler les serpents elle-même.

J'ai réfléchi une seconde.

— OK, pigé. Mais je vous repose ma question : comment s'y prennent-ils pour ne pas se faire blesser ?

— Retour au gnosticisme. Les Églises gnostiques modernes – les descendants spirituels des Ophites, si vous préférez – ne manipulent pas de serpents, mais je crois que ce sont elles qui ont développé la meilleure compréhension du phénomène.

— Continuez.

— Les Églises gnostiques insistent sur l'apprentissage par l'expérience personnelle. Et elles attribuent une grande importance au fait de se relier à quelque chose qu'elles appellent le Plérôme.

— Sean, je ne vous suis plus, là.

Je ne distinguais désormais presque plus ses traits, mais une étincelle dans ses yeux m'a indiqué qu'il souriait encore.

— Eh bien, le Plérôme englobe tout ce qui est divin dans notre existence ; une sorte de noyau dur, l'essence même de toute chose. Qui puise au cœur du Plérôme peut voir et faire l'expérience du divin. D'après moi, ces manipulateurs de serpents, ceux qui y parviennent, font exclusivement l'expérience du divin par le biais du reptile. Tout comme l'ont expérimenté d'innombrables cultures de par le monde. C'est pour ça qu'ils ne sont pas blessés.

— Juste ciel...

Il souriait franchement désormais.

— Prenez votre temps, a-t-il rétorqué.

— Je commence à regretter d'avoir posé la question. En gros, ce que vous me dites, c'est que les manipulateurs de serpents, sans le savoir, puisent à la source d'une forme d'énergie divine, cosmique, qui existe chez les serpents ?

— Je savais que vous y arriveriez.

— Oh, allez...

— Clara, il n'y a que les civilisations occidentales, dominées par les religions judéo-chrétiennes, pour trouver le serpent maléfique. Dans n'importe quelle autre culture – hindoue, grecque, scandinave, indienne d'Amérique du Nord –, le serpent apparaît dans la mythologie plus fréquemment que n'importe quel autre animal, et presque toujours en tant que force positive. Il représente la sagesse, l'immortalité, la vie, la fertilité, la connaissance.

Mon cerveau arrivait à saturation.

— Ce ne sont que des serpents, Sean. Des reptiles sans pattes.

Sean secouait la tête.

— Alors, pourquoi des cultures, dans le monde entier, incluent-elles un serpent dans leurs mythes de la création ? Il y a des quantités de dieux décrits sous la forme d'un serpent, Quetzalcoatl en Amérique centrale, Aidophedo en Afrique de l'Ouest ; au Cambodge, ce sont des serpents sculptés dans la pierre qui gardent les temples. D'ailleurs, dans la mythologie antique, Esculape faisait ramper les esprits réincarnés en serpents sur le corps des malades la nuit, qui les léchaient jusqu'à guérison.

— C'est dégueulasse.

— Des sourds et des aveugles recouvraient l'ouïe ou la vue si leurs oreilles ou leurs yeux étaient léchés par un serpent. Pourquoi croyez-vous que le reptile soit devenu l'un des symboles de la médecine moderne ?

J'ai poussé un soupir.

— Pour fascinant que ce soit, ça ne m'aide pas à comprendre pourquoi l'église du village a brûlé.

— Ah, content que vous l'évoquiez. Parce que, en dépit de ce que vous avez peut-être lu dans la Genèse, on retrouve le serpent en tant que symbole positif dans tous les enseignements chrétiens.

— Où ça ?

— Dans l'évangile de Jean. « Comme Moïse éleva le serpent au désert, ainsi faut-il que soit élevé le Fils de l'homme[1]. »

1. Jean 3, 14.

— C'est un peu vague.

— Le Livre des Nombres. « L'Éternel dit à Moïse : Façonne-toi un serpent brûlant que tu placeras sur un étendard ; quiconque aura été mordu, et le regardera, conservera la vie[1]. »

— Je ne vois...

— Évangile selon saint Matthieu. « Montrez-vous donc prudents comme les serpents et candides comme les colombes[2]. » C'est le Christ lui-même qui s'exprime, en passant.

— Ça va, ça va, j'ai compris.

— Vous avez entendu parler de Gematria, gématrie ou guématrie, la pratique consistant à attribuer un nombre à chaque lettre pour déterminer la valeur numérique d'un mot ?

— Hmm, ai-je répondu.

Non, jamais, mais il y avait une limite à l'ignorance que j'acceptais de montrer.

— En faisant appel à la gématrie hébraïque, la valeur numérique du mot serpent est 358. Devinez quelle est la valeur du mot messie ?

Inutile de repousser l'inévitable.

— 358, c'est ça ?

— Et ouais. Vous êtes déjà allée à Milan ?

— Non.

— Venez. J'ai quelque chose à vous montrer.

Totalement perplexe à présent, j'ai attendu que Sean ait ramassé les deux bouteilles de bière puis je suis entrée chez lui à sa suite. Nous avons traversé la cuisine et pris sur notre droite. Au bout du couloir, il a ouvert une porte et m'a fait signe d'entrer. C'était sa chambre.

Je suis restée sur le seuil, contemplant l'immense image au-dessus de son lit avant de faire un pas dans la pièce et de m'en approcher. Il s'agissait de la reproduction d'un vitrail : une représentation du Golgotha. Une énorme croix occupait

1. Nombres 21, 6-9.
2. Matthieu 10, 16.

pratiquement tout le centre ; des silhouettes étendues face contre terre gisaient au pied, mais nul christ n'y figurait. À la place, enroulé tout autour, un gigantesque serpent.

— Je crois que le vitrail d'origine est dans un musée aujourd'hui, mais il a été fait pour le Duomo, a dit Sean, apparemment content de lui. Voici... le Serpent crucifié.

39

Je ne pouvais détacher mon regard de l'image au-dessus du lit. Le serpent comme symbole du Christ ? J'avais reçu une instruction religieuse plus approfondie que la moyenne, mais je n'avais jamais entendu parler d'une telle idole auparavant.

— Stupéfiant, ai-je commenté.

— Ça vous aide ?

— Pas vraiment.

Je me suis approchée de l'image, Sean sur mes talons. Même sans son exposé, j'avais déjà quelques connaissances sur l'influence considérable du serpent sur la mythologie universelle, sans pour autant en soupçonner le moins du monde la portée. Le serpent enroulé autour de la croix du Christ. C'était presque blasphématoire. Et pourtant, le vitrail avait été créé pour l'une des églises les plus célèbres d'Europe.

— La chapelle Sixtine comporte une fresque représentant le serpent sur une perche, a dit Sean. Tout comme un grand tableau de Rubens. Ces deux-là figurent en fait un serpent d'airain, l'idole que Moïse a consacrée au désert, mais ces images sont très similaires. Sur une perche ou sur une croix. Il est facile de voir comment l'un a pu mener à l'autre.

— Et il existe des gens qui parviennent à faire ce que vous racontez, ne faire plus qu'un avec les serpents ?

— Je l'ai vu plusieurs fois, a-t-il précisé.

J'ai détourné mes yeux de l'image une seconde.

— Vous pouvez, vous ?

— Nan. J'ai été mordu plus de fois que je ne peux les compter. Mais j'ai vu un chef tribal tendre trois serpents noirs papous en travers du corps à demi nu d'une jeune fille la veille de son mariage. Elle était droguée, et dans une sorte de transe, mais pas lui. Les serpents ne les ont pas touchés, ni elle ni lui. J'ai vu de tout jeunes Indiens trimballer des cobras mortels des heures durant pendant que les sorciers-guérisseurs faisaient leurs trucs. Ces manipulateurs de serpents dont vous parlez constituent sans doute l'un des meilleurs exemples qui soient. Des congrégations entières se passent les serpents de main en main. Certains se font mordre, généralement quand ils ont la tête ailleurs ou qu'ils cèdent à la panique, mais malgré tout, pas aussi souvent qu'ils devraient l'être. Je doute de réussir un jour à l'expliquer complètement, mais dans certaines circonstances – notamment dans un contexte religieux –, une relation peut s'établir entre l'homme et le serpent.

Ce devait être un sacré spectacle, je l'admettais. Et une expérience encore plus forte à vivre. Si le Révérend Joel Fain avait possédé la capacité requise pour communiquer avec les serpents qu'évoquait Sean, s'il avait été en mesure de la transmettre à ses fidèles, cela lui aurait donné une sacrée emprise sur ses ouailles. Maintenant la grande question était : qu'aurait-il pu les persuader de faire d'autre ?

Derrière moi, Sean a bougé et je me suis éloignée de la reproduction. Ce n'est qu'alors que j'ai vraiment regardé autour de moi. La chambre dans laquelle nous nous tenions n'était pas grande, avec au sol un parquet en chêne ciré. Le lit constituait l'unique meuble. L'un des murs était en verre, et, en plein jour, offrait sûrement une vue fabuleuse sur l'océan. Quel spectacle ce devait être au réveil !

J'ai fait brusquement demi-tour et failli percuter Sean, qui contemplait toujours le vitrail. Il a alors quitté la pièce. Je lui ai emboîté le pas, sentant les battements de mon cœur ralentir un tout petit peu en laissant la chambre derrière nous.

Couloir, cuisine. Sean a ouvert une porte, s'est écarté pour me laisser entrer dans la pièce principale de la maison. Je me suis arrêtée un instant sur le seuil, pivotant pour le regarder. Il essayait de ne pas avoir l'air trop content de lui, sans tout à fait y parvenir. Il a levé un bras et pressé un interrupteur mural. Aussitôt, l'éclairage est passé d'une lumière blanche, douce à un rouge profond. Je me suis avancée jusqu'au centre et suis restée plantée là, en sifflant, à tout observer, médusée.

— Waouh… C'est incroyable.

Le séjour s'étirait sur toute la largeur de la maison et sur presque toute la longueur. Je me suis rendu compte que les autres pièces – cuisine, chambre, salle de bains – avaient été délibérément conçues pour prendre le moins de place possible tout en étant fonctionnelles. La salle était la véritable raison d'être de la maison.

Tout comme dans la chambre, une baie vitrée occupait un pan entier qui donnait sur la mer. Le long des trois autres murs, du sol au plafond, d'énormes terrariums, aux parois de verre. Leurs fonds étaient tapissés d'un sable d'un rouge profond, de rochers aux couleurs vives et de bois flotté blanchi au soleil. Des frondes complexes mêlées à des feuilles larges, veloutées de plantes tropicales s'étendaient absolument partout. Un éclairage indirect conférait des tons d'émeraude, d'or, de jaunes aux différents verts du feuillage, et le long des parois, derrière, figuraient des reproductions de peintures rupestres.

Les cages, avec leur végétation tropicale, leurs roches et les sculptures de bois flotté, auraient été fascinantes même sans les longues et élégantes créatures qui rôdaient, suspendues aux branches, enroulées autour des pierres, en nous observant.

Je me suis approchée de la plus grande. Le serpent à l'intérieur, qui devait mesurer près de trois mètres de long, a décollé du sol jusqu'à ce que sa tête se retrouve presque à la hauteur de la mienne. Nous nous regardions droit dans les yeux. Les écailles du reptile étaient dorées, exceptionnellement grandes à l'arrière de sa tête, un motif de chevron inversé, blanc, courant le long de son dos. Sans me quitter des yeux, le serpent a oscillé de quelques centimètres sur sa droite, puis sur sa gauche. J'ai dû lutter contre un besoin pressant de me balancer avec lui et j'ai pris conscience que les yeux me piquaient, et que je n'avais pas cillé depuis quelques secondes.

— C'est un cobra ? ai-je demandé à mi-voix.

— Je vous présente Taka. Un cobra royal de quatre ans, a confirmé Sean. Saisi par les Douanes quand il était encore tout bébé. Il avait été gravement blessé durant le trajet, et aucun des zoos susceptibles de l'accueillir n'estimait pouvoir le soigner. J'ai l'impression qu'il vous aime bien.

— Comment pouvez-vous le savoir ?

— Il n'encapuchonne pas.

J'ai avancé, faisant le tour de la pièce, passant devant un serpent fin, vert vif, dont Sean m'a expliqué qu'il s'agissait d'un fer de lance asiatique des forêts tropicales et des bambouseraies d'Asie. Dans une cage contenant beaucoup d'eau, j'ai reconnu une vipère rhinocéros d'Afrique, d'un mètre et demi de long, vivement colorée avec ses écailles bleues, jaunes et écarlates, et deux protubérances en forme de cornes sur l'extrémité de son nez. À la lumière infrarouge, les serpents semblaient plus actifs que je ne l'avais observé dans des vivariums ; tout en marchant, je percevais des mouvements lents, gracieux, tout autour de moi.

Quand j'ai eu vu, admiré et été présentée aux sept serpents qui partageaient la salle de séjour de Sean, je me suis tournée vers lui. Pour la première fois depuis que j'étais arrivée, il avait cessé de me fixer, apparemment tout aussi fasciné que je l'étais moi-même, même s'il voyait ces spécimens tous les jours.

— Pourquoi aimez-vous autant les serpents ?

À ces mots, il m'a scrutée.

— Ce sont les créatures à la beauté la plus envoûtante qui soit au monde, a-t-il répondu comme si c'était évident.

— Oui, ce sont de jolies bêtes, mais…

— Jolies ?

Il a passé ses bras autour de mes épaules et m'a gentiment menée jusqu'à la vipère rhinocéros.

— Elles sont comparables à des diamants, s'est-il enthousiasmé. Plus vous les approchez, plus elles sont inouïes.

Nous avons regardé le serpent s'enrouler lentement autour d'un rondin.

— Des créatures belles mais froides, ai-je ajouté, passant au terrarium suivant, obligeant son bras à retomber à son côté. Elles n'ont pas d'expression, elles sont solitaires, n'interagissent pas avec leur maître et n'aiment pas qu'on les manipule !

Je me faisais l'avocat du diable – en mon for intérieur je reconnaissais tout à fait que les serpents étaient fabuleux, mais j'aimais entendre Sean en parler.

— Ça n'a jamais vraiment été mon truc, ai-je conclu.

— Question de sexe. Seul un homme peut réellement apprécier un serpent.

Je lui ai lancé un coup d'œil en coin, redoutant un regard concupiscent ou une plaisanterie salace. Il était parfaitement sérieux, les yeux rivés sur un minuscule serpent corail qui s'était profondément enterré dans le sable.

— Les collectionneurs de serpents sont toujours des hommes. Je crois qu'on est fascinés par leur puissance.

Sean semblait presque hypnotisé par le petit reptile qui s'enroulait et se lovait. S'il n'avait pas continué son exposé, j'aurais pensé qu'il m'avait oubliée.

— Et ce sont des chasseurs tellement incroyables. Rapides, puissants ! C'en est quasi miraculeux. La proie disparaît d'un coup, chair, os, poils, tout. Comme s'ils personnifiaient la mort. Ensuite, ils quittent leur propre peau et ressortent tout luisants et neufs. C'est comme une réincarnation. Vie et mort. C'est aussi élémentaire que ça.

Il est revenu vers moi.

— Et vous préférez les lézards...

Il me taquinait, quoique gentiment – il ne semblait pas vraiment choqué que je préfère d'autres reptiles moins étranges.

— Dans la nature, a-t-il lancé, en jetant un coup d'œil furtif à l'extrémité de la queue rayée qui pointait une seconde hors du sable, même dans les endroits où je vais, il est incroyablement difficile de repérer un serpent. Ils sont si rapides, si timides. Il n'y a qu'en captivité qu'on puisse vraiment les apprécier. Mais ils ne nous appartiennent jamais.

— Vous êtes attiré par le mystérieux.

Il m'a rendu mon regard.

— Toujours.

J'ai senti mon visage se réchauffer.

— Où est le taïpan ? ai-je demandé, inspectant rapidement les lieux, comme si j'avais pu le rater.

— Clara la râleuse est dans une annexe à l'arrière. Curieusement, quelqu'un a essayé de forcer la porte la nuit dernière.

— Quoi ?

— Oh, ne vous en faites pas. (Il voyait à quel point j'étais choquée.) J'ai un système d'alarme ultra perfectionné. Notre intrus a détalé avant même que je sois sorti de mon lit.

— Merci de m'avoir montré tout ça.

— Pas de quoi. Asseyez-vous.

Les deux seuls fauteuils au centre de la pièce, étaient profonds, recouverts de cuir, pivotant sur leur base. Avec une petite table entre les deux. J'ai imaginé Sean assis là, à la tombée de la nuit, en train de contempler tour à tour l'océan et le spectacle, plus incroyable encore, qui se jouait à l'intérieur de la pièce. Je me suis laissée aller sur le cuir souple et j'ai découvert qu'il est possible d'avoir le trac en présence d'un homme et de ne pas avoir pour autant envie de s'en aller. Là-dessus, un document sur la table basse a retenu mon attention. Je l'ai pris.

— Qu'est-ce que c'est que ça ?

Sean a fait tourner son fauteuil pour se placer face à moi.

— Votre CV, sans doute.

— Je sais, merci, ai-je rétorqué avec une sécheresse excessive. Qu'est-ce qu'il fiche ici ?

— C'est Roger qui me l'a envoyé par mail. Encore que ce ne soit pas le sens de votre question, n'est-ce pas ?

J'ai patienté, consciente de le fusiller du regard, et ne cherchant même pas à m'en cacher.

— Avant que nous soyons l'un et l'autre traînés devant la police locale pour rendre compte de nos faits et gestes, je vous ai laissé un message vous demandant de me rappeler. Je ne sais pas si...

— Je l'ai eu, l'ai-je coupé. Ce soir, seulement. Pourquoi avez-vous mon CV ?

— Je vérifie toujours la formation et les diplômes avant de proposer un poste. D'après ce que je sais, c'est une pratique courante dans le milieu du recrutement.

Il m'a fallu un moment pour comprendre.

— Quel genre de job ? ai-je demandé, certaine que j'avais dû me tromper. Vous avez besoin d'une assistante pour faire vos recherches ?

— Eh bien, il y aurait de ça. Mais ce dont j'ai réellement besoin, c'est d'une présentatrice à mes côtés. Le producteur veut que ce soit une jeune femme, et une vétérinaire qualifiée serait le profil idéal. En Papouasie-Nouvelle-Guinée, les taïpans s'en prennent aux animaux d'élevage : bétail, moutons, chèvres. Si on pouvait les soigner, cela permettrait aux insulaires d'économiser des fortunes. Vous devrez tourner quelques bouts d'essai, évidemment...

J'avais baissé les yeux sur le document que j'avais en main. Je n'écoutais plus. Quelque chose de très froid s'était noué au creux de mon estomac.

— Vous voulez qu'on me voie à la télévision ?

— Eh bien, que les choses soient tout à fait claires, ce serait toujours moi la star mais, oui, il y aurait une part de travail à l'écran.

— Vous perdez de l'audience ? Je m'étais calmée.

— Pardon ?

— Les serpents venimeux, ça ne choque plus autant, c'est ça ?

— Clara...

Je me suis tournée vers lui, j'ai vu ses yeux s'écarquiller, alarmés, et m'en suis réjouie.

— J'ai une meilleure idée, lui ai-je craché au visage. Pourquoi ne pas engager un grand brûlé ? Quelqu'un qui aurait salement grillé. Ça pourrait faire bien moche à l'écran.

J'étais debout. Je ne me rappelais pas m'être levée, mais la table basse gisait, renversée, entre nous. Sean s'était levé lui aussi et avait reculé d'un pas, comme si son chien préféré s'était soudain montré méchant.

— Ou alors... un cul-de-jatte sans bras. (Je m'entendais hausser la voix.) Il pourrait se tortiller par terre – comme un serpent. Ou que diriez-vous de...

Autour de moi, les serpents réagissaient à l'animation soudaine et inhabituelle, en cherchant à se cacher.

Sans que je l'aie vu faire, Sean avait franchi la distance qui nous séparait et m'avait saisie par les épaules.

— Assez, a-t-il dit, doucement.

J'ai libéré un bras, puis l'autre.

— Merci pour le verre et les informations. Je ne vous dérangerai plus.

Je me suis dégagée brusquement, puis dirigée vers la porte. J'ai réussi à faire deux pas avant qu'il me rattrape.

— Mais non, vous ne me dérangez pas, bordel... Maintenant calmez-vous et écoutez-moi.

— Je veux m'en aller.

— Je n'en ai rien à foutre ! Vous vous comportez de manière idiote et insultante. Et vous m'écouterez jusqu'au bout même si je dois vous garder ici toute la nuit.

J'ai respiré un grand coup.

— Comment diable voulez-vous que quelqu'un comme moi se montre à la télévision ? lui ai-je hurlé à la face, ayant perdu tout contrôle. Je fais tout mon possible pour essayer d'éviter qu'on me dévisage, et vous voulez diffuser ma tête sur les écrans, pour que d'illustres inconnus puissent se donner mal au cœur rien qu'en me voyant. Mais à quoi vous pensiez, putain ? Comment osez-vous...

Là-dessus, plus rien. Batteries à plat. Je ne crois pas avoir connu ce qu'était l'épuisement véritable avant cet instant.

— Vous avez fini ?

Je n'ai pas répondu. Pas la force. J'étais cuite.

— Mon indice d'écoute se porte parfaitement bien, merci, a-t-il repris.

Durant ma crise d'hystérie, Sean était resté d'un calme irritant, humiliant.

— C'est juste que nous pensons tous qu'un autre présentateur élargirait l'audience de l'émission. Si votre cicatrice vous pose un problème – parce qu'il ne s'agit que de ça, vous savez, d'une cicatrice – on peut vous filmer de façon à ne jamais la montrer. On peut vous filmer par-dessus l'épaule, du côté droit, de trois quarts. On vous laisserait voir les rushes, on attendrait votre accord avant le montage définitif.

Je ne me débattais plus, mais il ne prenait aucun risque. Il me tenait fermement.

— Mon avis, c'est qu'au bout d'un moment, vous cesseriez de vous inquiéter à ce sujet... à condition de le vouloir. Si je vous fais cette proposition, c'est que vous êtes une vétérinaire qualifiée et que vous avez déjà travaillé avec des reptiles tropicaux. Et, aussi en partie pour votre physique. Je ne suis certainement pas le seul à vous trouver ravissante.

Silence complet dans la pièce. J'étais sûre que même les serpents écoutaient.

« ... il ne s'agit que de ça, vous savez, d'une cicatrice. Je ne suis certainement pas le seul... »

C'était ridicule. Sean me torturait pour une raison obscure et cruelle. Il ne servait tout simplement à rien de discuter plus longtemps. Le mieux à faire était de tourner les talons et m'en aller. La pression qu'il exerçait sur mes épaules s'est relâchée, c'était le moment. Lui lancer un dernier regard noir et sortir d'ici. Sa main gauche s'est avancée et, d'un doigt, il a dessiné le contour de ma joue sur le côté droit de mon visage.

— Vous êtes très belle.

Il chuchotait à présent. Puis son doigt est reparti, sous mon menton, remontant le long de la chair fripée, plissée du côté gauche.

— Et imparfaite. Ce qui vous rend fascinante.

La pièce s'est assombrie, et le seul son qui me parvenait aux oreilles était celui du rugissement de l'océan, à moins de cinquante mètres de nous. Ce n'est que plus tard, quand il s'est reculé, à peine, que j'ai pris conscience qu'il m'avait embrassée.

Tremblante, interdite, je ne savais plus quoi faire ni quoi dire. Je ne savais même plus quoi penser. Ses bras m'enveloppaient toujours, son corps se trouvait à quelques centimètres du mien, nos joues se frôlaient encore. J'avais oublié qu'il sentait la forêt tropicale à l'aube.

— Vous voulez bien rester ? a-t-il murmuré.

— Pour quoi faire ? ai-je balbutié, avec l'impression qu'on m'avait recousu la gorge. Et ma question débile a fait voler en éclats l'instant, tel un marteau dans du cristal.

Sean a ri, et ses bras sont retombés. Il a reculé d'un petit pas, secouant la tête.

— Eh bien, j'espérais qu'on ferait l'amour, mais si vous avez une autre idée...

J'ai plongé ma figure dans mes mains. Je venais de passer pour la pire idiote...

— Une autre fois, peut-être ? a suggéré Sean.

— Je suis désolée. Il faut que j'y aille. Je n'aurais pas dû...

J'ai tourné les talons, osant à peine lui faire face, mais je l'entendais ouvrir la porte du réfrigérateur. Du coin de l'œil, je l'ai vu me tendre quelque chose. C'était une petite boîte contenant plusieurs ampoules. Je l'ai prise, ai lu l'étiquette et l'ai interrogé du regard.

— C'est l'antidote agréé pour les morsures de taïpan, a-t-il dit. Je l'ai obtenu en douce d'un copain qui travaille au zoo de Londres. Si vous vous faites mordre, vous devez aller à l'hôpital. Si vous ne pouvez pas, eh bien, j'imagine que vous saurez vous l'injecter. Vous avez les seringues et tout le matos ?

J'ai hoché la tête.

— C'est tout ce qu'on a pour l'instant, a repris Sean. J'ai contacté les centres antipoisons de Londres et de Liverpool, mais ils n'en ont pas en stock. Ils en ont commandé, maintenant qu'ils savent que des taïpans se promènent clandestinement dans le pays, mais ça prendra peut-être des jours avant d'arriver. Gardez ça au frais et près de vous. Si vous vous faites mordre, vous n'avez que quelques heures. Vous le savez, n'est-ce pas ?

— Sean, vous devez le garder. C'est vous qui vous occupez d'un taïpan.

— Clara la râleuse est parfaitement en sécurité. Je sais comment gérer un serpent en cage. Mais j'ai eu le temps d'examiner la peau que vous m'avez donnée. C'est bien celle d'un taïpan, et elle ne provient pas de Clara. Celle-ci est nettement plus grande, et les motifs des écailles sont différents. Il y a toutes les chances pour qu'un autre taïpan circule dans votre village. S'il vous plaît, faites très attention.

Je suis sortie, revenant lentement vers ma voiture. Sean marchait à mes côtés, sans parler mais, quand il m'a ouvert la portière et que je suis montée, il a posé une main par-dessus la mienne, sur le volant.

— En Papouasie-Nouvelle-Guinée, on commence à voir des taïpans à proximité des maisons. Comme s'ils avaient pigé que là où il y avait des humains, ils trouveraient à manger. C'est l'un des phénomènes sur lequel nous enquêterons quand nous irons là-bas.

— Mais les serpents évitent tout contact avec les humains.

— Normalement, oui. Toutefois dans certaines régions d'Asie, on recense pas mal de serpents près des villages. Aujourd'hui, en Papouasie-Nouvelle-Guinée, ça commence à poser un vrai problème.

— Tout ça pour dire que s'il y en a un autre par chez nous, on ne peut pas se contenter d'espérer qu'il se tienne à l'écart.

— Je ne compterais pas là-dessus.

J'ai pris un moment pour réfléchir à ce qu'impliquait la présence de serpents mortels rôdant chez les gens.

— Soyez prudente, a-t-il répété.

J'ai acquiescé, et il s'est reculé, refermant la portière. Comme la vitre était baissée, je n'ai pas pu me méprendre sur les mots qui ont suivi.

— L'offre tient toujours, au fait.

— Laquelle ? ai-je demandé sans réfléchir. Le boulot ou…

Les sourcils de Sean se sont rapprochés, mais ses lèvres souriaient.

— On dirait que vous flirtez avec moi, Miss Benning. Bien, nous sommes en net progrès.

Il a fait demi-tour pour regagner la maison.

— Les deux, a-t-il lancé par-dessus son épaule. Les deux propositions restent indéfiniment valables.

J'ai roulé pendant près d'une heure, puis me suis arrêtée sur un vieux chemin de ferme où je savais que l'on ne me dérangerait pas. Je me suis installée sur la banquette arrière, enroulée dans mon manteau. Allongée, j'écoutais les bruits de la nuit et songeais, non à des serpents ou à des fantômes, mais à quelque chose que j'avais refoulé tout au fond de ma mémoire. Ça s'était passé presque dix-sept ans auparavant.

Au collège, en sortant d'une des cabines des toilettes des filles, je m'étais retrouvée face à six garçons, qui m'attendaient. Deux d'entre eux retenaient un petit de douze ans, qui se débattait. Des larmes lui roulaient sur les joues. Alors que trois des garçons s'étaient approchés de moi, j'avais remarqué que l'une des filles de ma classe gardait la porte. Une autre fille que je connaissais était sortie d'une cabine, avait vu ce qui se passait, baissé les yeux et filé. Les garçons m'avaient plaquée contre le mur.

— Allez, embrasse-la et on te laissera partir, avait ordonné l'un d'eux au plus jeune.

Pour petit et faible qu'il soit, il avait fallu quatre garçons, plus grands, pour traîner le petit suffisamment près de moi. Puis, l'un d'eux s'était saisi de sa tête et l'avait tournée dans ma direction, pour presser son visage baigné de larmes, dégoulinant de morve, contre le mien. Je n'ai pas lutté : cela n'aurait servi à rien. J'avais fermé les yeux en attendant que ça passe. Quand je les avais rouverts, les toilettes étaient vides. Je m'étais lavé la figure et étais rentrée en cours.

Durant tout le temps passé dans cette école, le petit n'avait plus jamais tourné la tête vers moi. Ni aucun des autres qui avaient subi le même traitement. Ironiquement, je ne pouvais pas dire qu'on m'avait martyrisée à l'école ; j'avais plutôt été la torture qu'on infligeait à d'autres victimes.

Ça a duré des années, et je n'en ai jamais parlé à personne. Mais aujourd'hui encore, il me suffit d'entendre le mot « baiser » pour que ce souvenir infâme, et tous ceux qui lui ont succédé, reviennent au galop. Je ne peux pas supporter de voir des gens s'embrasser, pas plus dans la réalité qu'à la télévision. J'arrive à peine à m'obliger à lire ce mot dans un livre, parce que, lorsque ces souvenirs tentent de remonter à la surface, mon corps entier a envie de rentrer sous terre.

Mes yeux se fermaient, les étoiles se brouillaient. Alors que je m'assoupissais, je revisitais mes souvenirs, mais je ne me trouvais plus dans les toilettes des filles : j'étais de retour dans la maison de l'Undercliff. Ma tête était remplie du bruit des vagues qui se brisaient sur les rochers. La peau rêche d'un homme était pressée contre la mienne, et l'amertume vieille de dix-sept ans s'estompait.

À mon réveil, le soleil était haut dans le ciel. Il était temps de rendre visite à l'homme que nous croyions tous mort.

40

J'étais sûre de trouver une maison de retraite à l'hygiène médiocre, propre à vous saper complètement le moral. Pourtant, j'ai été agréablement surprise par mon premier aperçu de l'hospice du Haras. Érigé sur une colline dans les Downs, il avait vue sur la vallée.

Juste avant d'emprunter l'allée, je suis passée devant un haras et, en sortant de la voiture, me suis aperçue que les terres autour de l'hospice avaient été clôturées et transformées en enclos pour les animaux. Quatre chevaux broutaient dans le champ contigu au jardin, juste en contrebas. Trois autres se trouvaient dans un autre sur ma droite. Une svelte jument grise, à laquelle ne manquait que la corne pour en faire une parfaite licorne, s'est avancée vers moi au petit galop. Les autres chevaux se sont joints à elle. À leur approche, j'ai senti le sol trembler sous leur poids.

J'ai marché jusqu'à l'entrée principale. Un groupe de patients étaient assis sur une terrasse, à regarder les chevaux, goûtant le matin qui s'épanouissait sous leurs yeux.

J'ai tiré sur la grande porte à double battant et je suis entrée.

... il ne s'agit que de ça, vous savez, d'une cicatrice.

La femme à la réception a levé les yeux et souri.

Je ne suis certainement pas le seul à vous trouver ravissante.

On se concentre !

Cinq minutes plus tard, une infirmière gériatrique me conduisait dans un bâtiment moderne inondé de lumière naturelle. La plupart des fenêtres étaient ouvertes. Me parvenaient une odeur de café frais et celle du gazon fraîchement tondu.

— C'est ravissant, ici, ai-je dit, tandis que nous parcourions un court corridor.

— Merci, a répondu mon guide. Cela ne fait que six mois que nous sommes ouverts. Walter a été l'un de nos tout premiers pensionnaires.

— Dans votre message, vous avez laissé entendre qu'il était très malade.

Elle s'est arrêtée devant une porte peinte en blanc et a saisi la poignée.

— J'en ai peur, en effet. À son arrivée ici, il se remettait tout juste d'une pneumonie sévère. En toute franchise, on ne s'attendait pas qu'il tienne aussi longtemps. Vous n'êtes pas une parente, n'est-ce pas ? Il a dit qu'il n'avait plus aucune famille.

J'ai secoué la tête.

— Juste une amie. Du même village.

— En tout cas, ça va lui faire plaisir de recevoir enfin de la visite. En six mois, vous êtes la première.

Son ton révélait sa désapprobation, mais les excuses que j'aurais pu présenter auraient pris bien trop longtemps. Encore que, maintenant que l'heure était venue, je me sois sentie très nerveuse au moment d'ouvrir la porte et de rentrer dans la pièce.

— Les patients quittent-ils jamais votre hospice ? (Je ne savais trop comment formuler la question qui me préoccupait en priorité.) Pour de courtes visites ? C'est juste que quelqu'un a prétendu avoir vu Walter au village.

Elle secouait énergiquement la tête.

— Strictement impossible, je le crains. Walter ne marche plus depuis qu'il est arrivé ici. Il n'arrive même pas à se lever sans aide. Mais il est relativement sain d'esprit, vous devriez pouvoir avoir une conversation avec lui. Bon, eh bien… Bonjour, Walter, une jeune femme est venue vous rendre visite.

Il était là. Mon vieil ami. Mon fantôme. Celui que j'avais le plus soupçonné d'être impliqué dans les crimes terribles qui se jouaient autour de chez moi. Oh, Walter, comment avais-je pu…

Ses yeux bleu pâle m'ont regardée approcher du lit. Il était exactement comme dans mon souvenir. Un visage bon, ordinaire, avec un nez et un menton plutôt forts, des mèches de cheveux gris fines et clairsemées, en couronne et derrière les oreilles. Le même, mais en quelque sorte plus petit, d'allure un peu plus frêle et plus faible, comme si son énergie vitale s'éteignait peu à peu.

— Bonjour, ai-je dit d'une voix étranglée, sentant ma gorge se serrer, ma mâchoire devenir douloureuse. Vous vous souvenez de moi ?

J'ai entendu la porte se refermer et su que Walter et moi étions seuls. Ses lèvres remuaient. Il essayait de parler, mais les sons avaient du mal à sortir. Ses cordes vocales n'avaient pas dû servir depuis longtemps, ai-je pensé. Je me suis inclinée, rapprochée, jusqu'à me retrouver penchée au-dessus du lit.

— Ce lapin, que vous avez soigné, il a bien dû finir toutes mes laitues, à c't'heure, a-t-il chuchoté d'une voix rauque.

Un cri m'a échappé, mi-rire, mi-pleur. Je me suis assise dans un fauteuil à côté du lit de Walter et lui ai pris la main. Je me rappelais qu'elle était grande, une main de jardinier. Elle l'était toujours, mais très faible.

— J'ai été dans votre jardin l'autre soir. Il est magnifique. Il y a plein de roses qui sont sorties. Et on les sent en longeant le sentier. Surtout les jaunes qui poussent autour du portail.

J'ai continué quelques instants, devinant que les nouvelles de son précieux jardin importaient plus à Walter que n'importe quoi d'autre. Sa bouche souriait faiblement et il a hoché la tête à plusieurs reprises. Quand je me suis retrouvée à court au sujet du jardin, je me suis excusée de n'être pas venue lui rendre visite plus tôt.

— Je ne savais pas du tout où vous étiez, ai-je lancé, consciente de pouvoir difficilement lui avouer que son épouse avait prématurément propagé la nouvelle de sa mort.

Je ne pense pas que quiconque soit au courant. Je suis sûre que certaines personnes seraient ravies de venir vous voir.

— Edeline est morte, a-t-il déclaré. Avait-il deviné ce qu'elle avait fait ? En novembre dernier.

— Je sais, je suis désolée.

J'ai tenté de refouler la colère que j'éprouvais à l'encontre d'Edeline, pour mieux me souvenir, me rappeler exactement les propos qu'elle m'avait tenus. Avait-elle bien employé le mot « mort » ? Avions-nous mal compris ?

— J'ai vu sa tombe au cimetière il y a quelques jours. (J'étais prise d'un soudain accès de contrition à l'idée d'avoir peut-être méjugé Edeline.) Aimeriez-vous que j'aille y déposer des fleurs pour vous ? Je me souviens d'elle me racontant qu'elle avait des roses du jardin dans son bouquet de mariage. Ça lui ferait plaisir, vous ne croyez pas ? Ou alors, je pourrais en acheter en boutique ? Comme vous préférez…

Walter acquiesçait.

— Les rouges. Près des arbres fruitiers. Elle a toujours aimé le rouge. Si jolies dans ses cheveux noirs.

L'Edeline de mes souvenirs avait les cheveux gris acier, mais j'ai souri et convenu que l'effet avait dû être saisissant.

— Elle était très belle quand je l'ai épousée, m'a confié Walter, qui, une fois de plus, apparemment, avait deviné mes pensées. La plus jolie fille à des lieues à la ronde. Un peu genre Archie. Tous les deux grands, d'épais cheveux noirs, des yeux d'un brun profond. Ce sont eux qui ont reçu les bons gènes de la famille.

Mais Edeline et Archie avaient été apparentés par le mariage, non ? Comment pouvaient-ils avoir des gènes en commun ? Walter a dû percevoir ma perplexité.

— Edeline était notre cousine. Vous le saviez ?

J'ai secoué la tête. Non.

— Eh oui, cousine germaine. Sa mère et notre père étaient frère et sœur. Y en a qui disent qu'on ne devrait pas se marier à ce compte-là, mais ça se faisait assez souvent dans le temps. On ne pouvait pas circuler comme on le fait maintenant. On ne rencontrait pas tant de monde.

— Je comprends. Il arrive encore que des cousins se marient.

— Je ne pensais qu'à une chose, c'est à quel point elle était belle. Et à me débrouiller pour qu'elle m'épouse moi et pas Archie ou aucun de ceux qui lui couraient après.

À ces mots, quelque chose s'est assombri sur le visage de Walter. Il ne me regardait plus. Son regard s'égarait plutôt vers la fenêtre ouverte.

— Ils avaient peut-être raison, pourtant, a-t-il repris.

Il semblait perdu dans ses pensées. Des vieux souvenirs désagréables. Puis il a de nouveau croisé mon regard.

— On n'a jamais eu d'enfants, alors peut-être...

Il a laissé l'idée en suspens. J'ai patienté, au cas où il voudrait continuer, mais il paraissait se contenter de me tenir la main en regardant par la fenêtre. Au bout d'un moment, j'ai jugé sans risque de lui poser une question.

— Walter, est-ce que l'un de vos frères a eu des enfants ? Avez-vous des nièces ou des neveux ?

Je ne savais pas au juste où je m'aventurais avec cette question. Je croyais toujours que l'intrus que j'avais vu était franchement âgé, pas simplement d'un certain âge. Mais s'il y avait une chose dont j'étais sûre, c'était de sa ressemblance avec Walter. Il fallait que je découvre le fin mot de l'affaire, par tous les moyens.

— Saul et Alice ont eu un fils, a répondu Walter. Ils ont déménagé, vous savez, après tout le... les événements.

— Il s'est passé quelque chose ? ai-je hasardé, sans trop d'espoir, mais Walter secouait déjà la tête.

— Il y a bien longtemps, mon petit. Harry, Saul et Archie, tous partis. Triste époque.

Il a relevé les yeux vers moi, et j'ai su avec une certitude absolue qu'il aurait pu m'en dire plus. Et qu'il ne le ferait jamais.

— Qu'est devenu le fils de Saul ?

D'après Matt, dix ans environ après avoir fui le village, Saul avait assassiné Alice et été condamné à la prison à vie. Leur enfant avait dû se retrouver seul au monde.

— Des assistantes sociales sont venues nous voir, quand sa mère est morte. Elles voulaient qu'on le prenne avec nous. On était sa seule famille, qu'elles disaient.

J'écoutais, tenant toujours Walter par la main, l'adjurant de continuer.

— J'ai dû refuser, a poursuivi Walter. Edeline, à ce moment-là... elle n'allait pas bien. On ne se serait pas bien occupés du petit. Il est allé dans un orphelinat... non... un foyer d'accueil, qu'ils appellent ça, mais j'imagine que ça revenait au même. Ça ne me semblait pas convenable, mais qu'est-ce que je pouvais faire d'autre ?

Les yeux de Walter m'imploraient, mais j'étais loin de comprendre quoi que ce soit. Walter me dissimulait un tas de choses. « Ils ont déménagé... après les événements. » Il savait quelque chose sur 1958. Il taisait autre chose au sujet d'Edeline, aussi. Mais il était si fragile. Comment pouvais-je l'interroger sans lui faire de peine ?

— Avez-vous eu des nouvelles ? Savez-vous ce qu'il est devenu ?

Un enfant né au début des années 1960 devait approcher de la cinquantaine aujourd'hui. Toujours trop jeune pour être mon intrus, mais...

— Il est venu nous voir quelques années plus tard. Il devait avoir dans les dix-sept ans, venait juste de quitter la maison et voulait de l'argent pour partir à l'étranger. Je lui ai donné ce que je pouvais, mais ça ne faisait pas grand-chose. Il ne me plaisait pas beaucoup ce gosse, il ressemblait bien trop à Saul à mon goût. Il nous a raconté des histoires sur ce qu'on lui avait fait au foyer. Pour essayer de nous culpabiliser.

— On l'avait maltraité ?

— Qu'il disait, mais je n'ai pas réussi à croire à toutes celles qu'il racontait. À mon avis, son papa avait dû lui monter la tête.

— Il voyait toujours son père ?

Walter a hoché la tête.

— Le gosse lui rendait visite en prison. Ils encourageaient ça, au foyer. Ils pensaient que ça lui ferait du bien de rester en contact avec son père. Mais Saul a relaté des histoires au môme, des histoires tordues, comme quoi le village s'était ligué contre lui, et les avait chassés, lui et sa mère. Il a soutenu que c'était la vraie raison pour laquelle sa mère était morte. C'était n'importe quoi, évidemment. Saul n'a eu que ce qu'il méritait, mais on voyait bien que le gosse l'avait gobé. On lui avait appris à nous haïr et à haïr le village pour ce qu'il avait fait à ses parents.

— Combien de temps est-il resté ?

— Pas longtemps. Il est parti quand il a su qu'il n'obtiendrait rien de plus de nous. On n'a plus jamais entendu parler de lui.

— Vous vous rappelez son nom ?

— Il s'appelait Saul. Comme son papa. Tout comme son papa.

Je n'ai pu retenir un frisson. Un autre Saul Witcher. Avec une dent contre le village.

La lueur dans les yeux de Walter, qui avait semblé assez vive à mon arrivée, s'éteignait à présent. Je le fatiguais.

— Walter, quelqu'un au village a mentionné l'existence d'un Ulfred. Je me demandais si...

La main qui tenait la mienne s'est crispée. Il lui restait pas mal de force, en fait.

— On a fait de notre mieux pour Ulfred. Personne n'aurait pu... Il n'allait pas bien, vous savez. Né pas comme il faut. Ça n'a fait qu'empirer en vieillissant. Il n'y voyait pas, n'entendait pas, ne pouvait pas marcher. Mais il était tellement fort. Il était ingérable. Lui, comme Edeline. Comment est-ce que j'aurais pu les en empêcher ? Je n'ai pas pu les arrêter, ni l'un ni l'autre.

J'étais allée trop loin. Walter avait l'air profondément bouleversé. Il fallait que je l'apaise. J'ai pris sa main entre les miennes.

— Tout va bien, Walter, vraiment. C'était il y a longtemps. Ne vous...

— Et après ça... ce qu'ils lui ont fait...

Il n'y avait pas d'appareils de surveillance dans la chambre de Walter, mais j'étais convaincue que son pouls s'emballait dangereusement, et il avait du mal à trouver son souffle.

— Walter, je suis sûre que c'était un accident. Je vous en prie…

— Il fallait que je l'éloigne. Le docteur Amblin nous a aidés. Et le pasteur. Il lui a trouvé une place. Il était bien. Il y avait des docteurs et des infirmiers. Ils pouvaient s'occuper de lui.

— Je suis sûre qu'il était bien. Vous avez fait ce qu'il fallait.

La respiration de Walter ralentissait. J'ai patienté, lui ai accordé un moment, le temps que les muscles crispés de son visage se relâchent.

— J'imagine que vous avez pu lui rendre visite ? ai-je demandé, quand j'ai jugé la chose possible.

Walter a nommé un hôpital psychiatrique dans une ville à moins de cinquante kilomètres à la limite du Devon. Je me le suis répété plusieurs fois pour être sûre de ne pas l'oublier.

— On y est allé une ou deux fois, a-t-il dit. On voyait bien qu'il était installé au mieux, qu'on s'occupait de lui. Ils le laissaient même garder un serpent apprivoisé. Mais il ne semblait pas avoir envie d'être avec nous. Ça ne servait à rien de lui rendre visite, alors on a arrêté.

— Et il y est toujours ? Il est encore en vie ?

— On ne m'a jamais annoncé sa mort, mon petit. J'imagine qu'il y est encore, oui.

41

Il était presque 11 heures du matin quand j'ai remonté, au volant de ma voiture, l'allée qui constitue l'entrée arrière du Petit Ordre de Saint-François. Quatre cents mètres plus loin, je franchissais un portail ouvert et rangeais la voiture de maman contre la haie. Je suis sortie, ai refermé le portail, et continué le chemin à petites foulées. Il me restait encore huit cents mètres à parcourir.

Autour de moi, tout me semblait plongé dans l'immobilité. La pression atmosphérique avait chuté, les chants d'oiseaux s'étaient évanouis et même les oiseaux de mer avaient trouvé où s'abriter. Quelque part, juste au-dessus de l'horizon, de lourds nuages se rassemblaient tandis que la nature se préparait à essuyer l'orage.

J'ai escaladé la barrière et traversé le champ où nous gardons nos cervidés en convalescence, me demandant comment ma petite équipe se débrouillait sans moi. Je ne prenais pour ainsi dire jamais de congé. Si c'était le cas, je téléphonais normalement au moins deux fois par jour. Je n'étais jamais restée si longtemps sans nouvelles. À cette heure, l'équipe devait faire la tournée des diverses sections et nourrir les bêtes. Avec un peu de chance, nul ne me repérerait. Rasant la haie, je me suis dirigée vers les bâtiments annexes à l'arrière de l'hôpital où nous gardons deux Land Rover. J'avais toujours un double des clés des deux voitures, ainsi que de celle du garage sur mon porte-clés.

J'ai réussi à ouvrir le garage sans éveiller l'attention. J'ai choisi la Land Rover que je connaissais le mieux et allumé le moteur. Puis j'ai pris le risque de sauter hors de la voiture pour aller refermer les portes du garage. Jusqu'à ce que l'équipe soit appelée pour un sauvetage – ce qui n'arrivait pas tous les jours –, nul ne remarquerait le véhicule manquant.

D'ici là, la police aurait appris que je n'étais plus dans la maison familiale. Si papa s'était montré coopératif – il le serait certainement –, ils sauraient que j'avais emprunté la voiture de maman. En changeant de véhicule, les chances que je me fasse arrêter par une patrouille itinérante avaient diminué, mais je devais quand même rester sur les petites routes. Cela signifiait que tout prendrait trois fois plus de temps.

Le vieil asile victorien en briques rouges était gigantesque : il s'étirait devant moi sur près d'une centaine de mètres. Il se trouvait dans une petite cuvette, entourée de collines basses et de sombres bois de hêtres. Même les jours les plus ensoleillés devaient amener peu de lumière.

En chemin, j'avais retrouvé mes pensées dans tous les sens, tout en m'efforçant de remettre tout ce que je venais d'apprendre à sa place. Walter savait quelque chose sur la nuit de l'incendie. Il ne me le dirait probablement jamais de son plein gré, pas plus que je n'aurais le courage d'insister pour obtenir des détails, mais il savait quelque chose. Ce qui signifiait qu'il me restait encore des choses à découvrir, si seulement je réussissais à trouver la bonne source.

Il s'était passé quelque chose avec Edeline. Davantage que le comportement immoral suggéré par Violet. Walter avait évoqué une relation entre Edeline et Archie mais, à en croire Violet, Edeline s'était jouée de tous les frères Witcher. Qu'avait-elle dit ? « On ne savait jamais de quel cottage elle allait surgir le matin. »

Quel étrange scénario. Quatre frères Witcher : Walter, Archie, Harry et Saul, vivant chacun dans l'un des quatre petits cottages qui avaient formé la propriété des Witcher avant que les cloisons ne soient abattues. Edeline, l'épouse officielle de l'un des frères, avait également tenu la maison des autres et leur avait fourni d'autres services plus intimes. Appétits sexuels mis à part, quel genre de femme ferait une chose pareille ? Est-ce le signe d'un esprit assez dérangé ? De plusieurs ?

Plus important encore, j'avais appris qu'Ulfred existait bel et bien. Matt n'avait pas assez poussé son enquête. Ulfred avait échappé aux mailles du filet de Matt et se trouvait toujours là, quelque part.

Je me suis rappelé l'expression sur le visage de Walter quand il avait dit : « Et après ça... ce qu'ils lui ont fait... », et me suis surprise à frissonner de nouveau. Mais quoi qu'on ait pu infliger à Ulfred, cela ne l'avait pas tué. Walter, Ernest Amblin et le pasteur l'avaient fait interner dans l'hôpital dont j'approchais. Walter lui avait rendu visite. N'avait jamais été informé de sa mort. Il s'y trouvait donc peut-être encore. À moins, encore une fois, que non. Peut-être était-il retourné dans son vieux village, à errer dans la vieille demeure familiale.

En me garant, j'ai ressenti une excitation grandissante. La réponse était là, nécessairement. Ulfred, le dangereux, le perturbé, l'un des frères de Walter, à qui il était arrivé quelque chose d'atroce voici des lustres. Je me suis dirigée vers l'entrée principale, une lourde porte à doubles battants en bois doré, avec des clous en fer. Ils étaient grands ouverts. Un panonceau du National Healh Service m'a indiqué que j'étais arrivée à l'hôpital psychiatrique des Deux Comtés, fondé en 1857. Franchissant le seuil, j'ai poussé les portes vitrées intérieures et suis entrée.

Un homme en salopette lavait le sol en chantant avec une serpillière fixée au bout d'un manche en bois. Quand je suis passée près de lui, en direction du bureau de la réception, j'ai remarqué qu'il portait des pantoufles et qu'il n'y avait pas d'eau dans son seau.

Je n'ai trouvé personne à l'accueil. J'ai cherché, repéré une sonnette, et l'ai pressée. Rien. J'ai regardé l'homme en pantoufles laver le sol trois, peut-être quatre minutes, puis réappuyé sur la sonnette. Une porte s'est ouverte derrière le bureau, et une femme dans la quarantaine avec des cheveux d'un noir saisissant, a fait son apparition, un mug à la main.

— Désolée, a-t-elle lancé. Je viens de faire infuser du thé. Je ne l'aime pas trop fort. Que puis-je pour vous ?

— Je viens prendre des nouvelles d'un patient.

— Vous êtes de la famille ? a-t-elle demandé, reposant son mug sur le comptoir.

Je n'avais pas anticipé la question.

— Non, ai-je répondu sans réfléchir. Mais je viens de voir le frère aîné du patient. Il est très malade. Ce serait formidable si je pouvais juste échanger trois mots avec votre administrateur. Ou peut-être quelqu'un des archives médicales ?

La vapeur s'élevant du mug embuait les lunettes de la dame.

— Eh bien, normalement, nous... a-t-elle commencé.

— Puis-je vous aider ? a fait une voix dans mon dos.

Après une volte-face, je me suis trouvée face à une autre femme, mince et d'une taille peu commune, à l'autre bout du couloir. En dépit de son offre, elle n'avait pas l'air disposée à me rendre le moindre service. Elle s'est avancée vers moi jusqu'à me dominer de toute sa hauteur, et je me suis sentie redevenir une enfant qui levait les yeux vers un adulte mécontent. Je me suis retenue de reculer.

— Je recherche un patient. Quelqu'un qui est interné chez vous depuis de nombreuses années. Je viens de voir son frère. Je n'ai pas besoin de le voir, lui.

Dieu sait si je n'avais pas envie de voir Ulfred.

— Il me suffit de savoir s'il est encore en vie.

La femme fronçait les sourcils.

— Quand un patient décède, on en informe toujours les familles.

— C'est ce à quoi je m'attendais. Mais personne n'a eu de nouvelles de ce patient depuis très longtemps. Il doit avoir entre soixante-dix et quatre-vingts ans. Tout ce dont j'ai besoin, c'est que vous me confirmiez sa présence ici aujourd'hui.

— Son nom ?

— Ulfred Witcher.

Les sourcils de la femme se sont haussés, après quoi elle a secoué la tête.

— Ce nom ne me dit rien.

J'ai ouvert la bouche pour reprendre la parole, mais elle a reculé en m'invitant à la suivre. Elle a poussé une porte sur la droite du couloir, que nous avons franchie. Alors que l'accueil que nous venions de laisser derrière nous était peint en jaune pâle, le couloir que nous traversions maintenant était revêtu des mêmes briques rouge foncé qu'à l'extérieur. Des portes donnaient dessus à intervalles réguliers, à ma droite comme à ma gauche, mais aucune n'était ouverte. Des néons dont plusieurs clignotaient couraient sur toute la longueur du plafond. Au loin, j'entendais les cris, intermittents et discordants, de patients et des bruits d'objets lourds qu'on heurtait.

Au bout du couloir, nous avons tourné. Des baies vitrées sur ma gauche laissaient voir un bureau : nous étions arrivées. La grande femme a ouvert la porte, et nous sommes entrées. Un homme vêtu d'une tunique et d'un pantalon bleu marine était vautré sur le bureau, en train de boire du café et de lire un journal à sensation. Il a levé les yeux et m'a dévisagée. Une autre femme, plus petite et plus ronde que mon guide, était assise derrière l'ordinateur. Elle aussi a levé les yeux.

— On vient consulter un dossier, a dit la grande femme, sans s'adresser à personne en particulier. L'un de vous deux se souvient-il d'un…

Elle s'est interrompue pour me regarder.

— Ulfred Witcher, ai-je complété.

La grassouillette s'est mise à taper sur le clavier.

— Vous l'écrivez comment ? a-t-elle demandé au bout de quelques secondes.

Je le lui ai épelé, et elle a recommencé à tapoter. Au fond du bâtiment, quelque part, un homme a poussé un cri.

— Rien, a commenté Rondelette au bout de quelques minutes.

La grande m'a regardée avec une expression non dénuée de satisfaction.

— C'est bien ce que je pensais. Ça fait dix ans que je suis là, et je me souviens de presque tous ceux qui sont passés.

— On n'a qu'à essayer avec différentes orthographes, a suggéré Grassouillette. Parfois les noms des patients sont mal rentrés dès le départ et personne ne se soucie de les corriger.

— Merci.

— On ne peut pas chercher par prénom, malheureusement, le système ne le permet pas. Dommage, vraiment, il ne doit pas y avoir beaucoup d'Ulfred, à mon avis.

— Ce n'est pas un prénom courant, ai-je convenu. Je pense qu'il a pu être admis en 1958, ou 1959 peut-être. Ça vous aide ?

— On va essayer ça dans une minute. Je n'obtiens rien de ce côté.

— On a eu un Wishart il y a deux ans, est intervenu le garçon de salle. Relâché dans le civil. Reg, qu'il s'appelait. Dans les cinquante ans.

— Ulfred est plus vieux que ça. Le découragement me gagnait à chaque touche pressée sur le clavier.

Une nouvelle impasse ?

— OK, j'ai la liste des admissions de 1958, a dit la dactylo. Elle contemplait une liste à l'écran. C'était complet à l'époque : il est entré et sorti plein de gens cette année-là.

Nous nous sommes regroupés autour d'elle. Elle a fait défiler la liste vers le bas d'une chiquenaude, là où devaient se trouver les noms commençant par W. Waters, Williams, Wottren. Pas de Witcher. Rien qui ressemble de près ou de loin à une erreur d'orthographe.

— Bon, essayons 1959, a-t-elle lancé d'une voix pleine d'entrain.

Quelques minutes plus tard, nous n'avions pas d'autre choix que de laisser tomber. L'hôpital ne gardait absolument pas la moindre trace d'un certain Ulfred Witcher.

— Désolée de vous avoir fait perdre votre temps, me suis-je excusée.

Walter m'avait menti. Quelle autre explication pouvait-il y avoir ?

— Vous êtes sûre que c'était dans cet hôpital ?

J'ai fait demi-tour et vu que la grande femme s'adressait à moi. J'ai hoché la tête.

— Je suis sûre que c'est celui qu'a mentionné son frère. Vous en connaissez d'autres dans la région ?

Mon espoir fugace a vite été anéanti.

— Pas dans la région. Et certainement pas à l'époque. Les asiles victoriens étaient conçus très grands, généralement pour pouvoir recevoir les patients de tout un comté. Deux comtés, dans le cas présent. Si un homme originaire du Dorset a été hospitalisé en 1958, il serait venu ici.

— Je ne vous dérangerai pas plus longtemps. Merci beaucoup d'avoir vérifié.

La grande femme, qui s'était un tant soit peu adoucie, m'a raccompagnée le long du couloir. Quelque part au-dessus de nous, un rire s'est élevé, de plus en plus fort et insistant jusqu'à ce qu'il dégénère en hurlements. Je n'ai pu réprimer un frisson.

— C'est inquiétant quand on n'est pas habitué, a convenu la femme à mes côtés.

— Vous avez combien de patients actuellement ? ai-je demandé, comme nous approchions de la porte qu'elle a ouverte.

— Presque cent. (Elle s'est effacée devant moi et a souri à l'agent de service en pantoufles.) C'est parfait, Eric, bravo. Il faut qu'ils déménagent dans des installations plus modernes, a-t-elle continué, mais les fonds ne sont jamais disponibles, semble-t-il. Je suis désolée de n'avoir pu mieux vous aider.

— Je vous remercie d'avoir essayé.

— Rose Scott, s'est-elle présentée, en tendant une carte de visite. Appelez-moi si vous avez besoin de quoi que ce soit d'autre.

Dehors, c'est tout juste si j'ai trouvé l'énergie de regagner ma voiture. Pourquoi Walter mentirait-il ? Était-il pour quelque chose dans la mort d'Ulfred ? Walter était un homme bon, mais les meilleurs d'entre nous commettent des erreurs. Peut-être y avait-il eu un terrible accident et que, même aujourd'hui, Walter et les autres essayaient de le dissimuler. Sans grand espoir, j'ai composé le numéro de l'hospice du Haras.

— Je suis vraiment désolée, a déclaré l'infirmière, une fois que j'ai obtenu la ligne. Je crois vous avoir dit que Walter était très faible.

— Il s'est passé quelque chose ?

— Il est toujours avec nous, mais je crains qu'il n'ait perdu conscience peu après votre départ. Nous doutons qu'il revienne à lui.

Je ne pouvais pas parler, mais apparemment, l'infirmière savait que j'étais toujours en ligne.

— Vous ne devez pas vous sentir responsable, aucunement. Nous nous y attendions depuis des jours. Nous sommes d'ailleurs tous heureux qu'il ait pu recevoir une visite, passer un moment agréable, avant la fin.

La fin ? Étais-je au bout du rouleau, moi aussi ? Il était bientôt midi, et mes options fondaient à vue d'œil. Je me suis mise en route, sans vraiment savoir où j'allais et, plus par habitude qu'autre chose, j'ai allumé la radio. Ce n'est pas de la musique qu'il m'a été donné d'entendre, mais de quoi m'abattre encore un peu plus.

« La police a fourni le signalement de la femme qu'ils souhaitent interroger en rapport avec la mort, tôt ce matin, d'un habitant du Dorset. Clara Benning mesure un mètre soixante, elle est menue, avec de longs cheveux châtain foncé et une longue cicatrice sur un côté du visage. Il est recommandé de ne pas approcher Miss Benning, mais de prévenir immédiatement la police si vous la voyez. Le défunt, un dénommé Ernest Amblin, ancien médecin généraliste à la retraite âgé de près de quatre-vingts ans, a été retrouvé dans les champs près de chez lui au petit matin. Il était vraisemblablement sorti pêcher tard hier soir et sa mort est considérée comme suspecte. On peut joindre la police au numéro de téléphone suivant… »

Comment ai-je réussi à continuer de rouler, je ne le saurai jamais. Je ne pouvais m'arrêter de penser à toutes les personnes de ma connaissance qui avaient dû entendre le message diffusé et qui sauraient désormais que l'on me recherchait pour une affaire en rapport avec un décès. Mon père, ma sœur, mes collègues, Sally, Matt… sauf que… seul Matt avait pu autoriser la diffusion de ce message, faisant de moi une criminelle en fuite.

Et Ernest Amblin, ce vieux monsieur nerveux, ronchon, était mort. On l'avait tué tôt ce matin, pendant que je désobéissais aux instructions claires de Matt, m'enjoignant à rester en famille, et que je passais la nuit dans ma voiture. Sans aucun alibi.

Seigneur, mais que se passait-il donc ? Trois vieillards étaient décédés. Quelqu'un les éliminait, un par un. Et les policiers en charge de l'affaire ne recherchaient pas le responsable. Parce qu'ils croyaient que c'était moi.

Le trajet suivant a pris un peu plus de vingt minutes. Cette fois-ci, en revanche, je ne me suis pas présentée à l'entrée. J'avais comme l'impression que si je demandais à être reçue, on me le refuserait. J'ai donc plutôt fait le tour du bâtiment.

La chaleur immobile du début de matinée s'était estompée. Le vent se levait et les nuages orageux avaient fini par se montrer. Ils flottaient à l'ouest, bas et noirs, venant vers nous. J'ai atteint l'endroit du jardin que j'avais en mémoire, puis me suis glissée à l'intérieur par la porte-fenêtre ouverte.

— Bonjour Ruby, ai-je dit à la femme effarouchée assise près du lit.

À ma vue, Ruby a tenté de se mettre debout. Son regard était fixé sur la sonnette d'alarme à côté du lit. J'ai traversé la pièce et posé la main dessus.

— Désolée, ai-je poursuivi, tandis qu'elle se laissait aller dans son fauteuil. Pas tout de suite, je le crains. J'ai quelques questions à vous poser.

Elle n'a rien répondu, et je me suis plantée juste en face de son fauteuil.

— Ruby, des gens sont en danger. John Allington, Violet Buckler, Ernest Amblin – tous sont morts. Je ne veux pas vous faire peur, mais quelqu'un s'en prend aux personnes âgées qui fréquentaient la paroisse de Saint Birinus. Il faut que vous m'aidiez, dans votre propre intérêt.

Ruby, comme précédemment, refusait de me regarder dans les yeux. Elle tremblait, jetait des regards furtifs et effrayés à travers ses rares cils. Je me suis accroupie pour me placer dans sa ligne de mire, l'obligeant à ne plus esquiver.

— Vous me trouvez repoussante, n'est-ce pas ? Eh bien, voilà : ça m'est égal. Nous avons des sujets de conversation plus importants à aborder pour l'instant que ma tête.

À plusieurs reprises, j'ai vu les yeux de Ruby s'égarer vers la sonnette d'alarme, mais elle n'a pas tenté de l'atteindre.

— Parlons des morsures de serpents, voulez-vous ? ai-je commencé. Vous savez ce qu'il advient des chairs quand on y injecte du venin de serpent ? Oui ? Parce que laissez-moi vous le dire, Ruby, cette cicatrice, là, regardez-moi, c'est une égratignure en comparaison.

Ruby s'enfonçait davantage dans son fauteuil, se ratatinait pour m'échapper, mais je ne pouvais pas me permettre de m'apitoyer.

— Au début, la chair commence à enfler. Vous avez déjà vu une main gonfler comme un ballon, au point que la peau commence à craquer et à se déchirer ? Elle se décolore, devient rouge, violette, et pour finir, noire. Très souvent, même quand l'antidote est administré à temps et que le patient survit, les chairs meurent. Le membre doit être amputé. Et que croyez-vous qu'il arrive quand la personne se fait mordre au visage ? Vous pouvez vous imaginer ce que ça donnerait si votre figure gonflait comme un ballon, devenait toute noire ? On ne peut pas amputer un visage, Ruby, faites-moi confiance sur ce coup-là.

J'essayais de ne pas hausser la voix. Je ne voulais pas qu'un membre de l'équipe qui viendrait à passer par là m'entende et vienne au secours de Ruby. Pas avant que j'en aie fini avec elle.

— Bien. Quelqu'un dans notre village élève des serpents extrêmement venimeux et s'en sert pour faire du mal aux gens. Il y a suffisamment de venin dans une seule morsure de l'un de ces serpents pour tuer cinquante personnes. Cinquante ! Un enfant n'aurait aucune chance. Et je sais que vous pouvez me dire quelque chose sur ce qui se trafique. Me dire par exemple ce qui s'est passé en 1958. Et je ne partirai pas d'ici avant que vous l'ayez fait.

Elle a lancé un nouveau coup d'œil en direction de la sonnette d'alarme, mais c'était tout.

— Je vous en prie, Ruby.

Elle m'a regardée. Je crois que c'était la première fois que nous échangions un vrai regard. Puis elle s'est penchée en avant. J'ai entendu craquer ses jointures quand elle s'est courbée, vu la peau rose et nue de son crâne luire entre les mèches grises éparses. Sous mes yeux, elle a relevé l'avant de sa chemise de nuit. Ses jambes étaient maigres ; la peau, parcheminée, semblait prête à peler, les capillaires éclatés dessinaient un réseau arachnéen sur ses mollets. Ses genoux comportaient des bleus.

Prise de doutes, à présent, je crois même avoir très légèrement reculé, mais la chemise de nuit continuait sa lente ascension implacable révélant ses membres flétris.

Après avoir dénudé la moitié de ses cuisses, elle s'est arrêtée. Elle m'a scrutée à ce moment-là, et j'ai cru discerner un étrange triomphe dans ses yeux. Sa cuisse droite était normale – pour une femme de son âge. L'autre ressemblait à peine à un membre humain.

Le contour de son fémur saillait derrière ce qui restait de sa peau. On aurait dit que quelqu'un avait empoigné sa chair et l'avait arrachée. Des bouts de peau avaient été étirés au-dessus de la plaie et recousus sommairement, comme l'aurait fait un enfant s'essayant au patchwork. Il s'agissait d'une blessure ancienne, mais elle était toujours d'un rouge luisant, même violacé, par endroits. C'était cent fois pire que ma propre cicatrice. Quoique, heureusement pour Ruby, plus facile à cacher.

— Qu'est-ce qui a fait ça ? ai-je demandé avec douceur.

Nous n'étions plus ennemies. Je doute que nous l'ayons jamais été ; nous avions juste besoin de nous comprendre mutuellement.

Elle a secoué la tête.

— Jamais su, a-t-elle dit. Il y en avait une douzaine. Surtout marrons. Quelques gris. Avec des dessins sur le dos, et ils faisaient du bruit avec leur queue. Comme un...

— ... cliquetis ? ai-je suggéré, tout en songeant : *Évidemment, quoi d'autre ?*

Elle a acquiescé.

— Oui, c'était bien ça. Un cliquetis. On s'est tous mis à courir bien sûr, quand ils les ont lâchés, mais on a dû les paniquer. Il y en avait partout. Celui-là m'a eue près de la porte. Je n'avais jamais soupçonné qu'on pouvait souffrir autant.

Je me suis penchée vers elle.

— Je suis désolée. Sincèrement. Mais cela signifie que vous savez à quel point c'est important. Il faut que vous me disiez ce qui s'est passé cette nuit-là.

Elle m'a dévisagée un long moment.

— Je jeûnais, a-t-elle dit enfin. J'avais fini de jeûner en fait. Les douleurs liées à la faim étaient passées, mais j'étais à bout de forces. Je n'arrivais même plus à avoir les idées claires. C'était un peu comme dormir debout.

Une Église qui affamait ses fidèles. Je me suis souvenue de ce que papa m'avait dit de l'Église de la Dernière Pluie, prônant des semaines de jeûne et de prière. De la jeune fille morte en Caroline du Sud, membre de la congrégation d'Archie Witcher.

— Mais j'attendais tant de choses de cette nuit, poursuivait Ruby. Je croyais que mon heure était enfin venue. Que j'allais parler en langues, que je saisirais un serpent.

Elle s'est redressée, a tendu le cou dans son fauteuil, et élevé la voix.

— ... « Et voici les signes qui accompagneront ceux qui auront cru », a-t-elle déclamé. « En mon nom, ils chasseront les démons, ils parleront en langues nouvelles, ils saisiront des serpents, et s'ils boivent quelque poison mortel, il ne leur fera pas mal ; ils imposeront les mains... »

— Ruby !

Son attention est brusquement revenue dans cette chambre, mais l'espace d'une seconde, ce que j'avais lu dans ses yeux m'avait effrayée. Je n'étais plus sûre d'avoir affaire à quelqu'un qui avait toute sa raison. Mais je n'ai pas bougé, et j'ai écouté, pendant qu'elle me racontait ce qui s'était passé ce dimanche soir-là, cinquante ans plus tôt.

42

Dimanche 15 juin 1958

L'allée est plongée dans l'obscurité, mais non pas dans le silence. Nul ne parle, pourtant des sons étouffés emplissent l'air : des épaules frôlent la haie, des pas crissent sur les cailloux, des ailes battent au-dessus de nos têtes. Dans un arbre, non loin, hulule un chat-huant. Plusieurs villageois tiennent des lampes, mais la lumière qu'elles projettent semble faible. D'autres personnes se joignent à la foule tandis que lentement, régulièrement, la procession s'approche de l'église.

Ils empruntent la route bordée de tilleuls. La plus jeune, Rosy Buckler, vingt ans, au bord de l'évanouissement après cinq jours de jeûne volontaire, trébuche et manque de tomber. Des bras forts la retiennent derrière elle et la remettent d'aplomb avant de la pousser gentiment en avant.

L'église de pierre paraît gigantesque. Les couleurs des vitraux semblent ternes, comme des pierres précieuses non polies, et derrière dansent des lueurs vacillantes. L'allée dessine une courbe suivie par la file de villageois. Les portes nord de l'église sont déjà ouvertes.

Un à un, les fidèles silencieux qui se rassemblent franchissent le seuil. Il n'y a bientôt plus de place sur les bancs. Un étranger pourrait s'imaginer que tous les habitants du village sont présents, mais Ruby sait qu'il n'en est rien. Certains n'ont pas pu venir, comme son amie Violet, qui a dû rester chez elle pour garder son petit frère et sa petite sœur. D'autres, elle le sait, ne viendront pas.

Même après tout ce qu'ils ont vu et entendu, certaines personnes refusent toujours d'écouter la vraie parole du Seigneur. Tout comme d'avoir affaire au Révérend Fain.

Ruby cligne des yeux, déjà irrités par la fumée. Elle sent quelque chose dans l'air qui n'est pas de la fumée de bougie : quelque chose de riche, d'inconnu, presque choquant dans son intensité. Et à l'avant de l'église se tient une haute silhouette vêtue de noir. Quelque chose frémit au creux de l'estomac vide de Ruby. C'est le Révérend Joel Morgan Fain.

— Il avait un tel charme, le Révérend, s'est enthousiasmée Ruby. Il vous donnait l'impression – oh, je n'arrive pas à le décrire ! – d'être parcouru par un courant, de pouvoir à peine tenir assis sur son siège, d'avoir envie de se lever d'un bond en hurlant, ou de se jeter à terre pour se donner au Seigneur.

— Il était beau ? ai-je demandé.

Ruby a tendu le bras et m'a pris la main.

— Le plus bel homme qu'on ait jamais vu, a-t-elle admis, les yeux brillants. Grand comme un chêne, et son pouce s'est mis à dessiner des ronds dans la paume de ma main. D'épais cheveux noirs, des yeux comme le ciel en hiver.

J'ai retiré ma main d'un coup sec, réussi à l'arracher à sa prise. Même moi, je sais faire la différence entre la ferveur religieuse et l'excitation sexuelle. Ruby était la proie d'un puissant souvenir vieux de cinquante ans.

— Il nous attendait, quand nous sommes entrés, a-t-elle poursuivi. Debout juste devant l'autel. On aurait dit un esprit, flottant au-dessus de nous, dans le nuage.

Ruby perdait les pédales. À moins que…

— L'église était normalement éclairée ?

Elle a secoué la tête.

— Par des bougies, avec une lueur dans le regard. Des bougies partout. On avait du mal à respirer, tellement il y avait de fumée. Et puis, ça sentait autre chose. De l'encens sacré.

Je n'avais jamais entendu dire que les Églises pentecôtistes fassent usage d'encens. Je me suis demandé si l'on n'avait pas brûlé une sorte de drogue hallucinogène dans l'église ce soir-là.

— Ruby, ai-je demandé, est-ce que les Witcher étaient là ?

L'expression de Ruby a changé.

— Edeline, oui, a-t-elle craché avec mépris. Au premier rang, à se dévisser la tête, coiffée n'importe comment. Je l'ai toujours soupçonnée de jouer la comédie. (Ruby s'est penchée vers moi. Je me suis retenue pour ne pas reculer.) Pourquoi le Seigneur aurait-il voulu que les boutons de sa blouse sautent sans arrêt ? Elle était toujours la première à s'évanouir, vous savez. Toujours juste à côté du Révérend.

Les anciens semblaient tous avoir la même opinion de l'épouse de Walter. Mais ce n'était pas Edeline qui m'intéressait.

— Et les autres ? Les garçons ? Walter ?

— Walter n'est jamais venu, a-t-elle précisé, avec un infime geste de la tête. Walter était un homme bien.

Je l'ai dévisagée.

— Et les autres ? l'ai-je pressée de répondre, avant qu'elle puisse se rendre compte de ce qu'elle venait de dire. Saul, Archie, Harry, Ulfred ?

Son expression s'est une nouvelle fois modifiée, et j'ai senti qu'elle s'éloignait de moi. Elle a lancé un regard vers la porte.

— Ils vont bientôt apporter le thé. Avec des biscuits. Deux si on a été sage.

— Ruby, je vous en prie, continuez.

Pendant un moment, le service suit le rituel familier. Le Révérend fait son sermon, les gens prient. De temps à autre, des membres de l'assemblée, touchés par l'Esprit-Saint, se lèvent d'un bond et rendent grâce au Seigneur en criant. Derrière Ruby, Florence Allington est entrée en transe. Ruby se demande combien de temps il va falloir tenir avant de s'évanouir à son tour. Elle lance un bref regard par terre pour vérifier que les tapis de prière couvrent bien le froid sol en pierre où elle va tomber.

J'ai failli demander si Florence Allington avait un lien de parenté avec John, mais il me semblait plus important de ne pas interrompre Ruby dans son élan.

— Vous avez perdu connaissance ? Je veux dire, vous êtes entrée en transe ?

Elle a acquiescé.

— Ce n'était pas trop difficile. Surtout quand on n'avait pas mangé. Il suffisait de prendre deux inspirations et ensuite de retenir son souffle. L'église devenait toute noire sur les côtés et on pouvait tomber.

J'entendais du mouvement au loin dans le couloir et je sentais que le temps allait me manquer.

— Et les serpents, Ruby ? Des gens se sont fait mordre, n'est-ce pas ? À part vous. Des gens sont morts cette nuit-là ?

Les serpents à sonnette sont dans un grand coffre en bois sculpté de roses et de feuilles de lierre. De là où elle se trouve, allongée, Ruby observe Harry Witcher l'apporter depuis la sacristie. Elle s'agenouille et regagne sa place, priant pour recevoir, cette fois-ci – ce soir – le don de l'Esprit-Saint et celui de pouvoir toucher les serpents.

Le Révérend Fain plonge la main dans le coffre et en sort un serpent : un mètre cinquante de long, marron avec des motifs noirs, épais au milieu. Le tenant entre ses mains, il s'avance vers l'assemblée. « Voici, dit-il alors, "Je vous ai donné le pouvoir de fouler aux pieds les serpents, les scorpions, et toute la puissance de l'ennemi ; et rien ne pourra vous nuire." »

La voix de Ruby s'est élevée, bien trop fort. Quelqu'un allait surgir et mettre un terme à notre conversation décousue, avec du thé et des biscuits.

— Luc, chapitre 10, verset 19, a-t-elle annoncé fièrement. C'est ça qu'il disait en promenant le serpent à la ronde, invitant tous ceux qui avaient reçu la grâce de l'Esprit-Saint à toucher le serpent eux-mêmes.

J'ai tenté de me figurer le délire collectif nécessaire pour que des gens normaux, rationnels, acceptent que l'on lâche un serpent à sonnette parmi eux.

— Et les gens l'ont fait ?

Ruby a hoché la tête.

— Seulement ceux qui ont été touchés par la grâce. Ceux qui ne l'avaient pas reçue gardaient la tête baissée et priaient.

Tiens donc, me suis-je dit.

— Qui d'autre a touché les serpents ?

Aujourd'hui, cela fait trois mois que le Révérend Fain est parmi eux, et plusieurs villageois ont reçu le don de manipuler les serpents. Ruby regarde John Dodds s'approcher du coffre et y plonger la main. Il élève un serpent, plus petit que celui que tient le Révérend, plus gris aussi, et se le passe autour des épaules. Il reste debout, à goûter le regard que l'assemblée pose sur lui, tandis que le reptile descend le long de son corps, se lovant autour de son bras droit. Peter Morfet s'approche du coffre à son tour, suivi de près par Raymond Gillard. Ruby a envie de regarder, mais le Révérend vient vers elle : c'est maintenant ou jamais.

Elle se lève, plonge le regard dans ces yeux glacials et sent un courant électrique naître dans son aine et se répandre dans tout son corps. C'est le signe qu'elle attendait. Elle tend les deux bras devant elle, le Révérend s'incline, et voilà qu'elle tient le serpent. S'attendant à toucher quelque chose d'humide et de visqueux, elle est étonnée de sentir le corps chaud, musclé, du serpent bouger entre ses doigts. Sans réfléchir, elle pose son regard juste en dessous de la ceinture du Révérend et sent quelque chose s'éveiller au plus profond de ses entrailles. Cramoisie, elle rend le serpent au Révérend. Il lui sourit, marmonne une bénédiction et passe au suivant. Ruby s'effondre à genoux.

— Je ne crois pas avoir jamais été plus heureuse, a lancé Ruby. J'avais reçu l'Esprit-Saint, j'avais reçu l'un des dons. J'avais juste envie de prier, de prier…

— Quand les serpents se sont-ils échappés ? Quand les gens se sont-ils fait mordre ? La messe était finie, à ce moment-là ?

Elle m'a regardée comme si j'étais idiote.

— Vous n'avez pas écouté un mot de ce que je vous ai dit, hein ? Ce n'était pas une messe ordinaire. Ça, ce n'était que les préliminaires. Nous allions ramener Ulfred.

— Le ramener ? ai-je répété, espérant n'avoir pas compris Ruby, mais en même temps, redoutant malheureusement le contraire.

Le bureau de papa me revenait en mémoire. L'opuscule orange et noir rédigé par le Révérend Franklin Hall. La formule pour…

— Oui, le ramener, a dit Ruby. D'entre les morts.

Les serpents ont disparu maintenant, le coffre repose, oublié, sur l'autel, et Peter Morfet et Raymond Gillard sont en train de déverrouiller les grandes trappes de bois à l'avant de la nef, juste au pied des marches du chœur. L'assemblée est silencieuse à nouveau : les prières et les chants ont cessé. Tout le monde observe pendant qu'on ouvre les cadenas, tire les verrous, écarte les portes. Ruby se dévisse le cou sur son siège pour tenter d'avoir un aperçu de l'eau noire, immobile, qui miroite à la lueur des bougies.

L'un des nombreux courants souterrains du village alimente les fonts baptismaux nouvellement creusés. Ruby a vu plusieurs villageois se faire baptiser ces derniers trois mois, et attend qu'on lui annonce le sien. Elle ne peut s'empêcher de se demander, même si elle sait que ces pensées sont impies, si l'eau est froide et si quelque être vivant ne se cacherait pas dans ces profondeurs.

La porte de la sacristie s'ouvre, et une étrange procession fait son entrée dans l'église. Archie Witcher, grand et beau, un peu dans le genre du Révérend Fain, surtout dans ses vêtements de cérémonie, arrive le premier. Derrière lui, marche Paul Witcher, portant deux perches en bois, chacune passée sous un bras. Saul s'avance dans le chœur, et l'assemblée, d'un seul mouvement, se penche en avant pour voir. Un fauteuil en bois, vieux mais robuste, est fixé aux deux perches. Ruby aperçoit Harry Witcher à présent, qui soutient les deux autres extrémités des perches. Entre eux, élevé à la vue de tous comme un ancien roi capturé lors d'une bataille, est assis Ulfred. D'épaisses cordes le retiennent au fauteuil, enroulées depuis ses chevilles jusqu'à son cou. Sa bouche est bâillonnée à l'aide d'un chiffon bleu et ses yeux, quoique ouverts, sont éteints et perdus dans le vague.

Ruby se tord les mains et s'oblige à continuer de prier. Quelque chose ressemblant à de la panique commence à lui nouer le ventre.

Archie ouvre la voie, Saul et Harry traversent lentement le chœur et atteignent les marches. Ulfred commence à se débattre, à tirer sur les liens qui le retiennent si fermement qu'il peut à peine bouger. Malgré elle, Ruby a envie de s'enfuir, de courir hors de l'église, pour ne pas assister à ce qui va se passer maintenant. Elle s'efforce de prier encore plus fort mais a du mal à se souvenir de la moindre prière.

On lui a tout expliqué. Ulfred est possédé. C'est pour ça qu'il ne peut pas parler et à peine voir, pour ça qu'il émet ces sons étranges et effrayants. C'est également pour cette raison qu'il détient un tel pouvoir sur les serpents. Ce n'est pas la puissance de Dieu qui permet à Ulfred de manipuler des serpents sans se faire blesser, a expliqué le Révérend Fain. Le pouvoir d'Ulfred provient du serpent originel du jardin d'Éden. Du diable lui-même.

« Notre Père », implore Ruby, « Notre Père ». Si seulement elle pouvait se rappeler la suite, peut-être n'aurait-elle pas aussi peur. Ne ressentirait-elle pas ce besoin terriblement pressant de leur hurler à tous d'arrêter.

Depuis son arrivée parmi eux, le Révérend a tenté plusieurs fois d'exorciser Ulfred, mais le démon qui l'habite a été trop puissant. Il n'existe qu'un moyen de libérer Ulfred, leur a assuré le Révérend Fain le dimanche précédent, qui revient à le libérer de son enveloppe mortelle. Sans corps terrestre, le démon devra regagner les enfers. Puis, par la grâce du Seigneur, Ulfred sera ressuscité, comme le Christ a été ressuscité, et son esprit sera pur et libre. Il pourra voir, entendre et parler. Il sera dégoûté par les serpents comme le sont tous les bons chrétiens. C'est pour Ulfred qu'ils font ça. Parce qu'ils l'aiment. Quand on le lui avait expliqué pour la première fois, Ruby avait été horrifiée, avait balayé l'église du regard, attendant que des protestations s'élèvent. Mais…

Saul et Harry posent le fauteuil. Le démon en Ulfred, qui voit au travers de ses yeux troubles, à moitié aveugles, est terrifié maintenant. Le Révérend, haussant la voix pour couvrir les sons effroyables qu'émet le jeune possédé, les invite tous à prier. Ruby tente de se joindre à eux, mais n'y arrive pas. Sa voix refuse de fonctionner plus longtemps. Elle balaie les lieux du regard, et ce qu'elle voit lui fait plus peur encore : ils sont, semble-t-il, si peu nombreux à partager son horreur. Peter Morfet a plongé sa tête dans ses mains, Florence Allington est tombée à genoux et semble sangloter ; son mari, John, n'arrête pas de lancer des regards vers la porte. Le pasteur Stancey s'est levé. Mais les autres, pour la plupart, regardent, l'œil fixe et vitreux, tandis que leurs lèvres marmonnent des mots qui ne sont plus des prières – elle ne le croit plus –, tout en observant les quatre hommes rassemblés autour du prisonnier devant le bassin baptismal.

Sur un signal du Révérend, Harry et Saul s'accroupissent. Harry trébuche, manque presque de tomber. Puis ils se saisissent à nouveau des perches. Ulfred chante une mélopée funèbre, et Ruby a envie de plaquer ses mains sur ses oreilles pour couvrir le terrible son. Sauf que ça ne peut pas vraiment être Ulfred qui pleure, ce doit être le démon en lui, conscient qu'il est sur le point d'être chassé, parce qu'Ulfred, ce pauvre fou, ne comprendrait sûrement pas ce qui l'attend.

Harry et Saul soulèvent brusquement les extrémités des perches les plus proches des fidèles, et sous les yeux horrifiés de Ruby, la chaise à porteur de fortune bascule : Ulfred disparaît sous les eaux.

Ils n'entendent plus ses cris, mais un afflux de bulles à la surface suggère qu'il hurle toujours. Ruby ne supporte plus de regarder. Elle ôte ses mains de ses oreilles et se couvre le visage ; retrouve les mots qui conviennent pour prier, pour prier que cela cesse, que quelqu'un intervienne. Ils n'y croient pas vraiment ? Ils ne vont tout de même pas…

Elle jette un œil, entre ses doigts. Elle ne supporte pas de regarder comme de ne pas le faire. Le fauteuil se met à chanceler, les perches en bois à trépider bruyamment contre les dalles. Saul et Harry appuient plus fort, elle voit saillir les veines sur leurs avant-bras. Il n'y a plus guère de bulles qui remontent à la surface, à présent. Archie abaisse sa bible, fait un pas en avant, se penche au-dessus du bassin.

Ruby se lève d'un bond et ouvre la bouche.

— Arrêtez. Pour l'amour du ciel, sortez-le de là !

Ce n'est pas la voix de Ruby. Jim Buckler remonte l'allée à grands pas en direction du bassin. Ruby a l'impression qu'elle pourrait s'évanouir de soulagement. Peter Morfet, cramoisi, se lève à son tour et va rejoindre Jim. Tout autour d'elle, les visages accusent le choc. Certains ont l'air en colère, d'autres déçus, d'autres immensément soulagés.

Mais le Révérend Fain bloque le passage, et les deux sauveurs d'Ulfred devront passer devant lui. Saul et Harry sont les hommes les plus costauds du village. Le fauteuil est maintenant immobile, il n'y a plus de bulles dans le bassin.

— Par pitié, venez-nous aider, hurle Peter, et Ruby croit voir un autre homme se lever. Harry lâche les perches. Saul, lui, braille quelque chose, mais Harry secoue la tête et se retire. Edeline prend la place de Harry et se met à crier quand Peter Morfet s'empare d'elle et tente de l'éloigner de force. Jim Buckler et le Révérend Fain sont au corps à corps, luttant avec acharnement, mais le Révérend est bien plus grand, et Jim n'arrive pas à le dépasser. La porte de l'église s'ouvre dans un claquement sonore, et Ruby fait volte-face, espérant du renfort venu à la rescousse. Mais les gens s'en vont, s'enfuient dans la nuit noire.

D'autres hommes, et même quelques femmes, s'avancent vers le chœur. Des combats se déclenchent devant l'église. Ruby voit avec stupeur le Révérend flanquer son poing sur le nez de Jim. Du sang jaillit de toute part avant d'atterrir, comme des rubis minuscules, sur le sol dallé de l'église.

Les gens crient, hurlent. Certains prient toujours. Ruby lance un regard vers la porte et prend pied dans l'allée. Un hurlement suraigu s'élève au-dessus du tumulte, et Ruby ne peut s'empêcher de jeter un œil en arrière. Deux hommes ont saisi Edeline par les cheveux et la traînent à l'écart du bassin. Elle s'agite, lance des coups de pied, tout en continuant à pousser son cri perçant, proférant des insanités tellement redoutables que Ruby est sûre qu'elle finira foudroyée : nul ne peut prononcer des mots semblables dans une église et s'en sortir vivant.

Edeline a réussi à se libérer. Les hommes lui barrent le passage vers le bassin, et elle jette des regards furieux autour d'elle. Puis elle fonce. Les hommes lui courent après, mais elle est arrivée au coffre des serpents. Le cadenas n'a pas été refermé. Elle tend le bras, alors même qu'on l'en éloigne, et le coffre tombe en avant. Le couvercle s'ouvre, les serpents à sonnette se déversent sur les dalles. L'espace d'une seconde, ils gisent assommés, puis se mettent en mouvement, à la recherche d'endroits où se cacher dans l'église. De nouveaux cris retentissent. Ruby se dirige à nouveau vers la porte, mais une femme, dans sa fuite, la renverse brutalement à terre.

La douleur irradie le corps de Ruby. Elle s'est gravement cogné le dos et gît sur une arête tranchante. Elle sent aussi une odeur de brûlé. Elle sent de la chaleur et se rend compte que ses propres cheveux sont en feu. Elle se relève d'un bond, en se tapotant la tête et hurlant de toutes ses forces. Elle voit que l'un des prie-Dieu a pris feu, lui aussi. Sous ses yeux, les flammes s'élancent vers le banc de bois. Ruby fait demi-tour et court vers le fond de l'allée, renversant un autre chandelier au passage.

Le serpent l'attend sous le porche. Il s'élève de soixante centimètres dans les airs, formant un S parfait. Ruby a une seconde pour apprécier sa beauté, avant que ce dernier ne la frappe.

43

— Merci, ai-je dit. Merci de m'avoir raconté cette histoire.

J'étais assise sur le lit de Ruby, à proximité de son fauteuil. Sa main droite s'agrippait au bras du siège, tandis que la gauche reposait dans la mienne. Je l'ai serrée aussi fort que j'ai osé, espérant qu'un simple contact humain pourrait calmer ses tremblements.

— J'ai cru que j'allais brûler, a repris Ruby. Le feu s'était répandu partout. Tout le monde hurlait, courait dans tous les sens. Personne ne s'est arrêté pour m'aider. J'avais mal à en crever, mais j'ai dû ramper dehors toute seule.

— Vous avez dû être terrifiée.

Je parlais machinalement, réfléchissant de toutes mes forces. Ulfred était bien mort noyé cette nuit-là, assassiné pour finir, avec la complicité de la moitié du village. Le désastre final d'une suite d'événements tragiques.

Un homme charismatique, mais sérieusement perturbé, était arrivé au village, et avait semé la pagaille dans la vie paisible et rangée de l'Angleterre rurale grâce à sa façon de prêcher terrifiante et totalement fascinante à la fois. Les fidèles – des gens normaux, braves pour la plupart – avaient trouvé là un moyen d'échapper un temps à la monotonie de leur vie quotidienne et s'étaient jetés sur l'expérience. À la suite de cet homme, ils avaient emprunté cette voie qui semblait inoffensive au début : des messes un peu plus palpitantes ; des pratiques peut-être bien originales mais certainement bénignes.

Ce dernier soir, le jeûne forcé et, j'étais prête à le parier, le recours à des drogues hallucinogènes ont fait ressortir les tréfonds les plus sombres de la nature humaine. Malgré tout – j'avais été si heureuse de l'entendre –, l'humanité la plus élémentaire avait triomphé chez quelques-uns d'entre eux. Plusieurs membres de l'assemblée avaient tenté de sauver Ulfred. D'autres, comme Ruby, qui n'avaient pas osé intervenir, avaient fini par être horrifiés.

Je ne me demandais plus pourquoi ceux qui se souvenaient du 15 juin 1958 n'en parlaient jamais. Si j'avais été dans l'église ce soir-là, moi aussi, j'aurais cherché à l'effacer de ma mémoire. Je comprenais pourquoi Walter m'avait menti. Sachant ce que ses frères et sa femme avaient infligé au membre le plus vulnérable de la famille, il devait être beaucoup plus facile de faire comme si on l'avait simplement éloigné dans une maison de repos.

La main de Ruby tremblait toujours, et l'air de cette fin d'après-midi qui entrait par la porte-fenêtre se rafraîchissait.

— Vous voulez une veste ? ai-je demandé.

Elle m'a regardée.

— C'était quoi ? a-t-elle lancé. Un ser...

Elle s'est interrompue. Il m'a fallu une seconde pour comprendre ce qu'elle voulait dire.

— Non, ai-je répondu. Ce n'était pas un serpent.

Ruby a tendu la main pour effleurer le côté gauche de mon visage. Je n'ai rien fait pour l'arrêter.

— Je ne me suis jamais mariée, a-t-elle ajouté. La rumeur s'est répandue au village que j'avais une vilaine cicatrice – là-dessous. Je n'intéressais personne. Après la guerre, on ne manquait pas de filles, mais d'hommes. C'étaient les belles filles, comme Violet et Edeline, qui les séduisaient.

La main de Ruby a quitté mon visage pour retomber sur la mienne.

— Ma mère buvait, ai-je expliqué. Elle était l'épouse d'un archidiacre, mais quand bien même – et sans doute pour cette raison –, elle buvait. Elle a arrêté quand elle était enceinte de moi, mais, après, elle n'a pas réussi à supporter de rester coincée chez elle avec deux enfants en bas âge. Un après-midi, on était assises dans le salon, elle, ma sœur et moi. J'étais tout bébé, je n'avais même pas un an. Elle m'a posée sur le tapis, devant le feu. Elle buvait depuis le milieu de la matinée et… elle s'est endormie.

Les yeux de Ruby étaient rivés dans les miens. Elle avait l'air plus calme, mais ses mains n'avaient pas cessé de trembler.

— J'imagine que Vanessa a dû jouer avec moi un moment, puis s'ennuyer. Elle est passée dans la pièce d'à côté.

Dehors, le ciel, si bleu une heure plus tôt, s'était teinté de l'étrange couleur jaunâtre qui précède toujours un orage.

— Et là, les jack russells de ma mère sont sortis de la cuisine – peut-être ma sœur a-t-elle laissé la porte ouverte, je n'en sais rien. Ils n'avaient pas été nourris de la journée. Ils n'étaient pas sortis, non plus. Ils avaient faim et ne tenaient plus en place. Ils sont venus dans le salon, ont perçu mes petits cris sur le tapis et se sont excités. Comme ils avaient l'habitude de jouer avec des jouets qui couinent, ils m'ont prise pour un jouet. Ils ont commencé à me traîner dans la pièce… J'imagine que plus je criais, plus ils ont dû s'exciter.

— Ils auraient pu vous tuer, a murmuré Ruby.

— Ma sœur a entendu du bruit, elle est arrivée en courant. Elle a crié, évidemment, et mon père l'a entendue. Cela n'a pris que quelques minutes, mais le temps qu'il m'arrache aux chiens, ils m'avaient dévoré la…

Je me suis tue. Il m'avait fallu moins de deux minutes pour raconter enfin à quelqu'un dans quelles circonstances ma vie avait irrémédiablement basculé. Vingt-neuf ans et deux minutes.

— Et le truc incroyable, c'est que je m'en souviens. Je sais qu'il doit s'agir d'un faux souvenir ; je n'avais que neuf mois, je ne dois pas pouvoir réellement me le rappeler. Je faisais beaucoup de cauchemars plus jeune ; peut-être que c'est ainsi que ça a commencé. Mais ça me semble si réel. Je me rappelle l'haleine chaude des chiens sur ma figure ; je peux même sentir leur salive, qui dégoulinait sur mon menton. Et leurs glapissements et leurs jappements à mesure qu'ils s'énervaient. Je me rappelle ma mère, c'est le pire de tout, allongée dans le canapé, à demi consciente, leur parlant : elle s'imaginait qu'ils se contentaient de jouer, les encourageait. Sans soupçonner que c'était avec moi qu'ils...

Cette fois, c'étaient mes mains qui tremblaient.

— Ma sœur a fait des cauchemars, elle aussi, ai-je continué. Pendant des années, je l'ai entendue crier la nuit. Aujourd'hui encore, elle ne supporte pas la vue du sang. Il y en avait partout dans le salon ce jour-là.

J'ai pris conscience que Vanessa et moi avions été toutes les deux traumatisées. Mais l'attention de la famille s'était entièrement concentrée sur l'enfant physiquement atteinte. Vanessa, à cinq ans, avait dû se remettre seule.

— Elle a une peur panique des chiens. (Je compris enfin l'origine de ce qui m'avait toujours paru une peur irrationnelle, hystérique.) Pas moi. Ils ne me dérangent pas du tout, mais elle ne peut pas en approcher un. Pauvre Vanessa !

— Avez-vous un jour regretté qu'ils ne vous aient pas tuée ? a demandé Ruby. (Elle a observé ma cicatrice de nouveau.) Être abîmée comme ça, quand on est une femme, ça vous fiche la vie en l'air.

J'ai regardé Ruby. C'était précisément la question que je m'étais posée tant de fois : aurais-je préféré que ces chiens me tuent ? Et je jure, à cet instant, que j'ai vu une porte s'ouvrir devant moi, comme si, dans la triste petite silhouette de Ruby, je pouvais voir mon propre avenir. Une minute, peut-être plus, j'ai contemplé le fantôme que je serais dans cinquante ans : seule, frustrée, dévorée d'amertume. Et j'ai pris une décision.

— Ce n'est qu'une cicatrice, ai-je affirmé. Ça ne gâchera pas ma vie.

Une fois dehors, je me suis adossée à la Land Rover et j'ai fermé les yeux. Enfin, j'avais dit à quelqu'un la vérité sur ce qui m'était arrivé, et je savais que viendrait le temps où je serais contente de l'avoir fait. Pour le moment, je me sentais bien lasse. Surtout parce que, plus j'en apprenais, moins j'en savais. On m'avait enfin raconté la terrible histoire de la nuit où l'église avait brûlé. Mais c'était il y a si longtemps. Même si quelqu'un avait voulu réparer le terrible tort infligé à Ulfred, même s'il y avait une bonne raison pour attendre cinquante ans, qui restait-il ? Sa belle-sœur et deux de ses frères étaient décédés, on était sans nouvelles du troisième depuis des années, et le dernier frère était lui-même à l'article de la mort.

Il n'y avait pas à tortiller : je n'avais pas établi le lien entre le passé et le présent. Je demeurais le principal suspect.

Je suis remontée dans la voiture et j'ai repris la route. Sans nulle part où aller, je devais néanmoins continuer à me déplacer. Sur des petites routes ou des chemins de terre à travers la campagne chaque fois que c'était possible, j'ai roulé pendant une heure, m'efforçant d'anticiper ce que je devrais faire, mais incapable d'arracher mes pensées à la terrible histoire que venait de me raconter Ruby.

Nous ne saurons sans doute jamais ce qui avait poussé le Révérend Joel Fain à venir délivrer son message dans ces nouvelles contrées, mais sa venue avait eu un effet dévastateur sur les gens qui l'avaient accueilli. Cinquante ans plus tard, cette histoire avait toujours le don de me mettre en colère. J'avais moi-même connu des pasteurs charismatiques en mon temps – mon propre père en était un –, et sous bien des aspects, le succès d'un ministre, au sein d'une paroisse, dépend de sa personnalité. Mais je n'avais jamais entendu dire auparavant que l'un d'eux ait fait usage de ses dons à des fins aussi dangereuses et destructrices.

Grâce aux souvenirs détaillés de Ruby, je pouvais me représenter Joel Fain très clairement : un beau jeune homme, grand et impressionnant avec ses froids yeux bleus, sa tenue de pasteur, une silhouette imposante devant l'autel, avec son fort accent mélodieux de l'Alabama qui devait paraître tellement exotique aux oreilles des habitants du Dorset d'il y a cinquante ans. Et, je crois, en toute honnêteté, que ma colère était plus que liée à son apparence physique. Sa beauté avait fatalement envoûté ses paroissiens crédules.

J'étais devenue le principal suspect dans une enquête pour meurtre, en grande partie, j'en étais convaincue, en raison de mon visage. Joel Fain, lui, n'avait suscité que l'adulation et le respect. Même Ruby, dont la vie avait été gâchée par la faute de Fain, se souvenait toujours de lui avec affection. Edeline, quant à elle, tout aussi mystérieuse et d'une beauté saisissante, s'en était servi pour assouvir un appétit sexuel débordant. Et Archie, qui avait hérité, comme Edeline, des gènes séducteurs de la famille… Je m'étais tellement efforcée, toute ma vie, de ne pas envier ceux dont la beauté facilitait l'existence, mais là…

Soudain, une idée, surgie de nulle part, m'est apparue.

J'avais établi un lien entre mon intrus et la famille Witcher en grande partie grâce à son apparence : la taille et la corpulence moyennes, les traits généreux, ordinaires avec des bajoues flasques et des yeux pâles, quelques mèches de cheveux éparses en couronne. Dans leur jeunesse, Walter, Harry et Saul s'étaient ressemblés tous les trois ; on pouvait donc s'attendre à ce qu'ils vieillissent de la même façon. Mais ce n'était pas l'unique caractéristique physique qui courait dans la famille Witcher. Archie et Edeline avaient été assez différents : grands et de constitution athlétique, avec des yeux noirs, beaux, même en tenant compte du nez très légèrement busqué. Et je connaissais quelqu'un qui ressemblait à ça. Un homme qui avait juste le bon âge.

Je me suis arrêtée, ai étudié ma carte et redémarré.

Et si Saul Witcher le jeune, le garçon qui avait été abandonné quand sa mère avait été assassinée et son père envoyé en prison, était revenu ? Et s'il était réapparu dans le but de se venger des villageois qui avaient chassé ses parents de leur foyer ? Ceux qui, dans son esprit en tout cas, avaient provoqué les événements qui l'avaient conduit à se retrouver orphelin et confié à une institution sans pitié pour enfants, où l'on exerçait peut-être même des sévices ? Saul Witcher junior pouvait être à la fois dérangé et dangereux. Une forte intuition me soufflait son nom.

Je me suis rendue dans la ville la plus proche où j'ai trouvé la bibliothèque municipale. Des gouttes d'eau commençaient à s'écraser au sol quand je suis sortie de ma voiture. La bibliothécaire était occupée avec des visiteurs alors que je passais devant son comptoir, et n'a pas semblé me remarquer. J'ai trouvé les ordinateurs mis à la disposition du public, me suis connectée à Internet puis, dans le moteur de recherche, ai tapé le nom que j'avais à l'esprit. Plusieurs entrées sont apparues sur l'écran, dont de nombreux renvois aux sociétés d'exploitation minière et pétrolifère que possédait l'homme auquel je m'intéressais. La holding qui avait son siège en Afrique du Sud n'était pas particulièrement prolixe en informations, notamment sur celles, personnelles, concernant son principal actionnaire. J'ai tout de même déniché quelques articles parus dans la presse exprimant des inquiétudes sur l'impact environnemental du groupe ainsi que sur les conditions de travail dans ses nombreuses filiales.

En revanche, pas la moindre trace de ses débuts. Rien qu'une brève mention relative à un mariage avec une Sud-Africaine et à une demande de naturalisation accordée. J'ai lu qu'il possédait des sociétés d'exploration pétrolière en Angola, au Nigeria, au Niger, en Libye et en Afrique du Sud. Sa société s'était spécialisée dans la récupération de données recueillies par des compagnies ayant précédemment échoué, pour les mettre à jour en faisant appel aux technologies les plus avancées. Quand la présence de pétrole était confirmée, il demandait une autorisation de forer, choisissant alors soit d'exploiter lui-même le site, soit d'en vendre les droits d'exploitation à des compagnies pétrolières plus grandes. En plus de ses sociétés de prospection, il possédait de nombreuses mines en Australie, Tasmanie et Papouasie-Nouvelle-Guinée.

Papouasie-Nouvelle-Guinée.

Ces dernières années, ayant amassé une confortable fortune, il avait développé un intérêt pour la navigation au long cours. Il avait fait plusieurs traversées en solitaire, autour du monde, se taillant un certain renom dans les milieux de la voile. Sean s'était montré convaincu que les œufs de taïpans ne pouvaient être importés clandestinement par avion. « Surveillez les routes, avait-il dit, les petites sociétés de transport maritime ou les yachts privés. »

D'après Walter, le fils de Saul et Alice avait émigré. Si le jeune Saul Witcher et celui sur lequel j'enquêtais n'étaient qu'un seul et même homme, il était revenu avec suffisamment d'argent et de prestige pour garantir son introduction dans une société qu'il avait toutes les raisons de haïr.

Je suis restée assise, à réfléchir. Son mariage avec une femme originaire d'Afrique du Sud lui avait permis de demander la nationalité du pays. Après ça, il devait être relativement facile de changer légalement de nom. Des années plus tard, sous un nouveau nom et avec une nouvelle nationalité, un accent étranger, qui établirait le lien entre le brillant homme d'affaires et le garçon qui n'avait fait qu'un très bref séjour au village ?

Une autre idée m'est venue à l'esprit, et j'ai tapé les mots « mariage registres » dans le moteur de recherche. Plusieurs sociétés sont apparues, me proposant toutes pour un certain coût de faire des recherches pour moi. J'avais mes cartes de crédit, et, au bout d'un bref délai durant lequel mes coordonnées étaient enregistrées, j'ai tapé les mots « Witcher, Saul », et « 1957 ».

Dix secondes plus tard, j'avais sous les yeux une page avec la liste des gens aux patronymes débutant par Wit, qui s'étaient mariés en 1957. Il n'y avait rien sur la première page, aussi suis-je passée à la suivante. C'est à la troisième que je l'ai trouvé. Le 13 avril 1957, Saul Clive Witcher, originaire de mon village dans le Dorset, avait épousé Alice Olive Ventry, fille de Graham Ventry.

Le nom de jeune fille d'Alice était Ventry, le deuxième prénom de Saul était Clive. Clive Ventry, propriétaire du manoir local, millionnaire ayant réussi par ses propres moyens, et sommité du monde de la voile, était né Saul Witcher.

44

Saul Witcher était revenu dans le village de ses ancêtres sous un nom d'emprunt, sans parler à personne de ses origines. J'ai imprimé plusieurs pages, éteint l'ordinateur et suis sortie au pas de course, sous une pluie torrentielle. La grand-rue était bruyante, les voitures traversaient les flaques d'eau à toute allure, des gens sous leur parapluie se hâtaient. J'avais besoin d'un moment pour me calmer, pour mettre de l'ordre dans mes idées. J'ai couru jusqu'à la voiture et démarré.

J'ai fait un kilomètre ou deux jusqu'à la petite ville voisine. Peut-être par instinct, ou mue par la force de l'habitude, j'ai pris la direction d'un clocher que j'apercevais au-dessus des édifices et me suis retrouvée en train de sortir de la ville et de gagner la côte. Dans un petit parking d'église, près de la falaise, vide à l'exception d'une vieille Fiesta bleue, je me suis arrêtée. J'avais laissé la radio allumée pendant tout le trajet, surtout pour voir s'il y avait du nouveau dans l'affaire Ernest Amblin ; même si je me doutais que la police n'avait pas encore retrouvé son principal suspect.

On ne disait rien sur moi. Au lieu de ça, les nouvelles se concentraient sur les violentes tempêtes menaçant le sud-ouest du pays. Les orages que nous attendions depuis le matin étaient arrivés en force. Déjà, de nombreuses villes et villages étaient privés de courant, plusieurs rivières menaçaient de déborder, des routes étaient barrées par des chutes d'arbres et on recommandait à la population de rester chez elle autant que possible.

Le téléphone a eu à peine le temps de sonner avant qu'on y réponde.

— Matt Hoare.

— C'est Clara.

Brève inspiration.

— Avez-vous seulement idée… ? (Il s'est interrompu. Je l'entendais respirer. J'ai patienté.) Où êtes-vous ?

— Tout près. Écoutez-moi, s'il vous plaît. Accordez-moi juste cinq minutes.

Et Matt – c'est tout à son honneur – s'est exécuté. Il a écouté, sans m'interrompre, pendant que je lui racontais comment j'avais rencontré Walter, comment j'avais échoué avec Ulfred à l'hôpital psychiatrique. J'ai rapporté, aussi bien que je pouvais me le rappeler, le récit qu'avait fait Ruby de la nuit du 15 juin 1958, celle du meurtre d'Ulfred. Je lui ai révélé tout ce que j'avais appris sur Clive Ventry, autrement dit Saul Witcher, et sur les maltraitances dont il aurait été victime au foyer d'accueil.

— Il en veut au village d'avoir chassé ses parents, expliquai-je. Il y avait des douzaines de gens dans l'église cette nuit-là, mais les autres se sont apparemment retournés contre les trois frères Witcher, pour les rendre seuls responsables de…

— Clara…

— Clive Ventry possède des entreprises en Papouasie-Nouvelle-Guinée. Ce serpent qu'on a attrapé, il a environ quatre mois. Normalement, il faut deux mois à un taïpan pour éclore. En gardant les œufs au frais, on peut étendre le processus à cent jours environ. Faites des recherches sur les sept mois écoulés et je vous parie que vous constaterez que Clive s'est rendu dans l'une de ses sociétés de Papouasie-Nouvelle-Guinée.

— Clara, stop !

Je me suis tue.

— Je veux savoir exactement où vous êtes.

Je le lui ai dit.

— Bien, j'envoie immédiatement quelqu'un vous chercher. Je vous interdis de bouger.

— Pas Tasker. Il croit que j'ai tué Violet. Je vais retourner au village. Je me rendrai à vous.

— Écoutez-moi, à la fin. On a reçu l'analyse graphologique du testament trouvé chez Violet. Ce n'est pas de la main de Violet et ce n'est pas de la vôtre non plus. On y trouve les empreintes digitales de Violet, mais pas aux endroits auxquels on s'attendrait si elle l'avait manipulé normalement. On dirait une tentative assez grossière de diriger les soupçons contre vous. Encore que je ne puisse pas imaginer quiconque espérant s'en tirer longtemps comme ça.

— Et mes empreintes digitales ?

— Pas une trace. Celui qui s'est servi chez vous n'a pas eu de chance. Mais on a bien relevé une autre série d'empreintes dessus. Quelqu'un a touché ce papier, et ce n'était ni vous ni Violet.

J'avais comme du mal à respirer. Alors c'était fini ?

— On a également reçu les résultats de l'autopsie de Violet, a repris Matt d'une voix plus douce. Il y avait une forte concentration de venin dans son organisme, mais elle est morte étouffée avec un oreiller.

Silence. Je pouvais l'entendre respirer. Il aurait sans doute pu dire la même chose de moi.

— Ça va ? s'est enquis Matt.

— Ouais.

— Autre chose. Apparemment, elle s'est défendue. Il y avait des traces de peau sous les ongles de sa main droite. Nous allons pouvoir en extraire un ADN, mais celui qui l'a tuée doit avoir des égratignures visibles.

Peu après mon arrestation, j'avais été examinée par un médecin de la police et une femme policier. J'étais couverte d'égratignures, j'en ai toujours, mais aucune qui aurait pu m'être infligée par des ongles humains. Les résultats de l'ADN me laveraient de tout soupçon. Matt parlait toujours. J'ai fait un effort pour me concentrer.

— Ernest Amblin a été retrouvé par son gendre sur la berge peu avant minuit hier soir. Il s'était noyé, mais le médecin légiste a trouvé des bleus sur ses épaules. Il a été maintenu sous l'eau par quelqu'un d'assez fort.

Matt a gardé le silence et, quand il a repris la parole, son ton s'était durci.

— Je crois comprendre que vous avez un alibi pour hier soir, tard dans la nuit.

— Oui, j'étais avec...

Je me suis interrompue.

— Sean North. Je suis au courant. Il nous aide dans nos recherches depuis tôt ce matin. Ne vous avais-je pas interdit de l'approcher ?

Matt avait élevé la voix. Il n'était pas loin de m'engueuler.

— Est-il suspect ?

Nouveau silence. Suivi d'une profonde inspiration.

— Malheureusement non. Avant que vous arriviez, il a passé près d'une heure au téléphone avec son directeur de programme. Quand vous êtes partie, il a appelé l'Australie. Les archives de l'entreprise de télécommunications attestent qu'il a passé les deux appels depuis chez lui. Il ne pouvait aucunement se trouver près d'Amblin quand ce dernier s'est fait agresser. Maintenant, écoutez-moi, je n'ai pas beaucoup de temps.

Matt se déplaçait. J'entendais crisser ses pas sur du gravier et le vent qui sifflait dans de grands arbres. Une portière de voiture s'est refermée en claquant.

— Ça fait un moment maintenant que j'ai discrètement Clive Ventry à l'œil, a dit Matt. Il possède une compagnie d'exploration pétrolière qui a demandé, voici un an, au gouvernement le droit d'effectuer des tests de forage à divers endroits autour du village. Apparemment, un travail préliminaire a été fait il y a des années, que sa société a réexaminé. Il pourrait y avoir jusqu'à six cents millions de barils quasiment sous nos pieds, ce qui en ferait le plus grand champ pétrolifère *onshore* d'Europe.

J'entendais démarrer un moteur de voiture, des roues tourner sur les cailloux.

— Sa demande a été rejetée à deux reprises, continuait Matt, essentiellement en raison d'une forte résistance locale, mais Clive n'a pas l'air du genre à renoncer facilement. Il a acquis pas mal de terrains. C'est sa société qui se trouve derrière les offres de rachat qu'on a tous reçues. Nous pensons également qu'il orchestre peut-être une campagne d'intimidation : tout le vandalisme bénin auquel nous avons eu droit, les lignes téléphoniques sectionnées, ce genre de choses. Nous pensons qu'il essaie de rendre la vie si pénible ici que les gens vont vendre et...

— Que l'opposition finira par s'éteindre, ai-je achevé pour lui. Allan Keech et la bande de son frère travaillent pour lui, non ?

— On le pense. On a trouvé une sorte d'antre dans son garage qui semble servir de lieu de rendez-vous pour la bande. On a trouvé de la peinture qui ressemble fort au truc que vous étiez en train de lessiver l'autre soir. Il y avait deux couleuvres dans une boîte, aussi. Apparemment, c'étaient les gosses qui introduisaient les serpents dans les maisons.

Ces gosses avaient manipulé des vipères, sans parler du taïpan, sans se faire mordre ? Assassiné trois vieillards ? Pour soulagée que je sois d'apprendre que je n'étais plus suspecte, cela ne me paraissait pas franchement plausible.

— Je n'avais pas établi le moindre rapprochement entre Ventry et la famille Witcher mais, si vous avez raison, cela ajouterait une autre dimension à tout ce trafic. Bon, j'allume la radio maintenant. Quelqu'un sera là dans dix minutes.

— Oh, je vous en prie, laissez-moi rentrer. Je reviens tout droit au village, je vous le promets.

— Ce n'est pas possible. Un énorme chêne vient de s'abattre en travers de la route principale il y a une heure environ, une vraie vacherie. Personne n'entrera ni se sortira du village ce soir.

— Vous y êtes, là ?

— Oui. Je viens d'aller voir si on pouvait le dégager. Aucune chance. Il faut un engin de levage costaud. Ventry est ici, lui aussi, par bonheur. Comme son hélicoptère ne peut pas décoller par ce vent, il est coincé ici pour un bon moment. Bien, sur ce, je veux éviter les fuites. Je vais donner l'ordre que personne ne vous adresse la parole avant que j'arrive au commissariat. Vous serez peut-être obligée de passer la nuit au poste, et j'en suis désolé, mais ça vous servira de leçon pour vous être enfuie. Bien fait pour vous !

— OK, ai-je répondu. J'ai pris conscience que je souriais.

Ce n'était pas seulement de soulagement, me suis-je dit, ou de savoir que je n'étais plus suspectée. Et, en tout état de cause, j'étais si fatiguée que l'idée de passer la nuit en cellule ne me posait pas trop de problème. Je me serais sans doute endormie à l'instant où la porte se refermerait.

Nouveau silence, durant lequel j'ai, malgré moi, retenu mon souffle. Puis il a ajouté :

— Je suis content que vous soyez saine et sauve. On se voit plus tard.

Le téléphone a fait clic, la ligne a été coupée.

Je suis restée assise dans le véhicule secoué par les bourrasques, incapable de rien voir à travers le pare-brise que bombardait une pluie violente. Dix minutes se sont écoulées, et nulle voiture de police n'est venue me chercher. Mes yeux commençaient à se fermer. Enfin, tout était peut-être fini. Il restait encore quelques détails inexpliqués, évidemment, mais la police pourrait faire le lien. Ce n'était pas mon rôle, cela n'avait jamais été ma responsabilité. Je pouvais revenir à ma vie d'avant, soigner des animaux blessés, continuer de dissimuler mon visage à ceux de mon espèce.

« Il ne s'agit que de ça, vous savez, d'une cicatrice. »

« Je suis content que vous soyez saine et sauve. On se voit plus tard. »

Mes yeux se sont lentement rouverts. J'avais passé vingt-cinq ans à ériger une barrière autour de moi que j'imaginais aussi solide et impénétrable qu'une forteresse. Et les événements de ces derniers jours l'avaient fait voler en éclats comme de la dynamite sous un château de sable. Vingt-cinq ans passés à jouer à cache-cache avec la vie qui m'avait finalement retrouvée. Non, mieux que cela. Elle m'avait attrapée par le col de ma chemise et traînée, décochant des coups de pieds et poussant des cris de rage, en pleine lumière. Et maintenant... Allais-je de nouveau me retrancher dans l'ombre ?

Vingt minutes s'étaient écoulées depuis que Matt avait raccroché, mais toujours aucun signe de la voiture de police. Je me suis dit qu'elle devait avoir pas mal à faire avec la tempête. Ils viendraient bien assez tôt.

J'ai descendu le pare-soleil au-dessus du siège du conducteur et soulevé le cache pour dégager le miroir dont je ne m'étais jamais servi jusqu'ici. Et je me suis regardée franchement, droit dans les yeux, probablement pour la première fois de ma vie.

Ce n'était pas si moche que ça. Je n'étais pas ravissante (merci quand même, Sean), pas plus que jolie (même si c'était gentil de votre part, Violet), mais la réalité n'avait franchement rien à voir avec le monstre difforme que j'avais construit dans mon esprit. Cela faisait dix ans que je n'avais pas parlé à un chirurgien esthétique, mais les techniques avaient évolué depuis : peut-être pouvaient-ils encore quelque chose pour moi. Et j'allais m'acheter des vêtements corrects, dans lesquels la tante Mildred de Matt accepterait de se montrer. Je me souriais vraiment à moi-même, à ce moment-là, encore une première. Peut-être pourrais-je m'acheter du maquillage. Et puis merde, j'irais même faire le bout d'essai de Sean !

Un toc-toc à la fenêtre de la voiture m'a fait sursauter. J'espérais voir un policier en uniforme qui ne fût pas Tasker mais je pourrais supporter sa présence, de toute façon. C'était en fait un vieil homme mince, vêtu d'un anorak bleu trempé, passé au-dessus d'un costume noir humide, avec de fines mèches de cheveux plaquées sur le visage. Je me suis penchée pour ouvrir la portière passager.

— Clara ! (Il balayait du regard l'habitacle.) Vous vous rendez compte que la moitié du pays vous recherche en ce moment ?

Je me suis tournée pour regarder de nouveau la Fiesta bleue garée tout près. Si j'avais fait plus qu'y jeter un simple coup d'œil à mon arrivée, je l'aurais peut-être reconnue. J'étais dans le parking d'une église, après tout. Sans doute le Révérend Percival Stanley avait-il rendu visite à l'un de ses collègues.

— Pourquoi m'avez-vous menti ?

Je me redressais et le regardais droit dans les yeux.

J'avais toujours jugé ce petit homme vêtu de noir bienveillant, vieux jeu, un peu égocentrique peut-être, mais, dans le fond, brave. Ce n'était plus le cas.

— Pourquoi m'avez-vous dit que vous n'étiez pas au village en 1958 ? Vous vous trouviez dans l'église la nuit où elle a brûlé. Ruby vient de me le raconter. Elle vous a vu, assis à l'arrière.

Le Révérend Percival Stanley a poussé un soupir.

— Je crois que la pluie se calme. Accepteriez-vous de faire un petit tour, mon petit ?

Je suis sortie de la voiture et j'ai pris ma veste. Je ne trouvais pas, pour ma part, que la pluie soit en train de se calmer, elle redoublait plutôt, mais peu m'importait. Percy m'a invitée à le précéder sur le gravier en direction de la falaise. Curieuse de ce que je pouvais encore apprendre, je me suis mise en route.

— J'étais encore vicaire en 1958, a commencé le Révérend Percy, tandis que nous approchions du muret qui séparait le parking du terrain nettement plus accidenté qui longeait la falaise. Je crois qu'il y a un portail par ici.

Nous avons obliqué et longé le muret.

— Et je n'étais pas en poste au village, a-t-il continué. J'étais en charge d'une paroisse située à environ seize kilomètres de là. J'ai entendu parler du Révérend Fain, et j'étais curieux. C'est comme ça que j'ai pris mon vélo et assisté à un office du soir.

Nous avons atteint le portail. Percy l'a ouvert et m'a invitée à passer. Je me suis arrêtée une seconde. La falaise était toute proche et le sol très inégal. Ce n'était vraiment pas un endroit où marcher pour un homme de plus de soixante-dix ans. Surtout pas par ce temps.

— C'était le 15 juin ? ai-je demandé.

— Non, non, quelques semaines plus tôt. Après vous, ma chère.

J'ai franchi le portail, comptant bien longer le muret au plus près. Peut-être n'étais-je plus un suspect recherché, mais la dernière chose dont j'avais besoin était d'expliquer comment un vieil ecclésiastique se promenant en ma compagnie avait trouvé la mort après un vol plané.

— L'assemblée était complètement hystérique, racontait Percy. Les gens poussaient des cris, levaient les bras, débitaient et déclamaient n'importe quoi, à mon sens. Je l'ai signalé à mon pasteur, qui m'a demandé de garder un œil dessus. Aussi ai-je commencé à venir à vélo toutes les deux semaines, juste pour nous tenir au courant de ce qui se passait.

— Qu'avez-vous fait du Révérend Fain ?

Percy avait pris place près du muret, je me retrouvais donc à l'extérieur, la plus proche du rebord de la falaise. Il m'a pris le bras, et nous nous sommes remis en marche. La pluie me dégoulinait dans le cou, et il m'était difficile d'entendre ce qu'il disait avec un tel vent. Percy, pourtant, semblait à peine remarquer le mauvais temps.

— Un homme vraiment brillant. Il avait une personnalité imposante, une grande présence physique. Je me disais qu'il pouvait exercer une très forte influence, en bien comme en mal.

— Et quelle voie a-t-il choisie ?

Le Révérend Percy a soupiré.

— Oh, la mauvaise, évidemment. C'est ce que font toujours les hommes dans son genre.

— Mais c'est comme s'il avait embarqué tout le village à sa suite ?

Était-ce mon imagination, ou bien le Révérend Percy virait-il vers la gauche, me rapprochant du précipice ?

— Non, non. Moins de la moitié, je dirais. Et avant que vous ne blâmiez ces gens, rappelez-vous qu'ils sortaient à peine d'une longue guerre, vraiment terrible. Deux guerres même, pour les plus vieux. Le genre de messages que prêchait Fain, à propos de signes présageant la fin du monde et du fait que nous serions en train de vivre les derniers jours de l'humanité, étaient très convaincants à l'époque. Fain soutenait qu'il était membre de la Compagnie d'Élie, une sorte de groupe de saints envoyés par Dieu pour ramener à lui tous ses vrais enfants. C'était la raison pour laquelle il était venu en Angleterre, disait-il, il était un saint vivant. Il avait le physique de l'emploi, je dois dire.

Nous nous étions arrêtés. Un coup d'œil furtif m'a indiqué que soixante centimètres au plus me séparaient du rebord de la falaise.

— Quand on a vécu le massacre de millions de personnes, poursuivait Percy, il ne faut pas faire un grand pas dans la foi pour y voir les signes de l'apocalypse.

— Je comprends bien que l'époque était différente. Mais jeûner pendant des jours d'affilée ? Manipuler des serpents venimeux ? Comment l'Église pouvait-elle laisser faire ce genre de choses ?

— Nous ne fermions pas les yeux, mais nous devions y aller doucement. Il ne violait aucune loi anglaise. Il n'y avait pas de pasteur en exercice à la paroisse, et les gens du village avaient le droit de rendre un culte dans le bâtiment.

Le Révérend souriait tristement, et son regard ne me voyait plus vraiment. Le vent forcissait, et je commençais à me sentir nettement mal à l'aise si près d'un précipice de plus de vingt mètres.

— Alors, qu'avez-vous fait ?

Je me demandais comment bouger de là sans avoir l'air idiote.

Stancey se tenait tout près, penché vers moi.

— Nous avons écrit à des gens de notre connaissance aux États-Unis, pour essayer de trouver des informations sur lui. La manipulation de serpents avait entre-temps été interdite dans de nombreux États, et nous nous demandions s'il n'avait pas violé la loi, s'il n'était pas en fuite, par hasard.

— Vous avez écrit des lettres. (J'ai lancé un coup d'œil derrière moi. Une soudaine rafale m'a heurtée de plein fouet.) Et cinq personnes sont mortes.

Stancey m'a agrippé l'épaule.

— Nous n'imaginions pas une seconde que les choses iraient aussi loin. Ça a vraiment dérapé ce soir-là.

— Tiens donc, ai-je commenté, en faisant un pas de côté. Vous savez que toutes les personnes présentes dans l'église cette nuit-là pourraient être considérées comme complices de meurtre ?

Stancey s'est figé sur place.

— Mais qu'est-ce que vous racontez ?

— Ulfred a été assassiné. Aucune personne raisonnable, sensée, ne pouvait sérieusement croire que vous seriez capables de le tuer et de le ramener ensuite à la vie.

— Je pense que vous...

Il bougeait à nouveau, venait vers moi. Je me suis déplacée, moi aussi. Je me rapprochais du mur, m'éloignais du danger.

— Je sais que vous avez essayé d'y mettre fin, avec quelques autres, mais comment avez-vous pu laisser les choses aller aussi loin ?

— Clara...

Je m'étais adossée à des ajoncs.

— Vous avez permis qu'un homme gravement handicapé soit ligoté et noyé.

— Que vous a raconté Ruby, au juste...

Stancey s'est rapproché. Pour les dépasser, lui et le buisson d'ajoncs, il fallait que je marche tout près du rebord de la falaise.

— Qu'ont-ils fait du corps ? Il est dans le cimetière de l'église, quelque part ? Dans une tombe anonyme ?

À ce moment-là, le sol s'est dérobé sous mes pieds. J'ai été prise d'un horrible haut-le-cœur en me sentant glisser. Sous moi, au loin, j'entendais rouler les galets. Mes bras se sont brutalement élevés pour se raccrocher à Percy. Avec une force surprenante pour un homme de son âge, il a tenu bon et reculé d'un pas chancelant. Un instant, je me suis crue perdue, mais mes pieds ont soudain rencontré une prise solide sur laquelle m'appuyer et nous avons basculé en avant.

Nous nous sommes tous les deux heurtés au muret de pierres. Pendant un moment, aucun de nous n'a pu parler, le temps de reprendre laborieusement notre souffle. Je n'ai pas été la première à m'en remettre.

— Peut-être n'était-ce pas une bonne idée, a conclu Percy. Retournons aux voitures.

Nous avons franchi le portail dans l'autre sens, tandis que ma respiration redevenait normale.

— Quand l'incendie s'est déclaré, la plupart des gens se sont enfuis, a expliqué Percy, interrompu par une brusque quinte de toux. Ernest Amblin et moi avons réussi à rejoindre les fonts baptismaux qu'ils avaient creusés dans le sol, à l'entrée de l'église. Nous avons ressorti Ulfred et avons tranché ses liens.

J'avais repris le bras de Percy.

— Et il était...

— Il ne respirait pas. Ernest ne trouvait pas la moindre pulsation.

Je ne respirais presque plus moi-même. Je n'ai pas osé l'interrompre.

— Ernest m'a montré comment lui faire un massage cardiaque. Et il lui a fait du bouche-à-bouche. Je crois que vous appelez ça de nos jours la réanimation cardio-pulmonaire. Tout ce temps-là, l'église brûlait autour de nous.

J'ai tenté d'imaginer la scène : la chaleur, le sifflement du feu, les cris. La main de Percy s'est refermée sur la mienne.

— Je me dis parfois, mon petit, que si je vais en enfer, je ne serais pas surpris. Je crois en avoir eu un aperçu cette nuit-là.

— Vous l'avez sauvé ? ai-je réussi à demander au bout d'un moment.

— Oh oui ! Ça a pris quelques minutes, mais il a respiré un grand coup et de l'eau a jailli de sa bouche. Nous avons réussi à le porter et à le ramener chez lui. Vous voyez, Clara, d'une certaine façon, nous avons bien ressuscité un homme d'entre les morts, cette nuit-là.

— Que s'est-il passé ensuite ?

— Walter s'est occupé de lui, s'est arrangé pour qu'il soit emmené quelque part, à l'insu de tous. Il est allé discrètement mais fermement suggérer à Saul et Harry de partir vivre ailleurs. Archie s'était déjà enfui ; personne ne l'a plus jamais revu, même s'il a envoyé de l'argent pour payer la stèle du Révérend Fain. Edeline a pu rester, par respect pour Walter. Ensuite, plus personne n'a jamais reparlé de cette nuit-là. Plein de gens ont dû croire qu'Ulfred était réellement décédé, à mon avis.

Nous avions atteint le muret séparant la falaise du parking et j'ai dû lâcher le bras de Percy.

— Peu de temps après, nous avons reçu une réponse du ministère auquel nous avions écrit aux États-Unis. Trop tard, bien sûr.

— Que disait-elle ?

— Une histoire choquante. Joel Stain est passé en jugement en 1956 pour avoir assassiné son père. Apparemment, celui-ci avait surpris son fils, ordonné pasteur à l'époque, dans le cimetière, exhumant une tombe récente, avec d'autres membres de sa paroisse. À l'époque, ce qu'ils comptaient faire était évident. Enfin, tenter de faire. Le père s'est emporté, s'en est pris à son fils, l'a consigné dans la maison de famille. Ensuite, le père a disparu. On l'a retrouvé, une semaine plus tard, séquestré dans une cabane au milieu des bois.

— Mort ? ai-je demandé.

— Oh oui... On l'avait enfermé dans la cabane avec un serpent à sonnette. Il lui a fallu plusieurs jours pour mourir.

— Et Fain est passé en jugement ?

— Il a tenu à assurer sa défense lui-même. Ce procès a fait pas mal de bruit à l'époque. Il n'arrêtait pas de citer Cicéron, le fameux avocat romain, et son premier procès, durant lequel il avait défendu un jeune homme accusé du même crime.

— De parricide ?

— Exactement. Fain se prenait pour un spécialiste des lettres classiques, au dire de tous. Toujours est-il que la mère de Fain a fait appel à des avocats de son côté, pour essayer de convaincre la cour que son fils était dément. S'il avait été jugé coupable, il aurait été condamné à la peine de mort. Peut-être que plaider la démence lui a semblé le seul moyen de le sauver. Elle a dû réussir, parce qu'il a été transféré dans un hôpital surveillé, d'où il s'est enfui par la suite. Les gens pensaient qu'elle avait dû l'aider et qu'elle le cachait quelque part. Ce n'était pas le cas, comme nous le savions désormais, même si elle l'a peut-être aidé à gagner l'Angleterre.

Fain avait tué son propre père. Et c'était sous l'emprise d'un tel homme qu'avait basculé toute une paroisse.

— Si seulement nous avions su plus tôt, nous aurions pu sauver les trois hommes qui sont morts avec Fain. Encore que je ne puisse m'empêcher de penser que dans le cas d'Ulfred, tout s'est bien terminé finalement. Il lui fallait des soins spécialisés.

Je secouais la tête.

— Non, non. Ça ne tient toujours pas debout.

Nous avions rejoint le parking. Je me suis arrêtée pour faire face au vieil homme d'Église.

— Walter vit toujours.

Percy m'a regardée avec stupeur.

— Je vous assure, ai-je insisté. Je l'ai vu ce matin. Il m'a dit qu'Ulfred avait été envoyé dans un hôpital psychiatrique – ce qui colle, en effet, avec ce que vous venez de me raconter –, mais j'y suis allée et rien n'indiquait qu'on y ait jamais admis un Ulfred Witcher. Ils ont vérifié jusqu'en 1958. Ils ont cherché très soigneusement. Ils n'ont trouvé absolument aucune trace de lui.

Percy conservait un calme agaçant.

— En effet, ça ne risquait pas. Mais il y était bel et bien interné. Je lui ai moi-même rendu visite, au début.

— Je ne...

— Le nom de famille d'Ulfred était Dodwell. Ce n'était pas le frère de Walter. Mais celui d'Edeline.

45

— Dodwell ? Fred Dodwell ? C'est lui que vous cherchez ?

Fred ? Ulfred ? Forcément. Inutile d'insister, je n'arrivais pas à me concentrer et à conduire en même temps. J'ai quitté la route, je me suis arrêtée et j'ai coupé le moteur.

— Oui, je crois. Je suis vraiment désolée de vous avoir fait perdre votre temps ce matin. Je me suis complètement mélangé les pinceaux avec ces histoires de famille. Et donc, vous avez bien un Fred Dodwell ?

— Évidemment. J'aurais tout de suite vu de qui vous vouliez parler si vous aviez eu le nom exact. Nous l'aurions tous su. Fred est arrivé ici avant nous tous, au début des années 1960, je crois, peut-être même...

— En 1958 ?

— Possible, a-t-elle convenu.

— Et alors, il est toujours chez vous ? Il est encore... ?

J'avais du mal à prononcer le mot. Je me suis surprise à formuler une prière silencieuse pour qu'elle m'apprenne la mort paisible d'Ulfred, quelques années plus tôt. Et j'ai compris qu'elle ne le ferait pas. Silence au bout de la ligne. Assise dans mon siège, j'écoutais le vent dans les arbres. Il forcissait.

— Mrs Scott ? l'ai-je relancée.

— Nous avons un devoir de confidentialité, vous comprenez. Normalement, tout ce que j'aurais le droit de vous dire, c'est que Mr Dodwell a été admis dans cette maison et qu'il s'y trouve toujours. Ensuite, vous devriez faire une demande de visite.

— Je comprends.

J'ai patienté : elle n'avait pas fini.

— Pouvez-vous m'en dire plus sur les raisons de votre intérêt ? s'est-elle enquise enfin.

J'ai réfléchi une seconde. Avais-je quoi que ce soit à perdre à lui révéler la vérité ?

— Un homme a été aperçu à plusieurs reprises dans notre village. Le village où habitait Mr. Dodwell avant d'être interné. Quelqu'un s'est introduit dans des maisons, dont la mienne. Je l'ai vu et j'ai cru le reconnaître.

— Vous connaissez Fred ?

— Non, non. J'ai cru que c'était quelqu'un d'autre, un dénommé Walter. Mais Walter et Fred sont cousins germains. Je me suis dit qu'il pouvait y avoir une ressemblance.

Rose Scott gardait le silence.

— Il se peut qu'il vive dans l'ancienne maison de famille, ai-je continué. Il a effrayé bien des gens, en a même blessé certains.

J'ai fait une pause.

— Cet Ulfred – Fred, je veux dire –, il a vraisemblablement un truc avec les serpents.

— Oh…

J'ai attendu. Longtemps, m'a-t-il semblé.

— Mrs Scott, ai-je repris, vous êtes toujours là ?

— Pouvez-vous revenir nous voir ?

Je n'en avais pas le temps. Il me faudrait presque une heure pour retourner à l'hôpital. S'il existait la moindre possibilité qu'Ulfred soit toujours en vie, il fallait que j'en informe Matt.

— Désolée. Je dois aller retrouver des gens maintenant. Pouvez-vous me dire quelque chose susceptible de m'aider ?

— Très bien. Étant donné les circonstances, je pense que nous pouvons sans doute légèrement enfreindre le règlement. Fred a été amené ici par un tout jeune homme. Cet hôpital est quasiment le seul univers qu'il ait jamais connu. Et, d'après son dossier, il était profondément traumatisé à son arrivée. Les médecins n'ont jamais connu le fin mot de l'histoire.

— Je comprends. (Je songeais au temps qu'il m'avait fallu.) Je crois qu'il était handicapé, ai-je ajouté, m'efforçant d'ignorer l'effroi au creux de mon ventre. On m'a dit qu'il était aveugle, sourd et muet. Et qu'il était… enfin, attardé, ont-ils déclaré. Je ne sais pas comment…

Je me suis interrompue : je ne connaissais pas au juste le terme politiquement correct pour désigner les arriérés.

— Fred n'était pas attardé. Je dirais légèrement en dessous de l'intelligence moyenne. Mais il pouvait être très malin, surtout quand ses propres intérêts étaient en jeu. Il n'était pas aveugle, non plus. À son arrivée, il souffrait d'une grave cataracte aux deux yeux. Il s'est fait opérer dans les années 1970. Il n'a jamais retrouvé une vue excellente, mais il y voyait suffisamment. Il est resté profondément sourd, en revanche.

L'homme chez moi ne m'avait pas entendue descendre l'escalier, n'avait pas réagi quand j'avais laissé tomber un verre.

— Il savait lire sur les lèvres, poursuivait Rose Scott. Et nous lui avons appris à dire quelques mots, mais quand les gens n'ont jamais entendu les sons, ils n'articulent pas tout à fait normalement. Ils n'arrivent pas à trouver le ton juste et la bonne inflexion.

Je me suis remémoré les étranges sons gutturaux qui venaient de mon cellier ce soir-là, et les faibles gémissements que Matt et moi avions entendus chez les Witcher. Je me suis également rendu compte que Rose parlait d'Ulfred au passé.

— Il n'a jamais été le plus facile de nos patients. Avez-vous une formation médicale, Miss Benning ?

— Oui, enfin… je suis vétérinaire.

— Ah, bon. Eh bien, le cas de Fred a été réévalué plusieurs fois au fil des ans, à mesure qu'évoluaient les théories et qu'on en savait plus sur les maladies mentales. Plus récemment, au début des années 1990 je dirais, on a diagnostiqué chez lui deux formes de troubles du contrôle des impulsions. C'était un paraphiliaque. Il était également sujet à des troubles explosifs intermittents. J'ignore si ces différents termes vous parlent ?…

Pas trop, non.

— Paraphilie signifie comportement sexuel inapproprié, c'est ça ?

— En gros, oui. Fred présentait des symptômes d'exhibitionnisme et de frotteurisme. Nous le surprenions en train de… enfin, je suis sûre que vous vous passerez fort bien des détails. Mais c'était l'autre trouble qui nous tracassait le plus. Le TEI. Nous l'avions mis sous traitement, évidemment, une thérapie combinée d'antidépresseurs et de régulateurs de l'humeur. Pendant des mois, il était calme, se pliait volontiers à tout ce que nous attendions de lui, et soudain, sans raison apparente, il piquait une crise de colère. Quand ça arrivait, il fallait l'attacher. Il était très fort. Et il ne se souciait apparemment pas du tout des dégâts qu'il pouvait occasionner.

J'ai eu le sentiment qu'elle avait autre chose à ajouter.

— Nous évitions de le laisser seul avec des patientes, et même avec des membres de l'équipe médicale.

— Il est toujours chez vous ? J'ai repensé à la nuit où je m'étais trouvée seule avec un homme qui s'était introduit chez moi, à la façon qu'il avait eue de me regarder, de me toucher…

— Cette histoire de serpent… (Rose Scott ne m'avait manifestement pas entendue.) C'était vraiment bizarre. On aurait dit qu'il les sentait. Il partait dans les bois, près de l'endroit où il pensait les trouver, s'allongeait par terre, presque comme s'il les écoutait. Sauf…

— Qu'il ne pouvait pas entendre, ai-je dit à sa place.

— Exactement. Et il savait s'y prendre avec eux, comme personne. Il rapportait des vipères, en nous fichant une trouille pas possible, mais elles ne l'ont jamais mordu.

Je me suis demandé si Sean considérerait qu'Ulfred n'avait fait plus qu'un avec les serpents, avait puisé dans quelque présence divine. J'étais quasi certaine de trouver tout ça insensé, mais je n'étais vraiment pas à l'aise avec l'idée qu'on puisse manipuler des serpents venimeux sans crainte d'être blessé.

— Et il est toujours…

Les portes d'entrée de l'hôpital psychiatrique étaient grandes ouvertes à mon arrivée l'autre jour. Je n'avais remarqué aucune clôture d'enceinte.

— D'après son dossier, il n'avait pas de famille.

Cette fois, Mrs Scott avait dû m'entendre. Elle évitait la question.

— Quand les patients sont durablement internés chez nous, poursuivait-elle, nous restons d'habitude en contact avec les proches mais, dans le cas de Fred, nous n'avons eu aucune nouvelle pendant des années. Il n'a reçu qu'une visite durant tout le temps où j'ai été là, assez récemment. Un grand homme, au physique saisissant.

Clive Ventry était bel homme et grand. Il avait pris contact avec Ulfred. C'est tout juste si j'ai réussi à ne pas couper la parole à Rose pour appeler Matt sur-le-champ. J'avais envie de me remettre en route, de rentrer au village. Et puis zut, j'étais même prête à appeler Tasker s'il le fallait. Je me suis contrainte à rester calme. Plus Rose m'en dirait, mieux ça valait.

Elle parlait toujours.

— Il a précisé qu'il n'était pas d'origine britannique. Il avait un accent.

Évidemment, puisqu'il avait vécu en Afrique du Sud des dizaines d'années.

— Il a offert des œufs à Ulfred.

Rose n'avait pas l'air refroidie par mon silence. Elle avait dû sentir que j'étais tout ouïe.

— Six, précisait-elle. À peu près de la taille d'un œuf de canard, mais avec des coquilles genre papier bouilli. Des œufs de serpents, a-t-il expliqué, qu'il avait ramassés au cours de ses voyages. Ils étaient morts, bien sûrs, il a bien insisté là-dessus, sans quoi nous n'aurions pas pu autoriser Ulfred à les conserver.

Malgré moi, j'ai scruté la route autour de moi. Après avoir passé la nuit et presque toute la journée à éviter la police, j'aurais tout donné pour qu'on me cueille immédiatement. *Allez, Rose, finissez-en.*

— Ulfred avait déjà un serpent. Un serpent des blés, tout petit, tout mignon, complètement inoffensif. On espérait que ça lui passerait l'envie d'en attraper des sauvages. Il a mis les œufs dans la cage avec lui, pour les garder au chaud, disait-il. Nous l'avons laissé faire, même si on savait qu'ils étaient morts.

— C'était quand, tout ça ?

— Il n'y a pas longtemps. L'automne dernier, je ne sais plus quand. On a essayé d'identifier son visiteur par la suite, juste au cas où il saurait quelque chose. Mais on n'a reçu aucune réponse à l'adresse qu'il nous avait communiquée, et même la police n'a pas réussi à le trouver.

— La police ?

— Oui, on les a avertis tout de suite, évidemment. Fred n'était pas un criminel, vous comprenez, mais son état ne lui permettait pas de quitter l'hôpital, même s'il avait eu de la famille pour s'occuper de lui.

— Ulfred n'est plus chez vous, c'est ça ?

Long silence cette fois-ci.

— Non, je crains que non, a-t-elle confirmé enfin. Il a disparu en novembre dernier. Voyez-vous, la plupart de nos patients restent ici de leur plein gré ; il n'y a rien en réalité qui les empêche d'aller et venir à leur guise. Non pas que nous n'ayons jamais eu de problème avec une disparition imprévue. Mais un jour, Fred est sorti dans le parc et n'est tout simplement pas revenu. Nous l'avons cherché avant de prévenir les autorités. Il a dû aller en ville, y prendre un bus. Parce qu'il s'était évanoui dans la nature. Les œufs de serpents aussi, d'ailleurs.

46

— La police l'a recherché ?

J'avais repris la route, le téléphone fermement coincé entre mon épaule gauche et mon oreille. C'était parfaitement dangereux, vu la météo, mais les routes étaient désertes. La tempête avait renvoyé les gens chez eux.

— Bien sûr, il était toujours considéré comme un patient vulnérable et potentiellement dangereux. La police a fait des recherches poussées.

J'ai réfléchi en vitesse. L'hôpital était dans le Devon, hors de la zone de commandement de Matt. Son équipe n'avait sans doute pas été directement impliquée. Ils avaient probablement été informés qu'on recherchait un patient disparu, mais il n'y avait à l'époque aucune raison pour qu'ils fassent le moindre rapprochement entre le Fred Dodwell interné à vie et la famille Witcher.

— Nous avons écrit à sa dernière adresse connue, mais la lettre nous a été retournée par le bureau de poste avec la mention « propriétaire absent ».

— Sa sœur est morte. Son beau-frère était à l'hospice.

— Voilà l'explication, a-t-elle commenté. Fred est toujours porté disparu, mais les recherches de la police se sont tassées au bout de quelques mois. On n'a jamais eu la moindre nouvelle de lui, personne ne l'a signalé nulle part. L'inspecteur en charge de l'affaire s'est dit qu'il avait dû mourir dans la rue quelque part.

Si seulement…

— Il n'est pas mort. Il vit dans son ancienne maison de famille. Il a sans doute tué trois personnes, selon moi.

— Oh, mon Dieu !

Rose s'est tue, tâchant d'assimiler ce que je venais de lui dire, mais je n'avais pas le temps de l'aider.

— Il faut que je vous laisse. Mrs Scott, pouvez-vous joindre l'inspecteur en charge de l'enquête et lui rapporter ce que je viens de vous apprendre ?

— Bien sûr, mais il va vouloir vous parler. Vous ne pouvez pas revenir ici ?

— Je dois rentrer. Je vous donnerai une adresse où ils peuvent me joindre.

— Mais… vous avez dit que vous viviez dans le même village. Miss Benning, ça va faire des mois maintenant que Fred Dodwell n'a pas pris ses médicaments. Il pourrait être très dangereux. Je vous en prie, promettez-moi que vous n'allez pas…

J'ai pressé le bouton qui lui a coupé la parole. Je n'avais pas besoin que Rose Scott m'explique que Fred Dodwell était un homme dangereux. Je l'avais appris à mes dépens. Pas plus que je n'avais de temps à perdre à écouter ses tentatives bien intentionnées de me persuader de rester à l'écart de cet homme. Je ne comptais aucunement m'approcher d'Ulfred, ni de près ni de loin.

J'ai trouvé le papier que Matt m'avait remis, ai jeté un œil sur le numéro de portable et, tout en saisissant le volant d'une main, l'ai composé.

En novembre dernier, Ulfred avait quitté l'hôpital psychiatrique et était rentré chez lui. Personne n'a décroché. J'ai composé son numéro de fixe.

La description que Rose Scott avait faite de l'état de santé d'Ulfred m'avait renvoyée aux sombres allusions de Walter. « Il était ingérable. Lui, comme Edeline. Comment est-ce que j'aurais pu les en empêcher ? Je n'ai pas pu les arrêter, ni l'un ni l'autre. »

Edeline et Ulfred avaient été frère et sœur. La promiscuité sexuelle, c'était une chose, mais tous les frères de son mari et son propre frère aussi ? Il n'était guère étonnant que Walter n'ait pas voulu s'occuper de l'enfant de son frère. Edeline n'était pas le genre de femme que l'on aurait souhaité voir entourée d'enfants.

Quelques semaines après que Ulfred a quitté l'hôpital psychiatrique, Edeline était morte. Son frère était-il responsable de sa mort ?

Personne sur la ligne de Matt. J'ai réessayé son portable.

John Allington s'était trouvé dans l'église la fameuse nuit de 1958. Edeline avait pris une part active à sa quasi-noyade. Si Ulfred cherchait à se venger de ce qui lui était arrivé, ces deux-là pouvaient constituer des cibles évidentes. Pourtant Violet n'avait pas été présente dans l'église. Ernest Amblin lui avait sauvé la vie. Pourquoi leur voudrait-il du mal ?

Plus j'y pensais, moins ça avait de sens. Ulfred passait sa violence sur ses contemporains, des gens qu'il avait associés avec ce qui lui était arrivé, qu'ils aient été réellement impliqués ou non. Son esprit était dérangé et donc très dangereux.

Un esprit dérangé aurait-il pu falsifier le testament de Violet ? Injecter du venin de vipère à John Allington ?

Un homme – Clive Ventry, j'en étais sûre, *alias* Saul Witcher junior – avait rendu visite à Ulfred. L'avait-il aidé à s'enfuir ? Clive avait-il réveillé de vieux souvenirs ? Soufflé sur les étincelles de ressentiment, les attisant jusqu'à ce que le désir de vengeance d'Ulfred brûle aussi ardemment que le sien ? Clive se servait-il d'Ulfred comme l'instrument de sa vengeance ? Ou n'était-ce qu'une affaire de cupidité ? Peut-être Ulfred n'avait-il servi qu'à alimenter la campagne de nuisance de Clive, avant que la situation ne lui échappe sinistrement ?

Clive avait-il tenté de tout me mettre sur le dos parce qu'il sentait que Matt et moi n'allions pas tarder à trouver Ulfred ? M'écartait-il pour gagner du temps, jusqu'à ce que le permis de forer lui soit délivré par le gouvernement ?

Toujours pas de réponse sur le portable. J'ai réessayé chez lui. Toujours cette même tonalité continue. La tempête avait dû couper les lignes du village. Si c'était le cas dans toute la région, tout le monde allait se servir de son portable. Aucun moyen de savoir quand j'aurais une chance de le joindre.

D'après Matt, un arbre gigantesque s'était abattu en travers de la route principale permettant d'accéder au village. La voie resterait bloquée pendant des heures, probablement toute la nuit. « Personne n'entrera ni ne sortira du village ce soir. »

Si Matt pensait que le village serait coupé du monde, il ne chercherait pas d'aide à cette heure-ci. Il attendrait jusqu'au matin que des renforts puissent arriver, pour arrêter Clive Ventry. Mais Matt n'était pas au courant de l'autre menace, présente dans le village, infiniment plus dangereuse. Il ne savait pas pour Ulfred. Et si Matt décidait de retourner faire un tour dans la maison des Witcher ?

OK, j'avais le choix. Je pouvais foncer directement jusqu'au poste de police le plus proche, me rendre aux policiers de garde et les convaincre qu'Ulfred constituait un réel danger et qu'il fallait partir au village sur-le-champ.

Mais s'ils ne me croyaient pas ? Et si personne n'était disponible pour me parler ? Et si l'on me gardait en cellule pendant des heures ?

Pas moyen d'entrer ni de sortir, avait dit Matt. Il avait grandi dans le village, avait joué dans les champs alentour, enfant. Mais il n'avait sans doute pas passé ces quatre dernières années à courir quotidiennement, à écumer toutes les routes, les chemins, les sentiers et les pistes cavalières. Lui n'avait pas passé ses week-ends à étudier des cartes à grande échelle pour essayer de trouver de nouvelles voies, pour minimiser tout risque de contact humain. Pas plus qu'il n'avait roulé ou cheminé lentement, pendant des heures chaque semaine, à travers les champs, les bois et les vallons de la région à la recherche d'animaux blessés.

Je connaissais tous les anciens chemins de ferme, pour la plupart laissés à l'abandon, les pistes équestres, cyclables et pédestres. Je savais quelles rivières étaient franchissables, où passer avec un véhicule ordinaire, là où il fallait un 4 × 4 et où ça bloquait. Je connaissais tous les chemins les plus rapides pour aller d'un point A à un point B. En dépit de ce que m'avait dit Matt, je savais que je n'avais pas besoin de la route principale pour accéder au village.

Parvenue à moins de trois kilomètres du village, j'ai quitté la route et emprunté un vieux chemin qui conduisait à une carrière de craie désaffectée. Je roulais plein nord, le long d'une voie qui m'était familière. J'étais venue par ici quelques jours auparavant, quand Craig, Simon et moi avions été porter secours au cygne muet.

Bien entendu, il existe un monde entre le fait de rouler à travers la campagne en plein jour, par beau temps, en compagnie de deux hommes pour vous prêter main-forte, et le faire toute seule, en pleine tempête, quand l'obscurité croît à chaque seconde.

Le chemin de la carrière s'étirait sur un peu plus d'un kilomètre, dont les derniers deux cents mètres étaient envahis de bruyère et d'ajoncs. Au bout du chemin se trouvaient des cabanes délabrées, qui avaient autrefois abrité l'équipement des ouvriers, et un immense trou béant à flanc de colline, vestige des anciennes exploitations. Je n'avais nulle envie de m'attarder ici. Sur ma gauche, un portail en acier, fermé par un cadenas. Normalement, quand nous venions par ici, nous avions une clé, dont je ne disposais pas ce soir, mais ce genre de détail mineur ne m'arrêterait pas.

Trois jours plus tôt, nous avions remarqué qu'une partie de la clôture était bien abîmée, à quelques mètres du portail. Le prunellier de l'autre côté était fin et grêle. J'ai déplacé le véhicule de façon à me retrouver pile en face du point faible, avant de passer la première et de m'assurer que les pneus de la Land Rover adhéraient suffisamment au sol.

Et alors que je marquais un temps d'arrêt pour concentrer mes forces sur l'objectif, j'ai malgré moi repensé au soir où

Matt et moi nous étions croisés devant la grille de la propriété des Witcher. « On ne passe pas », lui avais-je rappelé. Avec un grand sourire, il avait brandi une clé qui était venue à bout du cadenas en quelques secondes. « Maintenant, si », avait-il rétorqué, et son sourire s'était encore élargi. J'ai appuyé fermement sur l'accélérateur et la Land Rover a bondi en avant. Elle a heurté la barrière dans un fracas du tonnerre. En une seconde, des planches de la palissade ont été projetées sur le pare-brise, j'ai entendu les broussailles racler le ventre de la voiture, après quoi les palis sont retombés : j'étais passée. *Maintenant, si*, me suis-je dit, mais sans sourire.

Le kilomètre suivant m'a menée à travers bois. C'était une ancienne hêtraie, dont les arbres atteignaient, pour certains, plus de vingt mètres de haut. Ils se balançaient, comme possédés, cette nuit-là, fondant sur moi avec une force incroyable. On parle habituellement du frémissement des arbres, de leurs chuchotis. Cette nuit-là, ils rugissaient, poussaient des mugissements, tandis que le vent se ruait dans les cimes, arrachant des branches, exerçant une pression sur des troncs qui avaient résisté à des décennies de tempêtes. Je n'aurais misé sur aucun d'eux cette fois-ci : il y avait peu de chances qu'ils passent la nuit.

À plusieurs reprises, de grosses branches cassées sont tombées sur la Land Rover, dans un cognement sourd, sur le toit, les flancs, et même le pare-brise qui a manqué de peu voler en éclats. À un moment donné, j'ai dû piler net pour éviter un tronc qui s'était abattu en travers de ma route. Il avait peut-être trois cents ans, avec une énorme circonférence et un réseau de branches qui s'étalait au sol comme une toile d'araignée. J'ai fait marche arrière et je l'ai contourné.

J'ai réussi à traverser la hêtraie, consciente d'avoir sérieusement endommagé la Land Rover. Il me faudrait rendre des comptes. Mais encore une fois, les problèmes avec la société qui gérait le Petit Ordre risquait fort d'être le cadet de mes soucis. À partir de là, ma progression est devenue un peu plus facile, mais des trombes de pluie s'étaient remises à tomber, atténuant encore la visibilité et ameublissant le sol. Si je m'embourbais maintenant, c'était fini.

Mais comme les Land Rover sont conçues pour ce genre de terrain, je ne me suis pas enlisée. J'ai franchi une autre barrière, non fermée cette fois-ci : j'étais désormais sur les terres de Clive Ventry. À cet endroit, la piste formait une fourche. En prenant à gauche, j'atteindrais la rivière, comme Simon, Craig et moi l'avions fait quelques jours plus tôt pour porter secours au cygne. Cette direction offrait également une voie d'accès au village, à laquelle j'espérais vraiment ne pas recourir. Aussi ai-je éteint les phares du véhicule et me suis-je engagée sur la pente à droite. J'ai traversé un champ d'environ deux hectares ; puis un autre, plus grand. J'étais alors à portée de vue du manoir. Il était plongé dans le noir. Sans traverser à l'arrière la pelouse du jardin de Clive, je ne pouvais me rapprocher davantage des routes du village : j'ai arrêté la voiture, en suis sortie.

Une fraction de seconde, la campagne alentour a baigné dans une lumière quasi diurne et je me suis sentie complètement à découvert. Puis l'obscurité s'est abattue de nouveau et le tonnerre a grondé. L'orage approchait.

J'ai couru à l'arrière du véhicule et soulevé le haillon. Comme nous ne savons jamais quand on nous appelle en urgence, les Land Rover sont équipées en permanence de cordes, de fil de fer, de lampes torches, d'outils légers et de trousses de secours. J'ai pris la torche la plus puissante, ma trousse, une paire de jumelles, un couteau aiguisé et une clé à molette. Puis j'ai entrepris d'escalader la colline en direction de la maison, assaillie par le besoin instinctif commun à toutes les créatures vivantes de m'accroupir pour m'abriter de la tempête, tout en m'obligeant à poursuivre.

À présent, la pluie s'abattait en torrents et cataractes comme sous les tropiques et l'idée m'a traversée que le taïpan, s'il était lâché dans la nature, se sentirait parfaitement à l'aise sous ce déluge. Je me suis demandé où il était, caché dans un bâtiment quelque part, ou tapi dans les broussailles, et j'ai trouvé le moyen, ou plutôt le temps, de regretter de ne pas avoir enfilé des bottes bien robustes, des cuissardes même, à la place de mes baskets.

Il n'y a pas d'éclairage public dans notre village, et, après la tombée de la nuit, il y fait toujours noir. Pour y voir quelque chose, nous comptons toujours sur nos voisins pour maintenir leurs lanternes extérieures allumées. Normalement, c'est à peu près suffisant, mais aucune n'était allumée à ce moment-là : les coupures de courant dans le comté ne nous avaient pas épargnés. Je me suis faufilée le long du manoir et j'ai traversé en courant le jardin à la française situé à l'avant. Une épaisse haie d'ifs bordait la propriété, mais j'étais à peu près certaine de pouvoir me glisser en dessous. De l'autre côté, seules les noires silhouettes des bâtiments se dressaient devant moi. Je me suis remise à courir, surveillant attentivement les alentours. Pas question de tomber dans une embuscade tendue par Allan Keech et ses amis cette nuit ; ou par quiconque, d'ailleurs.

J'ai traversé la place du village au pas de course, incapable de retenir un frisson à la vue des ténèbres sous le pont, et résolu que rien au monde ne m'obligerait jamais à y retourner. Il n'y avait personne en vue tandis que je remontais la pente en direction de ma maison. Juste avant Bourne Lane, j'ai obliqué pour emprunter en courant l'étroite allée plantée de lauriers qui menait chez Matt. Il y avait une voiture verte garée devant. La lueur d'une petite bougie vacillait derrière la fenêtre la plus proche de la porte d'entrée. J'ai cogné fort à la porte, et entendu des pas sur le sol carrelé. On tirait un verrou. La porte a pivoté vers l'intérieur de la maison.

— Je n'arrivais pas à vous...

Je me suis interrompue.

— Bonjour, a dit la femme qui se tenait sur le seuil, telle la ravissante gardienne d'un endroit où l'on ne me permettrait jamais d'entrer. Vous cherchez Matt ?

J'ai réussi à hocher la tête.

— Il a dû sortir, a-t-elle expliqué. Il aurait dû être rentré à l'heure qu'il est. Je l'attends pour passer à table.

Quelque chose venait de naître en moi : un sentiment féroce, larvé, que je devais refouler et ignorer. Je ne pouvais le laisser m'envahir, au risque qu'il me dévore tout entière.

— Il a dit où ? Ma voix était étranglée.

— Écoutez, entrez une seconde, il pleut des cordes.

Elle a reculé, et je n'ai pas eu d'autre choix que de la suivre. Durant les secondes qui ont suivi, j'ai eu le temps de remarquer que l'entrée de Matt était vaste, avec des murs en pierre. Un feu brûlait dans l'âtre, et le carrelage ancien était fêlé. Les tableaux au mur étaient d'une modernité saisissante. Mais c'était surtout la femme, qui sentait le santal et les épices indiennes, que je ne pouvais quitter des yeux. Elle devait mesurer près d'un mètre quatre-vingts, elle était mince et souple comme un brin de saule, avec une abondante chevelure ondoyante, d'un roux flamboyant.

— C'est urgent ? Je peux faire quelque chose ?

— Vous êtes de la police ?

En fait, je connaissais déjà la réponse.

— Non. Je suis Rachel, la petite amie de Matt.

Et il avait fallu que je l'incite à me le dire.

— Quelque chose ne va pas ? a-t-elle demandé.

Alors c'était ça, avoir le cœur brisé ? *Oh, je t'en prie Clara, on se concentre !*

— Je ne sais pas au juste. (Qu'avais-je le droit de lui révéler ?) Vous avez un téléphone en état de marche ?

— Non. Les lignes ont été coupées il y a une heure. Juste après l'appel de Matt. Je n'ai pas réussi à téléphoner sur aucun de nos portables. Matt a sa radio, bien sûr, mais il l'a emportée.

— Écoutez, c'est vraiment important. Savez-vous qui l'a appelé, ou bien où il est allé ?

Elle fronçait les sourcils à présent, gagnée par mon anxiété, et s'interrogeait sur le bien-fondé de son invitation à entrer.

— Oui, a-t-elle répondu lentement. C'est moi qui ai décroché. Voyons voir, comment s'appelait-il… Chris, Colin…

— Clive ? ai-je suggéré.

Je vous en prie, non…

— Oui, c'est ça. Il avait l'air très tendu. Il voulait voir Matt immédiatement. Matt lui a parlé quelques minutes avant de sortir. Il a pris sa voiture, à cause de la pluie, sans doute. Il ne peut pas quitter le village, n'est-ce pas ?

— Pas facilement, non, ai-je marmonné, réfléchissant de toutes mes forces. Et vous dites que c'était il y a une heure ?

— À peu près. Écoutez, est-ce que je dois…

— Continuez à essayer sur le portable. Essayez aussi de joindre les collègues de Matt. Demandez à parler à l'inspecteur Tasker. Dites-lui que Clara Benning est rentrée au village. Ça devrait le speeder un peu.

Rachel m'a dévisagée une seconde puis s'est tournée vers une petite table où étaient posés un stylo et un bloc-notes. Elle s'est mise à griffonner à la hâte.

— Et dites-lui de contacter ses collègues du Devon au sujet d'un certain Ulfred Dodwell et de l'hôpital psychiatrique des Deux Comtés. Vous vous souviendrez ?

— Clara Benning, Ulfred Dowell, Deux Comtés. C'est noté.

Rachel avait l'air inquiète, se demandant à quelle sorte de folle furieuse elle avait affaire.

— Merci. Et expliquez-lui qu'en roulant jusqu'à la carrière de Rickstone et en suivant mes traces vers le nord-est, il peut rentrer au village.

— Très bien.

Elle s'est dirigée vers la porte. Elle voulait que je m'en aille. Mais elle suivrait sans doute mes instructions.

— Et si qui que ce soit vient toquer à la porte, n'ouvrez pas avant d'être sûre de savoir qui c'est.

— Ne vous inquiétez pas, a-t-elle dit, en secouant vigoureusement la tête. Je ne le ferai pas.

Dans la descente, à travers la place, le long de l'allée de Clive Ventry, j'ai couru comme si les chiens de l'enfer étaient à mes trousses. Matt avait disparu depuis une heure. Il avait reçu un appel pressant d'un certain Clive, et il était sorti.

Franchissant l'arche en pierre du manoir, j'ai traversé, toujours au pas de course, la cour pavée qui s'étendait au-delà. Là, je me suis obligée à m'arrêter, à reprendre mon souffle et à faire le point.

Les bâtiments du manoir médiéval me cernaient de toute part. Des fenêtres anciennes, totalement obscures, m'observaient de tous côtés. N'importe laquelle aurait pu cacher une paire d'yeux à l'affût. Dans le petit jardin, des ifs centenaires avaient été taillés en forme de champignons géants. Des cachettes plutôt commodes pour qui voudrait se tapir. J'ai compté quatre épaisses portes en bois, dont celle à doubles battants au centre de la façade principale du manoir, qui pourraient toutes s'ouvrir en une fraction de seconde.

Trois voitures étaient garées devant la porte d'entrée. Une Jaguar sombre qu'il me semblait avoir déjà vue dans le village, et qui, à mon avis, devait appartenir à Clive Ventry, et une petite voiture grise, qui ressemblait étrangement à celle qui me collait au train la nuit où j'avais rendu visite à Sean sur l'Undercliff pour la première fois. Quelqu'un d'ici m'y avait-il suivi ? Il y avait aussi une Golf noire. La voiture dans laquelle Matt m'avait raccompagnée chez moi la veille était une Volkswagen foncée. Je me suis approchée de la Golf à grands pas, ai ouvert la portière côté conducteur. Il y avait une radio qui ne semblait pas appartenir à un véhicule civil, et sur le tapis, le dossier rouge de mes souvenirs. C'était la voiture de Matt.

Traversant rapidement la cour pavée, je me suis dirigée vers la maison. J'ai scruté l'intérieur par une fenêtre, puis par une autre. Le manoir paraissait plongé dans les ténèbres. Je ne distinguais même pas la lueur d'une bougie.

Passe par-derrière, me hurlaient tous mes instincts. *Tu n'as aucune idée de ce qui t'attend à l'intérieur. Si tu dois y entrer, retarde cet instant le plus longtemps possible.*

Mais c'est bien ce que tu ferais, a dit une autre voix calme et douce que j'ai cru reconnaître, mais dont je ne pouvais être sûre, vu l'état de tension dans lequel je me trouvais. *Tu aimerais bien retarder cet instant. Si c'est ce que tu dois faire, alors tu peux aussi bien rentrer chez toi.*

La porte d'entrée principale en chêne avait une énorme poignée en fer ronde. Elle a tourné facilement dans ma main et le battant s'est ouvert. J'ai fait un pas à l'intérieur.

47

L'ancien hall d'entrée chatoyait de mouvements qui n'étaient pas dus aux créatures vivantes que j'avais redoutées, mais à une lumière diffuse qui dansait dans la pièce. Quelques secondes se sont écoulées avant que je parvienne à en la localiser la source ; par l'une des fenêtres aux carreaux minuscules, j'ai vu que la lune était pleine. Et que dans un coin de ciel plus dégagé, épargné par la tempête, des nuages filaient devant elle à toute allure, de sorte que l'astre dardait des rayons furtifs et vacillants. Un large miroir au-dessus de la cheminée vide et les vitres renvoyaient les rais de lumière dans toutes les directions.

Je suis restée sans bouger, inspectant chaque recoin de la vaste salle, m'assurant que chaque mouvement ne correspondait à rien de plus substantiel que de la lumière ; que rien ne se cachait dans l'ombre. Juste devant moi se trouvait l'escalier sur lequel j'avais été obligée de me tenir une semaine auparavant.

Sur ma gauche, la grande table de chêne autour de laquelle les villageois avaient pris place. Divers objets en étain étaient posés dessus, mais rien ne se lovait autour d'eux. Je me suis penchée, ai scruté le sol, les pieds de chaises, en quête de la moindre forme qui pourrait se déplacer. Ce n'est qu'après que je me suis autorisée à m'éloigner de la porte.

Parvenue au centre de la pièce, j'ai tendu l'oreille. Rien, en dehors de la pluie, et du grincement de protestation occasionnel d'une vieille maison assaillie par des vents forts. Par où commencer ? La maison était immense. Parce qu'il me fallait bien faire un choix, j'ai pris à droite au hasard, en direction d'une porte en chêne sculptée au pied de l'escalier.

Tirant sur ma manche pour me couvrir la main, j'ai doucement appuyé sur la poignée. La porte s'est ouverte et je suis entrée. J'étais dans un salon au mobilier de bois sombre, finement sculpté. À l'autre bout de la pièce, se trouvait une vieille cheminée en pierre. Un courant d'air, qui s'était engouffré par la porte ouverte, a soulevé un petit nuage de cendres dans les airs, avant de le reposer doucement à terre. J'ai fait le tour de la pièce, redoutant ce qui pourrait s'approcher de moi sans bruit, par-derrière, si je gardais le dos tourné plus d'une seconde ou deux. Une porte ouverte tout au fond donnait sur le noir complet. Allumant la torche, j'ai vu une autre grande salle, lambrissée de chêne, avec du mobilier de bureau, cette fois-ci. Des rayonnages couraient le long des murs. Les rideaux des trois fenêtres étaient tous tirés. Braquant la lampe torche partout, scrutant le moindre recoin, j'ai traversé la pièce pour me retrouver devant la table de travail de Clive Ventry.

Il y avait là plusieurs téléphones, un ordinateur dernier cri et une imprimante sur le secrétaire d'époque – ainsi qu'un tas de papiers dispersés. À la lueur de ma lampe, j'ai repéré des factures, des comptes rendus, des relevés géologiques trop techniques pour moi. Rien de tout cela ne signifiait quoi que ce soit, et je me sentais nettement mal à l'aise à l'idée de rester ainsi dans un même endroit si longtemps. J'étais sur le point de faire demi-tour quand le rai de lumière a éclairé fugacement une feuille de papier qui me rappelait quelque chose. C'était une lettre officielle du BERR, le Business Enterprise and Regulatory Reform, l'ancien ministère du Commerce et de l'Industrie.

Me servant de l'extrémité de la lampe, j'ai poussé la lettre de façon à pouvoir la lire entièrement. Elle était brève, trois paragraphes seulement, et émanait de la direction du département pour l'exploration énergétique. « Cher Clive », commençait-elle, avant de poursuivre sur « l'excellente nouvelle » : le ministre avait finalement accédé à sa demande de forage.

En dépit de l'opposition locale, Clive Ventry avait reçu l'autorisation d'explorer le sous-sol autour du village à la recherche de réserves pétrolières. Si l'immense champ de pétrole *onshore* dont Matt soupçonnait l'existence gisait bel et bien sous nos pieds, Clive pourrait probablement en tirer des millions. À ajouter à ceux qu'il possédait déjà.

Et là, presque comme s'il suivait le cheminement de mes pensées, le rayon de ma lampe est tombé sur une autre lettre, cette fois d'un notaire du coin, confirmant le rendez-vous de Clive la semaine suivante, pour discuter de la modification de son testament. Le second paragraphe expliquait en effet que, en l'état actuel des choses, les biens de Clive reviendraient à tout membre survivant de la famille, avec une répartition à établir durant le règlement de la succession. Son ex-épouse, expliquait la lettre, étant donné le généreux règlement du divorce, ne serait vraisemblablement pas en droit de réclamer quoi que ce soit.

J'avais parcouru la maison sur toute sa longueur et je devais faire demi-tour. J'ai éteint ma lampe et, tout en revenant sur mes pas à travers les pièces obscures, je me suis demandé à qui Clive comptait léguer ses nombreux millions et si son oncle Ulfred pouvait prétendre à un legs. Puis je me suis souvenue de son autre oncle. La perspective d'un héritage pourrait-elle suffire à faire revenir le Révérend Archie au pays ?

Regagnant l'entrée, j'ai jeté un œil par la fenêtre. La voiture de Matt était toujours dehors.

J'ai longé l'énorme table en chêne, des vaisseliers remplis d'étain et de porcelaine ancienne, le coin où cinq personnes âgées s'étaient agglutinées nerveusement. Deux sur cinq, Violet et Ernest, étaient mortes. Combien devraient mourir encore avant qu'Ulfred soit satisfait ?

Dans le coin gauche de la pièce, au fond, trois petites marches menaient à un passage voûté. Au-delà, on ne voyait que des ombres ondoyant dans l'obscurité. J'ai envisagé d'allumer la lampe, mais cela aurait fait de moi une cible facile pour quiconque aurait été aux aguets. La marche du milieu a grincé, mais personne à part moi ne semblait l'avoir entendue.

Je me trouvais dans le couloir qui longeait l'arrière de la maison, là où des domestiques avaient dû s'empresser jadis. Un escalier de bois grimpait en spirale. Je ne distinguais pas l'extrémité du corridor, mais des manteaux et des chapeaux pendaient au mur, avec des bottes de pluie en dessous. J'ai attendu quelques secondes, histoire de m'assurer que personne ne se cachait dans la profusion de manteaux, de chapeaux et de bottes. Puis j'ai repris ma progression.

La pièce suivante était une salle à manger. Toujours le même mobilier sombre et lourd ; de la porcelaine, différents services de verres de toutes les formes et de toutes les tailles, et de l'argenterie. Était-ce réellement un célibataire qui vivait ici ? Quels délires de grandeur pouvaient persuader un homme aux origines modestes d'acheter et de conserver tant de biens pour son seul usage ?

À première vue, rien qui n'ait sa place dans une salle à manger. J'ai reculé et, très prudente à présent – cette rangée de manteaux ne me disait vraiment rien qui vaille –, je me suis avancée de quelques pas dans le couloir. Une porte sur ma droite donnait dans une petite cuisine. Il y avait un énorme piano de cuisine calé contre un mur, un évier sur le mur opposé, et des grands placards, que j'aurais vraiment mieux fait d'inspecter, je le savais, mais les battements de mon cœur s'étaient emballés. Une odeur flottait dans cette cuisine, celle que je connaissais trop bien.

Fais bien attention maintenant, Clara, tu es tout près, a dit la voix calme et familière dans ma tête.

Une porte sur ma gauche menait à une autre cuisine. Un habitué de l'architecture des manoirs aurait pu identifier là un office, une arrière-cuisine, peu importe ; ce n'était qu'une banale cuisine à mes yeux, pourvue d'un évier, d'un grand lave-vaisselle, et d'étagères remplies d'objets en verre et de couverts. L'odeur se précisait. Encore une porte, une autre pièce.

J'ai vu sur le sol la flaque luisante, sombre avant d'avoir fait deux pas dans la pièce, et compris que mes sens ne m'avaient pas trahie Impossible de ne pas reconnaître l'odeur du sang frais.

Tout doux, Clara, reste calme, a dit la voix, *encore quelques pas, seulement.*

Je ne me souviens pas avoir fait ces pas. Je n'ai aucun moyen de savoir combien de temps s'est écoulé entre le moment où j'ai pris conscience de ce que j'allais découvrir et celui où je me suis retrouvée dans la troisième cuisine du manoir, braquant ma lampe sur ce qu'il restait d'un homme.

48

J'étais ressortie. Comment je suis arrivée là, je ne le saurais jamais. J'étais adossée à la voiture de Matt, la pluie s'abattait sur moi comme un torrent glacial, se déversait sur ma tête, mais c'était le bonheur. J'ai levé les yeux et vu les gouttes tomber vers moi du ciel infini. Je les ai laissées ruisseler sur ma figure, souhaitant qu'elles aient le pouvoir de me purifier à l'intérieur, d'effacer le souvenir dans ma tête, l'odeur dans mes narines. Mais je crois avoir pensé que rien n'y parviendrait jamais.

Sur des jambes plus faibles que celles d'un bambin, j'ai traversé le jardin et contourné la maison, jusqu'à l'arrière. Il me semblait avoir déjà vu toutes les cruautés que l'animal humain est capable d'infliger à autrui. Je m'étais bien trompée...

L'homme allongé sur le sol de la cuisine n'avait plus de tête : rien qu'une masse d'os et de chairs tranchées, luisante. Des morceaux de cervelle, de visage, de chevelure avaient giclé partout par terre. Comme s'il avait littéralement explosé.

Soudain, un goût infect, accompagné d'un spasme, m'a avertie que je m'apprêtais à vomir. Je me suis arrêtée, pliée en deux, saisie d'un haut-le-cœur. Comme je n'avais rien mangé de la journée, rien n'est venu, si ce n'est de la bile. Quand j'ai pu me redresser, j'ai levé mon visage vers le ciel, espérant, pour une fois dans ma vie d'adulte, pouvoir trouver les mots pour prier d'un cœur sincère.

Parce que, si j'avais jamais eu besoin de foi, c'était maintenant.

Doucement, Clara. Cette voix, encore. D'une familiarité si obsédante, si réconfortante, qu'elle me donnait envie de me faire toute petite, de me rouler en boule, de me blottir contre la chaleur et la sécurité qu'elle représentait. *Pas de panique*, continuait la voix, *tu sais ce qu'il te reste à faire, maintenant.*

Je traversais la pelouse derrière la maison.

Tu vas te faire repérer, Clara, rapproche-toi de la haie.

J'ai regardé l'endroit où celle-ci longeait la pelouse. C'était à des millions de kilomètres de là. Soudain une image : un œil humain, sorti de son orbite, avait roulé à soixante centimètres du corps, pour s'arrêter dans la poussière sous la table. J'étais tombée. J'étais agenouillée dans l'herbe mouillée, je m'enfonçais dans la boue.

Clara, on se bouge.

Je ne peux pas.

Si, tu peux. Le pauvre homme que tu as vu là-bas n'était pas Matt.

Je me suis relevée péniblement. Il n'y avait pas de lunettes oblongues, cerclées de noir, au milieu du carnage sur le sol de la cuisine. Une petite chaîne en or autour du cou de la victime avait brillé dans le faisceau lumineux, une petite chevalière avait miroité au petit doigt de sa main gauche. Matt ne portait pas de bijoux. Et puis, cette tenue vestimentaire ne correspondait pas et le corps était plus grand, plus costaud que celui du policier. J'avais su aussitôt que j'avais sous les yeux les restes de Clive Ventry. S'il s'était agi de Matt, je crois que j'y serais encore.

Ce n'était pas Matt, ce n'était pas Matt. Le répétant entre mes dents comme un mantra, j'ai réussi à atteindre le bas de la pelouse et à escalader le muret de pierre qui séparait le jardin de Clive du reste de ses terres. Sauf que le jardin n'appartenait plus à Clive, désormais. Mais à ses deux oncles : le dangereux Ulfred, interné à vie, et Archie, qui avait déjà tenté d'éliminer son propre cousin.

« Tuer un proche. » Archie, Saul Senior, Harry et Edeline avaient tous été impliqués dans la tentative d'assassinat d'Ulfred. Il était le cousin de quatre d'entre eux et le frère de la quatrième. Était-ce suffisamment proche ? Si Ulfred prenait enfin sa revanche, cela expliquait-il le symbolisme romain que je ne cessais de lire dans les agressions ? Mais quelles étaient les chances pour qu'un homme d'une intelligence inférieure à la moyenne, ayant reçu peu d'éducation, ait seulement pu entendre parler de la *poena cullei* ? Elles semblaient assez faibles. Saul Junior, en revanche, c'était une autre histoire. S'il avait tenu le village pour responsable de la mort de ses parents, il pouvait avoir vu une forme de justice dans les rappels de l'ancien mode d'exécution. Mais qu'il ait orchestré les récentes agressions ou non, ce n'était plus de lui que je devais me soucier.

La Land Rover était là où je l'avais laissée. Aucun signal sur le portable. Il ne me restait plus qu'à espérer que Rachel ait eu plus de chance que moi-même. Ôtant ma veste trempée, je me suis hissée sur le siège conducteur.

Je vais où, là ?

Dans la maison aux serpents, bien sûr.

Je suis tombée en avant, ma tête a heurté douloureusement le volant. Pourquoi ? Pourquoi, pour l'amour du ciel, est-ce que je dois retourner là-bas ?

Parce que c'est là que Matt est allé. Il a trouvé le corps de Clive et il est parti traquer et capturer Ulfred. C'est pour ça qu'on n'a plus entendu parler de lui depuis plus d'une heure.

J'ai relevé la tête. Ulfred serait sur ses gardes. Il me verrait arriver.

Mais il y a un autre moyen d'entrer. Tu le sais bien. Tu le sais depuis le début.

Je ne peux pas.

Silence. Mais j'avais reconnu cette voix : je savais exactement à qui elle appartenait, et je savais d'expérience que si elle et moi devions nous quereller, je ne m'en sortirais jamais gagnante.

Alors à quoi bon perdre du temps ?

Il m'a fallu quinze minutes pour atteindre la rivière. Patinant dans la boue, j'ai fait marche arrière jusqu'à ce que le train arrière du véhicule touche presque le bord de l'eau, après quoi j'ai coupé le moteur. J'ai trouvé et enfilé des cuissardes de pêcheur, un pantalon étanche et un gilet de sauvetage. Déluge ou non, la rivière courait aussi vite que d'habitude. En outre, les inspecteurs du travail nous en avaient rebattu les oreilles si souvent que c'était devenu un réflexe. Quand on travaille près de l'eau, on porte la tenue adéquate.

J'ai passé une légère veste étanche sur mes épaules et suis descendue de la voiture. Sortir le canot pneumatique et le mettre à l'eau seule n'a pas été facile, mais j'ai réussi. J'ai posé le sac de matériel au fond, grimpé à bord, et poussé fort.

À un moment donné, au cours de ces dernières vingt-quatre heures, mon subconscient avait résolu le puzzle qui m'asticotait depuis des jours. Si quelqu'un vivait dans l'ancienne maison des Witcher, comment faisait-il pour y entrer et en sortir et comment se déplaçait-il dans le village sans qu'on le voie ? À présent, je savais. Il empruntait les voies d'eau et le réseau souterrain de l'ancienne mine de craie. Ce soir, j'en ferais autant.

Il y a probablement plus de ruisseaux dans notre village que de routes. Je ne sais pas combien il existe de ramifications de la rivière Liffin, mais toutes les rues, ou presque, sont parcourues d'un petit cours d'eau bordé de briques. Ils se traversent sur de très nombreux petits ponts qui passent souvent sous les routes. Quelqu'un pourrait se glisser par ces fossés avec très peu de risque de se faire repérer, surtout de nuit. Et là où les cours d'eau n'allaient pas, les galeries de craie prenaient sûrement le relais.

Au début, je me suis laissé entraîner par le courant de la rivière et n'ai utilisé la rame que pour me diriger. Mais bientôt, il me faudrait obliquer et remonter à contre-courant, pagayer dans un bras latéral envahi d'herbes hautes et soumis à un débit rapide.

La nuit où Matt et moi avions visité la propriété des Witcher, j'avais eu la conviction que quelqu'un y vivait encore. Matt avait imputé mes instincts à une nervosité bien féminine, mais la puanteur dans les toilettes, la tiédeur du mur au rez-de-chaussée, le mouvement que j'avais perçu : tous ces éléments m'avaient convaincue que la maison n'était pas abandonnée comme nous l'avions cru.

Nous l'avions fouillée soigneusement, m'avait rappelé Matt : rien n'indiquait que quiconque habite là-bas.

Sauf que nous n'avions pas tout inspecté. Il existait une pièce au rez-de-chaussée du troisième cottage à laquelle nous n'avions pu accéder. L'unique porte d'accès avait été condamnée avec des briques, mais j'avais senti de la chaleur derrière ce mur. Il y avait nécessairement moyen d'y entrer.

J'avais atteint la pointe en aval de l'île où nous avions porté secours au cygne. L'heure était venue de voir quelle force j'avais dans les bras. J'ai brusquement fait virer le canot pneumatique et me suis mise à ramer à contre-courant, en me rendant cette fois-ci derrière l'île.

Le courant était puissant, mais le bras de la rivière était abrité et le couvert des arbres retenait en partie la pluie. J'ai baissé la tête et me suis appliquée à maintenir le rythme sur la pagaie double.

L'étroit courant était envahi de débris. Des branches, des déchets, et même les corps de deux animaux noyés qui dérivaient à vive allure. Des détritus ont heurté le canot, le faisant tournoyer sur lui-même, menaçant de m'entraîner dans le courant avant que j'aie pu en reprendre le contrôle. Mes bras ont commencé à fatiguer bien avant que j'atteigne ma destination. J'ai néanmoins persévéré.

De nuit, il était plus difficile de repérer le changement de direction du courant, mais je me rappelais qu'un tronc d'arbre se trouvait dans l'eau. J'ai attendu de l'avoir tout juste dépassé, puis ai rentré la pagaie dans le dinghy et me suis emparée des branches de saule devant moi.

La rivière a commencé à me tirer en arrière, par saccades, comme si elle n'appréciait pas la nouvelle direction que j'empruntais. J'ai tenu bon et hasardé une main vers une autre branche un peu plus loin. M'y retenant, je me suis progressivement halée, avec mon embarcation, sous l'épais rideau de saules jusqu'à me retrouver plongée dans l'obscurité de l'autre côté. J'ai déniché l'amarre du canot, l'ai lancée autour d'un tronc, et l'ai bien attachée.

Le souffle court, j'ai tenté de me repérer, en vain. Les berges étaient raides, la pâle lueur de la craie obscurcie par la végétation. Des saules épais et quelques rares peupliers noirs espacés poussaient si près du bord qu'ils semblaient sur le point de sombrer dans l'eau. Il fallait que je me fasse une idée de l'endroit où j'étais. J'ai trouvé la lampe et l'ai braquée alentour.

J'étais au bord d'une rivière rapide et étroite, en gros, à une centaine de mètres de l'escarpement crayeux sur lequel était érigée la maison des Witcher. La terre, de part et d'autre de l'endroit où je me tenais, pour ce que j'en apercevais au-dessus des berges, était plantée en grande densité d'ajoncs, de coudriers, de ronces. Il serait pratiquement impossible de passer au travers. La rivière constituait le seul moyen de remonter.

Ce qui ne s'annonçait pas facile. Le terrain grimpait en pente douce maintenant et l'eau filait à toute allure. Braquant la torche sur la rive, j'ai vu des traces dans la roche qui semblaient le fait de quelque outil primitif. Je me suis dit que j'étais peut-être dans l'une des galeries de craie à présent, plutôt que dans un cours d'eau naturel.

À partir de là, il n'y avait plus moyen de remonter le canot à la pagaie. Il me faudrait continuer à pied, dans l'eau. Me retenant à une racine pour trouver mon équilibre, j'ai fait un grand pas dans la rivière, qui m'arrivait jusqu'à la taille. J'ai repris l'amarre du canot autour de l'arbre, l'ai passée au-dessus de ma tête et en travers d'une épaule. Si j'avais besoin de fuir en vitesse, il me serait certainement utile. Éteindre la lampe a été la chose la plus difficile du monde, mais il fallait que je sois invisible et que je puisse voir dans le noir.

J'ai peu à peu progressé, restant au milieu du courant pour limiter les risques que le canot se coince contre une berge et en ignorant délibérément le froid glacial et sa pression implacable. C'était pour moi le seul moyen d'entrer.

Depuis la nuit où j'avais entendu le cygne lancer ses cris, si près de la propriété des Witcher, je savais qu'il devait y avoir de l'eau à proximité dont personne ne semblait soupçonner l'existence. J'avais rapidement fait le rapprochement avec le courant anormalement fort qui parcourait le bras mort de la Liffin. J'avais compris qu'un autre ruisseau rejoignait la rivière à cet endroit, qui devait traverser le village, devenir souterrain comme tant d'autres, pour mieux réémerger de l'escarpement crayeux sous la maison des Witcher.

En grimpant la pente, j'ai remarqué des arbres poussant sur les berges quasiment à pic, aux branches grêles par manque de lumière directe, et aux feuillages presque inexistants. L'un d'eux était tombé en travers du courant, formant un dais vivant sur l'eau.

Derrière le tronc, l'inclinaison du lit de la rivière se faisait plus raide. En même temps, je me suis rendu compte que les rives s'abaissaient et laissaient passer plus de lumière. À moins de vingt mètres de moi, terriblement proche de l'arête crayeuse, se trouvait la maison des Witcher. Et de cet angle, je voyais ce dont nul autre au village ne soupçonnait l'existence : l'énorme trou béant dans l'escarpement, un peu moins de cinq mètres en contrebas des fondations de la maison, d'où se déversait la rivière noire et écumante.

L'endroit aurait dû être condamné voici des années, me suis-je dit, en approchant. Non seulement la maison était trop proche du bord du précipice instable, mais elle était posée directement à l'aplomb des anciennes excavations dont étaient criblées les fondations du village.

Dans la luminosité croissante, je pouvais distinguer les fougères qui poussaient sur les rives, éviter les branches égarées qui continuaient à fondre sur moi, repérer les yeux minuscules qui venaient observer craintivement l'étrange intrus sur leur territoire. Sur ma droite, des roches s'étaient éboulées dans la rivière et je voyais ce qui ressemblait à une sente étroite remontant depuis le bord de l'eau, s'éloignant sous les broussailles. Je me suis arrêtée une seconde pour regarder le chemin boueux. Étaient-ce des empreintes de semelles, quasiment effacées par la pluie ? Difficile d'en être certaine, et je n'avais pas le temps de me demander s'il s'agissait là d'un nouvel accès à la propriété. Je me suis remise en route et, à chaque nouveau pas, l'énorme cavité, qui s'enfonçait dans les entrailles de la maison devant moi, s'élargissait.

L'eau était moins profonde et l'effort fourni par mes cuisses m'a indiqué que je remontais une pente assez raide. L'obscurité miroitante semblait recéler une attente, et je ressentais une présence aux aguets, comme affamée, juste au-delà des ténèbres. Elle savait que j'approchais.

Pour la première fois depuis que j'avais quitté le manoir, guidée par une voix intérieure, je me suis autorisée à me demander ce que me réservait la suite. Qu'est-ce qui pouvait bien m'attendre dans la vieille demeure des Witcher – la maison aux serpents, comme je l'avais surnommée ?

Ulfred Dodwell avait été fui et redouté par ceux de son espèce toutes ses années de jeunesse. On s'était moqué de lui, on l'avait persécuté, peut-être même physiquement maltraité de la pire des façons. Jeune homme, il était entré dans une institution spécialisée, pour y passer les cinquante années suivantes. Même après que des soins constants lui avaient partiellement rendu sa vision, permis de communiquer avec son entourage, il avait continué d'éviter les gens, trouvant refuge auprès des animaux sauvages. Il avait délibérément recherché la compagnie de bêtes aussi secrètes, incomprises et redoutées que lui.

Il me fallait admettre que l'homme auquel j'allais me retrouver confrontée n'avait aucune notion de moralité. Qu'il avait appris à considérer tout le monde dans le village, moi y compris, comme autant d'ennemis. Et que je ne pouvais me permettre de l'envisager comme un homme âgé. Les hommes ne perdent pas toutes leurs forces en franchissant le cap des soixante-dix ans. Ulfred serait aussi fort que malin. Il serait sans doute dans les anciens souterrains et les cours d'eau. Il savait se déplacer sans bruit, se repérer dans le noir. Il possédait un étrange et obscur pouvoir sur les serpents. C'était une créature de la nuit.

J'ai atteint l'ombre projetée par l'escarpement. Encore quelques pas, et j'accéderais à la cave creusée par la main de l'homme et située sous la maison. J'y serais à l'abri de la pluie. Je pourrais sortir de la rivière, peut-être même me défaire un peu de ce froid qui me glaçait jusqu'aux os. Mais vues d'ici – si proches –, les ténèbres sous les roches semblaient impénétrables. En avais-je le courage ?

J'ai accroché l'amarre du dinghy à mon épaule. En sautant dans le canot, le courant m'éloignerait rapidement. Cependant, la voix dans ma tête, qui avait gardé le silence si longtemps, était toute prête à se manifester à nouveau à la moindre hésitation de ma part. Elle me dirait que je pouvais affronter Ulfred. Que j'étais jeune et forte, que j'avais une bonne vue, l'odorat développé, l'ouïe fine. Et qu'en outre, j'étais habituée aux ténèbres : je savais comment passer inaperçue, comment traquer des bêtes effrayées ou hostiles. Tout compte fait, j'étais une créature de la nuit, moi aussi. J'ai posé le pied dans l'ombre de la grotte, et l'obscurité m'a engloutie tout entière.

49

Pendant des secondes interminables, j'ai baigné dans des ténèbres aussi denses que le roc. Je pouvais presque les toucher devant moi, me caressant le visage. Puis, bien trop lentement, elles ont perdu en intensité pour prendre forme. La grotte, guère plus large qu'une faille dans la roche, maintenant que je m'y tenais, s'étirait devant moi, s'enfonçant profondément dans l'escarpement. Le plafond rocheux se trouvait à moins d'un mètre au-dessus de ma tête, constituant l'étroite voûte de craie qui supportait la maison. À ma droite, un rocher grossièrement arasé formait un replat sommaire et, au-delà, j'apercevais une échelle. Je me suis hissée hors de l'eau, sans lâcher mon amarre, et j'ai remarqué un petit anneau en fer planté dans le roc. Quelqu'un avait l'habitude d'amarrer son bateau ici.

Je me suis enfoncée le long de la roche. La pluie, tombant toujours aussi violemment, se déversait hors de la grotte comme une chute d'eau. Mais, à l'entrée, poussaient d'épais sureaux et ronciers. Je me suis agenouillée pour chercher une branche suffisamment robuste afin d'y attacher le dinghy. Après quoi, j'ai tiré des ronces dessus jusqu'à le recouvrir presque entièrement. Il pouvait échapper à la vue d'une personne qui arriverait dans le noir, par une pluie battante.

La vieille échelle, posée contre la paroi rocheuse de la fissure, était rouillée. Comme si elle avait pu autrefois servir dans une mine. Les barres de sécurité, qui y avaient été fixées tous les soixante centimètres, avaient disparu depuis longtemps : il n'en subsistait que les extrémités. À une soixantaine de centimètres au-dessus de moi, une trappe en bois avait été installée dans le plafond rocheux. Veillant à ne pas faire de bruit, j'ai pris l'échelle pour voir si je pouvais la caler contre la trappe. Par chance, à moins que quelqu'un ne l'ait conçu ainsi, le trou était plus grand que la trappe, et le bout de l'échelle s'est inséré facilement dans l'espace compris entre la roche et le bois. J'ai vérifié sa solidité et entrepris d'y grimper.

Au sommet, je me suis retrouvée avec le visage pressé contre le bois sec, et nettement plus chaud que je ne m'y attendais. Je n'entendais rien. J'ai glissé ma main jusqu'à une petite poignée métallique, et j'ai tourné. La trappe m'est tombée dessus. Je l'ai laissée venir. Puis je suis montée.

Ignorant la puanteur, j'ai sorti ma lampe et l'ai allumée. J'ai balayé les lieux, inspectant les moindres recoins, toutes les ombres, mesurant la pièce, surveillant les endroits où l'on aurait pu se cacher, guettant le plus petit mouvement brusque. Ça grouillait là-dedans, mais pas de vie humaine. J'ai achevé de me hisser et me suis éloignée de la trappe.

La pièce était petite, comme je l'avais prévu, et avait dû, à un moment donné, faire partie de la maison. Quelques restes de plâtre effrité pendaient encore aux murs, et des fils électriques sortaient là où des appliques avaient sûrement été fixées autrefois. Contre une paroi, un étroit escalier dépourvu de rampe montait à l'étage du dessus. En face, se trouvaient un matelas et un tas de couvertures souillées, en partie responsables de l'effroyable odeur.

J'ai fait trois pas, devant des restes pourrissant de nourriture en boîte et de lait caillé, toujours en bouteilles, sans doute fauchées sur les seuils. La chaleur qui régnait dans la pièce provenait de quatre poêles à gaz installés dans les coins, et à plein régime. Des bouteilles de gaz en réserve étaient rangées le long d'un mur. Je n'arrivais pas à croire qu'Ulfred ait pu les apporter ici sans aide. Elles avaient peut-être été emmagasinées par les Witcher pour Dieu seul sait quelle raison. Une soudaine série de grosses coupures de courants ? La fin du monde ? Ou alors, elles pouvaient apporter une preuve supplémentaire qu'Ulfred recevait de l'aide extérieure.

Ulfred se servait de ses poêles à gaz pour garder sa ménagerie en vie. C'était comme de se retrouver chez Sean à nouveau, mais dans une version parallèle cauchemardesque. Des terrariums de fortune s'offraient de toute part à la vue : un grand aquarium avec couvercle en contreplaqué, des boîtes de rangement en plastique, des seaux métalliques, et même des boîtes à chaussures. Avec précaution, j'ai soulevé le couvercle de l'une d'elles, pour y trouver une demi-douzaine de jeunes couleuvres se tortillant à l'intérieur.

J'ai fait le tour de la pièce, plongeant le regard dans les boîtes transparentes, ôtant soigneusement les couvercles de celles qui ne l'étaient pas. Dans un seau, j'ai trouvé une vipère morte et une autre qui ne tiendrait sans doute plus bien longtemps. Dans un Tupperware, huit œufs de couleuvres. Elles ne pondaient jamais aussi tôt dans l'année, mais il était possible que la chaleur ambiante ait déréglé leur cycle de reproduction.

Aucun des reptiles ne se portait bien. L'espace dans lequel ils vivaient était trop exigu, insalubre et inadapté. Il faisait trop chaud dans cet endroit pour des serpents britanniques. Je me suis demandé à quand remontait leur dernier repas. Je me suis souvenue de mes bébés chouettes et j'ai compris, enfin, ce qui leur était arrivé. J'ai continué à fouiller les lieux jusqu'à être sûre d'avoir inspecté toutes les boîtes et tous les aquariums. Je n'avais identifié que des spécimens britanniques, pour la moitié d'entre eux morts ou mourants.

Nul signe du taïpan. Ou de Matt. Il ne me restait plus qu'à explorer le reste de la maison.

Éteignant ma lampe, je me suis approchée de l'escalier, dont le sommet était plongé dans l'obscurité. Parvenue à mi-hauteur, j'ai cru percevoir autre chose que la tempête à l'extérieur. Je me suis arrêtée, mais le bruit ne s'est pas répété et j'ai continué. Je ne distinguais plus les marches sous mes pieds ou quoi que ce soit devant moi. Tâtant prudemment du bout des orteils, un bras tendu devant moi, l'autre se cramponnant au mur, j'ai repris mon ascension.

En haut, angoissée à l'idée de rallumer ma lampe, j'ai tâtonné alentour. Des murs de briques des deux côtés. J'ai fait un pas en avant, mes deux bras tendus. Du bois. Mes doigts ont couru sur la surface rugueuse une seconde avant qu'il ne bouge. J'avais poussé une porte. En y plongeant le regard, j'ai découvert une pièce familière. Celle-là même où je m'étais trouvée avec Matt, quelques secondes avant que l'aquarium de verre ne s'écrase, en bas. Un pan de mur entier était tapissé de placards, du sol au plafond. Matt n'avait pas réussi à en ouvrir un seul : il s'était imaginé que le bois s'était déformé au fil des ans. Pas du tout ! Ils étaient fermés de l'intérieur, et je m'apprêtais à en sortir.

Ce bruit à nouveau, plus fort cette fois-ci, plus net. Quelque chose de lourd glissait sur le parquet. Un grognement sourd, guttural et ensuite – oh non !... – le gémissement étouffé d'une voix que j'étais sûre de reconnaître. Quelque chose venait vers moi, en provenance de la pièce d'à côté. J'entendais des pas lents, pesants, et le bruit d'un chargement qu'on traînait, qui s'accrochait aux angles, qu'on relâchait soudain.

Il n'y avait nul endroit où se cacher dans l'antre rance, rempli des serpents d'Ulfred. Même si j'arrivais à franchir de nouveau la trappe à temps, je n'aurais plus aucun moyen de savoir ce qui se passait au-dessus de moi. Je devais voir ce que – ou qui – traînait Ulfred. J'ai reculé dans le placard, refermé la porte autant que possible, puis me suis glissée de côté. Les placards communiquaient peut-être l'un avec l'autre et je pourrais me retrancher tout au fond dans le noir, loin de la porte et des escaliers.

Je n'ai pas eu cette chance. J'ai parcouru un mètre ou deux avant de rencontrer une solide cloison en bois. J'ai fouillé dans ma poche, dans laquelle devait se trouver un couteau. Je n'avais jamais imaginé me servir d'un couteau contre un être vivant, mais je ne me laisserais pas piéger comme un lapin impuissant dans son collet. Ma main s'est figée avant d'avoir pu dénicher ce qu'elle cherchait. La porte du placard s'ouvrait.

J'ai retenu mon souffle, me suis pressée contre le mur du fond et une silhouette informe s'est présentée dans mon champ de vision. Seuls les marmonnements étouffés qui lui sortaient de la bouche m'indiquaient qu'il s'agissait d'une forme humaine. Elle répétait quelque chose du genre : « lélou, cé dom ». Quoi que cela puisse signifier dans l'esprit d'Ulfred, je n'y trouvais aucun sens. Ensuite, ce dernier s'est penché en avant, j'ai entendu grommeler quand il s'est saisi de quelque chose qu'il a tiré au travers du placard puis dans l'escalier.

Quoi qu'il traînât, c'était lourd, et Ulfred haletait péniblement. À chaque nouvelle inspiration, je percevais un sifflement discret dans ses poumons. Plusieurs mois passés à vivre seul dans la maison des Witcher n'avaient rien fait pour améliorer sa santé. Il a fermé la porte, nous plongeant dans l'obscurité complète. Il est resté rigoureusement immobile à respirer bruyamment par le nez. Ensuite, le silence. Ulfred retenait son souffle.

Nous sommes demeurés là, tous les deux, dans un univers si noir qu'il aurait pu s'agir du vide, et j'ai compris, allez savoir comment, qu'il avait senti une présence. Les secondes s'écoulaient et il ne bougeait toujours pas. Que faisait-il ? Il n'écoutait pas. Ulfred était sourd. Espérait-il voir quelque chose ? Consciente qu'un cillement risquait le plus de me trahir, je me suis obligée à fermer les yeux. Pouvait-il me sentir ? Moi oui, en tout cas. Touchait-il les murs, attendant que je trahisse ma présence par une vibration ? Je n'aurais désormais plus le temps de trouver mon couteau, mais je tenais fermement ma lampe torche. S'il s'approchait de moi, je la lui assènerais de toutes mes forces sur la tête. Je ne supportais plus de garder les yeux fermés plus longtemps et je les ai entrouverts. La silhouette de la personne la plus dangereuse que j'eusse jamais croisée de ma vie se dessinait toujours, immobile, à moins d'un mètre de moi.

Quand j'ai compris qu'il me faudrait bientôt hurler, alors que j'étais pratiquement en train de commencer le décompte dans ma tête, il s'est remis en mouvement, et la tension s'est brutalement relâchée.

Je l'ai entendu descendre l'escalier de son pas lent, pesant, tirant sa proie derrière lui. Quelque chose de dur et de lourd comme de l'os cognait sourdement sur chaque marche et je me suis rendu compte que ma terreur m'empêchait de ressentir la fureur. Était-ce le crâne de Matt qui heurtait ainsi en cadence le bois dur des marches ? Combien de coups faudrait-il pour provoquer de sérieuses lésions cérébrales ? Pour le tuer ?

J'ai fait un pas en avant, me disant juste que je pouvais me jeter du haut des marches, lui tomber dessus, lui crever les yeux...

Ça va pas ?!....

Il faut que je tente quelque chose. Je ne peux pas rester plantée là pendant que...

Pour l'amour du ciel, Clara. Il est bien trop fort pour toi. Attends et réfléchis.

Tremblante, je me suis obligée à rester sans bouger, juste hors de portée de vue de l'escalier. Des bruits venus d'en bas m'ont indiqué qu'Ulfred se déplaçait plus facilement. Il ne traînait plus ce qu'il avait tiré en bas des marches. Ensuite, un grincement de bois et un tremblement dans la paroi à laquelle j'étais adossée m'ont signalé qu'Ulfred, une fois de plus, remontait l'escalier. J'ai reculé d'un pas. Remontait-il pour moi ?

J'ai fermé les yeux, laissé retomber ma tête et retenu mon souffle. Le cas échéant, j'étais décidée à me battre avec acharnement. J'avais toujours ma lampe. Et un couteau dans ma poche – pourquoi ne l'avais-je pas sorti quand j'en avais eu l'opportunité ?

Ulfred a atteint le sommet des marches. Il s'est arrêté un instant pour reprendre son souffle, et j'ai su que c'était fini. Je sentais son regard posé sur moi. Je me suis préparée à bondir. Puis j'ai entendu le bruit d'une targette en bois qui glissait et la porte du placard s'est rouverte. Dans la très chiche lueur montant de la pièce au-delà, j'ai vu Ulfred faire un pas et refermer la porte du placard derrière lui.

J'ai écouté ses pas s'éloigner.

Bon ! le moment serait peut-être bien choisi pour agir !

OK, OK ! J'ai fait un pas en avant et allumé la lampe. En une seconde, j'ai trouvé les pièces de bois coulissantes qui, une fois tirées, verrouillaient effectivement les placards de l'intérieur. Je les ai mises en place.

Consciente que des portes de placard ne pouvaient constituer une défense réellement efficace contre Ulfred, j'ai tourné les talons et dévalé les marches. C'était tellement plus facile maintenant que j'osais me servir de ma lampe. En bas, j'ai foncé droit sur la forme étendue face contre terre près du mur du fond. Je n'ai pas eu besoin de voir son visage pour savoir qui c'était. J'avais porté sa veste.

J'ai attrapé Matt par l'épaule. Quand je l'ai tourné vers moi, il a gémi doucement. L'immense soulagement que j'ai éprouvé de le savoir vivant n'a duré qu'une seconde. Jusqu'à ce que je rencontre ses yeux gris, baignant dans le sang. Un filet rouge tombait goutte à goutte de sa bouche. Un son faible, rauque, s'échappait de ses lèvres, et j'ai compris qu'il luttait pour respirer.

— Matt !

C'était stupide de lui parler, je le savais, mais je n'ai pas pu m'en empêcher. Les yeux rouges de Matt se sont rivés sur les miens. Ses lèvres ont bougé de nouveau.

— Bras, a-t-il prononcé dans un souffle. En essayant de tourner la tête vers son bras droit.

J'ai tiré sur la veste et réussi à en dégager son bras. Sa chemise était rouge de sang. Dénichant enfin mon couteau, je l'ai glissé sous le col de sa chemise et j'ai coupé vers le bas, écartant les pans de tissus détrempés jusqu'à pouvoir examiner sa chair.

Ce n'était pas une morsure de vipère. Même sans le saignement abondant, je l'aurais su. Le taïpan l'avait mordu en haut de l'épaule, et déjà la peau autour de la plaie était enflée et virait au violet. Ses chairs se nécrosaient sous mes yeux. Pire encore, le poison s'engouffrait dans son organisme, dévorant ses organes, paralysant les fonctions dont il avait besoin pour rester en vie. Dans peu de temps, il ne serait plus en mesure de respirer sans aide. Au matin, ses organes internes se seraient dissous. Il ne serait plus qu'une enveloppe en décomposition.

« Si vous vous faites mordre, vous n'avez que quelques heures, vous le savez, n'est-ce pas ? »

Il y a tout juste un peu plus d'une heure, Matt sortait de chez lui. Il restait encore du temps. Dans l'une des nombreuses poches de mon manteau, j'ai trouvé la boîte d'ampoules que m'avait donnée Sean, ainsi qu'une seringue que j'avais prise dans la trousse de la Land Rover. Je l'emportais pour les cas où je devais injecter des tranquillisants à des gros mammifères. Matt pourrait passer pour un gros mammifère. J'ai jeté un rapide coup d'œil aux instructions portées sur la boîte. L'antivenin devait être administré lentement, si possible dilué dans un goutte-à-goutte intraveineux. Le temps manquait pour ce genre de raffinement, mais il me fallait quand même rester prudente. J'ai rempli la seringue, trouvé une veine puis, avec une lenteur insoutenable, surveillant ma seconde main sur ma montre tout du long, j'ai injecté dans le bras de Matt l'unique substance au monde capable de le sauver. J'ai pris une seconde ampoule et recommencé. Avant d'être obligée de m'arrêter.

Je ne pouvais pas administrer à Matt la dose entière d'une traite : cela risquait de le tuer aussi sûrement que la morsure. Je lui avais donné une chance de se battre, mais il fallait qu'il aille à l'hôpital à présent. J'ai trouvé une petite poche intérieure dans sa veste, dans l'intention d'y fourrer le reste des ampoules, mais j'ai dû en ressortir un document plié pour les y faire tenir. Je ne l'aurais sûrement pas consulté si je n'y avais vu le nom de Clive Ventry, ainsi que son adresse, dans le coin supérieur gauche.

Consciente de gâcher peut-être là de précieuses minutes, je l'ai lissée avant d'éclairer de ma torche un compte rendu émanant d'un laboratoire génétique, adressé à Clive. Il le remerciait pour les échantillons récents, l'informait qu'on avait utilisé la méthode d'amplification en chaîne par polymérase, la plus récente et fiable en usage actuellement. Il continuait en établissant, avec un degré de certitude de

99,99 pour cent, qu'il n'existait aucun lien de parenté entre le sujet A et le sujet B.

Était-ce pour cette raison que Clive avait voulu parler à Matt ? Très certainement, mais je n'avais aucune idée de ce que cela signifiait. Consciente de manquer de temps, j'ai fourré le papier dans ma poche, mis les ampoules d'antivenin dans la veste de Matt et ensuite, avec un petit feutre à bille, écrit le mot « poche » sur son front. Sans grand espoir, j'ai vérifié si mon portable captait un signal. Rien du tout.

La respiration de Matt était courte et superficielle, bien trop rapide. Il souffrait abominablement. Et ça ne ferait qu'empirer, parce qu'il fallait qu'il bouge.

J'ai rangé le couteau dans une poche de mon pantalon et, l'attrapant sous les bras, l'ai tiré vers moi. Il était à peine conscient.

— Allez, ai-je dit, aussi fort que j'ai osé. Il faut qu'on s'en aille d'ici. Il faut qu'on vous emmène à l'hôpital.

Je le tirais, par saccades, m'efforçant de le soulever, mais c'était un poids mort. Le temps que je parvienne à l'asseoir, j'étais sur le point de sangloter de désespoir. Jamais je ne parviendrais à lui faire descendre l'échelle et à le sortir de la grotte toute seule. J'ai pris sa tête entre mes mains, l'obligeant à me regarder.

— Matt, Sean m'a donné de l'antivenin.

Son visage était à quelques centimètres du mien. J'ai cru distinguer une lueur de compréhension dans ses yeux.

— Si on arrive à vous emmener chez le médecin, vous vous en sortirez. Mais si vous restez ici, vous allez mourir. Il faut que vous vous leviez.

Et l'ange s'est levé. Il a fourni un effort gigantesque – pauvre cœur, déjà affaibli par le cocktail toxique qu'on l'obligeait à faire circuler – et, reposant de tout son poids sur moi, a presque réussi à se tenir debout. À la dernière minute, il est retombé à quatre pattes, mais qu'importait : il pouvait ainsi ramper. Je l'ai poussé en avant, le pressant tout du long jusqu'à la trappe.

Dieu de miséricorde, comment allais-je me débrouiller pour le faire descendre ?

M'enfin, Clara, sers-toi de ta cervelle : comment t'y prends-tu pour soulever un chevreuil ?

La corde ! J'avais vu une corde, j'en étais certaine. Je me suis tournée dans tous les sens et je l'ai repérée. Fine, en nylon, une corde à linge sans doute, mais elle ferait l'affaire. Je l'ai attrapée, passée autour de la poitrine de Matt, sous ses aisselles et l'ai nouée par un nœud de chaise. Puis j'ai cherché du regard quelque chose de solide, susceptible de supporter le poids. Il n'y avait rien d'évident, mais on pouvait peut-être s'en sortir avec l'échelle elle-même. J'ai glissé la corde au-dessus du barreau supérieur et enroulé le reste autour de ma taille. Puis j'ai fait pivoter les jambes de Matt de façon à les laisser pendre par la trappe. Ses yeux ont croisé les miens.

— Un petit effort, là, ça ne serait pas de refus...

Sa bouche a été prise d'un spasme, il a tendu un bras et s'est saisi du premier barreau. Ensuite il est tombé en avant, dans le vide, et la corde de nylon s'est profondément incrustée dans mes mains et sur ma taille.

Pas tout à fait prête, j'ai senti le poids de Matt me tirer en avant, et j'ai dû pousser de toutes mes forces des deux pieds sur les barreaux du haut. Matt était désormais suspendu dans les airs comme par magie et la corde me sciait en deux. J'ai commencé à donner du mou. Centimètre par centimètre, Matt s'est rapproché peu à peu du rocher en contrebas. Mais, quelque part dans la maison, ça bougeait de nouveau. Ulfred revenait.

J'ai tenté de libérer plus de corde. L'échelle a glissé sur le côté et Matt est tombé comme une pierre, atterrissant lourdement. Il a failli m'entraîner avec lui, mais au dernier moment, j'ai lâché la corde.

Le plus dur étant fait, j'ai redressé l'échelle et me suis laissé glisser en bas en quelques secondes. J'ai débarrassé Matt de sa corde à linge d'un coup de couteau, puis, l'abandonnant là où il avait atterri, ai couru chercher le dinghy et l'ai libéré des ronces. L'entraînant plus avant dans la grotte, je l'ai attaché à l'anneau d'amarrage et me suis arrêtée un instant pour trouver un moyen de le hisser à bord.

— Désolée, Matt, me suis-je excusée, entre mes dents.

Je n'avais pas le choix. Tirant tour à tour sur ses épaules, sur son dos, je l'ai fait rouler sur la pierre jusqu'à réussir à l'embarquer dans le canot, en préservant sa tête. Je me suis assurée que ses bras et ses jambes étaient bien à l'intérieur et que sa tête était protégée.

Tout irait bien. Tout ce qu'il me restait à faire maintenant, c'était détacher l'amarre, grimper à bord avec lui et l'eau nous emporterait tous les deux là où j'avais laissé la Land Rover. Je le conduirais aux urgences les plus proches, et les médecins seraient en mesure de lui administrer le reste de l'antivenin. On peut survivre à une morsure de taïpan, pour peu qu'on reçoive l'injection et des soins médicaux à temps. Matt allait s'en tirer.

En une fraction de seconde, j'ai enregistré la nouvelle odeur – une odeur de pipe.

Clara, attention ! a hurlé dans ma tête la voix de ma mère. J'ai libéré l'amarre en tirant dessus d'un coup sec, puis poussé fort sur le canot. La rivière l'a embarqué et il s'est éloigné de moi, de la grotte, emporté dans la ravine. Je me suis retournée alors même que la silhouette trapue, familière, atteignait le bas des marches, et j'ai compris que c'était Ulfred que j'avais vu attraper des serpents dans le champ de Ventry quelques nuits plus tôt, et non les frères Keech. Ulfred a allumé une torche et l'a braquée sur moi. J'ai eu un moment pour me demander si je pouvais sauter dans la rivière et patauger dans le courant à la suite du dinghy de Matt, s'il y avait la moindre chance que je ne sois pas rattrapée. J'ai reculé d'un pas.

Si j'avais croisé Ulfred dans ce champ cette nuit-là, avec qui était-il ? Clive Ventry ? Ou…

Ç'aurait pu être le tonnerre qui a retenti après. Plus vraisemblablement, c'était le bruit de la lourde pierre qu'on m'assenait sur le crâne. Le monde s'est mis à vaciller comme un vieux film projeté sur un écran de cinéma usé jusqu'à la trame. Ensuite, il s'est simplement évanoui.

50

Je n'avais pas envie de me réveiller. Comment pouvait-on souffrir autant et être encore en vie ? Les os de mon crâne devaient être broyés : rien d'autre ne pouvait justifier la douleur paralysante dans ma tête. J'avais la nausée, sentais que j'étais sur le point de vomir, mais ne parvenais pas à bouger un muscle. J'allais mourir ici, par terre sur la pierre humide, à m'étrangler sur les restes expulsés de mon propre estomac, et cette fin me serait une bénédiction.

Je n'ai pas vomi. Il ne me restait plus rien dans les entrailles, mais une soudaine quinte de toux m'a contrainte à ouvrir les yeux. Le sol de craie brute de la grotte avait changé. La pierre était lisse, taillée en formes régulières, et ces cris stridents et atroces n'étaient pas dans ma tête. Ils émanaient de douzaines de minuscules créatures qui tournoyaient dans les airs, loin au-dessus de moi. Je me trouvais dans l'ancienne église.

La boucle de mon gilet de sauvetage s'enfonçait dans ma poitrine. J'ai essayé de ramener une main devant, dans l'intention de me soulever légèrement, de me tâter le crâne, pour tâcher d'estimer l'ampleur de dégâts, et me suis aperçue que je le ne pouvais pas. J'avais les bras liés sur le côté avec la corde à linge dont je m'étais servie pour descendre Matt hors de la maison.

Pressée contre la pierre comme je l'étais, je ne voyais pas grand-chose. Le simple fait de bouger les yeux me faisait mal. Mais j'étais en mesure de comprendre qu'on m'avait attachée à l'avant de la nef. D'une part, parce que je sentais les eaux stagnantes des fonts baptismaux, dans lesquels avait failli se noyer Ulfred. D'autre part, je distinguais tout juste quelques rangées de bancs, quelques-uns renversés. Ainsi qu'Ulfred, en personne, à moins de trois mètres de là, tranquillement assis au premier rang.

J'ai cligné des yeux, et son image est devenue plus nette. Il ressemblait vraiment beaucoup à Walter. Ses yeux étaient peut-être un peu plus petits, son menton plus prononcé. Ulfred avait plus de cheveux que son cousin et il était légèrement plus large d'épaules. À part ça, ils auraient pu être frères, tout comme passer facilement l'un pour l'autre à quelque distance et sous un faible éclairage. Sauf que je ne pouvais imaginer Walter tel que je voyais Ulfred maintenant, coupé du monde, attentif seulement au fin taïpan papou qui reposait sur ses genoux. J'ai vu ses doigts noueux s'étendre pour caresser le serpent, courir sur toute sa longueur. J'observais la façon dont le serpent se laisser manipuler, sans songer à s'enfuir ou se défendre.

Ne bouge pas, me suis-je dit, choisissant de refermer les yeux. Tant qu'Ulfred me croirait inconsciente, il me laisserait peut-être tranquille. Si Rachel avait réussi à joindre la police et à leur transmettre correctement le message, ils seraient sûrement en route. Ils étaient peut-être même arrivés au village, en train de faire ce que j'avais fait, de remonter la piste de Matt jusqu'à la maison de Clive Ventry. Ils trouveraient le corps de Clive. Ils se mettraient à la recherche de Matt. À la mienne aussi.

Mais la dernière fois que j'avais essayé, il n'y avait aucun signal sur le réseau. Et peut-être avait-elle oublié la route indiquée pour accéder au village.

Respire normalement, ne te laisse pas trahir par des battements de cils. J'allais m'en sortir. Après avoir trouvé le corps de Clive, Matt avait dû envoyer un message radio pour demander de l'aide. Confrontée à un nouveau meurtre, la police viendrait même à pied s'il le fallait. Mais cela supposait que Matt ait vu Clive. S'il s'était contenté de repérer Ulfred en train de quitter le manoir et décidé de le suivre, il n'avait peut-être pas eu l'occasion de demander de l'aide. Oh Seigneur...

Rose Scott, la directrice de l'hôpital psychiatrique, avait dû donner l'alarme, prévenir les autorités qu'Ulfred avait resurgi dans son village. D'une façon ou d'une autre, une aide était acheminée, forcément. La question était juste de savoir si elle me parviendrait à temps.

Un mouvement dans l'église. Des pas. Mais Ulfred était toujours assis sur le premier banc. Avant de me rappeler de ne pas bouger, je m'étais raidie.

— Je pensais bien que vous étiez réveillée, ma chère.

Les lèvres d'Ulfred n'avaient pas bougé, mais jamais je ne lui aurais attribué cette voix de toute façon. Il ne restait rien du Dorset rural dans la voix profonde et distinguée, qui s'adressait à moi en cet instant. Archie Witcher, avec toutes les nuances et les modulations de son pays d'adoption, avait fini par rentrer au bercail.

J'ai replié mes jambes, poussé fort et me suis balancée jusqu'à me mettre à genoux. Le sang qui s'écoulait de ma tête emportait avec lui un peu de la douleur. J'ai pu fixer mon regard sur l'homme, de plus d'un mètre quatre-vingts, qui se tenait devant moi.

Archie était aussi bel homme qu'ils l'avaient tous décrit et bien plus beau que sur la photo. Il avait un visage qui avait dû frôler le sublime autrefois, tant ses traits et ses proportions étaient parfaits. Le teint blanc était sillonné des rides auxquelles on pouvait s'attendre chez un homme de plus de soixante-dix ans, mais n'en restait pas moins un visage saisissant, fascinant, surtout ses yeux – d'un doux turquoise lumineux, bordé de cils noirs. C'était un homme au physique idéal dans l'automne de sa vie. Et, quand il aurait hérité de la fortune de son neveu, les années qui lui restaient à vivre promettaient d'être très agréables en effet.

Et je n'ai pu m'empêcher de ressentir un soupçon de déception. Ainsi donc, tout ça n'aurait été qu'une histoire d'argent ? Archie n'était-il revenu, fuyant le scandale et de possibles poursuites judiciaires, des États-Unis, que pour convoiter les immenses richesses dont il pourrait hériter si son neveu décédait avant lui ?

— Je suis sincèrement navré d'avoir dû vous déplacer, Miss Clara, a dit Archie. J'ai de l'eau, si vous voulez.

J'ai hoché la tête, réussi à émettre un rauque « Oui, s'il vous plaît ». Pour l'heure, il me fallait gagner du temps. La fuite était impossible, mais les secours étaient en route. Il fallait juste que je leur laisse le temps.

Archie s'est détourné et éloigné, et je me suis souvenue de cette réunion de village chez Clive Ventry, une semaine auparavant jour pour jour, quand j'avais vu un grand homme vêtu de noir disparaître le long du couloir à l'étage. Rose Scott m'avait rapporté qu'Ulfred avait reçu la visite d'un homme distingué avec un accent. Je m'étais imaginé que c'était Clive ; il aurait fort bien pu s'agir d'Archie.

Alors que ce dernier disparaissait de ma vue, je me suis demandé qui avait porté les coups fatals à Clive. Ulfred, qui caressait toujours le serpent d'un air absent, n'avait guère l'air que d'un vieux monsieur triste, légèrement perplexe. Il s'était certainement introduit chez moi et m'avait fichu une trouille bleue, mais...

Les pas revenaient.

Ulfred ne m'avait pas vraiment blessée cette nuit-là. Il avait eu une autre occasion de le faire quelques jours plus tard, dans la mine de craie. Je m'étais trouvée à quelques pas de lui, l'avais entendu respirer, mais il m'avait laissée partir. Ulfred avait-il réellement tué quatre personnes ? Ou bien son cousin Archie s'était-il servi de lui, l'avait-il aidé à fuir de l'hôpital, puis caché dans la vieille maison de famille, lui apportant de quoi se chauffer et se nourrir ? La présence d'Ulfred dans le village n'était-elle qu'un écran de fumée ? Archie avait-il aussi imaginé les incidents liés aux serpents pour suggérer, de la plus astucieuse façon qui soit, l'implication d'Ulfred ?

Archie s'est rapproché et accroupi jusqu'à ce que son visage soit presque à la hauteur du mien. Il portait une chemise et un pantalon noirs, mais j'apercevais des douzaines de taches sombres, luisantes sur ses vêtements. La main portant le verre d'eau avait une teinte rougeâtre, comme la main d'un boucher. J'ai lancé un bref coup d'œil à Ulfred. Ses vêtements étaient sales mais sans la moindre trace de sang visible. Je commençais à comprendre lequel des deux hommes avait réduit la tête de Clive Ventry en bouillie.

C'est pourtant Ulfred qui allait payer pour tout ça. J'entrevoyais même la logique tordue de la manœuvre. Ulfred, s'il était reconnu coupable, retournerait simplement là où il avait séjourné depuis cinquante ans. Mais pourquoi diable Archie avait-il tué trois autres personnes en plus de son neveu fortuné ? Que pouvait-il donc bien avoir à gagner avec la mort de John Allington, Violet Buckler et Ernest Amblin ?

Archie a porté le verre à mes lèvres et j'ai bu. L'eau fraîche m'a fait un peu de bien.

— Merci, ai-je dit en regardant le sol dallé quand le verre m'a été retiré. Je… je peux vous poser une question, Révérend Witcher ? S'il vous plaît.

Je gardais les yeux baissés, et parlais à voix basse. Il ne devait pas voir en moi une menace.

— Bien sûr, mon enfant.

L'haleine d'Archie était forte, acide, comme celle de quelqu'un qui n'a pas mangé depuis un moment. Il parlait aussi doucement que moi. Nous échangions des murmures, dans cette église oubliée de tous, pendant que la tempête faisait rage autour de nous. Que pouvais-je demander sans risquer de l'inquiéter ? Puis ça m'est venu.

— Pourquoi… pourquoi Ulfred a-t-il laissé le serpent dans le berceau du bébé ? ai-je demandé, risquant un regard.

Archie a secoué la tête avec un air contrit.

— Je remercie le ciel que vous ayez été là à temps, Miss Clara, a-t-il répondu. Quel terrible accident cela aurait été ! Pauvre petit innocent !

— Mais… accident… il ne lui voulait pas de mal ?

— Bien sûr que non. Mais les parents de la chère petite élèvent de la volaille. Ils avaient des poussins nouveau-nés. Ulfred en avait besoin pour…

Il a eu l'air indécis, comme si la délicatesse l'empêchait de se montrer plus explicite.

— Nourrir ses serpents, ai-je achevé à sa place, baissant les yeux.

— Oui, c'est bien ça. Je suppose, d'après ce qu'il m'a dit, que les parents du bébé ont été dérangés quand Ulfred a pénétré dans leur propriété. Il a dû oublier le serpent derrière lui, un de ses préférés, dans sa fuite. Comme cela a également été le cas avec le taïpan chez le docteur Amblin. Ce cher Ulfred a bien des mérites mais n'est pas toujours... comment dire ?.... parfaitement fiable.

Ainsi donc, la petite Sophie et les enfants Poulson n'avaient pas été visés. Ils se trouvaient juste au mauvais endroit au mauvais moment.

— Comment Ulfred rentre-t-il chez les gens ? Je posais encore une fois la première question qui me venait à l'esprit.

J'avais compris comment il était entré dans la mienne, mais pas chez les autres.

— Il se sert des anciennes clés d'Edeline ?

J'ai levé les yeux une seconde et j'ai vu Archie sourire et secouer la tête.

— Ce cher Ulfred ne manque pas de ressources. Je sais à peine comment il accomplit la moitié de ce qu'il fait, Miss Clara. Les anciennes clés d'Edeline ont certainement été utiles, mais Ulfred possède un réel talent pour se glisser là où il veut. Il n'est guère de maisons dans le voisinage qu'il ne connaisse comme sa poche. Il a grandi dans ce village, vous comprenez.

Tout comme Archie ! Quelque chose dans sa façon de parler me chiffonnait. Même au bout de cinquante ans, s'exprimerait-il de façon aussi typiquement américaine ? Il avait, en plus de l'accent, complètement assimilé les rythmes du discours et le phrasé d'outre-Atlantique.

Il s'est penché vers moi de nouveau.

— Au fait, Miss Clara, qu'avez-vous fait de l'autre taïpan ? Ulfred est très attaché à ses serpents, vous comprenez. Il est dans cette maison sur le Lyme Undercliff ?

Plusieurs nuits auparavant, Sean avait surpris un touriste américain d'un certain âge qui prétendait être à la recherche d'orchidées. Quelques jours plus tard, on avait tenté d'entrer par effraction chez lui. Tout prenait sens. Archie m'avait suivie à la recherche du taïpan. Il voulait récupérer son arme la plus mortelle.

J'ai tourné la tête d'un millimètre en direction d'Ulfred. Il nous observait attentivement, les yeux fixés sur ma bouche.

— Elle est tout à fait en sécurité, votre belle bête, ai-je dit lentement en m'adressant à Ulfred. On la bichonne.

Ulfred a plissé ses petits yeux, et ses doigts, qui caressaient toujours le serpent sur ses genoux, ont tremblé, m'a-t-il semblé.

— C'est pour ça que vous êtes venu chez moi, n'est-ce pas ? Vous la cherchiez. Je peux la récupérer pour vous.

Archie s'est balancé d'avant en arrière sur ses talons, s'apprêtant à se lever. *Demande-lui autre chose. Continue à le faire parler.*

— Pourquoi sommes-nous dans une église ? (Archie se mettait debout.) Maintenant que vous êtes revenu, vous allez célébrer des offices ici à nouveau ?

Il n'a rien répondu mais a gravi les marches du chœur pour s'agenouiller dans les stalles.

Fais-le parler !

— Mon père est archidiacre, ai-je ajouté à court d'idée, consciente que j'allais bientôt savoir exactement pourquoi nous étions dans cette église, et que je n'allais pas aimer. Il serait sûrement intéressé d'entendre parler de votre Église. De votre travail en Amérique.

Je ne voyais pas ce que fabriquait Archie, mais j'ai entendu qu'on tirait une fermeture Éclair, puis perçu un bruissement.

— « Voici les miracles qui accompagneront ceux qui ont cru », ai-je repris.

Et après ? Qu'est-ce qui venait après, putain ?

— « En mon nom, ils chasseront les démons ; ils parleront de nouvelles langues ; ils saisiront des serpents ; et... et... »

C'était désespéré, complètement désespéré. Il allait revenir vers moi, quelque chose de dur allait s'abattre violemment sur mon crâne, et ce serait au tour de ma cervelle de gicler dans les airs. Utiliserait-il l'eau de ce bassin puant pour laver le sol ? J'ai ouvert la bouche pour crier.

Des mains ont saisi mes épaules par-derrière.

— Avez-vous accueilli notre Seigneur et Sauveur Jésus-Christ dans votre cœur, Miss Clara ?

Sans réfléchir, j'ai hoché vigoureusement la tête.

— J'en suis heureux.

Il était plus près de moi maintenant. Je sentais l'odeur de tabac qui imprégnait ses vêtements, l'acétone de son haleine et celle de sang fétide sous-jacente. Ses mains ont commencé à pétrir la chair de mes épaules.

— En ces derniers jours du monde de Dieu, quand tous les vertueux seront sauvés et que les pécheurs seront jetés au cœur des flammes éternelles, je suis si heureux que vous ayez trouvé le Seigneur, Miss Clara.

Sous ma terreur abominable, j'ai senti monter une fureur qui ne tarderait pas à la supplanter. Je connaissais un homme de Dieu. Un homme qui avait accueilli le Christ dans son cœur, et ce n'était pas le démon qui me tripotait en ce moment.

— Bénie soit la Compagnie d'Élie, bénie soit la compagnie des saints qui œuvrent sans relâche contre le péché et la corruption en ces derniers jours.

Il s'est penché un peu plus, la peau parcheminée de sa joue a touché la mienne et le poids de son corps s'est pressé contre le mien. Ses mains ont quitté mes épaules pour glisser plus bas. Et ma colère ne cessait de monter à chaque seconde. Je ne comptais pas me laisser toucher de la sorte, et certainement pas par lui.

— Et la raison pour laquelle nous sommes dans une église, ma chère, a-t-il dit, en se mettant de nouveau à chuchoter, c'est que notre ami Ulfred a encore besoin de l'abri que lui offre sa vieille maison. Si l'on vous trouvait là-bas, Miss Clara, l'habitation serait fouillée de fond en comble. Ils trouveraient sa cachette, sa petite collection. L'heure n'est pas encore venue pour ça.

Archie gagnait du temps. Tout comme lorsqu'il avait tenté de me faire accuser, quand il avait mis la vipère dans ma cave, falsifié le testament en utilisant mon papier à lettres et l'avait laissé chez Violet. Gagner du temps, certes – mais que lui restait-il à accomplir, au juste, à ce monstre ?

En moi, la rage et la terreur jouaient des coudes pour avoir le dessus, mais l'épouvante, je le savais, serait ma meilleure alliée. La terreur me maintiendrait dans un état de soumission, ce qui me permettrait peut-être de rester en vie. Sur son banc, caressant toujours le taïpan, Ulfred nous observait.

— J'ai cru comprendre que vous avez parlé avec Ruby Mottram, a repris Archie. Où est-elle, Miss Clara ?

Et la fureur l'a emporté. Cette vieille femme affaiblie était-elle sa prochaine victime ? Ma tête s'est brutalement tournée pour lui faire face.

— Vous feriez bien de vous tenir à l'écart… ai-je dit.

Je n'ai pas poursuivi. J'ai regardé ces yeux bleus et froids et tout s'est mis en place. *Des yeux comme le ciel en hiver.* Oh, Seigneur Dieu ! Mes propres yeux ont dû s'écarquiller sous le choc, peut-être même ai-je eu un petit sursaut de recul. Quoi qu'il en soit, il a perçu le changement qui s'était opéré en moi.

Clara, non. Ne dis rien. N'aggrave pas la situation.

Son regard s'est planté dans le mien. Il a ouvert la bouche pour prendre la parole, mais c'était à moi de parler.

— Vous n'êtes pas Archie Witcher, ai-je asséné.

Les yeux bleus se sont rétrécis.

— Mais bien sûr que si, Miss Clara.

Clara, c'est un dément. Ne le provoque pas.

Je me suis contrainte à parler lentement, pour ne pas crier de rage.

— Archie Witcher est au cimetière. Il s'y trouve depuis cinquante ans. Dans la tombe qui porte votre nom. Vous avez même payé pour la stèle.

— Ma chère…

— Vous n'êtes pas du Dorset. (Je me débattais pour me mettre sur pied et il me laissait faire.) Un homme du West

Dorset ne parlerait jamais comme vous, même s'il avait passé un siècle en Amérique.

J'y étais presque, j'étais presque debout, il n'avait pas encore tenté de m'en empêcher, il se levait avec moi.

— Et vous savez quoi ? Archie Witcher avait les yeux bruns. Marron foncé. Plusieurs personnes m'en ont parlé. J'ai vu une photo de vous hier : un portrait pris par la police, en couleur. J'aurais dû comprendre alors. Les yeux bruns ne virent pas au bleu, même après cinquante ans.

À ces mots, enfin, il a fait un pas en avant : Dieu qu'il était grand, et fort. Il m'a attrapée par les épaules et attirée à lui.

— Archie Witcher a péri dans les flammes ici même cette nuit-là, lui ai-je craché à la figure. La nuit où vous avez failli tuer Ulfred. Trois personnes ont été mordues par vos serpents. Deux d'entre elles sont mortes. Vous saviez que la police allait mener une enquête, que vous seriez poursuivi en justice, alors vous êtes rentré chez vous. Mais vous ne pouviez pas rentrer chez vous sous votre vrai nom, on vous recherchait là-bas aussi, pour avoir tué votre propre père. Alors vous avez usurpé l'identité d'Archie. Vous avez fait semblant d'être un autre homme pendant cinquante ans et maintenant vous êtes revenu pour voler l'argent de son neveu.

Il a fait un geste, m'entraînant avec lui. J'ai eu du mal à rester debout. Nous avons lutté autour des fonts baptismaux, nous en approchant dangereusement. Au premier rang, tenant toujours le taïpan, Ulfred s'est levé.

— C'est pour ça que tous ces gens devaient mourir, ai-je hurlé. John Allington, Violet, le docteur Amblin. Ils vous connaissent, tous. Ils auraient pu vous identifier. Vous avez tué les gens qui savent que vous n'êtes pas Archie.

Et maintenant, tu vas en faire partie. Oh Clara, tu n'apprendras donc jamais ?

Nous nous sommes arrêtés. Me tenant toujours fermement par le haut des bras, il s'est baissé, le visage à quelques centimètres du mien. Du coin de l'œil, j'ai cru voir Ulfred avancer d'un pas.

— Et qui suis-je, Clara ? a-t-il chuchoté. Si je ne suis pas Archie, qui suis-je ?

— Joel Fain, ai-je répondu d'une voix étranglée. Vous êtes le Révérend Joel Morgan Fain. Vous étiez pasteur dans cette église il y a cinquante ans. Les gens avaient confiance en vous, ils croyaient en vous, et vous...

Je n'ai pas pu continuer. Fain changeait. Il m'a relâchée, s'est dressé de toute sa hauteur et a pris une profonde inspiration. Ses yeux se sont fermés, puis il a été parcouru d'un tremblement. Quand ses yeux se sont rouverts, il était différent, je le jure, comme si j'avais regardé jusque-là une photo dont le grain se serait soudain affiné. Le bleu de ses yeux avait gagné en profondeur ; il semblait plus grand. Il a ouvert la bouche et la voix qui en est sortie était jeune et forte.

— Merci, Clara, a-t-il déclaré. C'est bon d'entendre prononcer mon nom.

J'ai reculé d'un pas, mais j'étais désorientée et je me suis heurtée à la rambarde du chœur. Joel Fain s'est avancé vers moi à grandes enjambées. Derrière lui, Ulfred se déplaçait lui aussi, pas à pas.

— J'entends parler de vous, Clara, a déclaré Fain d'une voix chantante. Même quand j'étais retranché dans la maison de Ventry ces derniers mois. Les domestiques et les villageois parlent de la beauté à la cicatrice qui se terre à l'écart du monde. Ils parlent de votre mère et de ce que vous lui avez fait. Vous avez tué votre mère, Clara. Elle s'est noyée dans l'alcool parce qu'elle ne pouvait pas supporter de vous voir. Ce n'est pas vrai ?

Dans ma tête, la voix de maman s'était tue. Les mots calmes et sages qui m'avaient guidée jusque-là s'étaient déformés, et sortaient de la bouche de Joel Fain. Et pourtant, ils sonnaient si vrais. Maman était morte par ma faute. Elle avait eu besoin d'un verre chaque fois qu'elle avait posé son regard sur moi. Fain a tendu le bras et caressé la cicatrice sur mon visage.

— Marquée comme pécheresse, a-t-il murmuré, portant la marque de Caïn.

Derrière ma conscience, quelque chose essayait de se libérer.

— Vous savez ce qui arrive à ceux qui tuent leurs parents, Clara ?

Il me touchait toujours.

— Ils sont punis, ai-je gémi, en sentant mon visage devenir humide. Fain a levé sa main et nous avons tous les deux regardé le miroitement de larmes sur ses doigts tachés de sang. Puis il s'est penché, et le bout de sa langue s'est mis à courir sur ma joue, autour de mes yeux, le long de ma tempe, léchant mes larmes comme s'il savourait le goût de la douleur. C'est tout juste si j'ai réussi à ne pas renverser ma tête en arrière et hurler. Ensuite, il s'est dégagé. Il me fixait toujours, mais je crois qu'il ne me voyait plus.

— Punis, punis, a-t-il répété, comme j'ai été puni.

Brusquement, il a ouvert sa chemise et l'a ôtée. Par endroits, sa peau pendait légèrement sur ce qui avait été autrefois un torse bien dessiné. À d'autres, se voyaient des cicatrices livides occasionnées par des brûlures sévères. Il a écarté les bras, pour mettre sa poitrine en évidence. D'autres cicatrices, mais ne provenant pas de brûlures.

— Mon père m'a maintenu la tête sous l'eau dans la rivière, vous saviez ça, Clara ? Jusqu'à ce que j'aie l'impression que mon corps allait exploser de douleur, mais je ne suis pas mort. Mon corps a brûlé dans cette église, mais je ne suis pas mort. (Il a brusquement tendu ses bras vers moi.) Les serpents et toutes les bêtes rampantes se sont maintes fois emparés de ma chair pour l'empoisonner, mais je ne suis pas mort. Ceux par qui vient la mort ne peuvent pas me blesser, Clara. Le Seigneur, béni soit-il, m'a donné le pouvoir de vaincre la mort. Je suis un vrai membre de la Compagnie d'Élie, et j'annonce l'approche des derniers jours du monde de Dieu.

Un bruit soudain nous a fait sursauter tous deux. L'une des chauves-souris s'était enfermée dans l'un des tuyaux de l'orgue. Elle voletait à l'intérieur, produisant un son qui ressemblait à celui du vent dans de vieilles cloches. Était-ce suffisamment fort pour que les gens du village puissent l'entendre ? Sans doute pas, mais…

Pivotant sur mes talons, j'ai foncé à travers le chœur. Je me suis heurtée à la chaire, j'ai réussi je ne sais comment à conserver l'équilibre, et filé derrière les stalles du chœur. Puis j'ai bondi et atterri tête la première sur le clavier de l'orgue. Les tuyaux abandonnés depuis si longtemps sont brusquement revenus à la vie et le son a résonné dans l'église. Les chauves-souris se sont mises à pousser des cris, une nuée de corbeaux a plongé dans la nef. Puis on m'a attrapé les cheveux par-derrière et la main libre de Fain m'a saisie par le cou. On m'a tirée violemment, traînée à terre, le long des marches du chœur, vers les fonts baptismaux. Là, on m'a remise sur pied.

— J'ai vu marcher les morts, Clara, a dit Fain, mais son regard ne parvenait plus à croiser le mien. Je peux vous ramener, si votre foi est assez forte. On y va ? On fait revenir votre mère, vous et moi ?

— Taisez-vous.

Des bulles de salive se formaient aux coins de sa bouche.

— On ressuscite votre séduisant policier ?

— Il n'est pas mort !

Alors même que les mots s'échappaient de ma bouche, j'ai compris combien c'était stupide de ma part. Fain et Ulfred allaient se lancer à la recherche de Matt, sitôt qu'ils en auraient fini avec moi : ils le trouveraient, et feraient le nécessaire.

— Il mourra. Le taïpan est l'animal le plus mortel qui rampe sur la terre de notre Seigneur. Ventry, cet imbécile, n'avait aucune idée de ce qu'il avait rapporté de son voyage. Il pensait qu'il s'agissait d'œufs morts. C'est moi qui les ai donnés à Ulfred. Je savais que si quelqu'un pouvait les couver, c'était lui.

Nous étions à côté du bassin, juste au pied des marches conduisant à l'autel. D'après ce que j'avais pu voir, Ulfred ne nous avait pas quittés des yeux une seconde. Je me suis dévissé le cou, pour être sûre qu'il voyait ma bouche.

— Ulfred va payer pour tout le mal que vous avez fait, ai-je dit. C'est ce que vous aviez prévu dès le départ, n'est-ce pas ? Vous l'avez aidé à s'enfuir parce que vous saviez que, tôt ou tard, les gens se poseraient des questions sur tous ces vieux qui mouraient. Qu'ils trouveraient mon corps, celui de Matt et celui de Clive Ventry. Tout le monde pensera que c'était Ulfred, il retournera dans son hôpital et vous récupérerez tout l'argent de Clive.

Fain me pressait les épaules, essayant de me pousser à terre. J'ai résisté, mais je savais que je ne tiendrais pas longtemps debout. Il était trop fort, et il avait les bras libres.

— Et ses serpents vont tous mourir, ai-je hurlé à l'intention d'Ulfred. Ils sont déjà en train de mourir. Et vous ne vous en occuperez pas, hein ?

— Mais qu'est-ce que…

Fain a perdu patience. Il m'a giflée. Ensuite, il m'a fauché les deux jambes. La douleur dans mon dos, quand j'ai atterri sur le sol dallé, a failli me faire tourner de l'œil une fois de plus. Mais j'ai tenu bon suffisamment longtemps pour m'apercevoir que j'étais allongée sur du plastique. Un grand sac de plastique noir épais avec une fermeture Éclair au milieu. C'était un sac mortuaire, presque identique à ceux dans lesquels les cadavres sont conservés dans les morgues des hôpitaux. Sauf qu'il n'avait pas été conçu pour des corps humains. Il était prévu pour de très gros animaux. On en trouve dans les zoos. Nous en avons à l'hôpital pour la faune en cas de décès d'un cervidé. Et j'en conserve un tas dans ma cave. J'allais mourir dans l'un de mes propres sacs.

Je me suis tortillée pour m'éloigner du bassin. Fain m'a flanqué un grand coup de pied dans le ventre, et j'ai cessé de me débattre.

D'un œil qui me semblait plonger dans le noir, j'ai vu Fain tendre le bras et se saisir d'une grosse pierre tombée de l'un des murs. Il l'a posée à mes pieds puis a retraversé le chœur. Ulfred s'était avancé et contemplait le bassin, une expression de terreur sur le visage. Fain l'a rejoint et a tendu les mains pour qu'il lui remette le serpent. Ulfred a reculé d'un pas et resserré les bras autour de la bête.

J'ai vu bouger la tête de Fain et compris qu'il avait dit quelque chose à Ulfred, mais un silence ouaté s'élevait autour de moi. J'ai cru voir Ulfred souffler doucement sur la tête du serpent, sans pouvoir en être sûre. Après quoi, il a remis l'animal, et Fain est revenu vers moi.

Il n'y avait que quelques mètres entre l'endroit où les deux hommes s'étaient passé le serpent de main en main et celui où je gisais, incapable de bouger. J'ai pourtant eu l'impression que Fain mettait un temps fou à me rejoindre. Parce que j'ai eu tout le temps de formuler la plus étrange des pensées : le serpent qui avait attaqué Matt allait bientôt me mordre, moi aussi, une coïncidence bizarrement intime d'une certaine façon, et si Matt ne se noyait pas dans la rivière, ou ne mourait pas de froid dans la tempête, s'il gagnait l'hôpital à temps, alors il se souviendrait de moi pour toujours, parce qu'on n'oublie pas si facilement quelqu'un qui succombe au sort qui vous était réservé.

Ensuite, je me suis dit que c'était comme ça, que je devais mourir, que c'était prévu depuis toujours. Il était juste que je subisse la *poena cullei*, parce que Fain avait raison. J'avais causé la mort d'un proche. Par ma faute, maman s'était noyée dans l'alcool.

Et la dernière pensée, tandis que Fain s'agenouillait pour déposer doucement le corps svelte, léger comme l'air, du serpent contre le mien, c'était que Sean allait être vraiment, vraiment furieux contre moi.

La grosse pierre taillée a été fourrée dans le sac et la fermeture Éclair remontée jusqu'en haut. Je n'ai pas bougé. Pas plus que le taïpan. Je sentais à peine son poids, il était si léger, mais je savais que sa tête se trouvait à quelques centimètres de la mienne. Puis deux mains robustes sont venues se plaquer contre moi. Elles ont poussé fort, et je me suis sentie glisser sur le sol en pierre, puis dans l'eau.

51

Et nous avons coulé tous les deux, créatures destinées à mourir ensemble, toujours plus profondément là où avaient été bannis la vue et l'ouïe. La pression s'est accrue dans mes oreilles, et j'ai senti le monde s'éloigner de moi en noyant tout. J'ai vu tout ce que j'aimais remonter à la surface, comme si la vie elle-même partait à la dérive. Et j'avais envie de tendre les bras vers elle, de la ramener, parce que la solitude que j'éprouvais était plus intense que tout ce que j'avais pu connaître.

Et tandis que je gisais là, dans un enfer aussi froid que dévorant, j'ai compris que j'avais cessé de couler. Je sentais le fond dur sous mes pieds. Et mon enfer empestait le plastique industriel.

Je respirais toujours.

L'épaisse enveloppe de polyuréthane dans laquelle m'avait enfermée Fain n'était pas étanche – des filets d'eau glacée s'infiltraient de toutes parts –, mais elle maintenait la masse d'eau provisoirement à l'écart et créait un petit ballon d'air qui nous permettait de survivre, mon copain le serpent et moi.

Armée d'une lueur d'espoir, je n'osais toujours pas bouger. Si le taïpan me mordait, c'était fini. L'antivenin était parti avec Matt, et il n'y avait que de quoi traiter une morsure. Étonnamment, le serpent restait immobile. Mais si je commençais à bouger, il paniquerait et se défendrait.

Le poids de l'eau exerçait une pression sur le sac, et je n'ai pas eu d'autre choix que de tourner lentement ma tête de côté pour pouvoir continuer à respirer. Pourtant, le reptile n'a pas bougé. J'ai glissé mon bras droit depuis mes fesses vers la poche où j'avais rangé le couteau.

Mon bras se trouvait maintenant sur le côté, ma main juste au-dessus de la poche. Mais les cordes étaient étroitement serrées autour de moi, et j'avais l'impression que chaque mouvement me vidait de mon énergie.

Et là, le serpent a fait un mouvement.

Je l'ai senti glisser vers le haut. Il ne devait pas apprécier l'humidité, ou le froid de l'enveloppe en plastique. Il recherchait la chaleur. Je l'ai senti progresser, si léger, si terriblement dangereux, par-dessus ma poitrine, puis sur mon épaule.

« Voici, je vous ai donné le pouvoir de fouler aux pieds les serpents, les scorpions, et toute la puissance de l'ennemi ; et rien ne pourra vous nuire. »

Était-ce ma voix ? Ou celle de ma mère ? Aucune idée. Mais elle a résonné fortement dans mon esprit, tandis que mes doigts s'aventuraient au fin fond de ma poche.

La peau soyeuse du reptile m'a caressé la joue, puis il s'est arrêté. Je me suis mentalement préparée à encaisser le choc de la douleur, aux crocs plongeant dans ma chair, à comprendre que j'avais perdu. Je l'entendais presque respirer. Puis quelque chose m'a balayé légèrement le visage, et le serpent a repris sa progression.

Mes doigts ont atteint le métal froid du manche du couteau. Encore quelques secondes et je serais en mesure de m'en emparer. Mais le sac se remplissait rapidement. Et le serpent le plus dangereux au monde avait enroulé sa queue autour de mon cou, tandis que sa tête reposait contre la mienne.

« Et rien ne pourra vous nuire. »

J'ai pris le couteau, ai prudemment libéré ma main, et tranché dans la boucle de corde la plus proche. Il ne faut pas longtemps pour couper une corde à linge. J'ai sectionné une autre boucle, puis une autre, jusqu'à pouvoir plier mon bras et pointer le couteau vers le plastique juste au-dessus de mon visage. J'ai inspiré la plus grande bouffée d'air possible – ce serait peut-être la dernière – et j'ai abattu le couteau aussi bas que je l'ai pu. L'eau s'est déversée sur moi. J'étais toujours ligotée, je ne pouvais pas nager, mais j'ai trouvé la tirette du gilet de sauvetage que je l'avais gardé à l'insu de Fain, et j'ai tiré fort.

Alors que le gilet se remplissait d'air, je suis remontée à la surface comme un bouchon de champagne, et cru que le boucan de l'église allait me faire exploser la tête. Mais qu'est-ce qui pouvait provoquer ce raffut pas possible ? Le bâtiment s'écroulait ? Les nœuds de corde s'étaient relâchés. Agitant les épaules pour m'en dégager, j'ai tendu la main vers les dalles en pierre autour du bassin, donné un grand coup de pied dans l'eau et suis retombée, une fois de plus, sur le sol froid de l'église. Je me suis péniblement relevée, ignorant la douleur dans ma tête et la cacophonie qui se répercutait dans les ruines, n'aspirant qu'à une chose : gagner la sortie. Le serpent le plus mortel au monde, qui avait partagé ma tombe quelques minutes, est remonté à la surface, a nagé paresseusement vers moi. *« Et rien ne pourra vous nuire. »*

J'ai reculé en titubant. Ulfred, agrippé aux tuyaux de l'orgue d'une main, tapait comme le sourd qu'il était sur les touches de l'autre, tandis que les doigts forts de Fain se refermaient autour de sa gorge.

Je n'avais pas besoin d'appeler à l'aide. Les notes sonores et discordantes de l'instrument le faisaient pour moi. Et vous savez quoi ? Je crois que ma mère a pris part à ce tintamarre, elle aussi. Le taïpan glissait hors du bassin, et de son regard limpide et ambré n'avait d'yeux que pour moi. Mais aucun serpent n'est plus rapide qu'un humain.

J'ai tourné les talons et détalé devant l'eau noire où Ulfred et moi avions manqué de si peu de perdre la vie, le long de l'allée où avait démarré le feu qui avait tué Larry Hodges et le véritable Archie, sous le porche où Ruby s'était fait mordre. Droit devant, j'ai foncé dans la nuit vers les vieux tilleuls, entre les battants du portail.

Et je me suis retrouvée dans les bras de l'inspecteur principal Robert Tasker.

52

Le bois ancien a volé en éclats comme du verre fragile. Trois coups de hache, et la serrure s'est brisée ; la porte s'est ouverte à la volée, battant sur ses gonds. Un agent en uniforme est entré et l'a calée pour qu'elle reste ouverte.

Un à un, les membres de l'équipe médico-légale lui ont emboîté le pas et se sont déployés dans la maison, mesurant, enregistrant, photographiant. Nous sommes entrés en dernier, nous qui n'étions là que pour nous occuper des survivants.

Je n'ai pas eu de mal à franchir le seuil. Mais le fait de me retrouver là, à respirer de nouveau cet air rance, était sans doute la chose la plus difficile qui m'eût été imposée.

— C'est la première fois que je passe par la grande porte, ai-je dit, la gorge serrée, d'une voix qui me semblait parfaitement étrangère.

— Attendez dans la voiture, a dit Sean. On peut s'en sortir tout seuls, Craig et moi.

— Votre voiture présente un risque sanitaire, ai-je rétorqué.

J'ai avancé d'un pas, et c'est comme si l'odeur prenait corps autour de moi.

— Pour peu que l'endroit ait un avenir comme maison de cure, a marmonné Craig, qui fermait la marche.

— Par où, Miss ? a demandé l'agent qui nous escortait.

Évitant les équipes de la police, je leur ai montré le chemin, à travers les pièces du rez-de-chaussée, en haut des escaliers, le long des couloirs qui n'étaient plus plongés dans le noir – des projecteurs avaient été installés partout – en bas des marches enfin, dans la tanière d'Ulfred. Partout, nous étions baignés de bruit et de lumière artificielle, tranchants comme des couteaux dans l'atmosphère. Il n'y avait bien sûr rien que les équipes de police puissent faire pour l'odeur.

— Oh, putain !... s'est exclamé Sean dans mon dos quand nous sommes entrés dans la pièce secrète. Excusez-moi, Clara.

— Oh bordel... a marmonné Craig en découvrant les lieux. Désolé, patron.

J'ai ouvert la bouche pour avouer que j'avais moi-même dit à peu près la même chose la veille et me suis aperçue que je ne pouvais pas parler. Une jeune femme en combinaison de protection prélevait des échantillons d'une tache au sol. Le sang de Matt.

Me détournant, j'ai regardé Sean arpenter lentement la pièce, inspecter les récipients et les boîtes, tout comme je l'avais fait, quelques heures plus tôt. J'ai lu le choc et la compassion sur son visage. Je l'ai regardé étouffer un bâillement et, trois secondes plus tard, je l'imitais. Il avait veillé la plus grande partie de la nuit. Je n'avais pas dormi du tout.

Après m'être enfuie de l'église et dès que j'avais été en mesure de parler, j'avais indiqué à l'inspecteur Tasker l'endroit où l'on pouvait trouver son patron. Une douzaine de policiers avaient été détachés et, en une heure, Matt était arrivé à l'hôpital du comté du Dorset. Juste à temps. Dix minutes après son arrivée, son système respiratoire avait déclaré forfait et il avait cessé de respirer. Il resterait sous assistance respiratoire jusqu'à ce que la paralysie s'estompe – si ce moment devait se produire. J'avais insisté pour qu'on réveille Sean à 2 heures du matin pour superviser les soins, pendant que les médecins administraient le reste de l'antivenin spécifique au taïpan.

Sean avait établi une liaison téléphonique entre l'hôpital et un spécialiste du centre de recherche antipoison de Sydney. Des médecins australiens, experts dans leur domaine, guidaient toujours en ce moment même l'équipe du Dorset qui soignait Matt. Tout le nécessaire était mis en œuvre, mais il s'écoulerait au minimum vingt-quatre heures avant que nous sachions s'il survivrait.

Comment ferais-je pour tenir le coup tout ce temps, je n'en avais aucune idée. Mais pour l'heure à venir, je pouvais faire mon métier. Et m'occuper des serpents.

Sean et Craig avaient déjà transféré plusieurs couleuvres dans les boîtes de transport ventilées que nous utilisons pour les petits animaux. Craig en a empilé trois sur ses bras, notre assistant policier a fait de même, et ils ont grimpé à nouveau les marches pour les charger dans la Land Rover. Je me suis penchée, ai trouvé un nouveau récipient, et l'ai tendu à Sean. À l'aide d'un crochet, il a cueilli une vipère apparemment mal en point dans un vieux carton et l'a lâchée dedans. Il m'a regardée, puis a reposé les yeux sur le serpent.

— On n'en sauvera pas la moitié, a-t-il marmonné, en se penchant pour examiner une autre caisse. (Après quoi il s'est redressé.) Comment a-t-il fait ? Ce Fain. Comment a-t-il fait pour manipuler à sa guise un homme qu'il avait autrefois torturé et tenté de tuer ?

— Je ne suis pas sûre qu'il ait réussi, en fait.

Ces dernières heures, je n'avais pas pensé à grand-chose d'autre qu'à l'étrange influence que semblait exercer Fain sur son entourage.

— Au début, c'était sans doute un mélange de peur et de dépendance. Je crois qu'Ulfred craignait Joel Fain. Je pense qu'il se souvenait de l'emprise qu'avait Fain sur son entourage quand ils étaient plus jeunes, tous les deux. De toutes les choses terribles que Fain les avait poussés à faire subir à Ulfred. Comment savoir de quoi Fain l'a menacé ?

— Et il dépendait manifestement de lui pour se nourrir, a ajouté Sean qui contemplait les restes de conserves, de lait caillé adhérant aux parois des bouteilles ébréchées.

— Pour se chauffer aussi, ai-je renchéri, en indiquant les bouteilles de gaz d'un signe de tête. Il vaudrait mieux éviter les flammes, par ici. Et puis, bien sûr, ils avaient en commun la passion des serpents.

Des bruits de pas nous ont indiqué que Craig et l'agent de police étaient de retour. En silence, nous avons continué à transférer les serpents jusqu'à ce que tous les spécimens vivants aient été transvasés dans des boîtes de transport. Ensuite Craig et le policier se sont éclipsés. Sean m'a regardée.

— Voilà, on a fini. Il faut que j'aille faire un tour dans l'église, pour récupérer le grand frère de Clara la râleuse. Je doute qu'il soit parti très loin sous ce déluge la nuit dernière. Et vous, vous devriez aller dormir.

— Ce serait trop beau. L'inspecteur Tasker veut me parler, et mon père et ma sœur m'ont laissé des messages toutes les demi-heures depuis le lever du jour.

— Et alors, ils peuvent bien attendre. Je vous ramène chez vous.

J'ai secoué la tête.

— Je retourne à l'hôpital. Je veux voir comment il va.

Les lèvres de Sean se sont pincées.

— Ils ne sauront rien avant ce soir au plus tôt, a-t-il dit. Vous attendrez longtemps.

— Je voulais dire, voir comment va Ulfred.

La nuit précédente, Fain avait bien failli étrangler Ulfred, mais les hommes de Tasker étaient intervenus juste à temps. Ulfred avait été transporté en urgence à l'hôpital et se trouvait en ce moment non loin de l'unité de soins intensifs où l'on soignait Matt. Fain était en cellule.

— Ulfred avait ce pouvoir dont vous m'avez parlé, ai-je expliqué, tandis que des mains chaudes me touchaient les épaules. Le fameux pouvoir sur les serpents. Il a fait quelque chose au taïpan hier soir, j'en suis sûre. Ça a l'air ridicule, je sais, mais c'est grâce à lui que le serpent ne m'a pas mordue.

— J'ai vu plus étrange. Allez, venez, je crois qu'on a fait le tour du propriétaire.

J'ai monté les marches. Au sommet, j'ai laissé Sean me conduire le long du couloir, dans la descente de l'autre escalier, hors de la maison aux serpents, enfin !

FIN OPHIDIENNE

Trois semaines plus tard

Les dahlias s'étaient ouverts sous le soleil de ces derniers jours. J'en ai cueilli sept, les ajoutant aux roses rouges que, voici longtemps, une fille aux cheveux de jais avait porté dans son bouquet de mariage. Et je me suis efforcée de penser à elle avec bienveillance, cette belle femme si dérangée. La pensée qu'elle ait connu l'amour d'un homme bon me réjouissait.

Malheureusement, Walter n'a jamais repris connaissance après ma visite. La cérémonie funèbre venait de s'achever dans l'église voisine Saint Nicholas, et j'avais pris de l'avance sur le cortège pour me rendre une dernière fois dans son jardin. Dans quelques minutes, il reposerait auprès d'Edeline.

La maison des Witcher semblait comme libérée d'un poids depuis ma dernière visite. C'était la fin de la glycine, mais un rosier grimpant d'un rose profond courait sur la façade avant, en pleine gloire. Les fleurs et le soleil adoucissaient quelque peu la maison. Je pouvais deviner quel doux foyer elle avait pu offrir autrefois. Ce qu'elle ne serait jamais plus.

Parce que, en quelques jours, la maison avait été officiellement déclarée dangereuse. Elle serait bientôt démolie et le terrain, mis en vente. Une autre maison, un peu plus éloignée de l'à-pic, serait construite. Des enfants joueraient peut-être dans ce jardin. L'histoire terrible de la famille Witcher sombrerait ainsi pour de bon dans l'oubli.

— Je pensais bien vous trouver ici.

J'ai fait volte-face. Le directeur de police adjoint était adossé à la grille. L'uniforme des grands jours flottait un peu au niveau de ses épaules et une raideur se dégageait de son corps. Il s'est avancé vers moi, progressant prudemment sur le sentier inégal, et j'ai senti ma timidité de toujours m'envahir à nouveau. La dernière fois que je l'avais vu, il dérivait en tournoyant le long d'une rivière. Plus tôt, à l'église, j'avais passé l'essentiel de l'heure qui s'était écoulée à contempler sa nuque. Face à face, c'était autre chose.

— Joli costume, ai-je murmuré, même si je regardais ses chaussures.

— Vous pouvez parler. Ça vous va bien, le vert.

Dans la plate-bande à mes pieds, des pavots commençaient à s'ouvrir, mais je savais qu'ils pencheraient la tête à l'instant même où je les cueillerais. Certaines fleurs ne s'apprivoisent pas.

— Sally m'a emmenée faire des courses, ai-je avoué.

Les chaussures noires se sont arrêtées à soixante centimètres de moi, et je me suis obligée à lever les yeux. Au-dessus de la chemise blanche, fraîchement repassée, le visage de Matt semblait anormalement gris.

— Vous avez repris le travail ? Je savais pertinemment que non. Sally me faisait des comptes rendus journaliers de ses progrès. Il se passerait au moins des semaines, peut-être plus, avant que Matt soit en état de retrouver ses activités.

— Seigneur, non. Je tiens à peine debout une heure d'affilée. Je n'aurais sans doute pas dû marcher aussi loin.

— Asseyez-vous une minute, ai-je suggéré, sans espérer vraiment qu'il accepte, mais il a hoché la tête et nous nous sommes éloignés en direction d'un banc de bois caché sous une tonnelle de roses. Lorsque nous fûmes assis, une toute petite pluie de pétales de couleur pêche est tombée autour de nous. Pendant une minute, deux peut-être, aucun de nous n'a ouvert la bouche.

— Ulfred est sorti de l'hôpital, m'a enfin dit Matt. Vous le saviez ? Il est retourné aux Deux Comtés.

— Personne ne me dit rien. (Je remuais les pétales de rose du pied.) Je dois me rendre encore quasiment tous les jours au commissariat de Lyme Regis, mais le flux d'informations ne circule pas précisément dans les deux sens.

— Demandez toujours, je suis d'humeur bavarde.

Et il m'est soudain apparu que si je le regardais franchement en face, il ne verrait pas autant ma cicatrice. Stupéfaite de n'y avoir pas songé plus tôt, je me suis tournée vers lui. Ses yeux étaient injectés de sang et le blanc, normalement brillant, était jaune et semblait douloureux.

— Que vous est-il arrivé cette nuit-là ?

Une infime lueur s'est reflétée dans ses yeux gris foncé.

— Avant que vous me troussiez comme un poulet et que vous me jetiez par cette trappe en me cassant deux côtes au passage, vous voulez dire ?

— Fêlées, pas cassées. Il y a une différence.

Je le regardais toujours, et m'apercevais que ce n'était pas si difficile, après tout.

— Pas en terme de douleur. Mais, puisque vous me posez la question, Clive a téléphoné peu de temps après que je vous ai parlé et je suis allé le voir. Il voulait m'entretenir de l'homme qui séjournait chez lui.

— Fain ?

— Fain, a acquiescé Matt. Se faisant passer pour Archie Witcher, l'oncle perdu de vue. Il avait resurgi en octobre dernier, apparemment. Il a dû faire un long périple terrestre, parce qu'il n'y a aucune trace de son passage à l'immigration des aéroports. La domestique de Clive a juste su que c'était un lointain parent des États-Unis, un ecclésiastique de passage en retraite spirituelle. Elle a dit qu'il restait la plupart du temps dans sa chambre. Qu'il partait se promener à la nuit tombée, qu'il aimait aller voir l'ancienne église.

— Un homme recherché a vécu parmi nous pendant des mois, et personne n'a su qu'il était là. Vous parlez d'un policier...

— J'étais trop occupé à essayer de vous connaître.

Contact oculaire rompu. J'ai baissé les yeux sur ma montre pour vérifier l'heure. Elle n'était pas à mon poignet gauche.

— Mais Clive avait des doutes ? ai-je demandé, examinant une légère égratignure sur le dos de ma main.

— Oui, et des gros doutes. Même s'il l'avait volontiers reçu au départ. Apparemment, quand on grandit dans un foyer d'accueil, on meurt d'envie d'avoir une famille. Puis il a commencé à se poser des questions. C'est comme ça qu'il a volé sa brosse à dents et fait faire un test ADN

— J'ai vu les résultats, ai-je dit, en levant furtivement les yeux. Ils se trouvaient dans votre poche. Donc les sujets A et B étaient Clive et Fain ?

— Exactement. Et le test confirmait qu'il n'existait aucun lien biologique possible. Clive a compris qu'il s'était fait avoir sans trop savoir comment gérer le truc par la suite. Il a aussi avoué ce soir-là qu'il était né Witcher, tout comme vous l'aviez deviné. Il préférait garder ça pour lui, conscient que chez certains membres de sa famille, surtout son père, cela n'éveillait sans doute pas de bons souvenirs. Je n'ai pas réussi à le faire parler des problèmes de vandalisme, mais nous interrogeons toujours la bande Keech.

— Mais pourquoi ne pas avoir confronté Fain lui-même ? Clive Ventry ne m'a jamais semblé précisément timide.

— Non. Mais les œufs de taïpan avaient disparu.

— Donc, c'était Clive qui...

— Ouais. Il les a trouvés sur un terrain qu'il possédait en Nouvelle-Guinée. Évidemment, quand on affrète des avions privés, c'est bien plus facile de faire passer des trucs en douce. Il a soutenu mordicus qu'il les croyait sincèrement morts. Mais quand il a entendu dire qu'on avait vu de jeunes serpents tropicaux dans le village et qu'il s'est rendu compte que les œufs avaient disparu, il a établi le rapprochement. On ferait bien d'y aller, d'ailleurs, ils ne vont pas tarder à arriver.

Nous sommes tous les deux restés sur le banc. Mais Matt s'est penché en avant, s'éloignant de moi.

— J'ai dit à Clive que je m'arrangerais pour lui envoyer quelques hommes, et qu'il devait rester là où il était et fermer soigneusement les portes. En fin de compte, cela a sans doute été la plus grande erreur de ma carrière.

J'ai posé les yeux sur la main à côté de moi. Un élan me poussait à m'en approcher.

— Fain était toujours dans la maison ?

Je parlais d'une voix douce.

La main de Matt a bougé avant que je parvienne à l'atteindre. Il a ramassé une poignée de pétales de rose à ses pieds et s'est mis à les froisser entre ses doigts

— C'est plus que probable. Clive était vivant quand je l'ai quitté, mort quand vous êtes arrivée moins d'une heure plus tard. Je pense que Fain nous a entendus parler et s'est rendu compte que la partie était fichue. Il a paniqué.

— Mais il l'aurait tué de toute façon, non ? Pour récupérer son argent ? Ce n'est pas de ça qu'il s'agissait, en fin de compte ?

Matt a secoué la tête.

— Je ne sais pas au juste de quoi il retournait au fond, Clara. Peut-être qu'il voulait vivre tranquillement et confortablement le reste de ses jours sous l'identité d'Archie Witcher. Clive l'aurait sans doute installé dans un coin agréable, lui aurait versé une petite pension. À moins qu'il n'ait prévu un accident regrettable, une fois que tout le monde aurait admis qu'il était le plus proche parent de Clive. Évidemment, pour qu'il ait une chance d'hériter, les gens qui l'avaient connu il y a cinquante ans devaient avoir quitté la scène.

Je me suis accordé une minute pour méditer la chose. John, Violet, Ernest. Il les avait éliminés, un à un. Qui était le suivant sur la liste ? Ruby ? Le Révérend Percy ?

— Alors, comment vous êtes-vous retrouvé ici ? ai-je demandé.

— J'ai vu Walter.

Même moi, j'ai dû réfléchir une seconde.

— Vous voulez dire Ulfred ?

— Je n'ai fait que l'apercevoir. Il faisait sacrément noir et il pleuvait des seaux. Mais j'aurais pu jurer que c'était Walter, debout contre la haie en haut de Bottom Lane. Ensuite, il a disparu.

— Il était doué pour ça.

— J'ai remonté l'allée en courant, mais plus trace de lui. Je me suis dit qu'il avait dû entrer dans la maison, d'une manière ou d'une autre. J'ai envoyé un message radio, annoncé à la salle de contrôle où j'allais et suis entré à sa suite.

Matt s'est adossé au banc, et je pouvais sentir le tissu de sa veste contre ma peau.

— L'endroit est nettement plus sinistre quand on est tout seul, a-t-il ajouté en regardant la maison.

— Tiens donc !

La version des événements de Matt me renvoyait bien trop nettement à la nuit où nous avions failli mourir, l'un comme l'autre.

— On a fait une sacrée partie de cache-cache, vous et moi, ce soir-là, a commenté Matt, et il semblait presque sur le point de sourire, encore une fois. Mais la maison avait l'air vide. J'ai regardé partout. J'allais laisser tomber, je revenais sur mes pas quand...

Je n'étais pas sûre d'avoir envie d'en entendre davantage. S'il décidait qu'il en avait assez dit comme ça, je n'insisterais pas.

— On ferait mieux d'y aller, ai-je lâché.

— Ils m'ont eu dans l'escalier, a repris Matt. J'ai ouvert la porte et vu Fain en bas, avec ce foutu serpent pendu à son cou comme un animal domestique. Il avait dû tuer Clive et m'avoir suivi ensuite.

— C'est bon. Vous n'êtes...

— J'ai failli lui crier de baisser son arme... Seigneur, j'en rirai un jour. Je n'ai pas eu le temps de finir. J'ai entendu un bruit derrière moi. Ulfred avait dû prendre un chemin détourné, celui par où vous êtes passée. Il m'a balancé un truc sur la tête et je suis tombé. Ça m'a assommé une minute ou deux. Et il n'en a pas fallu plus à notre ami le prédicateur. J'imagine que vous connaissez la suite. Vous avez raison. On ferait mieux d'y aller. Aidez un vieux monsieur à se relever, voulez-vous ?

Matt a tendu un bras, que j'ai pris en tirant doucement. Il est venu bien trop facilement : il ne pesait plus rien.

— Où est Fain maintenant ? l'ai-je interrogé, alors que nous regagnions le sentier.

— En garde à vue. Il continue de soutenir qu'il est bien Archie Witcher et que c'est Ulfred le responsable des meurtres. Il perd son temps. Même sans preuves ADN, on a trois personnes qui l'ont identifié.

— Après tout ce temps ?

— Ouais. Le Révérend Stancey, Janet Dodds et Margaret Rosing. L'ironie de la chose, c'est que je pense qu'ils auraient été ses trois prochaines victimes. Même cinquante ans après, ils étaient tous catégoriques.

— Ce n'est pas quelqu'un qu'on oublie de sitôt. Et Ruby ? Elle a participé ?

— Elle n'a pas réussi à l'identifier ; ça l'a bouleversée.

— Elle est très fragile, ai-je dit, souhaitant rendre justice à Ruby.

— Elle lui a écrit trois fois. Et a demandé à lui rendre visite.

— Vous plaisantez ?

— On voit ça tout le temps.

Matt s'est arrêté, a ôté ses lunettes et s'est frotté les yeux.

— Les hommes sans scrupule, charismatiques, en prison, ont invariablement droit à une véritable cour. Ce sont les gentils garçons comme moi qui n'ont pas la moindre chance.

Nouveau coup d'œil à mon poignet gauche. Toujours pas de montre. Hum, me faisait-il un appel du pied, là ? Puis je me suis rappelée l'amazone aux cheveux flamboyants que j'avais vue chez Matt ce soir-là. « Je suis Rachel, la petite amie… »

Au loin, j'ai cru percevoir le bruit de moteurs de voitures. Nous sommes repartis.

— C'est Fain qui est allé rendre visite à Ulfred ?

— C'est lui, oui. Rose Scott l'a identifié, elle aussi. Et c'étaient les empreintes de Fain qu'on a retrouvées sur le prétendu testament de Violet. Les charges contre lui sont assez accablantes.

— Il passera en jugement ?

Matt a respiré un grand coup.

— Personnellement, j'en doute.

— Pourquoi ?

Nous avions presque atteint la grille. Nous nous sommes arrêtés pour nous faire face, au-dessus de l'allée parfumée de Walter.

— Je pense qu'il sera jugé inapte à la comparution. La cour va ordonner une expertise psychiatrique, même s'il n'en acceptera pas le principe lui-même. Cet homme est complètement dément.

— Vous en avez l'air absolument certain.

— J'ai vu le fond de ses yeux quand il a placé ce serpent sur moi.

Pendant une fraction de seconde, les yeux posés sur moi n'ont plus été gris, cerclés de lunettes, légèrement injectés de sang. Ils avaient la couleur de la glace compacte.

J'entendais claquer des portières de voitures. Le cercueil de Walter était arrivé à Saint Birinus.

— Vous partez quand ? a demandé Matt, qui les avait sûrement entendus, lui aussi.

— Le mois prochain.

Il fallait qu'on y aille. Ils avaient déjà dû soulever Walter hors du corbillard, ils devaient être en train de le porter le long de l'allée de l'église.

— Juste quand nous commencions à faire connaissance, a commenté Matt.

— Je serai de retour pour Noël. (J'observais que des pucerons avaient déjà commencé à investir les minuscules boutons de rose entourant la grille et je songeais que Walter aurait su comment s'y prendre pour s'en débarrasser.) Un suppléant me remplace. Je n'ai pas donné ma démission.

— Hmm...

— Pardon ?

— Je peux comprendre qu'une vétérinaire spécialisée dans la faune campagnarde du Dorset devienne une star de la télé. Je la vois mal faire le trajet inverse.

Nous nous sommes dévisagés, après quoi j'ai levé mon bras gauche encore une fois et y ai jeté un œil.

— Il n'y a pas de montre à ce poignet, a dit Matt. Nous avons dix minutes de retard, et nous sommes officiellement en délicatesse avec le Révérend Percy.

— J'ai l'habitude.

— Il s'est donné pour mission de me faire entrer dans la chorale, ai-je confié.

— Il me dit qu'il vous a beaucoup vue ces derniers temps.

Je ne sais comment, nous nous étions rapprochés. Je pouvais sentir la laine de la veste de Matt, tiédie au soleil, sa peau, ses cheveux.

— Vous allez bien ? a-t-il demandé.

C'était une question à laquelle je ne pouvais vraiment pas répondre. Je m'étais retrouvée dans l'église Saint Nicholas assez souvent ces trois dernières semaines. Comme si mes pensées s'éclaircissaient un tant soit peu dès que j'entrais dans la vieille église. Les horribles souvenirs confus – Fain, Ulfred, les eaux noires et les chairs empoisonnées – finiraient par s'estomper et je trouverais le temps et la place dans ma tête pour faire le deuil de maman et songer à l'avenir. Et quand j'avais peur, quand les ombres me faisaient sursauter et que ma respiration menaçait d'échapper à tout contrôle, le fait de m'asseoir à l'orgue réussissait toujours à me calmer.

Une odeur familière montait du sol. Je me suis accroupie pour balayer de la main la camomille qui poussait en travers du chemin de Walter avant de me redresser et de la tendre à Matt. Il l'a prise et l'a pressée contre son visage. Je sentais son souffle sur mes doigts, sa bouche contre ma paume. Puis la cloche de l'église s'est mise à sonner le glas.

Avais-je trouvé la foi que j'avais cherchée toute ma vie ? Honnêtement, je n'en sais rien. Était-ce ma mère que j'avais entendue cette nuit-là, qui me guidait, me calmait quand j'avais la mort en face, ou simplement le meilleur, le plus fort de moi-même ? Je me pose toujours la question. Pour l'heure, tout ce que je peux dire, c'est que, durant une nuit, j'ai foulé des serpents aux pieds. Et qu'ils ne m'ont pas fait de mal.

ÉPILOGUE

Clara la râleuse, le plus petit des deux taïpans papous, a été relâchée sur une verte colline dans son île natale quelques mois plus tard. En fin de compte, plus de six millions de personnes dans le monde ont visionné la séquence où Sean North déverrouille sa cage et l'invite à sortir. On me voit dans la prise aussi, souriant, tandis que le serpent vert-de-gris et ambre, mesurant désormais près de trois mètres de long, miroite au soleil avant de regagner la liberté en filant comme l'éclair.

On n'a plus jamais revu son grand frère.

NOTE DE L'AUTEUR

Le portrait que j'ai dressé des serpents dans *Venin*, leur description et les effets de leur venin, sont aussi exacts que j'ai pu les rendre, et je dois remercier Richard Gibson, responsable des vertébrés et invertébrés inférieurs du zoo de Chester, qui a bien voulu corriger mes plus grosses erreurs. Celles qui pourraient subsister sont de mon fait, pas de sa faute. Cela n'a pas toujours été facile, puisqu'il me fallait trouver un équilibre entre Richard, qui insistait pour que je me montre juste et précise, et mon besoin d'écrire une histoire qui fasse peur. Mais j'espère, en fin de compte, qu'il pense que j'ai rendu justice à ces animaux aussi beaux que fascinants. Je me dois également de souligner que je n'ai trouvé aucune preuve que les couleuvres migrent réellement en masse pour s'accoupler, tel que je l'ai décrit dans *Venin*, mais je connais des gens qui jurent l'avoir vu faire. Richard pense que ces visions doivent renvoyer à d'autres animaux ; je préfère croire que, même sur notre toute petite île, il nous reste encore quelques choses à apprendre sur le monde qui nous entoure.

L'Église de Dieu des Signes à Venir et l'Église de la Dernière Pluie sont des institutions qui existent réellement, et le récit, dans ce roman, de leur fondation et de leurs débuts sont basés sur des faits avérés et documentés.

Joel Morgan Fain est un personnage fictif mais George Hensley, William Branham et Franklin Hall ont bien existé. L'opuscule *Formule pour Ressusciter les Morts* de Franklin Hall existe bien, lui aussi : j'en détiens un exemplaire.

REMERCIEMENTS

Les ouvrages de référence suivants m'ont été très utiles : *Venomous Snakes of the World*, de Mark O'Shea ; *The Serpent's Tale : Snakes in Folklore and Literature* de Gregory McNamee ; *Keeping and Breeding Snakes* de Chris Mattison et *The Art of Keeping Snakes* de Philippe de Vosjoli. Merci, encore une fois, aux dames de la bibliothèque.

En outre, de nombreuses personnes m'ont très généreusement accordé leur temps et fait profiter de leur expérience pour m'aider à écrire ce livre et je tiens à les en remercier. Pour les détails ecclésiastiques, je suis redevable à Avril Neal et Andrew Haseldine ; mes amies du monde médical et psychiatrique sont Bridget Davies, Denise Stott et Mary Weisters ; Adrian Summons a été un chef en matière de procédure policière ; et pour toutes les autres questions, d'ordre vétérinaire et zoologique, je suis sincèrement reconnaissante envers Fiona Smith, Richard Gibson, Kevin Eatwell et le centre d'accueil des cygnes du Yorkshire.

J'aimerais également remercier l'équipe éditoriale de Transworld pour leurs encouragements, leur enthousiasme et leur travail infatigable ; tout particulièrement Sarah Turner, Patsy Irwin, Nick Robinson et Kate Samano. En

France, mes remerciements vont à Deborah Druba au Fleuve Noir.

Le clan Buckman continue de faire des merveilles, tandis que Anne Marie Doulton se rend chaque jour un peu plus indispensable. Je les remercie et leur adresse toute mon affection.

Composé par Nord Compo
à Villeneuve-d'Ascq (Nord)

Imprimé en France par

CPI
Bussière

à Saint-Amand-Montrond (Cher)
en janvier 2010

FLEUVE NOIR - 12, avenue d'Italie - 75627 Paris Cedex 13

N° d'impression : 100221/1
Dépôt légal : février 2010
R 08568/01